黄影 著

壶瓶春

文汇出版社

图书在版编目(CIP)数据

壶瓶春 / 黄影著. -- 上海：文汇出版社，2025.
8. -- ISBN 978-7-5496-4558-9

Ⅰ. I247.5

中国国家版本馆CIP数据核字第20258ZN508号

壶瓶春

著　　者／黄　影
责任编辑／戴　铮
封面装帧／薛　冰

出版发行／ 文汇出版社
　　　　　上海市威海路755号
　　　　　（邮政编码 200041）
经　　销／全国新华书店
排　　版／南京展望文化发展有限公司
印刷装订／浙江天地海印刷有限公司
版　　次／2025年8月第1版
印　　次／2025年8月第1次印刷
开　　本／787×1092　1/16
字　　数／730千字
印　　张／43

ISBN 978-7-5496-4558-9
定　　价／88.00元

谨以此书

致谢热爱祖国的民族企业家们
在烽火连天的岁月里
给人民带来的安定与希望

目录 Contents

第一章 ● 且向壶瓶觅新春 / 1

第二章 ● 临水待得月华生 / 113

第三章 ● 青山不老故人来 / 201

第四章 ● 茶马古道沙中金 / 287

第五章 ● 世外桃源山中城 / 377

第六章 ● 怀瑾握瑜漫天星 / 453

第七章 ● 埋骨何须桑梓地 / 545

第八章 ● 来年树下再相逢 / 623

第一章

且向壶瓶觅新春

1

改变，其实很难。

不知道会得到什么更好的结果，却很明确知道会失去原定的那个。

隐隐觉得似乎要做点什么改变，但心中往往会有更强大的声音说：保持现状。

所以当年轻人突然决定掉头北上的时候，他也说不上为什么。也许，他就是喜欢壶瓶山。

其时是光绪十三年三月。

还没从鸦片战争的余震中缓过气来的清廷，内外交困。西有法国咬死了越南口岸，定要中国开放广西、云南通商；南有葡国对澳门志在必得，威逼利诱要拿到最惠国待遇。香港已经被英国人圈走，溃不成军的海师尚未成熟，烟台、青岛、威海烽烟迭起。慈禧信任的僧格林沁和不信任的曾国藩，都已经仙去。无论她信任不信任，或承认不承认，如今的清廷，想再派一个有头脑又会打的人出去都难。

就这么痛苦地焦虑着。一边打，一边谈，一边看似握手言和，一边在桌子底下使绊子。

也像一头老态龙钟又失去控制的巨兽，正在被撕咬中跌跌撞撞往既定方向跑，仿佛想改变又舍不得改变，时刻会倒下，又不知何时会倒下。

全国都笼罩在一片阴霾之中，就如同此刻湖南常德的天气，乌云沉沉。连竹林都仿佛落了厚厚的灰，叫人直不起腰，喘不过气。

年轻人倒是心情甚好，不为别的，只为眼前环绕崇山峻岭间的碧绿涧水，虽映不出仿佛蒙了灰的竹林，却托得起青青竹排，可以载着他去想去的地方。

他在一只已经装载停当的竹排上迎风而立，喃喃道，"山际见来烟，竹中窥落日……"

一个身量中等、皮肤黑黄的中年汉子正在与两个船工将另一只竹排上的行李打包严实，闻言抬头，"少爷，你讲什么？"

他们两个，年轻的剑眉星目，年长的虎背熊腰，讲话倒是都和声和气，非常儒雅。

年轻人回头看看中年汉子，哂笑道，"此处无烟亦蔽日，两句诗都不合时宜。我没讲什么，老陈，我们得快点，我瞧着快落雨了。"

老陈自家乡广东跟着少爷出来，两人私下对话，说的自然都是家乡话。

偏生两个船工里年长的那个听懂了年轻人的最后一句，嗤笑一声，用夹生官话说道,"不是'要'落雨了,是莫时候都会落。"

年轻人好奇,换了官话,反问道,"莫时候?"

老船工答,"一下落,一下不落,你以为不落,其实它就在落,不知不觉,浑身湿透。"

年轻人笑道,"白马入芦花,银碗里盛雪。老人家,你讲话有禅意。"

老船工受到褒奖,无来由不好意思,似乎要做点什么才能表达亲近,下意识望了望手里正绑着的行李,瞥见行李一角刻着的小小字样,搭讪道,"月?伢儿,这是你的名字么?"

那行李箱是上等厚实牛皮制,岁月已将它磨出光泽,浅黄深黄间杂,四角以铜边加固,非常有渊源的样子。角落里刻着的,只是一个圆和一个小篆字样。

年轻点的船工极瘦极瘦,肚子却滚圆。他也探头看看,却只看懂那个圆,冷笑道,"老倌子,你哪门晓得这是月?就不兴这画的是个银元哦?"

老船工白他一眼,"就晓得钱。你没见旁边那个字?那是篆体的月字。"

年轻人闻言,扬了扬眉,没有回答,只是微微一笑。

老陈见少爷不想回答,也便不多嘴,手上活计更利索,"既然莫时候都要落雨,那更要快点了。"

他学着船工的湖南话,讲得不伦不类,惹得老少两个船工都笑了。

才要起身,突然岸边竹林里,传来一阵窸窸窣窣的动静。

四人皆惊,举目望去。

但见一少年,自竹林里飞奔而来,衣衫褴褛动作却格外轻灵,三五步如同蜻蜓点水,冷风掠过,竹筏一沉,那叫"月"的年轻人身子失去重心歪了歪,再定睛时,少年已藏在他身后。

"救命……让我躲一躲。"少年说。声音慌乱但清脆,如珍珠溅玉盘。

年轻人连他的脸都没看清,只感受到他在背后瑟瑟发抖。

老船工一边扬起手里的竹竿作势驱赶,一边喝道,"你个龟儿,这竹排子能藏莫得人,快点滚下去!"

他这句话倒是仿佛提醒了少年。年轻人就感觉后背又一阵风过,脚边才打包扎实的行李多出一坨来,其间还伸出一只细小的手,扯过一张多余的油布,将自己裹了个严严实实。

少年动作轻快,体形娇小。四人错愕间,竹筏仍在摇晃,他倒是已经静若处子,骤眼看,真的仿佛行李一般。

到这个时候了,才看到竹林里追出来三个汉子,一见四人,扯着嗓子就号,恶形恶状。

"哎,那边的,看到个龟儿没有?!"

小船工慌得赶紧低头,老船工倒颇有些经验,不卑不亢,"哪个龟儿哦?你个人看嘎,这里就我们几个。"

恶形恶状那几人,眼睛四处打转,手里的棍棒左晃右晃,但见两只竹排子确实一览无遗,也不知该如何是好。

其中一人试探道,"只怕不是泅水跑哒?"

另一人回答,"这么冷的天,龟儿敢泅水,只怕要冻死他去。"

"那就见鬼哒,他会躲到哪里去。"

常德这一带方言语气词多得跟粤语有的一拼,得得哒哒客客,利落得像放鞭炮。

船头的年轻人听一听,学一学,莞尔一笑。

那几个凶神恶煞的家伙没寻着少年,见他笑,更加恼火,"你笑莫得!只怕是你搞鬼!"

老陈急得暗自跺脚,低声道,"小祖宗,你消停点。别惹事。"

老船工做完启航前的最后工作,镇定自若直起身,拍拍手,撑船的竹竿子点一下岸边,喝一声,"动身哎——哟呵——"声音端的是雄厚清朗,回声在群山间缭绕不绝。

倒把那几个恶形恶状的给吓一跳。

年轻人又笑。

老陈摇头喃喃道,"少爷,你没别的不好,就是这达观的性子,我看着着急。"

小船工看老船工若无其事,也鼓起勇气了,有样学样一点一撑,两只竹排缓缓驰离岸边。

几个寻人的家伙悻悻然回转。

船行约莫半盏茶时光,十八弯的水路更加郁郁葱葱,那"莫时候"都会落的细雨,一团团一簇簇混着山雾挡住视线,终于再也见不到出发时的驳岸。

年轻人撑起一把伞,背对行李,遥望前方,"你可以出来了。"

他虽达观,却也不想多事。少年既然有祸事在身,不照面才好。

只听背后簌簌响,竹排轻轻摇晃,冷风再次掠过年轻人耳畔。

"大恩不言谢。后会有……"

最后那个"期"字传来时,声音已经非常小。倏忽不见,让年轻人简直要以为是自己幻听。

好在撑船的老船工证实了他不是幻听,"嘿,这龟儿,身手不凡,这么宽的水,他一步就跨过去哒。"

年轻人转头望向那声音消失的地方,但见竹林轻晃,雀鸟惊飞,云聚云散。

这一步就跨过去的水,目测一丈有余,确实厉害。何况岸边不是礁石,是软泥枯枝,年轻人端详也没瞧见脚印。

他心念一动,望向老陈。

老陈服侍他这许多年,岂会不知他心意,摇摇头道,"莫说人已走了。人便是在这里,不知根底,不敢用他。"

年轻人点点头,算是赞同他的谨慎。

老陈突然意识到另一个问题,左右望一望,"哈,这水面这么窄了?竹排不会卡住吧。"

可不是。从出发到现在,水面早已慢慢收窄,前方一眼看去似乎还有更窄处。

老船工一边撑船,一边悠悠道,"莫慌,卡不住的。"

四人都静下来,水声汨汨,水香酽酽。

果然再走到一水面狭窄处,不仅窄,水流还突地湍急起来,撞到驳岸,漩一个个水涡。

竹排渐渐不稳,吃水深的地方,迅速被水淹没,湿透了年轻人的长衫下摆。

老陈有点慌,"哎哟……"

老船工上前来,饱经风霜的脸上一片平静,"莫怕,莫怕。你晓得为莫得你们两个人加这点行李,要雇我们两个船工?"

老陈原本心思里确实也存了疑,只当是老小两个船工非要搭班多赚一笔钱,闻言有点羞赧又有点诧异,"为莫得?"

老船工没有即刻回答,反身娴熟地指挥小船工,两人撑竿,在一处相对僻静的回水区里,将两只竹排各自一角绑好,然后两人一前一后,默契地再将竹排撑开去。

这一次再出发,可惊艳了两个船客。

但听得老船工起调,依然是那熟悉的"动身哎——哟呵——"。

不一样的是,小船工加入了合唱。

老船工声音浑厚,小船工声音高亢。一个主唱,一个应和,手上的桨板动作伴着歌声,一下一下划开去。说也奇怪,那湍急的水,仿佛也被歌声征服,如丝绸一般温顺油滑起来。

哎——哟呵——听端详——

船怕号子——马怕鞭——

姑儿怕的——绣牡丹——

嫂子怕的——兴菜园——

男儿怕挑——缺头担——

木匠怕的——楼板爪——

岩匠怕的——修拱桥——

瓦匠怕的——一刀弯哎——

他俩唱得不紧不慢,每次上半句结束都会有个很悠然的停顿,叫人好奇下头的唱词。

年轻人听得入神,不自觉又笑了,差点鼓掌喝彩。

等歌声渐歇,竹排已再次行至平缓处,恰逢雨停,一丝金光从天边透出,绿茵茵的水面立刻波光粼粼。

老陈咋舌道,"我一个字都没听懂,可是,真好听。"

老船工还没来得及说话,小船工抢着说,"这就是我们的号子,澧水号子。我叔嫌我小,不敢带我去大江大滩,那大江大滩,几十个人一道拉大船,喊声震天,才有劲呢!船大货重,工钱也多……"

老船工听小船工说着说着又跑到钱上去了,手里篙子一挥,扬起的水滴甩出去丈把远,在水面上溅出一道道涟漪。他打断小船工,"丢人!"

小船工嘿嘿一笑,晒得黑红的脸上一口白牙忒是亮眼。

年轻人不以为忤,笑眯眯,"我晓得你们走这趟收得便宜,就冲刚才那首澧水号子,我不会亏待你们。"

小船工笑得牙口更大了。

老船工不好意思,搭话道,"你们去壶瓶山,是搞莫得?"

老陈依旧警觉,接话过来,"不搞莫得,就是逛逛。"

老船工瞥了瞥大包小包如山丘般扎实的行李堆,没说话,满脸写着不信。

年轻人不晓得是不是被澧水号子打动了,拱一拱手,据实以告道,"不是去壶瓶山,是回壶瓶山。"

老船工眉头提到额角上,十分诧异,"但你不是这里人!"

年轻人点头,"嗯,我们是广东的。本是来这里做点小生意,折了本,同乡都走了,我也跟着走,都走到桂林了,又回来了。"

小船工听了哈哈一笑,"是舍不得哪个女伢儿不?"

年轻人也哈哈一笑,摇下头,"那倒不是。"

他俩按年龄看,相差无几,但年轻人端庄斯文,感觉比小船工大出几岁来。

老船工自觉无比坍台,骂骂咧咧,"不是钱就是女伢儿……我再也不带你出来哒。"

年轻人看他俩长得相似,想起小船工刚才那句"我叔嫌我小",问道,"你们是亲叔侄吧?"

小船工回答,"嗯喏。"

年轻人抿抿嘴角,"你有叔叔带你上工,说起来,我也是因为一个姑母才决定回来的。"

小船工好奇极了,"姑母?"

年轻人却仿佛突然陷入了回忆里,目光凝滞,没有继续说下去。

那老陈巴不得他家少爷住嘴,赶紧插科打诨,"哎,我们这一路还有多久才到?第一次走水路,不晓得……"

年轻人没有继续说下去的话,太多了。他的思绪里,有远在广东的双亲、姑母、堂妹,还有堂妹嫁过去的孙家。他的思绪里,还有他走过的山山水水,历遍的人间百态。却没有任何一处,像壶瓶山一样,这么富饶而有趣。

等到张家渡渡口,已是当日黄昏。

满以为这两个客人可能会没落脚处,老船工才开口道,"你们要是没处歇脚……"

就见码头树荫下,影影绰绰过来几个汉子,一边走一边招呼,"大老倌终于到啦?"接人接物,热热闹闹,井井有条,非常熟悉的样子。

老船工正自瞠目结舌,就看那年轻人从怀里掏出一只铜镶烧蓝嵌料钻花怀表,叮一声叩开璀璨表壳,像是心算了什么,喃喃道,"嗯……走水路,可以整整缩短一半时间……"

老陈瞧着小船工的眼睛都差不多要粘在怀表金灿灿的链子上,吓得赶紧挡在他和少爷之间,"少爷,我们走吧,天色要晚了。"

他没替少爷食言,双手客客气气给老船工奉上双倍船资。

老船工再也没忍住,捧着铜钱,战战兢兢问道,"你们……究竟是莫得大老佲啊?"

年轻人已经抬脚要走,闻言站定,转身笑一笑,答道,"我不是莫得大老倌,我姓卢,字月池,多谢您二位这一路的照应。后会有期。"

老船工鞠个躬,拽着小船工返身。小船工一边试图挣脱老船工的手,一边在渐渐四合的暮色中蹦跳着朝月池嚷道,"……我叫国富儿,下次大老倌再坐船,记得寻我……"

月池看着他们二人离去,脸上那抹淡淡的笑一直没有散去。

老陈看在眼里。他知道少东家不是虚伪,不是世故,是真心地在微笑。在少东家心里,这一天下来,来去如风的神秘少年和高亢悠扬的澧水号子,一定给了他很美好的感受。

他们抵达的地方,叫作宜市,在壶瓶山脚下。

宜市不大,来往商旅倒是不少。湘西独有的吊脚楼一排排不甚整齐地傍河而建,已届黄昏了,马车挑夫依旧络绎不绝。

月池、老陈,跟着几个汉子一起去到"春来"客栈,明晃晃的大灯笼悬在夜色里,格外显眼。

老板已经迎接在门口,张望到他们几个,立刻走下台阶,"月少,你们终于到了,快快请进!"

月池拱手礼让,"田老板客气了,劳您久等。"

田老板咧嘴一笑。他有点龅牙,好在眉眼和善,带着点世俗的油滑和得体,总叫人想起自家老屋里的某个叔伯亲戚。

"月少这一走一回,可有半个月了。我们自接到信起,天天在这里望着。"他一边说着,一边接过老陈手中提着的细软,月池脱下的微微濡湿的外衫,他也接着,转手递给身边的女伢儿。

女伢儿身材娇小,小圆脸,柳叶弯眉,杏眼温柔,发髻一丝不乱。此刻她俏脸微红,但还是娴熟地将湿衣服挽在臂弯,再给月池递上一件湖水蓝短袄,"夜里凉,月少还是多穿一点。"

月池恭敬接过,"多谢云岫姑娘。"

抖开衣衫,那雅致云纹和绵密针脚,依然是熟悉的风格。

月池大大方方穿起短袄,由衷赞叹,"我家乡的妹妹,女红也如云岫姑娘一般好。家里老老少少,逢年过节,若能穿上我妹妹缝制的衣裳,都是格外欢喜。月池何德何能,能穿上云岫姑娘的衣裳,就像妹妹还在身边一样。"

云岫见到他已经脸红,被他这一夸,不知如何是好,嘴角都快要抿出血来。

田老板哈哈大笑,"小女哪有月少说的那般好。都是些粗布粗活,月少在我们这穷乡僻壤里,随便穿穿就很赏脸了。"

月池本来边走边说话,闻言倒是特地驻足,认真回答道,"可别如此妄自菲薄。云岫妹妹,还有我妹妹,她们缝制的衣裳,便是皇亲国戚也难求;穷乡僻壤,庙堂朝野,都穿得。"

田老板听完一愣。他顺口自谦,倒不承想换来月池更高的赞赏。

年轻人果然是喜欢较真啊。

老陈在旁边听着,又慌得不知该如何接话,干咳几声,"少爷,我肚子好饿,我们赶紧吃东西吧。"

只有他知道,月池这几句话,可真不是随便说说。

穿过中庭,进得厅堂,几桌散客,杯盘碗盏间浓浓烟火气,人一下子就松弛了。

月池一行在一间暖阁坐下。暖阁靠着窗,窗外正是白天刚刚行过的溧水。

在码头上迎接月池的三个汉子,一个胖胖的,脸盘黑红,一个身材高大,浓眉大眼,一个消瘦驼背,不做事的时候一双手微微抖动。

他们放好东西,陆陆续续进来暖阁,一一给月池再度行礼。

月池一一回礼。

他记得脸皮黑红的汉子名叫罗成。打小月池就喜欢《隋唐演义》里的罗成。那"齿白唇红,面如团粉"的少年英雄,手握五钩神飞枪,身跨闪电白龙驹。通篇《隋唐演义》,最令人意难平。

虽然眼前的罗成跟那个罗成,外形上差了千万里,却让月池莫名心生好感。

罗成打进暖阁正眼再见月池起,喉头就开始打结,说话声音都颤抖,"月少真的回来了,我好高兴……"

月池拉着他在身边落座,"罗哥快坐。"

罗成眼眶泛红,反手拉着月池的手,攥得紧紧,"那两个官府都恶得很,我因说错话获罪,若不是月少来回奔走,我只怕要死在九台山上。"

月池腾出另一只手,倒一杯清茶递给罗成,"都是走一步看一步,虽损失点银钱,能全身而退,是你的福气,更是我的福气。"

罗成咧嘴笑,又哭又笑,神情十分尴尬,"你会讲话,月少还这么会讲话。"

那孤寡高高、身材高大的汉子哈哈一笑,"罗胖子,你快些放开月少,他手都被你掐红了。"

月池朝他点头,"肖大哥好。劳烦你亲自来接我。"

被唤作肖大哥的高大汉子大大咧咧坐在月池对过,声如洪钟,"月少,罗胖子矫情,我不矫情!我不哭不闹,就还是那句话,你到哪里我到哪里,我跟定你了!你要是甩了我,我天涯海角寻你去!"

月池还没回答,老陈笑出声,"肖郝,你怕不是个冤鬼哦,还'天涯海角'寻人。"

肖郝瞪着老陈,"怎么,就兴你寸步不离,不兴我寸步不离?我要不是喝高了几杯酒,你们上次走就走不脱!"

老陈故意逗他,"哎,说说,你为啥跟定少爷?"

肖郝敬月池一杯茶,自己也一仰脖干掉一杯,空杯子往桌上一顿,瓮声瓮气,"为啥?为他是个神仙!嘿!我肖郝活了快四十年,没见过月少这神仙的人物!彬彬有礼,斯斯文文,但是他懂医啊!我堂客病了二十年,骨瘦如柴下血不止,被他几服药就治好了!他还懂天文地理,看看天色就知道几时要落雨几时要打雷,闻闻地气就知道哪里有铜矿哪里有金矿!我不跟着他,我跟着谁?"

说着说着,他也有点激动,瞪牢月池,"月少,你不兴再偷偷溜走啊!你溜走了,我心里本来就恼火得会死,我堂客还说这辈子都报答不了你,怪我喝酒,差点没把老子砍死在屋里!"

一桌人闻言哈哈大笑。

刚进来的第三个汉子别的没听到,就听到了最后一句话,打趣道,"老肖,你堂客被月少治好了病,也有力气了,能砍死你了,不晓得是福是祸哦。"

他虽然骨瘦如柴,手还微微打颤,眉眼却是三人里最舒展的一个,一身师爷打扮,丝绣马甲虽旧,倒也挺括整洁。

月池对他也很恭敬,请他坐在自己另一侧,"钟先生请坐。"

钟先生名叫钟不期。月池对这个名字印象特别深——与钟子期一字之差,似乎更有种看破红尘的味道。他也曾问起过钟先生这个名字的由来,钟先生回答,"惠音遗响。钟期不存。"

嵇康的词,更妙了。

月池很服气,楚地文人遍地,名不虚传。

钟不期象征性谦让了一下座次,最后还是坐下了,手里的折扇轻敲一下桌面,"月少,你可不兴这么悄悄走啊。"

肖郝哈一声笑,"我才说完,你又来。"

月池一迭声道歉,"好,不走,不走。"

钟不期没有肖郝那么好打发，瞪着眼一板一眼数落，"我只当你我二人，忘年之交，伯牙子期，你这一走，算啥？你说你雄心壮志，断不可铩羽而归，我这边才想帮你重振雄风，你就走了。你走了，我咋办？学伯牙，破琴绝弦么？"

月池见他认真，也动了真心，起身敬茶，"钟先生莫生气。月池年轻，不经事，知道错了，这不是回来了吗。"

那边田老板布好菜，正待安排人端上来，赶上两人敬茶，"哎哟，你们还在你请我请啊？月少舟车劳顿，你们几位先生也等了几天，都累了，赶紧让我上菜吧？"

大家相视一笑，这才各自坐下。

月池到这时候才想起来，"云岫妹妹，你也请坐。"

抬起头，却到哪里再见云岫？

老陈啧啧称奇，"云岫妹妹都回屋好半天了，你还在这里请坐。"

田老板哈哈笑道，"天晚了，女伢不方便。明天清晨，我让她来陪月少喝茶。"

众人遂推杯换盏。酒过三巡，月池脸上微微泛出汗气，浑身都暖融融。

钟不期咳嗽一声，"月少，我们这班兄弟，虽然认识有先有后，但好歹也算是同甘共苦过。我问你一句真心话，你要好生回答我。"

他眉骨眼眶有点突出，一认真的时候特别严肃。

月池"嗯"一声，笑眯眯看着他。

钟不期却好像突然词穷，哽咽了半天，啥都没说。

肖郝不耐烦，"你是搞莫得，一本正经架势，屁都没蹦出一个。"

罗成打圆场，"肖哥你莫急嘎，听钟先生讲。"

月池一见这架势，便知这三人事先就约好了要委托钟不期问这个问题。钟不期如鲠在喉，是因为他怕从月池口里听到不想听到的回答。

至于这个问题是什么，月池大概也猜到了。

于是手一抬，纤瘦手掌中，握住的是刚刚喝过的茶杯。

"我回来，是因为这个。"

他话音刚落，钟不期咳嗽得更厉害了，一边咳嗽，一边朝他竖起大拇指。

肖郝得意扬扬，"怎么，我没说错吧，月少就是神仙，我们心里想的莫得，他一猜就准。"

罗成挠挠头，"那这又是莫得意思？为了和我们喝茶？"

田掌柜一直在旁亲自伺候着，闻言扑哧一声笑，"嗯嗯，和你喝茶，你个鬼脑壳。"

嘴上这么说,眼睛却也盯着月池,十分好奇他究竟是何意思。

月池将茶杯的杯身对着众人展示一圈,"田掌柜,你自己家里的茶杯,上面写了什么,你不会不知道吧?"

田掌柜回答,"我书读得不多,不过杯子上这一句,还是记得的。这是刘禹锡的一句诗,'山僧后檐茶数丛,春来映竹抽新茸'。不瞒各位,小店名叫春来客栈,便是从这句诗里来的。"

肖郝愕然道,"田掌柜,你几时这么有学问了?"

田掌柜被他戳破,也不恼,哈哈笑,"我哪里来的学问,是云岫喜欢刘禹锡的诗。她说此人一身傲骨,一身正气。被皇上冤枉也不改其志,从京城贬到我们这穷乡僻壤来做司马,照样造福于民,修水渠、修学堂、修医馆,是个顶顶了不起的人物。"

肖郝、罗成二人"哦——"一声,似乎也很感慨。

旋即又疑惑了,"可是这跟月少回来有何关系?"

月池笑道,"我走的时候,只道再也不会回来,心里十分难过。那天早上,云岫给我端来一杯茶。我喝着那杯茶,入口青涩,回甘沁甜,这十多天来,那茶香一直萦绕在我心头,时时都像在朝我招手。走到桂林,你们不知道,桂林山水,很多地方特别像这里。突然之间,刘禹锡的这句诗就浮上了我心头了。"

罗成咂舌道,"桂林山水像我们这里吗?"

肖郝捡起一粒花生米丢过去,"你莫打岔!"

月池继续道,"'山僧后檐茶数丛,春来映竹抽新茸'后面,还有一句'斯须炒成满室香,便酌沏下金沙水'。这首诗,是刘禹锡的《西山兰若试茶歌》,也是有迹可查的最早的关于湖南炒青绿茶的记载。你们都是常德人,茶山一座座,但你知道你们的茶叶去了哪里吗?"

钟不期咳了咳,"这个,我倒是知道一点。我们武陵茶叶,从西周开始,就是皇家贡品。尤其是我们澧水这一带高山茶区,气候水土最适合茶树生长。传说,夹山寺的善会禅师,在禅茶祖庭夹山寺的茶园里采摘新芽,看见茶园之外,有两牛抵角相触。善会便模仿这两牛,选园中一芽一叶者,将其杀青炒压、理条造形而成牛角形状,泡入碗中。但见那茶叶柄朝下,芽尖向上,叶叶相碰宛如两牛抵角。禅师饮之甚喜,遂将此茶名曰'牛抵茶'。这牛抵茶,年年上贡,从未断绝。"

田掌柜赞许道,"钟先生所言,一字不差。我们客栈用的这些茶,都是茶园进贡之余,剩的些个散茶。便是散茶,也好喝得很。"

罗成和肖郝两个面面相觑,"真没想到,喝口茶,还有这么多学问!还就在我们身边!"

月池这才继续道,"我回来,便是因为这口茶。这口茶就是金沙水啊。岂有人宝山空手而归的道理。"

钟不期恍然大悟,"月少是说,你回来,是想改做茶生意?!"

田掌柜满脸疑惑,"可是月少,我们才说道,上等青绿茶都是贡品。除却贡品,散的卖不出量、也卖不出价,你要做莫得生意呢?这可不像你们之前干的矿生意,一坑下去,有就有,没有就没有,不坏不崩。"

他说着说着,突然想到一事,眼睛睁大,"难道!你想搞贡品的名堂?"

老陈大力拍他背,"快点闭嘴,这么大声要吓死人。"

月池摇头,"不。我绝不碰杀头的买卖,也不做亏本的生意。贡品和散茶,都不是我想要的。"

说完,却不再继续讲茶,茶杯一放,话锋一转,"我已回答了你们的问题。现在,可否容我也问几位大哥一个问题?"

几个大哥立马正襟危坐,"你问。"

月池掂起一只筷子,蘸点茶水,在桌面空旷处,无意识地画一画,画一笔,说一句话。

"我要做茶生意,需要有人帮衬。有人陪我跑茶园,有人陪我学本事,有人陪我跑外乡,搞不好,还要陪我漂洋过海讨教洋人。我算过了,大约千儿八百两白银才能起本。这一坑下去,可不是有就有、没有就没有那般赌运气。我快三十了,不赌运气,只信自己,信兄弟。"

说完,抬头看众人,"我问你们一句话,还跟不跟我?"

肖郝性子最急,才要开口,被月池掂着筷子的手势压住。

"肖大哥不着急回答,想一想再说。几位真的要跟我,可不能凭一句话。今天田掌柜也在,我们须得立字据画押。"

气氛突然凝重起来。窗外吹来的深夜凉风,沁得人太阳穴嗡嗡跳。

过了片刻,肖郝仍然是第一个表态的。

他摇头晃脑,胸脯拍得鼓响,"兄弟,莫说是立字据,你便是要我切指明志,我也眉头都不皱一皱!"

罗成见被他抢了先,面皮更红了,喝了点酒的眼睛也红了,"我跟!我跟!我没学问,但是跑个腿还是没得问题!"

月池听完,点点头,又看向钟不期。

钟不期与他对视着,半响才道,"月少若信得过我,记账这等事情,都交给我,我不会出差错。"

月池这才展颜一笑,"好。"

转头朝田掌柜道,"田掌柜,借你笔墨纸砚,还有一盒印泥。"

田掌柜赶紧去准备。

哪里还用他?云岫压根没睡,在柜台后静悄悄坐着,听完全程。等田掌柜凑过去,云岫直接一盘子递过来,物什一应俱全,还备了一条湿帕子,整齐叠好在旁边。

田掌柜接过托盘,望向湿帕子,"丫头,这是莫得意思?"

云岫笑出声,"按了手印,不要擦手么?"

田掌柜怜爱地看看云岫,"丫头聪慧。你莫累到。快去睡吧。"

云岫点点头,又摇摇头,"爹爹快去吧,月少等着呢。"

田掌柜打趣,"月少,哎,月少。真是神仙人物,我做梦都想不到,这么一号人物,居然跟我们有了渊源。"

他转身回去暖阁。云岫的目光,越过父亲的肩膀,温温柔柔,妥妥帖帖,落到月池身上。

神仙人物。

可不是。

跟刘禹锡一般。

她永不会忘记和月池之间的每次碰面。在溪边汲水的他,晨起伸懒腰的他,挥斥方遒的他,雨天打瞌睡的他。他的脸棱角分明,却时时泛着油然而生的微笑。

她叫云岫,是云雾缭绕的峰峦。那月池,就是天上明月。

月照青山,人间理想。

云岫垂下头。不知道呢,不知道这人间理想,会不会成真。

那边暖阁里,人间理想并没有注意到田掌柜取笔墨的速度为何如此快。他亲手接过托盘,布好纸笔,胸有成竹,毫不犹豫写下字据。

"光绪十三年三月,钟不期、肖郝、罗成、卢月池,异性兄弟四人,于湖南壶瓶山宜市春来客栈,结盟经商。曰:不触律法,不改发心,同甘共苦,同生共死。立誓为盟,如有违者,兄弟反目,此生永不谅解。"

他说得像煞有介事,落笔成文,最后却只是个道德谴责。

钟不期笑道,"月少,我懂了。你要的,就是心。"

月池搁笔，抬头，浅笑，"先生懂我。"

钟不期第一个签下大名，蘸朱砂按下指印。

随后是肖郝、罗成。

月池将笔再递给田掌柜，"劳烦您，给做个见证。"

田掌柜乐呵呵签名，"月少客气。"

如此一式五份，也很是折腾了一会儿才弄完。等到每人一份拿到手里，看着白纸黑字朱砂指印触目惊心，更明白了月池的用意。

他要的，就是心。是你我共同见证这件事情的过程。

2

夜深，众人散去，各自回房。

老陈和月池住在一个套间里。他睡外间，但顾不上休息，先把行李一一放好，再把最要紧的一只箱子——那只刻着"月"字的，包上一块布，当枕头放在里间月池的床头。

月池洗漱完毕，穿着雪色睡衣，坐在桌前，就着烛火看书。

老陈不忍心打扰他，收拾停当待要出去，想一想又驻足，想开口又不知合不合适。来来回回间，月池抬起头，"你晃得烛光都晕了。"

老陈见扰也扰了，索性坐到月池对面，促膝道，"少爷，不怪我担心，你这也太不留心眼了。生张熟李的，就报上大名；我不拦着，你恐怕连箱子里有多少宝贝都一并告诉人家。"

月池放下书，取过老陈刚刚沏好的茶，盖碗轻叩几下，突然笑道，"我有预感，今晚有事。"

老陈一个激灵，"有事？什么事？"

春来客栈虽说是宜市最像样的客栈了，但还是很古朴简陋。他俩住的是套间，但月池的房间有扇大窗，窗对庭院，私密性其实也就那么回事。月池此刻手里叩着茶碗，眼睛就瞟向这个庭院。庭院也是一个很普通的院子，一棵构树一株迎客松，几块假山石倒很雅致。这个庭院后面就是山，围墙也很高，要真的有贼进来，需得有些身手。

有些身手……

两个人对视一眼，同时想到白天那个神秘的少年。

要是有那飞檐走壁的本事……

老陈说道,"要不,咱俩换换?你住外头那间。"

月池微微笑答,"是福不是祸,是祸躲不过。没事,老陈。歇息吧。"

老陈哪里肯走,"少爷……出门的时候,老爷太太交代我照顾好你,我虽然愚钝,常常不明白少爷在想什么,但豁出一身剐,我也要保护少爷周全。"

月池拍拍他的肩,"老陈,你知道我们在哪里吗?这里是湖南,屈原说的,沅芷澧兰的湖南。从屈原开始,到王夫之,到曾国藩、左宗棠,这个地界,就是一个特别矛盾的地界。"

老陈讶异,"什么矛盾?"

月池答,"湖南人,有自己的江湖规矩,自上古开始就是这样。这里有自己的神,有自己的逻辑,更有自己的通天才情。但是这里的人,也特别讲义气,讲起义气来的时候,简直忘记了自己是个读书人。屈原可以为了气节,投水自尽;王夫之,饱读诗书,读完之后书一丢,去他娘的王权去他娘的禁欲;曾国藩,说的是'未来不迎,既过不恋',可是他打太平天国,壮大湘军,搞得慈禧老太婆都对他又怕又爱;左宗棠,一生戎马,出将入相,五百年方得一见的人物,转头隐居柳庄,钻研农学、舆地,还对林则徐提出'更造火船、炮船之式'的建议。多有趣的湖南,多矛盾的湖南人。"

老陈听得入神,"啊……是很有意思啊。总看到少爷读书,原来读书人也这么有趣的。"

月池回归正题,"我说感觉今晚有事,不是说有什么危险。我们去而复返,罗成、肖郝他们固然高兴,也自然有人会不高兴,甚至满腹狐疑。自九台山矿区下来,我心里始终有一团火。为什么我们辛辛苦苦勘探了两年,采矿证都拿到手了,却采不成矿?"

他说的,正是晚饭时罗成提到的事。

老陈愣了一下,"不就是因为,湖南、湖北两个官府互斗么?谁都不肯放手?"

月池娓娓道来,"看起来,是湘鄂交界,官府之间的争斗。其实,湖南常德,尤其是我们现在壶瓶山所在地澧州石门,从古至今一直是分而治之的地带。石门县南,澧水河畔的县城和周边平原,汉化严重,汉族人多,治理也以朝廷为准,属于澧州,听长沙府指挥;但从北部不远的新关镇开始,千百年来都属于添平土司的控制范围。你道这土司是什么?就是从古到今,山区少数民族不服管,多次反抗朝廷后,外面不容易进去,里面也不愿意出来,渐渐形成了自己的部落和势力。所以壶瓶山属于湖南,但很多政治力量却来自土司,以及湖北荆州。"

老陈听得恍然大悟,"难怪……我说湖北明明不占理,却那般强硬……"

月池道,"更有趣的还在后头。常德、澧州这一块,九省通衢,沅水、澧水比陆路还方便许多,往四川、云贵走,从这里路过都会节省很多时间。"

老陈"哦"一声,"我说回程,少爷为何要全程都走水路呢。"

月池继续,"去年这个时候,李鸿章刚签订了《中法越南边界通商章程》,我瞧着,开放广西、云南的口岸指日可待。九台山的那个铜矿,如果湖南拿到,势必会从沅澧下两广,那银钱,更加滚滚而来。你说,你若是湖北官府,急不急?更或者,虽然都属于湖广行省,但可能湖南和湖北两家,谁也不服气谁,加上湘军实力一直被朝廷忌惮,有人从中作梗就是不让这铜矿落到任何一家手里,也是可能的。经济的事情,一旦遇到朝廷的事,就会搅和得特别复杂。"

老陈瞠目结舌,"少……少爷,你说你,年纪不大,怎么心思这么细腻呢?你给我十个脑袋,我也想不到这些关窍。"

月池笑笑,"所以就别想了,我也不想了。若有人关心我们为何去而复返,我就坦然面对吧。"

老陈走后,月池上床睡觉。他真的睡了,睡得很香。毕竟这几天都颠沛流离。
窗关着,无风无梦。
直到……
一缕银光映在他眼眸。
一缕清风拂过他额头。
月池睁开眼。
哪有什么银光。睡前紧闭的窗已经洞开,皎皎月光透过高大构树的枝丫,一泻如洗在他的床上。又哪里来的清风,只有一个怪兽,夜枭般蹲在还摆着茶杯的桌上,不避不闪,堪堪望着月池。

月池一个激灵,坐起身来。
"谁?"他低声问道。

那怪兽——不,看仔细了,才发现那是一个很年轻的身体,戴着一只怪物的面具。这面具该怎么形容呢?不仅仅是骇人。它红彤彤,双眼圆瞪,怒发冲冠。

月池又问一遍,"你是谁?"
那怪兽回答,"我们见过。"
月池听着声音,回味一下,突然高兴起来,"真的是你!"
睡前才想到,夜里入梦来。

可不正是白天那神秘少年？

少年叹口气，"你若不是格外蠢，就是格外蠢。"

月池哈哈一笑，"此话怎讲？"

少年答，"在你醒来之前，我已经为你赶走三批人了。你摸摸头下枕的，可还是你睡前枕的东西？"

月池一惊，反手去摸，心里一凉。

果然不在了，现在就是个普通棉絮枕头，睡前被老陈包得好好的皮箱子，不翼而飞。

最惊人的是，他完全没有感觉。

月池才要起身，少年摆摆手，"别急。箱子我已经给你夺回来了，此刻在外头你同伴床上。你继续睡吧，安心，今夜不会再有什么牛鬼蛇神来了。我这也算是报答你白天救我的恩情。"

月池很好奇，"那么，你能不能告诉我，是怎样的三批人，前来造访？"

少年嘿嘿笑，声音清脆，男女莫辨，"造访，哈，造访。一个胖胖的，从大门进来，蹑手蹑脚瞧你，到处找东西，被我突然亮相差点吓傻，落荒而逃；一个瘦瘦的，穿着黑衣，从窗户进来，给你吹了迷香，换枕头拿皮箱，又被我打跑；我坐在这里等你醒来的时候，又有一个人从树杈上探了头，瞧见我，吓得掉下树来。"

月池听他说得惟妙惟肖，忍不住笑，"这么热闹啊。"

少年伸手托腮，"可不是。"

月池说道，"你讲话没有口音。你不是常德人么？"

少年不答反问，"你个蠢宝……你不先关心这三批人都是哪个么？"

这一句，是正宗常德话。

月池更好奇了，"我关心，也不关心……我更想知道的是你……"

饶是他饱读诗书，也参不透面前这个少年。为什么来去自如？为什么俏皮古怪？

月池问道，"白天你被什么人追呀？"

少年回答，"偶钵罗花向日开，满天星斗入莲台。"

月池愣住，"什么？"

少年冷哼一声，"说了你也不懂。"

跳下桌，体态轻灵，"我走了。我们两不相欠，以后也不会再见啦。"

月池忍不住，起身拦他，"别急，我还有话想问你。"

少年一闪身，冷笑一声，"凭你？想拦住我？"

月池收回手,"我知道我绝对拦不住你。我没有对你不敬的意思。"

少年站定。月池发现他比自己矮半头,更瘦,所以顶着一个硕大面具,更加可爱。

"我想请你留在我身边。"月池说,很诚恳。

白天在船上,他便想到这个。他和老陈说到湖南的矛盾,也是他心里有一团火的原因。面前的少年,就是湖南的缩影。神秘,有天分,不按牌理出牌,却又很有趣。明知不可触碰,却偏偏想触碰。

少年脑袋一歪,像是完全没有听懂他在说什么。

月池解释道,"我……我就是想请你留在我身边。作为朋友也行,作为同伴也行。"

少年伸出手指摆一摆,"你莫放屁。你就是想请我做你的保镖吧。呸。"

月池给他逗得又笑出声,恨不得抓住他的手指咬一口。

少年收回手指,脸往他面前凑一凑,面具上的魔鬼模样更加清晰,"我是神仙,救人苦难,守护苍生,岂有给你一人做保镖的道理?你睡你的觉吧,后会……嗯,无期。"

说罢身影一闪,月池还没回过神来,怪兽已经从窗口掠了出去。

月池追到窗边,但见迎客松枝丫轻颤,月光粼粼,斯人杳杳。

风吹城上树,草没城边路。城上月明时,精灵自来去。

连他的名字,都没来得及问呢……

月池惆怅地坐在床边。这时候才感觉头昏昏的,果然是中了迷香的道吗?

三批人……胖胖的一个,瘦瘦的一个和探头探脑的一个。

他大约也知道都是谁。

反正睡不着,索性披上外衣,点一支蜡,走到外间老陈床前。不翼而飞的那只皮箱,可不正好好地摆在老陈枕边?

他心下调皮,将蜡烛歪一歪,融化几滴将底部粘牢在桌上,也学那少年一般,蹲在椅子上看老陈睡觉。

偏生老陈仿佛有感应般,过一会儿陡然惊醒,看见一个人影在自己面前,唬得号叫起来,一顿乱踢腾。

"是我,是我。"月池赶紧说,"你快别叫,怪吓人的。"

老陈披头散发衣衫不整坐起身,"少爷!你才吓人哪!你好好的不睡觉,在我这里做什么?"

月池指一指皮箱,"还不是都怪你梦游,把我的皮箱偷了。"

老陈看到皮箱，又号叫一声，"这是怎么回事？"

月池一笑。

老陈慢慢回过神来，"啊……这就是少爷说的，今晚一定有事？少爷你看到贼了？"

月池轻轻道，"这只皮箱，是我们在桂林的时候得的，月字也是临时刻的。知道它很珍贵，并且必然跟我影形不离的人，只能是我们返程后碰到过的这些人。"

老陈起身倒杯水给月池，自己也拿一杯。

"少爷，你有什么头绪没？"

月池一边回忆少年的话，一边缓缓低声道，"白天的年轻船夫，那个叫国富儿的，我们在他面前露了箱子也露过财，他应该算一个。"

老陈恨恨地，"我们白天可没少给船资……"

月池笑一笑，"你看他瘦成那样，肚子却很大，估计营养不良到了极点，还有一肚子寄生虫。是个可怜娃，犯不着生气。还有……"

老陈一惊，手里的水都洒出来，"还有？不止一个？"

月池点头，"有一个从庭院里偷看的，应该是对客栈很熟悉的人。他没有碰到箱子，是不是贼，现在不好说。可是还有一个胖胖的……啊，我真的不希望是那个人。"

老陈问，"谁？胖胖的，难不成……"

饶是他跟着少爷走南闯北见多识广，也很难相信罗成是贼。

明明在饭桌上那么情深意切。

老陈感叹，"少爷，你前两天说要试一试，我还想着是你多此一举。你看着少不更事，但论起心思细腻，真的谁都不是你对手。"

月池笑，"你这是夸我呢还是损我？"

老陈叹口气，"接下来怎么办呢？"

月池答，"该怎么还怎么。你我二人，就当作什么都不知道。我们还按照原计划，休息两天，然后慢慢把附近的茶园全部走一遍。"

老陈点头，一边打哈欠一边说，"少爷再补一觉吧……"

第二天一早，月池再度醒来的时候，客栈已经热闹起来了。

昨夜抵达的时候已届黄昏，看不真切。此时此刻，他站在码头，再看溪流山涧，但见晨光熹微下，草木葱茏，烟霞升腾，心中真是油然而生"便在此处终老也不错"的想法。

六七年前,月池便不带盘缠,独自一人走了许多地方。其中印象最深刻的,当数湖南的张家界和壶瓶山。

说也奇怪,郦道元和徐霞客,都没到过这两个地方。

如果他们到过,一定会留下许多笔记。

在月池看来,张家界也好,壶瓶山也好,都是堪为"鬼斧神工"做注解的。

壶瓶山有大片大片森林,也有大块大块悬崖,植物动物千奇百怪。与张家界一样,壶瓶山群峰起伏、层峦叠嶂、地势陡峭、沟壑纵横,且多数山峰单面峻脊,有许多背斜、向斜的地貌,平底拔起万丈,处处飞瀑布。

因山的走势,水的流向也变得非常特别,纵向谷和横向谷同时存在。就像昨天经过的河谷一样,有的地方,因为河流顺岩层走向,水流顺畅,流速快;有的地方,因为河流流向与岩层走向垂直,暗礁多,流速慢,漩涡多,危机四伏。

好像跟湘西北这个地方人文一脉相承——匪气与侠气并存。

想在这样的地方创出事业来,这可谓火中取栗。

特别是他已经经历了一次失败。采矿证活生生砸在手里,还砸碎了同乡们的勃勃雄心。

这次回来,能不能成功呢?

不知不觉间,他已攥紧了双拳。

他站在码头边欣赏风景,却不知有人在他背后欣赏他。

不过,不是云岫……而是云岫的爹。

老陈收拾完房间,一抬头已不见了少爷。待他一脚跨出院门,就看到田掌柜远远凝视着他要找的人。

"大掌柜,"老陈拍拍他的肩,"你站在这里看月少作甚?"

田掌柜没回头,过半晌叹口气,"老陈,不晓得有句话,当讲不当讲。"

老陈笑,"不当讲,你快别讲了。"

"你……"

老陈一边整理刚才为了方便干活高高卷起的短打袖口,一边悠悠道,"你可是想问少爷,是否婚配,有没有家室?"

田掌柜奇道,"你家少爷精,看不出来你也猴精猴精的。"

老陈摇头,"所以我说不当讲嘛。少爷已经婚配,有少夫人,有两个儿子。而且,他也不打算纳妾。"

田掌柜颓然垂首,"我就知道……这般人物,怕是才到总角,来提亲的门槛都踏破了。"

老陈四下看看,见无人,继续道,"不过,你家姑娘是真的好啊,一看便知是贤妻良母。我回头同少爷说,看有好人家,帮姑娘留意着。"

田掌柜点点头,又摇摇头,叹气道,"罢了,除了月少,估计别的人,云岫也瞧不上。"

老陈讶异道,"怎么就这么一口咬死了呢?"

田掌柜白他一眼,"看,你不懂。曾经沧海难为水,除却巫山不是云。"

老陈冷哼一声,"我虽没读过书,但跟着少爷上私塾,诗还背得几首。"

田掌柜转身,"我要忙了。"

走几步,想起什么似的,"你们那个房间,我就挂起来了,做你们的长包房。这一回,会住很久吧?"

老陈答,"少爷的心思,我哪知道。不过,再短也至少三个月。"

田掌柜闻言,立刻笑容可掬,刚刚被老陈拒亲的沮丧减少了许多,作个揖道,"那可多谢了。"

老陈讪笑,"你这个人。"

田掌柜回到柜台,见昨夜那间暖阁里,宝贝女儿云岫穿一身藕色袄裙,戴一双碧玉耳环,面似朝花,素手纤纤,正在沏茶,独等月池前来喝茶。

不由得又想起月池早已婚配的事实,暗自叹口气。

云岫娘死得早,云岫的终身大事,只能由他这个老鳏夫来操持。从他眼里看,云岫没有一个缺点。这些年,爷儿俩也都没有看上过谁。唯一一个月池……唉,可惜,可惜。

不多时,月池回来,落座暖阁。

对云岫非常客气,"劳动妹妹为我沏茶,担当不起,恕罪恕罪。"

云岫微微抿抿嘴,"月少,我听说你这次回来要做茶生意。"

月池点头,"是有这想法。"

云岫纤手一指,"那你品一品,今天这茶,味道如何。"

月池没着急喝茶,先掂起装着茶叶的茶盒,细细闻了起来。

月池俊吗?云岫悄悄凝视他。自然是俊的。不过这只是长相,有许多人,长得比月池更俊。但都没有他那般英挺,那般谦恭,那般儒雅,好些时候,又豪气干云,不输古书里写的绿林好汉。

认识月池,方知宋代郭茂倩的《白石郎》真有其人。

"积石如玉,列松如翠。郎艳独绝,世无其二。"

只要见他,云岫心里便填得满满的,哪怕不说话,只是望着他,那股子欢喜劲儿,忍不住地从肺腑往外钻。

她走神的当口,月池已将茶叶观察了个遍,末了说道,"我喝过你家茶很多次,第一次见到这毛茸茸灰白茶叶。"

又品了一口茶,眉头一展,惊喜道,"哇。"

再看茶色,但见茶汤清亮,回甘气若兰花,"这与你上次端给我的茶,非常相似,又有什么地方不大一样。"

云岫回答,"上一次端给月少的,是我们这里的白茅尖,也就是你说到的贡品,嘉庆爷最爱这个。不过咱们喝的,都是咱们自己随手做一做,跟贡品滋味还差了许多。"

月池微微一笑,"我姑母估计也会喜欢。"

云岫一愣,"姑母?"

月池解释道,"我家人里,姑母最爱喝茶。自来湖南,我每到一处,都会寄茶叶给她。"

云岫见他一脸不想继续说下去的样子,好容易才忍住没继续打听月池姑母的故事,继续道,"今天这个,虽然也是白茅尖,但它来自桑植。那边土家族很多,他们保留用甑蒸茶的手艺,所以茶叶格外香。"

月池啧啧称奇,"相同的品种,相近的产地,哪怕制作工艺稍微不同,茶汤便会生出许多变化。"

云岫的脸又有点红了,"月少听过傩戏吗?有一出傩戏,就唱了这个茶。"

月池抬眼望她,"妹子会唱?我想听。"

云岫清一清嗓子,轻轻哼道,"年年有个三月三,姊妹三人进茶园。三月三,四月八,姊妹三人采细茶。大姐进园采四两,二姐进园采半斤,三姐采茶不用称,四十八两共三斤。摘起进来用锅炒,甑子蒸,篓篓炕,烟上熏。红带缠,绿带捆,箱中搁,柜中存。"

她嗓音婉转,如叶底黄鹂呢喃。不仅月池听入迷了,田掌柜,刚进来的老陈,都听得呆住。

但是月池的入迷,还有另一层惊艳。

昨夜……那少年……

偶钵罗花向日开,满天星斗入莲台……

月池在心头四书五经过了半天,也没想起这是哪首诗。

云岫这一唱,倒提醒他了:莫非那也是一句唱词?

云岫一曲唱毕,老陈第一个鼓掌,"好听!看把我家少爷,都听呆了。"

月池这才回过神来,也鼓掌,"太棒了,云岫妹妹。"

虽然走了神,但这夸奖真心实意。

云岫一味笑。

月池问,"这里头唱的'三月三,四月八'是指采茶的时节吗?"

云岫"嗯"一声,"一般采到清明结束。清明后这茶就老了。"

月池由衷感叹道,"好妹妹,你真是仙女。我以后若成了大茶商,你便是我的贵人。"

田掌柜心念一动,才要说话,老陈瓮声瓮气道,"少爷,你可别光说不练。"

月池和云岫双双朝他看来。

老陈觍着老脸凑上前,笑嘻嘻,"既然你都认了云岫妹妹是你的贵人,哪天咱们真的干成了大茶商,你拿什么谢她?"

月池笑,"这个啊……"他看向云岫,"云岫妹妹自己随便提。"

云岫一惊,田掌柜更是一惊。

老陈打蛇随棍上,怂恿道,"妹子,你快提,我替你记好。少爷要是敢不兑现,我去家告他的状,让老爷打他。"

云岫扑哧一笑。

他虽然说得滑稽,田掌柜心中却非常感动。老陈这人粗中带细呢。还以为他随口说说要帮云岫,没想到立刻就找到机会给云岫自己提想法。

田掌柜怕傻女儿白白错过好机会,赶紧蹭过去,也一式一样觍着老脸,用开玩笑的语气说最认真的话,"云岫,快提,我们都是见证。我昨晚也做月少的见证,今天也做,横竖都做了。"

月池自己也鼓励云岫,"妹妹尽管提。你要什么,但凡我弄得到,都给你拿来。"

拿来你个脑壳。田掌柜闻言苦笑。女儿家的心思,月少你是半点都不知情啊。

云岫又喜又惊,嗫嚅道,"你们这都是怎么了……我,我哪有什么……"

田掌柜赶紧打断她,"如果想不到,就欠着吧。好吗月少,嘿嘿,你欠云岫一个谢礼。"

月池点头,用一句半生不熟的常德话回答,"作数。"

举起茶杯,朝云岫敬道,"待我成为大茶商,云岫妹妹可以向我提任何要求。但凡我有,我给你;若我没有,但凡天下有,我也给你。"

这话说的,也算是豪气干云了。

云岫赶紧端起茶杯。俩人对饮而尽。

月池放下茶杯,瞥一眼田掌柜,"要立字据么?"

田掌柜笑嘻嘻,"那倒不用,那倒不用……"眼珠子乱转。

月池哈哈一笑,低头从腰间解下一块玉佩,递给云岫,"开什么玩笑。既然立誓,至少需要信物。这块玉佩是我妹夫赠我的,玉佩很普通,但赠我的人举世无双。就以它为信,若我将来违背誓约,别说被爹妈揍一顿,云岫妹妹拿着它去找我妹夫,可以取我狗命。"

老陈一见他拿出玉佩,便知道这事儿成了,鼓掌道,"好极了好极了!云岫妹子,你赶紧收好它,月少没骗你。"

云岫心里那股子欢喜劲儿,已经攒到了顶,再也没处憋着,只能赶紧收好玉佩,一溜烟跑回自己房间,将脸埋在被褥里,无声大笑起来。

誓约!

她和月池,有了一个誓约!

而且是一个好到不能再好的誓约!

朝暮与年岁并往,愿与你一同行至天荒地老。

这边云岫正自高兴到无以复加,那边罗成、肖郝、钟不期几个,也都陆续到了暖阁。哥几个对着一张简易地图,商量起接下来的行程。

月池指一指桌上的茶,"第一站,就去这里吧,桑植,是么?"

钟不期眉头一皱,"桑植?不好。"

月池诧异,"为何?"

钟不期点一支旱烟,回答道,"桑植太远,壶瓶山有个苦竹洞茶园,也做这种白茅尖,我们去那里走访便可。"

月池满腹狐疑,倒也不坚持,"那么,就依钟先生的意见。"

钟不期拿旱烟头虚空点一点,"这一个山头,大小茶园,我数得出来的就有十来个。够我们走的。"

月池说道,"不是我们。"

钟不期愣一愣。

月池道,"就是我和罗成。有罗成当向导就足够,你们都不用跟着。我还有更要紧的事情,需要你们帮忙。"

唯独罗成点头如捣蒜,其他三个齐声反对。

老陈声音最大,"那怎么行?! 那怎么行?!"

肖郝都快要生气了,"我脚力最好,月少,你不叫我当向导,找什么罗胖子!"

钟不期等他俩说完,愁眉苦脸道,"月少,不是我三番两次拂你意思,是真的不行,就你们两个太危险。"

月池笑,"我两袖清风,身无长物,有什么危险的?再说还有罗成。"

说着转向老陈和肖郝,"我得辛苦你们二位,这段日子里,帮我寻一处宅子。"

"一处宅子?"老陈眉毛都快掀到后脑勺了,"少爷,我可是刚刚照你的意思,给田掌柜定下了三个月的包房啊。"

月池说道,"你只管去找,这里定礼不变,不会教你食言。这一处宅子可不好找,我要求很高,所以委托你们二人。咱干不干得成大茶商,这处宅子定成败。你最了解我的心思,肖郝,就像他自己说的,他脚力最好。"

肖郝一听自己承担了这么重要的责任,瞬间高兴了,"月少,你只管吩咐。"

月池掂起指尖,在桌上,跟前一夜那样无意识地画圈,"第一样,这宅子前后最好有缓坡,但不能有陡坡;第二样,需要至少十个房间,周围田地至少二十亩;第三样,这宅子不临街倒没关系,但需要至少有一面临水。我暂时就想到这些,以后再想起什么,再跟你们说。"

老陈还是很不放心,"那你和罗成,多久回来?"

月池想一想,"吃不准,少则三天,多则十天。"

老陈心惊肉跳,不怒反笑,"少爷,你要么把我现在就杀了,要么就让我跟着你。反正老爷夫人要是知道我这么多天没跟着你,也会杀了我的。"

月池沉吟间,钟不期敲一敲旱烟袋里的烟灰,"别争了。月少你带着罗成和老陈走,我和肖郝找宅子。他脚力好,我脑子好,我俩搭档没问题。"

肖郝眨巴一下眼,"咦?"

众人都笑了。月池点头,"行。那就这么着吧。"

又歇多一天,几人准备出发。

临出门,云岫疾步赶来,捧着三件银灰坎肩,"三位哥哥慢些,衣服里头加上这个。山里寒,万一冻着非同小可,这个轻巧又热和,收到筐里也不占地方。"

老陈和月池谢了一声,也就不客气地拿来穿了;罗成害羞得跟大姑娘似的,从脸皮红到后脖颈,"啊……啊……我这大老粗,怎么穿得起云岫姑娘的绣品。"

穿完衣服,月池拍拍胸口,"暖!多谢贵人!"

云岫抿嘴一笑,转身就跑。

三人就这么一人背一只竹筐、挂一支竹杖,上路。

穿过集镇就是山,一路山,举目低头都是山。

罗成生于斯长于斯,熟门熟路,边走边介绍。

"你们晓不晓得苦竹洞是莫得意思?我们这里,很多地方叫苦竹。'苦竹'是土家语'两面都是高山'的意思。"

老陈想起第一晚月池的话来,咋舌道,"果然是汉族、土家族混居的地界啊。"

罗成笑道,"还有苗族、白族、侗族、瑶族、回族……多着呢。"

行到半山腰的开敞处,一大块褐色碣石突出成为一个天然瞭望台。月池站上去极目远眺,依稀可见村寨绵延,澧水蜿蜒。

他想起一年前,和堂妹夫德明的一番对话。

德明虽然娶了月池的堂妹卢慕贞,实际年龄和月池差不多。一样的浓眉大眼,意气风发。要说月池胆大走四方,妹夫德明更是,满世界都是他的去处,从檀香山到日本到香港。

那时月池正准备来湖北湖南,德明暂时回乡探亲,俩人虽是初次见面,却相谈甚欢。

"我听说你马上又要回香港去?"月池问。

德明回答,"对。开这西医学院的商人叫何启,和我哥哥有些生意往来;加上我也对医学感兴趣,就一直学下去了。"

月池说,"这么巧,我也学过一点,不过是中医。"

德明轻轻叹口气,说,"只要能救人,能救这民族,就是好医术。"

月池心下赞同。又隐约觉得他指的,不仅仅是医术。

"你什么时候有机会来香港,我带你认识几个朋友,都是了不起的人物。"

"妹夫你好友遍天下,真不错。"

"说起来,曾国藩、左宗棠去世后,现如今朝堂之上,说话还算有分量的,也就是李鸿章了。可他也跟曾左二人一样,是汉人,清廷用他又防他。你四处游走时,若有机会能见他,可以多结交,那才真是人物。"

临分别,德明送给月池一块玉佩,"月池,我们两个,都不是池中之鲤。我送你一个礼物,祝你早日达成心中所想。"

月池慌忙摘下自己的玉佩互赠，"那我也祝你……祝你……"

祝你什么呢？

德明哈哈一笑，"祝我改天换地！看我把这玉宇乾坤，变个样。"

月池吓一跳。又隐约觉得他说的，不像是玩笑话。

好神秘的妹夫，好有趣的世界。

身边的老陈冷不丁递来一块米糕，打断了月池的遐思。

"少爷，是想家了吗？"

月池掰下一小块糕，放在嘴里缓缓嚼，摇头道，"也是，也不是。不过亭暲确实辛苦，一个人带两个顽劣儿，还要照顾爹妈。"

老陈安慰道，"等我们干稳当了，把他们都接来。"

月池"嗯"一声，边吃糕边回答，"希望那一天不会太远。"

老陈想一想，"我记得你说过你和少奶奶的名字，一个是月亮，一个是太阳？"

月池笑，"你还记得这个？也是有心了。我的名字，月池，是指十五的满月；她的名字，亭暲，是指初升的太阳。"

老陈赶紧说道，"真有意思。加上云岫的名字，你们三个，日、月、山。"

月池还没回过神他在表达什么，那边的罗成突然打起嗝来。

月池、老陈两主仆在这里聊天，他没好意思凑过来，在三米开外的地方自己默默吃米糕，吃得快了，一下子噎住。

月池看到，起身递过水去，"兄弟，慢些吃，细细嚼，别叫你的脾胃受累。脾胃干不动了，吸收的能力就慢，气血不足，堵中焦，清气不能上荣。你的虚胖，估计跟你吃饭太快有关系。"

罗成惊诧道，"吃得快也会胖？我就说猪怎么吃草还能长那么多肥膘！"

月池没忍住哈哈大笑起来。

老陈暗自叹口气，罢了，这少爷，根本没有心思在儿女情长上。

再前行，步道痕迹渐渐消失，林间长满荆棘茅草；有的地方通行极其困难，幸得竹杖在手，赶蛇，辨路。

罗成是个好向导。很多路他也没走过，但他经验丰富，知道如何避开踏空与泥沼。

如果他真要害命，多的是机会下手。月池、老陈早就在某片悬崖下了。

那么是图财？

老陈一个人浮想联翩。

三个人静静走完最崎岖的一段山路后,眼前终于豁然开朗了。

但见一片广袤的茶园,缓缓铺陈在山间。马上春分,茶叶已接近采摘状态。山间多雾,尽管出着太阳,茶叶始终油亮滋润。

渐渐看到茶农,穿梭于茶园之间。

一个老者看到他们三人,放下手里的活计,凝望过来。

月池拱拱手,高声打招呼,"老人家好。"

老者一边掸着衣袖,一边凑近。

"外乡人啊?"老者问。

罗成赶紧用正宗常德话打招呼,"老倌子,这一片茶园都是你屋里的啊?"

老者哂笑,"没那么好命。"

老陈上前,双手奉上几文铜钱,"劳烦您,想喝一口您这里的茶,歇歇脚。"

这些细节,临行前月池早都叮嘱好了。倒是罗成第一次见,诧异又钦佩。

他知道月池细致,没想到细到这程度。

做事滴水不漏,还让人如沐春风。

果然老人笑眯眯接过铜钱,"你们跟我来。"

几人跟着他去到田间的简易茶棚。老人拎出一只古拙的陶土提梁壶,慢悠悠斟上三杯茶。

别看提梁壶灰扑扑毫不起眼,茶叶也是些碎茶末,三人行路辛苦,对他们而言,此刻一杯清茶都宛如琼浆玉液,喝完一杯再来一杯。

月池很自然地切入正题,"老人家,你种了多少年茶叶了?"

老者答,"一辈子咯。"

月池问,"再高些的山上,还有茶吗?"

老者斜觑他一眼,又看看罗成,答道,"有是有,不过太冷哒,一年只怕有四个月在落雪,茶叶养不肥。"

月池点点头。他观察过,壶瓶山适宜种茶叶,因为天时地利人和。

首先,温度。茶树种不种得好,跟温度密切相关。堂叔从檀香山带回来一个好东西,西方人管它叫"温度计"。月池从他那里得到一只温度计,从此爱不释手。他发现这个东西真好用:茶树最适宜生长的温度是十二至十八度。温度低了,长不好;温度高了,长得太快,但芽叶易趋粗老。壶瓶山山脚和半山,都在这个温度范围内。

其次,是风霜雪雨。他发现茶叶对水汽也有特别需求。茶树在生长期间,嫩梢不断地被采收,又不断地发出新梢,在缺乏水分的条件下,新梢生长缓慢,严重缺水时极易枯死;但是水分过多,尤其一积水,茶树根系会大量死亡。壶瓶山山崖陡峭,山坡光照充足,雨水不积,风霜雪雨灌溉茶园,之后都畅畅快快汇进了澧水,一点都不扰民。

再次就是,土。茶树喜欢的土壤很特别。一到湘西,月池看到漫山遍野的杉树、马尾松、油茶、映山红、铁芒萁,再看土壤呈红色,便知道:莫说壶瓶山,整个湘西都适宜种植茶叶。

高而不寒,湿而不涝,土壤松且肥。壶瓶山得天独厚。

喝完茶,老者带着月池去茶园里转。

月池时而弯腰拈住茶叶闻,时而蹲下捻起一撮土,放在指间搓一搓。

又抬起头问老者几个问题,十分细致。

罗成远远看着,忍不住低声问老陈,"月少真的是最近才决定做茶叶生意的?我怎么看着他比谁都像茶商。"

老陈哂笑,"你又不是第一天认识少爷。你之前跟他一起探铜矿的时候,是不是也觉得,他比谁都像矿商?"

罗成叹口气,"真的是神仙,神仙。"

喝完茶,再走到暮色沉沉时分,抵达苦竹洞茶园。

包括先前的老者在内,很多茶农都是这家茶园长期雇用的。

罗成、老陈前去打招呼,结果被人冷冷地打发了出来。

"月少……"老陈气呼呼,"收了礼钱,也没好脸色给我们,让我们住一晚可以,但是得住柴房。"

月池笑,"我当是多大事。挺好,柴房暖。我喜欢柴房。"

3

稍迟,月池、老陈和罗成三人在柴房里铺好薄褥,以衣为枕,躺平看月光映房梁。

老陈毕竟年纪大了,瞬间睡着,呼噜声应声响起。

罗成心里还是特别过意不去,轻声抱歉,"月少,真对不住,是我没用。哪能让你这么委屈……"

月池把胳膊枕在头后,半闭双目,悠然得像躺在织锦大床上一般,"罗成啊……你为什么要溜进我的房间?"

罗成很花了一点时间消化这句话,等突然明白过来,腾地坐起身,结结巴巴,"月……月少!"

月池还是那个姿势,也不激动,也不生气。

但是完全不容辩驳。

夜色里,看不清罗成本来就红黑的脸,是否变了颜色。

但他的声音在发抖,"我……我……"

月池侧个身,面朝罗成,一双眼眸在月光下熠熠生辉,"我特地等老陈睡了才问你,是想给你日后在兄弟们面前留个情面。所以,无论答案是什么,你都可以告诉我;无论你告诉我了我高兴不高兴,你都可以随时离开。我们就当什么都没发生过。"

罗成闻言,羞赧得无地自容,扑通一声跪倒,匍匐在地,声音颤抖得像是哭了,"月少,罗成……罗成我就是被天打雷劈,也不敢做对不起月少的事!"

"嗯?"

"那天夜里,我确实进月少房间了。我是去找一个东西的。"

"什么东西?"

"刚接到月少去房间放行李的时候,我瞥见有个人偷偷摸摸从你房间溜出来。这人一边溜出来,一边搓着一团纸,而后看见没人,把纸团随手丢了。我捡起来看,发现是一张包过什么的纸,纸上还有点粉末,闻起来有股异香。"

这下轮到月池吃惊了。罗成的脾性他算了解。他问得冷不丁,罗成编瞎话也编不出这么流畅一大段。

"粉末?异香?"月池坐起身,"那后来,你在我房间找到什么了吗?"

罗成还是匍匐着,以头抢地,"没有,后来……后来我看见傩公了!再也不敢继续找!"

"傩公?"月池更加一头雾水,"你起来,好生说。"

罗成抬起身,"就是傩公。他突然出现,吓得我魂飞魄散。他一定是责罚我对少爷不敬,所以特地出现警示我的!"

一个胖胖的,从大门进来,蹑手蹑脚瞧你,到处找东西,被我突然亮相差点吓傻,落荒而逃……

月池突然想起神秘少年的话。

啊!难道!

他戴的面具,就是什么傩公?

"傩公又是什么?"他问。

罗成道,"听说是很早以前有场大洪水,世上只活了兄妹二人,后来神仙指点他们二人结为夫妻,生下一肉块。二人用刀割碎这块肉,抛撒山野,这些肉屑都变作了人。这兄妹二人就是傩公傩母,我们最敬重的神。"

月池笑道,"这个故事就像是在说伏羲女娲啊。很有趣。"

罗成又把身子伏在地上,"不是故事啊,月少。傩公是真的神,他会帮我们实现愿望。"

"好。"月池也不再纠结这个问题,心想幸好不是妹夫在这里,否则恐怕会想办法把傩公揪出来打一顿,"后来呢?既然你觉得有人在我房里放东西了,你为何从没跟我或老陈提起?"

罗成的回答出乎月池意料,"我跟云岫姑娘说了。"

月池突然想起,难怪这两天都是云岫亲自为他整理房间。

罗成继续道,"后来几天我都特地留心,但再没见过那个放东西的人。云岫姑娘也没什么发现。所以,我也就想着,是不是自己眼睛看花了。"

月池在黑暗中拱了拱手,"行,我知道了。你是一片好心,是我冤枉你了。多谢,兄弟。"

罗成这才战战兢兢躺回去,不多时,也扯起了鼻鼾。

月池却睡不着了。

留有异香的粉末……

那是什么呢?如果真的有人把那东西放在了他和老陈的房间里,为何连云岫这么心细如发的人,都没发现?又为何什么都没发生呢?难不成,是某种慢性毒药?

壶瓶山的夜,格外寂静。

月池也不知道为什么自己特别喜欢湖南。

除了侠气与匪气,应该就是喜欢它的神秘吧。

他喜欢武陵山脉的延绵不绝。山脊像大地之母一般,稳稳地、非常有自己意志地盘踞、延伸。它们并不特别高大,没有高不可攀的架势。四季虽然分明,但时刻保持着生命力旺盛,人们极少会看到它光秃秃的模样。山脊母亲膝下的孩子们,那些山坡、山岭、山谷,悠然自得地分布在广袤大地上。水汽氤氲,烟雾迷离。月池喜欢杉树、马尾松、油茶树。它们都很香。山风吹过时,树梢扫过天空,沙沙作响,带着熟悉的仿若恋人的气味。

因为山川的精气充盈天地之间,湖南人天性热情浪漫,就宛如月池入湘后碰到的人们一样。而肥沃的土地、温暖湿润的气候也使这里成为香花香草的乐园。少时读书,月池就很向往屈原笔下的"香草美人"。"朝搴阰之木兰兮,夕揽洲之宿莽""朝饮木兰之坠露兮,夕餐秋菊之落英",若有香草朝夕相伴,这种日子该多令人神往。江离、辟芷、兰、木兰、宿莽、申椒、菌桂、留夷等,这些香草充斥在《离骚》之中,月池也在湖南将它们一一找到。

屈原如此喜爱香草,自比香草,哪怕全世界都站在他的对立面:楚王怀疑他,党人排挤他,学生背叛他,老百姓不理解他,女媭、灵氛、巫咸等人也只是同情他,劝他去国或随大溜……他也绝不委屈自己,宁可孤独地香,绝不为了苟合而逐臭。

很多时候,月池宁愿相信,孤独也是一种骄傲。骄傲的屈原,在孤独中求死,在孤独中得偿所愿。

等一下!

月池猛然醒悟。

傩公傩母,无论是不是伏羲女娲的另一个称谓,但一定就是屈原笔下的"女媭、灵氛、巫咸",简单地说,就是巫师。

那戴着面具的神秘少年,是巫师。

他说的那一句"偶钵罗花向日开,满天星斗入莲台",八成就是咒语之一。

太神秘了。

月池嘴角微微一扬。

他真想再会一会这少年。

次日清晨,三人被一个粗粗的嗓门叫醒。

"快起来了!主人要出门了,别叫他撞见你们!"

月池几个也不解释,赶紧起来收拾行李。

苦竹洞茶园,诚如罗成之前介绍的,处在两面都是高山的山坡上。昨天到得晚了看不真切,只觉得是一座规模宏大的建筑群落。

现在晨曦下,才发现它不仅规模惊人,更是雕梁画栋,一座座吊脚楼栉比鳞次,好不壮观。

老陈喃喃道,"不是亲眼所见,真难想象,深山里还藏着这么大的园子。"

那收留他们、同时也是早上唤醒他们的,是茶园的看门人。这个五十岁上下的大叔,穿着湘西苗族汉子最常见的"欧欠",蓄发椎髻,垂着眼,没怎么睡醒的样子。

见三人动作迅速，他反倒有点不好意思，打个招呼，"我也没想到主人这么早就起了，抱歉抱歉。"

老陈问，"这么早赶着收茶么？"

看门大叔瞥他一眼，"我家茶园千把亩，十里八乡都有我家佃农，哪里用得上主人自己收茶。你们收拾好了就赶紧走吧。他脾气可不善，要是出门撞见你们，莫讲是你们要被骂，我也没好果子吃。"

月池边走边听，听完一愣，"你们家茶园这么大的么？"

看门大叔不无自豪地说，"我家茶，世世代代都是贡品。你听得懂不？贡品，给皇上喝的！"

月池答，"我听说过这附近有茶园的茶进贡给皇上，没想到就是你们家。"

看门大叔待要继续解释，突然园子里传来动静，吓他一跳，赶紧推搡三人，"不讲了，赶紧走吧。"

他们留宿的柴房虽在茶园大门之外，但因这茶园建在山坡上，大门在最低处，所以抬头也能窥得园子的大致全貌。隐约可见有人影从洞开的大门后的镂空花窗闪现出来，而且人还不少，脚步声纷至沓来。

看门大叔跌脚，"嘻，来不及了！算了，你们回去柴房吧！快些！莫害我！"

于是三人又赶紧退回柴房，刚掩上门，就听到清晰的对话声响起。

"寨方！"一个浑厚低沉的男子声音响起，"我将才出来得急，忘了拿烟袋。在太太房里，你帮我去拿一下。"

"好的，老爷，您稍等。"原来那看门大汉名叫寨方。

月池忍不住好奇，从柴房稀疏的门缝看出去。

只见一身材魁梧的男子背向自己站立，身边跟着一个丫头，他对面是两个长发披肩、身穿奇异服饰的人。隐隐约约看不真切长相。

这魁梧男子应该就是主人了。

"我姆妈这病，只能拜托两位了。"那浑厚低沉的嗓门很有辨识度。

穿着奇异服饰的其中一个回答道，"我们尽力。不过观察这几天，童老板，你只怕也要准备起寿材来。这个鬼脑壳恶得狠，老太太只怕熬不过去。"

后半截话听得月池云里雾里，转头看看罗成。

罗成在他耳畔以气声轻轻道，"他们是两个巫医。"

月池点点头，又转回去看。但见那童老板，闻言整个肩膀都松了下来半寸，显是因为巫医的悲观变得颓丧不已。

等那两个巫医辞行走远,寨方的烟袋才刚拿来。

童老板接过烟袋,叮嘱几句,坐上一只四人抬的简易轿辇,也离开了。

三人方才出来现身。

寨方擦一擦额头的汗。春寒料峭,他一头一脑的汗,也不知道是跑的还是急的。

"吓死我哒。"他老大不愿意地嘟囔,"收你们一晚上,叫我担这心。快走吧。"

月池问,"你家老太太,身体不好得很么?"

寨方奇道,"你为莫得……"忽然明白,"你刚才听到了他们说话是吧。"

"嗯。"

寨方摇摇头,"不好得很,咳嗽了很多年,到了冬天更加严重。十里八乡的医生都看过了,方子试了会有百把种,还是不见好。"

月池问,"咳嗽具体情形怎样?"

寨方没有即刻回答,侧目看着月池,满脸怀疑。

罗成赶紧说,"我们老板,医术了得。"

寨方"哦——"一声,看看他们几个背着的筐,"原来你们是上壶瓶山采药的啊?我说没头没脑的,怎么跑出几个外乡人来。"

月池说,"对呢。如果方便,可以给我瞧瞧老太太么?瞧不好,你们也没损失;瞧得好,你还是头功一件。"

寨方犹豫半晌,"……那……那你们在此地等到。我先去问下夫人。"

他去通禀的时候,月池也没闲着,在大门口转悠,这里看看那里瞅瞅。柴房对面是个矮矮的吊脚楼,楼上晒着些干货,中间摆着杂物,最底下养着猪。月池也不嫌臭,趴在猪栏上,饶有兴致逗猪叫。

渐渐园子里有更多丫头伙计出来了,看到他们三个,纷纷投来狐疑眼神。老陈手里捏把汗。明明可以不用管这淡咸事,跟着少爷真的不省心。

不多时,寨方回转,"你们跟我来吧。"

他将三人一路领到一个花厅。花厅临一个小池塘,非常清幽阴凉,摆着的几把木椅子不名贵却非常得体。花厅过去,左右两条岔道。右侧岔道是条小石子路,掩映在翠竹之中。走到石子路尽头是个垂花门,门旁一对对联刻着"加起炊茶灶,声闻汲井瓯",很是风雅。

穿过垂花门,换一个小丫头来迎。寨方回转身,不忘叮嘱一句,"好生给老太太看病,莫害我。"

月池恭敬点头,"好。"

小丫头再将几人一路领到一座小楼前,着他们坐下,斟上茶,"各位稍等,夫人马上就来。"

老陈轻轻嘟哝,"规矩倒是挺足的。"

月池没说话,起身到窗前,兀自赏起风景来。

又过一会儿,一阵清脆的簌簌声伴着脚步声在走廊里响起。

月池回过头去。

但见两个小丫头领着一中年妇女款款而来。这妇女一身苗家常服装扮,不是盛装却依然华美得让人挪不开眼。头上银凤冠,耳畔苏山环,颈中银项圈,身挂银披肩。一袭苗家青蓝色士林布刺绣蜡染花裙,满襟绣花镶边,浑身上下就是湘西花鸟鱼虫集锦,活色生香。那伴随着她步伐的簌簌声,便是满身银饰轻轻撞击带来的声音。

至于她的脸盘,圆眼睛,圆鼻头,丰满的嘴唇,单独看并不怎么惊艳,组合在一起用一朵雨后新开的山茶花刚好比拟——浓艳、柔软。

包括月池在内,三个人都看得呆住了。

首先当然因为她太美了,同时也因为这满满的苗族风情。

还是小丫头打破沉默,"咳……几位,这是我家夫人。"

"几位好。"童夫人微微欠身,算是行过礼,"请坐。"

大家乖乖坐下。

童夫人浓眉微蹙,带着点极难察觉的不耐烦,"请问,哪一位是郎中?"

月池捕捉到她的微表情,心里咯噔一声,回答道,"是我。"

童夫人那晶亮眸子投射过来,目光直接,热情,却又藏着某种质疑一般。但那股子不耐烦,更加明显。

"我家老太太的病,说起来,就是痰症。长年累月咳嗽,痰多,碰到秋冬,更加严重。今年入冬开始,竟动不动咳出血来,吃什么药都不见效。"她白皙丰满的手向后微微抬起到耳畔,身后小丫头训练有素,立刻乖巧机敏地送上一沓写满字的纸到她手里。

童夫人略翻了翻那沓纸,就递过来给月池,"这是以往看过的郎中们开的药方。先生若不介意,可以看看。"

月池知道。这潜台词,不是"可以看看",而是:你有本事就超越他们,没本事,或者要说类似的屁话,就快滚。

月池当下也不接药方,直接拱手道,"不必了,多谢夫人。我看病不喜欢参考他人意见。如果夫人方便,请带我看看老太太。"

既然你不耐烦,那我也不装样子。

童夫人一愣,握着药方的手僵在半空中,片刻方收回,将那沓药方随意丢在身旁的案几上,身子微微一歪,顺手拿过一盏茶杯,"先生说的是。既然都不见效,看它作甚。不知道先生如何称呼?"

这一歪身,十分妩媚,看得罗成这没成过亲的汉子眼都直了。

月池回答,"我叫卢次伦,字月池。"

童夫人拿着那杯茶在手里转,似乎在思索什么,左转右转好几圈,才突然抬头,语气急切但表情十分不以为然地道,"小艾,赶紧带月池先生去看老太太吧。"

身后的小丫头赶紧应允,带着月池走出小楼。

老太太住在隔壁一栋小楼里,环境自然也是好的。窗明几净,桌上一只大瓷盘,水里养着幽香扑鼻的蜡梅。各色瓷罐装着各年份的茶叶,一排排整齐地摆在架子上,十分雅致。

老太太已经被痰症折磨得骨瘦如柴,月池进门的时候她正一顿猛咳,旁边伺候的小丫头慌得抓灰不是抓火也不是,对着老太太的背一顿摩挲。

救人要紧。月池听她咳嗽的痰气厚重,咳出来的痰浓且灰白,白中带血,赶紧上前,"得罪了。"

横竖老人家也没什么力气挣脱,只能任由他捏住了脉搏。

那叫小艾的丫头赶紧解释,"这是刚才新来的郎中。夫人问过了,叫带来看看您。"

老人家一边咳嗽一边有气无力地点点头。

月池把完脉,心中本来只有三分的想法印证了七八分,当下着老太太躺好,将她拇指微屈,再用右手拇指从拇指尖推向指根,如此反复数次;又从虎口推到食指外缘的指端,反复数次;再以左手握住老太太拇指,以右手拇指自大拇指掌面第二节推向指根,反复数次。

说来也神奇,那老太太的咳嗽,竟莫名其妙停住了。

"啊——"两个小丫头惊得不得了,"这!真的不咳嗽了!"

月池淡淡一笑。既然他冒险使用的推拿手法果真止住了老太太的咳嗽,那他心中已有十成把握可以治好老太太的痰症。

他转向那个老太太身边的小丫头,"你是常年陪着老太太的吗?"

"是。"

"那你看好了,我教你这三个手势,正常每天推一次就可以,如果老太太咳得厉害,就多推一次。"

"好的。"小丫头赶紧有样学样地学起来。

那叫小艾的丫头早就机灵地一溜烟请来了童夫人。不仅童夫人,老陈和罗成也都跟了来。

"夫人,您看,老太太真的不咳嗽了!"小艾报告。

童夫人趋前问道,"姆妈,你感觉如何?"

老太太终于有力气说话了,"我感觉很舒服。郎中先生妙手。"

童夫人回身谢过月池,美目流转若烟波,"多谢郎中先生了。"

月池摆摆手,"这才哪里。要根治老太太的病,还需要用药。"

童夫人道,"那就烦请先生开药方,我们这就去抓。"

月池微笑道,"可是这药方……"

童夫人见他踌躇,以为他在乎的是报酬,"先生不必担心报酬。我和老爷为了给老太太治病,千金万金都砸了。"

"不,夫人误会了。"月池道,"我不敢开药方,是怕开了,你们不敢给老太太吃。"

童夫人信誓旦旦,"那怎么会?我亲眼见先生止住了老太太的咳嗽,又怎会不信先生的医术?"

其实她并未"亲眼"见到。月池想到之前童夫人那一丝丝的不耐烦表情,又想到她如此大胆地敢尝试新药方,觉得这家人也甚是有趣。

"那,"月池转向老太太,"在下,与老太太、夫人,做个约定如何?"

"什么约定?"两个女人异口同声问道。

月池举起三根手指,"一,药方我可以开,但你们不能知道是什么内容,所需药材我会安排我的人去找来便是,如果其他人问起,你们二位请务必保证我们的安全,并且排除万难让我煎药;二,为了彻底查清老太太病况,我需要到处走动一下,包括老太太日常饮食起居,我都要查探清楚,请与我方便;三,无论我端来的药,老太太喝下去会有什么奇怪的反应,必须撑过头两天,最多三天,我保证药到病除。"

老太太听他说得坚定,到底是见多识广的老人,微微一笑道,"可是用药十分凶险?"

月池点头,"是。"

他也不瞒着,一五一十道,"痰分六气。湿痰、寒痰、燥痰、热痰、火痰、风痰,每种痰气用的药,完全不同。外加积痰时间长短,又有老痰、痰结、顽痰三者之分。老太太这属于老痰加寒痰,如果二位信得过我,让我用药吧。"

老太太沉吟片刻,点头应允,"好,我答应先生。"

童夫人赶紧道,"我也一样。老爷要是问起来,我也会跟他好好说。"

月池指一指老陈和罗成,"不过,我们三人,做完准备工作,大概还需要一两天。前后四五天,可能就要叨扰大家了,需要在此间住下。如果方便,烦请再给我拨一套煎药的炉子罐子。"

"别说一套了,多少套都有。"童夫人像是刚从惊愕中回过神来,恢复了之前的爽辣美艳劲儿,"小艾,去,把西边小楼收拾出来给三位客人住,再拿几套药炉药罐过去。找两个小幺儿帮忙打点先生们的起居。"

老太太也吩咐身边小丫头道,"小冬,你去拿三个红腰牌给先生们,让他们可以到处走动。"

见月池有点疑惑的样子,童夫人解释道,"我家收茶赶茶的时候,外头来的人又多又杂,所以我们就做了几种腰牌。这红腰牌可以满园各处走动,权力最大。"

小冬、小艾得令,麻溜走了。

老太太身体一舒爽,目光都亮了许多,"先生辛苦,还有别的什么需要的,只管说。"

月池拱手,几人一起退出来。

等到在西楼安顿好,四下无人处,罗成忙不迭地问,"月少,你准备开什么药方给老太太?很凶险吗?"

月池故意吓他,"嗯,很凶险,会让我们三个掉脑袋的凶险。"

老陈也忍不住,顿足问月池,"少爷,那你为啥还要接这麻烦?"

月池指一指床铺,"为了换个舒服的地方睡觉啊。"

老陈又好笑又好气,"快别闹了。"

罗成看他表情还是轻松愉悦,倒也没真的多担心,只拍拍胸脯,"反正,我别的本事没有,找药的事情,就交给我吧!"

月池笑,"那你听好。我需要的草药:牵牛子,大戟,大黄,巴豆霜,甘遂,芫花,泽泻,葶苈子,枳实,每一样,各半斤。其中,牵牛子、大戟需二者至少要有一样,甘遂、八豆霜需二者至少有一样。"

一听完这药方,老陈还没反应过来,罗成直接吓呆了,"月……月少!你只怕在闹着玩吧?!"

老陈赶紧问,"怎么了?这药方有什么问题吗?你也会看病?"

罗成呆呆的,"我是不懂看病……可是,牵牛子、大戟、甘遂、八豆霜,都是泻药……我老娘拉不出的时候,我会给她找这些草药来吃。月少,我瞧着老太太的身板经不起啊!"

月池拍拍他的肩,"你且信我,只管去找药。"

罗成点头,"这些药,就壶瓶山上到处都有。我这就出门去找,找不着就挖,半天时间足够。"

说罢背好竹篓,辞别月池出门去。

老陈还是不理解他为啥要接这治病救人的活儿。

月池低声解释道,"入宝山岂有空手而归的。来之前我还不大在意,来之后才发现这茶园很值得我们好好考察学习。你道我为什么要隐瞒药方?一来,是怕他们像罗成一样大呼小叫,费我口舌解释;二来,这药方一看便会,一用药便会起效,我争取不了那么长时间。"

"争取时间……"老陈一下子还没明白过来,回味半天,恍然大悟,"争取……哦!少爷!你是想留下来,好仔细研究他们茶园?!"

"嘘。"月池食指放嘴上做一个"低声"的暗示,拍了拍别在腰间的红腰牌,"走,现在咱们就去转转。这大宅子很有意思。"

俩人出来,小半天工夫,就把童家宅院里里外外转了个遍。

童家有大小茶仓四五间,茶叶加工的院落两三进,处处飘着茶香。月池一边转悠,一边带着老陈往地势最高处走。这里是一个四层吊脚楼,门口有两个侍卫把守。

把守都罢了。最关键的是,这两个汉子和看门的寨方一样着苗家农装,但腰间腰带上都悬着利刃。见有陌生人来,远远地就走近前来,面若玄潭,"莫拢来。"

哪怕听不懂,看这架势就知道侍卫是在喝止他俩继续前行。

老陈赶紧掏出红腰牌,"别误会。"

一看他讲官话,其中一个汉子也用磕磕巴巴的官话回答,"这里腰牌都没得用,快走。"

两个人也不争辩,转身就走。

走远一点,月池抬起头稍加观察,发现顶楼楼层明显比其他楼层矮,每侧一个扁扁的窗户。说到窗户,也有意思,二、三楼都没有窗,离得远了看不真切有没有排气孔。

"这是瞭望所，"他轻声对老陈说道，"可能还兼具遇到祸事时家人藏身的功能。我们走吧，不过这是个好东西，回头咱们也修一个。"

"乖乖，"老陈反应过来，发现少爷说得对，咂舌道，"按这高度，方圆几十里只怕都一览无遗。哎，奇怪了……"

他欲言又止，月池瞥他一眼，"我们想到一块儿了是吧？"

"对啊，"老陈把声音压得更低，"这里，常有祸事吗？为什么主人这般小心。"

月池点点头，没说话。

这看起来如世外桃源一般的壶瓶山，恐怕也少不了江湖纷争。

傍晚，月池将一日所见所闻记载完毕的时候，罗成也采药归来。

月池见药材齐备，喜上眉梢，嘱托两个小幺儿各自再去拿来一坛醋和一坛蜂蜜。

两个小幺儿领命，一边往外走，一边嘀嘀咕咕笑。

正巧在院门口碰到童夫人一行来视察，冷冷道，"笑什么呢？"

其中一个小幺儿差点一头撞上夫人，赶紧止步，回道，"郎中先生让我们两个去拿醋和蜜。"

另一个偷笑道，"我们在想他等下恐怕还要拿酒，然后摆个宴席。"

结果老爷高大魁梧的身影从童夫人后面闪出来，"很好笑吗？"

唬得两个小幺儿噤若寒蝉。

"还不快去？"童老爷皱皱眉。

"老爷，"童夫人望着两个小幺儿飞奔的身影，对夫君说道，"这也是奇了。蜜可以止咳我晓得，这醋要用来搞莫得？"

童老爷面色阴沉，没有说话。

"走吧？"童夫人说。

童老爷突然改变主意，"你进去吧，我不去了。"

"为何？"

"醋与蜜，不是要拿来直接给姆妈吃的，"童老爷淡淡道，"有些药材，用醋或者用蜜来炮制，功效可以放大很多倍。这位郎中先生，有点意思。"

"那你为莫得不跟我进去认得他？"

童老爷讳莫如深，"突然累了，改天再说吧。你最好也别进去了，我看他们煎药也要专心，不合适被打扰。"

童夫人一双浓眉提到额角,半天才放下来,释然道,"那就算了。走吧。"

正如童老爷所言,屋里的月池三人压根没注意到这边的动静,正在专心致志整理药材。

等小幺儿们取回醋与蜜,月池拍拍手,"好了,一切准备就绪,明早开工。"

罗成吃惊地指着醋罐、蜜罐,"难不成,这也是药材?"

月池笑道,"不算是。有的药材需要醋制,增强它清热解毒的功效。还有的药材需要蜜制,增强润肺止咳的作用。明天我们有的忙了,赶紧休息吧。"

次日清晨,西院整个忙碌起来。

两个小幺儿只管奔走取物,罗成只管称重过磅,老陈帮着洗药切药,制药的细活儿月池一已担当。饶是如此,也整整折腾一天才忙完。

第三日,开始煎第一服药,叮嘱完罗成、老陈,月池才有时间再溜出来到处走动。

也是这一天,春分至,苦竹洞茶园开始了这一季春茶的制作。

月池也不多事,找个接近制高点的地方安静待着,看下面人群忙忙碌碌。

戴着绿色腰牌的,是往来茶园与宅邸的人,他们只管运送茶叶到晾晒场。戴着黄色腰牌的,是府邸内制茶的人,可以各处走动,但也仅限于制茶工艺相关场所。戴着红色腰牌的人,可以将制好的茶,送往内院,月池猜测是拿去给老爷评定是否需要调整方案。

人员往来如梭,但井然有序。

正如老茶农所言。绿茶鲜叶采摘,从春分开始至清明后几天最佳。以茶心第一芽第一叶初采茶展者为上品,采回后置阴凉通风处摊放两个时辰。接着是杀青,用两尺以上口径的大铁锅,成斜角安置灶上。锅温需要高又不能过高,热气扑面但不能冒烟。每次投茶一斤,先用手扬炒,待叶温上升再焖炒一下,而后要降温下来,再扬炒至叶色暗绿、叶质柔而不黏、嫩梗而折不断方可。全程只得五分之一炷香时间。

再然后是揉捻。揉捻工艺非常讲究,先团揉,后推揉,在半炷香左右的揉捻过程中,需要频繁散热。揉捻好的茶再置于锅内,用手搓条提毫,先重后轻,使茶叶条圆、紧、直并显露白毫,即可上烘。烘茶则需要竹制焙笼,以木炭烘焙,烘温差不多就是水沸温度,烘至七八成干后下焙摊凉半炷香时间,再焙至全干之成品。

总之,茶叶从采摘到成品,需要细致、反复、升温降温,一气呵成。

难度不低。

月池看入了迷,心中盘算不已。

这一趟,真的不虚此行。他学到很多东西。

到了傍晚,月池再去帮老太太把一次脉,脸色凝重。

两次推拿过后,老太太咳嗽舒缓很多,见他如此神色以为不妥,问道,"是脉象有变化吗?"

月池摇头,浅笑道,"老夫人别担心。只是明天开始服药了,我再确认一些事情。"

等到回西院,月池又叮嘱两个小幺儿,"还得劳烦小哥,再去帮我取一坛子酒来。"

两个小幺儿忍不住哈哈一笑。

月池奇道,"怎么了?"

小幺儿也不瞒着,将前天两人的对话和碰到老爷夫人的事都说了,"我们开玩笑猜先生几时要酒……哈哈哈……"

月池也不生气,笑眯眯,"嗯嗯,你们很聪明,快去取来。"

第三天,终于到了老太太第一次服药的时间。

月池见老太太一滴不剩喝完药,转向她身边的小丫头道,"你得去取一只马桶来,今起老夫人会大小便频繁,莫慌张,你好好伺候着就行。"

小丫头捂嘴笑,答允,"好。"

"莫笑。"月池叮嘱,"每次拉完,你需要观察老夫人的马桶。若发现血色,立刻来告诉我。老夫人若再咳嗽,痰里有血,也要告诉我。"

又拿过罗成一直捧在手心的一盏酒,对老太太道,"老夫人要受累几日。这几日饮食需非常清淡。若拉得难受了,就将这盏酒,分两次喝完。"

"喝酒?"老太太诧异,"我倒是喝得酒。不过……"

月池还是保持淡淡的微笑,"老夫人信我。这酒我做过处理。"

老太太点头应允。

那童夫人身边的丫头小艾,暗中观察着这一屋的情景,回去禀报夫人的时候也忍不住笑,"明明是治咳嗽,这又是泻肚又是喝酒的……郎中先生的方子当真奇怪。"

童老爷正巧也在,听完她的描述,沉吟道,"多年前,我游历四方的时候,曾遇过一个道长,号称是怪医叶天士的传人。他治病也是如同现在这位月郎中一般,头疼治肚子,眼疾治心脉,药方谁都看不懂。不晓得这一位,是不是同那一位一样,当真有神技。"

童夫人双手合十,"但愿吧。"

如此服药、复诊、服药、复诊,老太太除了第一天难受了喝酒之外,也没有吐血拉血,到了第五天,竟然已经可以起身走动,咳嗽更是一声未闻了。

全家人又惊又喜。

童老爷搀扶着老夫人去到厅堂,"我立刻让人请先生来,当面谢他。"

老太太拿起拐杖就要打他,"你亲自去请!"

"是是。"童老爷笑着躲开,"儿子喜糊涂了。"

一旁的小丫头笑意盈盈,"哪里还来得及,我们早就去请了。"

说话间,月池三人已经背着来时的行囊,到得屋前。

童老爷大步走过去,深深一揖,"谢过月池先生,你是我们全家的恩人。"

月池还礼,两人对视,四目交错。

你道明白人打照面是何感觉?就是此种感觉。一个心中有大善,眉眼含笑;一个心中有规矩,不怒自威。

庭前章台柳,青青山上竹。

月池几个进屋来,老太太也起身感谢,"先生神技,不晓得为我这老不死的拖了几年阳寿!"

月池拱手道,"月池惭愧。本想着老夫人既然痊愈,悄悄离开便是。但有一句话如鲠在喉,不吐不快。所以来打扰了。"

童老爷看到他们三人确实都背着行李,朗声道,"先生大恩,须得让我们好好感谢,岂有悄悄离开的道理。"

说罢,也不理月池他们谦让,吩咐小幺儿,"快把先生们的行李收回去。去看下酒席安顿好了没。"

老人家着他坐在堂上,其余人等都依次坐好。

老太太问,"先生想说什么?"

月池答道,"其实我是郎中,也不是郎中。"

众人皆惊。

月池便将自己为何来壶瓶山、为何来苦竹洞茶园、为何主动帮老人治病的缘由,全部和盘托出。

越是明白人,越不能遮遮掩掩。

童老爷听完大笑,"月池先生当真豪杰!不过,你我二人今日认得了,你也算认识了另一个豪杰!我童奚,没有秘密,你便是直接登门说要参观我制茶的方法,我也欢迎。不过,幸亏月池先生有想法,凑巧治好了我姆妈的病!哈!"

至此,月池真心喜欢这一家人。端的是大方得体,彬彬有礼,母慈子孝。

难怪生意可以做得那么大。

童夫人说道,"哎,那寨方和我,算得头功吗?"

老太太笑,"算得,算得。"

童夫人见老太太高兴,也轻松许多,粉面含嗔道,"月池先生,我心里好多问题要问你,你不讲明白,莫讲老太太老爷了,我都不准你走。"

一屋子人都像等着听故事一样,好奇又兴奋。

门外还有几个小幺儿小丫头,扒着门框,明目张胆"偷"听。

童夫人问道,"老太太的病,究竟是怎么一回事?"

月池娓娓道来。

"还没进来的时候,我听寨方说老太太咳嗽严重,想到你们住的地气并不潮湿,但吃的太过油腻丰厚,就疑心不是肺的问题,而是脾的问题。"

童夫人诧异道,"都还没进门,你如何知道我们饮食油腻丰厚?"

"我去看了你们大门外的猪栏。一般喂猪,食槽里既有猪草也有家里剩的饭菜。"

"哦……"不仅童夫人,一屋子人齐齐感叹。

月池继续道,"后来见到老夫人,把过脉,确定是脾的问题,就决定先整理脾胃。我教那小姑娘推拿的手法,第一个动作,是补脾,第二个动作,是清肠,第三个动作,是清胃。一推拿,脾胃通,气血下沉,老夫人咳嗽就停了。这方法无任何毒副作用,等天气潮湿时,推拿的时候可以加滑石粉为介质,一直坚持,不治病也养生。"

"我明白了……"童夫人道,"难怪你不让我们看方子。若我们看了,多少会奇怪你用治脾胃的方法治咳嗽,怕你是个骗子,对吗?"

月池点头道,"正是。那方子其实很简单,我已写好,交给了西院的小兄弟。牵牛子、大戟、巴豆霜、甘遂,这四样都是泻水沉、利二便;芫花、泽泻、葶苈子,兼具解湿功效;枳实,破气,帮老夫人把全身气脉梳理通顺。几味药服下去,就像用洪水冲洗了老夫人的脾胃一般,加上饮食清淡,脾胃负担减轻,咳嗽就痊愈了。"

老太太也没忍住打岔,"那一盏酒呢?为什么我喝了之后,再拉肚子也不难受了?"

月池回答,"那便是大黄的功效了。临用药前我把过老夫人的脉,怕您经受不住洪水,便用大黄浸酒后煎药,此方止痢回血,且不与先前的药方相冲。"

众人齐声赞叹,纷纷竖起大拇指。

待到入席,童奚亲亲热热牵着月池的手,在老太太左右两侧坐下。

人少了,他也开始提问了,"不晓得月池先生,认不认得一个叫邹明时的道长?"

月池闻言,向侧面遥遥一拱手,"邹明时道长,正是在下恩师。"

"啊!"童奚又惊又喜,恍然大悟,"难怪!难怪!"

童夫人问,"难不成,这位邹道长,就是你之前游历时碰到的神医?"

童奚起身向月池敬酒,"真的是无巧不成书。邹道长救过我,月池先生又救了我姆妈。贵师徒都是我家大恩人。这一杯酒下肚,从今后月池先生就是我亲兄弟。有何难处有何要求,尽管找我!我童奚出去是个小鱼小蟹,但若在壶瓶山,还是讲得起话的!哈哈!"

月池吃下一杯酒,"小弟那就真不客气了。我也想在壶瓶山开办茶园茶厂,有许多许多问题需要向大哥请教。"

两人坐下后,童奚问,"莫非老弟也想像我一样,做贡品?"

月池摇头道,"不是。我心里大约有个想法,但没想得特别明白,所以还只是四处走走、观察学习。"

童奚大手一挥,"如此,我安排两个小幺儿给你带路,把这壶瓶山上和旁边的四五十个茶园转个底朝天都没问题。"

月池和老陈对视一眼,惊诧道,"四五十个?!"

童奚想一想,"那还不算小的茶园。"

月池哂笑,"我果然还是想得太天真了。"

童奚笑道,"不是贤弟天真,是你没想到茶叶市场这么大。我们苦竹洞主要做贡品,他们的茶叶主要卖给北方不产茶又爱喝茶的人。前些年太平天国闹得太狠了,到处都穷了,到现在都没缓过劲来,茶生意已经差了很多啦。"

月池端起茶杯,望着茶叶发呆。

童奚以为他想打退堂鼓,刚要安慰,月池转头看他,目光晶亮,"大哥,这四五十座茶园里,有哪些是特别好的或者特别值得学习的?"

童奚琢磨片刻,"嗯,你跑个七八家差不多。贤弟可能想考察规模比较大的和花样比较多的茶厂。这七八家里,以绿茶为主,再有黄茶、白茶、黑茶各一家,还有一两个工艺很有特色的。"

月池笑道,"太好了,这便成了,个把月时间跑完这七八家应该不是问题。余下的茶园,我可以一股脑儿都搞明白。"

童奚好奇,"贤弟有什么好点子吗?为啥可以一股脑儿都搞明白?"

月池眨眨眼,"容小弟先卖个关子。等到小弟的园子收拾好,就请大哥前来指教,顺便向大哥和盘托出。"

童奚大笑,"好好好,那我等贤弟的信!来,喝酒!"

老太太这时候才出声,总结陈词,"不管月池先生需要什么帮助,童奚都会鼎力支持,否则我打断他的腿。"

众人皆笑,宾主尽欢。

月池喝得多了,走路开始歪歪斜斜。老陈他们才把他扶到西院床上躺平,已经不省人事呼呼大睡。

门外却传来童夫人身边小丫头、那个叫小艾的姑娘的声音。

"夫人叫我给月池先生送醒酒汤来。"

老陈出门接过,"多谢。"

"先生呢?"

"已经躺下了。"老陈说完,抬眼却发现童夫人就在一旁,唬得一抖,"童夫人好,恕罪,月少睡着了没办法迎接您。"

童夫人微微一笑,"不碍事,是我自己不放心跟来的。前几日先生累着了,今天又喝了许多。这醒酒汤很奏效,是我们苗家祖传的方子。你给他喝了,不吐不晕不头疼。"

老陈千恩万谢。

童夫人她们离开后,罗成打趣道,"你敢给月少喝这个?"

老陈端着小坛子还没放下,讶异道,"为什么不敢?"

罗成憨憨一笑,"苗家人,最会用蛊,下降头。我不担心她会害少爷,我担心她会让少爷迷上她。"

老陈看看手里的小坛子,差点拿不稳,"……你,你,你是说这里头,有蛊?"

罗成又憨憨一笑,逃得远远的。

老陈自言自语,"要真有这功效,我该叫童夫人去教教云岫姑娘。哈哈。"

半夜月池被尿憋醒,仗着酒劲,径直到西院里的大槐树下撒了个痛快。

尿清醒了,回屋看到桌上有坛子还有碗,便问睡在靠窗的老陈道,"这是什么?"

老陈睡得迷迷糊糊,"……什么……哦……醒酒……迷魂药……有毒……好东西……"

月池又好笑又好气,"到底是毒物还是仙丹?"

端起碗闻一闻,又舔一舔,"竹茹、葛根、菊花、高良姜……醒酒汤啊。还有一味药材,是什么呢……老陈,这是谁送来的?"

"夫人……下降头……"老陈回答。

月池懒得再理他,将碗里的汤一饮而尽,继续睡觉,直至天光。

晨起果然头不疼不晕,神清气爽。

三人加上两个小幺儿,带着童奚手书的拜帖,刚要上路,童夫人又来了,一路环佩叮当。

月池赶紧上前作揖。

"夫人好。"毕恭毕敬,"多谢您赐的醒酒汤。"

童夫人媚眼如丝,"我不叫夫人,我叫昧旦,这样写。"

说罢以葱根般白嫩纤长的指尖空书这两字。

月池看完,呵呵一笑,"将明未明的清晨之日,恰如此刻。"

昧旦抿嘴,"先生真博学,就是这个意思。因我出生在将明未明之际,童奚便为我取了这个名字。我的苗家本名太长了,你们记不住,便叫我昧旦吧。"

月池拱手,"大哥取的名,真正博学的是他。我哪里敢直呼您名讳,以后叫您嫂子吧。"

昧旦点头,"随你。"

月池一行三人离开后,小艾低声叹道,"月池先生真是英俊得让人转不开眼。"

昧旦伸手捏她一把,"死丫头,说这些话都不避着我了?"

小艾一边躲一边笑,"不晓得以后哪个好命的姑娘会嫁给月池先生。"

昧旦想一想,摇头道,"好不好命,又未必了。你瞧见他那英俊模样了,以为是个风流人。可是,你再瞧他什么时候对女人另眼相看过?他看我的眼神,就像看一块石头。女人嫁给他,只怕寂寞得很。呸。"说罢自己也笑了。

4

那边三个男人,走得远了,老陈才以家乡话轻轻问月池,"那童夫人中意少爷?"

月池笑道,"我起初见她,她眉眼处处不耐烦,我只道她是不耐烦一直给老太太看病。现在我才知道,她这属于相火亢盛,龙胆泻肝汤合适她。"

老陈讶异,"相火亢盛?这是什么病吗?"

月池不欲多言,"不是病,最佳药方不是龙胆泻肝汤,而是童大哥。"

老陈突然明白过来,哈哈哈哈笑得十分鸡贼。

月池正色道,"笑够了？笑够了就赶路,再多言者,我就罚你回去陪钟大哥他们。"

有了童奚的拜帖,接下来的行程,异常顺当。

茶园主人们基本上都对月池知无不言、言无不尽。走访之后直接留宿,节省了原定的往返时间。

果真印证了童奚那一句"若在壶瓶山,还是讲得起话的"。

月池兢兢业业,到一处,记一处,一个月下来,笔记都记足了几大本。

三人终于返程的时候,谷雨将至。

谷雨,"雨生百谷",壶瓶山尤甚。天天下雨,田中的秧苗、茶园的茶叶,倒是滋润了,只苦了行路人。月池三人深一脚浅一脚下山来,幸得相互扶持才没摔跤。

好容易回到客栈那天,总算天阴雨未落。远远就见云岫蹲坐在客栈门槛上,手里刺着绣,有一搭没一搭跟路边的姐妹聊天。忽然抬眼一见三个泥人,很是吃惊了一下。半晌,那初花般清新的脸上闪过光亮,她猛地站起身,活计碰掉一地,又惊又喜又恼,"你们！你们可算回来了！不是说好了最多十天的吗？"

"云岫姑娘！"罗成走在最前面,一路小跑到她跟前。

云岫激动得眼泪都出来了,背过身去悄悄擦。

月池笑嘻嘻道歉,"好妹子,对不住了,是我不周到。"

云岫声音带着哭腔,"我们真的以为你们遇到贼人了。爹爹都准备去报官了。"说罢用力一下拍打罗成,"你个死胖子,月少他们忙,你也不晓得回来报个信。"

月池认识云岫这么久,第一次见她如此激动,心里也十分过意不去,握住她捶打罗成的手腕,一迭声道歉,"都是我不好。妹子打我吧。"

云岫渐渐气顺,思绪也正常了,"月少此行,不顺利么？"

月池一笑,"不,是太顺利了,一口气跑完所有想去的地方,所以才耽搁了回来的日子。"

云岫这才意识到自己的手腕还在月池手掌中,羞得满面通红,抽出手就跑。

老陈嚷道,"好姑娘,你跑啥？我们都饿坏了,有吃的吗？"

云岫的声音自风中传来,"我去告诉爹爹……"

三人梳洗整理完毕,赶去参加接风宴。

田掌柜、钟不期、肖郝早已等候在暖阁。

一桌子宴席,足足摆了六大只常德最常宴客的土钵。月池初来湖南的时候,很好奇怎么把锅子端上桌,后来和乡亲聊起,才知道钵子在古代就是鼎,钵子菜这种边炖边吃的方法,在古代就是"烹于斯、食于斯"的炊、食合一的鼎食文化。常德钵子菜是将事先初步烹制好的原料,用陶制的炖钵、砂锅盛装,随小火炉上桌,由食者边煮边吃,这种方式更加完好地保留着古代先民"鼎食文化"的古朴遗风。不但不粗鲁,相反,是很古雅的饮食方式。

云岫见月池好奇地围着钵子转,笑着介绍道,"这一钵,是石门肥肠;这一钵,是黄骨鱼炖皮蛋;这钵是桃源滑肉;这钵是腊麂子炖腊豆腐;这钵是排骨冬苋菜;这钵是山胡椒炖牛肉。"

月池更好奇了,"听起来每一钵都很有来头。好多名字我听都没听过。冬苋菜,难道就是葵菜?"他指着排骨旁边的那钵蔬菜。蔬菜早已洗净装盘只待食客边吃边下锅。

云岫抿嘴笑,"我倒不知道什么叫葵菜。"

月池说道,"葵菜,可是几千年来中国的蔬菜之王。它的叶、茎都可以吃,也是一味中药,种子能利水、滑肠、下乳,根能清热解毒,嫩苗尤其利尿除湿。李时珍的《本草纲目》里,根本没把葵菜列入菜部,而是直接把它列进了草药部。"

他拾起一片冬苋菜闻闻,再仔细观察机理,道,"这冬苋菜应该就是葵菜无误。太神奇了,我遍历各地都没找到它身影,没想到在餐桌上看到。"

田掌柜哈哈笑道,"冬苋菜在常德遍地都是,供月少吃一辈子都没问题。"

除了这六只钵子,还有各色小菜十余道。端的是一桌丰盛大餐。

六人见面,都是欣喜非常。光是一路见闻,都有说不完的话题。

但月池最关心的还是走之前他布置的事情,"钟先生,肖大哥,园子找得怎样了?"

钟不期摇头晃脑,回答,"找是找到了,但真不容易。"

"怎么?"老陈好奇。

肖郝回答,"月少说这园子有三个条件,须得有缓坡而非陡坡,十个房间二十亩地,至少一面临水。这三个条件,它们自相矛盾您晓得吗?"

老陈笑,"哪里矛盾?肯定是你躲懒不肯寻。"

肖郝急上脸了都,"哈?!我躲懒?!你看哈,这房子一临水,势必少了很多田地。壶瓶山多的是沟壑悬崖,在缓坡上且还是大屋的,当真少。月少说的时候我还没当回事,真的找起来,难死个人。"

老陈提起酒杯,"来来来,莫显摆了,晓得你辛苦,我敬你一杯。"

肖郝嘿嘿一笑,应了酒,抹抹嘴,继续道,"不过,还是钟先生脑子好使。跑了半个月没着落之后,钟先生想起一件事。他说,我们虽然不知道月少给这三个条件的原因,但我们都知道,他是为了开茶园呀!那么,就从本来就是茶园,或者以前是茶园现在荒废了的那些田产找起,不是更容易找到吗?"

"你看,我说了,我脑子好使,你腿脚好使,你还不承认。"钟不期捋须浅笑。

肖郝也不生气,也提起一杯酒,"好,我承认我承认,我敬钟先生。"

月池被他们说得心痒痒,"结果呢?找到了吗?"

钟不期他们老早摸清楚了月池心细如发的风格,舆图一早就备好了,等他发话,挪开吃得差不多的杯盘碗盏,将台面擦擦干净,就这样展开看起来。

才将将一展开,老陈惊讶道,"这!"

这不就是苦竹洞茶园吗?

待得定睛细看,才发现不是,但非常相似了。规模当然没有那么大,差不多算得上半个苦竹洞。

月池很了解他那一声惊呼的意思,点头道,"一打眼,我也以为看到了苦竹洞茶园。看起来,这壶瓶山的茶商建宅子,有套路,很成熟,真的是从古到今都围着茶叶转了。"

田掌柜跟上次一样,名义上是陪客,实际上一直跑前跑后不得闲,偶尔过来敬两杯酒,又去招呼别的客人。这次他一进暖阁,也看到了舆图,"咦,原来你们找到的是这一家啊。"

众人都好奇,"这一家是哪家?"

外头正好有人在叫唤,田掌柜伸头看一眼,刚要抬腿,被钟不期压着背坐下,"你好生讲故事,莫跑来跑去,外头的客人,加起来都没这一屋要紧。"

田掌柜刚坐稳,肖郝大眼圆瞪,粗大的手里攥了一大杯酒斟到他嘴边,死活灌着他喝下去,"莫卖关子!外头有小幺儿,不差你这老脸上去凑热闹!快讲!"

田掌柜吃了酒,也不好意思一直走,索性也就不理外间了,二郎腿一跷,指尖指指舆图一角,"看见没?'天地交泰'四个字。"

"我又不瞎。"肖郝没好气,"就问你然后呢?"

田掌柜慢悠悠道,"这'天地交泰'四个字,你们去可能没见着了,原来就挂在园子大门门楣上。这园子老主人姓龙,名叫龙天地。给这园子,取名'交泰院'。就是取天地交泰、时运昌盛的意思。"

月池又点头,"语出《易经》,泰象:天地交泰。好名字,好兆头。"

听月池说"好兆头"三个字,田掌柜叹口气,欲言又止。

月池看他一眼,"田掌柜,后来是不是发生什么事了?"

田掌柜摊摊手,"天地交泰,时运昌盛? 我是不晓得各位的感受,总之我觉得也就壶瓶山还太平点,外头战火连天,太平天国完了闹旱灾,旱灾闹完闹水灾,好容易都闹完了,又跟法国人打起来了不是? 赋税一高,日子就苦了。这龙天地不晓得得罪了谁,一夜之间,全家人仓促迁走,偌大的生意全盘扔了,至今下落不明。"

钟不期"嗯"一声,"还是老话讲得好啊。果然名字大了也不行,压不住啊。"

见月池沉吟不语,"月少在想什么?"

月池不好意思笑笑道,"我心里,在替龙家人惆怅呢。这到底是发生什么了呢? 交泰院,这名字实际上我挺喜欢。"

钟不期琢磨一下道,"'天地交泰'四个字气势磅礴,月少可以找一个什么词给它配上去,减减锐气。"

月池拊掌,"好主意。一个和字平天下,天地交泰,中和万物……"总觉得还缺点什么,突然看到田掌柜,想到客栈"春来"这个名字,补充道,"天地交泰,中和万物,六合同春。我们便将这园子,改名'泰和合'吧!"

众人嘴里心里将"泰和合"三个字念叨几遍,越念越觉得好听,一致同意。

月池问钟不期,"定金付了吗? 卖主,应该不姓龙了吧?"

钟不期摇摇头,"卖主姓覃,说是受了龙家人的委托。付了定金,如果反悔,可以退回。"

月池再看一眼舆图,"你们都觉得好,我也觉得好。不用退。明天一早,咱们就去这宅子,一来把余钱付了,二来,看看还有没有什么需要修缮的。"

钟不期"嗯"一声道,"不过,月少,这家人家不肯卖,只肯租。租金一年三十两银。"

"只肯租,还三十两银?!"田掌柜先炸起来,"没见过这么贵的! 三十两都够修的了!"

月池按住他手臂,沉吟道,"迟早是要自己修的。不过不着急,明天去细看了再说。"

说罢收起舆图,重新把酒,"兄弟们都辛苦了,今晚好生睡,明朝谷雨,万物待发,我们一道,去泰和合!"

"好!"众人呼声一致,热情洋溢,外间客人纷纷侧目。

是夜,月池睡得很晚。

他忙着写信。

窗前树下,一盏油灯,一桌茶叶。

月池披着睡袍,长鞭未解,清隽的侧脸在烛火下忽明忽暗。

侄月池谨启姑母大人万福金安:

侄在湘平安,一切皆好。返湘月余,收获颇丰。诚如姑母预期,壶瓶山人杰地灵,茶叶资源不输矿藏。侄遍历壶瓶山,收集贡品绿茶、白茶、黄茶等样品,悉数呈给姑母,望不吝品鉴。然侄另有一思量:国家积贫,外贼猖獗,唯茶走遍天下,可敌岁月无常。侄欲研发新品,出口国外,兴我卢氏一门,更兴乡亲、国人,岂不快哉。未知姑母心意,盼复。

余容后禀。谨此。

月池手具 再拜

又另写一封。

德明贤弟足下:

尔在香港求学,一切可好?未知西医是否易学,又与中医有何区别?盼下次见面详聊。

吾入湘一年,开矿未竟,沮丧至极。意外开启茶叶生意,竟觉比之矿业更有意义。外贼猖獗,魏源"师夷长技以制夷",吾只愿,以茶叶换真金白银,富庶四方乡邻。德明贤弟此前云"拯救这个民族",吾虽愚钝,闻之也觉心潮澎湃。尔在香港,吾在湖南,遥遥相望,希祈能跟上贤弟的脚步,为这个民族出心出力。

若忙,无需回复。

愚兄月池手具

他将每一款茶叶样品用羊皮纸包严实,再连同两封书信一起,整齐地码好,预备第二天交田掌柜驿递出去。

刚弄完,忽而眼前光影一现。

他朝窗外猛抬头,就见那戴着熟悉的鬼脸——现在,应该叫傩戏脸谱——的少年,轻跃到窗台上。

"你!"他又惊又喜,"好久不见。"

少年依旧那般瘦削轻盈,"我还以为你离开壶瓶山了。"

他手中玩着一根细细树枝,月光下,手指纤长玉白,映着树叶儿,宛如仙子。

月池见到他,不知为何,满心欢喜。突然不知道该说什么,憋半天,问道,

"你……要喝茶吗?"

少年明显一愣,旋即扑哧一声笑,"你想看我的脸,就直说。"

月池哂笑,挠挠头,"我……刚才我倒还真没这么想。不过这一说,也就很想看了。我们这是第三次会面了,我都还不知道你的样子。"

少年挥挥树枝,"悲莫悲兮生别离,乐莫乐兮新相知。你怎么总有那么多问题,上次问我名字,这次要见我长相。"

月池嘿嘿一笑,忽然愣住,"上次?我并没有问你名字啊。"

少年用手指指一指他心口,"你想了。你一想,我就知道。"

月池心头微微一热,仿佛真的被他戳中一般,"那我想你,你便会知道么?"

少年又是一愣,"你为何想我?你不怕我吗?"

月池自己也不晓得为何。不晓得为何想,不晓得为何欢喜,更不晓得为何一面对少年,他就愿意做回那个放肆的自己。

他将一桌的文书挪到一边,也学少年一般坐上去,两个人隔了一尺,面对面。

"上次来偷看我睡觉的三批人,我大概知道是谁了。"

"哦?"少年头一歪。

月池道,"一个是我兄弟罗成,他看到有人在我房间放一种粉末,怕对我不利,所以特地来察看。"

少年点点头,"他对你确实忠心。"

月池道,"另一个瘦的,是白天送我的船工。见财起意,想偷箱子。不过我不怪他,他瘦成那样,只怕日子过得很苦。"

见少年不语,月池继续道,"至于第三个人,应该就是客栈里的人,好奇我的身份而已。我不纠结了,做好自己就行。"

少年冷哼一声,"你倒是想得开。"

"但那粉末是什么呢?"月池回想。

少年道,"别想了,我告诉你吧,是我放的。是我们家祖传的香粉,闻了可以安神。"

月池一笑,"我猜到了,哈哈。逗你的,我对这个也不纠结。我只纠结——你会告诉我吗?你的名字。"

少年轻轻答,"我叫璀错。"

"璀璨的璀,错落的错吗?"月池问。"人非昆山玉,安得长璀错……李白的诗……是这两个字吗?"

"嗯。"

"真好。"月池由衷赞叹,"如这壶瓶山一般,繁盛,丰美。"

璀错听他夸赞,也不客套,只将手里一直玩着的树枝递过来,"拿着。明天一早就带着,午时,丢进一个很适合它的地方。至于那是哪里,到时方知。"

月池接过树枝,听到后半段,一头雾水,"咦,这是为……"

话还没落音,眼前人已经没了,徒留月光皎皎。

再细看手中树枝,竟是一枝鲜嫩绿茶。

第二天一早,月池换上干净的月白长衫,外面套上云岫此前送他的湖水绿短袄,将那枝绿茶别在襟口,带着大家去往龙家故园。

云岫见他穿着自己缝制的衣裳,又别出心裁戴着一枝茶叶,心怦怦跳。

世上为莫得会有这般出色的男儿。

众人徒步,穿过大半个城镇,在一个依山傍水的地方,抵达龙家故园交泰院。

月池远远见到那漆黑大门和铜环,以及那依着缓坡山势展开的建筑群落,已经认定。这里闹中取静,背山面水,真的一丝都看不出不祥的气息。

覃姓代主人还没到,大门紧闭。

门口台阶下,坐了两个乞丐,正在休息,破破烂烂堆一地。

老陈疾步上前,给他们一人一个铜板,客客气气,"烦劳二位去别处吧,多谢。"

两个乞丐倒也识趣,磕头道谢,"好的,谢谢大老倌。"

老陈呵呵一笑,转头道,"月少,我们上去等主人吧。"

两个乞丐见月池玉树临风地走过来,惊若天人,呆了半晌才回过神。

等所有人都走过他们两个身边,他们才朝月池探头探脑围上来,倒是唬了众人一跳。

两个乞丐也并无恶意举动,只问月池道,"大老倌,你是这屋的新主人么?"

月池回答,"还不知道,也许吧。"

两个乞丐闻言面面相觑,接着不约而同摇头摆手,"搞不得搞不得!这屋闹鬼!"

众人皆惊,"这话从何讲起?"

一个呼吸不大顺畅的乞丐说说停停,"这屋闹鬼,不止我们两个晓得,这附近几户人家都晓得……这屋一到晚上就有哭声,中午大太阳的时候,水井边还会渗血……反正奇怪得很……"

另一个乞丐补充道,"刚才看大老倌好心肠,我们才讲。你晓得我们为莫得会在这里休息哦,因为我们只在这里不被人嫌,要嫌,也是鬼来嫌!哈哈哈!"

月池听完,也哈哈一笑,"被你们说得好有趣。多谢了,我会小心些。老陈,你可找到理由砍价了。"

两个乞丐见他将信将疑,也不多言,摇头晃脑走远,"反正总有不信邪的人……"

月池叫住他们,"你们两个!"

乞丐以为他还要问闹鬼的事,"还问莫得?"

月池说,"你们为什么乞讨?"

乞丐一愣,你一言我一语,"还不是因为发大水,屋都没了……到处被亲戚嫌,索性乞讨,混几口吃的……好死不如赖活着……"

月池点点头,"也是可怜人。那为什么不去码头上干点活呢?"

其中一个乞丐指指那个呼吸不大顺的乞丐胸膛,"我也去码头上干过,一搞一天,怕他死到街上没人收尸呢。他的肺烂了,一干活喘不上气。"

月池朝着那个烂肺的乞丐伸出手,"你过来,我帮你把个脉。"

乞丐不相信自己听到什么似的,瑟瑟缩缩把手伸过来,"……这……这哪门好意思……"

两只手摆在一起,一黑一白确实对比鲜明。

老陈在旁边默默摇头。多事的少爷,不晓得这毛病是福是祸。

月池把完脉,又看乞丐舌苔。

又让乞丐转身,侧耳在他背上听他呼吸声。

老陈看着月少的耳朵贴上乞丐的破衣烂衫,简直心惊肉跳。

月池末了问,"吃药了没?"

另一个乞丐说道,"也吃了些。乱吃。我们一边讨,一边帮他抓药,贵的药不敢用,吃了也没莫得好转。"

月池略一思索,"你这是肺痈,热毒瘀结于肺,以致肺叶生疮,肉败血腐,形成脓疡,发热,咳嗽,胸痛,咯吐腥臭浊痰。也不难治,千金苇茎汤就可以。这样吧,你们也不一定识字,也抓不起好药。我画个图样给你们,你们去山上,找这几种东西:毒根、毛根,找不到就找苇茎,就是芦苇秆子。乞讨的时候,讨一点桃仁、生薏米和别人不要的冬瓜子,一起煮水喝。你现在郁结不算严重,一喝药就会咳痰咯血,不要怕,咳完了就好了。"

说罢,问老陈要了纸笔,简单画了个图样给他们收好。

两个乞丐再度面面相觑,而后立刻跪下来磕头如捣蒜。

月池赶紧去扶,老陈嫌他们脏已经嫌到不行,死活拦住了他。

"你们快去找药吧,希望能奏效。"月池道,"万一咳着咳着,咳死了,也莫怪我。"

两个乞丐头都不敢抬,"奏不奏效,大老倌您这份心,我们都不晓得拿莫得还,哪门会怪您。"

"快去吧,若我真成了这里的主人,你们来找我要吃的,"月池回答,"我会给你们。"

两个乞丐离开后,老陈差点把地砖跺烂,"祖宗哎,你帮他们干吗?"

月池笑笑,"举手之劳呀,反正主人还没来。"

罗成、肖郝,都是亲眼见过月池把脉问诊下药之神的,见怪不怪,只是脸上颇为赞叹。钟不期第一次见月池给人诊病,连连称奇,"不晓得以后还能不能见到这两个乞丐,问问他们感受。"

罗成胆子最小,拉一拉肖郝的袖口,"哎,他们讲这屋闹鬼,你信不信?"

肖郝嘿嘿一笑,"月少都不怕,我怕莫得。"

但他也心虚,拉拉钟不期的袖子,"不过,上次我们是下午来的对吧?倒是大太阳,既没见什么渗血的水井,也没听到人哭……"

钟不期捋须,镇定自若,"子不语怪力乱神。"

说也奇怪,那覃姓代主人,左等也不来,右等也不来。

众人等得心焦。唯独月池,大概因为颈边别着那一枝绿茶,鼻端恒有清香,始终气定神闲。见大家慢慢失去耐性,索性带着大家去对面茶馆里歇脚,喝茶。

他认定了,这里就是他要的地方。

午时将至,那覃姓代主人才匆匆赶来,满头大汗,一迭声道歉,"对不住对不住,有事耽搁了,万分抱歉!"

月池也不生气,"烦请带路。"

覃姓男子四十来岁,衣饰并不华贵但也不普通,"我在南街开了个杂货店,昨夜遭了贼,今早才去报的官,忙到这个时候才完事。"

一边说,一边打开大门的锁。

老陈紧张,"怎么,我还以为壶瓶山很太平呢?一会儿闹鬼一会儿遭贼的。"

月池看他一眼。他怕是忘记了苦竹洞茶园的瞭望塔了吧。

覃姓男子脸色一变,"闹……闹鬼?什么闹鬼?"明明很心虚。

老陈打蛇随棍上,"你来,我给你说道说道……"把他拉到一边砍价去了。

月池双手轻推,重启交泰院。

一股子清凉的风,缓缓扫过众人,掀起了月池的长衫下摆。

果真长得跟苦竹洞茶园几乎一样。

大门进去,几步便是花厅,隔水相望的是石子小径,东院主人住,西院客人住,随地势上去是制作茶叶的场所和仓库。

整体规模比苦竹洞小,但五脏俱全。

唯独缺瞭望塔。

长久没人住了,小径落叶铺就,水面浮萍满满,几只喜鹊乌鸦,扑扑棱棱飞起,投向四面八方的树林里去。

"太像了。"罗成边走边感叹,"太像了。"

都不需要代主人引导,众人信步走到东院议事厅前。

此时正午阳光刚好照到这个庭院,给阴凉的庭院带来一丝暖意。

突然之间,罗成低声惊呼起来。

"血!真的有血!"

众人被他唬得跳起来,顺着他的手指望去。

只见庭院角落,果然有一个水井。水井井口很小,井沿边缓缓流出血一般的红黑色液体,而且越来越多。

月池也有点惊到了。壮着胆子走近一看,笑道,"不是血,是满江红。"

"满江红?"大家也哆哆嗦嗦走近,"但是奇怪呀,这生在小溪小河里的浮萍,怎么会从这里流出来?"

月池没有回答。是很奇怪。

然而他又想起了另一件事。

……拿着。明天一早就带着,午时,丢进一个很适合它的地方。至于那是哪里,到时方知……

这是那少年说的话。

他紧张得手心冒汗。

不会这么神吧?

月池摘下一直别在襟口的茶叶,一扬手,丢进了水井。

"月少,你在搞莫得?"肖郝问。

月池举起食指示意他安静,眼睛紧盯着水井旁的满江红。

最怪异的事情发生了。那不知怎么会从水井旁流出来的满江红,终于不再增多,仿佛随着水慢慢渗进了土里,太阳一晒,干瘪地贴在地上,宛如最寻常不过的落叶。

"嘀!"连最见多识广的钟不期,也忍不住发出一声感叹,"月少,你竟然还懂破障?!"

"什么破障?"月池问。

钟不期下巴都快合不上了,"你不知道?佛家有一个词叫破障,它意思是说,人们在修行的路上会碰到很多障碍,只有打破它,人们才能前行。破障要么靠外力,要么靠修为,刚才的满江红就是障,魔障,或心障。你丢进水井的东西,就是外力。"

月池听得入神,眼前浮现的,又是昨天璀错的鬼脸。

他真的有神通啊。预知月池会在何时何地遇到何事,更清楚地知道该如何化解。

否则,太难解释这一切了。

说话间,老陈和覃姓代主人也进来了。老陈朝月池比比手指,表示价格给他谈到了二十两每年。

月池点点头。

无论这宅子有多古怪,但它跟璀错有了联系,就分外特别了。

又过月余,宅子打整完毕。

西院调整了几个房间的主次关系,原来三个大房间,被月池改成了六个小间,暂且全部空着。东院原本就不大,两层,月池带老陈住一层,罗成、肖郝、钟不期住一层。

宅子打整得差不多,月池就跟童大哥报了信。

不多日,童奚便托人送来"泰和合"大门牌匾和一封信。

月池看完信,笑眯眯,"字是童大哥写的,牌匾是找木匠做的。童大哥说月底前,会亲自来道贺。"

紫檀木鎏金新牌匾挂起来,"泰和合"三个字悬在半空。老陈左看右看,笑眯眯。

"不过,少爷,"老陈忍不住好奇,"你这段时间一直跟田掌柜嘀嘀咕咕的,商量什么呢?咱们这里一完事,那边可就不租了。"

月池哈哈一笑,"跟那个没关系。田掌柜肩膀跑得马,认得人多,我另有一桩大事要他帮忙。"

"什么事?"

"月底揭晓。"

那边肩膀跑得马的田掌柜,也正按照月池吩咐的,忙得脚底生烟。

他先找来五个跑码头的头目,每人三吊钱,要他们每人各自再带来五个跑码头的,但必须不是宜市本地人。只要能带来,五人每人一吊钱。这五个人还可以每人再带五个跑码头的过来,但这次不直接拿钱了,等人齐了,田掌柜就发给他们每人一沓纸,着他们跑去壶瓶山周边送给认识的大大小小茶园、茶农、茶商,等填写完毕,拿回来,再发一吊钱。

一时间,"春来客栈"门槛都快被踏破。

云岫本来因为月池要搬去新宅邸,心中十分难过;见月池似乎还有很多事情需要父亲共同参与,又高兴一点。

她主动负责起帮父亲整理回收纸的任务。

那纸设计得也十分新颖古怪。

"名称:保靖黄金茶

品类:绿茶

人数:二人"

又看一张:

"名称:小德清

品类:白茶

人数:一人"

云岫将那些纸翻来翻去,也都大同小异写着这三行字。

"爹爹,月少这是打算搞莫得?"

田掌柜神秘一笑,讳莫如深,"月底你就晓得了。"

月底将至,童奚果然带着夫人、幺儿、丫头一堆人,浩浩荡荡前来"泰和合"。

月池亲自去门口迎。

童奚爽朗的笑声贯穿整个院子,"啊哈哈,果真跟我苦竹洞很像啊!"

月池笑道,"东施效颦耳。"

童奚"哎——"一声,"贤弟勿要妄自菲薄,我看好你,你一定会比大哥我更成功。"

说罢手一挥,两个小幺儿抬着一只大托盘上前,红布掀开,银元宝码得齐扎扎闪瞎人眼。

"略备薄礼,贺贤弟茶园开张。"也是不管不顾,站在台阶上就亮了真章,搞得路人都眼放金光。

月池吓一跳,"这如何使得?"

童奚不由分说,让小幺儿将礼金一股脑塞给老陈,"使得使得。我们先说正事,你要的东西和人,我也带来了。"

说罢回头道,"都上来。"

八个小幺儿,各自挑着重担上前,担子放下,盖布掀开,又是齐扎扎的紫檀乌木各色账房、库房用物。而后八人毕恭毕敬立在月池面前,"老板好,但凭老板吩咐。"

月池感动得鼻子发酸。他晓得,童奚粗中带细,就是故意要在大街上炫耀财力人力,好叫左邻右舍都不可小觑了"泰和合"。

待进得大门,童奚也是一路赞不绝口。

"昧旦,你看,这月贤弟硬是比我们见多识广些。你看这花厅,人家就空着,放一树枯枝,挂一幅画。哎——不给凳子,就两个石墩子,叫来人就坐这儿思考思考。多雅致。"

昧旦美目一瞥,摇曳生姿,"知道自己是粗人了吧?"

月池不好意思笑笑,"我这哪里是雅致,是抓破头皮也想不出更好的布置。"

童奚挤挤眼,"你这谦虚就没得味了。我不认得字?那画上落款的文征明三个字,难道是假的不成?哈哈!"

月池拱手,"上次去得唐突,小弟这还有一幅吴道子。难得大哥识货,宝剑赠英雄,我便赠予大哥了。"

童奚大笑,"我可真不会跟你客气啊!来人,快去收好,省得卢老板反悔。"

众人皆笑。

童夫人昧旦这次盛装出门,比上次在家见她时更加美艳。走在童奚身边,一颦一笑都是风景。

钟不期和肖郝两个,都是一脸"哪门没娶个苗女做堂客"的懊恼表情。

用过午膳,众人正在议事厅聊天,田掌柜和云岫也来了。

春意满满的时节,云岫穿一身藕色短袄,梳一个俏皮的侧发髻,化了精致的淡妆,宛如一枝海棠花娇艳欲滴。和昧旦坐得近,两朵花颜色分明,各有千秋。

昧旦看云岫,内心咯噔一声:原来月池喜欢这般清雅模样。

云岫看昧旦,内心也是咯噔一声:糟糕,被比下去了。

但一看月池对彼女也是无动于衷、谦逊恭谨的样子，两个齐扎扎再次咯噔一下：只怕都没戏。

对视一眼，双双苦笑。

也算是女人之间交过手了。

那些男人哪里注意到她俩的眼神故事，兀自在聊月池的"大计划"。

田掌柜拿着整理装订完的厚厚一沓纸，"总共收到百三十份报名表，筛选去掉滥竽充数的、水平一般的，还有五十来组。再筛除掉行程不允许的之后，确认可以来参加斗茶大赛的，巧了，正好一打，绿茶、白茶、黄茶、红茶、花茶、青茶都有。"

老陈他们到这个时候才恍然大悟，"斗茶大赛？！"

童奚竖起大拇指赞叹道，"这就是我最佩服贤弟的地方。此前他说他可以一网打尽小茶商小茶农，我还疑心他夸海口。直至看到他的信，我才明白过来。真妙！一个斗茶大赛，胜出者赏银百两，谁不动心？"

老陈白月池一眼，"好家伙，连我都蒙在鼓里。"

月池道歉，"恕罪恕罪。不想让太多人知道，是怕滥竽充数者太甚，给前期筛选增加难度。"

老陈指一指田掌柜手里的纸，"这样就不会有问题了吗？"

田掌柜微微笑道，"这也是月少厉害的地方。他叮嘱我，一定要给小幺儿们讲清楚，在带来的报名纸里随机抽查核实，但凡有一个不实，就扣发全部赏金。"

月池回答，"我这都是从童大哥那里偷师学的。我看他收茶，也不是每一筐都检查，是找人随机抽查，一旦有以次充好的，全部退掉。很狠，但很奏效。"

童奚拱拱手。

月池对肖郝和罗成道，"二位兄弟，此次斗茶大赛，你们两位一个负责外间接应，一个负责内部安排协调。可好？"

肖郝、罗成一迭声说"好"。

月池给他们二人每人拨了三个向童奚借调来的小幺儿，又对老陈道，"老陈，你带剩下的两个小幺儿，直接听我安排调遣。我们这次是比赛，共三轮考试，倒不用绿、黄、红牌子，但对每一轮的优胜者，要做逐一安排。"

老陈唱喏。

月池再转向钟不期，"钟大哥，你受累，所有文书录档，须得你亲自来做我最放心。"

钟不期笑道，"旁的我也不会，这个交给我吧。"

月池最后转向田掌柜,"田掌柜,还如此前商量好的,帮我做好外乡客人的接应。多谢了。"

田掌柜笑得合不拢嘴,"月少说的哪里话。你这一比赛,十里八乡,赶茶的、做茶的、收茶的,都来了,客栈房间全部爆满,我谢你还来不及呢!"

月池朝四周拱一圈手,"如此,泰和合首届斗茶大赛,就靠大家了!"

昧旦跟童奚撒娇,"我们也留下来嘛,好不?奴家想看比赛!"

童奚哈哈一笑,"我没跟你说吗?此次我来,既是给月贤弟送上贺礼,也是来给斗茶大赛当评判的。"

昧旦娇俏地轻轻捶他一圈,"好啊,兄弟两个合起伙来,瞒得滴水不漏。"

如此,除了田掌柜和云岫,其他人各自住下,东院西院瞬间住满。

云岫离开的时候,脚步很沉重。

此刻月池正在送她,就在她身后咫尺距离。垂下头,她甚至都能看到自己的藕色裙裾和月池的灰白长衫在风中轻轻碰触。

可是她有种很不祥的预感。从此之后和月池恐怕要渐行渐远了。

田掌柜见她沮丧,也大概能猜到女儿心思,等拜别月池上了马车,悠悠然问道,"你不是还拿着月少给你的那块玉佩吗?你但凡有想法,跟爹爹讲,爹寻他去。"

云岫摇摇头。她纤指轻启珠帘,悄悄又看了看月池转身离去的身影和"泰和合"那三个黑底鎏金大字。

不,不是此刻。

虽然她也不知道何时提想法更合适。

那边,月池和老陈送完田掌柜和云岫,大门还没关上,来了两个年轻人,恭恭敬敬作揖,"卢老板稍等!"

老陈见他俩脸生,诧异道,"两位是?"

月池闻声也回过头来。

那两个年轻人一见月池,不管三七二十一,直接跪倒。

"这是何意?!"月池赶出来扶起他俩,"我们,认识吗?"

两个年轻人面面相觑,而后齐齐咧嘴一笑,"是我们呀!卢老板!"

电光石火间老陈醒悟,"啊!居然是你们两个!乞丐!"

"啊!"月池也大吃一惊。仔细打量下,可不正是。衣裳洗干净了,脸也洗干净了,最关键,腰板直起来了,背一挺,明明就比月池还要年轻几岁。

"你的病,好了吗?"

"好了好了!"那生病痊愈的年轻人一径作揖,"卢老板给我开的药,极其易得,一服药下去我就晓得,命是捡回来了!老板大恩大德,我们唯愿当牛做马回报!"

另一个年轻人笑道,"我们在码头做工,听到了斗茶大赛的事,才知道那天救我们的就是卢老板。我们两个,没得斗茶的本事,但有点蛮力,看门护院还是可以的!"

"就是就是!我们不要工钱,给口饭就行,我们给卢老板看大门!保证老鼠蟑螂都进不来!"

月池推辞道,"那怎么行……"

老陈拦住他,笑眯眯对两人道,"行,太行了,我们正缺护院。卢老板不会算账,天天花钱如流水,难得有两个好汉来照应,帮我大忙!"

两个又赶紧给老陈作揖,"多谢老哥!"

待到进院坐下,月池问道,"你们叫什么名字?"

"我叫张福根。他叫张人山。"那生病痊愈的年轻人嘿嘿一笑,"我还以为自己要烂死在街头了,居然还能遇到老爷,起死回生,真的有福根。"

月池笑,"福是福,不过你们也看到,这里做茶生意。我给你们改两个称谓可好?在这里使就行,不算改你们的名字。"

两个人点头,"但凭老板定夺。"

月池略一思索,道,"茶又名嘉木、仙芽……张福根,根是木,我便叫你嘉木;张人山,一人一山是为仙,我便叫你仙芽,可好?"

两个年轻人又喜又惊,"感觉自己顿时像读了很多书的样子。"

月池微笑,"跟老陈走吧。等安顿好,我再帮你看看病好全了没。若没好全,我也不放心使唤你俩。"

老陈白捡两个不要工钱的便宜护院,笑得合不拢嘴,"走吧,嘉木、仙芽,领衣服,安排住处。嘿,这俩名字真雅致,瞬间觉得我也读了很多书。"

5

接下来几天一直忙到斗茶大赛前夜,万事方准备就绪。

月池披着衣裳到天井赏月色。

大赛在即,泰和合里个个摩拳擦掌,热情似火,连走路都带风。

唯有一弯细细的新月,被蔷薇色的云彩包裹着缓慢穿梭,毫不在意,忽明忽暗。

那口曾经流淌满江红、充斥着恐怖故事的井,此刻寂寂无声,井栏上映着斑驳的竹影,端的是雅致。

自从上次后,月池只要在泰和合,每天午时都会丢一片茶叶到井里,仿佛这样做可以让他的心绪变得更加宁静。

璀错,我此刻正在想你,你可感应到?

月池走南闯北,很多事很多人,都能算计得到;可是璀错,他半点都算计不到。

如惊鸿一瞥。每次都让他既愉快又意外。

次日晨起,十二组斗茶选手陆续抵达泰和合。

未来即将用作仓库的地方,此刻摆着十二组桌椅,参赛者将自家的代表茶叶盛放在统一发放的茶杯中,一时间,仓库人声鼎沸。

第一轮比赛比较简单,童奚和月池,分别按各自的顺序,对所有作品一一品评。

观其形、闻其香,而后统一冲泡,品尝。

二选一优胜者,得一分。

两人分别写下自己更喜欢的六组,回头一对,已经有了分晓。

有人零分,有人两分。得了零分的人,愤愤不平道,"这算哪门子斗茶大赛?这么轻率!我路程远,今朝清早才赶到,连觉都没睡成,眼晕、手抖,冲茶没冲好,就输了吗?"

得了一分的也起哄,"对啊!我们跑这么远来,这就清白了吗?"

老陈高声道,"没清白,没清白,大家少安毋躁!刚才,只是第一轮,后面两轮更要紧。"

众人更疑惑了,"都已经喝完茶了,还能比莫得?"

老陈神秘一笑,请出童奚。

魁梧高大的童奚往中央一站,朝众人拱手道,"各位恕罪,我们也是为了公平起见,没有提前透露比赛的内容和形式。如此,我就再次为大家做个说明。"

童奚在当地大小茶商心目中,几乎是神一般的存在,他出场亲自说明状况,这个面子还是要给的。众人瞬间安静下来。

"我们今次比赛,本来就不单纯是比茶叶好不好喝。如果只是比这个,那么越大的茶庄、越请得起人的茶庄越有优势。"童奚气宇轩昂,手挥目送间,将几个想插嘴反驳的人给无形镇压了下去,"第二轮,我们将讨教各位同行对茶叶的感情。"

"对茶叶的感情?"这一次,众人都蒙了,反倒没人说话了。

童奚笑道,"我晓得,大部分的你们,和我一样,没读过几年书,也许字都不会写。但这不要紧。对你们而言,茶叶是莫得、为莫得要做茶,就用你们的话说出来唱出来。这就是第二轮比赛的内容。比赛时间是今天下午,场地还是这里。白天你们都有足够的时间思考该怎么表现。"

仓库里鸦雀无声。

"至于第三轮比赛,"月池缓步走到童奚身边,"是明天此时。你们可以在泰和合院子里的任何一个地方,用自己的方式,摆上自己的茶摊。比赛的时候,你们不需要出现。毕竟,将来我们的茶叶拿去外头售卖之时,也不是都有机会有人解说的。相信大家也看出来了,第二轮第三轮比赛,其实是有前因后果的。你们心中如何想茶,就如何展现茶。每轮同样是六个优胜,最后,我们看各位总共得到多少分。"

这次说完,沉默片刻后,有人喝彩道,"好新颖的比赛!"

却还是有人愤愤不平,"晓得我们没文化,哪里讲得出莫得名堂来?"

旁边的人提醒他,"童老板不是都讲了嘛,讲不出来你可以唱噻!或者,你跳个舞也可以啊。"

众人皆笑。

月池朝老陈示意,老陈端着一盘银元走上来。

月池朝大家拱手道,"无论胜负,各位远道而来,都是我泰和合的贵客。"

说罢,带着老陈,一组一锭银元,亲手恭恭敬敬赠完。

众人接过银元,面面相觑,再无任何反驳。

接着,月池补充道,"你们每一组,获得最终得分后,每一分,泰和合都将赠银一锭。第一轮就是热身,还请大家做好充分准备,为第二轮第三轮,展现你们的最佳状态。"

"好!""多谢卢老板!""就看我们的吧!"

有银元加持,呼声震天。

月池笑了。

下午,淅淅沥沥落起雨来。

趁第二轮比赛还没开始,月池沿着湿漉漉的石子路,走到大门口去。

嘉木和仙芽正倚在大门外的柱子上聊天,见他来,立刻站直,"老爷。"

月池点点头,没说话,站在屋檐下看天色。

仙芽很机灵,凑到月池身边,"今天咱们算第一天开张,天降财雨,预祝咱们泰和合生意兴隆,老爷发大财!"

月池闻言笑道,"你倒会讲话。"

仙芽挠挠头,"都是以前讨饭的时候练出来的。冷了、热了、毒太阳了、落大雨了,都要会讨口彩,才能要得到吃喝。"

月池沉默半晌,冷不丁问道,"你们两个眼力好吗?"

仙芽回答,"我普普通通,福根……哦,不,嘉木眼力好。"

月池看嘉木一眼,嘉木回答,"嗯,我眼力蛮好。站在半山腰上,几十里外有麂子跑过我都看得到。"

月池问,"那如果有人飞檐走壁进了我们泰和合,你能看到吗?"

嘉木瞪大眼睛,"老爷你讲莫得?!有贼吗?!"

月池赶紧摆手,"没有没有,我是说,如果。"

嘉木冷哼一声,"除非我睡着或者吃饭,没在这里的时候。不然,绝对逃不过我的眼睛。"

"若是……"月池继续问,"若是碰到那种巫师呢?你们这里,叫傩公傩母。"

嘉木笑道,"傩公傩母那是神,他们就算飞檐走壁,也是惩恶扬善,老爷这么好的人,泰和合只会得他们保佑,老爷不用担心。"

仙芽机灵,眼珠一转,"老爷,您是遇到过扮作傩公傩母的巫师吗?"

月池不置可否,没作声。

仙芽道,"我晓得有一些巫师,那真的是很有本事的。能掐会算,还会穿墙遁地。离人几千里远,都能把人算得分厘不差;壶瓶山再高,他们一天能穿几个来回。"

嘉木扯一下他衣服角打断他,"你这说的也太神了。老爷自己也是大能人,可不用咱们吹牛给他听。"

仙芽脸一红,"啊,但我没骗老爷啊。我听说过大名的傩坛巫师就有两个,一个叫覃孝冲,一直待在土司城里,另一个叫兰清音,以前就住在壶瓶山上,既有法力,又有身手。他们两个打先锋,穿上行头,几个翻身就能让人看直了眼。"

月池心中便咯噔一声,又回味了下仙芽的用词,追问道,"以前?怎么这个兰清音,现在不在壶瓶山了么?"

仙芽回答,"我也不晓得,只是听说他好几年前就云游去了,又有人说他死了,衣钵传了好些个弟子。也有人说他还有个儿子,继承了他的法力。"

弟子……儿子……

月池心中微微激动。

但转念想一想,哪有那么巧的事情。于是兀自笑笑,道,"好了,不说了,我去忙了,你们辛苦。"

"不辛苦。"

月池又背着手,缓缓走回屋去。

他没听到嘉木、仙芽的低声议论。

"你说老爷为什么要问起巫师?"

"老爷那么有才学,又是外乡来的,应该不信傩公傩母。那估计是好奇?"

"我也觉得是。你看他问起飞檐走壁的时候的神情,倒像是巴不得真的有人来飞檐走壁一样。"

"哈哈哈,对。"

因为一直在下雨,凉意十足。斗茶大赛上的热茶显得更合时宜了。

经过了一下午的准备,第二轮比赛果然精彩纷呈,又有几组特别令人瞩目。

其中一组,是容美峒茶,绿茶系。

茶商是两个小伙子,身着齐整的土家族琵琶襟上衣,缠青丝头帕,长相普通却气质深沉,月池一眼便喜欢。只见一个小伙子端出一只纯银扁平茶器,均匀撒上茶叶。另一个小伙子端出一只鬼脸瓮,将瓮里的水烹煮至将沸未沸。冲泡茶叶后,茶叶在扁平茶器中缓缓流转,银盘衬着绿叶舒展,犹如一只只飞鸟盘旋于水面,精彩至极。

先前的小伙子随着泡茶,旁白道,"俗云'土司峒茶,白鹤井水'。水清冽,茶甘香,白鹤呈祥。我们这自家产的峒茶,虽然比不上土司城里的贡品茶叶,却也自诩不凡,请各位品评。"

因为用了特制的井水和独特的烹煮方式,这次品茶的滋味,和早上的普通冲茶又大不同。童奚赞不绝口,"好茶。"

月池好奇地指一指鬼脸瓮,"难道……你们将白鹤井水,从容美背到这里来了吗?"

小伙子点头,朗声回答,"的确。既然是来参加比赛的,我们也做了万全准备,无论比什么,喝茶这一关是必有的。所以便带了井水来。"

月池笑着看看他,点点头,似乎同意他的说法,又似乎还有别的思量。

另一组出色的是桃源沙坪,红茶。

茶商是一对夫妻。那个丈夫便是早上嚷嚷自己没文化的那位。说是说没文化,上来他就朗声道,"西晋有云……"说着还瞥了先头的两个苗家年轻人一眼,"'武陵七县通出茶,最好',桃源便属其一。我们桃源红茶,叶片硕大、乌黑油润,冷后味道依旧不减。"

说罢便开始冲茶,他一边冲,那妻子轻轻唱起茶歌来,"碧乳霜华紫笋尖,绿窗映出指纤纤。鼠溪四月蚕桑少,解造红茶价不廉。"

虽不至于如仙音般好听,却古韵古调,别有味道。

歌声止,有人鼓掌,有人嘀咕,"不是说自己没文化么……呸,真是的……"

月池对这一组青眼有加,过去好几组了,都要折返来,喝一口冷茶,不知在想什么。

第三组出色的,是张家界武陵源龙虾花茶。

茶商是一个中年男子,带着一个年轻女子,不知道是雇用的丫头,还是姜室。这女子姿色平庸,不过声音非常好听,一边煮水一边讲起故事来,"相传明朝天启年间,大太监魏忠贤把持朝政,残害忠良。当时,武昌王子朱如绘,年方十六,被皇上袭封为镇国将军,他对魏阉乱朝十分愤慨,便与一些老臣密商,兴兵诛讨魏阉,以清君侧。不料走漏了风声,魏贼盗旨满门抄斩武昌王府。朱如绘走投无路,只好遁入空门,削发为僧,法号恒性。后来,他在修庵挖基时,挖出了一座千年古墓,开棺时,只觉得香气扑鼻,沁人心脾。原来墓中有茶叶、茶籽,虽说年代久远,但茶叶仍味鲜色翠。恒性把古茶籽植在庵侧,一年后,茶籽破土出苗,隔年葱葱郁郁。恒性胃病发作,痛苦难耐时扯了一把茶叶服下,胃痛居然好转。"

众人听得津津有味时,但见这女子从身畔的篓子里,取出一串略见萎靡的鲜花来。她一边将那花摆在茶盘边,一边继续道,"后来有一天,恒性和尚独自沿金鞭溪散步,看见正在开放的龙虾花。这花与一根青丝线状的花柄相连接,横向悬吊于绿叶下面,有红、黄、紫各色,争奇斗艳,微风吹来,活蹦乱跳,似真虾一般。老和尚如得到启示,便将此茶叶命名龙虾花,并将此茶叶做成龙虾花状。"

正巧此时水开了,女子妙手冲茶,但见茶叶条索紧结奇曲,肥硕浑圆,白亮中暗隐翠绿,满披银毫,茶沏杯中,茶叶或作横向移动,或作斜向跳动,或上,或下,宛如水中活虾,令人叹为观止。

女子最后道,"传说,恒性圆寂前,将茶种向张家界飞撒,因此,张家界每条沟壑里都生有茶树。我与相公,愿追随恒性和尚,将龙虾花茶遍撒天下。"

"好!"众人齐声喝彩,鼓掌,这一瞬间她简直貌若天仙。

童奚悄悄对月池竖一个大拇指。也不知道他是赞许这动听的故事和信念,还是赞许月池的斗茶好点子。

而月池,若有所思地望着桌上相映成趣的茶与花,久久未回神。

还有一组出色的,是保靖黄金茶。

参赛的是两父子。他俩看起来是所有参赛者里条件最好的,衣饰不俗,谈吐也更不俗。儿子在泡茶时,父亲朗声道,"嘉庆年间,一个道台大人巡视保靖县,路经两岔河,品尝茶叶以后赏给黄金一两,故此茶取名为黄金茶,'一两黄金一两茶'。黄金茶发芽早,持嫩性强,产量丰厚,持续出汤。"

那儿子配合着父亲的说辞,一杯一杯茶沏下去,果然十七八杯之后,那茶汤依旧明亮,香气高锐持久,滋味鲜爽。

最后一组特别的,是远道而来的湖北远安黄茶。月池在九台山的时候便经常喝这个茶,初时只知道它口感甘凉绵长,饮后尤其凝神醒脑,也知道它历史悠久,却不知道为何如此。后来走遍湖北湖南,才发现远安具有独特的丹霞地貌,丹霞山岩风化后形成的红砂岩壤,质地疏松,保水性强,特别适合茶叶生长。

茶商是个面容十分憨厚的胖子,特别不善言辞,甚至有点结巴,但好在月池对远安黄茶早有了解,直接一分送上。

第二轮比赛结束时,这五组茶叶,都获得三分以上高票。

因为即便输了也有保底的银元收入,每个参赛者都兴高采烈地准备第三轮比赛。

可用晚膳时,月池却明显心不在焉起来。

童奚问月池,"贤弟,我怎么觉得你心里还在盘算别的事?"

月池回过神来,狡黠一笑,"童大哥要猜猜看吗?"

童奚摇头,"我猜不到,哈哈,猜得到就不问了。"

老陈、肖郝、罗成、钟不期面面相觑,他们别说猜这个了,他们连月池下午有什么异样的表现都看不出来。

月池缓缓喝着汤,调羹一下一下轻轻敲击着碗壁,过一会儿,说道,"大哥今晚好生休息。明天比赛结束后,我定当和盘托出心中想法。"

及至第三轮比赛,泰和合遍地是茶香。

那些茶摊有陈设在柳树下的,有陈设在荷塘旁的,也有陈设在堂前田间的。一时间,丫头幺儿遍地走,大家各处品茶,各处欢声笑语。

童奚与月池坐在荷塘旁的石阶上,说细密话。

月池掏出一封书信,递给童奚,"大哥请看。"

童奚抽出信来,竟是来去两封。一封,是月池三个多月前写给身在广州的姑母的信,咨询她关于做出口茶生意的意见。另一封,则是姑母回信。

回信除去日常问候语及落款之外，主要内容就三行：

"然也。贤侄如有银钱短缺，可寻我，或族中父老。祝万事顺遂。"

童奚似乎明白了一些，"我晓得了。贤弟想赚洋人的钱。不过……"

月池也不等他问出来了，便一边收回信，一边娓娓道来，"英人好茶，若泰和合的茶能够卖给英人，等同于卖与全世界。从一百多年前开始，中国便已有茶出口英国，这便是风靡英伦的武夷红茶。"

"红茶？"童奚若有所思。

月池点头，"英伦本土是不产茶的，一直以来茶都是从中国、印度等地，经过长途的陆路和海陆运送至英伦。这样从中国运至欧洲，光在海上都需要花费超过一年时间。这就对茶的储存有很高要求。不发酵的绿茶鲜、嫩，但不易保存，时间久了还容易变质；红茶就不一样了，它是全发酵茶，易保存，比较适合长途运输。"

童奚恍然大悟，"难怪你这次特别关注那些回味绵长、发酵充足的茶叶。"

月池道，"说起来，英伦气候常年潮湿阴冷，和湘西北的气候有些接近。红茶性暖，特别适合暖身养胃。加之英人喜食油腻甜点，红茶还可解腻。"

童奚叹为观止，"贤弟其实已经想得很清楚了，才开了这个斗茶大赛的，对吗？你不仅要选茶叶茶种，还要选爱茶懂茶的能人，共图大业！"

月池道歉，"大哥莫怪，非小弟故意隐瞒。我也是三个月前才开始存了这个念头，接到姑母回信是十天前的事。而当我看到峒茶、黄金茶、龙虾花茶、黄茶，尤其是那个桃源红茶之后，我才真正下定决心：壶瓶山，壶瓶山的人，可以做红茶。不仅可以做，还可以做得很好。"

童奚好奇，"这个姑母，对你而言是很重要的人啊。"

月池点头，"我姑母嫁过皇亲贵胄、住过海外，年老了膝下无子，对小弟分外疼爱，无论小弟选择做什么营生，她都乐意资助。这次来壶瓶山，她资助了我百两银，我这租屋、雇人、办斗茶，已经耗资过半。因此我也很是紧张犹豫，生怕行差踏错，辜负她一片心意。此趟若下定决心做出口红茶，那便要仔细筹划、踏实行动。"

童奚道，"贤弟……"

月池知道他要说什么，按住他手，道，"大哥待我一片真心，我更不可以对大哥随意开口求助。未来艰难之处，小弟一定有若干事情还要劳烦大哥。过两天，我就想派上次你见过的罗成和另一个兄弟肖郝，到你这里来学习制茶的管控，不知道大哥方不方便？"

童奚笑道，"方便，尽管来！对了，贤弟决心做红茶卖给英人，是否也为了避开和我竞争？"

月池摇头，"其实还真的不是故意为之。我不敢说自己有多少雄心壮志，但历遍河山，见苍茫大地，千疮百孔，老百姓流离失所者众。我做洋人生意，一方面赚洋人钱，另一方面，给四里八乡的老百姓茶田营生。"

童奚拍拍月池的肩，"好老弟！从此，我做贡品，你做洋货，咱兄弟两个殊途同归，扫遍天下！哈哈哈！"

斗茶大赛结束后，月池送走宾客，罗成和肖郝也跟着童奚去学习制茶管控，泰和合重归平静。

隔天他也不打算出门，清晨起来，懒懒地穿了一件湖蓝色家常长衫，坐在庭院里和老陈安排接下来的事务。

春末，百花次第凋谢，草渐长，夏虫初鸣，万物静谧。

仙芽却来报：有访客。

月池看一眼老陈，老陈一脸无辜，"我没安排啊。"

月池低头看账簿，没有任何表示。

老陈道，"拒了吧，就说主人今日不见客。"

仙芽"哎"一声，传令去了。

不多时，又来了，"老爷……那客人说，你不见他们，他们便一直等着。"

月池侧目，"他们有没有说找我做什么？"

仙芽笑嘻嘻回答，"不用他们说，我都知道。他们一定是希望留在咱们这里干活。"

老陈啐他，"你以为都像你？"

仙芽道，"是真的呀。他们前天刚走，今朝又来，可不是想留下来吗？"

"刚走？"月池突然明白，望望老陈，"仙芽，你别作声。老陈，我们两个猜一猜，这去而复返的，是哪一组斗茶人？"

"哦……"老陈也明白过来，略加思索道，"是那对峒茶的青年？"

月池想一想，"我猜，是保靖黄金茶的两父子。"

仙芽拍一下掌，"老爷猜对了。是父子俩。"

他去带人上来的时候，老陈问月池，"月少如何猜到的？"

月池回答，"他们是所有参赛人里，穿着最华贵的。而且那华贵有些年头了，衣角磨损，衣领开线，想必这黄金茶，曾给他们带来富贵，现如今也正在走向衰败。我猜他们比其他人,更着急寻求一个解决之道。"

老陈嘿嘿一笑,"月少,你这心思细腻,到底随了谁?我感觉老爷和夫人都没你厉害。"

月池白他一眼,"我感觉你在骂我。"

老陈起身,一边嘀咕一边走远,"你慢慢感觉。我去斟茶来。哎,快点赚钱吧,多少要雇个丫头啊,否则这端茶倒水都是我这老脸可真讨人嫌……"

那对父子上来的时候,看到的场景,就是穿着一袭湖蓝长衫、清秀冷峻、甚而有点冷漠的月池,独自坐在宁静的庭院里看账簿。

与前两天那个笑容可掬、神采飞扬、满身祥云绣纹的贵公子相去甚远。

仙芽拱手,"老爷,客人来了。"

月池也不抬头,也不说话。

那对父子一时间也不知道该怎么办,只能傻呆呆站着等。

仙芽悄悄退下,碰到端着茶上来的老陈,拉一拉他,低声问,"老爷为啥晾着别人不理不睬?又不是不认识。一点都不像他的脾气啊。"

老陈哼一声,又好气又好笑道,"我们老板,撒泡尿都要思虑周详。他做事,我素来都是看不懂的。"

他给月池缓缓斟完茶,看月池依旧专注瞧着账簿,也不好意思打断,静静退下。

他走到那对父子身边,只见那儿子嘴角牵了牵,几不可闻地低声道,"爹,我们又不穷,何苦……"

"闭嘴。"那父亲立刻喝止。

老陈在背后听完,心中更佩服月池。他这是算准了两父子的心态,故意冷淡,要杀杀他们的威风呢。

果然,一盏茶工夫都过了,月池才抬头,"老陈,添茶……"似乎才看到台阶下立着两个人,"咦,您二位为何在此站着?"

老陈赶上来添茶,配合他,"都提醒您了,谁让您算账算得太入神。"

"快请坐。"月池还是淡淡的。

那对父子这才在月池对面坐下。站了许久,儿子的脸色十分难看。

月池看看他,又看看父亲,不嗔不笑不语。

终究还是那父亲先开口,"卢老板好。我们去而复返,打搅了。"

月池点点头,"是找我有事吗?"

那儿子气鼓鼓,"爹,这泰和合,也无甚名气,我们成名已久,为何要看他脸色?"

那父亲阻拦不及,懊恼道,"讲这些话搞莫得!"

月池不怒反笑,"既然名气决定一切,那你们来参加我这不知名的比赛做什么?"

那儿子索性豁出去,"为了看看同行高手!不行吗?"

月池伸出一只手,"哦?是吗?那高手你也看过了,请把奖金还给我。"

"还就还!几个臭钱,我们保靖黄金茶最富贵的时候,你还不知道在哪个犄角旮旯里呢!"儿子噌一下就站起身来。

"老陈,收钱,送客。"月池再也不待见,垂头继续喝茶。

但见那父亲满脸通红,对儿子喝道,"你,跪下!"

儿子瞪大双眼,不相信自己的耳朵。

父亲跌足,"你,跪下!混账东西,让你来跟人吵架的吗?"

那儿子气得面皮发紫,跪下去之际,给月池递来一个恶狠狠的眼神。

月池也不客气,冷冷回敬一个眼神。

"前天比赛之际,你冲茶时动作粗鲁,茶末乱飞,若不是你爹谦逊,你家茶叶确实有韵味,你以为靠你的手艺能胜出么?"月池冷峻的声音让老陈都吃了一惊,"黄金茶若冲泡得当,茶中会有甜暖的栗香味,你冲的茶,毫无香气,若你们保靖黄金茶的传人都是你这倨傲态度,那么便是衰败了也是自作自受。"

他说得鞭辟入里,让在场三人都愣住。

那父亲拱手道,"卢老板批评的是。我们是保靖曾家,我叫曾尚德,这是犬子曾秉炎。今次去而复返,是因为非常欣赏卢老板,想来谈谈合作。"

月池拱手回礼。

曾尚德瞪一眼儿子,"我这儿子,打小被家里人宠坏了,后来又去了上海洋学堂读书,读完书满脑子外国人做派,完全不知人间疾苦。这十多年殊不太平,生意一日不如一日,他浑然不觉,故而适才大放厥词,叫卢老板笑话。还请万望恕罪。"

曾秉炎似乎真的是第一次听到父亲说这些话,十分吃惊,"爹,真的吗?我们生意不好吗?"

曾尚德道,"不然此次为何我执意要带你来?你只以为读了很多书,自家的茶又天下第一,富可敌国。现在呢?别说绿茶了,就连峒茶、红茶……看看都有多少高手?你娘不忍心叫你知道真相,可我老了,不能再叫你盲目乐观下去!"

曾秉炎本来跪得笔直,此刻已经软坐在脚踝上,面色苍白,无言以对。

曾尚德凝视月池,"卢老板,我看你年纪轻轻,做事情却非常有分寸,适才听你评论犬子冲茶时的毛病,真心钦佩至极。不晓得我们可否谈谈合作,不管泰和合将来准备做什么茶生意,我们保靖黄金茶都可以做底茶,黄茶红茶都不在话下!"

月池闻言,喜上眉梢道,"怎么,曾老爷也尝试用黄金茶做过红茶?"

曾尚德点头道,"黄金茶发芽多、整齐,持嫩性强,产量高,抗性强,做红茶非常合适。只可惜,国人不喜红茶,所以我也没继续研制下去。"

月池这才起身,走到曾秉炎面前,伸手扶起他来,"你父亲做这些研制,你可知道?"

曾秉炎站起来,摇摇头,眉眼间再没有之前的傲慢。

月池又问,"你读过洋学堂,可懂得洋话?"

曾秉炎点点头,"日常交流绝无问题。"

曾尚德脑子转得很快,"怎么,卢老板想做洋人生意?"

月池沉吟道,"不瞒两位,我确有此意。但很多细节问题,我还没有想得特别清楚。"

曾尚德摆摆手,"只怕难。这念头我也起过。但犬子只会说些洋话,至于怎么跟洋人交通、谈判,他根本不行。"

月池若有所思,"不急。念念不忘必有回响,我们心里存着这个想法,但需得把准备工作做充足才行。二位若诚心想要合作,我们可以先立个简单的契约。两个月后,我需要你们的黄金茶毛茶五百斤,可以先付两成定金,取货时钱货两清。但你们需得以市价半价给我,再过两个月,等我将这五百斤茶卖出,所得利润的一半,你们拿走。可否?"

曾尚德算起账来也很老辣,"若是卢老板不告诉我您的真实利润呢?"

月池回答,"您可以派人查我账目。"

"那若您几个月后一两茶都卖不出去呢?"

"那只能我们双方认栽。您好歹还保个本,我则血本无归。所以,"月池淡淡道,"曾老爷只能赌,我月池断不会拿自己的钱开玩笑。"

曾尚德只稍做思索,便拍一下桌子,"成交。我与你立这个契约!"

月池笑,"多谢。"

"不过,我也不用派人查账了。"曾尚德指一指儿子,"只希望从即刻起,卢老板便带着犬子,要做什么只管吩咐他。您比他年长不了几岁,却足以为师。"

月池一愣,望向曾秉炎。

曾秉炎也愣住了,"爹……您这,这是……"

曾尚德叹气,"我要你离开家,走远一点。多向卢老板学。他比你大不了几岁,自己背井离乡还搞这么大事业,雄心壮志……"

曾秉炎发急,"那我……我的婚事呢?"

原来还记挂着人生大事。

曾尚德一跺脚,"你给我都断了!等咱家再富起来,哪怕给你娶个十房八房又如何!"

月池笑一笑,打断道,"两位稍等。我还没有同意呢。曾老板,我们一码归一码。五百斤毛茶的制作要求,稍后我会给您写下来。查账的事,请您派个专业账房先生来查账。至于曾少爷来我这里帮忙,现在也帮不上忙。等两个月后我们交货的时候,再说。行吗?"

曾秉炎长吁一口气。

曾尚德无奈,只得同意。

双方签下契约,曾尚德、月池用印,钟不期给支了银两做定金,就算合作开始了。

曾家父子离开后,老陈愁眉苦脸,"月少,咱这银两可要见底了。"

钟不期掂着账本,在手里拍一拍,"别急,月少心里准有数。"

月池伸个懒腰,眉眼弯弯,笑得不知多舒心。

"老陈,联系船,你、我、钟大哥,我们要出趟远门了。"

老陈心惊肉跳,"我们三个?又要去哪里?!"

"安徽,黄山。"

老陈瞪大双眼,"你现在还有心情游山玩水?"

钟不期也很好奇,"虽说园子刚稳定下来,最近都使不着银钱;但你确定要带着我一起游山玩水,月少?"

月池一笑,没有回答。

老陈也懒得再猜,"何时动身呢?"

月池想一想,喝口茶,眼望远方,"何时动身……何时……不过这几日吧。只是,我还得等一个信。"

"等什么……"老陈那个"信"字都没问出口,自己又好笑了,"嘻,我问什么问,问了你也不会回答。老钟,我们走吧。"

天气热了,老陈知道月池的习惯,搬了把躺椅到院子里,放在井边阴凉处。

午后用过点清粥小菜,月池躺到躺椅里,渐渐盹着。

迷迷糊糊间，一股子熟透了的花香味飘过。

这时节，开得最盛的，无非荼蘼了。月池打第一次进这院子就见到荼蘼，一丛丛一蓬蓬生在墙边。及至开花，花朵大且白且香，垂到井沿，宛如白狐照水，格外妖异。

"谢了荼蘼春事休……"月池呢喃，半梦半醒间，花香若有若无。

"无多花片子，缀枝头。"有人回答。

月池一听那熟悉的声音，笑了，"是你。你总算来了。"

璀错坐在不远处的井栏上，侧着身，低头去拨弄荼蘼花。

月池每次没见他，总会告诫自己，若见着了非要问他这个这个那个那个；可每次真见着了，又不晓得该问什么。

见他今次戴了一张新面具，便问道，"今天是傩公还是傩母？"

璀错没有回答，只揶揄道，"哟，总算知道傩公傩母了？"

月池牵肠挂肚半天，有个问题不问真的会憋出病，"你为何知道，我需要丢茶叶到这井里？"

璀错道，"你丢了吗？"

"每天丢。"

"心里舒坦吗？"

"舒坦。"

"那你还问什么。"璀错笑，"你既知道'谢了荼蘼春事休'，为何又不懂'不如归去下帘钩'呢？有些事情，不懂有不懂的好处。"

月池坐起身，"那你呢？你身怀绝技，饱读诗书，为何第一次见面时，却被那几个大汉追杀得穷途末路一般。"

璀错叹气，"事情不是你看到的那样。他们家主母病重，请我去做法。我去了，也看了，无解。他们又不放我，我只能逃。"

月池诧异，"那为何他们那般凶神恶煞？！不是他们请你的吗？"

璀错摘下一朵荼蘼花，在手里旋一旋，"因为我只收钱不办事呀。"

月池闻言，仰头哈哈笑起来。

璀错问，"你去黄山做什么？"

月池答，"黄山脚下有个小城，叫祁门。"

璀错"哦"一声。

月池笑，"难得你问我问题，问一半怎么又不问了呢？"

璀错道,"你要去的地方,一定跟你现在要做的茶有关。既然你此刻想做红茶,那么这个祁门,就一定是做红茶很厉害的地方。"

月池惊喜交加,"你一直躲在我身边吗?为什么我的什么事你都知道?"

璀错冷笑一声,"想知道你的事,还需要偷听吗?"

月池笑,"神仙大人恕罪,是小生无知了。"

璀错一抬手,将那荼蘼花扔过来,"傻了不是?出门小心女人,别喝那杯酒。若真惹祸上身,也别害怕,福祸相依。"

说罢起身翩然离去。

"你等一下!"月池见他要走,急得赶紧起身,却两腿一蹬,双目一亮,醒转过来。

居然是个梦。

他依然半躺在躺椅中,寸步未移。

月池怔怔的。

难道,是日有所思夜有所梦么?

可是一起身,一朵碗口大的荼蘼花,从身上跌落到地。

月池拾起花,左右张望。

是梦么?一定不是。否则,这花从何而来?

出门小心女人……别喝那杯酒……福祸相依……

不晓得为什么,璀错说的话,月池毫不犹豫选择相信。

人与人之间的信任,那种感觉,微妙又直接。

6

半个月后的一个黄昏,月池、老陈、钟不期三人,从壶瓶山出发,全程水路,先到津市,再到汉口。

到了汉口,大家都以为他要沿长江下到安庆,结果月池在汉口停了下来,还在太平路的一家豪华饭店下榻,看起来优哉游哉。

老陈和钟不期虽满腹狐疑,却也懒得问。都算是见多识广的人了,尤其老陈,跟着少爷走南闯北,但汉口港的繁华,还是让他俩结结实实大吃一惊,兴奋都来不及呢。

一栋栋如白玉般大理石雕砌而成的洋楼栉比鳞次,笑声乐声车马声此起彼伏。老陈对钟不期道,"我依稀记得,少爷说起过一种叫电的东西,这个电可以点亮洋灯。一盏洋灯,宛如千百根蜡烛同时燃着,且没有烟气,不会随风摇晃,蔚为壮观。"

平时一盏洋灯也难寻,没想到在汉口,嘿,你看那洋楼洋灯,照得深夜的天空都如火烧一般。"

不仅如此,汉口的船只,比广州香山,或者湖南石门,又不知威风到哪里去。船只有高大的帆,还有坚硬的底。

钟不期跟老陈嘀咕,"那个好像叫作夹板船,洋人造的,我曾在一本图册里见过。不仅可以航行在江河里,便是远渡重洋,都不在话下。"

更叫他俩咋舌的,还有人。

金发碧眼的、红发褐眼的,都有。身上飘着古怪又浓郁的香味,嘴里说着叽叽咕咕完全听不懂的语言。他们笑起来非常放肆,呵呵哈哈,发起怒来一瞪眼,跟戏台子上的鬼一样,又有趣又吓人。

他们仨下榻的饭店叫香都,门口一溜烟地停放着黄包车。老陈和钟不期倚在大门口听车夫们说故事,听得津津有味。

一个说,"就说我们现在这条街,以前叫广利巷,后头英国人在旁边建了租界,当官的就把这条街改名叫太平路了,意思是'对外忍让,唯求太平'。我们叫不惯,还是叫广利巷。"

钟不期问,"什么是租界?"

另一个回答,"就是英人占了我们的地方,那一片就跟他们自己家的一样。用英人的法,吃英人的饭,地皮、租金、买路钱,都交给英人。"

老陈和钟不期对视一眼,瞠目结舌。

半晌了钟不期才说道,"那不是国中国? 凭啥呢?"

"凭人家厉害呀,打得朝廷没还手之力,只好东一块地西一块地割给英人。而且地方不好人家还不要,专挑港口啦闹市啦啥的。"

老陈愤愤的,"岂有此理。"

"岂有此理。"没承想有个声音在一旁同时响起。

老陈吓一跳,望过去,"月少!"

那人从灯黑阴影处走出来,却不是月池。只是一个与月池年龄身段相仿的年轻人。此君肩宽背厚,眉眼深邃,身着一袭朴素长衫,斜挎一只青蓝色书包。

拉车的人显然跟他很熟,打招呼道,"刘老弟,今天要不要车?"

那被唤作刘老弟的年轻人回答,"不要了,多谢。洋行已经下班了,我来办点私事,办完就回家。"

说罢朝老陈也礼貌地点点头,一扭身进了香都饭店。

等他走远,车夫一口唾沫吐到地上,对着他的背影狠狠道,"嘿,私事,你个穷小子哪里来的私事要在香都办。说得好听,跑了半年了也没见你叫过车。"

老陈问,"那你还问他要不要?"

拉车的嘻嘻一笑,"准他装腔作势,还不准我调侃他几句?"

老陈又好气又好笑,想反唇相讥又不想多事,突然身边真正传来月池的声音。

"莫欺少年穷。"月池一脸严肃,瞪一眼那车夫。

车夫上下扫月池一眼,见他衣着不俗,也不想惹事,干咳一声,缩身回到柱子后的阴影里。

"月少。"老陈赶紧站好,拉开他,"你怎么下来啦?"

"我来找你们吃饭,饿了吧?"月池朝钟不期递过去一个歉意的眼神。

"你不说不觉得,一说,还真的是饿死了。"老陈揉一揉饥肠辘辘的肚子,"月少,你消失半天去哪里了?弄到这大晚上,把钟先生都怠慢了。"

"自家兄弟,不妨事,不妨事。"钟不期笑眯眯,"看新鲜都看饱了。"

月池扬一扬手里的一封信,"我是去发电报、拿电报了。"

三人抬脚往饭店里的餐厅进着。

老陈问,"电报又是什么?"

好像凡是跟"电"字扯上关系的东西,都不得了。

月池回答,"出发前我不是说,我在等一个信吗?我在等我德明妹夫的回信。他回信里讲,很赞成我做茶叶生意,并且告诉我,不仅在檀香山,在香港,英人都爱极了中国的红茶。"

钟不期捋须叫好,"这叫英雄所见略同!"

月池说道,"他说,若我做茶,建议做红茶,若我做红茶,必然要跟洋行合作。而离我们最近的洋行,就在汉口。他还跟我讲,写信太慢,如今有一种叫电报的东西,非常快,早上出发,中午就能自千里外传一个来回。他说他不知道常德有没有电报,但是汉口港是肯定有的。就这么的,我一到汉口,立刻按照他给我的电报地址,发信给他。看,一盏茶不到,他的回信就来了。"

两人说话间已经在餐厅坐好。一个年轻女人上来问要吃什么,月池信手点菜,老陈和钟不期毛着胆子探头打量年轻女人的穿着,只看到她赫然露在裙子外面的双脚,心就怦怦乱跳。

这简直就不是中国了感觉。

点完菜,月池将手里的电报递给钟不期,老陈扭过头来看。

他俩见一个一个格子里，一列写着若干奇怪的数字，旁边一列板板正正写着，"吾知太古洋行刘人祥此人敏信可托"。

老陈将那电报纸翻过来覆过去，"没啦？就这么几个字？这也太说不清楚了。"

月池笑，"电报是按字数计费的。他写这么长一串，已经很好了。"

钟不期缓缓伸出一根手指，"我大概知道了。'我认识太古洋行里，一个叫刘人祥的。这人机敏可信，可以找他聊聊。'"

月池道，"还是钟大哥厉害。"

老陈笑道，"电报可真有意思……"

他忽然醒过神来，"然后你就去了太古洋行？"

月池摇头，"累了，我也跑不动了。我找了个车夫，让他帮我跑一趟，把这个叫刘人祥的，请来当面聊聊。若聊得明白，也不耽误咱们明天继续赶路。"

老陈瞪着他，"月少，你要是放在古代，就是那什么……诸葛……"

钟不期给他接上去，"诸葛孔明。"

"对！诸葛孔明也就你这样了。什么都算得准准的。"

月池又笑，心道：你们不认识璀错，那才叫什么都算得准准的呢。

就在此时，一个年轻人靠近他们的餐桌，"请问……尊驾哪位是月池先生？"

"先生……"老陈一愣，一边回味这个称谓，一边抬头，"咦？是你？"

可不正是此前跟他一起怒骂"岂有此理"的那个刘老弟？

老陈一琢磨车夫对他的称呼，哎呀一声，"刘老弟……刘人祥……"

刘人祥恭谨地行一个拱手礼，"正是。见过月池先生。"

老陈跌足，"不是我！这位，这位才是我家月池老爷。"

刘人祥这才发现自己拜错码头，连声道歉，"恕罪恕罪。"

他眼见月池跟自己一样年轻，微微一笑道，"逸仙兄弟真是不得了，自己少年意气勃发，连介绍的朋友也是如此风流人物。"

十分会讲话。

老陈愕然，"逸仙？这又是谁？"

月池轻轻解释道，"是德明妹夫新改的名字。"

说罢朝刘人祥还礼，请他入座，"既然我俩年龄相仿，若不介意，一起吃晚饭可好？"

刘人祥咧嘴一笑，"我可真不客气了，刚好饿得要命。"

因为有妹夫的引荐，月池对刘人祥也十分坦荡，"这是我的管家老陈，这位是我的师爷钟先生。我是咸丰七年出生的,比德明——哦,也就是逸仙,虚长几岁。只不过雄心壮志和他完全不可比拟。"

刘人祥惊喜道,"我也是咸丰七年出生的!月池先生不必谦虚。我从小穷苦,后来受教会照顾,资助我做了些小营生,又跟着教会学了英文,现如今给太古洋行写字兼跑街。地位虽卑微,可我总相信自己终有一日能成为人上人。"

一边说,一边环顾四周,"便将这一整个地皮,全部再从洋人手里抢回来也未可知。"

月池笑道,"难怪你和我妹夫能成为朋友。你们两个真的很像。"

一顿饭没吃完,两个同龄人已经快要聊成知己了。

两个人都喜欢实业。月池尝试过铜矿,人祥则想尝试煤矿;月池想做红茶出口,人祥亦觉得洋行大有可为。万事万物一脉相承,都是低进高出,利用自己的才学做出有价值的东西。

人祥赞赏月池,"可是你已经开始干了,我还在打杂呢。我得向你多学。"

月池问,"太古洋行你觉得如何?"

人祥回答,"太古洋行在上海、香港、汉口都有点,又是英人开的,说起来,很适合你。可是太古是做糖起家的,他们从原糖炼制精糖,再利用自己的航运线贩售,利润翻番都不止。五六年前,他们又收购了香港岛鲗鱼涌很多地皮,搞起太古炼糖厂。我怕他们店大欺客,不把你的红茶生意放在眼里,如此一来,反而耽误你的时间。"

好家伙,月池肃然起敬。

这哪里只是写字兼跑街?这已经把太古洋行搞得一清二楚了。

"那依你之见,我若想要找洋行合作,找谁更好?"

刘人祥将手里的一块肉排吃干抹净,擦擦手,认真凝视月池,道,"怡和洋行。"

"怡和?"月池给他添一杯茶,"为何兄台如此笃定?"

刘人祥回答,"因为怡和洋行,素来就是给英国王室供应茶叶的。"

"啊?"老陈忍不住笑出声,"原来是做英人贡品的。"

刘人祥点点头,"月池兄弟,你既然想做红茶,还想做出一番事业,那除了怡和洋行,你别无选择。首先,英国王室是红茶的最大消费者,其次,与我们中国一样,老百姓也效仿王室成风。只要你的茶被怡和洋行运出去,你都不必担心会运向哪里。但凡你的茶好,怡和一定能让它走遍天下,再赚得盆满钵满。你可知一磅红茶在伦敦可以卖多少钱吗?哦,一磅也就是我们说的九两左右。"

他举起两只手掌,"一磅红茶在伦敦可以卖到十英镑,差不多等于两个像我这样的人一整年的工资。我算过一笔账,近一百年来,英人从中国买红茶的钱,足有几千万英镑了,折合白银几亿两。"

月池被这数字震惊得合不拢嘴。他想到英人爱茶,没想到爱到这种程度。

钟不期不仅震惊,脑子里心里的小算盘还打得飞快,越算越觉得月池真是诸葛孔明,又给他发现聚宝盆了。

刘人祥拍拍他肩,笑道,"至于你自己挣多少,到时候就看兄台你跟怡和怎么谈了。"

"怡和洋行啊……"月池念叨着这四个字,陷入沉思。

绝对不容易。但绝对有意思。

刘人祥问月池,"你可会英文?"

月池摇头,"不会。一个字都听不懂。"

刘人祥道,"你若相信我,以后需要的话,我来做你的翻译。"

月池大喜,"我也绝不会亏待你。"

临分别,刘人祥留下了联系方式,"我不一定长久在太古做事。但我们全家都信奉天主教,兄台下次若来汉口,可以到汉口天主堂找金宝善神父,他必定知道我的下落。"

月池回答,"你若要寻我,到常德找泰和合。"

"一言为定。"

"后会有期。"

等三人继续行船抵达安庆港,再车马辗转到了祁门县城,已经是五六天后的事了。

钟不期晕船严重,吐得七荤八素,几乎全程爬不起来。上了马车才好一点,突然又遇暴雨,道路变得异常泥泞,马车颠簸不堪。

月池内疚,"对不住钟大哥了,让你陪我这一路。"

钟不期晕头晕脑中还是挥了挥手,"是我不中用。我晓得你为莫得要带着我……绿茶转红茶,红茶再出国,一笔一笔都是账,不精打细算不行……"

"是。"

"你快莫担心我了,"钟不期闭上眼,"等到了,我睡一觉就好。"

老陈驾着马车,风雨声里也听不清里头的对话。他担心钟不期,更担心少爷。

虽然诸葛孔明少爷精于计谋,可到底也只有三十岁,对他们这些人来说,也就是个半大孩子。自打开采铜矿失败,少爷一直憋着一口气,这口气撑着他兜兜转转,在茶叶上想再创辉煌。

不能受伤,不能生病。

老陈默默对自己说。无论如何,照顾好少爷。雨水打进眼睛,他也不敢稍有松懈,只盼能平稳地将马车驾到目的地。

真是怕什么来什么。转过一个急弯之后,又遇一个陡坡。山水自坡上如洪水般泄来,老陈一心躲避大石和陡坎,没承想从一旁的树林里摔出来一个什么东西,径直冲到了马车下。

"吁——"马儿受惊,猛一转身,前蹄高高扬起,马车差点没翻过去。

那从树林里摔出来的,居然是个人。幸亏马儿躲避及时,否则早已是轮下之鬼。

老陈堪堪将马车停稳,跳下车就朝那人奔过去。

"尊驾!尊驾还好吗?"

他一迭声地叫着,将那人扶起。

人是已经晕过去了。雨水泥水溅着他一头一脸的碎发,乱七八糟披散在苍白的脸上。

"啊……"老陈更慌了,差点一撒手让人又掉下地。居然还是个女人!

那边月池已经跳下马车,"怎么了吗,老陈?"

老陈回答,"这个女子——刚刚差点撞上我们的车!"

月池小跑过来看一眼情形,伸手探鼻息,"无碍,还活着。我去把马牵到路边,你把她带到车上来。"

女子没有醒,脸色惨白。月池给她裹上厚厚的毡子,把她的脉象。触手流利,按如滚珠。无沉实或虚弱之感,除非热症,否则……否则就是典型的喜脉。

一个有了身孕的女子,为何独自一人在这山间彷徨,还差点丢了性命?

月池挪到老陈耳畔,"她身上所有衣物都不要动,到了地方,找个客栈,把她放下即可!"

老陈驾着车,听了个迷迷糊糊,"少爷,你要我放什么?"

月池见风大雨大,也不想啰唆,"算了,先走吧!"

等到了祁门县城里一家客栈,老陈一反常态,没有第一时间管月池的东西,先着急忙慌把女子抱下车,径直去找掌柜。

开好房,将女子放下,返身见月池和钟不期还在车上,"少爷,对不住,我这就来接您下车。"

月池摇头,"我已经给掌柜一吊钱,让他照顾这女子直到她离开。我们继续走。"

老陈愕然,"什么?!"

月池一字一句,"我们继续走。另寻一家客栈,离此间越远越好。"

老陈纵有千万不解,也没有驳他意思,上车,打马。

雨终于停了,暮色四合。惊魂未定的马儿,拉着一车疲惫不堪的人,嘚嘚地踩着青石板路,去到县城另一边。

等大家住下,吃完饭,更完衣,钟不期的呼噜声从隔壁传来时,老陈才好奇地问,"少爷,你那么宅心仁厚,连乞丐的命都要救,怎么放着这么一个可怜的女子倒不管了?"

烛光下,月池没有说话。老陈以为他不想回答,仔细一看才发现,月池正盯着手里的盖碗发呆。盖碗尚未冲泡,只是刚被小二放上了茶叶。

"老陈,你来看。"他冷不丁一开口,吓老陈一跳。

"什么事,少爷?"

"你看,一间寻常客栈里,用来待客的寻常红茶,都这么条索紧细,嫩毫毕现,"月池轻轻掂一掂茶叶,"香气幽然,色泽均匀。祁门红茶,果然名不虚传啊。难怪刚诞生十余年,就已经跟武夷红茶平分秋色了。"

老陈又好笑又好气,"少爷,累了一天了,快宽衣,休息吧。"

月池这才回过神来,笑一笑,"好。你也早点休息,明早陪我去看茶园。"

"是。"

"等一下。"月池放下茶杯,才想起要说什么,"老陈,我多余叮嘱你一句。不要再去瞧那女子。忘记整件事。"

老陈一愣,"少爷……"

月池道,"她已有身孕,衣饰不凡,袖笼里似乎还有重物,搞不清楚为何会出现在山野里。怎么看,都不是我们该管的闲事。"

"好。我知道了。"

安徽菜咸香,月池晚饭贪食,吃多了点,半夜口渴,起来喝水。

待迷迷糊糊一饮而尽,才发现那是一杯米酒。

一定是老陈想让他好睡。

月池笑一笑,上床继续睡到天亮。

天一亮可不得了。

昨天暴雨万物如洗,今日阳光映照下,杳霭流玉。

月池怔怔地盯着窗外看了半晌,才霍地坐起身来。

出门小心女人……别喝那杯酒……

这下可好,齐活儿了。

"老陈!老陈!"他嚷着跳下床,正迎着老陈推门进来。

"少爷,您找我?"老陈一头一脸的汗,这大清早的已然忙得脸色发红。

月池问,"你是不是去找那个女人了?!"

老陈目瞪口呆,"少……少……少爷!你看到了?"

月池有些气恼又有些惊惶。

怎么办,全部印证了。

老陈见月池脸色铁青,也慌了,赶紧解释,"我想着,趁天色没亮,偷偷去看一眼,送点药。没想到,一见面,她就给我磕头,求我带着她走,说如果把她一个人丢下,她必死无疑。"

"你这意思,是?"

老陈很不好意思地指指隔壁,"然后,她就跟着我来了。"

"你!"

"我这辈子,没伤过人。虽然她不是被我伤的,可总是倒在我车下。我这心里……"老陈嗫嚅道。

月池叹口气。算了,走一步看一步吧,璀错还有半句呢:福祸相依。

等那女子穿着一身朴素农妇装束,再次出现在三人面前时,月池赫然发现她面容姣好,一整个气质也非常特别。

是哪种特别呢?

月池说不上来。似乎跟自己有点像。没有恶意,却满腹心事的那种特别。

女子行礼道,"各位义士,萧娘有礼了,多谢各位救命之恩。"

月池开门见山,"你若要跟着我们,至少要让我们知道,你是谁?你为何独自一人流落山间?而且,还是在有身孕的情况下。"

萧娘抬起头来,面色悲伤,却不卑不亢,"义士容秉。萧娘因嫉妒小妾,被夫家休了,回娘家途中身体不适,幸得各位搭救。还请各位能护我几日周全,待我身体康复,自当离去。"

倒是合情合理。

钟不期休息一晚,恢复了状态,心思细腻,"可你怎么知道我们不是歹人?还有我们接下来的行程你都不知道,又怎么知道我们能护你周全?"

萧娘摇头,"你们不是歹人,歹人不是你们这样。"

月池笑道,"怎么,歹人脸上刺着字么?"

萧娘惨惨一笑,"歹人脸上真的刺着字。眼睛里也刺着字。刺着这世上一切我都不在乎,无论摧毁什么我都不心疼。"

哗。月池一惊。

这妇人甚是会措辞。

想一想,她夫家应该确实不是什么良善之辈。

"可是,我们接下去要到处游走,采购茶叶,"月池道,"你身子这么弱,也要跟着我们转吗?"

萧娘道,"我尽量不拖累你们。实在走不动了,我就找个草堆躲起来,等你们。"

钟不期皱一皱眉,"可我们为何要护你?万一你是歹人呢?万一你联合歹人要抢我们钱财呢?"

萧娘像是被这个问题问倒了,不晓得该怎么回答。一双水灵灵的眼睛充满彷徨。

过了片刻,她银牙一咬,从袖笼里拿出一只小小的包得非常严实的布包,双手捧着,呈给三位看,"三位义士信我。我不是歹人,我也不会觊觎你们的财物。单是我身上的这个东西,就价值连城。"

钟不期接过布包,只觉得沉甸甸的,非常密实,不是金,便是银或者铜。

萧娘道,"先生不用打开它,便知我没说假话。请你们护我几天,等我恢复气力了,我自会走。走之前,我必将这个宝贝送给三位义士。"

钟不期一边将布包还给她,一边笑道,"那我们三个此刻就将宝贝抢走,或者昨天就趁你晕过去时偷偷拿走,不是更简单?"

萧娘收好布包,道,"你们昨天没拿,我便知你们今天也不会抢。"

"那我们直接帮你雇一辆马车,嘱他送你去往娘家,岂不是更简单?"

萧娘摇头,"不行。真的不行。我怕……"

月池叹口气,起身道,"罢了,我们也不要你的宝贝,你如你自己承诺的,过几日自行离开即可。老陈,你多照顾她一下。我们出发。"

接下来的日子里,他们以之前拟定的"外乡来的采购商"身份,转遍了祁门的几乎每一座知名茶园。

萧娘除了晚上睡觉,几乎整天整天都在马车上窝着,不说话,也没有表情,心事重重,浑浑噩噩。吃得也不多,人瘦了,脉象倒是一天比一天愈加平稳。

一定要下车解手的时候,她会扮成老陈的媳妇儿,一声不吭地跟着走。

月池越转越兴奋,渐渐也忘记了她的奇特存在。

祁门红茶,用的是中叶类,中生种。茶叶植株适中,树姿半开张,分枝较密。叶椭圆或长椭圆形,叶色绿,有光泽,叶面隆起或微隆起,叶身平或稍内折,叶缘平,叶齿锐浅,叶尖渐尖,叶质较厚软。芽叶黄绿色,茸毛中等。

而茶叶生长的环境,除具备气候湿润、土壤松软等自然条件,更兼山峦纵横、溪多泉清、林木葱茏。

无论从茶叶特性、芽叶生育能力、生长环境看,常德石门的茶叶,都不输它。

他对自己的想法更加肯定。

可是祁门红茶的口感,硬是跟普通红茶,包括上次他见过的桃源沙坪红茶大有不同。

寻常红茶,入口时就感觉鲜爽浓烈,而祁门红茶属于慢热,第一口品淡无奇,味道却很纯正,越喝越顺滑润喉,闻起来像玫瑰花,像苹果,又像蜜糖。

宛如妙龄采茶女就站在面前一般,清新脱俗。

在其中一家茶园参观时,他注意到了一个细节:祁红采摘之后,萎凋、揉捻、发酵、干燥等工艺,都跟其他红茶别无二致;但随后的十几道复杂工序,能让茶叶里一些刺鼻、唐突的芳香成分在烘焙中挥发,使最后的香气更加协调、愉悦。

月池一边走访,一边记录,一边攀谈交友,愉悦不已。

直到有一天黄昏,月池准备在一个比较中意的茶庄买茶叶时,跟着老陈下车透气的萧娘,冷不丁低声自语道,"这批红茶,最多算是一级,到不了特级,根本用不着这么多银两。"

声音虽小,可大家都听得很清楚。

买家卖家一时都愣住了。萧娘警觉自己似乎说错了话,赶紧躲到老陈背后去。

见月池闻言踌躇,卖家有点光火,"你个村妇,知道什么一级特级!"

萧娘被人骂了,反倒不怕了,镇定自若,对曰,"我不但知道特级,我还知道礼茶。你这嫩毫不多,香味馥郁,欺负欺负外乡客也就罢了。"

卖家恼羞成怒,伸手搡人,"哪里来的村妇,懂个屁,买就买,不买就滚!"

月池皱眉,"我看你们店子也堂皇,老板想必不是俗人,怎么你如此污言秽语?"

扰攘间,里面出来一个中年男子,"吵什么?发生什么事?"

卖茶的伙计看老板来了,有人撑腰,气势更足,手里的柳条朝萧娘一指,"就那村妇,胡乱非议我们家茶!"

不知怎么的,萧娘一见有人从里屋出来,往老陈背后躲得更狠了。

老板看一眼萧娘,又看一眼月池。

月池挡在众人前面,面不改色,"不用找其他人麻烦。是我在买茶,在同你们理论茶的好坏而已。"

老板微微笑,"好,这位客人看起来很懂茶,我们一旁坐着边喝边聊如何?"

说罢往里请,眼睛却时不时瞟一眼萧娘。

老陈感受到萧娘似乎在瑟瑟发抖,"老爷,我带她去车上等你。你和钟先生先忙。"

"好。"月池点点头。

萧娘逃命似的拽着他躲到车上,帘子一放下,就紧张万分地抓住老陈双手,"我被他认出来了。你等一下,随便找个什么理由,赶紧让那两位义士出来。我们赶紧走!"

"认出来了?"老陈稀里糊涂,"那人……是你夫家的朋友,还是你娘家的朋友?你不是被休了吗,那认出来不是更好,他们也可以帮你?"

萧娘急得都快哭了,"不是……我说不清楚……陈义士,我求你了,快让他们出来,我们赶紧走吧,走得晚了,我们都要没命了!"

这话一出,把老陈吓得魂飞魄散。他瞪着萧娘,萧娘瞪着他,一个惊,一个急。

正僵持间,月池和钟不期已经出来了,一边走一边跟老板道谢,"抱歉抱歉,差点忘记我们还约了人。改日再来叨扰。"

那老板,也不好意思再多说什么,只得拱手道别。

等上车,月池在老陈耳边轻声道,"快走,什么都别问了。"

老陈驾车,四人绝尘而去。

店里的小伙计犹自愤愤,"都怪那村妇,否则就赚到这一笔了!"

他不提还好,一提"村妇"二字,老板似乎突然想起什么,一拍大腿,"哎呀,竟然是她?!"

"他?"小伙计惊讶,"谁啊?"

老板喃喃道,"我就说看着怎么那么眼熟。但是为什么呢?她要如此乔装打扮?"

飞奔的马车上,四个人可都没听到这番话。

钟不期最是一头雾水,"月少,我们为何匆匆离开?"

月池凝视萧娘,"我虽然不清楚这位大嫂为何害怕,但隐隐感觉,那个地方久待不妥,就找个理由离开了。"

"不妥?那是黑店?"

"不是店不妥,是人。"月池淡淡道,"萧娘,你到底是谁?"

如此懂茶,甚至对祁门红茶里的最高一档——皇室专用的礼茶都如数家珍。

萧娘面色惨白,嘴唇颤抖,眼中带泪,"义士,对不住,今天是我冒失。您别问了。信我,知道我的身份对你半点好处都没有。"

月池叹口气,"我也对你半点好奇都没有。我就想平平安安做自己的事。所以,如果你可以自己离开了,请赶紧离开。"

萧娘点头,"明天。明天一早,你们把我放在祁门城西的金粟庵,即可。"

月池点头,再无多话。

次日清晨,夜色未尽,萧娘在金粟庵下车,给三人认认真真磕了个头。

金粟庵背山而立,山上松林密布,庵门未开,却已香火缭绕。遥想这样的美妇人,即将去伴那古寺青灯,甚是令人唏嘘。

老陈想去扶萧娘,又不好意思,一双手在风中瑟缩。

萧娘磕完头,起身将袖袋里的重坨坨拿出来,郑重地交给月池。

"义士,我不想害你,这个宝贝虽价值连城,但请您千万不要到处炫耀。要么,您带它去往天津,找到一个叫邓世昌的人,当面将此物给他;要么,你就把这个宝贝藏起来或者扔进深山里,别让其他人知道它的存在。"

月池越听越奇怪。要么郑重其事交给叫邓世昌的人?要么扔?

怎么会有这么极端的两种处理方式?

而且如果扔了就可以,萧娘为何不早扔?

邓世昌……这个名字,也很是耳熟。

月池握住手里那坨硬物,忽而福至心灵,道,"难不成,这是一个信物?!"

萧娘咬着下唇,极难察觉地点点头。

"这个信物,既可以调动千军万马、黄金白银,也可以惹来杀身之祸?"

萧娘又点点头。

"你因为既要保这信物不落入歹人手中,又不愿轻易丢失它,比起自己单薄的力量,不如相信我们几个? 可是如此……"

萧娘见他已完全识破自己的想法,行礼道,"义士聪敏。义士救命之恩,萧娘没齿难忘,只求余生为你们吃斋念佛,消厄积德。如今,是要黄金万两,还是平安度日当作什么都没发生,就看义士自己如何抉择了。"

月池不再多言,收好信物,一拱手,"珍重。"

转身上车。

钟不期也上了车。

老陈望着萧娘,"你……你还有身孕,往后谁照顾你呢? 你就在这里住下了? 你和她们认识吗?"

萧娘点头,"义士放心。我往日与她们有些交情,她们会善待我。"

老陈舔一舔干裂的嘴唇,往后退几步,"那,那我走了?"

萧娘含着泪,微微一笑,"人间枝头,各自乘流。义士珍重。萧娘永不会忘记你。"

老陈回到马车上,打马启程。

阳光此时方才亮了一些,自树林风间照来,恍惚如梦。

月池这才将那信物打开,迎着阳光,细细端详。

果然是一块暗金,做工精美,状如太极图的一半。四边凸起,当中凹陷,凹陷处刻着一个"甫"字。

月池心中默念天津……邓世昌……甫……天津……邓世昌……甫……好几个来回,忽然身躯一震,双目圆瞪。

钟不期赶紧问,"怎么,月少,你想明白了?"

月池一手撑头,苦笑道,"是。我想明白了。这可真是,好大一个烫手山芋。"

钟不期接过信物细细打量,捻须思索,"甫? 这明显是一半信物。不晓得另一半上,刻着什么字。"

月池回答,"渐。刻着一个'渐'字。"

钟不期看他神色异常,便不再多说。既然月少都说这是个烫手山芋,他还是什么都不问,更好。

三人来祁门一路艰辛,总算满载而归。

甚至,还多了一点什么。

返程中老陈非常沉默,时不时就走神了。

而月池异常紧张,到任何一处都要观察有没有人尾随。

重返汉口,他依然直奔香都饭店,却没有要住店的意思,叮嘱老陈二人,"就在码头等我,不要多事,我们即刻就走。"

　　老陈和钟不期在船舱里待着,相顾无言。入夜,一阵黑风掠过,几个黑衣人手持利刃窜进船舱。不顾四起的尖叫声,对着所有人的行李一顿乱刺乱翻。

　　老陈心腾到半空,脑子都是蒙的,就感觉脖子一凉,一柄寒光已经定在喉咙。

　　刹那间,周身上下已经被谁摸了个遍。

　　"东西在哪里?"夜枭般粗鄙难听的嗓音响起。

　　"什……什么东西……"老陈汗出如浆。余光所及处,见钟不期同样被利刃顶在船舱壁上,一动不敢动。

　　"别装模作样!"那人低吼,"我们一路跟你们到这里,东西在哪儿?!快交出来!"

　　老陈趁着黑,右手悄悄摸到一根扁担样的东西,正待要抓起来偷袭,那人也察觉到,反手一挥,利刃一闪,削过老陈右臂。

　　"啊——"老陈又慌又痛,惨叫一声。

　　"不要弄出人命!"只听得另一个声音响起,"搜过了,哪里都没找到。"

　　这时岸边也终于传来杂乱的脚步声。

　　"谁在船上!""快去报官!""有人打劫!"

　　几个黑衣人这才一窝蜂撤离,留下一船破衣烂衫和受伤呻吟的老陈。

　　钟不期扑过来,"老陈,老陈你怎么样!啊!这么长一条伤!"

　　老陈侧目看看自己右臂,感觉都不认识它了。肉翻得快要露出骨头,血流得衣衫全湿。说也奇怪,到这个时候,最痛的不是手臂,而是脑袋。他只觉得脑袋嗡嗡响,一阵阵眩晕。

　　"钟先生……月少他……危险……他一个人可怎么办……"

　　钟不期内心也是慌乱无比,正不知所措,忽而身边又闪过一个人影,稳稳接过他手里的老陈,"不慌,我回来了。"

　　但见月池一边有条不紊地撕开衣襟给老陈包扎,一边用只有他俩才能听到的声音快速说道,"我都处理好了,没事了。他们要的是东西不是我们的命。现在起,他们不会祸害我们了。"

　　钟不期回过神来,去问船家讨要盐水来给老陈喝。

　　船主经此一劫也是吓傻了,一迭声地问,"要不要看大夫?!伤着哪里了?!"

　　月池扬声,"不妨事,伤着手臂皮肉,没有伤筋骨。船家,你船上有伤药吗?"

船主回答,"有!有!马上为您拿来!"又问其他人,"还有伤者吗?如果没有,我们尽快开船。汉口太乱了,吓死人。"

月池喂老陈慢慢喝完水,"你放心,有我在,没事。刀伤并不重,也没有毒,我会很快让你康复。"

老陈又痛又羞愧,鼻涕眼泪一大把,"少爷,对不住……都是我惹出来的事情……"

月池按下他,"别讲了。不后悔。我给你上药。"

船到津市,空气里总算又有了湘西特有的氤氲。

老陈伤口恢复不少,人却愈发沉默了。

默默做事,默默服侍月池。

钟不期悄悄问月池,"老陈是怎么了,感觉刀伤伤了他的元气一样?精气神都没了。"

月池沉吟道,"我会跟他聊聊。"

津市码头,虽比不上汉口码头规模宏大,却也繁华非凡,被誉为"小南京"。

远远望去,长长的桅杆宛如竹林茂密;走近船坞,贩夫走卒挑担牵马者络绎不绝。

船即便停着,都能被来往脚步震得微微抖动,在水里泛起绵绵不断的水波。

等待开船的当口,老陈便是坐在这样烟波浩渺的船头,一个人望着水面的涟漪发呆。

见没人在旁,月池走过去,坐到他身边,信手将船头的一片树叶丢进水里,"十多年前,中法开战,朝廷的水师被法国人的大炮摧毁殆尽。圣上决意重振水师,就在两年前成立了水师衙门,让醇亲王总理事务,让李鸿章做会办。"

老陈听他莫名其妙说起政治典故,诧异地望他一眼,"少爷,你这是……"

月池举一下手,示意他不要打断,"朝廷银钱紧张,李鸿章作为会办,除了每年从朝廷支取白银百万两,更是往民间大商贾处筹措资金。安徽,是他的故乡,我想安徽也是他筹措资金的重要渠道。就在今年,李鸿章从英国和德国购进好几艘鱼雷艇。据说,今年秋天,还有更多船只陆续购买回来。这些事,我在京报上看到过,德明妹夫在信里也说了些。这些战船买回来,一律停在天津港……"

老陈听到"天津"两个字,顿时一激灵。

"天津港水师领头人,叫作邓世昌。而李鸿章,字,渐甫。"月池缓缓说完最后这句话,看老陈一眼,"至于萧娘是谁,我依然没有头绪。但是,她一定是李鸿章身边的人。那些不希望我大中国强盛的走狗,一定会阻挠重建水师,所以才会有信物这种东西,以保证资金的押送安全。不晓得这信物为何到了萧娘手里,才导致她身怀六甲,还要被人追杀。"

老陈如听到天书一般,张口结舌,作不了声。

他忽而想起萧娘说起歹人时的那句话:歹人脸上真的刺着字……眼睛里也刺着字……刺着这世上一切我都不在乎,无论摧毁什么我都不心疼……

原来,是在这样的境况下说出来的。

月池转回头,凝望水面,轻轻道,"忘了她吧。咱们没有对不起她,也没有被她害死,都是万幸。我等小人物,身处在这兵荒马乱之际,对这些政局大事,偶尔管中窥豹,便够了。再走得近,就真的是自己找死了。"

"那少爷……"老陈心里七上八下,"后来那东西你究竟怎么处理了?"

月池道,"我思来想去,感觉这件事情越藏着掖着越不对,所以我大大方方去了香都,当着很多人的面,将那东西邮递了出去。这样一来,他们很快就会知道东西被我邮递走了,再找我们麻烦没有任何意义。而且,汉口、上海、天津,全是走英租界里的英邮局,完全不走驿站,这帮人不管什么来路,都不可能染指。"

老陈听到这里,眼眶都红了,"少爷……少爷……本来应该是我照顾你的,可是,全凭你,我们才逃过一劫……你受累了……"

月池轻拍他手背,"你跟着我们家这些年,也未曾娶妻。我如今自己主事,也不用讨爹娘示下。你若看中哪个湘西妹子,我替你做主,娶回来。"

老陈抹一把脸,扑哧一笑,"好好的,少爷怎么提起这个。"

月池笑道,"同生共死过的感情,是比较别致。我都理解。但那真不是我们世界里的人和事。"

"我晓得了少爷。多谢少爷。"

"不提了。不提。咱们回家。"

7

等月池和老陈停船登岸,第一个见到老陈手臂上绑带的,依然是田掌柜和云岫。

云岫惊惶不已,"这是怎么了?"

老陈咧嘴笑笑,"是我不小心,掉了车。"

田掌柜提议,"你那泰和合,连个堂客都没有,要不把老陈留在我这里吧,我找人照顾他？"

湘西话里,"堂客"就是妻子,跟很多词比如"昨日""今朝""明朝"一样,非常古朴。从字面上理解,堂屋(正厅)就是承放祖先神位的地方。此女是祖先认可的最尊贵的客人,是结发之妻,以后是可以上牌位的人。但再追究深一层含义,堂屋为屋之主,是家庭的"门面",将女主人称呼为堂客,也昭示女主人在家庭中的地位非同小可。

月池笑着打趣道,"慢点等我把我家乡的夫人接来,就有'堂客'了。"

他此话一出,云岫脚步一顿,整个人滞住在原地。

等月池他们走远,田掌柜心疼女儿,叹息道,"我之前已经告诉你,他有家室了,你为莫得还要难过。"

云岫沉默许久。

不行,不能再等了。杜郎不恨寻芳晚,梦里行云。陌上行尘。

再等下去,愁的、老的,都是自己。

月池回到泰和合,罗成和肖郝也回来了,自家兄弟自然又是一番热络。月池又调了嘉木到里头来照顾老陈,全安顿好后,自己也累得倒头就睡。

啊！这一路艰辛。

次日清晨,月池是被一阵黄鹂鸟般清丽的笑声弄醒的。

他睡得很沉,梦里听到笑声,只觉得安心,宛如还在家乡时,妈妈、妹妹、姐姐们在身旁嬉笑打闹一般。

等睁开眼,看到明媚阳光照在高屋大梁上,细小的微尘跳跃飞舞时,月池的神魂才彻底醒转。

这里是泰和合,是他决意要打拼出一番作为的地方。

但是笑声依旧,没有停歇。

他坐起身,循声望向窗外,只见松荫下,一个仙女正在给老陈悉心换药,嘉木、罗成、肖郝也在旁边,偶尔说笑两句出门在外的见闻。

那仙女穿着月池最喜欢的湖蓝薄衫,袖口扎得整齐,手脚干活麻利。巧笑倩兮,她的脸露出来……

居然是云岫。

月池略略洗漱后,披上晨褛,缓缓走到院中。盛夏了,草木繁盛,葡萄涨绿。

云岫见他,脸上笑容浅浅隐去,欲语还休。

"月池不知妹子来了,太失礼。"月池行礼,"恕罪恕罪。"

云岫给老陈做完最后的包扎,这才起身回礼道,"既然月少称我一声'妹子',就不要同我客气。我昨天闻到老陈伤口有血腥气,便晓得肯定不是掉车那么简单,所以就想来帮帮忙。"

老陈乐呵呵,"云岫妹子手真巧,换药一点都不疼。"

月池道谢。

云岫却忽而向前走了一步,低声道,"月少,借一步讲话。"

月池一愣。

他的模样,看在云岫眼中,也真时时刻刻皆风景。此时月池长发微乱,晨褛微皱,下巴上来不及处理的胡茬青青一片,气质却依然如玉竹般葳蕤。

所以待两人落座里间,月池斟茶等她开口时,云岫却又踟躇了,半天不敢作声。

心跳得快要从嗓子里蹦出来。

月池笑道,"妹子要同我讲什么?"

云岫将右手伸进左手袖笼,捏住那块玉佩。

捏得紧紧的,却不知到底应不应该拿出来。

万一他反悔……万一他为难……万一以后尴尬到兄妹都做不成……

该怎么办?

终于咬牙,就要将那玉佩拿出来的时候,突然背后传来罗成的声音,"月少!我有话想讲!"

月池一愣,云岫更是吃惊,一紧张,又将玉佩放了回去。

"你也有话要讲?"月池看看他,又看看云岫,"可是,云岫还在这里……"

罗成满脸通红,一着急鼻尖上细细密密都是汗。

"我……我……我想求月少……"罗成结结巴巴,又像是鼓足了十分的勇气,"我想求月少,留下云岫姑娘。"

"什么?"月池一时消化不了这句话,重复道,"留,下,云,岫,姑,娘?"

云岫心中如小鹿乱撞。这是什么个情况?

只见罗成坐到他俩侧面,头快垂到桌面,"那个……我是讲……那个……咱们这里也缺个细心的人不是?云岫姑娘人又好,又美,又善,又懂茶叶……那个,咱们可以请她来帮忙……或者来住一住……又或者……"

越说越奇怪。

月池笑道,"你这话,不应该求我,应该求云岫姑娘啊。人家有那么大的客栈要忙,还待字闺中,跟我们这一堆男人混在一起,算是怎么回事?"

云岫一听话横竖已经说到这里了,索性打蛇随棍上,道,"我不嫁人。"

"啥?"这一下子两个男的又惊了。

云岫挺直背,朗声道,"月少,你一个外乡人,为了我们家乡的茶叶,不远千里这么折腾、到处学习,我作为常德人,便是为泰和合出点力也是应该的。而且,我现下也没得嫁人的打算。我愿意留在泰和合,你让我搞莫得我就搞莫得。你们莫把我当女人看就好。客栈那边有我爹,加上我每天早晚来回,客栈有点莫得急事也能赶得及处理。"

月池拱手行礼,由衷感叹道,"妹子,如果你肯来帮忙,那真是泰和合的荣幸,这是我肺腑之言。可是,我一怕你这么来回辛苦,二也确实怕耽误你的婚姻大事。你若是真想明白了,我需要跟田掌柜聊一聊。他一个人带大你,我们不能叫他伤心,任何决定都要先经过他同意。另外我也会在这里拨一个单独的房间给你,再给你配个小丫头,你若忙得累了,晚上就不要赶回客栈去了。再者我不能叫你白白帮忙,我会安排钟先生定时给你月钱,你必须得收。这两个条件,你若同意,我马上就去找田掌柜。"

云岫在听到昨天月池提起老婆后,原本真是抱着不成功便成仁的心态,想跟月池表白的。当然她也知道不妥,可是太着急了,不知道还有什么更好的法子。

但是表白过程被罗成莫名改变了方向,而且得到了一个她想不到的好结果,也让她又惊又喜。

她当下点头,"好,月少,我同意。不过小丫头你也不用寻了,我屋里有一个陪我长大的,我直接带她来就行。"

接下去一个多月,泰和合陆陆续续招募了许多当地制茶师傅,十多个房间全部住满。

两个祁红制茶师傅,也如约从祁门赶来。

在两个祁红制茶师傅指点下,查漏补缺须重新置办的制茶工具也慢慢补齐。

到八月底,曾氏应承的五百斤黄金茶毛茶,也全数送到。不仅毛茶到了,那负责押运的曾秉炎也到了,对月池恭敬许多,"爹说交货须得我亲自来,并且以后都要跟着卢老板好生学习。"

祁门红茶,全手工制作,共十七道工序:采摘、萎凋、揉捻、发酵、烘焙、毛筛、抖筛、分筛、紧门、撩筛、切断、风选、拣剔、补火、清风、拼和、装箱。

其中,茶叶鲜叶需采摘一芽二三叶,萎凋、揉捻、发酵、烘焙则都属于初制,得到的就是"毛茶"。虽言"初制",却一点都不能马虎。尤其是揉捻与烘干,须得将茶叶放置在木桶或是竹篓中,用力压紧,上盖湿布,放在日光下焐晒至叶及叶柄呈古铜色并散发茶香,再将湿坯用太阳晒或炭火烘焙至五六成干。既要心细,又要体力,些微偏差,都会让初制后的毛茶相去甚远。这些步骤,曾氏都已按照步骤一丝不苟完成。

月池一边查看毛茶成色,一边由衷敬佩,"焙得真好。"

曾秉炎道,"我们按照月少说的,以手工用烘笼烘焙,焙茶间严格密封,边烘焙边收缩茶身,每隔半炷香翻拌一次。翻拌时严禁茶末落入炉内生烟,以免茶叶沾上烟气。"

月池赞许地点点头。

曾秉炎想一想,又问道,"可是月少……你并没做过红茶,为何知道这些步骤?"

月池微笑,"红茶的初制大同小异,我下定决心做红茶后,便着手研究这些,而且也仔细问询了上次桃源沙坪的那对夫妻。"

月池转头安排钟不期按照契约付款给曾少。

曾秉炎默默看他,眼神里多了许多赞许。

岂止他,那两个祁门红茶的制茶师傅眼神里的内容更加复杂。

一般来说,春茶的毛茶在夏初就制作完成了;盛夏太阳毒辣,到秋天太阳带着火气,越来越不适宜制茶。若盛夏才从鲜叶做起,那无论如何都来不及做出好茶来。两个祁红制茶师傅受邀盛夏制茶,还以为会看到一箩筐一箩筐的茶叶,一路背地嘲笑月池外行,心道只是为了钱应付这一趟而已。如今直接看到已然成品、成色上佳的毛茶,也忍不住夸赞月池"事事提前构想周到"。

毛茶到手,祁红关键的"精制"就开始了。

最开始就是筛分。在大茶间、下身间、尾子间,分三个地方进行,全过程要经过不同型号的十多种茶筛,分出各号头茶。筛分过后,各号头的茶中仍有微量的轻片、破叶、黄片、茶梗和杂物,必需人工拣剔。拣剔时看拣的师傅发给拣工茶叶十竹篓,称量视等级筛号而定。拣工编有号码,另持茶证一张,由监拣茶工满场巡视,见茶合格,即在证上盖上戳记。拣工将茶证连同茶叶交回发拣处,便算合格,则可重新领取新茶再拣。茶证未盖戳记,必须继续拣剔,直到合格盖戳为止。拣工成绩优良,可得赏钱,反之则以示警戒。

筛分拣剔后,一般来说紧接着便是补火。两个祁红制茶师傅却在此增添了一道工序:拼配。

月池问,"拼配是做什么?"

师傅说,"月少,你看,不同号头的茶,状况略有差异,拼配就是将各号头按一定比例拼合出符合规格的成品茶小样,以保证红茶传统正宗。这个工序完全是以个人的感觉为准,所以只有经验老道的老师傅才能做。我们不是自吹自擂,但这道工序,眼下只有我们两个可以完成。"

月池微微笑,拱手道,"那就有劳两位了。"

这两个师傅所言非虚,但也就此留了一手密不外传。月池暗暗记下。

补货时,筛拣过的茶装入布袋子,每袋子五斤,放置在笼子上烘烤,直烘至茶叶为褐灰色。

然后是官堆。把补火的各号茶,分层倒入均堆场,混合做成数尺高的方堆,用木齿耙沿着茶堆侧面梳耙,使茶叶流下成为小堆。此时,拼配后的小样就派上大用场了。用小样分析上中下段匀整度,谓之打小堆。然后用软箩称分量,以估计箱数。小样合格之后,再重复多次,则为正式均堆,名大堆,最后装箱。

肖郝跟罗成两个去了童奚的苦竹洞学习一个多月,长进不少,安排人手事务,井井有条。

云岫和她带来的小丫头翠莲,也真是丝毫不娇气。在许多要紧步骤上,两人都眼疾手快胆大心细,通宵达旦也从不叫苦叫累。

泰和合第一批红茶成品制成之时,院子里呼声震天,掌声雷动。

这一批红茶,共三百斤。条索紧细有金毫,色泽乌黑油润,香气甜美持久,汤色橙红明亮,叶底嫩软红匀,滋味醇厚甘甜。无论色、香、味、形,都不输祁门红茶。

两个祁红制茶师傅也很满意这一次的成品,"常德茶,好茶;常德人,吃得苦;常德妹子,不输男儿。"

月池和钟不期来不及高兴,俩人在账房细细计算:一斤鲜茶叶,可制毛茶二至三两,去掉末子梗子果花及茶灰,可得精茶一至二两。如此折算,一斤精致红茶,需五至六斤鲜叶。

钟不期道,"如今就按照保靖黄金茶毛茶的收购价格,去掉折损,去掉人工,去掉船费车马费等运费,再去掉月少你答应曾氏父子的一半利润,我们的每斤鲜茶,要卖到二两银子才有得赚。"

月池舒心一笑,"那就好,那就好。怡和洋行卖到英人手里,是每磅百两银,既然每磅差不多就是我们的一斤,那无论如何我们都可以顺利卖掉吧。"

钟不期宛如看白痴一样,看着他笑。

月池一愣,"怎么了?我算错了吗?"

钟不期叹口气,想点烟袋,又缩回手,"月少啊,你账没算错,但你没算对人。那怡和洋行既然敢做英人王室的贡品,就绝对不是善茬。他们卖百两银子一斤茶,对我们收购的价格,恐怕只有百一。"

月池瞪大眼,"怎么可能?!"

钟不期回答,"你还记得那个刘人祥小老弟最后叮嘱的吗?"

……至于你自己挣多少,到时候就看兄台你跟怡和怎么谈了……

谈判是关键。

月池捧住头。还真的是,步步艰辛啊。

他找来曾秉炎,"你若不着急回家,便跟着我去一趟汉口港,卖茶叶。"

曾秉炎嗫嚅道,"我爹说,查账的事情不着急……"

月池笑,"不是查账,是我需要你。你不是熟识洋话吗?谈判的时候,我需要你在旁边帮忙。"

另一个层面,他希望曾秉炎全程了解茶叶制作、消减、售价。他说到做到,绝不对合作伙伴玩手段。

曾秉炎也是个聪明伢儿,明白得很,"是。"

三百斤精茶,除去一些留出来的样品、送给亲友的赠品,其余全数运到汉口,也不是一件易事。倒不是因为重,而是因为怕受潮。月池已经来来回回走了好几遍水运,深知水运比陆路要快捷很多,但潮湿问题就很严峻了。之前他们也经过天险黄虎港,百多里河道上暗礁遍布,险滩不断。等过了这一段,还要经八百里洞庭入长江,风急浪高。

为了确保茶叶不致在运输途中溺水受潮与香气散发,大家尝试了各种办法。

先将红茶装入丝棉袋,保证茶叶形态不受影响;再外包油纸,防水防潮。

正研究着,去给童奚送茶叶的罗成回来了。

他带着幺儿,搬进来一捆袋子,"我按月少的吩咐,详细给童老板讲了我们茶叶的事。他就让我托带这个给月少。他说他知道月少肯定在研究怎么防水。"

月池大喜,接过袋子,却发现它仅仅是用茅草织成,十分不解。

肖郝拿着茅草袋子翻来覆去看,突然开口道,"月少别小看这茅草袋。我们壶瓶山的茅草,成熟可达五尺长,韧性极好,防潮,不生虫,又不挂水,所以我们这里常拿它来铺屋顶。我在跟着月少之前,经常干点泥瓦匠的活儿,你说我咋就没想到呢。真笨!"

大家一试,发现果然好用。

月池点头,"难怪《诗经》曰:'野有死麕,白茅包之'。我们这是,'我有佳茗,白茅束兮'。"

众人皆笑。

数日后,满载着希望的船,从渡口出发。

水涨秋池,溇水号子又喊起来了,那歌词从上渡口唱到入澧水,描绘出一幅歌声里的精细的航线图:

王家渡,涨洪水,提心吊胆——
铜车坝,溜酒口,千万千万——
柳树滩,王家湾,湾里有弯——
放蛟滩,遇大浪,危险危险——
毛儿角,下转弯,防岩撞船——
桑儿架,发海事,家常便饭——
羊咕墩,南北湾,顺弯就弯——
石刀坝,桌儿滩,北边撞船——
私儿滩,羊角岩,松气危险——
袁公渡,十亡滩,易出麻烦——
蚕子洞,下坝长,时常打船——
岩板桥,下汇窝,南边撞船——
泥巴滩,杨柳滩,招呼南边——
燕儿洞,要仔细,水急滩浅——
皂角市,起鼓墩,又有险滩——
李家滩,放出口,南边搁船——
枧子溪,傍堤走,下有急弯——
川水滩,出口处,暗岩顶船——
新关镇,过高桥,抢手两边——
熊家枧,傍堤走,没有急湾——

千回百转,重返津市。此时连整个湖南省都没有省级商钱局,而一个津市县,因为其九省通衢的地理位置,已经有了独立的商钱局,经商务总会担保,由农商部注册发照。月池前几次经过津市,都没有认真跟商钱局打交道,这次就特地跑了几趟,开了账号。

钟不期问,"商钱局就是钱庄吗?"

月池想一想,"可以理解为朝廷担保、民间筹措资金成立的钱庄。"

钟不期"哦"一声,"那就比一般钱庄,更稳当些。"

月池笑,"慢点我们在汉口卖茶收账了,就试试从汉口商钱局把钱转到这里来,省得一路带着走还要提心吊胆,匹夫无罪,怀璧其罪。"

钟不期道,"要这么着,等把这红茶销路搞明白了,我们索性在石门、津市、汉口,都设立自己的茶号。又有账号,又有茶号,钱货不分家,每一笔进出都分明。"

"好主意。"

满载着艰辛的船,最终抵达到汉口时,已届初秋。

月池安排好大家休息,自己带着曾秉炎去往太古洋行。刘人祥小老弟果然已经不在太古洋行里做了,于是两人又去往汉口天主堂。

这教堂建筑格外挺拔,外观基本使用弧线和斜线,简洁明快的尖拱券,造型玲珑的小尖塔,以及细长彩色玻璃镶嵌的花窗,都给人一种向上升华、庄重古典的幻觉。

曾秉炎看着教堂前的水牌,喃喃道,"圣若瑟堂……"

月池问,"这是教堂的名字吗?"

曾秉炎点头,"看介绍,这教堂奉的是耶稣的养父圣若瑟,所以叫圣若瑟堂。还说这教堂是罗马巴西利卡式建筑。"

月池说,"什么是罗马巴西利卡式建筑?"

曾秉炎嘿嘿一笑,"……这我就不知道了。"

此刻旁边有一个声音响起,"罗马巴西利卡式建筑,常用于公共建筑。特点是平面呈长方形,外侧有一圈柱廊。"

月池侧过头,但见刘人祥的笑眼正凝望自己。

"刘老弟!"

"月池兄!"

两双年轻的手握在了一起,"真好,这么快就又见面了。"

月池道,"你继续说这建筑,我挺爱听。"

刘人祥牵着他,一边走一边指点道,"巴西利卡式建筑,一般来说主入口在长边,耳房在短边,条形拱券做屋顶。后来人们发现这个建筑形式庄重大气,又很适合布道,就常用来修建教堂,只是把入口改在了短边。"

月池若有所思,"我是觉得,这个风格也很适合做茶厂和茶仓。"

"哦?洋为中用,中西合璧,月池兄奇思妙想,老弟佩服。"刘人祥带着他俩走进教堂。今天不是礼拜日,教堂里空无一人,说话声带着回音,十分神圣。

月池不好意思,"不不,我乱讲的。给人家神父听到,恐怕会生气。"

"哈哈哈……"刘人祥笑,"神父才不会计较呢。任何人与事都是主的恩典,同样的建筑风格,只要合适,修教堂或者茅厕,都有其非凡意义。"

三人去到教堂的一个耳房。这里看起来肃穆又清净,整齐堆放着各种资料。

"这是我帮助神父整理文书的地方。"刘人祥着他俩入座,正要倒水,月池拦住他。

"等一下。"月池笑眯眯,"试试我的茶。"

"你的……"刘人祥一愣,旋即恍然大悟,"不得了!这么快,你的红茶便做好了吗?我以为至少要等到明年!"

曾秉炎从随身携带的箱子里,拿出小样红茶,递给刘人祥。

刘人祥观其色闻其香,"真好!真是好!"

等到冲泡完毕,茶水入口,刘人祥竖起大拇指,"了不起,跟我喝过的祁门红茶,相差无几了!"

月池摇摇头道,"这是我们这一批茶里,最拔尖的了,也就刚赶上祁门红茶的一级的口感。还有好多细节需要继续钻研,明年,明年我们一定能做出更好的红茶。"

刘人祥边品尝边思索,"已然很好了,可惜神父出门去了,否则他一定也很喜欢。"

曾秉炎乖巧地从箱子里拿出两份茶叶,"这两份,一份留给仁兄;另一份可以留给神父回来再品尝,雅正。"

刘人祥道谢,"那我便不客气了,多谢多谢。可是月池兄,你特地来找我,不仅是想让我品茶这么简单吧?"

月池点头,"对。我思来想去,觉得老弟你的建议非常对。我想让红茶进怡和洋行。"

刘人祥又喝一口茶,"就你们这个茶的品质,进怡和洋行绝对没问题。我认识他们里面一个英人,叫杜百里,和我们年纪差不多。十分精明,但也十分刁钻。他虽然刚从上海派来汉口,年纪也轻,但贸易、轮运、工厂、矿山等无一不通。我瞧着他以后要接管怡和洋行的汉口业务的,得想个法子带着你和茶一起见见他。"

月池一听肃然起敬,"你真厉害。"

刘人祥摇头,"我这真不算什么。他热爱炒地皮,我是向往但苦于没有钱,哈哈,所以经常喜欢在汉口各个地皮转悠看热闹。跟他是在一块地皮的拍卖会上认识的,教会正好派我去募资,眼看着他那么年轻就一掷千金买下了一栋大宅,那才叫真的厉害。"

月池沉吟片刻,看向曾秉炎。

"得想个法子见见他……"月池喃喃道,"既让他觉得跟我们合作很有前途,又要让他不轻慢、不使劲压价……"

刘人祥突然"啊哈"一声,"来得早不如来得巧,我想起来一件事!"

他起身到堆积如山的书桌前一顿翻,半晌拿出来一张卡片,"几天后,英大使夫人要在自己的新别墅里办一场英式下午茶,神父刚收到请帖说让我回信,大使夫人办的下午茶,怡和洋行必会派人参加,我们肯定能见到这个杜百里!"

月池一愣。

"下午茶是什么?"

刘人祥还没来得及解释,曾秉炎倒是如数家珍,"传说,十八世纪的英国人,一天只吃两顿饭——早饭和晚饭,晚饭一般要在晚上八点后才吃。有一个叫安娜的公爵夫人,在下午四五点钟都会饿,就命女仆备一壶茶——就是咱们的武夷红茶、几片烤面包和奶油黄油送到她房间去吃。渐渐地,这些英国的王宫贵族都开始流行在每天下午四五点,邀上三五知己,准备各种精美的餐具、茶点,边吃边聊,这就叫'下午茶'。王宫贵族一流行,老百姓也就跟着学。慢慢英人都把吃下午茶当作一种身份的象征,个顶个较量吃茶的环境优不优雅、用的茶点好不好吃、杯盘碗盏高不高级什么的。我在上海读洋学堂的时候,也看到有人在学校花园里吃下午茶。"

月池和刘人祥双双朝他竖个大拇指。

曾秉炎像是想到什么,若有所思,"对了,杜百里也是从上海派来的……"

他话一出口,月池已经明白他的意思。

月池看看他,又看看刘人祥,眯眯笑,"要不,咱们合力演一出好戏?"

几天后,汉口英租界的一栋别墅里,美女如云,衣香鬓影。

大使夫人安德琳一袭金色粉色交织的华丽装扮,层层叠叠的蕾丝、缎带装点着巨大的裙撑,腰身束得紧紧,胸部却狠狠地凸显着,细长脖颈上项链宝石大如鸽卵。她有点年纪了,脸略长,皮肤松弛而白皙,目光老辣但始终含笑。

月池看得心惊肉跳，心道还好没带老陈他们来。

不止她一个，整个屋子里所有女性，几乎都是类似装扮。男人们的眼睛里都闪烁着火热的光，被各种香气一熏，简直更要找不着北。

这西方女子的美和东方女子的美，真截然不同啊。

月池和曾秉炎装作刘人祥的两个同事，混迹其间。三个小伙子虽然依然做清人装扮，但因为个个眉清目秀气宇轩昂，兼之刘田二人都会英文，倒也如鱼得水。

刘人祥的眼睛，一直在各处寻找。突然他眼睛一亮，低声道，"他来了。"

月池顺着他的目光望去，但见一个清瘦高挑、脸色苍白的年轻英人，身着深灰色双排扣长礼服，戴着丝绸制高礼帽、同款灰色手套、领带，风度翩翩地从大门进来。他的背挺得特别直，身高又高，看人的眼神总有种俯视的轻慢感。但他的动作又十分彬彬有礼，这种奇突的矛盾感令人对他印象深刻。

看到曾秉炎的眼神已经锁定杜百里，刘人祥又使一个眼色，示意月池跟着他，一起转身朝大使夫人走去。

"尊敬的大使夫人，您好。我受天主堂金宝善神父委托，前来参加您优雅的下午茶。同时，为您的新居落成送上贺礼。"到底是常常和洋人洋事打交道的，刘人祥说话声音不紧不慢，又优雅又有气度，在整个洋人群里也非常和谐。

大使夫人笑颜晏晏，伸出手来。

刘人祥行一个吻手礼，月池紧紧跟随。

大使夫人笑道，"哪里来的这么英俊的小伙子，年轻真好。"

即便听不懂，月池也能判断这是一句夸赞。

他微微笑，默默从旁呈上礼物。

刘人祥道，"这是神父带给您的礼物，红茶。"

大使夫人身边的侍女立刻接过。

大使夫人眉头一挑，"哦？红茶吗？"

刘人祥也微微笑，"是。"

大使夫人的蓝色眼睛闪过一丝狡黠，"年轻人，不要以为你们很英俊，我就没有原则了。对红茶，我可是很挑剔的哦。"

刘人祥依然笑着，不卑不亢，"多谢大使夫人。我怎么敢让夫人为难。"

说罢轻轻向前一步，用非常低的声音道，"这红茶品质，今天有目共睹。"

大使夫人闻言脸色一变，"什么？！"

刘人祥欠身，"实际上，今天在座各位女士喝的红茶里，就有我们带来的红茶。

抱歉没有跟您提前说。"

大使夫人的蓝色眼睛仿佛有了森森寒意。她侧头很轻很轻地跟侍女确认了几句话,这才转过头来,低声道,"虽然我们家红茶突然不够了,你们也算是救了我的急。可是怎么办呢?你太失礼了,如果茶不好喝,丢的也是我的脸。"

"大使夫人先别生气。天气这么好,音乐这么动听,"刘人祥还是丝毫不惧,伸手请出月池,"您要不要屈尊跟我朋友打个赌?"

"什么赌?"

刘人祥道,"我的朋友,就是这红茶的创造者。他承诺,如有哪位女士能准确说出自己喝的是他带来的茶,还是你们常喝的祁门红茶,他将赠送每人一磅红茶。分发红茶的是您的侍女,谁说得对,她最清楚,我们不会作弊。"

大使夫人眉头又是一挑,端详月池。

月池虽听不懂大家在说什么,但从大使夫人不悦的脸色上,便知剧情进展到了哪一步,当即微笑点头。

大使夫人看到眼前这青年宛如白面书生一般,不像那些大腹便便的商贾,又穿着干净整洁的月白色锦缎长衫,心中倒是也有些好感。加上"伸手不打笑脸人"的原则,也同样适用于绅士风度的英国,月池的笑容实在太坦诚,她也只得报以微笑。

那边曾秉炎于众人中,丢过来一个眼神,告诉月池,搞定了。

他用上海相关的话题,成功吸引了杜百里的注意,两个人已经相谈甚欢。

但见大使夫人端起茶杯,用舀糖的小勺敲击杯壁,叮叮当当的声音响起,众人的喧哗声渐渐平息。

大家都朝她看来。

"女士先生们,刚才有个年轻人给我提议,请大家一起玩一个游戏。"大使夫人说道,"今天大家饮用的红茶里,有两个品种。一个是大家常喝的祁门红茶,另一个,是他带来的自己研制的红茶。稍后大家根据自己的印象,判断自己喝的是哪一种,分别站在我的左右手边。谁说对了,将获赠一磅红茶作为礼物。"

月池和刘人祥分别站在她两侧,相视一笑。

"可是,"大使夫人眼中寒光又现,"如果所有人都能准确判断喝的是什么茶,这年轻人不仅依然要送出红茶,他还将承诺,永不再踏入汉口。"

果然是老狐狸,一下就知道了月刘两人的意图。

月池依然气定神闲。

倒不是说他有多自信。如果第一仗就惨败,那真的是要好好找找自己的原因。

不消别人说,他自己都没脸再踏入汉口。

宾客们没发现这里的刀光剑影,觉得这游戏稳赚不赔,嘻嘻哈哈地各自回忆,然后选择阵营。

不多时,大使夫人左右两侧,各站了一半。

大使夫人对侍女道,"揭晓答案吧。"

侍女行礼,一一对号入座。

实际结果是,有喝了祁红错判泰和合的,也有喝了泰和合错判祁红的。

最后一统计,不到五人判断正确。还不排除这五人是不是蒙对的。

宾客里也响起一片"我完全喝不出来区别""新的这个品种更加香甜呢"的笑声。

那杜百里已经像看到了猎物的狐狸一般,眯缝起了眼睛,看看茶,又看看月池。

大使夫人脸色稍霁。

刘人祥一看时机成熟,立刻对大使夫人道,"夫人,游戏只是游戏,实际上,我们为今天在座的所有嘉宾,每人准备了一磅红茶作为礼物。另外,我们未来将每个月赠送给夫人一磅红茶,作为今日鲁莽的赔礼。"

大使夫人笑起来,"如此太好了,谢谢。"说罢眼珠一转,提高嗓门道,"不知道如果将来其他人想买,要去哪里可以买到你们的茶叶呢?"

那曾秉炎已经悄然走回月池身边,闻言也微微笑着,遥遥望着杜百里,回答道,"我们非常想和怡和洋行合作。"

杜百里见众人都回头望他,露出惊喜交加的神色,绅士地点一下头,"荣幸之至。"

小游戏在一片欢声笑语中完美结束。

不多时,月池和曾秉炎退出别墅,再过一会儿,刘人祥也出来了。

"成了。跟杜百里约好了,明天早上九点,怡和洋行办公室里细聊。"他兴奋不已,"你们回去自己定好价格和谈判策略。明天我们见机行事。"

"太好了。"月池和曾秉炎一攒拳头,仿佛胜利就在眼前。

可是……

等到次日,再见杜百里,月池感觉昨天一切都白忙了。

怡和洋行就伫立在长江江畔。

办公楼并不很雄伟。刘人祥带着月池和曾秉炎看办公楼的一侧,"这座钢质栈桥式码头,也是怡和洋行的。人家本来就做轮船和钢材。这码头可以供大型甲板船、轮船直接停靠,无需再用小木船摆渡客货。"

他又指着另一侧,"这四座仓库也是怡和洋行的,每座仓库容量都可达千吨。哦,吨就是一千公斤,一千吨,就是两百万斤。"

月池和曾秉炎看得眼睛都直了。

等走进那并不很雄伟的办公楼,又发现内里装潢很豪华。

耀眼的洋灯堆叠如倒置的小山,把冗长的木地板走廊照得黝黑发亮。办公室一间一间,里里外外的人们安静地忙碌,每个人都有种睥睨天下的架势,仿佛自己手头这单生意谈成后便可富可敌国。走过路过的时候投来的眼神都带着风,有股子冷漠,又有股子挑衅。

完全就是杜百里的那种气质。一模一样。

杜百里的办公室在靠着长江的一面,很大,摆放着各种木头制作金属镶边的家具。杜百里本人,在他们进去的时候一直在写字台前忙着写什么文件,服务生通报了半天,他却头都没抬。

最古怪的是,杜百里的房间里,有且只有他自己坐的那张椅子。

如果是故意的,那真是够刁蛮任性的。

月池心中苦笑:几个月前他怎么对曾氏父子,现如今人家也怎么对他。

尤其曾秉炎就在身边。那更加不能丢了气度,否则真的是输到姥姥家去了。

他当下不急不躁,静静站着,等待。

都不知道过去了多久,杜百里办公室一角的自鸣钟当当当响了十声时,他才抬起头来,像是刚察觉到有人在这儿站着一样。

"噢,抱歉,刚才忙于处理一些事情,失礼了。"他一脸堆笑,起身过来跟三人握手。

曾秉炎是昨天跟他率先熟络的人,便半开玩笑半当真地打趣道,"可惜杜先生这房间没有椅子,否则再多等几个小时也无妨。"

杜百里像是专等他说这句话一样,微笑着回头看一眼自己的椅子,说道,"我们怡和洋行的创始人威廉·渣甸,几十年前在广州的时候就立下这个规矩。他的办公室也只有一把椅子。阁下知道是何意思吗?一,谈生意不等于喝下午茶,没有那么多闲暇时间玩游戏捉迷藏;二,怡和洋行作为英国王室的供应商,从来说一不二,没有讨价还价的余地。"

好家伙,一句话,不仅讽刺了前一天三人要计谋的行为,还直接来了个下马威,掌握谈判主动权。

刘人祥将这番话翻译给月池听,月池脸上微笑不变,完全没有任何响应。

杜百里也像是吃不准从昨天见面就一直讳莫如深的月池,对他上下打量半天。

潜意识里,他知道这个白面书生,不可小觑。

月池岂会不知道威廉·渣甸。

此人在月池的故乡广州起家……不,更准确地说,此人在广州老百姓心里,臭名昭著。因为他是做鸦片的。

威廉·渣甸以专横高傲而知名,被广州人冠以"铁头老鼠"的绰号。他本是个医生,当他意识到鸦片可以给英国和他自己带来巨大利润时,鸦片贸易史上他的名字就变成了绕不开的一笔。彼时,负责查禁广州毒品贸易的钦差大臣林则徐曾形容威廉·渣甸,"铁头老鼠,狡猾的鸦片走私头目……"

月池以前小,没留意大家口诛笔伐的这个威廉·渣甸,便是怡和洋行的创始人。

既然杜百里主动提起,他便不客气了。

当下面色不变,微笑依旧,说道,"'不要正式的购买,不要单调乏味的谈判。你拿走我的鸦片,我就拿走你的岛屿作为报复。'阁下刚才说的两条,都没有威廉·渣甸先生写给国会的这句话更著名。从此中国失去了香港岛。"

刘人祥听完月池这段话,有点诧异,又有点担心地望着月池,一时顾不上翻译。

月池朝他点一下头,"没事。你照着翻。"

果然,等刘人祥翻译完,杜百里的脸色变得很难看。

月池继续道,"渣甸是个商人,他不关心所谓主权,他只关心利益。香港对于他,就是一个巨大的码头。所以杜百里先生,我也不关心你的椅子,你也不用关心我的游戏。让我们就事论事,谈谈红茶吧。"

刘人祥这下明白月池的用意了,嘴角含笑译完了这段话。

真不卑不亢。他心里暗暗叹服。

那杜百里却也不是轻易就能撂倒的。他眉头微挑,脸色阴晴难定。

他回到办公桌前,却没有坐下,只是拉开了椅子背后的窗帘。

长江畔,那座钢质栈桥式码头映入眼帘。

"先生们,"他回过头来时,脸上已经换上了温和的笑容,"请你们过来看一下。"

三人移步窗边。

杜百里指着码头正在卸货的一艘甲板轮船,问道,"你们知道那是什么吗?"

"我看到轮船。"刘人祥回答。

杜百里举起食指,"一天。只需要一天时间,它卸下一千五百吨糖,装载一千五百吨茶叶。这一次吞吐,我怡和洋行收支白银万两。"

听完刘人祥的翻译,月池目光如炬。

杜百里的灰蓝色眼眸里,透着比昨天安德琳夫人更寒的寒意,"请问阁下,我为什么要同你谈价格?甚至,我为什么要浪费自己一天的时间跟你谈?"

月池这次都懒得等刘人祥翻译,直接问道,"你问他,按照我们的红茶,他昨天喝过的品质,他愿意出多少钱一磅。"

刘人祥照着翻了。

杜百里回答,"一两银子一磅,其余免谈。"

等刘人祥转达完,月池仰头哈哈大笑起来。

杜百里倒是被他吓了一跳,眼珠子乱转。

曾秉炎有点胆怯,轻轻道,"老板,你这是怎么了?高兴疯了还是气疯了?"

月池回答,"都不是,是笑我账房先生太聪明了,料事如神。"

他咳嗽一声,掸一掸衣袖,朝杜百里客客气气一拱手,"告辞。"

说罢也不等刘人祥翻译,转身大步离开。

"咦……"那杜百里狡猾如狐狸,也没料到月池会这般刚烈,"月池先生……"

"月池兄?"刘人祥也一边叫着一边追上来。

月池一边挥手一边朗声道,"仰天大笑出门去,我辈岂是蓬蒿人!"

三人你追我赶地出门来。

一出门,刘人祥跟月池对视一眼,随即同时笑得弯下腰来。

曾秉炎一头雾水,"怎么了?怎么了?"

刘人祥轻轻道,"继续走,等下说给你听。那狐狸还在偷偷看我们呢。"

等走远了,刘人祥才向月池拱手道,"好家伙,你说你账房先生料事如神,你则有过之而无不及,佩服佩服。"

曾秉炎恍然大悟,"你们有后招?"

月池回头看一眼怡和洋行的大楼,"早料到不会这么简单。昨天我和刘老弟就商量好了,如果怡和洋行把价格压得特别低,我们就去跟太古洋行签约。这一批红茶本来也不多,我就按照让你们曾家保本的底价——一两五钱的价格,全卖给太古,并且承诺这个价格,五年内不变。"

他这么说,曾秉炎有点不好意思,"这个……那您岂不是白忙一场?"

月池嘴角含笑,拍拍他的肩,"放心。我们今年只是小试牛刀,能做到不赔,我已经很满意了。以后控制成本,拉升产量,等我们产量超千斤,还都按照这个价格给太古,我不信太古不动心。怡和洋行收购祁门红茶,价格都已经到了三四两一磅,只要我们品质稳定,太古洋行以后在红茶领域,也可以分怡和一杯羹。毕竟有钱赚的事,谁不喜欢呢。"

曾秉炎听得目瞪口呆。他明明已经跟月池形影不离了。可是月池何时跟刘人祥商量后招、何时了解市场价格、又怎么会对威廉·渣甸了如指掌,他完全没头绪。

心下满是钦佩,点头道,"嗯,我听您的。"

刘人祥伸手拦黄包车,"走吧？回香都休息,吃饭！太古洋行大班等我们一起喝下午茶呢——就用咱们的红茶！"

第二章 —— 临水待得月华生

1

深秋的壶瓶山,草木萧萧,山色江声相与清。

澧水支流,溇水岸边,泰和合的小院里一片清幽。

主人不在家,嘉木和仙芽索性关了院门,在第一层花厅里跟钟不期喝茶。

水汽氤氲中,仙芽盘腿坐在石墩子上,端着杯子摩挲,问钟不期,"后来呢?"

钟不期叹口气,"我都讲出茧来哒。"

仙芽涎着脸笑道,"讲再多遍我们都爱听啊。实在精彩。"

"后来,月少和那刘老弟,根本没等到喝下午茶,就被杜百里堵在了饭店门口,按二两银子每斤红茶的价格签约,卸货。"钟不期仿佛自己亲眼看见一般,摇头晃脑神气活现,"那杜百里,心里早就看中我们的茶了。他偷偷盯着月少他们,见他们一出大门哈哈笑,马上晓得这里头有鬼,又想起来刘老弟以前就在太古洋行做事,急得抓耳挠腮。他自己不买也就算了,哪里受得了竞争伙伴竟能拿到比自己更便宜的好茶叶!"

仙芽啧啧称奇,"老板真的了不起。"

嘉木憨笑,"他真的是神仙。莫得都会,连跟洋鬼子打交道都会。"

钟不期听完这句评价,反倒陷入了沉默。

仙芽问,"钟先生,你在想莫得?"

钟不期说,"我一直很奇怪。月少做成这单生意后,不晓得为莫得并不是很高兴。肯定是那个杜百里讲了莫得不好听的,唉,他受委屈了。"

嘉木和仙芽面面相觑,"老板有不高兴吗?"

钟不期一口喝完茶,咂巴咂巴嘴,"你们两个蠢宝,哪里感觉得到他的情绪。"

几千里外的广州香山翠亨村里,有人也问了同样的问题。

两个身着广府地区常见的妈姐装、梳着柔顺发髻的少妇,正相对坐在院子天井里,边做女红边闲聊。

两个少妇里头,个子高挑的那个就是月池的夫人杨亭曈。她穿一件藏青色元宝领宽袖短袄,裙边镶着精美的凌霄花图案,深色的衣服衬得她越发肤若凝脂。可能因为她性格娴静,岁月也格外厚待她,生儿育女在她身上只留下了温柔的痕迹。比较起来,她比旁边小几岁的小姑子——月池的堂妹卢慕贞更显得年轻一些。

而卢慕贞,虽然更加稳重成熟,眼底也更深藏智慧。她的妈姐装更加简约,没有任何饰物,却平整光润,针脚细密。身上哪怕没有佩戴任何饰物,举手投足都透出大户人家的风范。

两个人背后的堂屋里,月池正在向卢老爷子汇报壶瓶山的情况。

时不时传来一阵笑声。

卢慕贞跟着笑道,"嫂子这心里甜如蜜了吧?我哥不仅人回来了,还赚了这么多钱,带了这么多礼物。"

杨亭瞳不好意思地垂一下头,"啥呀,日子还不是一样过。"

卢慕贞啐她,"快别跟我装。我给你缝的这件衣裳,你总说舍不得穿。今天又是为什么穿了起来呢?"

杨亭瞳脸一红,笑了。

她做着做着手工,突然动作停了下来,若有所思问道,"可是啊……慕贞……"

"怎么了?"

"你说你哥吧,确实是赚了一些钱,也带了很多礼物,见到我们也笑。可是我总觉得,他不是很开心。"

卢慕贞有点惊讶,"是么?你怎么看出来的?"

杨亭瞳垂下头,"昨天我跟他说,第一笔买卖既然成了,以后就方便了。他却叹口气,说,'三十功名尘与土,八千里路云和月'。"

卢慕贞一愣,"三十功名尘与土,八千里路云和月?"

杨亭瞳道,"岳飞的诗……"

卢慕贞喃喃道,"啊……确实奇怪呢……"

两个女人不约而同转过头去,双双将目光投向堂屋的窗。

窗里,卢氏父子两个,也在促膝而谈。

月池说道,"怡和洋行的杜百里,在同意以二两银每斤的价格收购我们茶叶后,突然又讲了一段话。他说,月池先生,现如今让我们坐在这里谈判的,是茶叶;如果撇开茶叶,你我根本没有机会同处一桌。他那是在告诉我:你们大清,不要以为有资格可以和英国平起平坐。今天我需要你们的红茶,你就还是个人。明天我不需要了,或者找到更好的替代品了,你们就屁都不是。"

卢父听完沉默半响,慢慢啜着手里的红茶。

他忽而一笑道,"说到底这洋人也是个孩子,你没看出来他就是故意在气你吗?"

月池苦笑道,"我看出来了。可我觉得他说的并非没有道理。"

他想起了威廉·渣甸的椅子,还有安德琳夫人和善微笑下的趾高气昂。

也想起了被追杀的萧娘、刻着"甫"字的信物和老陈的伤。

皮之不存,毛将焉附?国家不够强盛,老百姓再有骨气,面对强敌的枪口也只能跪下,面对邪恶的鸦片商也只能委曲求全。国家百业凋敝、国运亟待振兴,在这种当口上居然还有人妄图阻挠北洋水师的重建。他和一个小小的杜百里打交道尚且受尽羞辱,何况曾国藩、左宗棠、李鸿章这种国家重臣。不知多少心累。

卢父虽然不知道那些细节,从儿子的表情里,也猜到了儿子的心思,"政局之事,我们也看不明白,也讲不清楚。我们卢家有一个不省心的女婿,便够了。你少想这些。"

他嘴里那"不省心的女婿",说的可不正是卢慕贞的丈夫、如今唤自己逸仙的孙德明吗?

月池从来不觉得德明妹夫不省心,甚至,他非常认同也向往他那天不怕地不怕的性子。更何况,泰和合成功地和怡和洋行签约,幸得德明妹夫推荐的这个刘人祥老弟。

不过,眼下他也不想继续在这个话题上跟老父亲起争执,话锋一转转到红茶上。

"我粗粗算过。刨去所有成本,红茶的利润在五成左右,算得上是一个很好的营生了。而且,红茶有种植、有制作、有保存、有运输,可以让很多流离失所的农民回来工作,安身立命。壶瓶山周围大大小小茶园上百座,如果加上整个荆州地区,那恐怕要几百座了。牵扯到的人几千上万,若都能因为红茶吃上饱饭,我管他杜百里杜千里,给我多少夹板气我都愿意受着。"

卢老爷子听完儿子这段话,欣慰得眼神里都是星星。

"说得好。与其抱怨政局,不若为老百姓做点实事。不过,你千万不要心急贪功,饭要一口一口吃,事情要一件一件做。"

月池点头,"是的,父亲。我看了,壶瓶山周边,黄金茶、峒茶、大叶茶,茶叶品质都很优异,都可以拿来'白'改'红'。早期我们还可以用现在这个方式,收购半成品毛茶,只管控后期精茶;这样农民可以有基本保障,我们也不用扩建场地。但如果想产量破几千斤甚至几万斤,我们这个小场地就完全不够了,那得让茶农直接白改红,然后我们按照成色去收购。可是这么一来……"

卢父"嗯"一声,"这么一来,农民会有风险:万一白改红了你收购不起怎么办?你也会有风险,万一品质都很糟糕怎么办?"

月池笑,"父亲大人慧眼。"

卢父斜着眼睛瞧着他,总算琢磨出来儿子的意图了,"我就说,你好好的,不写信不邮递,为什么要亲自回来一趟。是来筹钱做更大的事吧?"

月池回答,"我想了几条路子。一个呢,祁门的师傅我肯定还是要请的,不过可不是请来做完茶拍拍屁股就走了,我是要他们来教壶瓶山的茶园做茶,传道授业;二个呢,我也不贪多,先让壶瓶山附近的茶园白改红,并且设置底价,也就是说哪怕茶农把红茶做失败了,我也认;三呢,我还想请壶瓶山有名望的绅商父老,帮我说说话,撑撑腰。这一圈下来,请祁门师傅,动员茶园大小百来座,收购精茶几千斤,还有各路打点费用,怎的也要一千两白银。"

卢父听完,突然一顿呛咳。

月池苦笑,赶紧给父亲又是拿茶,又是捶背。

只听得东厢房通道的门帘儿一响,一个长相爽利的妇人挑帘露出身形,穿得花红柳绿,踩着门槛,瞪着眼,一丝笑意也无地冲父子两个笑道,"哟,我以为兄弟是富贵还乡了,搞了半天,是来要更多钱的呀。"

月池赶紧眼观鼻、鼻观心,恭恭敬敬,"嫂子好。"

这还不是卢慕贞那样子的堂妹。这可是他亲大哥的房里人。

卢父眉头微皱,"巧眉,不是你想的那样。"

嫂子巧眉也不反驳,也不质问,眼珠子一转,望着房梁悠悠然道,"我们月池少爷,只当家里是摇钱树,没钱了就回来摇一摇。你大哥还在地里苦着呢,你倒好,开口就是一千两。"

外头的杨亭曈和卢慕贞也听到了里头的动静,知道不妙,对视一眼,立马收起手里的活计,也赶进来。

就像是做惯做熟了的一样。杨亭曈直接去往公公身边,接替笨手笨脚的月池,伺候公公咳痰,给他拿药顺气。卢慕贞则似笑非笑地上前挽住巧眉,"好嫂子,我找你半天了,一对鸳鸯老是绣不好,你过来帮我看看。"

只不过今天巧眉没那么好商量,她伸手拂开卢慕贞,"妹子,你别插嘴,这里没你的事。你的好丈夫在外头忙,虽然没见人,倒也没找你伸过手要过钱。你不会懂我的苦。"

卢父缓过一点,听见这话十分气恼,"你有什么苦?我们短你吃穿了?胡闹!"

月池站起身,朝嫂子和妹妹行一个礼,"嫂子的苦恼,我懂。如今战火连连,民心惶惶,手里没钱心里就发慌。我也知道父亲手里拿不出一千两,所以正准备问完父亲意见,去找叔公他们。正好妹妹也在,到时候也请帮我说几句话。让卢氏家族信任我的人,都凑一凑。月池大话不敢说,但今天借家里的钱,我明年此时,必连本带利还上。嫂子莫急,今日嫂子宽限我,滴水之恩,将来涌泉相报。"

他一说"连本带利",巧眉的目光已经带笑了,"多少利?"

"就按钱庄的规矩来,可好?一年期,月息三分。"

"那你若还不上怎么办?用你的房子和地作抵押吗?"

月池淡淡道,"没有我的房子我的地,都是爹爹的。若还不上,这家当我一分不要,全部留给哥哥嫂子。"

杨亭曈还在给公公端着茶杯,闻言猛地抬头看他,耳坠子乱打秋千。

可她什么都没说。

等小两口到了私底下,月池牵着她的手,"你是不是怪我应承嫂子了?"

杨亭曈微微一笑,反手握住他,摇头道,"夫君说什么就是什么,我哪里有什么可怪。我是吃惊你这次的决心,为何这么坚定。"

月池沉吟道,"大概是壶瓶山的山、壶瓶山的水,格外迷人吧。我觉得那般钟灵毓秀之地,不该始终处在蛮荒之中。应该有一个人,把它的宝藏都挖出来,让那些老百姓靠山吃山靠水吃水。希望那个人是我。"

亭曈"嗯"一声。

两个人住的西厢房,院子里养着花,果树成荫,两个儿子在树下一边看书习字,一边跟老陈嘻嘻哈哈。

"儿子们都高了,懂事不少。早上我考他们《论语》,也答得在理。"月池拉着她在窗边坐下,剥干桂圆给她吃,"你辛苦了。"

"不比你更辛苦。"亭曈接过桂圆,去了核,又递回来到他嘴边,"你更瘦了。我瞧着老陈也很是老了一些。"

月池张嘴噙了桂圆,笑一笑,"他呀,他有他的奇遇。"

亭曈好奇,"什么奇遇?"

月池勾一勾手指,"过来,我给你细说。"

两小口在这里耳鬓厮磨,老陈在外面答疑解惑。

大儿问,"洋人是否真的绿眼红毛?真的讲我们听不懂的话吗?"

小儿问,"汉口的轮船有多高?叔公说,檀香山的轮船像山一样高大!"

两个人猴子一样吊在老陈身上,弄得他老伤又疼了,哎哟哟不断。

"小祖宗们,下来,下来,我说故事给你们听……"

过了片刻，小儿又问，"陈叔，等爹赚了大钱，会不会把我们都接过去住呀？"

老陈作势想一想，"你爹可没跟我说这个，不过……"

小儿噘嘴，"我们想爹爹，娘更想爹爹……晚上都想到不睡觉……"

月池和亭瞳在窗里听到，对视一眼，笑了。

月池将一丝散落的头发给亭瞳夹到耳后，"孩子都那么大了，你为什么还是这么美。"

亭瞳脸一红，"老大不小了，还说这个……都不晓得你在外面跑来跑去，见了多少天姿国色……"

月池点头，"见了不少。"

亭瞳闻言，也噘嘴，和小儿一模一样。

月池笑了，伸手捏一下她的脸颊，"说真的，天姿国色再多，在我心里却都仅仅是同伴、朋友、熟人。我要忙的事情太多，要操心的事情也太多了。旁的无暇顾及，所有的缱绻，交给你一人，足矣。"

亭瞳心里美滋滋的，脸上的笑容也越发甜美。过了半晌，道，"怎么，很多很多事情需要你操心吗？老陈也不能和你分担么？"

"老陈帮我很多忙了。只不过，大部分时候，还是要自己一个人拿主意。"月池想一想道，"说起来，有一个很有趣的朋友，倒是会分担我的心事。虽然至今，我都没有见过他的脸……"

亭瞳扑哧一笑，"脸都没见到，也叫朋友吗？"

月池回答，"真的，脸都没见到，我却时时会想起他。"

"为何？"

"因为他是我忙碌、茫然、背井离乡的生活里，唯一一个，既不有求于我，也不需我刻意迎合的人。他像一个神仙，也像一个侠士，'凌波微步，罗袜生尘'。等到我真的接你们去湖南的时候，我一定让你也见到他。"

休整一日，月池总算解了舟车劳顿的乏。

他回来找宗室凑钱的事，也基本上已经不胫而走。

卢家十分团结。不管是做生意还是做官，一呼百应，但凡需要筹措资金，不出几日便能达成。卢家这样的情况，在广东并不少见。大家小家相互之间的关系盘根错节、信任度也极高，出了岔子也都有担当。

所以这也是月池有信心筹措到白银千两的原因。

不过他第一时间还是先去拜见姑母,那个每次都给他最大帮助的人。

姑母独居在村子一隅,深宅大院,足不出户,在很多人看来,是个性格古怪、不近人情的老太婆。但月池自打第一次去她家起,就感觉她很亲切。

那时他刚总角。父亲带他去拜会姑母。大宅子里极其整洁、干净,饰物极其简单,一块石、一株竹、一盏灯,都似乎透着诗意,处处雅致。

姑母家不用鲜花,也不供奉神佛。只是各种各样蔬果,当花卉那样遍布,果香甜美清幽,似有还无。姑母的宅子里还用了很多原木色的古朴桌椅,不见金银珠宝龙凤麒麟,唯有一幅石涛真迹挂在厅里,淡淡然并不很宝贵的样子,配上偶尔掠过厅堂的松风,令小月池永生难忘。

留过洋学,又嫁过皇亲国戚,万水千山走遍,越是心中有丘壑的人,越是简单。

见小月池好奇得四处张望,姑母逗他,"你若喜欢,这宅子以后便送你了。"

自小爱看书、童年几乎在私塾里泡大的月池,回了姑母一句文天祥的诗,"男儿千年志,吾生未有涯。多谢姑母好意,我要的东西,我自己会挣。"

把姑母逗笑了。

从此他常常受邀去姑母家坐坐,吃茶果。姑母其实并不老,抑或心平气静令她看起来格外年轻,往宗族亲眷里一站,简直鹤立鸡群。她不喜欢妈姐装,喜欢像男人一样穿件简单长衫,黑色的,藏青的,深灰的,戴极其低调简单的珍珠项链。不知怎么的,看起来就是有王宫贵族之气。

眼下正值深秋,姑母独自坐在窗前看落叶。见到月池,微微笑。

"你来了?"

月池带着最好的一盒子红茶,进门便交给丫头去泡;又从怀里拿出一只信封,恭恭敬敬双手奉上,"姑母借我的款项和利钱,我已存到商钱局,这是存根。"

姑母挥挥手,"你继续用。"

月池憨笑,"那我便不客气了。"

姑母问道,"湖南天气可好?你可适应?"

月池收好信封,轻身蹲下,拾起姑母膝头滑落的薄毯盖好,"壶瓶山湿气很重,冬冷,夏潮。但是山水顶顶好,等我安定了,找个春夏之交的好时节,接姑母去游玩。"

姑母笑,"你这孩子,从小便心细。来,坐我身边,给我这老糊涂,讲讲最近的新鲜事。"

"我最近学到一句,圣经上说的,太阳底下没有新鲜事。"

"也对。"

"时局是绷着的,就像湖南的六月天。清廷憋着一口气,打又打不过,认输也不敢认,既要暗地里扶持李鸿章训练水军,又不敢继续重用已然成熟的湘军;既要打压洋人,又要依仗洋人。非常纠结。"

姑母点头,"朝廷难,老百姓更难。"

月池道,"所以民间各股势力也相互较着劲。壶瓶山,看似平静,可是茶园子里个个都有碉堡、枪支。壶瓶山南边,属长沙府管辖,北边,属荆州府管辖;中间一大片连着整个湘西,又属添平土司管辖,官家发话没有用,土司说话才有分量。所以我在湖南,看起来风平浪静,实际也是如履薄冰,没有一刻不担心。"

姑母听完,沉默许久,道,"韩非子云,上古竞于道,中世逐于智谋,当今争于气力。世界弱肉强食,都在论谁的力气大、谁的拳头硬。我瞧着,不出百年,必有大变。变他个天翻地覆。也许那时,才会又回到'竞于道'的境界。"

"是。"月池说着,眼前浮现出一张脸——那个说要立志换新天的妹夫。

过一会儿,又浮现出另一张脸——那张傩戏面谱。

这会子,丫头斟上茶来。

月池坐到姑母身边,陪她一口一口啜着。

"这茶,真是流光溢彩。"姑母赞着,探出手,抚一抚他的背,"你既是商贾,心里却也明镜一般,记着士大夫的风骨。换任何人,签下怡和洋行,即将家缠万贯,都已经乐不可支。哪还管他买的是鸦片或是红茶,买家是洋鬼还是野人。月池,我就是喜欢你这个。穷则独善其身,达则兼济天下。你去做吧,我们都是你的后盾。"

回到家,亭曈迎上来,"都还顺利吗?"

月池又掏出信封,"她继续又把钱借给我用了。姑母对我们真好,我不在时,你要当作咱娘一样侍奉。"

"是。"

卢慕贞也在,见到他,微微笑,"哪还需要你交代?嫂子每个月初一、十五都问候着,知冷知暖。"

"是我多嘴了。"月池也笑。

慕贞将这几日赶出来的衣裳叠一叠,"哥哥,这是我和亭曈为你新缝的秋衣冬衣。"

亭曈羞涩一笑,"我那针脚,根本不行。这都是慕贞妹子缝的,我的手艺,就给两个泼皮小儿穿穿算了。"

月池将信封递过去,"妹夫常年不在家,妹妹可缺钱用?"

卢慕贞摇摇头,"什么都不缺。"

可是眼中神色寂寥。

月池将信封放在她手心,"这是存信,在广州商钱局。你缺多少,取多少便是。如果你不缺,就当作我资助妹夫的。"

慕贞淡淡一笑,将信封重新塞回他手里,道,"真的不用,哥,多谢你。德明在外面忙些什么,我不知道。不过,我信他所信,只愿能为他照顾好家小。银钱上,他从不缺我的;所以家里,我也决不辜负他。哥哥,你在外辛苦,这些钱,都留着备用吧。这两天,你自己多费心跟宗室叔父叔伯们说说话,让他们帮你把银子凑齐。我帮不上忙就算了,哪里还会拿哥哥你的血汗钱乱花。"

月池看着手中三番四次都送不出去的信封,心中百感交集。

世道如乱流,家,永远是最稳当的岸。

过几日,妹夫的父亲孙达成病重,慕贞返家,在父亲病榻前寸步不离、亲奉汤药。

再过几日,信封里的白银和新筹到的一千两白银,又都从广州商钱局重返津市商钱局。

月池这次没有直接返回湖南。他与老陈,轻车简鞍,乘海轮由广州直抵上海。他要赶在过年之前,动员一帮子祁门老师傅跟他去壶瓶山。

在上海停留两天,本来只是为了休息、中转。月池却怎么都没想到,会在上海遇见一个他打死都没想到还会有交集的人。

因为才下码头又要继续乘船,他和老陈便落脚在外滩。

这才见识了什么叫远东第一大都会。

一栋栋奇异、华丽、石雕玉砌般的楼宇,看似杂乱、实则巍峨地一字排开在黄浦江畔。马路无比宽阔,马车、黄包车、挑夫、路人川流不息,有时候逼挤到月池时刻担心他们彼此会撞上,可就是没撞上。一整个城市,大家相互客气又冷漠的样子,像极了月池在汉口怡和洋行里感受的那样。

他和老陈登岸的时候,英租界里还各处都留着英国女王周年纪念的痕迹。为了庆祝那个远在万里之外的女王登基五十周年,作为英租界的上海外滩,随处彩旗飘扬。

老陈惊掉下巴,"女王?是英国的武则天吗?!"

月池笑。

内心，却无论如何也笑不出来。

几时？为何？轮到这些番邦的王，来中国大张旗鼓庆生？

他摊开地图，"等饭后，我们去这里走走。"

"这是哪里？"老陈问。

"怡和洋行上海总行。"月池淡淡道，"既然到了，就去拜拜码头，顺便查探一下杜百里算是怡和洋行里的什么人物。"

上海的怡和洋行总行，虽只有三层楼，却气度不凡。它面向外滩，十余个开间，在整个外滩建筑群里，最雄伟浑厚。

老陈看着怡和洋行的外墙，啧啧称奇，"这洋人也真是有趣。你看他们的柱子，这回纹，这藤蔓一般的雕刻。我发现了，我们喜欢木头，他们喜欢石头。我们喜欢把万事万物画在柱子上，他们是雕上去。这洋人的东西，都比我们的坚固吗？连炮舰也更坚固。"

月池斜觑他一眼，"不得了，越来越有禅意了。"

"少爷，你别笑我了。你读的书多，你说怎么回事嘛。"

月池想一想道，"我其实也不是很了解。但是我想，每个民族的建筑、绘画，都跟他们的信仰有关系吧。我们爱画梅兰竹菊、福禄寿禧，他们爱画江河湖海、日月星辰，各有千秋，各有寓意，没有谁比谁高这一说。至于你说木头石头，我不晓得这其中为何有巨大差异。但在中国人看来，石头是给故人用的，冰冷的，没有生命的东西。木头才是给活人用的，有温度的，有韧性的东西。硬要比坚固，那一定是石头坚固。但论住得舒服贴心，应该还是木头吧。"

怡和洋行大门口有一个小童，见两人衣着华贵，主动上前问，"请问找谁？"

月池气定神闲，"找杜百里。我们是他的合作伙伴。"

小童点点头，"请稍等。"

说罢转身拿起身后一个古怪机器的一端，在另一端状如莲蓬的圆盘上拨动几下，等片刻，用英文说了句什么，然后合上机器，客客气气道，"请稍等。"

老陈忍不住对着机器一顿瞅，"这是什么？杜百里在这里头吗？"

小童笑，"这是电话。全世界也没几台，老先生没见过很正常。杜百里先生不在这里头，但我可以通过它，问楼上的人，他在不在办公室。"

月池突然想起来叔父也提到过这个东西，"我听说第一台电话，就是上海轮船招商局引进的吧？"

小童说道，"这位先生说对了。他们那是全国第一台，比朝廷里用的还要早。"

老陈嘀咕道，"又是电。这个电可真是厉害。"

突然之间机器猛地一抖，叮叮作响，吓他一跳。

小童接起来，用英语嘀咕几句，又挂上，"大班说，杜百里先生早就去了汉口。您二位是什么时候跟他合作的？"

月池"哦"一声，"对对，我想起来了。我是以前跟他合作过，今天路过，想着来打个招呼喝喝茶，没想到他已经走了。他去汉口做大班了吗？"

小童笑道，"那我可不清楚了。不过，杜百里先生是我们创始人家族的成员，他做大班，很正常。"

月池道谢，"感谢你，小兄弟。祝你一切顺利。"

小童鞠躬，"多谢您。请慢走。"

从怡和洋行出来，老陈还对电话念念不忘，"啥时候咱们也弄一个？真神奇，这比电报还管用啊！一盏茶都不用，消息就一个来回了！"

过一会儿又说，"还有那个小兄弟嘿！那叫规规矩矩、彬彬有礼、训练有素，你看嘉木、仙芽那样，长得不赖，站起来歪七扭八！"

晚风拂过，外滩的灯一盏盏亮起，时髦的女人们开始从不知名的地方冒出来，三三两两簇拥着，旁若无人地扭着腰肢、仰面大笑。

香风吹过，老陈的脑子更是一阵眩晕。

月池看着他的脸，笑道，"你知道我想起啥吗？"

"啥？"

"我赶在过年前出来，除了要去祁门，还有一个原因就是：再多住几天，我恐怕就没有出门的勇气了。你现在的模样，就像在说：再多待几天，你可能哪里都不会想去了。"

老陈不好意思地嘿嘿傻笑。

两个人刚好路过一栋洋楼的大门。大门高如城门一般，镶着金色铜钉。大门开一半，可以看到里面亮如白昼的水晶吊灯和映着吊灯倒影的油光发亮的黑色地板。

老陈一晃眼，原本笑着的脸，突然之间就僵住了。

月池走出去几步才发现他没有跟上，回头叫他，"怎么了？"

老陈整个人还是木木的，仿佛没听到他说话。

月池走回来几步，目光将他从头至踵扫一遍，确认他没有受伤或者什么别的，又问一边,"你怎么了?"

老陈喃喃道,"我大概是眼花了……"

月池突然回过神,从半开的大门望进去,但见三三两两的洋人在里面举着酒杯缓慢穿行。

"你又没见过杜百里,"月池笑,"别跟我说你还认识什么别的洋人。"

老陈点点头,又摇摇头,"嗯……"

两人继续前行,月池道,"难怪那杜百里提起威廉·渣甸的时候,得意扬扬。原来他也是渣甸家族的人。"

老陈默默跟着,一脸于思,没有回音。

月池停下脚步,老陈也没有察觉,自顾自往前走。

月池苦笑,过了半晌叫他,"你是看到鬼了吗?这么失魂落魄?"

老陈蓦然回头,哈哈笑,"没有没有。少爷,咱们吃晚饭去吧。我饿了。"

俩人沿着外滩步行到上海总会,找了个靠窗的位子坐下。

老陈愕然,"少爷,在这里吃饭,很贵吧?不知道要不要一个银元?"

月池回答,"我们两个加起来,恐怕要一两银子。"

老陈吓得大气不敢出,"啊……幸亏老爷不在,否则一定要骂咱们了!"

月池笑,"我自有我的理由。"

不多时,有穿着洋人衣裳的中国男孩子上前问,"请问两位吃点什么?"

月池坦坦荡荡,"我们第一次来,请您帮我们推荐一下。"

跑堂的男孩子也很有礼,"那么,为两位推荐两份牛排可好?"

"好。"

"喝什么呢?酒,还是茶?"

月池看一眼老陈,"红茶,有吗?"

男孩子微微笑,"有。滇红、川红、祁红,请问两位喝哪一种?"

"只有这三种么?"

男孩子一下子吃不准客人为何这么问,"呃……先生想喝什么呢?"

月池心中也兀自哂笑:这才哪儿到哪儿,怎可能在这里看到自家的茶?

刚开口想问价格,就听到一个女人的声音,从旁桌传来,"你怎么不告诉客人,这里还有新进的红茶呢?"

月池和老陈双双侧目。

只见一衣着华丽、明艳动人的美妇人坐在旁桌,身边立着一个男仆。她显然也是刚刚入座,桌上什么也没有。

跑堂的男孩子轻轻鞠躬,"赵夫人,您来了。"

赵夫人颔首,姿态优雅如天鹅。

跑堂的男孩子向她、也向月池解释道,"新进的红茶,我们也是刚拿到,因为没有名气,我们老板还没想好要怎么推给客人,所以我才没说。赵夫人喝过一次,非常喜欢。两位如果不介意这茶没名气……"

月池笑,"不介意。请端上来吧。"

再看老陈,却发现老陈的目光像被粘在了那美艳的赵夫人身上一般,已然呆了。

月池不好意思,咳嗽一声,拉一拉他袖口,"你这太失礼了。"

老陈还是没有反应。

赵夫人也看到老陈的目光,却丝毫不以为忤,反而对月池说道,"义士贵人多忘事,这是完全忘记我了。"

她这"义士"二字一出口,月池蒙了,老陈反而醒了,"果然是你！刚才！真的是你！"

赵夫人再度颔首,"如不介意,我和二位义士共进晚餐可好？我做东。"

一直到她坐到桌边,月池才想起她来。

"萧娘?!"

萧娘——赵夫人娓娓道,"我也是自里面看到二位,才尾随而来。真是太巧了,怎么都没想到,有生之年会在上海见到二位恩人。"

月池依然没缓过劲来,"你！……啊呀,这可真是太巧了。"

赵夫人挥挥手,示意男仆退下。此刻的她,身穿白色锦缎洋服,头发盘成波浪,跟洋女人别无二致。耳畔指尖,都戴着华丽珠饰,动静之间,熠熠生辉。

红茶端上来,果然,正是泰和合出品。

月池和老陈忍不住舒心一笑。

赵夫人看他俩笑,有点诧异又有点明白了什么,"难道说……这红茶……果真就是你们做的?"

月池不解地看她,"难道赵夫人已经猜到什么了?"

赵夫人道,"你们当时去祁门,四处看茶,尤其爱问制作工艺,临走又买了许多茶叶,各个档次的都有,我便知道你们一定不是普通茶商。你们两位私下说的虽是广东话,但另一位义士,说的是湖南话。等喝到帝国饭店的新品红茶,又知道这红茶来自湖南,我便猜想过——这难不成就是你们家做的茶？竟然真的这么巧。"

月池笑,"夫人真是冰雪聪明。"

赵夫人道,"以后,你们也要给自己的红茶取个名字、做个标记才好,叫客人容易记住。"

"夫人提醒的是。"

赵夫人招招手,跑堂的男孩子赶紧上前。

"这红茶在你们店里,怎么卖？"

"一壶茶一百文。"

老陈一声低呼,"这么贵？！那怡和洋行得从中间赚多少啊？"

月池笑,"可是没有它们,我们的茶根本上不了这张桌子。"

赵夫人若有所思,"怡和洋行？难怪你们刚才会经过那里……"

月池道,"赵夫人现在住在上海吗？"

赵夫人点点头,"是的。我就住在安和寺路上的丁香别墅里,今天是来参加一个晚宴的。"

月池赶紧欠身,"如此,是我们打扰你参加晚宴了,可怎么是好。"

"不妨事。无关紧要。"赵夫人笑靥如花,望望月池,又望望老陈,"怎么比得上感谢救命恩人来得要紧。"

老陈磕磕巴巴问道,"你……赵夫人……赵夫人身子……可好些了？"

夏天的时候,她已然身怀六甲。

"咱们也算生死之交了,你们还是叫我萧娘吧,那是我的闺阁名字。只是到现在都没敢问几位义士高姓大名。"

"我叫陈金辉,你叫我老陈就好；这是我家卢老爷,月池先生。"

萧娘颔首,惨淡一笑,"我的孩子……最终还是没保住。我曾给那金粟庵布施过,与那里的长老有点交情,本想着让她们护我几日……没承想……终究是我身子撑不下去了。唉,它投胎在这乱世里,注定命运多舛。"

月池想起上次临别时,她站在晨曦里的金粟庵门口的样子。脸色苍白,秀发飞舞,朝不保夕。

不止是他想起了往事,萧娘也很怅然,"也就半年工夫,上次见面,我在逃命,你们还在研究祁门红茶的门道；现在,我们三人竟然都好整以暇坐在这里喝茶,喝的还是你们的茶。命运当真神奇。"

三人一边用餐一边闲聊,都有种恍若隔世的感觉。

"后来……"月池大概解释了一下那信物的下落。

萧娘频频点头,"难怪。后面的我都知道了,筹金顺利送到,几艘战船安全抵达天津港,几位义士功不可没。"

月池内心感动,"我们……我们这微薄之力,哪里比得上您和您的朋友们,牺牲性命也要护佑中华。"

萧娘咧嘴一笑,唇红齿白,"我哪里懂得什么护佑中华,也不懂得牺牲……我夫君曾是李鸿章的旧部,阴差阳错间,他将那信物交给了我,同我说,印在人在。我却顾念腹中孩儿,只想保命,才将重任转给各位……说起来,后来失去孩儿,也是我的报应。"

月池还没来得及开口,老陈先劝慰道,"萧娘,你别这么说……什么都没有命要紧,命都没了,还能办成什么事?"

月池指一指他胳膊,打趣道,"你后来若被杀,也算得上精忠报国了。"

萧娘一愣,看向老陈,"怎么?!义士受伤了吗?"

老陈摆摆手,"小伤,已经好了。"

月池看他二人相谈甚欢,借口上洗手间,离开了桌子,走之前把账给结了。果然,接近一两银子,够普通人家一个月的花销。

不过,这顿饭让他得到了想要的信息,也让老陈见到了朝思暮想的人,很值。

有些东西,男人之间一个眼神就明白。

老陈从没忘记过萧娘。

但她早已为人妇。生活在华丽的大上海。往来有鸿儒,出入无白丁。

跟明天又要离开的两个广东人,注定只能一次次擦肩而过。

这天夜里,很晚很晚,老陈才回来。

月池正躺在床上看地图,见他风尘仆仆,便调侃道,"我差点都去报官了。又想,跟你这么个大老粗在一起,该报官的是萧娘的家人才对。"

老陈嗒然坐下,"我……刚才送她回家了。"

"你?!"月池诧异,"你拿什么送?"

老陈道,"坐黄包车,送她回去,再自己回来。不舍得钱,还替那拉车的拉了一段。"

"哈哈哈哈哈……"月池仰面大笑。

老陈也看出来他特地挤兑自己,"少爷,太不道义了,我……我是真喜欢她啊……"

月池坐起来，端一杯茶给他，"好好，不笑了。"

老陈一口气喝干茶，望着窗外发呆，窗外一轮明月照大江。

月池轻轻念起一首元曲，"东边路西边路南边路，五里铺七里铺十里铺，行一步盼一步懒一步，霎时间天也暮日也暮云也暮。"

这首词不知是谁填的，用词也朴素，不知怎的，却格外入心，字字珠玑。

老陈想起和萧娘之间的一幕幕，心中一酸，差点没落下泪来。

他看一眼月池，"少爷，道理我好像都懂，也知道我和她半点可能都没有。可是吧，心里总惦记着。惦记她好不好，饿着没饿着。把那么大事情托付给她一个弱女子的人，不晓得是不心疼她，还是被逼无奈。她到底过的什么样的日子？"

月池点点头。

老陈深吸一口气，"不过今晚之后，我也明白了。她过得很好，她吃的用的穿的，我看都没看到过。她住的地方，像皇宫一样。少爷，我不担心她了，我们干我们的事吧。"

剩下几个时辰，无睡无话无梦。

两人收拾好行李，登船。

到得祁门，找到上一次合作的师傅，情况却发生了变化。

两个师傅异口同声拒绝，"我们被人戳脊梁骨骂死了，你莫再寻我们去，给再多钱都没用。"

任月池怎么邀请都不再松口。

见老陈面有愠色，师傅们还劝，"你们这么累做啥，卖卖绿茶不是蛮好！"

老陈气恼，"上次分开时还说得好好的，早知道给你们立契约！"

师傅笑，"立契约有什么用？我们真不想好好干，给你里头步骤少几步，或者多加点时间，茶叶走了味，你们损失不是更重？"

月池拉一拉老陈，"我们走吧。算了。"

等出来，老陈还一肚子气，"少爷，我们真就这么算了吗？"

月池很沉默。

两人以为这趟祁门之行会很顺利，也没雇马车，此刻徒步在县城郊外的小道上，冬天的冷风一吹，加上刚遭了拒绝，只觉通体寒津津的。

从茶庄走到县城，路过一家叫万生号的篾匠店。店里货色充足，挂满了各色各样的竹篾做的农具、器皿。头发盘得高高的篾匠正坐在门口，慢悠悠地编着一只箩筐。墙根儿几个无所事事的脚夫蹲在那里,有一搭没一搭跟他聊着天。

说的都是安徽话,有点难懂。

但月池像是颇感兴趣,停下了脚步,微微笑。

老陈低声问,"你认识他们啊,少爷?"

但是顺着月池的眼睛看去,发现他盯着篾匠编东西。

老陈低声问,"你要买这个吗?"

月池还是没有回答。他目不转睛盯着篾匠的手,看那一条条竹片在他手里上下翻飞,穿插,紧捆,逐渐织成一片片成形的模样。

那篾匠手中一直拿着一个小刀一样的工具。小小的玩意儿,有个槽,篾匠总是会把柔软结实的篾从小槽中穿过去再编织。月池走上前,恭恭敬敬问道,"敢问师傅,这个什么东西?"

篾匠回答,"这个么?这个是度篾齿。"

"为什么都要这么穿一下篾条?"

"为着边做边打磨呗。"

月池直起身,点点头,"手艺啊。老陈,这就是手艺。"

老陈莫名其妙。

那篾匠更是莫名其妙,"你们买东西吗?"

月池着老陈随手买了一只篓子,继续前行。等到了上一次投宿的客栈,他将竹篓送给掌柜的,住下店,才认真同老陈说话。

"咱们既要寄希望于人,也不能寄希望于人。"月池说道,"早上那两个师傅说得对。我们还是要重金请师傅,而且得是一群师傅,他们得为我们做一套标准出来,就跟那篾匠手里的度篾齿一般。因为将来我们不仅要收茶叶,还要控制中间的工序,十七道工序,每道工序都有严格的检验标准,一道工序出偏差还来得及补救,不至于到了最后救都救不回来。"

老陈"哦"一声道,"我想起来了。少爷,你还记得吗?上次两个师傅在做茶的过程当中做过一个拼配,把茶叶的各号头按一定比例拼出成品茶小样。后面所有成品都比照这个来。"

"对!就是这个!我们没做过红茶,没经验,前头只能苦一点。现在相当于每道工序都多出这么个比照的手续。如此一来,既能把产量做起来,又有品质保障。"

老陈一屁股坐在椅子上,苦笑道,"少爷,你想的是很好。可问题是两个师傅都请不动了,何况是一群,十几二十个?"

月池望着他,"嘿嘿,你个老糊涂。你想一想咱们现在泰和合的院子怎么来的。"

"院子?"老陈一头雾水。

月池笑眯眯,心情很好的样子,"吃饭,吃完饭,我们去跟掌柜的聊聊天。"

数天后,两人带着九个师傅,浩浩荡荡从祁门出发,前往常德。

这九个师傅,来自同一间茶庄。客栈掌柜消息最灵通,他告诉月池、老陈,这茶庄主人碰到祸事倒闭了,祁门僧多粥少,师傅们一下子没找到出路,正愁生计。

果然,月池承诺重金聘请这一群师傅,除了极个别拖家带口实在不方便的,其他都立刻就同意了。月池也不含糊,当即跟大家签契书,并且给每个人提前付了三个月的薪,让他们安定家里人的情绪。

老陈这才明白他说的"泰和合的院子怎么来的"是什么意思。

他打小陪着少爷长大,看他做事,真的是一点一点显山露水。他的智慧、坚定、细腻,都让老陈由衷叹服。

2

人一多,走得就慢。十来个人,一会儿谁晕船了脱水了,一会儿谁谁又水土不服拉肚子了,还有的中途反悔闹情绪了……遇到糟糕的天气,大雪封江也是有的。拖拖拉拉,直到过年前才顺利抵达津市。

距离离开,已经差不多三个月过去了。

雪天的壶瓶山,恍如仙境。

壶瓶山的山峰,本就如刀砍斧劈一般果决。白雪覆盖下,山石大块茫茫,瀑布如白练,松柏似银团。随处可见的冰凌倒挂在石缝、枝头上,骤眼望去,满山晶莹剔透。

这天气对赶路人来说可不是好事。溇水虽未被冻住,但很多本来就狭窄的地方,因为冰雪覆盖,情况更加扑朔迷离,一不小心便会让船只触礁。木排走得惊心动魄,月池再度听到了他喜欢的澧水号子。

枞树围子——幺妹子嗬嗨——

杉木棹——啦幺妹子咿哟——

新撬木排——幺妹子嗬嗨——

顺江飘——啦幺妹子咿哟——

岸上大姐——幺妹子嗬嗨——

远望我——啦幺妹子咿哟——

津市回来——幺妹子嗬嗨——

再看娇——啦幺妹子咿哟——

满船男人们听这个调调,再不懂常德话也知道唱的是女人,唱一句笑一句,偶尔说说荤段子,旅途殊不寂寞。

可是十多个大老爷们儿都杵在泰和合的大厅里,月池还是觉得不对劲。

云岫自打几个月前他返回广东的时候,也搬回了客栈去住。但马上就要开春了,一开春,满院子都是男的,就剩她跟小丫头翠莲两个女子。月池也不放心。毕竟很多陌生脸孔。

他带着罗成、肖郝、钟不期,去春来客栈和云岫开小会。

云岫正在和小丫头们一起洗刷年猪肉,准备做腊味。

见到月池,微笑道,"爹爹安排好了,给泰和合三百斤腊猪肉、一百斤腊香肠、一百斤其他零散腊货。"

月池自来湖南,常吃腊肉。他很喜欢那有嚼劲又毫不油腻的口感。腊肉既保留了肉的鲜香,又有浓郁烟熏味,且好保存,一年四季都能吃到。薄切腊肉,肥肉亮得透明如蝉翼,用来炒菜味道一流;厚切腊肉,咬一口香气满口,一片肉足以配一碗白米饭。

他当下也欣然接受,转身对钟不期道,"钟先生赶紧给田掌柜结算下……"

云岫拦下他,"不用! 爹爹说,一直蒙月少照顾生意,这些腊货就算谢礼了。"

月池遂又转向老陈,"那回头多送一些红茶来。一则当作回礼,二则也给咱们自己打打广告。"

云岫笑,呵气成霜,在冬日里头她那面盘子显得格外活泼俏丽。

"好妹子,我要同你商量一件事。你一会儿得空,来暖阁找我们。"

云岫点点头,"好的,我洗个手就来。"

等兄弟几个坐下,肖郝先提问题,"月少,你走的这几个月,我、罗成也去探了些茶农的口风。他们对'白茶改红茶'心存疑虑,有的担心红茶没人要,有的担心卖不起价,还有的就是老顽固,任我们说破了嘴,都认定壶瓶山只适合做白茶。这可咋办?"

月池点点头,"我也想过了。他们世世代代以白茶为生,想一下子改变很难。你想啊,我们还不止是要改变一个人的观念,还要改变这一整个地区的观念,谈何容易。"

大家面面相觑,"那可咋办?这马上就要开春了。"

月池略一沉吟,"黄金茶今年可以继续合作,其他的茶农,我也有些办法……"他当下把他在广州老家里给老爹说的几条路子摊牌给兄弟们。

钟不期最是心惊肉跳,"月少,你找师傅、请乡绅,我都没意见,那银钱使得都有着落,多少看得见。可这设置保底价,可就说不清楚咯!要是跑出一堆流氓地痞,搞些个烂毛茶来,我们也收么?又不比白茶绿茶,毛茶做坏了,再做就剩渣渣了。这不是白白浪费银钱吗?"

肖郝道,"那咱们商量商量,怎么统一毛茶的收购标准?"

月池点头,"既要统一收购标准,还要提高收购价格。肯定要比白茶价格高,茶农才会跟着干。"

钟不期叹口气。

月池笑,"保底价也要设。"

钟不期叹更大一口气。

月池解释道,"我设保底价,就是想告诉茶农,他糊弄我,搞些垃圾茶出来,我也认。不认茶,认他辛苦。保底价可以设定为收购价的一半。也是告诉他们,好好做茶也是辛苦,不好好做也是辛苦,何必糊弄自己呢?"

钟不期这才缓缓点头,"这个价格须得好好算一算。月少,你既然交代我管账,莫给你搞穿眼了我可丢不起这人。"

月池笑。

过一会儿,云岫进来,"月少,我来了。"

"好妹子,快坐。"月池担心云岫会误解,开门见山先跟她说缘由,"我想和你商量住宿的事情。你也看到了,我带了一帮子师傅来了咱们宜市。泰和合全是男人,我怕你不方便。"

云岫点点头,没有作声。

沉默半晌的罗成一惊,道,"可是月少,云岫姑娘能为咱们茶庄出不少力呢!"

月池笑,"你别着急。你看啊,咱们壶瓶山,多少家里没剩劳力了,里里外外都靠女的操持。等咱们越做越大,我估摸着,以后来咱们茶庄出力的堂客、妹子,也会越来越多。以后这么多堂客妹子,我还想拜托云岫妹子统一安顿、传习呢。她可是咱们现在的中流砥柱。"

大家都笑了。云岫一颗心落地,又羞又喜。

钟不期闻弦歌而知雅意,立刻接上去道,"月少是想再找个别院,专门安顿给咱们赶茶的堂客妹子们?"

月池还没说什么,云岫摇头道,"其实,也是不妥,钟大哥。赶茶季节也就春夏最忙,秋冬季节,堂客妹子们肯定也跟我此刻一样,回去自己家里忙年。偌大别院空关着,既遭贼惦记,也很浪费。"

她一说怕浪费,钟不期最高兴,点头如捣蒜。

月池也赞许道,"是这个理儿。我给你们画个图,我有个主意。"

云岫取来纸笔,月池在纸上画出他印象里的圣若瑟教堂平面图。

"你们看,这是一个洋人的教堂。这边,是它的主入口,进去是个很大的场子,可以同时容纳很多人做礼拜……礼拜……嗯,你们就理解成很多人一起在商量事情。十字方向的另一边,是耳房,可以给神父他们办公、睡觉啥的。我那会子看到这个房子的时候就在想,这么修房子,很适合咱们茶庄。"

肖郝之前找茶庄的时候也盯着房子结构看,现在也是第一个看出门道,"我晓得了。这个十字型的房子,跟我们四合院是完全相反的路子。既在同一个屋檐下,主屋、耳房又互不相干,各自的大门还相隔甚远。"

钟不期将着胡子,赞赏道,"嗯嗯,不错。这个主入口连着的大房子,咱们就做茶叶,后头可以做仓库。两头的耳房,给堂客妹子或者幺儿们住……不过,月少,这么一来,泰和合现在的主屋就要拆了重建了。"

月池笑道,"放心,不是眼下的事情,使不着钱。今年横竖是来不及了,我打算将那九个师傅都安顿在春来客栈住,烦劳云岫姑娘跟掌柜商量好。"

云岫"嗯"一声。

月池继续道,"但新屋也要提前先想好。肖大哥,你和钟先生一起帮算一下,咱们现在的主屋如果改成这样,需要多少土方木方和银钱,需要多少时间;若是重新找地自己建一个新的泰和合,又需要多少。"

肖郝一拍大腿,"嗨呀,我想起一个地方。钟先生,你还记得不,一年前月少安排我们找宅子,我就带你去看过。那个地方叫松柏坪,就在溇水旁边。地又平整,又宽敞。那个位置,闹中取静,关起门来只管个人,真要出门了四通八达。若是咱们要自己修泰和合,松柏坪最好不过。"

钟不期点头,"我记得的。那地方是不错。不过那地方好像归添平土司管,只怕要找覃家人谈一谈才行。"

月池之前在读书游历的时候,对添平土司这个词不陌生,但也仅限于一个词汇。此刻饶有兴致地问道,"钟先生对他们很了解?可否仔细说来听听?"

钟不期摇头晃脑，娓娓道来，"月少，你看古书里写的，新罗、渤海、回鹘、南诏，这些国家都是依靠山峦叠嶂自成一国，我们壶瓶山也有点那个意思。宋朝的时候，有一户姓夏的人家，成为壶瓶山这一带的土司，还得到了北宋东京和南宋临安皇帝老儿的先后认可。你道皇帝老儿为莫得认可土司？一方面他们懒得派人来打，山高路远的，另一方面本地人熟门熟路，一见官兵就往山沟沟里躲，正规军来打，还未必打得赢。直接认可土司，等于多收了一个附庸国，更显得天家威严，而且还不用皇帝老儿亲自管，每年只要督促着收一点贡品、税款就行。等到了元末明初，夏氏衰落了，另一支来自土著的覃氏起来了，又在朱元璋平定两湖的时候立下了战功，就这么一直强大到现在。"

不仅月池，连带其他人也恍然大悟，"钟先生真好学问！我们只知其一不知其二！"

钟不期得到嘉许，说得更细了。

"第一代覃氏土司，叫覃添顺。这个人，很有能力，手腕也狠辣，把当时大大小小的壶瓶山土霸王们收得服服帖帖。后来朝廷给他大恩典，把石门县壶瓶山整个山区都交给了他管，并且赐了他'添平千户所'的世袭头衔。那是添平土司鼎盛期，土司有自己的司法、行政、财政、军事自主权。即便是而今，我们这里说起来属于长沙郡，实际上好多事情还是归覃氏土司管。我之前就在想：等将来咱们做得大了，少不得要去拜码头。若是月少现在就想看地方、另起炉灶，我和肖郝就提前去摸一摸门路看看。"

月池沉吟道，"现成倒是有个捷径。童奚大哥自己做这么大生意，跟这个覃氏，绝对没少打交道。我慢点修书一封给童大哥，你们带去，恭敬请教他该怎么做。"

"好嘞。"

月池再三思忖，"不……还是不合适。这修房子买土地、引荐土司的事儿，说大不大说小不小，我须得自己跑一趟，才显得庄重。另外，我计划号召茶农白改红，也想问童大哥的意见。正好到年关了，也理当去看望看望老太太。"

"那我们几个跟你一路去。后面该做莫得，也更清白，省得你再转述。"

"如此甚好。"

云岫见他们聊得差不多，就默默退了出来安排午饭下去。饭菜还没上来的当口，她坐在月洞窗前，望着窗外的溇水发呆。

先前她最担心月池不喜欢自己，后来又担心他因为有家室了所以不考虑自己，现在，她的心又灰了一成。

因为她担心的事情,压根就不在月池的世界里。跟发展壮大生意相关的事情,月池事无巨细,算无遗策;跟那些无关的,他都忽略不计。

这才真叫人烦恼。

云岫以手撑头。

回来这些日子,又近年关,七大姑八大姨走动不少,多的是想给她提亲的。爹爹虽然嘴上不说,心里也着急,时刻担忧着她。怎生是好?

云岫又摸一摸袖子里的玉佩。

那玉佩,被她放在一个小香囊里,安上开合扣,可以挂在她任何一件罩衫里,当护身符那样戴着。

很多次她都忍不住想:豁出去算了,尊严脸面都不要了,就跟月池摊牌,说要跟着他,做他的如夫人。

可是,万一他有个悍妻呢?她也真心不希望月池为难。

或者……等他的夫人来了,见了面了,再说?

这边儿女情长,那边兄弟情深。

曾秉炎大雪天登门,带着各色年货。

月池一见他,笑眯眯,"你爹娘身体可好?"

"很好,多谢月少关怀。"

屋子里烘笼很暖。曾秉炎身边的幺儿给他周身掸完雪,脱下外头的毛皮大氅,露出里头的藏蓝色奇异衣裳。月池在上海和汉口都见过西装,但曾秉炎现在身上这套衣裳,比起西装,剪裁更直线、更简朴,有中国士大夫那种清俭味道。与其说它像西装,还不如说,更像妹夫时常会穿的那个风格。

曾秉炎一边在烘笼上烘着手,一边看月池。见他兴致勃勃盯着自己的衣裳,也乐了,"我就知道月少好奇。"

月池问,"你也认识我妹夫?"

曾秉炎倒是一愣,"他是谁?"

月池哂笑,摆手道,"是我瞎琢磨的。说说,你这衣裳很有趣。"

曾秉炎摸一摸衣襟袖口,道,"这叫诘襟服,是日本人改良了西服做出来的。十多年前日本学校里开始流行当作校服穿,我在上海读书的时候,同学里有去过日本的,就送了我两套。怎么样,看着可精神?"

月池点头,"挺括,精神。而且比长袍大褂方便很多。"

曾秉炎笑，"我就知道月池老爷一定喜欢。所以也带了一套崭新的给您。"

俩人落座。曾秉炎问，"爹爹嘱我第一时间问月少，今年还需要多少毛茶。"

说着指一指小幺儿，"你若定下来，我立刻修书给爹爹，让小陶马上带去，好叫他做准备。"

月池笑，对老陈挥一挥手，道，"哪里还麻烦你修书，我早就准备好了。我今年计划收毛茶七八千斤，看曾老爷能不能给我四千，余下的我再去别处收。"

老陈将一封封好的书信放进油纸包，交给小陶，又将打包好的各色果子点心都交给小陶，"这些都是我们老爷准备好给曾老爷的。"

又递上一串铜钱给小陶，"这是我们老爷单独赏你的。雪天路滑，行路难，你辛苦了。吃饱喝足，休息好了再走，不急。"

小陶眼瞅着曾秉炎，见少爷没有阻拦，便笑嘻嘻接下铜钱，收好，弯腰谢恩，"月池老爷最细致，我们园子里都传开了，都愿意跟着少爷来泰和合。"

曾秉炎闻言也笑了，"就你们几个刁钻奸猾，难怪呢我说，大过年的跟我出来还争先恐后。"

说罢转头对月池道，"四千斤应该没问题，我早先就同爹爹商量过了。只是这个价钱……"

月池见他面露难色，笑道，"你们是我的第一家合作伙伴，我必不亏待你们。英人多少钱收的精茶，你也都知道。去年我是按市价一半收的你们的毛茶，后头再拿分红给你们；今年可以还按照这个模式，不过可能分红比例得下来点；也可以把收购价提高到市价水平。两种方案我都写在书信里了，等你爹考虑清楚了，给我回个信就行。"

曾秉炎闻言，暗叹爹爹有先见之明。他老人家早料到泰和合的茶一旦走通商路，分红比例必会调整，与其被动等着，不如主动示好，反正钱也没少赚。

当下回答道，"那都不用问了。爹爹说，为免泰和合记账混乱，咱们就一口价收购好了。只不过，因为咱们合作过，信誉有保障，看月少能不能在这市价基础上再……"

一边说，一边用手指向天上指一指，不好意思地嘿嘿笑。

月池略一思忖，"好。就这么定了。老陈，你把那封信还拿回来给我，我重新写一封，就明确约定好：'按市价十一收曾氏黄金茶毛茶四千斤'，可好？"

曾秉炎点头如捣蒜，"太好了。我替爹爹多谢月池老爷。"

"这次来可住很久？就在泰和合过年吧？"

"月池老爷不提,我自己也会觍着脸求的,"曾秉炎挠挠头,"我不给泰和合添麻烦,我就住客栈,每日早来晚归即可。早先是爹爹嘱我多向你学习,现如今我自己也想跟你多学学。但是过年还是算了,我腊月里回去。"

"好。"月池略一沉吟,"那我倒是也可以麻烦你一件事。客栈田掌柜的女儿田云岫,这段时间也会经常往来于泰和合。你多照应些,我也更放心。"

"没问题。"

第二日清晨,老陈美滋滋地捧出曾秉炎送的那套簇新诘襟服,"月少,换这个。"

月池一边穿上惯常的衣裳,一边自铜镜里看着他笑,"你怎么也跟孩子似的。"

他上身穿一件米色祥云暗纹棉袄,下面是一条暗红色镶金长袍,整个人富贵堂皇,跟老陈手里的苍青色简洁衣裳形成鲜明对比。

老陈一本正经,"你看,少爷,你虽说操持着一大家子,但其实年纪也就比曾少爷大几岁而已。都还没我老呢!"

月池扣好扣子,拍拍袖口,"那就改日再穿吧。今天不是要去苦竹洞吗?老太太见到我穿那个,只怕吓到接不上气。快过来,帮我套上大氅。"

老陈一愣,"哎哟,是今天吗?看我这记性!我都忘了。难怪你穿这么隆重。"

他赶紧放好手里的东西,过来帮月池整理衣裳,"不过说实话,月少,我听大家伙儿叫你老爷,真不习惯,硬生生把你叫得老气横秋的。"

月池逗他,"那你空了帮我想想,可有什么名号适合我。"

老陈喃喃几句,忽而抬头,"大掌柜怎么样!大掌柜!有气势!"

月池微微摇头,"不好。财大气粗的,不适合咱们耕读人家。"

"那就……就……月池先生!"

月池瞪他一眼,"回头钟先生还以为我不要他了,自己要做账房先生了。"

老陈还在那里嘀嘀咕咕,月池已经抬脚往外走了,"快动身吧!叫上罗成、曾少!眼下没落雪,正好赶路。"

老陈拉住他,低声道,"真的要带上曾少吗?"

月池斜觑着他,"你认为不妥?"

老陈歪歪头,"倒也不是……就是觉得,少爷,你想啊,这曾少,从毛茶到精茶到卖茶都看了个遍也学了个遍,你认识的人他都认识了,会不会有朝一日……"

月池闻言,略略思索,而后微微笑道,"走吧。我既然答应他爹多带他学,便要做到。有朝一日,再说有朝一日的事。"

路过花厅,清晨阳光斜鉴在八角桌上。云岫和翠莲正收拾桌上的礼包,罗成一边搬东西一边跟她俩聊天,见到月池、老陈,罗成马上直起身,"走了吗,月少？我装车装差不多了。"

穿过屋场,肖郝和钟不期正在晒腊肉,一块块金黄焦黑混杂的猪五花、香肠、蹄膀,用麻绳穿着,在太阳底下晶晶亮。见到他俩,"走了啊？路上当心！"

再走到前厅,嘉木、仙芽正歪歪扭扭倚在门上,边等月池边听曾秉炎讲故事,"上海的西餐厅里,牛排不是论斤卖……"

"不论斤,难道论两？"

"也不是。论'盎司'。英文的,'盎司'。"

月池见曾秉炎也很懂事地换回了平常的长衫,放心地点点头,转身朝老陈笑道,"你看看,转眼已经这一大屋子人了,都是我的责任。我不老气横秋怎么行？"

嘉木闻言,小步跑来,"老爷,出发了对吧？"

老陈朝曾秉炎挤挤眼,道,"上海确实好,几时还要请人来给我们传习传习,人家门童那叫站有站相坐有坐相。"

嘉木不比仙芽厚脸皮,不好意思道,"刚才曾少爷也说了,嘿嘿,我倒也想见识见识。"

月池叮嘱仙芽,"我们出门几天,你和嘉木,看好大门,遇事请示钟先生和肖大哥。"

仙芽挺直身体,像是可以表现自己可以有"站相"一样,"作数！"

大家都笑。

等到大门口,罗成已经装车完毕,"月少,我们马车到山下,然后嘉木把车驾回来。我们几个找两个挑夫陪着上山。上次我和肖郝去送茶叶遇到过,恐怕比我们自己背上去宜和些。"

月池点头,四人出发。

大概因为快过年了,壶瓶山下的挑夫不多,三两个簇拥在山道边,衣着褴褛,目光呆滞。

罗成挑了两个看起来还算精壮的,"去苦竹洞茶庄,好多钱？"

两个人你看看我我看看你,嗫嚅道,"那么远……"

罗成知道要讲价了,嗤笑一声,"不远还找你们搞莫得。"

挑夫道,"你们这些行李,不是我们讲白话,哭都哭不上去。半山腰,雪融化了,泥巴一尺深,不好走得很。还有,不是我们小瞧你们……"

说着朝月池和曾秉炎努努嘴,"这两位斯斯文文,一看就是大老倌,穿得这么乖致,莫是个人走,只怕要搞得脑壳顶上都是泥巴。"

他说的常德话,却很好懂,月池听得饶有兴致,哈哈大笑。

一句话倒是也提醒了罗成,"对哦,月少,要不再找两个挑夫,抬你上去吧。"

月池摆摆手,"哪有那么矜贵。"

老陈老实不客气,"好了,到底多少钱?我们赶着走,你们不愿意,我们就自己上去了。"

两个挑夫对视一眼,嘀咕两句,伸出来两个巴掌,"我们两个,一个一炮。再低搞不好哒。"

"一炮是什么东西?"月池又笑了。

罗成赶紧回答,"就是十。他们要每人十文钱。"

老陈又好笑又好气,"快走吧莫啰唆了。"

两个挑夫像是根本没想到东主竟然不砍价,惊喜交加,一声吆喝,就兴高采烈地开始绑行李了。其他几个挑夫明显面露羡慕神色。

月池心念一动,问道,"你们干这个,一年能挣多少?"

两个挑夫里年轻点的没经验,正在兴头上,一张口就答了,"唉……能有多少,加上热天里拉纤,秋天里赶茶,一年能搞一吊钱就不错了。"

老陈跳起来,"好家伙!那你们开口就是……一炮文!"

年长的挑夫狠狠拍一记年轻的,"你真的是……"

月池笑道,"莫着急,我没有要减你们价的意思。都不容易,这大冷天还出来跑生活。"

年轻的挑夫端详月池,笑着拍马屁道,"嘿嘿,就是……大老倌一看就是好人。"

月池问,"哎,你刚才说秋天赶茶,赶茶、拉纤、挑山,哪个赚得多些?"

年长的挑夫像是生怕年轻的挑夫再说错话,赶着回答道,"那肯定是赶茶。大老倌是外乡人吧。我们壶瓶山,满山都是宝。除了茶叶,还可以种罂子桐,打了桐油卖给船家,那家伙防水最好;还有漆树、杉树几得好养,跑船的、木工,那都用得上;还有硫磺矿,做鞭炮花炮都要用。反正呀,只要人莫懒,吃饭肯定不成问题。"

月池点头,对老陈道,"靠山吃山,靠水吃水。此言不虚啊。"

又对挑夫道,"要是以后一个夏天,就让你们挣到一吊钱,你们愿意吗?"

"愿意!那当然愿意!"

"大老倌这去的是苦竹洞,莫非也是做茶生意的?是不是也要赶茶?"

这么嘻嘻哈哈地边走边聊,没多久便走到一个山边瀑布处。

壶瓶山瀑布到处都是，飞瀑、线瀑、帘瀑、雾瀑、喷瀑，这一处虽不算陡峭，但层层叠叠沿山脉而下，阳光辉映，彩虹附丽；既如丝带飘飘坠落，又似奔马腾腾而出。壶瓶山山石峥嵘，古木参天，跟瀑布组合在一起刚柔并济，集奇雄秀丽于一体。

月池一直觉得，虽然徐霞客和郦道元都没到过湘西，没留下壶瓶山的笔记，但大诗仙李白的诗，比任何游记都有说服力——"壶瓶飞瀑布，洞口落桃花"。

众人都正歇脚，月池却心念一动，像是被什么东西召唤一般，慢慢沿着山边走向瀑布另一面。

啊，他看到了！

在阶梯一般的瀑布当中某处，一块巨石上，斜躺着一个少年。

他也像正在等待月池一样，面朝这边，以手撑头，脸上依然戴着傩戏面谱，身体姿态放松又熟悉。

"璀错！"

月池也不管面前巨石有多滑，手脚并用向他靠近。

璀错等他近了，伸手拉他一把。

他的手腕比月池更细，简直宛如女孩子一般。

终于两个人并肩坐在巨石上，相视一笑。

"好久不见。"月池道。

"隔了一秋而已。"璀错回答，"我猜你们后来没有听我的忠告。"

月池笑，"你真的什么都知道啊。对，后来我们碰到一个女人，还救了她一命，不过差点赔上我管家的命。"

见璀错一直看他，又补一句，"现在都没事了。"

"那就好。"

"不过，你说福祸相依，是什么意思？"

"那女人会对你们报恩。只不过时候还没到。"

"哦。"月池点头，笑。

璀错嗤笑一声，"你为什么一直笑？"

月池给他一提醒，又笑了，"也是啊。就是开心啊。"

"傻子。"

月池突然想起仙芽之前说过的一句话，"对了，你是不是姓兰？"

璀错看看他，半晌后回答，"你听到了关于兰清音的什么故事吗？"

月池笑道，"纯属好奇。就觉得你这么神通广大，应该有个很厉害的师傅或者爹妈。"

璀错摇头,"我不认得他,但他确实很厉害。"

"你还是不肯摘下面具吗。"

"这就是我的脸。"

月池气笑,"当我三岁孩儿?"

"我感觉你再不抓紧时间问我有意义的问题,天黑前恐怕到不了苦竹洞。"

月池眼向远方,舒心地一展眉,"我问的问题,都很有意义啊。和你在一起,就是意义。你是我密不透风日子里的清风。"

"啧啧啧,读书人说话真可怕。"

两个人又并肩静静坐了一会儿。天上的云,身边的水,林间的飞鸟走兽,瀑布另一边偶尔漏过来的男人们的几句闲谈,都悦耳如天籁。

"对了,你要不要我们的红茶?"月池打破宁静,"你帮我这么多忙,我都没有好好谢你。"

璀错摇头,"你帮我更多。"

"什么?"

"你帮我更多,你自己不知道而已。"璀错回答道,转头来凝视月池。虽然面谱没有变化,但月池看到他的眼睛在笑,"兰清音大仙在隐世之前,最爱挂在嘴边的一句话就是:有山必有路,有水必有渡。多谢你做的一切。你做的一切,都是必然。你有三十年大福气,这三十年里,你做什么决定都正确,做什么事情都有人帮。所以,我谈不上帮你什么,和你一样,见见面,聊聊天,开心就行。"

月池难得听到璀错讲这么大一段话,信息量又非常大,消化了好半天都没回过神来。

忽然,一阵风吹起瀑布水雾成团,一股脑儿向他俩卷来。

月池垂头避水,耳畔水声风声鸟声。

哦不,还有人声。

睁开眼,就见老陈站在瀑布最底下的山道边,大声叫他,"月少!你一个人爬那么高干吗!"

月池抬头四顾,大块茫茫,哪里还有璀错的身影?

他又走了。

一直到苦竹洞的花厅坐下,月池脑子里都仍在回味璀错最后说的话。也完全没听到坐在对面的童奚正跟他说话,傻傻地盯着手里的茶盏。

……你帮我更多……有山必有路,有水必有渡……三十年大福气……

他甚至开始疑心璀错就是藏在他身边的某个人。但将身边认识的人全部对应一遍,也都感觉不像。

相貌或可假装,气质真的装不来。

璀错身上有闲云野鹤兼具混世魔王的双重气质,闲人无法比拟。

"……我帮忙?"突然童奚的声音传到他耳朵。

童夫人眛旦见他魔魔怔怔的,捂嘴偷笑,跟老陈打趣道,"你家老爷这是被哪个狐狸精勾了魂了吗?"

老陈一边扯月池的衣裳,一边哂笑,"夫人说笑了。估计是赶路赶累了。少爷,童老爷跟你说话呢。"

月池这才回过神来。

童奚哈哈爽朗一笑,"不妨事不妨事。"

"抱歉,大哥,你同我说什么了?"

童奚道,"我才听曾兄弟说,你向他们家定了四千斤毛茶。其他的可有着落了?如果放心哥哥我,我来给你供剩下几千斤。"

月池赶紧拱手,"多谢大哥。不敢劳动大哥,一则你有你的计划,二则我也是故意的。"

"故意的?"童奚一愣,旋即又笑,"兄弟每次都出其不意。说来听听,大哥很喜欢你的计策。"

月池道,"不瞒大哥。若说小弟我有点抱负,这抱负大概就是希望每个苍生都有各自的好去处。我希望不是我一人挣钱,最好大家都挣钱。所以,曾家那四千斤毛茶,是我垫底保本的茶叶。剩下几千斤,我想张榜招募。张榜的时候,就声明统一的制作工序,统一的标准,最后统一收购。如此一来,不管是几斤还是几百斤,只要有胆子跟我干的人,我都不会亏待。今年若这路子走得通,明年、后年,我都这么搞下去。"

童奚仔细听着,频频点头。

再抬头时,满眼都是激赏。

岂止是他,大门口传来老夫人的声音,"这抱负!好!"

众人起身迎接,老太太在丫头搀扶下,一脸笑意走进花厅。

童奚着她坐下,道,"母亲,我想了想,兄弟虽然用不着咱们的茶叶,但我可以帮他打点下。几个行会把头、几个商会会长,都跟我有点交情。他毕竟初来乍到,很多赶茶人不一定信他,但若在张榜的时候,落下这几个把头、会长的亲笔署名,恐怕愿意赶茶的人会多很多。"

老夫人"嗯"一声,"就应如此。"

月池赶紧谢过,"多谢老夫人,多谢大哥。你们这是帮了我另一个大忙,我本来还想自己去找找人来做保呢,这下迎刃而解了。"

童奚停下喝茶的手势,"另一个?兄弟还有何想法?"

月池道,"我那泰和合,大哥你也去过,场子马上就要不够用了。我计划明年,最晚后年,自己找块地盖茶号。我听我家账房先生说,要用壶瓶山的地,多数要问问添平土司覃氏的意见。"

他话音刚落,那边昧旦扑哧一声笑出来,银耳坠子晃得如天上星一般璀璨。

童奚也笑了,指着她,对月池道,"那兄弟你真算问对人了。"

昧旦瞪他一眼,目光娇俏旖旎,"你又笑我,你又笑我。"

罗成和老陈是见识过昧旦的娇媚的,已然见怪不怪。可怜小年轻曾秉炎,盯着昧旦侧脸,看得眼都直了。

月池见两口子笑得暧昧,立刻会意,同老陈、罗成、曾秉炎三人道,"兄弟几个一路辛苦了,要不去歇歇?"

那三人立刻识趣,刚准备退出花厅,昧旦挥挥手,"不妨事,兄弟们不用避开。"

大家这才又都留下,洗耳恭听。

昧旦对月池说道,"说穿了也没啥。就是我在嫁给你大哥前,也曾在土司城里住过。"

说着,脸上有点害羞,又有点得意神色。

月池一时还没明白过来。

昧旦抿抿嘴,娇滴滴低声提醒他,"我们苗族……嗯,是走婚制。"

月池这才回过神,"啊"一声。

苗族走婚,他也略有耳闻。适龄苗族男女青年只要看对眼了,就可以私订终身。如果父母同意是最好,如果父母不同意,也没有用,但可以从此拒绝女儿踏进家门,表示断绝父母恩情。

昧旦说道,"我在嫁给你童大哥之前,走婚过一个覃家的男儿。因他是土家族,又身份特别,所以我母亲极力反对。"

老夫人轻声笑道,"有莫得用?你听了吗?"

月池一愣。

原来！

老夫人竟是昧旦的娘亲！

他突然明白了第一次见面时昧旦的奇异神情。

原来，竟不是因为不耐烦，而是因为怕母女两个都被丈夫嫌弃。

他内心更加钦佩童奚。

居然侍奉老夫人如亲娘一般。

昧旦继续道，"……但我当时脑子热，还是嫁过去了。后来发生了一些事，我再离开。离开以后，那男儿做了土司王座下第一人。他自觉对不起我，这么些年了，一直问我好。若是我有求于他，只怕是要月亮都会摘给我。加上土司人也很好，对兄弟也信任。"

月池吁口气，"听起来，这添平土司也颇有君子风度。"

昧旦点头，浅浅笑着，回忆道，"确实。真要说，覃氏比任何其他土司都要尊师重道、斯文谦恭。有的土司，至今还留着残酷私刑，动辄就对子民斩首、宫刑、断指、割耳。你若以后碰到桑植土司的事儿，要小心。覃氏就不同了，从几百年前起，他们就创建了有竺书院，历史比石门第一所官办学院天门书院还要早好多年。"

童奚重重咳嗽一声，"你的甜蜜回忆结束了吗？"

昧旦被他打断，又咯咯笑起来，媚眼如丝，"好啦，结束了结束了。等我写封信，让月池兄弟带去拜会他们。"

是夜，几人住在苦竹洞茶庄。

半夜月池起夜，却见曾秉炎和罗成合住的房门虚掩着。

探头看，罗成呼呼大睡，而曾秉炎床上空空如也。

他以为曾秉炎也起夜，岂料院子里也没有人。

他怕出事，又回去拍醒老陈。月池和老陈趁着月色，蹑手蹑脚地屋里屋外找一圈，才在围墙一角的花窗缝隙里，瞟到围墙外的柳树下，有两个人影正靠着树抱成一团，吻得如胶似漆。

月池心怦怦跳，赶紧拉一拉老陈。

老陈也吓到了，再三揉揉眼睛，确认那两个身影，正是曾秉炎和昧旦。

昧旦一定是怕发出声音，没有银饰满身，穿了件朴素衣裳，此刻被曾秉炎扯开了一整个领口，露出雪白的一大段肌肤，月光下美得触目惊心；曾秉炎也就是穿了个单薄亵衣，好像都不怕冷似的，忙得热火朝天。

月池、老陈两个人跟自己做了贼一样溜回屋。相对无言,又都紧张得睡不着。

过了许久,老陈才轻轻道,"他俩啥时候看对眼的啊?"

月池有点无奈又有点恼火,"谁知道呢……这情形,多待也不合适了。睡吧,咱们明天一早就走。"

老陈"哎"一声,躺下。

过了许久,月池都以为他睡着了,岂料他冷不丁悠悠然道,"不过月少,女人啊,也确实是可怕。一个眼神,一个笑,能叫人魂都忘了,命给她都行啊。"

月池轻轻笑,"这个啊,就叫色授魂与。"

"你看都有现成的词儿了。可见男人都一般心思!"

"好了,打住。开了春我就给你说媳妇儿去。"

"行!哈哈!"

又过许久,院门才传来响声。

曾秉炎终于回来了。

老陈还是没睡着,低声赞叹,"好小子,体力不错啊。"

月池又好笑又好气。

他也是正值壮年,该懂的都懂。不过,什么可以碰什么不可以碰,他心里还是有杆秤的。

第二天一早,月池找到童奚。

两人在廊桥休息处喝茶。

冬日,壶瓶山上寒浸浸的,幸得红泥小火炉热气腾腾,暖着人心。

"大哥,我想了想,觉得通过大嫂去找覃氏还是不妥。"月池语重心长道,"好好一桩生意,弄出裙带关系非我所愿,也白白叫大嫂折个人情。我就老老实实自己去下拜帖吧,若是遇到阻碍,我再来寻大哥大嫂帮忙。"

童奚瞧着他,没出声。

月池避开他的眼神。不能说,不敢说。

末了童奚才低声道,"如此也好。"

月池赶紧补上一句,"行会、商会那里,还是要辛苦大哥!"

童奚点点头,"那是自然!不过我估摸着,多少要请这些行头、会长,吃顿宴席。怕是有十来号人。"

月池道,"没得问题。我下山就准备酒席,顺便备点薄礼。就等大哥给我个日子。大哥你也要亲自来,我们喝顿大酒好过年,不醉不归!"

童奚伸手拍拍他的肩,"好!"

离开苦竹洞的时候,曾秉炎明显不舍得。

"这么快就走?"

食髓知味了这是。

月池不置可否,"年前事多,不宜耽搁。你们收拾收拾,到大门口等我。我再去拜别老夫人。"

曾秉炎也不知是心虚还是什么,一改平日的牙尖嘴利,点头应允,与老陈、罗成自去收拾行李。

等见到老夫人,那老人家眼如明镜一般,"月少没休息好?"

月池抱歉一笑,"叫老夫人看出来了。月池年轻,操心的事情多一点就受不了了。"

他为老夫人搭脉,叮嘱小丫头日常饮食注意事项,就向老夫人辞行了。

老夫人若有所思看看他,"凡事别往心里去。有山必有路,有水必有渡。各人有各人的因缘。"

月池一愣,停在当场。

老夫人旋即又变回那张慈祥的脸,"路上慢慢走,小心湿滑。我叫童奚多给你们带些吃的。"

"多谢,老夫人保重。开年后我再来看您。"

月池离开老太太的小院后,就听到老太太愤怒到无法压抑的声音,"去把我的拐杖拿来!把眛旦也叫来!"

"马上就去,您别动气……"

"这个混账丫头……一定是她惹事了……"

月池心中暗自呼一口气。虽然他打内心里并不多责怪眛旦的言行,却也替大哥不值。就让老太太去心知肚明吧。

回到泰和合,避开曾秉炎,他第一时间叮嘱罗成,"你把云岫和翠莲接来住,就说事情越来越多,需要她帮忙。"

罗成一脸蒙,旋即喜上眉梢,兴高采烈地就去了。

月池叫住他,"让她们今天就来!"

"好嘞!"

不方便直接叫曾秉炎离开宜市离开客栈,但至少可以保护看得见的人。

他这里把云岫接来,那边曾秉炎似乎也明白了什么,隔天就告辞了,说是回家过年去。

月池也没有挽留,给他带了足足的年货上路。

老陈望着曾秉炎的背影,突然想一想,"那曾家的茶叶……"

月池从书里抬起头道,"生意是生意。我虽从此不信他人品,但信他爹爹的手艺。唉,老陈,我不是个好人。总觉得对不起大哥,可又觉得那毕竟是别人家事……"

老陈笑道,"难得还有少爷你觉得棘手的事情?"

月池苦笑,"人,太复杂。"

3

一个月后,泰和合里高朋满座。

童奚没有食言,他带着商会张德功会长、行会李大全行头、几名富绅和一个神秘人物前来赴约。

他将其他嘉宾一一介绍给月池后,再郑重其事地介绍神秘人物。

"这位,是添平土司座下大巫师,覃孝冲,覃道师;这位是我弟弟,月池老板。"

月池一愣,感觉在哪里听过"覃孝冲"这个名字,赶紧行礼,"久仰大名,道师万安。"

覃孝冲回礼。他长了一张窄面孔,配上一只鹰钩鼻,目光深邃,神秘之余,还算友好。

童奚笑呵呵,一语双关,"机缘巧合,我前几日正好因为一点私事认识了覃道师,我们一见如故、相谈甚欢,想想贤弟一定也很希望认识道师,就擅自做主,请道师也来赴约了,还请贤弟恕罪。"

他这一句话,既解释了覃孝冲并非昧旦前夫,也解释了他的想法。

月池笑,"大哥哪里话,如此神仙人物小弟我请都请不来,多谢多谢,今天真是蓬荜生辉。"

覃孝冲道,"月池老板莫要客气,你这风雅之所若还叫蓬荜,那我的住处只能堪比猪舍牛舍了。"

大家笑一阵。

泰和合的几兄弟加上童奚,跟客人们一夹一落座。

送给众人的礼单,以端正的蝇头小楷整齐写在红纸上,一对一放置在餐碟旁。

几个富绅忍不住,看完礼单便咋舌,"月池老板出手阔绰啊!"

月池微微笑,"月池初来乍到,以后还需要各位大哥帮忙。小小礼物,不成敬意,无非倾我所有,还望各位不要介怀。"

三巡酒过,月池向桌上各位宾朋讲了自己的想法。

商会会长张德功领衔回应,"难得月池老板心怀天下。我先表个态,我支持你这白改红的事业!"

月池拱手一谢。

张德功继续道,"站在我商会立场,我当然是极其赞赏月池老板,他自己重金聘请师傅来此地传授制茶技艺。没得说,是这个!"

他竖起一根大拇指。

"可是,月池老板,我也提醒你一句。漫说常德人,远一点的荆州、鹤峰,自古以来脑瓜子都很好使,学东西又快。你这么广收毛茶,又公布工艺,不怕被人学去吗?"

月池点头,敬他一杯酒。

等二人都亮了杯底,月池才放下酒杯,缓缓道,"《礼记》曰:'货恶其弃于地也,不必藏于己'。又曰:'生财有大道。生之者众,食之者寡,为之者疾,用之者舒,则财恒足矣'。月池不才,唯愿遵循祖训,成就自己的小小心愿。若大家都觉得做红茶好,那么大家都来做,红茶事业才会蒸蒸日上。我若做得好,不怕被学,学去了,我便努力做到更好。"

众人听完,不约而同报以热烈掌声。

茶叶行头李大全笑道,"《礼记》大家都读,敢践行者并不多,敢在这兵荒马乱的时局下践行者,少之又少。李某佩服月池公这勇气。作为谢礼,李某贡献另一条计策给泰和合。"

月池道,"愿闻其详。"

李大全道,"我适才听到月池公说红茶卖给汉口怡和洋行。这怡和洋行独占英人王室生意由来已久,找到他们自然是事半功倍。不过,早在汉口开埠前,俄国商人就取得了在汉口购买中国茶叶的特权。汉口这地界,和壶瓶山一样,处在几省通衢之地,一直是湖南、湖北、江西、安徽四省茶叶的集散地。俄国人奸诈,他们在中国的第一个租界,就设在汉口;他们对茶叶的需求,不亚于英人。泰和合的茶叶,拔尖的那一批,卖给怡和洋行,余下的,可以找俄国人试试看,相信一定另有收获。我以前也和他们打过交道,届时也可以给月池公一点微薄的帮助。"

月池闻言大喜,一反常态,兴奋得直接站了起来,"哎呀!这可太好了!不瞒各位,我其实一直在担心这个问题。去年我们卖给怡和的茶叶,数量少,品质精。今年扩大生产,难免会有等第出现。李行头这计策真是解了我心头最大疑惑呀!"

李大全笑道,"难得遇到和我一样热爱祖训的兄弟,李某三生有幸。"

几位乡绅也先后表示了支持。

大巫师覃孝冲,座中便起身出去转了一圈,这时候也回来了。

童奚问,"道师感觉这屋场可还不错?"

覃孝冲一脸沉思,对着月池就是一顿看。

看到月池都忍不住低头看看自己是否穿错衣服,他才摆摆手道,"月池公莫要介意。我今日既然与你结缘,少不得帮老弟你看看屋场是否有杂气。这屋场,说也有趣,确实有股怨气,而且这怨气还不小。但是呢,却被你们自己给化解了,我看不出是你们受高人指点,还是无意为之。"

月池抬眼看看钟不期他们。

大家都想到了入住前闹鬼的传说和那口正午会流血的井。

如今月池依然每日正午扔茶叶到井里,他若不在,其他人也会做。

屋场从此惠风和畅,大家都没感到半点不适。

月池笑,"不瞒道师,是有高人指点。"

覃孝冲拱手,"如此,那覃某懂了。果然这世间藏龙卧虎啊。月池公请放心,那股怨气现下不仅不会伤害你们,反而还会助你们成事。"

那童奚正好坐在月池斜对面,闻言朝他挤眉弄眼。

月池会意,向覃孝冲回礼,"不过道师,月池还有另一事相求……"

当下将自己准备在壶瓶山拿地建厂之事也说了。

覃孝冲道,"这个不难。我回土司城后,会向土司王先介绍你这里的情况。等他点头了,会邀请你去土司城坐一坐。到时候,你有什么想法要求,当面提便是。土司王宅心仁厚,若知道月池公你要做的事业即将造福一方,也会非常高兴的。"

一席饭吃得宾主尽欢。

等散场休息,月池一边着老陈为他更衣,一边发呆。

老陈看他呆呆的样子,心疼道,"少爷累了吧?"

月池微微摇头。

老陈道,"这一桌人,几车轱辘话,就是你能应付,要是换成我,我脑子都要坏了。"

他帮月池换好睡衣,整好发辫,见月池还是呆呆的,有点慌,"……少爷?"

月池回答,"我没事……老陈,你看,湖南不负我啊。随便一个行头会长,讲出来的话都鞭辟入里。那李大全,看起来膀大腰圆的,以为只是个江湖人。没想到一开口,那么有意思。"

"确实有意思。"老陈笑道,"最有意思的是,他解决了我的一个大难题。"

月池扭头诧异地看他一眼,"你的难题?我怎么不知道?"

老陈乐不可支,"你没听他怎么叫你?月池公。月池公啊!"

"哦。你说这个啊……"

"就是这个!我为这个事,几天几夜都没睡好了!"老陈笑得合不拢嘴,"'月池公'……嗯,好听得紧,又大气,又斯文,又谦恭。"

月池笑,"怎么,我这里张榜招募毛茶,你难道也要张榜告诉天下,以后都叫我月池公不成?"

老陈老气横秋,"这有何不可!"

果然,次日清晨,泰和合上上下下,每个见到月池的人,都改口叫他月池公了。

钟不期尤其喜欢这个称呼,"我们又不是帮派,老爷老板大哥小弟地叫着,听着太粗鄙。以后我们都叫你月池公,有规有矩。"

过年期间,家家户户扫洒烹煮、焚香祝祷、锣鼓喧天,月池公的招募榜文也贴遍了壶瓶山的街镇。

罗成、肖郝带着几个临时请的小幺儿到处贴榜文,顺便也再次听听老百姓的声音。

这一回,终于从冷嘲热讽,变成了将信将疑。

相比大茶园,一些小茶农反应更热烈些。

横竖他们家庭作坊制的散茶也没卖到过什么好价格。月池收购毛茶的价格既能略高于成品绿茶,而且榜文里保证了,"泰半合宜即领全额赏金",也不用特别担心做得不好。

制作工艺,简单易懂,都由祁门的那批师傅逐一整理好,再由钟不期润色,以常德人更熟悉的口吻和词汇写就。

最关键的还是商会、行会、乡绅们的联合署名,让老百姓心里更踏实。

这个新年,过得热不热闹,月池浑然不觉;吃的是腊肉还是酸菜,他也食不知味。他只关心立春后第一批毛茶的品质。

他时常把自己闷在房间里,拉着个把师傅,一起研究茶叶的工艺。

边研究,边像海绵一样疯狂学习。

笔记都记了几大本。

云岫有一次去给他送午饭,隔很久去收碗,发现他爱吃的那碗冬苋菜动也没动,旁边喝剩的半盏茶叶倒是被他吃了个精光。

云岫笑得前俯后仰。

月池见她笑,还莫名其妙。

饶是如此殚精竭虑,月池担心的事还是发生了。

清明后好几天,泰和合依然门可罗雀。

大家都铆足了劲等着各种毛茶上门,岂料等了个寂寞,落差巨大,一时间都开始慌乱。连曾家那约定好的四千斤毛茶也杳无踪迹,不晓得是不是曾秉炎心怀芥蒂从中作梗。派嘉木去催,索性连嘉木都不见了,许久没回来。

月池如此沉得住气的人,也开始焦虑不安,练起了书法。

大大的"慎独",大大的"静水流深",大大的"惠风和畅",心里却既不静也不畅。

大家见月池一天一天失望,也不敢来惹他,都躲老远,连云岫都只在外面的屋场上,和几个丫头安安静静缝制包装袋。整个泰和合没人高声说话,气息相闻,一整个沉闷无比。

唯独老陈一趟趟去大门张望。每次张望,都看不到一个人影。

一边心中暗骂,一边回来给月池添添茶。

他不说,月池便不问;月池不问,他也不需说了。

到底什么地方出了问题呢?

月池心中气恼。若真无人来送毛茶,请师傅的钱一半打了水漂,他拿什么去赔给宗室乡亲?

突然有一天下午,大门外一顿聒噪,像从天而降了一个戏台子,有人叫有人笑有人骂。

月池惊得毛笔一颤,笔下的墨汁都溅了开去。

刚抬头,仙芽飞奔而来,跑到门口险些被门槛绊倒,一边跑一边叫,"——池公——公——来了——来了——"

老陈一把捞住他,又好笑又好气,"什么池公公,站好了说话!"

月池放下笔,疾步上前,"发生什么事?"

仙芽喘息甫定,指手画脚,"——来了——都来了——毛茶——毛茶——"

大家赶到前厅,远远便见大门洞开,一眼望去,街巷里全是人和车。有马车有手推车,有老人有壮汉,大家拉着扛着挑着各色各样的麻袋,一股脑儿宛如从天而降般,把街巷堵得水泄不通。

嘉木从人缝中挤出来,一头一脸的汗,"老爷!啊不,月池公!我们来了!我们回来了!"

"发生何事?"月池扶住他,又惊又喜。

嘉木用袖子擦汗,笑得合不拢嘴,"嗐!都怪那渫水!往年都是冬旱,谁知道今年天冷水还这么急,窄的地方又有冰,行船太难了,动不动就搁浅。我们这些人和货都堵在了黄虎港,连干了几十年的老船工都伤透了脑筋。"

月池舒口气,眼眶温热,"回来就好,回来就好。"

曾秉炎也从人缝中挤出来,"哥哥等急了吧?我们今年这四千斤,可比去年更好啦!"

月池拍着他的手背,"好,好!"

这时候,哪怕曾秉炎风流似西门庆,也是月池心中的好汉。

老陈振臂高呼,"大家静一静,听咱们月池公说几句话!"

也不用他说,老百姓们虽不认识月池,但看他架势便知道是张榜的主人。闻言大家迅速静下来了,齐齐朝月池望来。

月池环顾全场,又感动,又激动,又兴奋,声音都颤抖了。

第一句话是,"老乡们,一路过来,有没有人受伤?"

老百姓一阵喧哗。"没有!""月池公好人啊!""我们的茶叶还要不要?"

月池挥挥手,"大家莫急!我们这就开仓验货!收一个,验一个,验好了就给一个牌子;凭牌子领赏金、吃饭、安顿休息。好吗?"

老百姓齐齐应道,"好!"

月池笑了。

老百姓里不乏老人,还有衣衫褴褛拖着孩子一起来的,月池让这些人优先验货。

他待人和气,给钱爽快,安顿的吃食和休息处都很得宜,瞬间泰和合便人声鼎沸,大家无一不赞月池公办事地道。

一个春天的准备没有白费。

几天后盘点,整整收了毛茶七千多斤。达成预期目标。

接下去,便是最关键的精茶制作。

九个师傅齐上阵,宛如戏班子里演练了许久的文臣武将一般,个个摩拳擦掌,一登台目光如炬,手挥目送间,精茶源源不断被做了出来。

送毛茶来的老百姓,着急的已经离开,不着急的那些,都被月池留了下来,请他们一同观看精茶的制作过程。

不仅给看,月池还从旁详细讲解。

身体力行地践行什么叫作"货恶其弃于地也,不必藏于己"。

张德功会长和李大全行头中途也来参观过,赞叹月池是真大度。

月池不好意思地笑笑,"其实是我愈懒,反正也要给茶农们传习,想着正好趁现在人多不是?"

张德功会长笑道,"你把国家、地方该干的事情,都干了。"

他这一说,叫月池突然想起了前几日的虚惊,"对了张会长、李行头,咱们溇水澧水,暗礁遍布,处处是断崖淤泥,别说大货船,便是竹排子也走得艰辛。不晓得地方有没有治理的计划?"

张德功叹口气道,"计划有是有。无奈壶瓶山这地界,两边都搭着,谁出力出钱治水了,都好到别个屋里去了。荆州、长沙两边较了几百年的劲,结果不了了之,谁都不干这吃力不讨好的活。"

月池沉吟,"这样啊……"

李大全如今十分摸得出月池的套路,"月池公莫非想自己治理?"

月池哂笑,"我有这心,可眼下没这能力。若赚了钱,我必拿出一部分来治理疏通河道。既为我自己,也方便大家。"

李大全握住他的手,"月池公放心。你若要做这件事,我鼎力支持。别的不好说,行会一声号召,劳力还是一抓一大把的!"

月池点头笑,"有两位会长行头在,放心得很!"

师傅们按照月池之前定下的规矩,将精茶制作的各个步骤严格区分开,几乎每一步都加入了比对过程,做得不好即刻调整。常德和祁门水土不同、气候不同,一模一样照抄祁门红茶的制作工艺,味道反而不对。月池又让他们按照常德的湿度、温度进行了各种微调。

几十号人奋战一个月,终于在春末初夏时节,四千斤精茶堆了满仓。

这边师傅们忙着制茶,那边肖郝、罗成拼命研究运茶路线。

月池两边照应,事必躬亲,累得走路打晃。

四千斤和去年的三百斤,可完全不是一件事。

肖郝制出一个地形图来,跟月池解释,"我们壶瓶山去石门再到津市港,除了月少之前走过的溇水水路,其实还有三条陆路。东边这条线路,是从磨山、平洞、长岭,过毛竹河,翻朱家渡,上渔洋庙,达骏马,或通太平出湖北,或出水南渡再出石门。这么走,虽然也是崇山峻岭,但朱家渡这里是缓坡,骡马上下还算方便。西边这条线,是走簸箕山、耍武,在剩头鹞儿岩下河,沿着河走到六房峪营盘塌隘口,可到安溪。至于中线,就是这次耽误茶农来送茶的黄虎港了。无论怎么看,这条线路最近。但黄虎港真的太险了,北面的磨架山,东南的大面山,西面的簸箕山,三座大山隔河相望,临河一面都是悬崖峭壁,从壁顶到河谷都在六百到八百米左右,河谷最狭窄处仅十米,遇上雨后涨水,被石壁夹峙的河水陡然高涨,形同竹箭发射一般奔流,发出震天动地的巨啸,所以我们一直管它叫'虎港春潮'。"

罗成给他补上去,"我听爹妈那辈人说,莫说是运货,便是行人,都不敢在涨水的时候过黄虎港,要么危险,要么一耽误就是十几天,还不如走别处绕远。前些年有人捐资设义渡,在绝壁上凿出石阶,每十级供奉一个菩萨以求平安,但是也没多大用处。"

月池脸色严峻,"可是我们的茶就是在春末夏初需要运出去。这个时候多数都在涨水。"

"可不是……"罗成叹口气。

肖郝道,"其他几条线路,又绕远又需要雇马帮,我大概盘算一下,行程只怕要多出一倍,费用就更高了。"

月池点头,"我也算过的,差不多。"

思来想去,算来算去,最后大家还是决定走水路。

为保险起见,月池雇了三只木船,将茶叶分装在三条船上,肖郝押运第一只,罗成押运第二只,自己亲自押运第三只。

老陈一边给他收拾行李,一边很纠结,"我们都没有驾这么大的货船下过溇水,少爷你一定要亲自……"

月池很坚定地挥挥手打断他,走到二楼窗前,"你来看。"

老陈以为他要给自己看溇水,探头过去,才发现月池的目光,落在院子里忙碌的人们身上。

"去年我们的红茶就跟闹着玩一样,就当是个敲门砖。可今年不一样了。今年,这么多人都参与进来,这一季的赶茶钱能超过他们以往一年的收入。所以我们必须成功,否则拿什么见父老乡亲,又拿什么见他们?"

月池说完,望着老陈,"货在人在。"

这一次,他们依然将红茶装入丝棉袋,外包油纸,再套以茅草袋,最后装箱。

启程的那天,张家渡码头上人头攒动。

茶农、路人、老头、小孩,形形色色,叽叽喳喳。

有的很兴奋,毕竟一辈子也没见过这么齐整的三条威武大船;有的很好奇,对着船上的人来回指点议论;更多的则是期盼——茶农们怀里揣着毛茶换来的丰厚的银钱,由衷希望这条"白改红"之路走得通,将来家里日子好过许多。

还有不少人忧心忡忡。云岫是最令人瞩目的那个。

她姣好的面容上带着无论如何都遮掩不住的担心,本就雾气氤氲的眼睛,此刻忧郁得快要滴下泪来。但她愣是忍住了,强颜欢笑着,给月池、肖郝、罗成、老陈每人递上一件亲手绣的丝袍,"夜里凉,当被子那样裹着,防寒。"

月池、肖郝、老陈一迭声道谢,罗成没说话,捧着衣服望着云岫发呆。

云岫被他瞧得不好意思,"罗兄弟这是怎么了?"

罗成结结巴巴道,"……云……云岫……姑娘,等我回来……我想……想……我想跟你讲个事……"

想了半天,也没想出什么名堂来。

月池、肖郝、老陈已经嘻笑着转身登船,云岫瞥见月池的背影,打算再说点祝福的话,被罗成挡在面前也说不了,心里着急,催道,"你想讲莫得呀?"

罗成一着急,脸红到了脖子,"那个……算了,回来再说!云岫妹子,再见!你保重!"

他匆匆忙忙将一个东西塞进云岫的手里,"这个你帮我保管,回来以后再还我!"

"哎!"云岫都来不及推脱,罗成已经三步并作两步上了船,一溜烟工夫人都见不到了。

举起手,云岫只见到一只古朴的玉镯,在阳光下熠熠生辉。

也是天公不作美。明明出发的时候还艳阳高照,不一会儿工夫,竟然淅淅沥沥下起雨来。溇水的水流似乎变得更急了,急弯和险滩就像九九八十一难般层出不穷,一个叠一个地来。

好容易走上半个时辰,最大的考验立刻就来了。

黄虎港到了。

月池在读石门县志时,读到过一个叫黄碧川的先生写黄虎港:神斤劈石容人往,鸟通开云让马行;星点银河秋有迹,沙沉铁锁浪无痕。

如今看来,还是太浪漫了些。雨中的黄虎港,像一群暴怒的老虎,狂啸、撕裂、浪涛拍岸。

三艘货船,此刻已如三片毫不相关的落叶,在水里载沉载浮,只求自保,顾不得彼此了。

月池冒雨和船工待在一起,任老陈如何哀求都不愿进船舱里去。

只听得一个船工低声议论,"不好!看不到位置!"

"看不到什么位置?"月池心惊。

"这里有个大石柱,水浅的时候跟座小山一样。水没到一半的时候也看得出来,至少可以让船绕着走。但而今这水也太大了,完全找不到石柱在哪里。万一不小心撞上去,可不得了!"

另一个船工嫌他啰唆,"烦躁!你有这空担心,不晓得爬上去看一眼哪里漩涡深些?快!"

可是风大雨急,视线也变得不那么清晰。水里似乎到处都是漩涡与暗流,老船工们也只能凭经验判断位置。

突然砰一声巨响传来,仿佛地底什么东西裂开一样。

紧接着又传来格格啦啦的碎裂声。

月池心叫不好,抢到船头,极目远眺,就见一艘货船歪了半个身子,桅杆已碎,和满船的木箱一起散落到水中。

还是撞上去了。

"快救人!"月池分辨不出这是肖郝还是罗成押运的船,疾呼船工靠近落水点。

船工也很焦急,又很为难,"搞不得!看不清白!我们靠近狠了,只怕也要撞上去!"

月池叫道,"那也要救!人命比什么都要紧!"

船工无奈,只得小心驾驶那货船绕着出事的地方,加速到下游一点的位置,再七手八脚地将水中抱着各种浮木的同伴们救起来。

是罗成的船。他是最后一个离开沉船的,似乎想挽救尽可能多的货物,身上绑着两只木箱子,拽着最粗的桅杆,等待救援。

"把货扔了!"月池冲他大叫,声音刚出口就被浪涛声撕成了碎片。

老船工们把绳索扔过去给他,罗成倒是也接住了,但似乎没有力气自己拉拽。

也算他机智,晓得赶紧把绳索又绑在腰间的箱子上。

眼看就要把他拽上这艘船了,一个大浪又过来了,劈头盖脸给罗成打进了水里。

但见他的身子一阵翻涌,再露出脸来的时候,面目因疼痛扭曲到极致。

身子下的江水泛着一丝丝红,迅速四散开去。

等到把他拉上船,解下腰间的货物,让他躺平,大家才发现罗成在最后关头又撞了一下暗礁,大腿估计是断了,皮开肉绽,关节朝奇怪不合理的地方扭去。

"罗大哥!罗大哥!老陈快去拿药!"月池心疼得不得了,扑过去抱紧他,"你可别睡过去!你给我挺住了!"

罗成虚弱不堪地睁开眼,"月……月池公,我……我对不住你……"

说完这一句便晕了过去。

月池给他正完骨,上好药膏,他都没醒,显是失血过多又加气力耗尽。

好在其他人偶有呛水,无一伤亡。只折损了货物,算是万幸了。

月池还是心急如焚。他预料到了这一路会艰辛,却没想到罗成会在黄虎港便受重伤。此后的这些天行程,抵达津市之前,病人在船上颠簸也不可能好好休息。

老陈安慰他,"罗兄弟身强力壮,会挺过来的。"

月池沉默不语,眼睛盯着渐渐远去的黄虎港,拳头紧握。

刚启程就沉了一船货,满船的人都很沮丧。但沮丧过后,常德人骨子里那股子霸蛮的劲儿就上来了。老子今天偏要直挂云帆济沧海,管你滔天巨浪。

船工们打起十二分精神,堪堪避开一个又一个激流险滩。

老陈陪着罗成,看他苏醒又看他继续昏睡,心中着急,悄悄问月池,"罗成这腿还是吃不上劲……"

月池轻声道,"伤着股骨了,需要静养。慢点到了津市,你和他就别走了,就留在那儿养伤,等我们回来。"

"好。"老陈点头,"可不要落个残废……媳妇儿都还没娶呢……"

月池变得更加沉默。

万幸,剩下的两条船顺利抵达津市港。

肖郝下船才知道到底是谁出了事,他握着昏睡中的罗成的手,难过得不知如何是好。

月池没有安慰他们,默默转身,找到街市里最大最好的药房,开了药,叮嘱老陈怎么熬煮,又将他俩安顿在最大最好的客栈。

等肖郝回过神来,月池叮嘱他将两艘船的货物集中到另一艘大船上,做好去汉口的准备。

因为钟不期没来,他又独自去商钱局处理好账户。

做完这一大堆事,整个人眼眶都凹下去了,憔悴,却又像攒着股狠劲一样,不知疲倦。

直到汉口,停船靠岸,一众押船的汉子都面若金纸,东倒西歪地昏睡在船上,再没有半分余力了。

月池却不敢停下脚步。他让肖郝守着船,独自去怡和洋行找杜百里。

按照去年签好的合同,杜百里派人来验货、收货、钱款两清,生意就算做成了。

可是又出幺蛾子了。

4

杜百里不在。

月池在怡和洋行门房蹲了一天,见到形形色色买办的腿从眼前匆忙掠过,就是没等到杜百里回来。

他自己去交涉,又怕说不清楚,只得去圣若瑟教堂找刘人祥来帮忙。他本不欲再打扰人家的。

岂料刘人祥也不在。说是伙同几个朋友,到外地开矿去了。

月池只得又一个人返回怡和洋行。

门房已换了衣裳,正准备下班,见到他,摇摇头,喃喃自语间,一下说溜了嘴,"作孽,太会折腾人了啊……"

月池心中咯噔一声,怒火腾地就起来了。

却忍着没有发作,微微笑着给门房作个揖,"兄弟下班了?我也饿了,请你吃个便饭吧?"

那门房上次也没见过他,看他风尘仆仆、土里土气的模样,也没当他多大一回事,"谢了!我还得回家呢!"

月池跟着他走到大门外,眼望不远处的码头,手底下递过去一枚银元,"那么,就当我请兄弟全家吃个晚饭吧。"

门房一捏手里的银元,喜滋滋,赶紧拽着月池到了转角。

月池问道,"他其实一整天都在,对吧?"

门房道,"你之前见过杜百里吗?"

月池点头,"见过。"

门房龇着微微有点龅的上槽牙,皮笑肉不笑道,"你既见过,就知道他是那么个人啊!像条毒蛇一样。他要压价的话,他就冷着,冷到别人没脾气,没耐心,走不掉又放不下的时候,他才会出手。一击必中!"

月池沉吟不语,半晌才道,"多谢兄弟提点。明天我再来,还请兄弟到时候上个厕所,没见着大门进来了什么人。可好?"

门房奸猾一笑,"可以是可以……不过明天不是我的岗,我要后天才上班啊。要不你后天再来吧。"

月池看向他,他那明显长期营养不良的肤色、消瘦又骨骼粗大的脸盘,以及脖颈下面并不很干净的常服衣领,脑中浮现出无数张类似的脸——没钱、没权、努力生活、在琐碎里挣扎、勇敢坚强但又时刻懂得投机取巧。

月池又掏出一枚银元塞进他手里。

门房立刻点头,"先生客气了。我今晚就去找那个兄弟换岗。放心啊,明天见。"

"明天见。"

月池穿过熙熙攘攘的人流,闻着码头上咸咸腥腥的风,回到船上。天色已暗。

一班船工不知去了哪里寻欢作乐,剩下肖郝靠在船舱里打瞌睡。

见到月池,迎上来,"月池公,怎么样?"

月池心中又气又憋屈。换做老陈或是钟先生,他还能发发牢骚,骂骂毒蛇杜百里;可对着毫不知情的肖郝,他都不知从何开口。

只得"嗯"一声,糊弄道,"约好了,明天交易。"

"太好了!"肖郝搓搓手,回头看看船舱,笑道,"等收了钱,我也上岸去耍耍。老陈讲汉口好乖致好有味!"

月池点点头,"赶紧休息吧。"

突然肚子一阵叽里咕噜乱响。

肖郝惊讶道,"月池公,你饿了吗?你没吃晚饭?"

月池凝神一想,哑然失笑。岂止晚饭,他连午饭都忘了,一整个心思都在怡和洋行的来往人丁上呢。早上吃的那个馒头早就消化殆尽。

肖郝赶紧拉着他坐下,"船东给了点面条青菜,我这就煮给你吃。"

填饱肚子的月池,躺在甲板上仰望天空,心中如跑马一般奔腾。

一腔雄心壮志而来,还折损了最亲的兄弟。以为可以一到就卸货登岸,给兄弟们也感受一下香都的香甜美食和柔软床褥。

哪知道说都说好了,还碰这么大一个软钉子。

月池攥紧拳头。

杜百里,你给老子等着。

次日清晨,月池都还没起床,船头传来一阵扰攘声。

有个船工旋即进来禀报,"月池公,有个小孩儿找你。"

月池一头雾水出得舱门,就见码头上站着一个报童模样的小孩儿,正朝船上望着。见他出来,朗声道,"是月池老爷吗?"

月池点头称是。

那小孩儿扬起手里的一份报纸,说道,"我是来送信的。"

说罢一挥手,那卷捆着石头的报纸砰一声落到甲板上来。

月池拾起报纸,迎着清晨最透彻的一缕阳光,端详起来。

虽是一份最寻常不过的报纸,头版大字还是让他十分高兴:"北洋舰队成立!最强!最大!"

小孩儿扬声道,"送信人说,若是月池老爷得空,还请移步香都饭店大堂一叙!"

月池似乎知道这是谁了,却又觉得匪夷所思。转头微笑道,"多谢小弟,我这就去。"

等他赶到香都饭店,远远就瞧见门口有一堆拉车的跑腿的人围着,朝大门里探头探脑。

"……不得了,说是连李鸿章都要看这夫人眼色……"

"好看吗?好看吗?"

"你看她穿的衣服,带的丫鬟……光是丫鬟头上那颗珠子,只怕都要好些个银元!"

月池从人群中挤进去,找寻他心中所猜的人影。

哪还用他找?整个大堂都被清空了,有且只有一桌珍馐美味。盛装打扮的赵夫人,端坐在桌边,闲闲适适地读着报纸。她这一次既没有穿便服,也没有穿上次见面的那种素净的洋服。但见如斗篷一般层层叠叠的肩领下,是一条镶珠嵌玉的丝绒长裙,腰线和裙摆上繁复地绣着雪白蕾丝。头上还有一顶同样款式的帽子,层层叠叠的花卉装饰,歪歪戴着,俏皮又庄重。

比去年参加大使夫人家下午茶时见的那种妇女洋装,更加简练、更加时髦。

身侧两个小丫头耳观鼻、鼻观心,恭恭敬敬服侍着,大气也不敢出。

见月池靠近,才轻轻在她耳边说一句话。

赵夫人抬起头来,笑盈盈,"月池先生来啦。"

月池一时吃不准她为何搞出这么大阵仗,只得坐下,"赵夫人好。"

赵夫人见他满脸疑窦的样子,也没有多说话,只稍稍抬个手。远远地,饭店负责人一路小跑前来,点头哈腰,"赵夫人,有什么吩咐?"

赵夫人依然看着报纸,朱唇轻启,"劳烦你,替我把怡和洋行的杜百里先生请来喝茶。"

那饭店负责人还正犹豫,赵夫人抬头道,"或者我让人收了香都的地契,你们才肯帮我做点事?"

那负责人还没说话,赵夫人兰花指微翘,拾起咖啡杯,"又或者连怡和洋行的地契一起收了?"

负责人麻溜地跑了。

见月池依然困惑不已的样子,赵夫人轻声道,"虽然清廷不中用了,但眼下北洋舰队刚成立,这些洋人和假洋人,还不敢太嚣张。找租界,也都只敢找些僻静地方。汉口不同,汉口的租界开了特许,给的都是沿江的好地段。洋人们也知道自己得了便宜,不会不给我这个面子。"

月池道,"夫人说的是。不过我还是不明白,您为何这么巧出现在汉口,还知道我在怡和碰了钉子?"

赵夫人浅浅一笑,"无巧不成书。就像为何我会在最落魄之际,撞上你们的马车。世间事,哪里说得清楚?"

月池见她不想多说,也不想追问。

"你与怡和洋行的合约给我看一下。"

月池赶紧从怀里掏出来,"在这里。"

不多时,杜百里带着一个买办急急匆匆赶来。

赵夫人立刻恢复了那副傲慢疏离的神情。

杜百里已经瞥见月池坐在一边,稍一犹豫,上前行吻手礼,"赵夫人好。"

又转向月池,"月池先生也在?这也太巧了,昨天没见到面,我正想今天去找你。"

倒也没有特别谄媚,就是装作什么都不知道的样子。

饭店负责人老老实实在一旁翻译着。

月池知道今天这场谈判,赵夫人就是妥妥的大佬了,心里也终于放松下来,微笑着回答道,"是啊,太巧了,杜百里先生。"

赵夫人一个字的废话都没有,着杜百里坐下后,将手里的报纸递到他面前,"北洋舰队,除了主要军舰二十五艘外,还有辅助军舰五十艘,运输船三十艘,官兵四千余人。能做到这个规模,要多多感谢英吉利呢,卖给我们最好的军备。"

杜百里耸耸肩,举起咖啡杯,"我们的荣幸。这是门好生意。"

赵夫人凝视他,"一船红茶登上英吉利的港口,可以换得三船白银回来。这门生意,更好。"

杜百里瞟一眼月池,哪里还听不出弦外之音,立刻接上去,"确实。"

赵夫人笑道,"那么月池先生这合约,就算是解决了?我们节省时间,谈点别的更要紧的事。"

杜百里一愣。

赵夫人道,"比如,帮你拿下青岛港,让你把这大班之位,坐得稳稳当当?"

杜百里立刻喜笑颜开,"好的好的。"

赵夫人继续说道,"别只是这一次。以后,我都不希望我们继续浪费时间在不相干的小事上。您说呢?"

杜百里那冷峻的蓝色眼睛里,对欲望的满足一瞬而过,立即点头如捣蒜,"我这就让彼得跟着月池先生去码头上收货、付款。"

赵夫人对月池淡淡道,"那……"

月池极度配合,"那我就不耽误二位的咖啡时间了。"

赵夫人凝视他,"月池先生大德,我与夫君都没齿难忘。先生珍重,祝你事业顺遂,大展宏图。"

汉口码头的风,依然带着水腥气。月池望着忙碌的肖郝和船工们,望着认真点算的彼得,整个人都仿佛仍在梦中一般。

连他们给他说了什么,都似乎没有办法听进耳朵里去。

想到的,居然是一件根本不相关的小事:那怡和洋行门房收的两块银元,算是白白送了。

他坐在船舷边,傻乎乎笑着。

大半天工夫而已,货钱两清。

五千多两银子,被兑成两张汇票,一张两千,汇到广州商钱局,方便将来处理姑母与家族借款的还款;一张三千,汇到津市。剩了点零碎钱,发给大家伙儿图个喜庆。

不用精打细算,月池也能估摸出:即便损失了三分之一的货物,整个茶季,泰和合盈利两倍有余。

有船工好奇,"那么多钱变成纸,最后会不会不见?"

肖郝回答,"我们月池公办事,肯定靠谱,你莫担心你那几两银子!"

另一个船工涎着脸,"能不能而今就都发给我?"

肖郝白他一眼,"就是怕你们这群不顾家的。月池公说了,屋里有堂客的,大头都给你们堂客;没堂客的总有老娘,大头就给你们老娘。莫惦记了!"

船工一顿哄笑。

看着哄笑的兄弟们,月池也笑。从过年到现在,六个月过去,他的心终于踏实了。

整船人马都住进了香都饭店。土了一辈子的船工,包括肖郝,从没享受过如此浮夸又有异域风情的接待,个个都像刘姥姥进大观园,走到哪里都唏嘘。

只不过月池已经顾不得他们了。他倒下去,睡了整整三天。

浑浑噩噩间,总觉得身上哪哪儿都痛。睡一觉,痛的地方少了一块,接着睡,又少一块。饿了就点饭店的东西来吃,吃到嘴里也不知道什么滋味,然后继续睡。

睡梦中,总会见到璀错。

……我是神仙,救人苦难,守护苍生,岂有给你一人做保镖的道理……

……你既知道"谢了荼蘼春事休",为何又不懂"不如归去下帘钩"呢……

……那女人会对你们报恩。只不过时候还没到……

终于等身上所有的痛楚都消失了,月池睁开眼。宛如新生。

洗完澡,走出房门找人,就见肖郝和一个船工蹲在他房门口剥花生米,一边吃一边嘻嘻哈哈。见他开门,喜出望外,站起来唤道,"月池公!"

"你们在这里做什么?"月池见满地的花生壳,忍俊不禁。

肖郝不好意思,"我真怕你睡死过去,就蹲在这儿听你动静。"

月池笑起来,"没死没死。你俩往这里一蹲,饭店的人倒是要误会了!"

肖郝一边收拾垃圾,一边咧嘴笑,"他们早就来问过啦!我讲我们老大累坏了,怕莫时候使唤人,我们就只能在这儿等着。"

"别弄了,叫他们来帮忙。"月池搂住他和船工的肩,"走,叫上大家伙,我们吃顿大餐,再出发!"

回到津市时,已经翻过去十多天。

钟不期也到了。他在津市商钱局处理完账务,又找到一个比较合适开茶庄分号的地方。客栈里,罗成能坐起来了,脸色也红润了许多。一切向好,雨过天晴。

月池还是心疼罗成,替他细细地看伤、把脉。

心里有句话不敢说。虽然津市的中医看了,老陈也细心照顾着,但当时船上条件有限,耽误了几天才到津市,骨头接驳处不特别理想,他怕罗成以后走路会一瘸一拐。

罗成好像自己也知道,反过来先安慰月池,"我这命算是捡回来的。月池公,你莫自责。"

月池鼻子一酸,强忍着难过,拍他手背,"嗯嗯,好。反正你一辈子都是我的兄弟,有我的,就有你的。"

罗成咧嘴笑,"这回赚了多少钱?"

月池看看钟不期。钟不期回答,"具体多少,等回去我对着账本,算完细账才知道。不过初算算,按照咱们之前约好的,百八十滚入明年生意,剩下的百二十,我们每人到手都有两百两银子。"

肖郝一听笑得嘴都合不拢了,逗罗成道,"你还怕你娶不到堂客? 你只管去买屋、置田地,娶个老婆没得问题,至于小老婆,明年再说!"

罗成傻笑,"我就剩山里一个老娘了,只图置个房子给她接出来享几年清福,别的……不奢望了。"

肖郝诧异,"你总要娶堂客生伢儿的吧?"

月池也安慰他,"就你这腿伤,养些时日就好了,莫担心。"

罗成嗫嚅半天,没说什么反驳的话。

在旁边端茶递水的老陈突然明白过来,"我知道了! 罗成兄弟只怕是有意中人了吧? 怕人家嫌弃他有腿伤?"

罗成老脸一红。

轮到月池诧异,"真的? 我咋一点都没注意到? 是谁家姑娘? 我去替你说媒!"

老陈嗤笑,"少爷,你的心思,啥时候放在儿女情长上头过?"

罗成赶紧打断他们,"没有没有。我们几时启程回去? 我都等不及了,天天躺在这里就快生蛆!"

老陈"咦"一声,"我天天给你把屎把尿的,你说你快生蛆,是嫌我长得没你意中人那么美吗?"

兄弟几个都笑了。

初夏明媚，不晴不雨。回程不赶时间，几个人心情愉悦。月池一进石门便遣散了船工，合计着雇马车、租轿子，从陆路慢悠悠往回绕，也好让罗成更方便养腿伤。

走没多久，钟不期遥指南面，道，"月池公，此去七八里，便是我说过的善会禅师创建的夹山寺。"

月池道，"我想起来了。这里是不是还有那个贡品'牛抵茶'？"

"对。月池公可想去瞧瞧？"

"甚妙。"

寺院外古树参天，寺门古朴肃穆。

钟不期道，"夹山寺又叫灵泉禅院，是禅宗南派青原下第四世善会禅师，在唐朝兴建的。后来因为历经唐懿宗、宋神宗、元世祖三次修缮，得了个'三朝御修'的名气。到了明末，闯王李自成兵败后，也隐居在这里三十年。"

月池听到最后一句，十分诧异，"哦？还有这等机缘？"

钟不期道，"传说，那李自成逃到石门，累极渴极，看到路边一老妇人带着茶水，便讨来吃。老妇人递给他一杯茶，他一口气喝光了，又要第二杯。老妇人看看他，便又装了第二杯，但这次没有直接递给他，而是抓起地上的一把灰撒进茶里再递过来。李自成心中恼怒却也不动声色，一边吹灰，一边将茶一小口一小口啜完。喝到第三杯茶，老妇人也是这样撒了一把灰进去给他。喝完茶，李自成怒斥老妇人无礼。老妇人笑道，我若不撒灰，你如今已经是个死人了。"

"为什么？"

"老妇人说，你心浮气躁又极度口渴，此刻喝水太猛，无异于喝砒霜，五脏六腑都承受不了。李自成幡然醒悟。告别老妇人后，他走到夹山寺，感觉老妇人话语中深藏佛理，这才放下一切俗念，落发为僧，法号奉天明玉。"

说话间，他们已经行至夹山寺。

但见寺庙大殿砖木结构，重檐歇山顶，九脊琉璃，黄瓦屋面，翼角起翘，角山墙成自金砖砌至檐柱，高出下檐成弓山墙，规格确实比其他寺庙宏大典雅。

月池怕罗成累着，令肖郝陪他在一棵参天大树下休息；自己带着老陈、钟不期，沿山门拾级而上，礼佛，参禅。

说也神妙，他们前脚进了大殿，后脚风起云涌，阳光忽明忽暗。

殿中一个老和尚见天色突变，又看看进来的这几个香客，最终眼神落在月池身上。

"阿弥陀佛。"老和尚施施然上前,慢悠悠道,"几位施主,若有时间,随我来喝杯茶?"

月池看看左右,双手合十微笑回答,"阿弥陀佛,多谢大师。"

老和尚笑,"不敢。贫僧只是一介普通沙弥,法号宣惠。各位叫我宣惠即可。"

几人跟着宣惠和尚落座后院的一处露天茶台。

宣惠一边泡茶一边道,"祖师善会,发现山寺西南山麓的巨岩底下,有一处泉水,其味甘甜清美,饮之忘忧解愁,故名之碧岩泉。又题了'猿抱子归青嶂岭,鸟衔花落碧岩泉'的佛偈。我今天便用这碧岩泉水为各位施主泡茶。"

三人赶紧言谢。

宣惠泡的便是大名鼎鼎的牛抵茶。四周寂静,泉水晶亮,茶叶翻飞,如青山雾霭一般。

月池端起茶杯,见茶叶浮沉,想起钟不期讲的李自成的故事,淡淡一笑,低头小口啜饮。

宣惠笑道,"施主很爱茶叶?"

月池点头,"是。"

"爱它什么?"

月池一愣。

爱它什么?

他倒是从来没想过这个问题。

爱它能挣钱?能挣钱的营生多了。爱它好喝?这个理由似乎还不够。那么,爱它能让人凝神静气?

宣惠见他迟迟没有回答,似乎也意料到会如此,又问道,"这一杯是什么?"

月池心中一凛。

这一杯是什么?是茶水?是泉水?还是可以解渴的水?还是可以清心明目的水?

他赫然发现,这两个问题,其实是同一个问题。

宣惠和尚说,"茶叶,三生三世。它在枝头,经历风霜雪雨,这是第一世;被人摘下,熏蒸炮制,变成茶叶,这是第二世;泡茶,投身水深火热,这是第三世。没有一世不艰辛,却一次次重生,一次次利他,利万物而不争。直至变成茶渣,归于尘土,再次成为大地的养料。正如佛理中说的,法身、化身、报身,生生不息。"

他举起茶杯,朝月池微微笑,"是以善会祖师曰:这一杯是什么?这一杯,是茶禅一味。"

"啊,"月池惊喜交加,长吁一口气,"所以,不必纠缠为何做、为何受苦、为何经历磨难。磨难本身,便是成就的一部分。"

宣惠颔首,"莫要心焦,莫要心喜,缘起缘灭皆有因。"

喝完茶,离开夹山寺的时候,云开雾散,天空一片晴朗。

宣惠将他们三人送出山门,看看天色,又是淡淡一笑。

月池合掌感恩道别,"多谢宣惠大师点化。以后我会常来,聆听佛法。"

宣惠回礼,"心中有佛法,便不必常来。施主珍重。"

等他们三人走远,旁边一个小和尚问道,"住持,他们是何人?还要你亲自送出来?"

宣惠望着月池的背影道,"云悟,此人有大因缘。他有帝王之气却无帝王之野心,有佛性却常为小事伤感。我能做的,便是助他去除杂念,希望他早日悟道,造福一方。"

云悟和尚也伸头一望,"那他悟了吗?"

宣惠淡淡一笑,没有回答。

没有回答便等于回答。

月池从夹山寺出来,内心平静了很多。就像每次见过璀错之后一样。

回到壶瓶山,转眼大暑,最热的日子来了。

罗成果然很快搬进了新屋。

他的新屋离现在的泰和合有点距离,但离月池想自己修宅子的松柏坡倒是近。而且靠近林地,自己种茶种菜,再雇几个小工施肥浇水,倒是一个很清幽的去处。

罗成的老娘六十几岁,也是勤快人,腰因为旧疾已经驼得像虾公了,还乐意在园子里摸一摸,天天与茶叶青菜为伴,自得其乐。

月池带着那十来个祁门红茶师傅,开起了教习所,招收了八十个年轻男女,为来年扩大红茶生产规模做准备。他原本就属意将这一块交给罗成负责,考虑到他腿脚不方便,便把教习所开在松柏坪附近。

罗成时常在清晨带着老娘种的庄稼作物去集市上卖,卖完了再去教习所,两不耽误。

这天罗成带着一筐莲蓬去集市上卖,刚摆好摊,就听到有一个女声在问。

"你这莲蓬怎么卖?"

"一枚铜板五个……"罗成一抬头,清晨的透彻阳光下,云岫的脸宛如一朵婉约清新的芙蓉花。她身着朴素的布衣裳,带着丫头翠莲,还有一个小幺儿背着大背篓跟随,显是来采买东西的。最寻常不过的场景,在罗成看来,她周身也仿佛发着金光一般耀眼。

说起来,自打罗成搬去新居,两人交集甚少,已经一个多月没见。

罗成看得呆了,一时张口结舌,说不出话来。

云岫淡淡一笑,"那我全买了,正好天热,给大家煮莲子汤喝。"

罗成依然呆着,感觉喉咙也哽了,脑门也晕了,手脚也不会动了。

云岫见他呆若木鸡,又笑了,"那我个人搞了?"

说罢命小幺儿将一筐莲蓬都倒进背篓,又数了二十个铜板,放进罗成的手里。

罗成只感觉一只柔荑落在掌心,想握住,又不敢。

翠莲帮小幺儿背好背篓,见罗成还傻着,扑哧一声笑,识趣地说道,"姑娘,我们上前头再看看别的。"

云岫收回手,点点头,"我跟罗兄弟讲两句话,等哈来寻你们。"

罗成等手里只剩下冰冷的铜板,这才回过神来。

"云……云岫妹子,好久不见。"

云岫抿抿嘴,"是好久不见,还是特地不见?"

罗成见被她一语戳破,更加慌乱,"不……不是……当然不是……"

"你不是讲,等回来要跟我讲个事吗?这么多天了,你为莫得不见人影?"

罗成点头又摇头,"啊……那个……正好忙……"

云岫轻轻挽起衣袖,露出手腕。但见她戴着那只罗成祖传的玉镯,和她藕一般雪白的手腕交相辉映,娇嫩欲滴。

她将手腕伸到罗成眼皮下,"没话讲就算了。我没地方收这么贵重的东西,只好一直戴着。现在,还给你。"

罗成慌得手足无措,心怦怦乱跳,一边帮她放下衣袖,一边道歉,"不是……不用还我……"

云岫收回手,等片刻,见他还是不想多说什么的样子,叹口气。

"既然这样,那你去忙吧。我先走了。"

说罢,也不啰唆,扭身去找翠莲他们。

罗成望着她的背影,又惊魂未定,又懊恼不已,喃喃道,"真的是,你有莫得用啊罗成……你一见她就破功,有个卵用没得……"

要不是因为在大街上,他恨不得抽自己几个耳光。

一整天都失魂落魄。

正赶上月池来教习所考察,叫他几次都没反应,诧异地看老陈,"罗成今天是怎么了?"

老陈摊摊手。

下午最热的时候,云岫一行来送银耳莲子汤。

师傅们学员们都欢呼。

唯独罗成躲在二楼不敢出来。

云岫问老陈,"罗成兄弟呢?怎么不出来喝汤?这莲蓬还是他卖给我的呢。"

老陈一愣,"这回我可知道他怎么了。"

转身悄悄告诉月池,月池恍然大悟,"原来!原来罗大哥有这个心思!"

老陈又好笑又好气,"原来个啥,全世界就少爷你没看出来。"

月池很兴奋,"这是好事啊!男未婚女未嫁的,我来当这个媒人!"

老陈叹口气,"全世界,也就你最不适合当这个媒人。"

月池奇怪,"为什么?"

老陈愁眉苦脸,"算了,你还是不知道的好。"

月池也不计较他话中深意,只当湘西习俗不同,"无论如何都好,泰和合可以办喜事了!"

老陈摇头道,"我看,难。"

"这又是为什么?"

"少爷,您在情爱这一块真的只能打零分。"

"你……"

"从前呢,罗兄弟是个穷小子,生怕云岫姑娘瞧不上他;等有了点钱,腿又瘸了,肯定又担心云岫嫌弃他。"

月池沉吟片刻,"别急,我等会儿去找他谈谈。"

老陈望着他,轻轻道,"还是我去吧,你能谈出来个啥呀……"

月池为之气结。

等云岫走了,老陈上楼找罗成。这厮正一个人冒着暑热,在仓库里整理制茶教学用的器具呢。伤腿依然受不住力,走起路来有点瘸。

老陈心中一软,过去跟他一起收拾,淡淡道,"人家都走了,你可以下去了。"

罗成没说话。

老陈将一沓毛茶袋子叠整齐,"你若真的自卑呢,就更要跟云岫姑娘说清楚。不明不白的,耽误人家时间是不。"

罗成忍不住抢着回答,"我不耽误!陈哥,我没有要耽误她的意思!更何况……人家也没有等我。"

老陈笑,"你送人家手镯的时候,百八十双眼睛都看着的啊。"

罗成咬咬牙,起身道,"那,那我去说清楚。"

"哎……我逗你呢!"老陈一把拉住他,"说清楚之前,你还是要想清楚。有些话,一说出口,可就没有退路了!"

罗成愣住。

老陈咳一声,"你们常德话怎么说来着?'要死卵朝天'!大老爷们儿,莫要瞻前顾后。你有手有脚又有钱了,跟着月少干,只会越来越富贵。你还怕给不了云岫姑娘幸福?真是的,娘们唧唧的,我都替你着急!"

罗成被他一骂,反倒有点振作的样子。

老陈继续骂,"你去表白心迹了,最差的,无非被云岫姑娘拒绝,以后大路朝天各走一边。可如今呢?你俩不还是路归路桥归桥?三伏天,热得喘不过气,人家姑娘顶着日头,特地来送莲子汤,你以为是为了给我喝吗?"

罗成想一想,又摇头苦笑道,"搞不得,老陈,我真的不敢。云岫姑娘又乖致又知书达理,从小还被他爹当掌上明珠那么养起,我有钱了又咋样?我不懂疼人,也不懂学问,一看到她,腿也软了,嘴巴也哑了。我怕她跟着我吃苦。"

老陈叹口气,"就有你这心,她都吃不上苦。算了,你自己不敢,谁帮你说项都没用。以后再说吧!"

被他嫌弃了半天的月池,到末了也没搞明白为什么自己不适合当媒人。

搞不明白就算了,他回泰和合找肖郝。

还有件大事要商量呢。

几个人摊开一张地图,上面密密麻麻标注着肖郝按照记忆和实地考察,画的黄虎港暗礁位置。

肖郝道,"等入秋,水慢慢枯了,暗礁更清楚。我们现在算好人手,到时候趁水干、天又不热的时候,抓紧时间把它们搞了。"

月池想一想,"小的那些,用镐用锹可以,但是大的那些,就像上次把罗大哥腿撞断的那个,只怕光是挖呀啥的不够。"

钟不期捋须叹道,"这就是清廷不开化的地方。死活都不放开民间火药,否则找点火药来炸,又快又省心。"

肖郝道,"其实我们常德有好多硫磺矿,可惜都是官办的。我上次看到童奚大哥家有枪,不晓得是不是官办的,我去问问他,看有没有什么路子搞到炸药。"

月池摇头,"我问过了,那是土司王送他的。珍贵得很。"

肖郝灵机一动,"那我去硫磺矿里找找人,看能不能偷摸搞一点出来。配点硝石木炭,自己做火药算了。"

老陈心惊肉跳,"快别!犯法的事!可别暗礁没炸成,你被抓了。"

钟不期到底学识丰厚,突然想到一个老办法,"礁石这东西,常年水流冲刷,质地松散,其实用火烧也是可以的。横竖我们也不用把它连根拔起,只消把影响行船的那一截搞掉不就行了?等枯水了,我们围着礁石裹一圈易着火的东西,茅草树枝,烧他个几天几夜,还怕烧不断?"

月池点头,"有道理。我也有个主意。茅草树枝,烧不了几天几夜。我们往礁石上裹棉被,棉被跟棉被之间填干柴,再浇上桐油烧,怎么样?"

众人一寻思,都觉得这个法子最靠谱。

三伏过后,雨一层层渐渐凉了,夜里十分爽朗。

月池也终于得闲,和老陈一起到院子里纳凉。

夏虫还没放弃最后的热度,在草丛里孜孜不倦地叫着。草木经一天日头熏蒸,此刻也散发着好闻的香气。微风轻轻,月池以手枕头,惬意地闭上眼睛。

老陈半躺在他旁边,"少爷累坏了吧。"

月池摇摇头,"还好。"

老陈说道,"添平土司那边来信了,说等秋高气爽,邀请你去坐一坐。"

月池依然闭着眼睛,"嗯。"

老陈继续道,"罗成说,等几天收秋茶,可以让学员们试着用学到的新技艺制一批茶。肯定比不上春茶了,就留着自己喝吧。"

"好。"

老陈见月池快要盹着,便不再开口,也学他的样子,以手枕头。

半晌后,月池却突然问道,"我有没有说过这次去汉口的奇遇?"

"奇遇?"老陈诧异,"没有啊。少爷,你又有什么奇遇?我以为就是顺顺当当把事情办了呢。而且,他们谁也没说起啊!"

月池笑道,"因为这个奇遇,就我知道。他们都不知道。"

当下,便把如何碰了杜百里的钉子、找刘人祥帮忙未果、又如何获得赵夫人帮忙搞定一切的事,全说了。

老陈听得入神,一会儿双拳紧握,一会儿双目发光。

月池道,"回来以后,其实我第一时间就打算告诉你的。可又纠结,你听完了会不会更加放不下萧娘。就这么一直纠结到现在,还是没忍住。"

老陈怔了半天,只觉得耳朵里像有人吹气,痒丝丝又不知从何挠起。

一次比一次绝望,这一次,索性绝望到天际去了。

萧娘的一颦一笑,只在祁门的那些还算真实。后头的,都已如这天上的明月一般,皎皎无暇,又遥不可及。

"少爷,我想娶妻了。"

"嗯,我支持。"

两个人说完这两句话便再也没有提起过萧娘。

次日,月池私下跟肖郝说,"你帮我去问这屋子的覃姓代主人几句话。他这屋子并不好租,也就我们肯不缺斤少两地爽快租下来。明年我们要自己修房子了,他这房子我们便不用租了。不过倒是可以买下来当作别院。所以,一定问清楚这房子的真正主人的意思。"

肖郝虽然每个字都听懂了,却不知道月池神神秘秘为啥。

正疑惑,月池继续道,"这房子的主人不知所踪我是知道的。但太没头没脑了。怎么个不知所踪?不知所踪又为何会有代主人?主人难道没有后代吗?你都帮我问清楚。"

肖郝点头,"好,我晓得了。"

月池心里想的,一是为老陈,他既提起要娶妻,便把这房子将来赠予他们夫妻;二是他心中有个疑窦,不解开实在难受。

过几天,肖郝回复,"月池公,我问过了。那覃姓主人说,这屋的委托契书,是一个年轻伢儿给他的。那伢儿自称是龙家的后代,因从小过继在大伯家长大。龙家出大事前,龙老爷像是有预兆一样把地契都交给了他。他因用不着这屋,便委托姓覃的租出去。我问他,如果买,多少钱;他说他要问一下才能回复我们,等有消息了,就告诉我。"

月池点头,"好,我有数了。你辛苦了。"

年轻伢儿……龙家后代……

……你一直在帮我……

难道,那龙家后代便是璀错? 又或者,璀错,其实就是嘉木,或者仙芽?

5

转眼十月,肖郝带人去烧暗礁,罗成开始组织制作秋茶。

月池则和钟不期一起携重礼,在大祭师覃孝冲陪同下,前往所街,拜访添平土司覃氏。

一边走,覃孝冲一边给月池介绍道,"添平这地界,古代就是三苗之地,汉代叫'天台',唐代叫'五溪',宋代叫'龙阳',元代开始叫'天平',不过是天空的'天',明洪武时才改为添加的'添',也就是覃添顺的添。朱元璋得了覃添顺辅助,封他武德将军,官从五品世袭。从此覃氏一门便更加富贵了。有属地五百万亩,所有人免征杂徭,以资自备军队和器械,把守十八个峒。"

钟不期听他如数家珍地说出这些事,不由心生佩服,"大祭师懂得真详尽。"

月池却注意到他每每提起覃添顺,便会向天拱一拱手,就像平常乡绅提起皇帝一般,下意识里透着恭敬。

等到了添平土司城的跟前,他才发现,不是"像皇帝",就"是皇帝"。

添平土司城,简直就是一个皇宫。

深藏在巍峨群山之中,又宛如神之处所。

一眼望去,见不到头的深墙蜿蜒入云。墙高六尺有余,朱红色经岁月磨砺后变成深红,配着厚重的琉璃瓦片,端庄中透着神秘。

几人行到仪门,把守士兵见到覃孝冲,远远地就站笔直。

"大祭师好。"

覃孝冲转身对几人说道,"几位稍等,容我去跟千总通禀一下。"

"好,烦劳大祭师了。"

等待他的当口,月池左右观察,终于发现了最奇怪的地方。

相比起月池在其他地方看到的,土司城士兵们的打扮、手中拿的刀枪剑戟,都是齐整的满装,几乎没有土家族的元素,所以才会让月池生出"这就是皇宫"的错觉。

钟不期看穿了他的疑惑,"这就是'改土归流'的结果!"

"改土归流?"

钟不期对这段历史也是如数家珍,"湘西人彪悍。很多土司虽然表面上归顺了,但实际依然桀骜不驯,一有机会就反抗,搞得朝廷苦不堪言。比如桑植土司、金峒土司、忠路土司,还有唐崖、彭氏土司,都在反叛中被朝廷打压,从此烟消云散……"

月池打断他道,"我想起来……去年春天,我要去茶园考察,提到过桑植来着……"

钟不期笑,"月池公好记性。桑植这地界,历来民风强悍,敢爱敢恨。也是因为这样,导致雍正爷不得不推行'改土归流',结束了整个湘西北几百年的土司世袭。但添平覃氏,是土司里极其少有的忠诚爱国,一直坚定地拥护一个朝廷统一全国。所以雍正爷也特别诰封添平土司'千户'为'千总','百户'为'百总',以宗族的形式,继续世袭。但又明文约束:正式场合以及婚丧宴会时,男男女女都要按照汉人服色。加上洋布一来,质优价廉花样又繁多,土人自己便渐渐弃了溪布、斑布、织锦,现在也只会在闺阁、祭祀的场合中见到那些土家族传统服饰了。"

月池侧头看看老陈,"看,我是只知其然不知其所以然,还是钟先生有学问。"

老陈却说,"听钟先生一番话,倒是叫我想到了一个人。"

他眯眯笑,而且笑得很贼。

"谁?"月池问。

老陈低声道,"昧旦呀。以她那么一个爱自由又风骚的个性,怎么受得了满人的风俗习惯!只是穿衣服这一样都要拘谨死她了。难怪她离开土司城后,现在是彻头彻尾的苗族风情。"

月池想一想,还真是。

不多时,秦孝冲返身带着几人继续前行。

来到大堂前,但见题匾曰"光裕",左右一对楹联说的就是添平土司的辉煌历史:"统十隘七里军民,大公无我;司九夷八蛮之锁钥,与国同休"。

一首词也题得非常精彩:"风清细柳令飞霜,干戈洗净边疆,华堂新葭焕文章,山水争光,画栋晓凝甘露,珠帘绿映垂杨,光裕格后和庆长,忠义流芳。"

横匾四个大字:天下为公。

月池颔首。

这四个字,妹夫也甚是喜欢。他也喜欢。这是华夏千年士大夫的共同梦想。

等站在这个位置,才看得更明白了。与紫禁城不同,皇宫一马平川,但深山里的"土皇宫"跟着山势走,又得用吊脚楼的建筑避开流水瘴气,是以远远看去,颇有层峦叠嶂之感。

覃孝冲道，"土司城里，还有奉先祠、文会堂、讲艺楼、演武厅等，月池公若能多住几日，我带你们都转一转。眼下，我们先进去见千总覃鸿钧。"

几人进到大堂，眼睛还没适应光线，鼻端先闻到一阵香气。带点松木香，也带点檀木香，还有点药香。

月池心中一凛：这香味，好熟悉，似曾相识。

他对香味还没理出思绪，覃鸿钧已经起身迎接了。

这又让月池吃了一惊。

好年轻的土司千总！

似乎也就跟月池年龄不相上下。他没有穿清廷官服，只穿了一件素净的石青色马褂，质地上乘，柔软又挺括。身量比月池小一点，更加秀气。

和身着湖蓝色马褂的月池面对面站着，骤眼看像兄弟一样。

月池行礼道，"拜见千总。"

覃鸿钧一笑，两颊还有两个阳光明媚的酒窝，"不用客气。叫我鸿钧即可。"

几人寒暄过后，就开始说正题。

覃鸿钧开门见山，"大祭师跟我讲过了。我也陆陆续续听说了一些月池公的美名。你想要我做点什么，请尽管吩咐。"

月池欠身，"汗颜，多谢鸿钧千总谬赞。我做红茶这两年，感觉这条路子走得通，既能把我们常德的茶叶运出去，也能给农民们寻个好营生。所以来年规模逐渐扩大，除了从茶农手里收茶，我还打算自己多置一些田地。"

覃鸿钧问，"你既然都准备从茶农手里收茶了，为何还要花钱买地这么费力不讨好呢？"

月池点头，"千总好锐利，请容我细禀。如今为我送茶的那些茶农，多数都是有点薄产的茶农。白茶改红茶，对他们来说可以多赚钱，那是锦上添花。可还有很多贫苦的、一无所有的茶农，甚至流民，他们没有田地，只能到处打打短工、拉纤、挑山，碰到好的雇主还有日子过，碰到恶的，便是穷死病死也无人问津。我置办田地，便是想雪中送炭。一则，可以给他们一个安身立命之所，让他们自己养得活自己；二则，贫苦老百姓的人数，比其他不贫苦的人加起来都要多得多，我这营生，若是能动员最多人数的老百姓，也一定会做得更快更大；三则，穷人少了，穷凶极恶的事情理当也会变少，世道稳定，大家都受益。"

他越说，覃鸿钧双目越明亮。不过饶是如此，他也没有出声，很是沉得住气。

月池见他不说话，便继续说道，"我也没有多高尚。这三个理由，其实都跟我自己的利益息息相关。加上我做茶园,势必还要自己开办学堂、教坊,还要给远道而来的学员安排住宿。思来想去,都感觉是自己买地来得方便。"

他说到"学堂""教坊",覃鸿钧再也忍不住了,身子前倾,面上神色激动不已。

等月池话一落音,覃孝冲便笑了,"啊呀,不得了!千总,你可碰到知音了!晚餐时你可要多敬月池公一碗酒了!"

月池又惊又喜,"是么?我是早就听说了覃氏学堂的美名,就是不知道鸿钧千总还有什么别的想法?"

覃鸿钧这才露出笑颜,"左文襄公曾说,'身无半亩,心忧天下;读破万卷,神交古人',我覃氏虽然偏安一隅,却也一直关注国家国际大势。如今世道不稳,我身为土司,本就有维护生灵的使命。还有曾公国藩,痛恨'士大夫习于忧容苟安'的态度,我也非常赞同。要让老百姓稳定,一则得让他们活得下去,二则得让他们由衷热爱家乡。所以,我一直想做的,就是找出那些能够广泛推行的营生,普及万民。"

月池一听他也是左宗棠、曾国藩拥趸,心中也十分激动。

老陈见他神色,笑道,"这回,轮到月池公敬千总一碗酒了!"

覃鸿钧"哦"一声,"是么?"

月池道,"是。我也佩服曾左,准确地说,我对湖南的很多先贤,比如屈原、王船山,都有好感,这也是我从广东来湖南的重要原因。这片土地,太神秘太令人向往了。今天得见鸿钧千总,更加让我肯定了自己的想法。"

覃鸿钧起身拉起他的手,"说了别叫我千总千总了。我是咸丰五年出生的,你呢?"

"我是咸丰七年。"

"既然我比你虚长两岁,那便由我做主。以后,我叫你月池公,你叫我鸿钧兄,如何?"

月池咧嘴笑,"但凭鸿钧兄安排。"

正好一个小厮上来通传:晚膳准备好了。

覃鸿钧亲亲热热拉着月池便往膳堂走,"走,我们边吃边聊,今日太痛快了,当浮三大白!"

一顿晚宴吃了足足三个时辰。

覃鸿钧想到的事情,跟月池想的事情,刚好互补。他准备号召老百姓在山区广种油茶、开矿,同时收复几支马帮,以便从陆路将大山里的宝藏运出去。

两个人一边吃,一边约定各自从哪些线路、山区开始动作。

覃鸿钧给到月池的土地价格，都非常低；但作为回报，月池也必须修建相等数量的学堂教坊和集市戏台，供老百姓安居乐业。

两个人越聊越投机，喝得东倒西歪，就差在酒桌上歃血为盟。

老陈笑，"我陪着月池公几十年，当真从未见他如此这般喝醉过。今天显是太高兴了。"

覃孝冲道，"我也是。鸿钧千总差不多也算是我看着长大的，今天我也是第一次见他喝得如此尽兴。"

钟不期道，"这便是，酒逢知己千杯少。"

第二天月池醒来，头疼欲裂，赖床不肯起，翻来覆去，哼唧半晌。

老陈又好笑又好气，"也就现在，看你像小时候的模样了。"

月池望着房顶明瓦亮堂堂的琉璃片子，"现在什么时辰了？"

老陈回答，"巳时啦！不过不急，千总早上来瞧过你，见你睡着，就嘱咐大祭师等你醒了陪你到处逛逛。千总今日要处理宗族的一堆事情，估计只能陪你午饭，其他事情，都按照昨天你们的约定，拟了契书，此刻钟先生正在看呢。"

月池按着头，还是忍不住赞叹，"真不愧是土司王后裔。心思缜密、雷厉风行，当得起这一方之王！"

"可不是？不过月池公，你也一样。"

"哦，对了。"月池想起来，"大祭师在外头吗？"

"你是说想给供养的事？"老陈笑，"这种事，哪还需要月池公你亲自说？钟先生一早就找他了，按照你之前吩咐的，每年供养白银百两。大祭师连连道谢来着。"

月池狠狠揉太阳穴，"你们懂我，我就轻松很多了。"

"不过，月池公，"老陈帮他梳头穿衣，"白银百两，是不是太多了些？"

月池斜觑着他，"又不耽误你娶堂客，你急什么？"

老陈啐他，"我哪里急了？"

月池解释道，"我从前也是奉行'敬鬼神而远之'。可最近几件事，让我感觉这世上真有神力。所以，也是诚意供养。"

他想到昨天一进大堂便闻到的香味。

也不知是不是喝了酒，对其他事晕乎乎的，反倒是对这香味记忆格外清晰了。

那是璀错的气味。

璀错身上，一直有一股神秘又奇特的香。

难道，他是土司城里的人？

等见了覃孝冲，覃孝冲却又说了一番让月池意外的话。

"多谢月池公的供养，不过我只要一半足矣。剩下一半，月池公帮我积一个功德可好？"

"请讲。"

"鸿钧千总，在宗室里，年龄最轻，担子最重，责任心却最大。"覃孝冲目光深邃，"他有远大志向，我作为大祭师，必须鼎力支持。可我只有智力，能助他除厄度劫；但论起财力，宗室里反对他的也不少，他也有捉襟见肘的时候，我却帮不上忙。月池公，既然你们有一见如故的缘分，还望将来鸿钧千总需要月池公帮忙的时候，你多多伸出援手，就当作积个功德啦！"

月池听完，深深行礼，"大祭师大德，月池钦佩。请放心，鸿钧兄行利国利民之事，月池鼎力支持，毫无二话！"

上午他们在土司城里逛，月池看谁都像璀错。

覃孝冲也注意到他，"月池公可是在找什么人？"

月池道，"不知道土司城里，有没有一个少年祭师？"

覃孝冲想半天，不得要领，摇头道，"我这里的祭师，最年轻的也有三十好几。"

月池自己也笑自己傻，"是我想多了。"

覃孝冲想起他们的第一次见面，遂又问道，"莫非这个少年祭师，就是之前帮你们化解怨气的那个高人？"

月池点点头。

覃孝冲道，"壶瓶山从前有个大师叫兰清音。说不定，是他的传人吧？"

月池道，"有可能。"

他不想再说更多。实际上，跟覃孝冲提起璀错，已经很无礼了。

果然，覃鸿钧一直忙到中午时分才匆匆赶到膳堂。

两个人先商讨契书，签约，订盟。

订完盟约，酒过三巡，下人们捧上一只锦盒。覃鸿钧将它送给月池，"月池公第一次来，哥哥没有准备多少回礼。等你新宅落成时，我再亲自造访。小小礼物不成敬意，还请老弟收下。"

锦盒打开，赫然是一只长约一尺、通身乌黑发亮的洋手枪。

月池吓一跳，"这……这也太珍贵了。"

覃鸿钧不容推辞地坚定说道，"下午我便让我们的教头教会你怎么用它。以后老弟走南闯北时,带着它权当防身。"

月池只得收下。难怪童奚大哥说他那里的枪都是土司王送的,看样子这送枪算是土司王的传统礼节了。

月池学得快,晚饭前后已经将洋枪用得相当娴熟。

随后自然又是一顿大酒,直喝到月池次日回程全都在补觉。等进了泰和合,还在发嗲,捧着头呻吟,往椅子上一坐动也不动。

云岫看了契书又欣赏了下洋枪,悄悄问老陈,"土司王这又是送礼又是给地又是陪酒的,哪门对月池公这么好?"

老陈瞥一眼晕头晕脑在打盹的月池,道,"什么事都是暗中有个标价的。你看到他对月池公好,你不知道月池公可是拿真金白银和未来的红利去换来的。"

云岫"嗯"一声,半晌才道,"要当个家,还真不容易。"

老陈见她手腕里还戴着罗成送的玉镯,忍不住嘴巴痒,"罗成那傻小子找你说什么了吗?"

云岫脸一红,"没呢。"

老陈恨铁不成钢,啐一口道,"那你就去把他这个玉镯卖了!"

云岫咯咯笑,一扭身走了,"不跟老哥哥讲了,我去给月池公煮个醒酒茶来。"

那边一直提不起精神的月池,倒是被肖郝吊起了精神。

肖郝兴致勃勃赶回来,一头一脑的汗,"月池公!月池公!你要不要一起去看!"

"看什么?"

肖郝端起茶杯猛灌几口,抹抹嘴,"小的那些暗礁已经被我们搞掉了。那法子真的好!昨天我们就开始烧最大的那一块了,而今烧了一半,你要去看吗?"

月池立刻起身,"走!"

这搞伤他兄弟腿,还搞掉了一船货的罪魁祸首,他要亲眼见到它土崩瓦解。

刚走近,就见四面八方纤绳勾连着船只,围着那石礁如同铁桶一般严实,棉被干草不停地烧着礁石,阵阵烟气中,礁石肉眼可见地寸寸坍塌。

旁边凑热闹的百姓大多数还不认识月池,兀自在那里议论纷纷。

"是个狠人哪!"

"真的烧融了,以后我们走这里也就安全了!"

"听说是泰和合的大老倌搞的!"

还有一个很熟悉黄虎港的，冷笑道，"他真的有心，就把澧水这一路都搞了，方便所有人，我就佩服他。"

旁边一个嘲笑道，"他又不是你的爷，为莫得要你方便，又为莫得稀罕你佩服。有本事你自己来呀！"

前头那个讪讪一笑，"赚那么多钱，搞点功德不是很正常么？你没听说过，他卖了茶叶赚回来的白银足足有百把匹马才拖得完？"

老陈听着，扑哧笑出声来。

月池倒没有说话。

老陈笑完，又气不过，喃喃道，"真是到哪里都有这种人。"

月池低声道，"他说的也在理。他便是不说，澧水我也是要整治的，只不过不能一蹴而就。"

忽然人群里传来一阵巨大的叫好声。

那边水里也传来巨大的落水声。

礁石烧断了，碎石滚滚落下，黄虎港最大的暗礁就此消失了。

过几天，罗成那边的学员们新制的秋茶也出炉了。

秋茶虽不如春茶鲜嫩，好在烘焙手法别无二致，初入口时一样醇香。其中一个叫刘世杰的小伙子和一个叫袁阿妹的姑娘尤其突出，罗成对这两个人赞不绝口，"肯吃苦，什么都仔细学，任劳任怨。"

月池也着重品尝了他们制的茶。确实口感不错。

对罗成道，"你再观察观察他们两个，若确实可堪重任，明年收春茶，可以让他们各带一队。"

肖郝问，"明年春茶，我们计划收多少？"

月池道，"我和杜百里对过了，计划交易万斤红茶。"

肖郝和罗成又惊又喜，"那可比今年翻了几番了要。"

月池摊开地图，"我想好了。等冬天不忙了，我们要给茶号的现在这点人手再分分工。我们四兄弟抓大事，再往小里分，需要管事、工厂管理、文书、司账、管钱、运输、总务、研讨、赈济、分庄这十个部分，各自都要有领头的。万斤红茶，意味着我们要收毛茶两万斤。光是壶瓶山就不够了，我计划往深溪河、南坪河、黄连河、龙池河、大京竹、小京竹、罗家坪、清官渡、狮子溪这些地方去收，罗成那里的几十个学徒，此刻要派上大用场。他们要代表我们泰和合，出去收茶、初级评定。"

肖郝一看，发现这些地方距离宜市约二十里，由衷赞叹道，"月池公，你现在可比我们本地人还要本地。"

罗成傻笑,"我最佩服月池公的是,你明明看着他跟我们一般吃喝拉撒,却不晓得哪里来的精力和时间,还顾得上那么多事情!"

肖郝道,"这几十个学徒,罗老弟你负责安排,行程、交接、收货,我来负责。其他的,还得是钟先生了。"

钟不期猛抽几口烟斗,"文书、司账、管钱,都是我分内之事。感觉是场硬仗,冬天我们都要吃胖一点,怕春天一到,扛不住啊。"

众人皆笑。

深秋,月池写家书回广州:

"亭曈吾妻见字如面:尔我自从结缡,离多会少,深以为念。今岁事务繁多,难以归乡,待来年茶庄扩建完毕,吾将接尔与二小儿来湘定居,以解相思之苦。"

又将还宗室借款的细则,一一罗列给亭曈,让她帮着处理。至于余款,"交由慕贞妹子打点家务。妹夫有鸿鹄之志,愚兄微薄之力,聊以安慰妹子操持之辛苦"。

吃饭的时候提及准备接妻儿来湘之事,他问老陈,"你还记不记得,上次去苦竹洞茶园,他们说石门有一个很有名的书院?两个小儿虽顽劣,书还是要好好读的。"

老陈搜肠刮肚不得要领,钟不期倒是答话了,"月池公是说天门书院吗?"

"啊对,对,就是这个名字。"

钟不期如数家珍,"那书院好极了。乾隆爷年间兴办的,初时虽简陋,文风丕振,便名扬荆楚。乾隆爷赐名秀峰书院,后来几次翻修,又改名天门书院。有正心斋、进德斋、时习斋、明道斋、诚意斋、居业斋、日新斋、正谊斋八斋房。现在山长姓唐,与我有些交情,有时也会邀请我去讲课。我找一天去寻访他,必把两个小少爷读书之事安排妥当。"

月池大喜,"如此就有劳先生啦!若有需要,你说一声,我来设宴款待山长。我们卢家也算是耕读人家,最看重读书。不读万卷书,纵行万里路也是枉然。"

钟不期赞许,"月池公此言甚是。"

老陈听到亭曈他们要来,也十分高兴,"湘西这儿好吃好玩的多,小少爷们必然喜欢。就不知少奶奶能不能习惯。"

月池笑道,"有我在,她便欢喜,不习惯也习惯了。"

老陈笑,"哎哎,你这就不厚道了少爷,我还孤家寡人一个呢。"

肖郝好奇,"月池公,你不打算纳妾?"

月池摇头,"不打算。一则我没那许多心思在儿女情长上头,二则,女子不易,未嫁随父,嫁人随夫,夫君若再不对她们好,岂不冤屈?我娶了第二个,我待人家不好,人家不乐意;我待人家太好,亭曈必定难过。不如不纳,少生是非。"

旁边的云岫尚是第一次听月池说这么多闺阁话语,心中一片悲怆。

等亭曈来了,她要好生瞧瞧。看是怎样的美人儿,能教月池如此怜惜。

不过亭曈还没来,老陈的桃花倒是先来了。

老陈初初见她,是在教习所。一个三十来岁的大姑娘正独自练习碾茶。偌大的茶仓里,就她一个人,专心致志,秋天了都累出一身汗来。

老陈去茶仓拿东西,经过她身边,见夕阳从天窗斜鉴进来,照到姑娘身上,像给她镀了层金光。一缕碎发垂到她眼前,头发端还凝着一滴汗珠,眼见着就要落到茶筛里,老陈眼疾手快,一把接住汗珠。

她被他的突然出现吓了一跳,抬起头来,"啊,你……"

发现是管家,赶紧擦擦手,站直身子,"陈管家好。"

老陈脑海里,忽然闪现了初次见面时的萧娘。那时她也狼狈,头发挂着水珠,却依旧很美。

老陈也有点慌,嗫嚅道,"什么管家,叫我老陈就好。"

她垂着头,"好。"

老陈挥挥手,"你忙吧。"

她依然垂着头,"好。"

老陈寻到自己要拿的东西,便往大门走去。走一半,见天色越来越暗,转头道,"天晚了,你赶紧吃饭休息吧。"

她还是恭恭敬敬的样子,"不妨事,我不饿。"

"你白天没在吗?为什么这么晚还一个人练习?"

姑娘声音低下去,"我白天在。只是,我命苦,不敢怠慢,有这个机会给我学做茶,将来还可以赶茶,自己养活自己,那我还不攒劲学?"

老陈好奇,"你叫什么名字?"

姑娘回答,"我叫袁阿妹。"

老陈吃一惊,"袁阿妹就是你?我听罗成说你制茶制得很好啊。"

袁阿妹点头如捣蒜,"多谢东家们看得起。"

老陈看她眉眼舒展,虽然拘着身子,体态倒也大方,不像是闺阁女儿,便揣测道,"你要养家?"

袁阿妹摇摇头，又点点头。

老陈笑道，"走吧，跟我一起去吃饭。今晚有鳝鱼汤，肥美得很。"

他俩吃饭的时候，饭堂里已没几个人。厨娘见老陈来了，特地将那鳝鱼汤重新炖得滚烫，热了一壶酒，又蒸了整整一屉发糕。

袁阿妹也不客气，据案大嚼，比老陈还吃得香。

老陈看得笑了，端着小酒杯，揶揄道，"刚才不是说不饿？"

袁阿妹咽下满嘴的发糕，生怕噎着，猛喝几口汤，抹抹嘴，才回答道，"我几年前嫁过人。过门才没几天，男客就病死了。我被那黑心媒婆诓骗了，哄我嫁给了一个病秧子冲喜。夫家人不喜欢我，说我是扫把星，回娘家，结果娘家人也不待见我。我索性两头都不要了，自己打打散工，饥一顿饱一顿过着。前些日子听说姆妈病重，我想去看她，又想想，一分钱没有拿什么看。正觉得活着没味道，就看到泰和合招工。我从小就跟茶叶打交道啊，要说制茶我比哪个都有劲。月池公是活菩萨，救我于水火，又教制茶，又管饭管睡，以后我若能自食其力，还能攒点钱去看看姆妈，就太知足哒！"

老陈这才明白前面他问她"你要养家？"时她为何摇头又点头。

也不知道怎么鬼使神差，老陈脱口而出一句话，"这就知足了？你不嫁人了？"

袁阿妹回答，"等我挺直腰杆了，我嫁人不嫁人，都随得自己！"

这一瞬间，又有萧娘那股子温柔且倔强的味道。

老陈不知怎么的心里突然一慌，赶紧喝酒掩饰。

这天之后，两个人总是能遇见。

老陈去教习所，或者学员们来泰和合参观，甚至在大街上，云云人海中，老陈总能捕捉到袁阿妹的身影。

他也觉得纳闷，问月池，"少爷，有的人，你不认识他之前，看到他也没印象；等你认识他了，到哪里都碰得到他。是什么道理？"

月池沉吟半晌，伸手过来摸摸他的额头，"你是在讲梦话吗？你不认识的人，看到的时候当然没印象啊。"

老陈嘻嘻一笑，"哎，我也说不明白这是个什么情景。"

月池想一想道，"有个词儿叫'相由心生'，唯识宗里说，这个相指物相，意思是你看到的事物，或者对事物的感受，由你自己的内心决定。你心里想着什么，便会看到什么。你是不是想问这个？"

老陈没有回答，愣愣地重复道，"……我心里想着什么，便会看到什么吗……"

月池诧异,"你看到什么了?"

"没,没什么。"

转眼年底,大多数学员都准备回家过年了。极少数没处去的汉子,依然待在学堂里,倒也其乐融融。可女的就剩了一个袁阿妹,怪尴尬的,她也不愿意出来跟他们在一起厮混,深居简出。

老陈看她十分寂寞,便找了云岫,让她带袁阿妹去客栈帮忙。

袁阿妹高兴得不得了,在客栈里各种找活儿干,洗洗刷刷搬搬弄弄都不在话下。

云岫也很喜欢她,叫她"阿妹姐"。

有一次月池也在客栈,听她叫得有趣,"到底是妹还是姐?"

袁阿妹正在给月池他们烘手的熏笼加炭火,闻言傻笑道,"随便妹子怎么叫,怎么叫都行。"

老陈道,"哪天少爷也给袁阿妹改个名字吧!就跟嘉木、仙芽那样的,文绉绉的。"

月池笑道,"名字哪能乱改。"

袁阿妹赶紧道,"没事!我巴不得改!我娘生了我,比我爹还失望,随口一叫就是我的名字了。哥哥不疼,舅舅不爱,没人惦记我。"

月池听得心里一酸,"难怪你大过年的也不回家。"

袁阿妹垂下头继续加炭,"我没家。泰和合便是我的家。"

新炭添进去,火星子飘飘忽忽飞起来,哔啵作响。

月池看着火星子,思索片刻道,"既如此,我给你改动一个字,'阿衡'可好?松炉细火,茅屋衡门,愿你以后都能安安稳稳,早日有个家。"

袁阿妹把新名字在嘴里回味几遍,"袁阿衡?袁阿衡?真好听,多谢月池公!"

说着,便把手里的东西放下,结结实实给月池磕了个头。

月池赶紧扶她起来,"大过年的,你给我磕头,我可还没来得及准备红包!"

这里还没扶起来,那边老陈也扑通一声跪下去,结结实实再给月池磕了个头。

月池"咦"一声,"你这又是干什么?!"

老陈磕完头,身板挺得笔直,朗声道,"也别以后了,现在就给她安稳吧。今年我们回不去老家,月池公你便替老爷给我做主。我想娶袁阿妹……啊不,袁阿衡!我想娶她做堂客!"

袁阿衡性子那么直爽粗犷,也被老陈吓得不轻,脸红到脖子后面去。

"你瞎说什么啊!"她拼命扯老陈的衣袖。

老陈笑着斜她一眼,"难道你不乐意?"

"我……"袁阿衡又羞又急又开心,眼睛里渐渐水汽氤氲。

老陈赶紧给她擦眼泪,"你别哭呀!你快别哭!"

"你……你不怕我是个扫把星么?"

"胡说八道。我命硬,你才克不死我呢。"

"……莫讲这话……"

月池被吓到不轻,下巴都快掉了。

云岫咯咯笑出声,鼓掌道,"我就说!你们眉来眼去的不对劲!哎呀呀,恭喜恭喜!"

月池看云岫乐不可支的模样,更是吃惊,"怎么你也知道吗?我天天跟老陈在一起,为什么一点不知情?"

老陈还跪着,都忍不住逗他,"这就是'相由心生',月池公!你眼睛里呀,只有茶叶!"

月池回过神来,惊喜交加,一手一个扶起来,"我同意!我可太同意了!真没想到咱们还有这样的缘分!"

说罢吩咐身边的小幺儿道,"快去把田掌柜请来。再把钟先生请来,让他带着地契。"

大家都不知道带着地契是什么意思,面面相觑。

田掌柜到了,月池拉着他坐下说了原委,"如今袁阿衡没有娘家,就当作从你这里嫁出去,定亲、纳彩、回奉、彩礼这一堆事情,可就要劳驾你了。"

田掌柜笑道,"我白捡一个这么好的女儿,又白捡一个这么好的亲家,求之不得呀!"

当下就跟袁阿衡和老陈交换庚帖,又将婚期定在了腊月二十八,结完亲,过完年正月就回门,喜上加喜。

一切都整得明明白白,钟不期也到了,将地契递给月池。

月池将地契拿出来确认一番,再郑重地交给老陈,"这套宅子,我早就写在你名下。如今你要成家,这便是你们的新家了。"

老陈接过地契,赫然发现竟是现在的泰和合,惊大于喜,说话都结巴了,"这,这怎么,这怎么当得起!"

月池不容他分说,继续道,"现如今我们大宅子还没修,都暂住在你们这里。不过幸好够大,踩花堂、过嫁妆、嫁娶、闹房,地方还是有的。你自己去跟钟先生规划好,我可管不了那么细了。"

老陈看看地契,又看看袁阿衡,又看看月池,不敢相信这一切是真的。

袁阿衡再也没忍住,热泪扑簌簌落下,"我……我今朝,有了新名字,有了男客,还有了家……我怕不是在做梦吧……"

老陈傻呵呵笑个不停,"我也是,我一高兴吧,脑壳都不会转了。怎么办,阿衡,我们两个……我们两个就磕头吧!"

说吧,两个人不约而同又跪下去,对着月池磕了三个响头。再对着田掌柜,也磕了三个响头。

袁阿衡一落泪,云岫也跟着感动到落泪。想到自己,顿觉伤感,找个机会便起身离开了。

走到廊下,正碰到罗成一瘸一拐进来,见她眼眶红红,问道,"云岫妹子,你这是怎么了?"

云岫凝视他,心中又有不甘,又有愤懑,又有冤屈,一伸手,将那玉镯从腕子上退了下来,"还给你!"

罗成见她激动,更不敢造次,赶紧接着玉镯,又握住她手腕,"云岫妹子!"

云岫甩手走了。

罗成捏着玉镯子,在廊下站了很久很久。

6

老陈大婚,热闹自不必说。

新宅子的建设也轰轰烈烈地开始了。

月池按照跟覃鸿钧签订的契书,买下了很多地。一块溇水边百十亩的平整地块,他借鉴圣若瑟教堂的结构,结合湘西独有的建筑风格,亲手设计了自己的第一家泰和合制茶厂。茶厂旁的一片小山坡上,他按照广东时兴的风格,设计了一栋小洋楼,供自己居住。如此将茶厂和住所彻底分开,也是为了方便将来把家人接来。

肖郝和钟不期也各自在离茶厂不远的地方修了屋,计划和家眷们团聚了。

另外买下来的很多茶山,分散在壶瓶山方圆几十里的各个地方,方便雇用那些零星茶农前来耕种。茶农们干得热火朝天,也都不愿意回家,慢慢也都把堂客孩子们接了来。起初为了方便和省钱,茶农们搭了些简易窝棚住。大风大雨过后,一片狼藉。月池也不含糊,索性围了茶田,建起了一片一片的平房,又修了一个个学堂,既教制茶,也方便茶农们安顿孩子读书。

紧赶慢赶,才在春分前弄完基础建设。正赶上此前培养的那八十来个学员,在袁阿衡、刘世杰的带队下,如逐香的蜂蝶一般分赴各个茶山,收购鲜叶,指导当地的茶农加工红茶。月池分的管事、工厂管理、文书、司账、管钱、运输、总务、研讨、赈济、分庄这十个部门,初期总有些混乱不清,经过几次改进方才理顺。

这一忙,整个泰和合见不到有人坐着。新来的茶农初进茶厂,骤眼看仿佛每个人都在小跑,尽皆骇然。骇然之后,自然也都打心底里佩服。

老百姓纷纷流传:壶瓶山的人散漫了几辈子,第一次这么热火朝天地做一件事。上至耄耋老人,下至刚会走路的娃娃,都乐意动手学着做红茶,谁跟钱过不去呢?

曾家的几千斤毛茶也如期而至,曾秉炎还带来了父亲的口信,"我们还是决定只供应毛茶。一来保靖黄金茶已有历史,二来做毛茶做得顺了,改制红茶精茶颇为费力。"

月池点头,"没问题。"

他见曾秉炎似比去年胖了许多,脸上喜气盈盈的,"曾少是有什么喜事吗?"

曾秉炎笑呵呵,"我成亲啦!今年开春成的亲!"

"啊,恭喜啊!"月池打心眼里高兴,也乐意见他安定下来,"没想到一转眼泰和合经了两场喜事!老陈!快备贺礼!"

曾秉炎一边喝茶,一边问,"两场?还有谁成亲么?"

老陈上前,笑道,"就是老哥哥我。"

曾秉炎也赶紧放下茶杯行礼,"那也恭喜哥哥。"

两个人对拜半天。

老陈问,"曾少娶的定是名门闺秀吧?"

曾秉炎道,"别提了,血雨腥风。"

月池、老陈对望一眼,好奇道,"这可怎么说?"

曾秉炎回答道,"我娶的,是我在上海读书时认识的女伢儿。她家没什么家底,娘家是嫌她碍眼才送她去上海的。颇有点学识,对各种传统礼节不很在意,为人又爽直,我爹娘一直不喜欢她。无奈我要娶,他们没办法才同意。这不,我来送茶,她死活都不肯在家里待着,硬要跟了来,而今在客栈住着呢。"

老陈想一想,笑道,"听起来,跟阿衡很像啊。"

月池怎么看,都觉得在苦竹洞茶园月下看到的那香艳一幕,不像眼前这个人做出来的事。

但也没多想,"等空了,大家一起喝个茶,见见面。"

"好的,月池公。"

过几日,曾秉炎果然带着他新过门的妻子来泰和合做客。

月池一见她,便明白"对各种传统礼节不很在意,为人又爽直"是什么意思了。

一袭浅蓝色学生裙,瓜子脸,皮肤白皙,眉眼浓密如画,就是眼神里总有股子傲气。脸盘子是美的,但美得很疏离。见到人了,不行礼也不问好,淡淡地笑一笑,点个头便算完事。

说话声音也很低沉,宛如幽深水潭里的鱼儿呢喃,配着她的个性,简直像个男伢儿。

老陈私下同阿衡道,"爽直,这也太爽直了些。"

阿衡啐他,"人家曾少个人喜欢的堂客,轮到你来讲。"

老陈也想到他曾经见过的香艳场面,摇头道,"曾少喜欢的堂客,还真说不清楚是什么样子。"

阿衡笑,"难不成,是她拿洋枪指着曾少的头,逼他娶的吗?"

老陈哈哈大笑,"不好说!我跟你讲,真不好说!"

那边月池正问那姑娘,"弟妹是哪里人啊?在常德还住得惯吗?"

姑娘冷冷回答,"我不叫弟妹。我叫陆一泛,宁波人。月池先生以后还叫我一泛,或者陆小姐吧。"

月池眉头微蹙,旋即一笑,"行,陆小姐。"

也不再多说什么。

曾秉炎可是见识过月池脾气的,赶紧打圆场,"一泛,你不是想在宜市买个房子住吗?月池公有很多地,你可以问他直接买。"

月池见曾秉炎有点怕陆一泛的模样,心下不解,也吃不准这两口子葫芦里卖的什么药,便转向钟不期道,"钟先生多费心,看陆小姐需要什么房子,给个自己人的价格。"

饭后问老陈和钟不期意见,老陈啧啧称奇,"这你都看不明白吗我的少爷?曾少这是打算金屋藏娇哪!那陆小姐也是一个愿打一个愿挨,她不喜欢婆家,乐得不见面。"

"你是说,曾秉炎准备在老家再娶一个?"月池总算回过神来。

老陈撇撇嘴,"这又不稀奇。"

月池沉吟道,"总觉得不是个好事。钟先生,你给她选个远远的房子,离茶厂和泰和合都越远越好。"

他不介意爽直。但他不喜欢不知礼节的人。

因为工程太多,月池自己住的小洋楼便被他往后延了工期,所以直到红茶精茶源源不断流向茶厂之时,小洋楼还在建,他依然住在老泰和合里。

这天傍晚忙完,阿衡给他泡了一壶自制的红茶。月池坐在院子里,细细品尝,感觉已经跟祁门红茶不相上下了。

可是仍然若有所思。

阿衡性子急,赶忙私下问老陈,"今年茶收得这么好,制得也好,月池公哪门还是不满意?"

老陈嘘一声,"不是。别吵他。少爷心里想的啥,我从来都懒得猜。"

两口子笑一笑,散开。

钟不期来找他对账,叫了他两声才反应过来。

"月池公在想家人吗?"钟不期笑着坐下。

月池给他倒杯茶,摇摇头道,"不是。我是想起了在上海的时候。我和老陈在一家馆子里吃到咱们自家茶,人家只说这是湖南的红茶。钟先生,你说我们要不要给咱们的红茶取个名字?"

钟不期道,"好啊!我们产区在壶瓶山,要不叫壶瓶山茶?"

月池思索片刻,"但是你想啊,我们的茶区,眼下就已经扩大到了方圆几十里,将来说不定还要去到鹤峰,甚至桑植。叫壶瓶山茶,是不是不太妥当?"

钟不期笑,"确实。不过,我才懒得操心这个,月池公你自己慢慢想。我要给你说的是,今年给杜百里的红茶,若卖不到这个数目,我们便要亏空啦。"

月池这才集中精神跟他对账,盘点库存。

钟不期走后,月池又拿出一个账本,细细誊写,直弄到深夜。

老陈给他在院子里摆好竹床,焚了香炉,又点了好几盏灯照明。

蚊虫纷飞,月池也不恼,十分专心。

阿衡还是好奇,"月池公又在忙什么?钟先生都走了那么久了。"

老陈道,"我们都知道,除了公账,少爷自己还有个账本,他也不瞒着大家,但凭谁都看不到那个账本。少爷素来细致,尤其在账目上头。你以为他大大咧咧不在意,其实心里的一本账比谁都清楚。"

阿衡咋舌,"这做大事的人,真的跟我们寻常人不一样啊。"

老陈道,"寻常人,也犯不着做大事。老天爷公平着呢,你们都看到月池公威风,却看不到他辛苦。"

阿衡点头。

她默默去煮了个葛粉羹来,放到月池桌上。

月池抬眼看她,她解释道,"月池公,你且忙着,这是葛粉羹,肚子饿了吃。"

月池端过碗,见这羹晶莹剔透如同羊脂白玉,浅尝一口,甜糯鲜香,不由得赞叹道,"原来葛根还可以这样吃。"

阿衡奇怪,"怎么月池公你们不这样吃么?"

月池道,"那倒不是。我们广东不产这个。从前读《本草纲目》,说葛根清热解毒,还对腹泻、醉酒有奇效,没想到还能做点心。湘西真是很多宝贝啊。"

阿衡不好意思,"啊,这么好么?在我们这里就是寻常食物,我还怕月池公你吃不惯呢。"

月池一边吃,一边点头,"吃得惯,很好吃。多谢阿衡。"

阿衡刚要退下,月池又叫住她,"对了,以后我若不在,你记得每天正午要往这口井里丢几片茶叶。"

阿衡笑,"我知道。老陈跟我说过。我不会怠慢河神的。"

"河神?"月池眉头提到额角。

"井里头住的不是河神吗?"

月池想一想,又笑了,"嗯嗯,你记着就行。"

随她怎么理解吧。

阿衡退下后,老陈好奇,"你和月池公聊什么了?"

阿衡道,"他夸葛粉好吃,又让我别忘记祭奠河神。"

"月池公心很细哪。"

"我以前以为像他那个相的人物,私底下只怕跟皇帝老儿一样,威严得很。没想到这么好讲话。"

老陈哈哈笑,"那你以后见见他喝醉的样子,跟小孩一样,更可爱呢。"

阿衡道,"小伢儿一样?怎么个一样?"

"你赶紧给我生一个,就晓得了。"

"快别说!"

"这有什么不好意思的嘛……"

两口子在这里窃窃私语,月池在庭院里浑然不觉。他依然在思考定名的问题。

　　该给红茶取个什么名字呢?又要好听,又要贴切,还得有气势。

　　突然,一阵风吹过,从头上的桑树上抖下来几颗桑葚,其中一颗啪嗒一声落在他身上,眼瞧着还沾了点颜色在衣服上。

　　他伸手去拿,才要扔掉,一只手从旁伸来,取走桑葚,"扔它作甚,好吃得很。"

　　"是你!"月池笑。

　　璀错身形轻灵地往他旁边的竹床上一跃,就那么盘腿坐下,手中把玩着桑葚。

　　"你很久没来看我了。"月池道。

　　璀错没作声。

　　月池看他依然戴着面具,"你真的不愿以真面目示我吗?"

　　璀错声音有点哑,"什么是真,什么是假?"

　　月池一愣。

　　"戴上面具,我才能不管不顾地与你聊心里话,这难道还不真?"

　　月池哂笑,"倒也是。"

　　璀错依然盘腿坐着,头微微低垂,像是要睡着的样子。

　　月池问,"你很累么?"

　　"嗯。今天特别忙,一口饭也没顾上吃。"

　　月池赶紧将桌上的葛粉羹推过来,"我才吃了没几口,你要不嫌弃,先吃了它?"

　　璀错抬头望他,半晌没动静。

　　月池想他吃东西必须摘下面具,立刻起身道,"你吃,我进去再给你寻一点别的吃的。"

　　他尊重璀错的决定,也不欲趁机偷窥。

　　走一步,又停下,背对着璀错道,"可是你别突然又走了,要等我回来,我有好多话想跟你说。"

　　璀错笑道,"你怎么跟小孩儿一样。我不走。我吃东西。"

　　月池到厨房寻到几个米糕,几块藕饼,端出来时,葛粉羹已经被璀错吃得干干净净。

　　那面具好整以暇地戴着。

　　月池笑,"你动作也够利索的。"

　　璀错问,"你要跟我说什么?"

　　"你说,若我们的红茶要取名字,该取个什么名字好?"

璀错沉吟片刻,忽然反问,"你为何要关照那些流民,要让那么多人一起来做红茶?"

月池答曰,"我见不得人受苦,能帮一个,是一个。"

璀错道,"既如此,有什么字眼,可以涵盖你想帮到的这一些人,便取来做名字。"

月池喃喃道,"什么字眼吗……壶瓶山……宜市……宜昌茶区……"

璀错道,"李清照有句词,叫'酒阑更喜团茶苦……'"

月池给他接上去,"……'梦断偏宜瑞脑香'。"

突然福至心灵,腾地站起身来,"宜!"

璀错仰脸望着他,眼神里透着笑意。

月池兴奋得原地转圈圈,"对呀,我怎么没有想到呢?就是这个宜字最合适!宜市,宜昌茶区,'酒阑更喜团茶苦,梦断偏宜瑞脑香'!"

"确实好听。"

"那我们以后便叫宜红茶了!"

璀错伸个懒腰,"你的话说完,我也要走了。再不走,就要睡着啦。"

月池道,"那你便睡。我守着你。"

璀错明显吃了一惊,舒展到一半的身体都僵了下,才回过神来,"睡在这里?"

月池按捺不住心里的兴奋,也顿时忘了禁忌,伸手便将他放倒在竹床上,"你便睡,又如何?不冷不热的天,我还要看看书,你睡你的。"

说罢,回身将香炉里的灰烬拨了拨,"这里头熏着我们广东带来的冰片,加上常德的艾草混合在一起,最是凝神。你好好睡一觉。"

璀错也不再纠结,躺着闻香,忽而笑出声,"这才是真正的'梦断偏宜瑞脑香'了。"

月池也笑。

"我过几天便要去汉口了,可要给你带什么好玩好吃的?"月池问。

璀错喃喃道,"你平安回来就好。"

月池心中一暖,"好。你也是,别累着自己。"

"嗯。"

"还有,以后莫要这么久才来看我。"

"嗯……"

"璀错?"

"嗯……"

他竟瞬间睡着了,扯起微微的鼻鼾。显是累得透了,一松弛下来,立刻见周公。

月池拿着书看,才看没几行,便觉得烛光跳跃,那书上的字也跟着跳跃,过不进脑子里。

即便参透了佛理,他也想知道璀错长什么模样。

他轻轻放下书,蹲身到璀错面前,望着他的面谱出神。

今次这面具很是朴素,没有鲜艳色彩,状如精灵,面颊鼓鼓的,外加两只尖尖耳朵。配着他的呼噜声,十分趣致。

月池要努力克制,才忍住不伸出手去掀开面具。

过了片刻,他也看得倦了,在璀错身边躺下,不多时便睡着了。

不如随分尊前醉,莫负东篱菊蕊黄。

一觉香甜,没有梦断,醒来时天色大亮。

月池猛地坐起身,见身上盖着薄被,身边也没有璀错,恍恍惚惚,晕晕乎乎。

袁阿衡就在不远处做着女红,见他醒来,立刻上前道,"月池公,你昨晚在竹床上就睡着了,我怕你着凉,给你盖了被子。"

月池四下瞧瞧,香炉犹在,簸箕犹在,簸箕里盛的米糕藕饼不翼而飞。

问阿衡,"给我盖被子的时候,看没看到别的什么人在这里?"

阿衡诧异道,"别的人?没有啊?"

"那这簸箕里头的东西,你收了吗?"

"不是月池公你吃了吗?"阿衡更加奇怪。

月池一想,哑然失笑。

好家伙,挺能吃啊。

他自去洗漱,阿衡拉着老陈,"月池公哪门净问我些古怪问题。"

老陈笑,"我讲过了呀,他脑壳里盘算的事情,我从来不猜。你也莫猜。你我要猜得出来,我们都是月池公了。"

这一回,一万斤宜红茶,依然从水路运去汉口交易,顺利极了。

既没碰到多大风浪,杜百里也再没刁难。

转眼,两万两白银银票到手,顺利得月池都很不适应,汇走了一半,还剩一半揣在怀里,总觉得哪个地方需要用到。

随行的曾秉炎安抚他,"你们在忙的时候,杜百里同我聊天,说他已拿下青岛港的地皮,怡和洋行如今就数他最如日中天。"

月池带着曾秉炎,倒也没有什么别的意图。一来他觉得这个家伙不顾家里反对,娶了旧相识,也算有情有义;二来阿衡怀了孕,他不想让老陈到处跑;三来肖郝、罗成如今各自独当一面,还在各个茶厂安排工事,忙得不可开交。曾秉炎恳求月池带着自己多历练,他就同意了。

临行前老陈还担心得不得了,"月池公,我对不住你。没想到阿衡看着身体健硕,怀个孩子却吐成这样……"

月池笑,"孕吐和身子健硕没关系。女人吃苦,你别不耐烦。除了曾秉炎,这不还有个小幺儿陪着我吗?"

他说的小幺儿,就是刘世杰。

老陈叹口气,"他们笨手笨脚,哪里会伺候人啊。"

月池道,"我也不是那么矜贵的人。衣食住行从来不叫人煎熬,真正磨人的,是想做成又怕做不成的忧心。"

卖完茶叶,月池约了香都饭店的经理,委托他帮忙找适合开分庄的地方;两个小伙子也没闲着,月池让他们满汉口找各个品种的红茶来,多看看同行,别固步自封。

这一看,还真看出了门道。

祁门红茶里的顶级,能卖四两银子一斤,除了它成名已久之外,还有个很大原因是它不需要再加工。泰和合现在还只能做到将红茶加工成条状,相当于一个半成品。卖给怡和洋行后,怡和洋行还得再找人加工,把它变成适宜运输、状如米粒的黝黑茶团,再漂洋过海去到英国。

月池几个人在饭店的房间里,拿着市面上能买到的各种红茶,品评再三。

想了半天,月池对曾秉炎道,"曾少,你辛苦一下,替我去怡和约杜百里吃个饭。"

曾秉炎道,"行。我写个拜帖,你签上名。计划什么时候去呢?"

"今天迟了,明晚吧。"

曾秉炎寻来纸笔,以英文写完拜帖,月池刚提起笔准备签名,房门被敲响了。

瘦猴子一般的刘世杰很机灵,第一时间去开门,跟来访者嘀咕几句,拿着个信封返身,"月池公,饭店的人送来一封信。"

打开,赫然竟是杜百里送来的请帖,请他明天吃晚饭。

曾秉炎诧异,"这倒巧了。"

月池喝一口茶,笑。

不是巧,这便是平静背后藏着的东西。

他不动声色,悄声叮嘱了刘世杰几句话,他得令匆匆离开房间。

曾秉炎好奇,"月池公准备做什么?"

月池笑道,"你明天就会知道。"

杜百里请月池吃饭的地方,叫万国饭店,在英租界的汉口外滩边。一栋巍峨雄壮的中式建筑,宛如黄鹤楼那样的存在,里头的装修却俨然西洋风格,杯盘碗盏皆是洋人器物,连时鲜花卉都是洋人喜爱的百合、桔梗等品种。从暗绿色大门进去,鼻端便闻到浓郁的洋人香水味道,几个鹰钩鼻黑皮肤的洋人,见到请帖,二话不说便将月池他们带进一个包厢。

杜百里和另一个洋人已经坐在包厢里,抽着雪茄,放肆笑谈。见月池、曾秉炎二人到了,杜百里那苍白的脸上闪过一丝冷峻。

随即又像换了张面具般,"欢迎月池先生,欢迎曾先生。"

"谢谢。"月池环顾左右,"这家餐厅很别致啊。"

"是的。这是我们英国人开的地道西餐厅,除了你之前见过的大使夫人安德琳之外,湖广总督张之洞先生也很爱这里的牛排。"

杜百里身边的洋人叫约翰·庄生,微胖,浅蓝色眼眸子,金发,看起来比杜百里还要冷血的感觉。

一坐下,牛排还没吃几口,就给了月池一个下马威,"月池先生的红茶,连续三年的,我都喝过了。没什么进步啊。"

曾秉炎放好刀叉,手心攥一把汗,小心翼翼翻译完,等着月池的反应。

结果月池没什么反应,只是笑一笑,悠闲地吃起甜点来。

杜百里解释道,"约翰是我非常好的伙伴。他的洋行做军火多,也是汉口道台何维健先生的座上宾。赵夫人,他也认识。"

这一席话,言简意赅。

做军火的,你不要乱来;万一闹得不好看,汉口官方也不会挺你;至于去年震慑我的赵夫人,对不起,现如今也帮不上你忙了。

杜百里见他始终浅笑不语,疑心道,"曾先生是不是没有翻译清楚?"

曾秉炎还没来得及翻译,月池回答道,"他翻译清楚了。"

曾秉炎惊愕,"月池公,你听得懂英文了?"

月池笑道,"我虽不很懂英文,但看得懂他的肢体语言。"

第二章　临水待得月华生 | 197

说罢转向那个叫约翰的男人,认真回答道,"我中华文化泱泱,五千年了,要是年年进步还得了?而且口味这种事情,各有所爱。王室喜欢的口味,阁下不爱,那我也只能抱歉了。"

曾秉炎一边翻译,一边心惊肉跳。

约翰闻言,脸色微变,眉头皱起来,"但是怡和洋行,也有让王室换个口味的能力。"

月池再次笑而不语。

斗嘴有什么意思?

月池转头对杜百里道,"哦,对了,杜百里先生,我这次来汉口,买了很多设备。"

"哦?"

月池淡淡道,"我打算在红茶制出后,再进行碎、车、筛、拣,明年我运来的茶,就是米茶了。省却杜百里先生还要再次精制的过程。"

杜百里一愣,"这花费可不小。"

月池道,"为了我们共同的事业,这花费不算什么。只不过……"

杜百里猜到月池可能会提价,赶紧说道,"不过,我到时候还要先看你们米茶的质量呢。"

月池笑着摆摆手,"不,我不涨价。"

杜百里又吃一惊,"真的?"

月池道,"真的,不涨价。但也就明年不涨价。诚如杜百里先生说的,你要先看质量,那就看。看完了,后年的茶价,我们再议。"

那杜百里眼珠子转了几圈,狐疑不定。

装腔作势的约翰咳嗽一声,道,"再如何贵,也不可能贵出祁门红茶去。再议就再议。"

月池冷冷道,"为何不可能?若我做了米茶,又整顿了包装,不仅口感,色香味相全然不输祁门红茶,怎么就一定要卖得便宜些呢?"

杜百里朝约翰使个眼色,"约翰,你不是在隔壁还有桌朋友等着的吗?"

约翰会意,起身离开。

杜百里斜觑着月池,"月池先生,价格也不是不可以现在就定好。但是……"

他拎一拎眉头,用手指敲一敲桌子背面。

这是要谈 under the table 了。

曾秉炎人精似的,立刻起身,"我去结账。二位慢谈。"

接下来的内容,不需要他再翻译了。

等房间里只剩两个人,月池伸出三根手指,又伸出一根手指。三两。10%。

杜百里摇摇头,伸出三根手指,又伸出两根手指。

月池再伸出四根手指,又伸出两根,而后闭目养神,不再看他。

闭目养神的当口,他想起了一个词,叫君子豹变。丑陋,恶心,都没关系。只要还在成长,只要能忍耐,只要终有一天,美丽的豹子可以迎风屹立,一切就都值得。

也不知等了多久,终于等到了杜百里清脆的中文回答,"成交。"

月池睁开眼。

杜百里微笑着向他伸来红酒杯。俊朗瘦削的脸颊上掩不住的得意。

他达到目的了。

月池也端起红酒杯,和他叮当一碰。

他也达到目的了。

宾主尽欢,不虚此行。

四条船,陆陆续续直到九月才把全部设备运回了壶瓶山。月池让伙伴们一批一批先走,自己押运最后一批设备。全新的碾茶制茶设备放进全新的泰和合茶厂里,一排排整整齐齐,散发着好闻的木香,看着就叫人高兴。

罗成、肖郝也很勤奋,在短短三个月内,选拔了一千来人,已经开始新一轮的培训。

两个人都马不停蹄巡视在壶瓶山周边的各个茶田,三个月也没回几趟家。

等月池反应过来似乎很久不见云岫妹子的时候,他的小洋楼都快竣工了。

老陈叹口气,"别说你很久没见云岫姑娘,我也很久没见了。"

月池道,"发生什么事了吗?"

老陈支支吾吾半天,"不知道……应该还是姑娘那些事吧。"

月池道,"等我把亭瞳接来,或许她可以找云岫聊聊,解开心结?"

老陈捧着头,"哎哟……"

"你牙疼?"

"是的,我的小祖宗。你可真机灵。"

第三章 —— 青山不老故人来

1

黄虎滩渡口的茶棚下,横七竖八地坐着几桌乡亲。每个人都不紧不慢地喝着茶,望着屋檐滴雨成线,有一搭没一搭聊着天。

其中有一桌,中间坐着一个美少妇。她虽穿着外地服饰,好在裹了一个大大的披风,旁人骤眼看不出端倪。唯有裤脚的一点花样露了出来,在壶瓶山这土家族苗族白族混居的地界,倒也不奇怪。

美少妇身侧,分别坐着一个少年。两个人的脸盘子,一看便知是兄弟。皆是十来岁模样,但哥哥明显发身了,个子快比弟弟高出一头。哥哥一边喝茶一边看书,茶喝得很悠闲;弟弟活泼好动按捺不住,左顾右盼,不停跟母亲窃窃私语。

美少妇对面的老媪忍不住道,"菊圃小少爷,你安静些。你母亲累得紧。"

美少妇摆摆手,"不妨事,钱嫂。就是不知这雨要下到什么时候。"

钱嫂看一眼天色,"就是啊。"

哥哥从书里抬起头,也看一眼天色,又低下头去。

钱嫂忧心忡忡,"现在恐怕已是未时。山里天暗得早,不晓得月池少爷会不会拖到天黑才来。"

哥哥头也没抬,说道,"这么多人都等着,不慌不忙。他们有经验,他们不怕,咱们便不用怕。"

美少妇笑道,"竹轩,你多喝点热茶。刚才给菊圃撑伞,自己淋湿了吧。"

哥哥一脸淡定,"无妨。"

老陈站在屋檐下张望着,闻言返身坐下,笑道,"竹轩小少爷说得对,再等等,应该很快就来了。"

美少妇道,"老陈,你从广东把我们接来,照顾有加,这一路你最辛苦。"

老陈嘿嘿笑,"哪里的话,少奶奶。"

旁边一桌人,从开始到现在都聊得很是开心。可惜用的是方言,这边的人没听懂几句。突然有一句很好明白,"最大的礁石……月池公……搞掉了……所以而今叫火烧溶……"

四个人都听到了,一愣。菊圃忍不住脱口而出,"爹爹?"

美少妇赶紧竖起一根玉指"嘘"一声。

美少妇正是杨亭曈。她虽不愿声张,但瞧那几个提起月池的人,满脸都是夸赞神色,心底也十分自豪。嘴角一抿,嘴角旁的梨涡里盛满了笑意。

旁桌也听到了菊圃那一声唤,递过来几个狐疑的眼神。

就在此际,不远处的山弯弯里,闪出来一驾马车,嘚嘚哒哒地飞奔过来。马车簇簇新,赶车人身量瘦小,离得近了,慢慢停下车来,才发现马车轩驾上挂着一个"宜"字木牌。

"来了!"老陈兴奋地迎了上去。

杨亭曈还没反应过来,乡里乡亲的倒是忽然哄起来,"月池公的马车!"

"这大雨天的,来这里做什么?"

但见那驾车人跳下车来,和老陈说笑两句,斗笠也不摘,便进来问安,"夫人好。我叫刘世杰,是月池公的徒弟。今天月池公本来要亲自来接你们的,没想到土司王突然来访,他实在不便走开,就安排我来了。快上车吧!"

"有劳了。"

两个男人大包小包往马车上搬行李。竹轩收书起身,略略得意地朝亭曈一笑,"看,我就说不用怕吧。"

亭曈也笑了。转头对老陈和刘世杰道谢,"多谢了。辛苦你们。"

竹轩一边上车,一边好奇道,"我还以为会走水路回去。"

刘世杰道,"今年古怪,秋天了雨水还多,渫水暴涨,水路怕有危险。"

少顷,几人已经扬鞭返回,没时间再去欣赏茶棚里的一片唏嘘之声。

"原来那就是月池公的堂客和伢儿啊!"

"我就说那男的长得面熟,原来是月池公的管事。"

"堂客长得乖致得很哪!伢儿也不错!"

"你想啊,月池公个人是莫得模样,堂客伢儿哪会丑!"

马车走着走着,进到依山傍水的宜市,雨终于停了。

菊圃好奇心强,一等雨停,忙不迭撩开车帘观望。

只见远山如黛,碧水似玉,各种吊脚楼般的木屋、竹屋、茅草屋,错落有致地镶嵌在水边山间。壶瓶山的悬崖峭壁刀砍斧劈般,与广东香山的风景完全不同,他们这一路上已经领略。再猛然见到如此开阔的街镇,又是眼前一亮。

行到一处水边,突然见到几层楼高的一片建筑,宛如西洋教堂一般,在街镇里特别显眼。

菊圃叫起来,"就是那儿!对吗?爹爹的茶厂!"

老陈和刘世杰都正在前面驾车,听到他叫,老陈转过头来,笑道,"是!不过我们此刻不去了,先回家。等你们休息好了,什么时候都能去。"

"好!"菊圃道。

"爹爹此刻在哪里?"竹轩到底大两岁,才不会被轻易哄住,"爹爹在哪我就去哪里。"

杨亭瞳拍拍他,"别闹。爹爹肯定有重要的事走不开,我们别去打搅。老陈,回家吧。"

说是回家,其实离茶厂也非常近。

但见青砖砌起的围墙疏落有致,延绵百米;当中有一扇簇新铁门,铁门一侧装着铜牌曰"宜红别墅"。

铁门进去,赫然是一条蜿蜒秀美的林荫道,很多树刚刚截冠移栽,树杈稀疏。一栋白色小洋楼坐落在林荫道尽头。林间草坪俨然,坡地起伏柔美,主屋前还有个小水池,几尾红鲤鱼在里头优游自在。

跟西洋画里的房子别无二致。

杨亭瞳也看得呆了。她想到丈夫挣了很多钱,却没想到这么有钱。

进得家门,已有一个丫头、一个幺儿笑盈盈迎上来,"夫人好,小少爷们好。"

老陈介绍,"这两个丫头幺儿,是才雇的。丫头叫陈萍,幺儿叫熊炎。"

杨亭瞳好奇道,"为什么是才雇的?少爷以前都不用幺儿丫头的吗?"

老陈笑道,"可不是。从前是我陪着他,后来刘世杰陪着他。少爷这是因为你们来,才特地安排了两个。"

杨亭瞳点头道,"是要如此勤俭才好。否则给爹爹看到,要骂他奢靡了。"

竹轩和菊圃已经兴奋地到处奔跑,一边跑,一边开门,一边叫,"我要这一间!我要这一间!"

钱嫂跟在两个猢狲后面追,"跑慢点,哎哟,别摔跤!这镜子一样的地板,摔一跤可要坏事!"

等老陈和刘世杰返回茶厂去忙,熊炎、陈萍整理东西。

杨亭瞳在雪白皮子的沙发上坐下来,看着琳琅满目的宝贝,听着欢笑声,疲累了一天的心终于松懈了。若不是亲眼所见,她几乎不能相信这大山里,还能藏着自己的家。并且是如此美丽的家。

两个儿子也终于累了,在二楼卧室床上胡乱一躺便睡着。

晚饭时分,熊炎端上来的晚餐,竟然有白灼菜心、清蒸鱼、蒜香骨、蒸虾饺、老火汤,一水儿广东口味。

杨亭瞳诧异道,"这……"

熊炎笑道,"我跟过广东人家。虽然一天没去过广东,但对广东的吃喝倒是很熟悉。"

难怪会请他来。杨亭瞳一笑,"你费心了。"

就是不知道月池什么时候才能回来。

陈萍像是猜出了她的心思,"听说那土司王和月池公非常要好,两个人每次见面都会喝得大醉。夫人别急,你们先吃饭。我瞧着动静,一看到月池公的马车便来告诉您。"

杨亭瞳有点担心又有点释然,这才招呼老老小小吃饭。

确实如陈萍所说,月池此刻已经微醺。

但他知道家人们要来,还想清醒着回去团聚,已经努力克制不喝酒了。

无奈覃鸿钧兴致颇高,不陪不合适。

他本来春天就计划来参观新茶厂的,结果家族事务繁多,紧接着月池又外出,直等到深秋才成行。

这次他正式带了十条长火枪送给月池,又留了个教头下来,好帮他训练一支有规矩的保安队出来。

他评价月池的新茶厂,"万里挑一的好地方!却只有一个缺点——少了瞭望塔!"

月池骇然,"上回童奚大哥也这么说,他建议我也建一个和他园子里一样的瞭望塔。可我到如今几年了,一直平安,还同老家人夸赞,说壶瓶山很安宁呢。"

覃鸿钧道,"其实这跟哪里都没关系。人嘛,总有那些个眼红别个的。你生意越做越大,树大招风,拦不住歹人有邪念。"

月池笑,"多谢鸿钧兄。"

覃鸿钧见他不大以为然,也懒得继续劝说,只是跟教头交代了几句。

不多时,钟不期按月池吩咐,纳了税金和供奉,又来请教:"这教头也给了我一张单子,需要我们招募这些人,采买这些东西。"

月池暗笑他,"就这些你还要问我意见吗?往后鸿钧兄的指点,都等同地方圣旨,先生只管去办,不用问我意思。"

钟不期得令,自去安置。

晚宴时已然喝了不少,饭后覃鸿钧兴致不减,月池吩咐厨房继续炒下酒菜来,两兄弟对酌,从最爱的左宗棠,聊到刚刚亲政的光绪帝;从《中英会议藏印条约》的签订,聊到两广总督张之洞在广州筹设的织布局。

覃鸿钧喝多了以后话更多,"兄弟你比我见多识广,更周知这个世界。我小时候只懂左邻右舍矛盾,今朝我夺了你一寸田,明朝你抢我一头牛,这么一天一天过。等读了书,再等走出去,才知道什么叫坐井观天。我们绞尽脑汁生活,在大人物眼里,无非一盘棋子。大局不明,小角落里拼杀得再猛再凶又有何用?你知道吗?兄弟,又有何用?"

月池按住他手,醉眼蒙眬,"鸿钧兄,你太谦虚了。你若是坐井观天,那我等百姓岂不是地里的泥鳅,终年不见天日。"

覃鸿钧推开他的手,又反手握住,"你!你是什么百姓!你才应该是百总!千总!"

月池笑,"鸿钧兄说笑了,我做点小生意而已,哪像兄弟你,掌管一方命脉。"

覃鸿钧一愣,叹口气,喝一口酒,又把月池的手握得更紧,"掌管一方命脉……哈哈,命脉。兄弟,兄弟,你不知道……我们土家人的故事,悲壮哪……"

"那哥哥你讲给我听。"

"你真想听?"

"想。"

覃鸿钧又叹口长气,"我们覃氏,如今被人称温顺谦恭。几百年前,可不是这样。"

月池凭着书本上看到的记忆和此前听来的印象,回想到,"怎么,不是从先祖覃添顺那时便是如此家风么?"

覃鸿钧慢慢说出一段古老的往事。

"所谓史书,也是人来写就。人是什么人?活着的人,打赢了的人。只有他们才有资格决定写什么、不写什么。"

月池觉得这段话颇富深意,频频点头。

"八百年前,有一个老覃人,叫覃垕。他深知元朝气数已尽,便率众归顺大明。朱元璋很是高兴,赐他三品职位,这可比当时的知府四品还要高。殊不知,几年后,朱元璋又下令处死了他,用的还是凌迟极刑。月池兄弟,你可知,这几年发生了什么吗?"

"发生了什么?"

覃鸿钧仿佛吟诵判词一般,一字一顿道,"这几年,决定了我们湘西的命运,也决定了深山老林里,为何藏着宜市、津市这样的渡口……"

月池听得入神,大气都不敢出。

覃鸿钧继续道,"《明太祖实录》里记着,刚刚归顺大明的覃垕,率领住民向朝廷进贡良马及地方特产;朱元璋则赐予织金绮帛。两个人的关系,很是甜蜜。朱元璋拿了天下之后,一开始定都临濠,也就是他自己的家乡。修皇宫,要从湘西伐大香楠五百多株,最粗的直径五尺有余。这还不算,后来朱元璋又两次改立都城,三次定都,耗大香楠甚巨,给湘西造成了巨大破坏。朱元璋特将当时的常德卫指挥黄常调往深山,建立'羊山卫',就是为了守护采伐楠木的部队,修建渡口也是为了运输香楠。皇宫逐年建成,澧水两岸却逐年满目疮痍。"

月池喃喃道,"兴百姓苦,亡百姓苦……"

"可不是……你听我继续说。覃垕反了,祸起'大香楠'。起初覃垕的动机也只是骚扰且阻拦砍伐香楠,后来因为他更熟悉地形,给朱元璋的队伍制造了很大麻烦,朱元璋这才开始强攻,命江下侯周德兴为'征南将军',正式讨伐覃垕。还策反了覃垕的女婿,最终抓到覃垕,凌迟处死。"

月池"啊"一声,心中升起一阵悲凉,方才明白覃鸿钧此前说的那句判词的含义。

覃鸿钧又喝一口酒,深深吐气,"我们土家族六月六有个翻晒衣被的习俗,你道从何而来?相传覃垕在南京被凌迟处死之日,就是六月六。他死时阴气沉沉,日月无辉。朱元璋这才意识到自己可能杀了不该杀之人,于是将他的皮供于金銮殿上,每年让覃垕坐三天皇位,翻晒龙袍。土家人有句歌谣,'一层黄土一层砖,覃垕翻身五百年',仿佛在等他重生一般。如今,八百年了,覃垕没有出现,明朝换了清朝,日子一样苦。"

月池举起酒杯,与他轻轻一碰,"鸿钧兄,我懂了。今日你这一番话,叫我明白了很多这片土地上的神秘。"

覃鸿钧忽然提起气来,高亢激昂道,"湘西!兄弟!这便是我们湘西!从张家界到壶瓶山,钟灵毓秀!从沅水到澧水,四通八达!武陵人,桃花源,都在我们大湘西!打不死,压不垮,哈哈哈!"

两人又将杯中酒一饮而尽。

覃鸿钧终于开始舌头打结,"兄弟,多谢你来,我真的由衷多谢你来了。你是不是覃垕重生?你瞒别人,瞒不住我。你每次从汉口回来都赚得盆满钵满。别人看你赚钱,只我晓得你心里有团火。兄弟!我帮你!我帮你就是帮我自己!"

他语无伦次慷慨激昂，月池却字字都明白，心头也激动不已。

"高名业已照六合，盛事终当继八萧。"月池拥抱覃鸿钧，回答道，"鸿钧兄，咱们一道走！"

这么一喝，等深夜回家时，亭曈看到的就是一个醉得不省人事的月池。

她一路辛劳，本来早就困了，忍着没睡，看到月池时，几乎不敢相信自己眼睛，"怎么会醉成这样？我以为他根本不会喝酒！"

送月池回来的老陈苦笑道，"也就是跟土司王吃饭会这样。少奶奶千万别生气，少爷绝对不是怠慢你。"

亭曈笑道，"这哪会生气！理解。你也累了，先别走，我已经备好了醒酒茶。我闻着你也有酒气，喝了茶再回，路上安全些。"

老陈笑嘻嘻，"那我可真不客气了。喝了酒，再一吹冷风，身上寒浸浸的。"

亭曈见他还穿着白天的衣裳，知道他根本没回过家歇过脚，就赶着陪月池接待客人了，心疼道，"你也老大不小的，家里还有个孕妇要你照顾，我明天跟月池说，有些事别拉你做了。"

正说着，陈萍端醒酒茶上来，亭曈对老陈道，"家长里短的这些事情，你别太费心。我这里有他们两个，得力得很。"

"好嘞，多谢少奶奶。"

月池半夜醒来时，亭曈依然没睡，在烛光下撑着头打盹。两只玉珠耳坠微微打着晃，整个脸庞线条柔和如仕女图上的菩萨一般。

月池脑子还没转过来，喃喃道，"我想你到这般田地了吗……做梦都梦得像真的一样……"

亭曈打着盹儿，突然惊醒，"哎……你醒了啊？"

月池傻乎乎笑一会儿，又跳起来去上了个厕所，再回来，揉揉眼，"你们到了啊！我还以为在做梦哪！"

亭曈扶着他坐下，"你每天都这么辛苦吗？"

月池摇着头，端起桌上喝剩的醒酒茶大喝几口，"没有没有。你们路上还平安吗？我怕你吃苦。"

亭曈道，"不吃苦。老陈照顾得很好。如今你也别老使唤他，他有他的家了，忙得脚不沾尘的。"

月池笑，"好的好的。"

亭曈看他跟个大孩子似的,一迭声说话,又好气又好笑,"你看你现在这呆样,哪像人家嘴里那天神般的人物。"

月池握住她的手,脑袋埋进她肩窝,"我在你面前,做什么天神。"

亭曈任他撒会儿娇,突然想起一事,推开他,指指桌上各色华丽的花瓶、茶具,正色道,"对了,这房子美轮美奂的,回头给爹爹知道,恐怕要骂你。你什么时候喜欢这般奢靡了?"

月池苦笑,"你可不知道。这房子我没怎么有时间管,尤其是采买家具饰品的时候,全数交给了一个小兄弟去办的。他叫曾秉炎,这几年他们曾家都是我们的毛茶供应大户,关系不错。这小兄弟自身是在上海的学堂读的书,家里有钱,后来又跟我去了几次汉口,把汉口最高档最豪华的饭店给我学了个底朝天。我叫拦着了,不拦着,那毛巾他都要从汉口给我运来。"

亭曈方才释然,"难怪呢。"

"你要不喜欢,明天你就换,看什么不顺眼都给它换了。"

亭曈喷笑,"那又何必。更浪费了。就这么用吧,以后老爷子若是来,需得也跟他好好解释一下。"

第二天一早,两个孩子看到月池,兴奋得尖叫。

月池跟他俩胡闹一阵,匆匆喝口粥,"我还要去陪土司王。你们在家里休息一天,听姆妈的话。下午钟先生会带你们去书院瞧瞧。"

说着,拔腿就往外面走,熊炎驾着马车已经等在大门口。

亭曈拿起外套追上去,"衣服!"

"不用啦!"

亭曈叹口气,又拿着外套回来,忽而发现手里的衣裳针脚甚好,不输妹子慕贞。不晓得是不是在汉口买的。

吃过午饭,亭曈给两个孩子都换上挺括整洁的浅灰色布衫,等先生上门。

不多时,陈萍来报,"夫人,有人来访。"

"是钟先生吗?快请!"

陈萍摇头,"是个姑娘。她说她姓田。"

亭曈诧异,"田?你都不认识?"

"我才来没几天,认识的人还不多。估计,是茶厂的人吧?"

"也请进来吧。"

看到云岫婷婷袅袅从大门进来,不知怎么的,亭曈的心微微一突。

亭曈爱穿深色衣裳,扎端庄发髻,鹅蛋脸儿白净无瑕;跟她一比,云岫的亮色衣裳和侧髻显得格外调皮。和亭曈的白净皮子不同,云岫的肤色是山里妹子特有的红桃花色。如果亭曈是沉香,那云岫就是水汽氤氲的花香,各成一派。

"夫人好,"云岫笑意盈盈,"我叫田云岫,是月池公的朋友,现在也在茶厂帮点小忙。"

"您好,快请坐。"

云岫打开包袱,呈上两件叠得整整齐齐的宝蓝色长衫,"之前月池公嘱托我,提前给小少爷们做两件上学堂穿的褂子。我今朝带来了。"

"啊,多谢!这哪里好意思!"亭曈惊喜交加。

云岫垂一下头,"粗笨手艺,夫人莫嫌弃才好。我们壶瓶山水气重,看起来不冷,但若是坐着不动,身上就会感觉寒浸浸。"

亭曈心里暗自打鼓,也不知道云岫是已婚呢还是待字闺中,该称呼姑娘还是夫人,只得含糊其词,"您费心了。陈萍快收下,等下正好给竹轩、菊圃穿上去见先生!"

陈萍接过衣服,都忍不住赞叹,"真好看。我这就去。"

亭曈忍不住瞟了一眼还搭在椅背上的那件湖蓝色外套。

过不多时,云岫告辞,钟不期来了,还带着一个和竹轩、菊圃同龄的男孩。

"这是肖善虎,你们肖郝伯伯家的。"钟不期介绍,"往后可以跟你们一起读书。"

肖郝的女儿十八岁便嫁了出去,身边便还剩了这个小儿。从小穷,没读书,底子薄,后来上学堂就总也跟不上趟。但他被严厉的娘管束得倒很乖巧,眼力好,嘴巴甜,茶厂里人见人爱。学堂放假的时候总爱跟爸爸在茶厂里玩。肖郝时常不在,他也不拘谨,偶尔在厂房里帮点忙,还做得像模像样。

一对年龄,竹轩十二,善虎十一,菊圃十,刚好错开一年。立刻就嬉皮笑脸玩闹在一起了。

"你们长大想做什么?"善虎问。

竹轩答,"我想当治国宰相,左宗棠、曾国藩、张之洞那样的人。"

菊圃道,"谁不知道你!我就不一样了,哈哈!我想开钱庄!凭你学富五车,也得花钱不是?"

三个人笑。竹轩、菊圃问善虎,"那你呢?"

善虎挠挠头,"我?我没你们那么大志向……我就想成为你们爹——月池公那样的人。做大大的生意,养活许许多多的人。"

竹轩、菊圃对视一眼,异口同声,"那你最了不起。"

钟不期虽是一副老学究的外表,可举手投足间透着儒雅,跟三个孩子说话,循循善诱。

"天门书院,远近闻名,山长姓唐,你们到时候可以叫他唐先生。湖南与广东一样,尊师重道,遍地都是耕读人家。你们三个都莫要辜负爹娘,要好好读书。"

竹轩老气横秋,"我你大可不必担心。菊圃……就不好说了。"

钟不期诧异,"为何?"

菊圃一边怪叫一边蹦开,吊着母亲的脖子笑。

竹轩回答,"如坐针毡,对牛弹琴,顽劣不堪,全都是等着用来形容菊圃的。"

"我哪有!我哪有!"

钟不期捋须道,"呵呵,那没关系。月池公也嘱咐过山长了。藤条竹板,后山多的是,只管拿来用。"

"我不要!娘!娘!你快说说!"

亭曈仰头哈哈笑,"可算找到治你的人了。快跟着先生和哥哥们去见山长,让你娘安静安静。"

少顷,钟不期带着孩子们出门。亭曈叮嘱熊炎和钱嫂跟着,看学堂还需要置办什么。

安顿完,刚到二楼卧室想补个觉,陈萍又来报:"夫人,又有一个姑娘来访。"

亭曈叹口气,"幸好没躺下。你先去招待,等我梳个头发了就下来。"

"好的,夫人。"

这一回,来的是个女学生。

穿一套改良的布衫长裙,头发编长辫,脸上没有客套的笑靥,眼睛倒是非常明亮。

见亭曈下楼,欠一欠身边当作打招呼了。

亭曈给她倒杯茶。

"月池夫人,冒昧了,"女学生用低沉的嗓音自我介绍,"我叫陆一泛。是月池先生朋友的太太。"

"啊,你看着这么年轻,我还以为你尚在读书呢。"亭曈由衷赞叹,"正在想壶瓶山居然已经有女子学校了。"

陆一泛先是一愣,紧接着微微笑道,"月池夫人真会夸人。"

她端起茶杯喝一口,而后又微微笑道,"我先生,便是置办这茶盏家具之人。"

亭曈恍然,"原来你就是曾先生的太太。不过,你这么年轻,太太给你叫老了,我还叫你一泛吧,你叫我亭曈就行。"

陆一泛头一歪,"可不是。我最烦冠夫姓。我是我自己,又不是他的配饰。"

亭曈心下骇然,但又觉得此言甚是可爱。

"一直只听到月池先生夸他夫人贤惠,今日一见,真的温柔贤淑。"陆一泛道,"我和你一样,也不是本地人,他们说话我时常听不懂,如果亭曈不嫌弃,我时常来找你说话可好?"

亭曈回答,"那可求之不得。你们住在哪里?远吗?我叫马车接送你。"

陆一泛若有所思地一笑道,"说也有趣。我们家在宜市另一侧,不能更远了。我也有马车和车夫,不过我喜欢自己走一走。"

是夜月池回来,亭曈跟他说起白天的这两个访客。

月池今天仍是微醺,好在神志尚在,洗漱完毕往亭曈怀里一躺,幸福得眯起眼来。

"云岫姑娘,真好看,跟她名字一样,一朵朝花儿般。不过,客气得紧,跟人隔着几千重山一样遥远,看不透。"亭曈一边捏着月池的肩颈,一边也毫不避讳地说自己的感受,"我更喜欢一泛,她爱笑,又可爱。"

月池一愣,"咩?咩?"

"你是羊吗?"

"太奇怪了。"月池笑道,"云岫看不透?陆一泛爱笑又可爱?你是不是说反了?"

亭曈回想白天的情景,确定自己没有搞错人,"对啊,我没说反啊。"

月池眨眨眼,咂舌道,"那可真是神奇。我们茶厂上上下下几百号人,没人能跟陆一泛说上话。曾秉炎渐渐地也不大带她出来。我更是从来没见过她笑!"

亭曈推他一下,嗔怪道,"就是你们都不跟她说话,她一个异乡姑娘,没人在旁边,难道一个人打哈哈吗?"

月池也不跟她争辩,"说的也是。"

"我问你,"亭曈突然正色,"那云岫姑娘,还没出嫁呢吧?"

月池"嗯"一声,没在意她话中的话,"没呢。我们茶厂的四股东罗成,喜欢她好几年,无奈就是不肯捅破窗户纸。我还想着等你来了,当个红娘给他俩凑一对呢。"

亭曈细细看他眼底,找不到一丝端倪。

"我自然是愿意做红娘,就是不知道云岫姑娘愿不愿意。"

月池没说话,亭瞳以为他在沉思,仔细一看,发现他已扯起鼻鼾,去见周公了。她好笑地叹口气。

半夜,月池睡过一觉,醒过神来。

搂住亭瞳深深吻几口,"我真的是罪过,你和儿子们都来第三天了,我一个都没陪了。你说鸿钧兄弟这也真是会挑时间。"

亭瞳睡得浅,一碰便醒了,感受到丈夫宽阔有力的胸膛,心中一软,转身圈紧他,"哪有什么关系。我们是家人,天长地久的。你自去忙你的。我们好着呢。竹轩和菊圃也好着呢,钟先生说明天就可以正常上学了。"

月池搂一会儿她,身子便热了。

"我们都有两个儿子了……"

亭瞳听他着没头没脑的一句话,诧异道,"是啊。怎么了?"

月池声音低下去,"要不要再来一个女儿?"

"别闹!大半夜的。"

"奇怪了,不大半夜,难道你喜欢大白天?"

"没羞没臊的,讨厌。"

"来。"

"不要……"

第二天,月池醒来时,亭瞳已经在餐厅安排两个猢狲吃早餐、整理书包,由熊炎送去读书,有条不紊。

等孩子们都走了,月池凑到她耳边,"我还以为你会累得爬不起来呢。"

亭瞳脸都红了,啐他一口,"快坐下吧。"

偏生钱嫂在旁边听到了,关切地问道,"怎么了?夫人累着了吗?"

月池举起一碗粥,支支吾吾道,"我给她累着了。"

钱嫂一愣,旋即乐不可支,"好啊!就当这样!看到你们和和美美,我真高兴!"

月池笑道,"钱嫂,你看你相公走得早,我其实本打算把老陈说给你的,让你也和和美美。唉,可惜现在来不及了。"

钱嫂跳起来,"你个少爷!你开玩笑开到我老太婆身上了!"

月池哈哈大笑。

2

吃完早饭,月池拉着亭瞳,"你跟我一块儿去茶厂。今天没什么正事要谈,土司王的大祭师安排了一场傩戏,为新茶厂祈祷风调雨顺,你也来看。"

"祭师？傩戏？"亭曈好奇心一下就上来了,"这都是什么？"

"走,我边走边跟你说。"

"你等我换身衣裳。"

"别换了,这一身就很美。钱嫂,你也去,趁人多,瞧上哪个汉子了,跟我说一声。"

"少爷！再说我老婆子就恼了啊！"

"哈哈！"

两口子也没有乘马车,手牵着手,沿着河畔慢慢走向茶厂。钱嫂拎着小包袱,笑眯眯落后几步跟着。

月池在亭曈耳边娓娓道来,"常德这个地方,神妙非常。我以前看书或走马观花,发现常德既不能完全用潇湘文化来理解,也不能用笼统的湘西两个字来理解。我一直看不透它为何仙气与匪气并存。它从古到今就很矛盾。北面有中原文化的浸入,西面有巴蜀文化的传承,自身又带着楚文化的几千年历史。所以,你看,这个地方,你看那是吊脚楼的样子,这里是茅草屋,我们家,还有那一栋,都是西洋风格,这里一直就是这么鱼龙混杂。"

亭曈道,"是呢……我这几天偶尔出门,都还觉得奇怪呢。"

月池继续道,"与此同时呢,从古到今,这里又有非常深厚的隐逸文化……比如善卷、屈原、陶渊明、刘禹锡,这些大牛都选择在常德隐居,更别说夹山寺,还是李自成最后出家的地方。这个也特别有意思。"

亭曈笑道,"那必是这个地方有特别吸引他们的东西。既四通八达、时髦先进,又可以避世绝俗、枕石漱流。"

月池点点头,"说得好。任何一个文化,都能被这里吸收,并且慢慢演化成自己的文化形式。傩戏,就是这么一个特殊的东西。它最早起源楚国的巫舞,后来又结合了巴蜀的巫舞,再受了道教的影响,又吸收了汉调高腔的特色,就变成了一种很特别的戏曲。祭师就是沟通天与地的那个人,祈福、庆祝、祭祀、婚丧嫁娶,都会请他们来。"

亭曈听得津津有味,"那他们真的有法力吗？"

月池捏一捏她的手,"你自己看过就知道。"

说着,两个人已经走到茶厂门口。

嘉木、仙芽两个,从之前的泰和合门房,现在变成了茶厂的门童。见老板牵着一个美妇人有说有笑,立刻知道这便是老板娘了,打八丈远的地方就迎了上来。

"月池公好!夫人好!"

亭曈赶紧点头示意,侧一侧目,钱嫂立刻奉上两只红包。

月池一愣,"咦,你还准备了利市?"

嘉木、仙芽见老板没有阻止的意思,伸手接过,摸着硬硬的已经知道是铜钱,开心得合不拢嘴,一迭声道谢,"多谢夫人!"

亭曈道,"无论如何,今天都是我第一次见大家。礼多人不怪。"

月池笑,"不得了,这是要抢我风头的意思了。钱嫂,你小心,你那个小包袱里有多少利市,今天人多,怕是百十个都打不住啊。"

钱嫂"哼"一声,"再多也不怕,多多益善。"

还真的如她所言,一路走一路派,那小包袱宛如聚宝盆,拿也拿不完。

每个人拿着红包都笑逐颜开。钱虽不多,彩头好。亭曈身量纤长,嘴角含笑,举手投足又很谦和,走到哪里都留下一片艳羡目光。男的羡慕月池能娶到这般懂事的堂客;女的羡慕她既已生得如此美貌,又能嫁如此郎君。

月池牵着亭曈,慢慢将茶厂转了个遍。

最大的一间厂房里,很多台碾茶设备正在同时开工,前两天赶着马车来接亭曈的刘世杰便在其中。

月池道,"这是我们正在研究的米茶。从前我们没这能力,卖到汉口去的都是散茶叶,没有形,也卖不出价。如今我们可以把茶叶再加工提炼,变成米粒一样的茶团,包装后可以直接漂洋过海。价格便能比从前再高出几成。"

往第二个厂房走,但见一个高个子大汉,正光着膀子背对着门,和另外几个人琢磨一堆木箱子,又是锯又是刨又是拼装的。

深秋了,他身上热气腾腾,挥汗如雨。

月池又好笑又好气,"我的肖大哥,你这是多热?"

肖郝回头,一见亭曈,哎哟一声,赶紧扯过身旁的布衫就穿,"月池公,你吓我一跳!"

月池指着他对亭曈说道,"这是咱们的二老板,肖郝。"

亭曈早就羞红脸别转头去,闻言小心翼翼瞥一眼,看到肖郝已经穿好衣服,才笑着打招呼,"肖大哥好。"

肖郝摸着头,嘿嘿道,"夫人好,失礼了失礼了。"

"你们这是在做什么?"亭曈问。

肖郝回答，"我们而今不是准备改做米茶了吗？以前的老包装行不通了，就准备统一做一批茶箱。茶箱里头铺锡纸，方便水运。可是用莫得木头做箱子？我们还在琢磨。这不，樟木的，枫木的，松木的，搞了一地，乱七八糟。夫人莫见怪哈！"

亭疃好奇，"咱们普通储藏东西，都用樟木箱，怎么，还不行吗？"

肖郝回答，"樟木箱子防虫，自然好，但是它重呀。松木轻，本来也是好的，奈何气性大，木质松软，处理不好，遇水就变形，将来不好做堆头。现在看下来恐怕是枫木最好，又轻，又硬。"

亭疃点头，"好。你们忙，你们忙。"

说罢退出来，钱嫂再进去派利市。

亭疃在一片欢呼声中瞧着丈夫，满眼都是倾慕，"茶厂搞得真好，你辛苦了。"

月池嘿嘿一笑，压低声线道，"那就再给我生个女儿吧。"

亭疃才刚刚平静的脸又红了，狠狠推他一下，"讨厌。"

月池牵着她，继续往后面走。

亭疃数一数，"钟先生，肖大哥……如今，也就剩你昨天提到的四老板——罗成——我还没见着了。"

月池道，"他啊，他这个时候应该还在学堂忙。不过，今天这场傩戏，是土司王座下大祭师办的，隆重盛大，他必会来看。到时候就认识了。"

亭疃想一想，道，"那云岫姑娘和一泛妹子，也都会来咯？"

月池点头，"应该是。"

话音才落，一转角，云岫手里捧着一只扁平的篾筐，和一个小丫头边说话，边迎面走来。

她半歪着头说话的模样，依然如前日见她那般俏丽。上身着湖水绿短袄，下头配黄绿相间瑞兽百花马面裙，头上戴一朵浅紫色簪花，又整齐，又好看，在这忙碌且到处是男人的茶厂里宛如深夜繁星一般打眼。

亭疃突然想到自己这一身儿藏青色，后悔没拗过月池。她就应该换那套红色葡萄蝴蝶纹袄裙来。

思忖间，月池已经打起了招呼，"云岫妹子好。"

云岫猛一抬头看到他俩，愣住，而后莞尔一笑道，"月池公好！夫人好！"

月池笑，"长久不见你了。"

亭疃还礼，"多谢云岫姑娘送来的衣裳，两个顽劣小儿穿着又暖和又好看。"

月池侧目赞同,"云岫妹子的手艺,可不输慕贞。"

亭曈微微欠身,"是。"

云岫若有所思地浅笑道,"应该是我多谢二位不嫌弃。我前阵因照顾爹爹身体,来得少了。明年春茶开采,我会常来的。"

月池诧异,"田掌柜?他怎么身子不爽利吗?"

"也没莫得大事,秋天有点咳嗽,夜里有时咳到睡不着。我陪了一段时间,吃了药,现在好些了。"

月池道,"别不当回事,病从口入,肺的毛病最多变化。等这两日过了,送走土司王,我就去看你爹,给他把把脉。"

"那先谢谢月池公了。"

"你先忙,晚上见。"

月池夫妻二人目送走云岫,对视一眼。

亭曈秀眉微挑。

月池不明所以,"怎么了?"

亭曈没说话,抿嘴一笑。

倒是钱嫂在旁边点破,"这位田姑娘,真是好看。她穿那身衣裳,在这厂子里走来走去,不管走过哪里,男人们的眼睛就粘上去了。"

月池扭头去看云岫背影,果然如此。

一笑,"云岫缝衣裳的手艺是一绝,她自己身上穿的,自然也是最恰当的。我自打第一天认识她,她便是这样,钱嫂,你真是犀利,你不说我还真没注意。"

钱嫂撇撇嘴,拉一拉亭曈的衣袖,低声道,"得,我犯错了,这下注意到了。"

亭曈笑得花枝乱颤,"你们两个都别闹了。田姑娘越美越好,她美了,厂子里的汉子们干活儿更起劲不是?"

月池轻轻抚一下亭曈的脸颊,"看看,这就是老板娘的气度,跟我想的一样。说得好!哈哈!"

再往前走,是一间规模不输制茶厂房的茶仓。茶仓里,一堆堆、一筐筐堆放着秋茶,香气扑鼻。

月池道,"我们现在拿秋茶在做第一轮提纯。把经过碎、车、筛、拣、烘后的纯净茶粒——也就是米茶,依照不同的等级字号堆放,再混合,这叫官堆。咱们的等级字号是按《千字文》来的,天、地、玄、黄。天字最高。"

亭曈笑,"一听这等级名字,就知道是你的手笔。小时候《千字文》没白读。"

月池继续道,"天地玄黄又再各自分为一、二、三,三个等级,混合的时候,'天'字号和'地'字号一、二级混合,列为'天'字号;'地'字号第三级和'玄'字号一、二级混合,列为'地'字号;依次再类推。"

再往前,是一个茶室模样的房间。几个匠人在里头认真地品茶,不时交头接耳商量几句,又记录几笔。

见到月池,赶紧问好。

月池挥挥手,"你们忙。薛友才,你过来。"

但见一个清秀的白面书生,穿一身雪白麻布衣裳,长辫子利落地绑在头顶。他从茶台后挤过来,身形挺拔,姿势利落,恭敬行礼,"月池公好,夫人好。"

月池向亭瞳介绍,"这里,是品题部,专门用来最后把关所有米茶。薛友才是我们首届斗茶大赛的佼佼者,也是咱们祁门师傅带出来的高徒,他的眼耳鼻舌,几乎就是金科玉律,现在他负责我们品题部的工作。"

又转向薛友才,"你去泡一杯天字号的茶来给夫人。"

薛友才泡完茶,恭恭敬敬递给亭瞳,"我们严格按照'色、香、味、形、看、闻、摸、品'八字诀选茶,在茶叶装箱之前,最后鉴定红茶品质。上好的天字号红茶条状鲜嫩,色泽油润,汤色红艳明亮。月池公交代了,英人王室最喜用的早餐茶和伯爵茶,必须全部用'天'字号红茶。所以不容有错。"

亭瞳尝一口茶,但觉入口香甜,回味悠长,赞叹道,"真好喝。辛苦你们了,做得真好。"

"多谢夫人赞赏。"

钱嫂派利市,愣是特地塞了两个给薛友才,"小伙子长得真俊俏,我老嫂子看着就喜欢。"

倒是给薛友才弄得有点脸红,"多谢,多谢。"

月池笑一笑,问薛友才,"对了,我记得你是容美的吧?"

"是的,月池公。"

"那今天的傩戏,你得来看,一定会喜欢。"

"好的。"

月池和亭瞳继续走到中庭,戏台子已经搭起来了。

说是戏台子,其实是一个晒茶用的坪。高出地面几个台阶,两侧挂上旗幡,前头摆上桌椅,俨然就是像模像样的戏台子了。

亭瞳看那中庭里摆满了桌椅,桌上又有各色果子蜜饯茶盏,才意识到这场"戏"

只怕不是她理解的简单一场戏,忍不住问道,"这一场傩戏会唱很久吗?"

月池道,"土司王带来的人马,自然不会是小阵仗。他一直说要给我的新厂落成做三天三夜大法事,如今肯降格到只演一天,很不容易啦!"

钱嫂也忍不住好奇,"那满茶厂的人,都要乖乖坐在这里听一整天戏?"

月池摇头,"那倒不用,流水席,空了来听,有事就走,自有丫头收拾茶盏更换新的来。等下大祭师来,会介绍今天要演出哪几场,你们听着有趣就听,不想听了,也随时可以走的。"

亭曈笑,"你去操心你的事,我和钱嫂会看着办的。"

不多时,一阵喧闹声中,土司王来了。

和月池一样,第一眼,亭曈只当他是个普通书生。

模样俊秀,气质儒雅。

跟在他身后的祭师、随从等人,倒是个个精明能干的样子。有几个随从背后就带着火枪,看得人心惊肉跳。还有那个大祭师,鹰眼锐利,看一眼仿佛能挖出你三十年前撒过的谎一般。

一阵寒暄过后,亭曈心里暗自打鼓:可不要和这样一桌人坐一起看戏,那简直要了命了。

天助她。正寻思间,老陈、阿衡、一泛到了。

趁月池、老陈上前跟土司王他们聊天,她拉着钱嫂悄然退下,到邻桌挨着一泛、阿衡坐下。

阿衡临盆在即,行动不便,一泛悉心陪着,清冷的脸上没有露出丝毫不耐烦。

亭曈让钱嫂再拿了个软垫给阿衡垫着坐,"深秋寒凉,你要格外当心。"

阿衡身体虽壮硕,面孔一如湘西女孩子的娟秀,闻言羞涩一笑,垂头谢道,"多谢夫人。"

一泛递给亭曈一只香囊,"前两日有人送了我两个香囊,一只白鹤,一只凤凰。我留了白鹤,凤凰送给姐姐。"

亭曈接过来,刚要道谢,阿衡扑哧一声笑,"一泛妹子,哪个送你的香囊?"

一泛一愣,"怎么了?"

亭曈也不解其意,抬起香囊闻一闻,道,"白芷、艾叶、辛夷、薄荷、冰片……都是好东西。"

她又将香囊平平的展在桌上细看,"这绣工也好得很,针脚、配色,都属上乘。有什么问题吗?"

阿衡一味地笑，"夫人莫急，你先听一泛妹子讲讲看，这是哪个送她的。"

一泛不疑有他，大大方方回答道，"就是品题部的那个薛友才啊。他说他从容美来，母亲给他绣了许多香囊，让他带给茶厂的夫人姑娘们，说戴着这个，驱虫，辟邪。"

阿衡笑得更狠了，"许多香囊……那为何我没有收到？"

一泛更加莫名其妙，"是吗？那他……"

亭曈似乎明白了什么，"哦……难不成，这送香囊，是容美的风俗？"

阿衡回答，"薛友才是土家人，这确实是土家的风俗。不过……"

一抿嘴，又扑哧一声笑得双手托腰，"一般是女伢儿送给喜欢的男伢儿的！"

一泛一听"喜欢"二字，吓一跳，眼睛瞪得溜圆，赶紧扯下自己腰间配着的那只白鹤香囊，烫手一般摔在桌上。

钱嫂在旁边也忍不住笑了，伸手将两只香囊都拿下，揶揄道，"我才夸他俊俏呢，谁知道他也是个不长眼睛的。一泛妹子已经成家，他还有啥希望？又被转送给夫人，更没希望了。要不两个都给我，我老寡妇吃得消，谁叫他长得俊呢！"

说得三个人都笑到前仰后合。

陆一泛又将白鹤香囊抢了回去，"罢了，我不戴了，挂在蚊帐上熏蚊子吧，好歹也是人家的心意。"

钱嫂像煞有介事将那只凤凰的别在了自己腰上，"那我也熏蚊子吧，秋蚊子毒辣得很。"

几个堂客在这里莺声燕语，那边月池终于听到，走过来笑眯眯问，"你们笑什么呢？说给我们这帮大老粗听听。"

亭曈忍住笑，"我们在说钱嫂子觅着如意郎君了，你可要做主？"

钱嫂又跳起来三尺高。

人渐渐多起来，商会张德功会长、行会李大全行头，都一一到场。

还有一位爽朗的童奚大哥，带着娇滴滴的苗族美少妇昧旦也来捧场，月池都悉数介绍给亭曈认识。

亭曈赔笑赔得脸都要僵了。

真心佩服相公这应对自如的本事。给她，这才半天，已经应接不暇。

更教她应接不暇的是奇妙的人际关系。

土司王覃鸿钧见了童奚，客客气气称呼童老板，却称呼童夫人为姐姐，感觉跟她更亲近似的。

昧旦掩着嘴角笑得花枝乱颤。

悄悄问月池，月池在亭瞳耳边轻轻道，"我也不清楚昧旦第一任相公是谁，但应该是覃氏宗室里的大人物。既然土司王都管她叫姐姐，那估计就是另一个千总或百总了。"

"哦，"亭瞳恍然大悟，"原来还有这一层关系。"

等戏台子下桌子坐满时，月池请出大祭师，为大家介绍今天的傩戏剧目。

覃孝冲起身登台。

他身份特殊。只需清清嗓子，目光平平一扫，场下立时鸦雀无声。

"各位，秋安。"他拱拱手，"今朝有很多外来客人，也有很多老朋友。少不得，就由我觍着老脸把傩预先讲一讲。楚俗尚鬼，信鬼好祠，其祠必作歌乐鼓舞；又饱读诗书，愁思沸郁，以歌舞展现。我们的先人，用狰狞凶狠的傩面和声色俱厉的狂舞来驱除一切灾难和困难，这种力量也保护我们至今。所以，稍后见到傩面，外客莫怕，那都是神明的象征。"

底下有人"好"一声喝彩，接着众人陆续鼓起掌来。

亭瞳只觉得他说话文采斐然，语气又很温和，与他的严厉形象大相径庭，不禁深为自己此前的以貌取人汗颜。

掌声过后，覃孝冲继续道，"傩公傩母是兄妹，用外乡人容易理解的话讲，就是伏羲女娲的化身。为了人类繁衍，只能兄妹成婚。开始哥哥不肯，出了三道难题给妹妹，但三道难题妹妹都迎刃而解。哥哥仍然害羞，所以傩公面上有红云。等下看到面色带红的，可不是大姑娘，那是傩公，另一个才是傩母，大家莫搞反了。"

众人皆笑，伸头张望。

"今天四出戏，第一出《桃源洞神》，传玉皇和王母之命，请先锋赴傩坛，助杨十九郎过关去桃源洞祈福。第二出《刘海戏蟾》，讲男欢女爱、刘海成仙的故事，希望觅得如意郎君或者如花美眷的，可以仔细听。第三出《姜女下池》，主要讲求爱求子，希望多子多福的，可要好生接愿。第四出《目连救母》，讲孝道，希望子女承欢膝下的，可以拉着伢儿一道来听。"

亭瞳冲一泛道，"第二和第三出戏挺有趣，我想听。"

一泛也点头咋舌，"我渐渐喜欢上壶瓶山，也是这个原因。这里虽处深山，对女人的态度，十分有趣，竟比其他地方都要开化平等一些。"

他俩在这里说话，全然不知不远处，一双美目又惆怅又羡慕地凝视她俩。

正是云岫。

长久以来,她一直盼着能见月池夫人。她想看看这个夫人是什么样的狠角色,能把月池管得滴水不漏。

她想过很多。若是月池夫人凶狠严厉,自己可以给月池温柔;若是月池夫人心胸狭窄,自己可以给月池安慰;若是夫人尖酸拮醋,自己可以给月池宽厚,甚或名分也都不重要。

谁承想,亭曈居然一身和气,毫不锐利,温婉如水。

第一出傩戏唱了什么,云岫完全没有听进去。她的眼睛全程在亭曈和舞台先锋之间游走。她看到亭曈在笑,在惊诧,在和陆一泛、袁阿衡交头接耳,也看到台上的先锋威风凛凛出场,翩若惊鸿,婉若游龙,斗篷舞得密不透风。云岫如提线木偶一般,呆呆地跟着笑,跟着鼓掌。

心里难受,却又不知道该如何宣泄。想生气,又不知该生谁的气。

忽然一个人影进入视线,居然是很久不见的罗成。

他依然瘸着腿,脸上带着憨厚的笑,正趁两场剧的中场休息时刻给亭曈问安。

瞧他那前襟后背的衣服都汗湿了,显是刚结束工作匆匆赶来。可让云岫意外的是,他身边,居然还跟着一个妹子。

那妹子她没见过,一身靛蓝色朴素打扮,头发微微凌乱,牙齿并不很白,脸盘圆圆,一直笑,跟着罗成寸步不离。

亭曈向他俩还礼,身边的钱嫂各自派上一个利市。

罗成和那妹子收好红包,相视而笑。云岫眼尖,已从那妹子抬起的手腕处,见到了她曾戴过的那只玉镯。

云岫忽然觉得阳光刺眼,刺得眼睛生疼。

她使劲闭了闭眼睛,再睁眼时,竟看到月池向自己快步奔来。

她心中狂喜:你终于想起我了,看到我了,要来救我了。

刚要伸出双手迎接,月池却径直从她身边跑过,倏忽消失在人海。

云岫笑一笑。

如梦幻泡影,终究是全都错付了。

她身子一歪,从椅子上重重摔了下去。身边惊呼声、脚步声瞬间迭起。

可她全然无感。

心中的壶瓶山和眼前晃过的壶瓶山,混沌一片,歪歪斜斜,寸寸崩塌。

还什么远山长,云山乱,晓山青;只剩下沙溪急,霜溪冷,月溪明……

其实,云岫倒下去之前看到的月池,并非幻影。

第一出戏《桃源洞神》,月池之前就曾看过,所以没太在意,全程都一直在和覃鸿钧、张德功、李大全低声交流来年计划。

月池道,"我打算把五峰、鹤峰、长阳、宜都、松滋全都算进茶区。茶厂新培训的制茶师傅们可以充当重要买手,他们负责茶的品质鉴定、管理。如此一来,我就遇到了两个难题,需要请三位指点迷津。"

"月池公请讲。"

"今年我已经疏通了澧水最难走的一段,壶瓶山的茶还走水路出去。我大约算了算产量,两万斤米茶是保底,正常茶船得有百十条,再大的船就要搁浅了。所以,我的第一个难题,是如何安排从五峰鹤峰收来的茶叶?把五峰鹤峰的茶运到壶瓶山精加工,再送出去,有点吃力不讨好。不如就在当地制茶、再走陆路向东径直到汉口,更省时省力。"

张德功点头,"确实是这个理。你可是想和我商会一道,水路之外,把陆路也整治了?"

月池笑,"瞒不过张会长法眼。我大概算过,澧水治理,二百余里;陆路整治,从宜市到津市、宜市到鹤峰,加起来六百余里。开山凿石,青石板铺路,不管需要多少钱,我泰和合出一半!不,我全出了也没问题!就是希望会长、把头多给我派点人手。"

李大全竖起大拇指,"月池公真的是千古第一人。多谢你我给了天大的机缘。人手的事,我来安排。人手的经费,也都从我行会里头出!没道理全让你一人担着!"

张德功也允诺道,"商会更是无条件支持月池公。牵扯到公文的事,我全力负责。"

月池谢过两位,又转向覃鸿钧,"鸿钧兄,按照我的这个思路,就有第二个难题了。我需要在这些地方开多一些茶庄,专门采购、制作、运送红茶。担心这些地方有牵涉到其他土司,所以请教鸿钧兄示下。"

覃鸿钧道,"不妨事,这些地方的土司我们都有来往。麻寮土司帮理不帮亲是传统,最喜欢听大道理;桑植土司崇尚自由,直爽,快意恩仇。我都先去打个招呼,随后你自己再去拜访。以你的聪慧,自己一定懂得随机应变。"

月池握着他的手,"多谢哥哥指点。你这两三句话,省却我一年工夫。"

覃鸿钧瞧着他,"当浮几大白?"

月池两个难题都落地,心中欢畅,一仰头,哈哈大笑,"我被哥哥喝怕了,不过哥哥要喝,我必须奉陪!"

这一仰头,就看到了台上那游龙惊凤一般的先锋。

"先锋"二字说起来是指非常勇猛的将士,但正如覃孝冲此前介绍的,在湘西傩戏里,"先锋"却是一个女性,是傩愿老司打开桃源洞后搬请的第一位女神,受封于玉皇大帝和王母娘娘,斗篷舞起来如满天红云,威风凛凛。

此刻先锋正唱到,"……偶钵罗花向日开,满天星斗入莲台……"

月池猛地一愣,像是梦中见过这一幕一般。

再细看那先锋,更是有恍如隔世的感觉。

那挺拔英姿,那举手投足的利落,还有那鬼魅一般的面具……

他不由自主地站起身来,看得呆了。

正巧剧目也接近尾声,大家以为他要带头感谢先锋,也都陆陆续续站起来,鼓掌鸣谢。

也不知发呆了多久,月池忽然回过神来,扭头四下追寻"先锋"的身影,但见红斗篷一闪而过,往人群背后飘走。

他拔腿便追了上去。

云岫倒下去的时候,他已在中庭之外,浑然未察身后发生了什么。

追出泰和合,先锋已不知去向。

是璀错么?

月池在晴空底下站了一会儿,才惆怅地抽身回来。

嘉木来报,"云岫姑娘似乎中暑,晕过去了,才把她送去了账房里休息。"

月池吓一跳,"中暑?这寒天也会中暑?"

说罢抽身便向账房走去,迎面碰到仙芽。仙芽见他行色匆匆,问道,"月池公可是去瞧云岫姑娘的?"

"是。她怎么样了?"

"不妨事,先锋给看了看云岫姑娘,又给施了法,此刻已经醒了。"

先锋?月池一愣,脚步更急,"原来他去了账房?"

仙芽和嘉木不明所以地对视一眼,赶紧跟上。

可到了账房,杳无一人,漫说先锋了,连云岫都不知去向。

就剩一个钱嫂在收拾桌椅,一见月池,赶紧道,"没事,云岫姑娘说她先回家了。"

"可有人跟着?"

"她的小丫头跟着的。"

月池仍不死心,也不知道哪根筋搭错,伸头望房梁、门后、桌下,都打量一眼。

这一回连钱嫂都不明所以,打趣道,"难不成我还骗你不成?把云岫姑娘藏房梁上啊?"

月池苦笑。

走回中庭路上,忽见薛友才独自一人立在廊下,遥遥望着戏台。

远处传来的锣鼓喧天变成零零落落几声,微风吹起,薛友才苍白的脸上一片寂寥。

月池想起最初见他时,身边还有一个兄弟。两个年轻人身穿土家衣裳,端着一瓮白鹤井水,边讲故事边泡茶。

"我一直没问你,"月池走到他身边,"你的同伴呢?"

薛友才霍然回头,淡淡笑道,"那是我大弟。他去年病故了。"

"啊?"月池忍不住惋惜,"这么年轻。"

薛友才道,"不知月池公听没听过一种戏,叫'杨花柳'。"

月池摇摇头。

"咱们湘西北的民间,只流行汉调和杨花柳。杨花柳不比傩戏神秘大气,唱的都是'三打''三杀'这种俗事,也不难唱,唱腔好听,戏子装扮也好看。老百姓看了戏,记着戏里的人,当了真,便假戏真做,跟那些戏里的姑娘就说不清道不明了。"薛友才惆怅道,"所以老百姓才说,'看了花柳戏,必得花柳病',我大弟便是这样,看了戏,爱上唱戏的姑娘。却哪里晓得那姑娘……他得了花柳后一年,浑身溃烂,茶水不进,就这么撒手人寰。"

月池也不知道该说什么好,只拍拍他的肩,聊以安慰。

薛友才笑一笑,又望向舞台,"若哪一天,汉调、杨花柳,都能一样登堂入室,莫再走那下九流的路子,我大弟魂兮安矣。"

月池道,"行,你帮我记着这个事儿。等咱们规模再大些,把戏台子搭到壶瓶山大街上去,让来往商旅都能听到。咱们正正规规,莫挨那些个邪门歪道。"

薛友才点头,"嗯。多谢月池公。"

"走,听戏去。"

此刻已经唱到第三出——《姜女下池》。

一段锣鼓清唱的高腔起,满场和声如雷贯耳。

姜女,便是孟姜女。和全国各地吟唱孟姜女哭长城的故事不一样的是,傩戏的姜女,是故事唯一的主人公。

台上姜女唱道,"姜女不到愿不了,姜女一到愿勾消……"

孟姜女下池干什么?是洗澡,也就是被禊。

被禊指拂除邪气除去灾凶的一种祭仪。这种仪式在周代便由女巫主持,《姜女下池》里便清晰残存着这一仪式的痕迹和顺序:

第一步,"奴在梳妆台前坐,精心细理来梳妆。"

第二步,"左梳左挽盘龙髻,右梳右挽插花行。盘龙髻上戴簪子,插花行内安麝香。"

第三步,"来到紫禁金殿上,奴家洗手焚宝香。"

第四步,"一身四体脱完毕,双脚跳下藕池塘。"

姜女求郎君,不问老少、不论美丑,就跟这片土地上那些原始而纯朴的人们一样。

月池望着姜女,想到先锋。无论祭师们是男是女,他们都在鬼神与人的对话中负责沟通。傩戏,乃至其他戏种,都是沅澧普通民众的精神圣殿,是人的灵魂与欲望安放之处。人们在生育、生产、生活中,遇到一切疑难,都会到圣殿祈祷与还愿。巫师的面具,就是鬼神的代言,巫师的舞步,就是对鬼神的敬仰与歌颂。

然而在民间,老百姓没有华丽的丝竹,只有用纯粹的肉身与肉体相呼应。傩,以恣意瑰丽的想象创造了鬼神的世界,以近似疯狂的步伐创造了舞蹈,以情感呐喊的方式创造了高腔……后来这些,都成了艺术。

月池看着载歌载舞的满场观众,联想到刚才和薛友才的对话,突然更加明白了傩的意义。

动辄便说"老天保佑""老天爷会收了你""祖上积德",都是在遵循对天地神鬼的敬畏。

这大概就是常德人侠气与匪气并存的一个重要原因。

心中一杆秤,那是侠气,是宗族血脉的同声连气;天地一杆秤,那是匪气,如覃氏祖宗一样,敢于对一切不平等条约进行反抗,即便对方是天子又怎样?

3

大戏过后没多久便立冬,转瞬就到小雪。

这是月池在壶瓶山过的第三个冬天了。

壶瓶山的雪有股聪明劲儿，每到二十四节气中的这个"小雪"，准点便落。宜市在山脚下，地气足人气足，雪不容易凝结；从半山腰往上就不是了。山势陡峭，白雪堆积在山脚，又跟山崖上挂着的冰凌遥相呼应，立时就有了寒冬的滋味。

但就在小雪当天，比天寒地冻还让月池感觉冷的一件事情发生了：罗成要走。

月池不是没有预料到他们四人会散伙，但怎么都没想到，第一个走的，会是罗成。最老实巴交、最少言寡语、最憨厚温和的罗成。

在二楼月池的办公室里，罗成局促不安地坐着。

月池从窗边走到柜子前，又从柜子前走到窗边。

两个人就这么默默对峙了快一个时辰。

仙芽起先端来热茶果子，又递给月池一个铜手炉。隔半个时辰去添茶加水，发现水和果子分毫未减，红铜手炉兀自杵在桌上动也未动。月池面若玄坛，罗成害怕却也没有退缩。

仙芽吐吐舌头，悄悄拎着已经凉了的手炉溜之大吉。

别看月池公平时温和，真生气起来，吓死人。太窒息了，他要在那房间里，会喘不上气。

房间里的月池，在心头把刚才罗成说的理由盘了八百遍后，突然一笑，打破沉默，"为了多陪老娘，我可以给你减轻工作量；为了跟堂客生伢儿，我甚至可以给你暂停手头的一切事情，就像去年老陈成亲时那样。你说的这些，我都不能接受。你再给我个像话的理由。"

罗成嗫嚅道，"那……那个……我堂客讲，我们寻常人家，顶不起那么大的锅盖。月池公你的宏愿抱负，我都懂，可我没有莫得感觉，也不想一道走了。我就想安安静静拿回属于我的钱，做点小生意……"

越说，月池的脸色越难看。

罗成也注意到了，赶紧补充道，"做点小生意，或者！每年就给月池公你供应几百斤毛茶！我和堂客在自己的院子里种上茶叶，陪着老娘孩子，就心安了。"

月池简直要被他气笑，也不走来走去了，一屁股坐在太师椅上，重重地掀了掀茶杯，"小生意？几百斤毛茶？你东家不肯做，要做赶茶工，究竟是何道理？"

罗成没有回答。

"还有，"月池气不打一处来，"你只想安安静静拿回属于你的钱？凭什么？你忘了我们的契约了？"

罗成挠挠头,道,"那契书上写的是,'如有违者,兄弟反目,此生永不谅解'。并没有说不能拿回我的钱。"

月池气急,一抬手,恨不得就把茶杯盖子飞过来砸他。

罗成也吓着了,扑通一声跪下,给月池磕了一个头,"如若不能全部给我,给我一半,也成。"

月池闭上眼。他不是怜惜钱,他是痛惜情。

过不知多久,他才感觉耳畔不再嗡嗡作响,血慢慢回到头顶,神志归位。

"仙芽!进来!"他抬高声线,"我知道你在外面。"

仙芽的脑袋应声从门缝里伸进来。

"去请钟先生。"

"哎,好嘞。"

不多时,钟不期拿着账本到了,一脸了然的样子,显然已经从仙芽那里听到了七七八八。

"钟先生,你算一下,如果给罗成退回一半资本金,折合多少两银子?"

钟不期借着月池桌上的算盘,噼里啪啦一顿算,很快就给出了结论,"他的一半资本金,盈余加上折算,约莫两千两银子。"

月池道,"如今账房上支得出这笔现钱吗?"

钟不期想一想,道,"硬是要支,也没得问题。只不过开春收茶的时候,就得缩减一些茶田了。"

月池没有说话,重回窗边,默默凝视远方白雪皑皑的壶瓶山。

钟不期看看罗成,叹口气,低声道,"罗兄弟,你这真的是……"

罗成就像变了一个人一般,不依不饶,"我已经只要一半本金了……"

钟不期被他也气得呛咳起来,"这是钱的事儿吗?!唉!你呀!"

罗成道,"赚了钱回来,买莫得设备,置莫得田地,月池公也没有跟我们打过商量,我也没有一句怨言,我也没有看过一眼账本。多了少了,也都是你们大发慈悲,看着给吧。"

钟不期手都哆嗦了,"你快闭嘴……咳咳,你快闭嘴吧!气死我了!"

月池回转身,按住他的肩,语气倒是恢复了平静,"先生莫气。就这样吧。我不想解释。去给罗成支四千两银子吧,顺便收回契书,我们兄弟恩断义绝。"

"四千两!"钟不期跳起来,"那可真的就没多少活钱啦!"

月池淡淡道,"我本意是想还他两千两,还剩一半留在泰和合做个退路。如今,他既然把话说到这么难堪的地步,我必须成全他。去吧,休再多言。"

钟不期还要说话,被月池狠狠捏了一下肩膀,才闭上嘴。

他从账房拿了两张银票来,罗成掏出契书,刚要以物易物,门突然又被推开了。一个既熟悉又陌生的身影出现在门口。

那是云岫。

自从看戏中暑之后,大家又是许久没再见她。今朝她穿着一身雪白袄子,肩披黑色暗金绣花短斗篷,头上无一装饰,面庞宁静端庄,半丝笑意也无,却仍如初冬的雪梅一般秀美庄严。

"云岫?"月池诧异,"你这是……"

云岫一言不发,大步走到罗成跟前,卷进一阵寒气熏风。

她一抬手,夺过钟不期手里的银票,翻来覆去看。

然后将其中一张塞回钟不期手里,又将另一张,啪一声挥到罗成空着的手心,"两千两白银,你要便要,不要拉倒。"

罗成,不,连月池和钟不期都从未见过这样杀伐果断的云岫,一时都惊呆了。

"欺负兄弟,没有这么欺负的。叫赚钱了,若没赚钱,是不是要被你把房子墙皮都拆了,分家去?"云岫对罗成冷面寒霜,伶牙俐齿。

罗成拿着银票,不知所措,"我……我没这个意思……"

"虾子脑壳上顶泡屎,你哪里来的胆敢在这里叫板?月池公亏了你的短了你的,你敢疑心他?要不是他带你出身,你老娘还在深山里翻荸荠,你堂客还在天上飘。"云岫语速不紧不慢,不留心听着还以为她在好声好气跟谁商量事,哪晓得句句都针尖似的,戳在罗成心口。

"好……是……"罗成张口结舌,对云岫,他依然半点脾气都没有。

云岫再夺过他另一只手里的契书,打开看看,确认无误。是她亲手准备的纸笔朱砂,如今物是人非。

云岫从袖中取出一张字据,朝月池挥一挥,"我拿两千两白银,买罗成的本金。从今往后,我来做这个四当家的。不知道月池公接不接受?"

月池一下子也没想到什么破绽问题,嗫嚅道,"好……接受……欢迎……"

云岫转向同样呆若木鸡的钟不期,"钟先生愣着干吗?这个字据你收好,写得匆忙,字迹潦草,但作得数。请拟契书。我午后就把银票送来。"

三个男人还在懵圈中,云岫一气呵成,看月池用了印,她按上手印便收工回家,前后拢共不到一炷香时间。

等罗成也走了,月池和钟不期都瘫在太师椅上。

罗成、云岫刚刚这一出,像是一只玉瓶儿跌落,眼瞧着坏事要摔个稀碎,结果临撞地的时候被人一把捞住似的。劫后余生,又荒诞不可思议。

"这常德的堂客发起狠来,气势比男的还足啊。"月池道。

钟不期道,"说到堂客……月池公,你信不信,今朝罗成的这些狗肚子话,只怕都是他堂客教他讲的!"

"我信。"

"娶了你夫人这样的堂客,家里不兴旺都不行;娶了他堂客这样的,哈,等着瞧,有罗成哭的时候!"钟不期比月池更生气,"娶了云岫这样的堂客……等一哈,我可不敢娶她这样的,凶起来太吓人了!"

月池回想今天的一幕幕,突然哈哈大笑起来。

"哈哈哈哈,哎,钟先生,你说,人生真的是太有趣了!"

"也就只有你,还笑得出来。"

"不笑怎么办?哭哭笑笑都是一天!"

月池中午回家吃饭,脑子里仍盘桓着刚才的事,越想越好笑,转头学给亭曈听。

亭曈也听得呆了,"云岫妹子果然女中豪杰。"

月池笑,"果什么然啊,云岫从前不这样的,比谁都好说话,半点脾气都没有。"

亭曈彼时正跟孩子们一起吃热腾腾的红米粥,闻言扑哧一声笑,红米都喷到桌上了,赶紧擦。

月池难得见她失态,"怎么了?我说错了吗?"

亭曈一边擦桌子一边瞪他,"你们男的……根本不懂得女人。云岫姑娘骨子里就坚决,她定下来的事情,不声不响,便会一辈子做下去。比谁都好说话,那是因为她懒得计较,也无需放进心里。"

月池愣住,"这样吗?"

听到亭曈这样一说,他忽而想到今天的云岫,素净装扮下,气质跟姑母倒是如出一辙。

忽然回过神来,"等等,我的少奶奶,我怎么突然发现你对她评价很高啊?我一直以为你不是太喜欢她。"

亭曈又差点喷饭,"我的少爷,你以后不要分析我们女人了,你猜的,基本全错。"

第三章 青山不老故人来 | 231

月池投降,"好的,我有自知之明。老陈也这么说我来着的。"

亭曈道,"不过,云岫姑娘此刻既然已经是正式的四当家的,你需得找她细细聊一聊。我瞧着,除了是个女儿身,她的能力不见得比罗成弱。你别因为她是女儿身,便架空她,亏待她。需要给她留几分执掌威严的,也得留着。"

月池点头如捣蒜,笑嘻嘻,"太巧了,这位大美人,我也是这么想的,咱俩咋这么有缘。"

"你别在这里油嘴滑舌。我知道你懂,我就是怕你不知不觉欺负了云岫姑娘,还傻乎乎的。"

"感恩夫人如此贤惠大度。"

亭曈懒得再理他,转头朝向两个一直在偷听夫妻聊天的竹轩、菊圃,"你们吃快一点,一泛姨估计都要到了。"

菊圃吐吐舌头,"少奶奶,大美人,夫人,遵命。"

竹轩原本绷着劲儿,闻言忍不住仰头哈哈大笑起来。

月池这才注意到,亭曈也好,二儿也罢,穿的都是出门的短打袭衣,脚上也蹬着厚实的水履。

"你们这是要去哪里?"

亭曈回答,"一泛家有一个赏雪极美的亭子,昨日我们去她那里赏雪,一高兴,就商量着今天一块儿去山上玩。一泛和我都一样,极少见到山雪,又爱又怕。偏巧你们铺子那个叫薛友才的伙计,打小住在山上,一听我们的主意,便说他要来带路。所以我们就在这里等他俩来接。"

月池越听越蒙,"……不是,你等一等。一泛家有个亭子?薛友才听到你们的主意?还有今天竹轩、菊圃不用上学堂吗?"

亭曈瞥他一眼,"昨日今日可都是休息日呢,我的大少爷。"

月池还蒙着呢,大门那边传来响动。

陈萍去开门,冷风卷着一个银缎红梅镶白狐毛边的半身斗篷便挪了进来。斗篷里的人儿一边笑一边走,"快些快些,风大了路可就不好走了。"

走几步发现客厅里还杵着个月池呢,赶紧停下脚步,收敛笑容,"月池先生。"

月池望着眼前娇俏明艳的陆一泛,也不晓得该说什么,只得胡乱点个头,"啊,你来了。"

竹轩、菊圃显然已经跟她很熟了,自动上前,一左一右牵住她的手便往外拽,"那赶紧走吧!"

陆一泛被俩大小伙子拽得踉跄往外跑,边跑边回头,"亭瞳姐你快些啊,我们在外头等你!"

她的红梅斗篷下穿着一身儿桃红色家常袄裙,衬得她的瓜子脸更加生动活泼;对她的印象仍停留在半年前的月池目瞪口呆,感觉年画上不苟言笑的仙子突然活了过来一样。

"陈萍,你和钱嫂下午别忘了去集市啊。"亭瞳一边赶着出门一边交代。

"我记着的,夫人,你们路上当心。"

"晚饭我们就在一泛那里吃了,你们自己吃吧。"

"好的,夫人。"

"跟熊炎说炉子上的药要炖足足十二时辰,不能断火,小心些。"

"是,夫人。"

交代了一大圈,啥也没跟月池说。

等家里安静到只剩他一个人时,他端着报纸,踱步到厨房,看着正煨药的熊炎。

熊炎被他看得发毛,"月池公……是我做错什么了嘛?"

月池想一想,转身要走,又回来,问道,"我记得你是苗人对吧?"

"对。"

"你们是不是有什么移魂大法啥的? 就是那种,可以把两个人的性格脾气对调,但脸还是从前那个脸?"

熊炎被他问得更加发毛,"……啊这,我是不懂……不过……少爷你问这个做什么?"

月池自言自语道,"我虽看不懂女人,可这也太奇怪了。为什么她俩感觉就像对调了一样?"

被他疑心掉了包的田云岫,吃完午饭后又回了茶厂,将承诺好的两千两银票交给钟不期,又立刻进入状态,跟钟不期在账房对预算。

钟不期一边工作,一边忍不住瞟云岫两眼。

总觉得还是好看的,就是好看得不一样了。

云岫道,"钟先生,你看。原本罗成负责的讲习所,今年开支是这么多;明年我们按照三万斤精茶的数目,一半在厂里做完,一半在外面做完,开支预计会在这个数字。不过,我有一个想法,可以更节省成本,还保障质量。"

她说完半天,钟不期都没有回应。

云岫抬头,"钟先生?"

"啊啊,不好意思,云岫姑娘,我走神了。"

云岫也不笑,也不恼,静静地重复一遍。

钟不期这才集中精力,"嗯,你说说看你的想法。"

"咱们这量上去之后,赶茶部可以分一下内外,分'内赶'和'外赶'。'内赶'就由咱们自己培训的以及长期合作茶园拣工包头赶。外赶就是临时工,壶瓶山周边,市间男女老幼均可来赶,用筹码计算盘数,赶多赶少,当天就可到钱房用筹码换钱。外赶不设置多高的工艺要求,做到红茶就可以,到了我们茶庄再做米茶。我们此前总想着,培训了员工,让他们飞出去指导,花自己的钱,办自己的事;可按我的这个做法补充一下,还可以让那些想赚点钱的老百姓,主动上门来学,收不收学费另说,至少他们更愿意学,也会学得更好。"

钟不期听完,竖起大拇指,"好主意,妹子。真好主意!"

云岫说着说着,又更新了一下思路,"除了祁门的这一批师傅,我们按分例依旧厚待之外,湖南境内,长沙、湘潭这些地方,也产红茶,很多熟练的师傅常年在各个茶号赶工。我们也可以号召他们一起做红茶。能做到米茶的,官堆就放在津市茶庄做,做完封箱,还能省一笔运费。"

钟不期盘算一下,"如果按照五万斤精茶算,成本大约是这么多。其中人员费用确实是很大的一笔开支。如果这个内赶外赶能施行好,能省下来一大笔钱,那可都相当于是赚的。云岫姑娘,稍迟点我就去跟月池公商量,你一起来!"

云岫淡淡一笑,起身道,"我不用来,这么简单的道理,月池公一听就明白,没准他早就想到了只是没来得及施行而已。我回屋里去,今天小雪,是我娘的忌日,我要陪爹爹吃饭。"

钟不期"哦"一声,道,"难怪今朝云岫姑娘穿得这么素净。"

"素净?"云岫侧一侧头,脸上飘过一丝说不清道不明的哀伤,"只怕是我从前太艳丽了。"

"那你快回去吧,我收拾一下再去寻月池公。"

"辛苦钟先生,明朝再见。"

钟不期看着云岫离开的身影,想一想,喃喃道,"罗成,你就走好吧,看看泰和合离了你成不成!"

夜里,他找到肖郝一起去了宜红别墅,三个人边吃边聊。

肖郝最近一直在外头跑,这时候才知道罗成离开,气得脑门都爆青筋了,足足飘了百十句常德脏话,问候了很多声罗成的母亲和祖宗。

钟不期早就平静下来了,一边替他倒茶夹菜,一边安慰他,"兄弟莫急,而今我看云岫这劲头,没准坏事变好事。"

"我是急!但我更气!"肖郝几杯酒下肚,眼睛都红了,"这是哪门子兄弟!兄弟啊!要没有月池,他和他老娘都下不来九台山!"

月池也拍拍他的肩,"要没有我,他也不会腿瘸。"

肖郝一听,熄火了,闷头剥了几粒花生米扔嘴里,咕吱咕吱一顿嚼。

月池叹口气,"我算欠他一条腿,所以,心里也不记恨。朝前看吧。我看好云岫,就像钟先生说的,坏事变好事。云岫是个女伢儿,她比我们几个都细心,看得到我们看不出来的问题。"

肖郝咽下花生末末,又喝口茶漱了漱口,见钟不期没回应,发现他兀自凝神。

"钟先生,我不气了。你却又在发什么呆?"

钟不期道,"你叫没看到今朝的云岫。因为是她娘的忌日,一身黑白,好看得不得了。"

月池笑道,"女要俏,一身孝,所言非虚。"

笑归笑,他立时招手叫来熊炎,"前些日子土司王不是送了咱们一只元青花的梅瓶吗?等下你让陈萍看着药,将那梅瓶送去春来客栈,交给云岫姑娘。代我问候她,节哀顺变。"

熊炎听后,一琢磨,弯着腰,笑着提醒道,"光送个梅瓶,没头没脑的。我们花园里的梅花刚巧开了,我去折一支乖致的,插在里头,连瓶带花送去可好?"

月池眼睛一亮,"漂亮。就这么办!"

熊炎得令,自去办妥。

肖郝咧嘴一笑,"这小子,只怕比老陈大哥还机灵些。"

钟不期听他俩说梅瓶梅花,突然回过神来,一拍桌子,"我想起来了!云岫今朝老叫我想起一段戏文!"

"莫得戏文?"

"汉调《百里奚认妻》里,'天生我又何为,百事总成灰,总成灰。从今愿那萧郎梦醒,重续前缘,莫再上望夫台'。"钟不期哼哼唧唧唱完,摇头晃脑道,"云岫姑娘今朝,就是这么个冷峻的相。"

月池一愣,回想半天也不得要领,只期待第二天看到云岫时好好观察一下。

说来也巧,这之后很长时间里,云岫和月池都像参商二星一样,此出彼没,谁也没见着谁。

云岫接管了罗成此前的讲习所,又接管了津市分庄业务,忙得脚不沾尘。

讲习所里的学员们一批一批培训出来,又再继续传帮带。外间提到云岫,都说泰和合有个女魔头,要求严厉无比;又说严管严,培训出来也是个顶个的高手,眼瞧着宜市的老老少少都是制茶高手,只等来年开春摩拳擦掌赶茶赚钱。

渐渐地都不用做广告,湖南十里八乡的赶茶人,都集中到壶瓶山来,以至于过年前,讲习所里人头攒动,春来客栈里也水涨船高,客房爆满,连柴房里都住着人。

田掌柜赶紧将隔壁饭馆也吞了下来,扩建成客栈。

陪阿衡回门的老陈看到他大冬天里忙得油光满面,忍不住逗他,"你别小家子气。你索性就把这一片全部吃下来又如何?以后光是春上这一波客人都够你赚的。"

"你你你的,"田掌柜瞪他一眼,"而今阿衡是我闺女,你也得随她,快喊'爹'。"

老陈笑嘻嘻,"有阿衡和云岫两个管你叫爹,你还不知足?我这么一大儿喊你爹,怕折你的寿哪!"

田掌柜人逢喜事,乐呵呵,懒得争辩,"随你!随你!话讲回来——我的宝贝外孙快出来了吧?"

阿衡微微笑,"产婆说,大概就是过年前几天。"

"想好名字了没?"

老陈傻笑道,"没呢。还不知道是男伢儿还是女伢儿,等生出来请你和月池公赐名。"

"可别,月池公那学问我怎么敢比,你好好请教他去。"

阿衡临盆在即,肚子大得不像话,只有老陈的灰蓝色大长棉袄还穿得上,胡乱一罩,再裹紧袖口脚踝,整个人看起来宛如一个巨大的茧。好在两口子脸上都喜气洋洋,旁人看着也欢喜。

正聊着天,云岫出来了。

她匆匆吃了口早饭,便赶着要去黄虎港渡口,随后坐船下津市。

虽然很匆忙,她还是将头发梳得一丝不乱。衣裳依然是白色,只是白色里嵌了银线的云纹,领口一圈白色狐毛,随风在她脸旁拂动,甚是动人。过了母亲忌日,黑色斗篷自不必穿了,却换成了雪青色斗篷,更加素雅,经过阿衡时,连阿衡这么直爽随性的妹子,都忍不住往后缩了一下,像是不好意思跟她并肩站着。

云岫也看到阿衡了,倒是很亲切,"姐精神真好,脸上红桃花色。"

"妹妹才是真桃花。"

云岫点点头,"你们慢聊,我去津市了。"

田掌柜看她左右无人,"你不带着翠莲?"

"翠莲这两天姆妈得病了,我打发她回屋看一眼。我身边还有人陪着,用不着她。"

"这大冷天的,非去不可吗?"

"年前最后看下还少莫得设备,万一少了,还来得及补。"云岫一边回答着,一边竖起斗篷的帽子,脚步没停,"我走啦。"

话音落下人已在门外,三两步上了马车,马车夫抖一抖缰绳,起驾。

老陈看得仔细,"咦,陪她的就是熊炎吗?"

田掌柜也伸头看一眼,道,"熊炎?熊炎是哪个?我以为就是个寻常车夫。"

老陈笑道,"月池公身边,统共就这一个听差的男伢儿,都拨给云岫妹子了,可见对她多重视。"

田掌柜歪着头想一想,"是吗……"

老陈扶着阿衡,"我们出去溜达溜达,不耽误你数钱。"

"就你喜欢水我。"

等老陈他们走远,田掌柜拨一拨算盘,暗自嘀咕道,"熊炎?是叫这个名字吧?跑来跑去的还以为是个大闲人呢……"

田掌柜对熊炎没印象,云岫一开头也是。

第一次收到梅瓶梅花的时候,她的心没像从前那样颤动,只仿佛是古井里忽然照进了一丝阳光,波光一闪而过。

月池的心意,她知道。那就是对家人一般的关切。

过几天,熊炎又送来一枝新鲜的白梅,再过几天,大雪纷飞,他又带来一枝怒放的红梅。昨日来,他带的是蜡梅。薄如蝉翼,香飘十里。云岫越看越喜欢,将梅瓶摆在罗汉床上,枕着香味看书写字。

闻着花香,她突然意识到:一开头也许是月池的意思,但应着季节这么隔三岔五地送,大概就是熊炎自己的主意了。

熊炎现如今在泰和合待的就是老陈曾经的位置,做月池的管家兼心腹。偏巧身形也类似老陈,长得高大魁梧,心思却很细腻,为钢骨柔情做注解。

就像此刻他在外面驾车,车子里头却早就备好了手炉熏笼,生怕冻着云岫,仿佛在车里的她比驾车的他更冷似的。

不过云岫也没有心思琢磨其他了。她喜欢忙碌的自己。她将手炉煨进怀里，打开账本开始研究津市分庄的各种安排。

也不知走了多久，突然马车剧烈颠簸一下，差点没把她掀倒在地。

立时听到外面熊炎的声音，"糟糕！"

云岫稳了稳心神，放下东西，撩开帘子问道，"车子坏了吗？"

熊炎勒住马，一脸紧张地环顾四周，"有陷阱。故意叫咱们的车轮陷进去，应该是碰到山贼了。"

云岫问，"车轴断了吗？"

熊炎探头粗粗打量一眼，"没有。"

云岫"嗯"一声，"你小心。"

说罢放下帘子，安安静静坐回马车里去。

熊炎知道云岫沉得住气，倒也没想到她竟这么沉得住。

他握紧马鞭，仔细听着道旁山林里的动静。

突然，草丛簌簌响，一声喊，几个彪形大汉从树林里窜出来，"哈哈哈，好家伙，这马车可值钱了，是个大户人家吧？"

熊炎怒目而视，"瞎呀你们的狗眼，看到这个牌子没？！泰和合的马车你们也敢打劫，是不怕官府追查吗？"

那几个大汉笑得打滚，"泰和合？那更好哒！抢的就是您！晓得您有钱，又靠年关，赶紧给爷几个送点买路钱来！"

熊炎一挥马鞭，唰啦一声响彻山林，"滚！"

他站在高处，一鞭子抽得又准，将带头那贼人的帽子都削掉了。

但那几个不仅没被吓退，反倒变本加厉，从腰里抽出刀来，"要来硬的？我看你硬得过我们四个？！"

熊炎心中一凉。双拳难敌四手，何况，这还不止四手。这是要赔钱又赔命的节奏吗？他就算了，车里头还有个美娇娘呢，可怎么办？

正剑拔弩张之间，马车的侧帘忽而掀起一角，一只纤纤玉手伸了出去，朝那几个贼人招一招，"你们过来，我这里有银票，给你们就是。"

正是云岫的声音，如黄莺出谷。

几个贼人大喜过望，色胆包天，"哈哈哈哈，还有艳福啊？这个好这个好！"

说着，打头一人将刀收回腰间，走上前来，伸手便要去抓云岫。

"熊炎小心!"云岫突然说道。

熊炎下意识地抱一下头,却不知她为何突然如此吸引贼人注意。

电光石火间,云岫的手突然缩了回去,一只有乌黑洞口的铁管伸了出来。

"砰!"

一声巨响,惊飞了整座山的鸟雀,一时间雪末乱飞,宛如爆发了一个雪制的炸弹一般。

马儿也吃了一惊,"吁——"一声,前蹄高扬,猛地一用力,倒正好将车子从泥潭里拉了出来。

那打头的贼人肩膀上开了一个大洞,鲜血汩汩而出。他像是错愕过度,不觉得疼,只是瞪大眼,直勾勾歪头望着肩上的血洞,渐渐嘴角也开始淌血,就那么一整个如门板轰然向后倒下去。

剩下三个贼人也是错愕交加,不知道发生了什么,但知道车里伸出来的那个黑铁管不是好东西。

还待再上前,云岫食指一勾,又开枪了。

这一次,朝着地面,没打中谁,只激飞了一块石头,火星儿伴着雪末四散,贼人们的耳朵完全失聪,嗡嗡一片乱响。

"啊!"终于放弃,三人抓着还在淌血的血人狂叫,"大哥!大哥!快醒醒!"

"熊炎快走!"云岫放下帘子,扑到车前,大叫道。

熊炎不顾一切地打马飞奔。

等到了黄虎港,肖郝和另外两个小幺儿一早在那里等着,见他俩行色匆匆,上前问道,"刚才山里那两声巨响是怎么了?"

熊炎一五一十地说了,肖郝脸色越来越暗沉,咬牙切齿,"狗贼!"

马上令小幺儿去报官,自己带着另一个小幺儿沿山路去查看情况。

熊炎腾出一张桌子接云岫下来休息。

云岫在马车里开枪时,被后坐力震得弹回去,右脚扭伤,走路只能一跳一跳地。

也不顾男女授受不亲了,等云岫坐稳,俯身便将她的伤脚捧进怀里,脱了鞋子,轻轻按压,"是这里疼吗?还是这里疼?"

云岫到这个时候才开始心狂跳,嘴里也开始发酸发苦。她的耳朵还在嗡嗡响,只看到熊炎嘴巴动,听不清他在说什么。

熊炎见她呆呆的,脸色苍白,不知是痛的还是吓的,心急如焚,"云岫姑娘,云岫姑娘?"

第三章 青山不老故人来

云岫只觉得似乎有人从云端在远远地呼唤自己,终于回过神来。

"我杀人了是吗?我是不是杀人了?"

连自己的声音都听起来十分遥远,模糊。

熊炎摇头,"这个不要紧。肖郝派人去看了,我们是被迫的,没有人会怪你。你的脚还痛吗?"

云岫此刻才发现自己的脚还在熊炎掌中,一惊,赶紧收回来,结果牵扯到伤,哎哟哟不断。

熊炎揉捻片刻,心中大概有数,趁她不备,突然一错力,给她脱了臼的骨头正了回去。

云岫差点没痛昏过去。

片刻后才感觉三魂七魄归位,"你……你……会接骨?"

熊炎一边将她的鞋重新穿上,一边回答,"我爹便是正骨的大夫,小时候看得多了,偶尔也动手帮忙。你这伤拖不得,越拖越疼。不好意思了。"

云岫摇摇头,"哪里话。多谢你。"

熊炎也是惊魂未定,"可是云岫姑娘,你怎么会使火枪的?"

云岫道,"这可就要感谢土司王了。他一直担心我们茶厂的治安问题,送了枪也送了教头来给月池公。月池公并不很在意,倒是我想着厂子里很多老少妇孺,加强加强治安,不是坏事。所以就跟钟先生两个把这一块给抓紧了。钟先生说月池公身边有一把手枪常年不用,便给了我,以备不时之需。今天,可算是救了命了。"

熊炎望着云岫秀美的脸庞,听她说着有条不紊的话,暗自惊叹这姑娘真的是毫无缺点,刚经历了那么惊心动魄的事情,既不怨怼也不恐惧。

不晓得以后谁有那么好命能娶到她为妻。

不多时,肖郝赶了回来。不仅他来了,月池和老陈也分头带着人来了,浩浩荡荡。

瞬间把茶棚挤得人头攒动。

云岫已经很久没见到月池了。看到他一脸关切地抢进茶铺,心里还是很感动的。

"云岫妹子!你伤了哪里了吗?吓坏了吧?"月池一迭声问。

云岫摇摇头,"不妨事,我好着呢。"

月池转向熊炎,"你呢?你受伤没有?"

"我没事,月池公,"熊炎内疚,"是我没带好路,我对不起云岫姑娘。"

月池道,"不怪你,怪我。年份不好,走投无路的人多,我本就早该留神的。以后你们出行,都要多带点人马。"

肖郝插言道,"我刚才报官的时候,人家也讲了,最近都好多起了。今朝云岫姑娘这两枪,只怕也吓到贼人了,壶瓶山应该能太平几天。"

云岫问,"那人没死吧?"

肖郝道,"你打中了他的肩膀,胳膊估计是废了,命还保得住。"

月池脸色一沉,咬牙切齿,"算便宜他了。要是他真敢伤了云岫,我要他的狗命。"

云岫闻言,淡淡苦笑。不,她再也不会误解。月池对她,就是当亲妹妹一样。

"肖大哥,辛苦你,替云岫去津市吧。"月池吩咐道。

"没问题……"肖郝都还没说完,被云岫打断。

"不用!还是我去!"云岫起身,"津市分庄的事,你都没有我熟悉。肖大哥够忙的了,鹤峰、五峰事情更多,别给他添乱。我真的不妨事了,有熊炎陪我就好。"

月池拗不过她,死活留多了两个小幺儿陪着他们一起,又给了一只药箱让带着走。

再动身,变成两个小幺儿在船舱外头听使唤,熊炎和云岫待在船舱里。

云岫上完药,紧张的心情总算松弛下来,疲倦不堪,船一开动便昏昏欲睡。

熊炎用各种包袱铺了个临时小床,给云岫躺平,怕她摔下来,索性打横坐下,以自己的脊背当围栏,保护云岫。

爹娘还在世的时候,爹上山采药一走很多天,娘时常独自一人照顾他与大姐小弟。一张床上睡三个伢儿,怕滚下来,娘便也是这样自己躺在最外侧,保护他们。

熊炎一直觉得自己幸运。家里虽穷,父母姐弟和睦恩爱,没有脸红过一天。

可惜彩云易散琉璃脆。爹娘和大姐后来都染上瘟疫,陆续走了,剩下熊炎和弟弟,相依为命。

再后来弟弟被一对广东夫妇收养,熊炎跟着住了几天,学了一些厨艺。等弟弟也跟他们去了广东,熊炎便成了孑然一身。

再也没有家。也不知道该保护谁。

云岫一觉醒来时,船依旧晃晃悠悠。

身边的熊炎勾着头,也盹着了。即便盹着,依然稳如磐石般盘腿坐着,牢牢将她拦在"小床"上。

云岫一动,他便醒了。

"云岫姑娘,你好些了吗?"

云岫坐起身,"没事了。这是什么药膏?怪好闻的。"

熊炎道,"月池公是神医,他的药都是宝贝。这是乳香,也叫薰陆香,十分难得,治伤上乘,而且香味独特。估计是他从海外带来的。"

云岫点点头,"难怪有首诗说乳香,'团团良玉寒生彩,颗颗骊珠夜吐光。得尔价须增百倍,指挥檀麝合称王'。敢比肩檀香麝香,又可以治病,果真是颗颗骊珠。"

熊炎凝望她的眼睛,心中默念:你才是骊珠,白天夜晚都光芒不减。

等到了津市,云岫片刻不停,把茶庄里里外外研究了个遍,缺什么少什么,细细记在本子上,又跟镇守茶庄的工人们商量开春后的事项。

云岫走路仍是一瘸一拐,熊炎紧随左右寸步不离,时不时帮扶一下。

熊炎几次碰到她手腕,都心跳加速。

幸亏云岫没有发现什么,只管专心工作。

可惜夜里,云岫还是发起了高烧。

她到底被吓着了,昏睡中还时不时惊醒,四下摸,"熊炎别怕,我有枪!"

熊炎也索性不睡了,安排两个随行的小幺儿跑腿,自己就守在她榻边,帮她换帕子、喂药茶,在她惊醒的时候握住她的手。

实在抵不住困了,就趴在她床边睡一会儿,脑子里总会出现娘和大姐的模样。那种哪怕自身难保、走投无路了,还要保护他的模样。

两天过后,云岫的额角热度才减下去。

两个人对望一眼。一个浑身臭汗,一个胡子拉碴。

忍不住都笑了。

"我让小幺儿备了一大桶热水,云岫姑娘你去泡一下吧。你身上的衣裳我给你拿去洗,你将就些,换一套男装,虽然是旧的,但我让人洗得很干净了。"熊炎道。

"好,多谢,你也去收拾收拾吧。"

洗沐过后,云岫穿上一套小幺儿的宽袍大袖,头发松松地辫了个大辫子,坐到火坑前取暖。此刻的她,既不是平日里丝毫不出错的精致闺秀,也不是不苟言笑的四当家。极不称身的粗布男装,更衬得她嘴唇柔美、脸色粉嫩,就是一个邻家小妹妹。

熊炎心头突然涌起一个荒诞的念头。

若是云岫从此不退烧,自己就这样一直守着她,该多好。

4

熊炎和云岫在津市逗留的时候,月池和肖郝不顾严寒,盯着官差,锲而不舍地追查山贼身份。

官差被逼急了,招架不住,"月池公,月池大老爷,按说您是民,我们是官,犯不着给您解释的。可是谁叫您德高望重,我们壶瓶山人都敬重您呢?实话说了吧,这山贼,我们真查不到;就算查到了,也未必管得了。壶瓶山这地界您还不知道吗?东南西北添平、麻寮、桑植土司一堆,一不小心还会踩到永顺府、宜昌府。人多,关系杂乱,谁也不敢管,所以山贼也格外多。"

月池脸色难看至极,"关系杂乱,关系杂乱就不管了吗?"

"管!管!"官差都快急哭了,"您得给我们点时间啊。即便查到了人,还得问问人背后有谁的势力,敢光天化日拦路抢劫。您说是不是?"

月池没说话,咬咬牙,沉思。

肖郝可太知道月池的脾气了。以他那一肚子的主意,指不定在想着干一票大的,索性叫山贼们永远都不敢惦记泰和合。

真叫他猜对了。

月池放过了官差,转身筹备月余,陆续请了几大桌人吃饭。

正好年底了,工人们回家过年,茶厂无事,老板们吃饭、看戏、送礼,一条龙,也算是正常的礼尚往来。

肖郝忙年,没注意月池请了哪些人说了哪些话,倒被几个孩子看了个真真切切。

竹轩、菊圃、善虎放了假,茶厂又没什么人了,正好把茶厂当游乐场,什么都玩得起来。

一会儿摘了枯树叶,假装制茶卖茶;一会儿把茶叶箱垒起来,玩官兵抓捻军的游戏。

月池在后堂摆酒,趁嘉宾没到的时候,三小只便溜进来看菜。

这三桌酒席也叫孩子们开了眼。

第一桌宴席做得格外别致,连盛菜的器皿都是松枝、竹筒,或者在碗旁边斜斜插两枝梅花,清雅又贵重。

竹轩老气横秋道,"松竹梅岁寒三友。'如今三友交情密,不到岁寒人不知'。真好意境。"

善虎和菊圃没理他，只顾使劲吸鼻子，"好香啊。"

来上菜的仙芽笑道，"闻可以，不能动手，更不能动口啊。"

菊圃嬉皮笑脸，"仙芽叔叔，你给说说，都是什么菜呀这。"

"这是全素宴，看不出来吧？"

"全素？"三个孩子都惊呆了，"但那盘明明是肉！"

仙芽啧啧称奇，"今天这一桌，是专门请来做斋菜的师傅做的。我也是今天才知道，素斋还有这么多名堂。名字好听得不得了，我跟你们说啊。"

说罢，指着其中一盘素菜道，"这叫一品香。"

又指着一盘双拼道，"这个霉豆豉和霉豆腐，叫作二度梅。"

指着第三盘荸荠银耳冬葵汤，"这是三鲜汤。旁边这个蔬菜拼盘，叫四季青。"

手指点一点，"这五个炖盅，叫五灯会。这六盘小碟子，是烧茄子、炒笋子、炖菌子、油辣子、豆干子、藕丸子，所以叫作六子连。"

最后，仙芽指着孩子们以为是"肉"的那一道菜，"这是七层楼。用假肉、素丸子、馒头、面筋、菜心、玉兰片、香菇七样层叠而成。大厨说，还有八大碗、九如意、十样景，今天人不多，算是摆不上来了。"

等客人来齐，三小只才明白为什么是全素宴。

因为打头的客人，竟是一个和尚和一个道士。

竹轩恍然大悟，"松竹梅的用意，原来在这里。不晓得布席的人是谁，很厉害啊。这是把月池公、和尚、道士三人，比作岁寒三友了。"

菊圃惊讶道，"我晓得爹爹交际广阔，可怎么连和尚道士都跟他是朋友？"

善虎摇头道，"和尚道士我都不认得，但我认得他们旁边那个人，那是李大全，茶叶行会的行头。"

竹轩想到什么，问他，"你们这里有什么特别有名的寺庙道观吗？"

善虎想一想，"寺庙嘛……最近的便是夹山寺了。至于道观……要么就是太浮山，要么就是五雷山。再远的我就不晓得了。"

菊圃道，"可是和尚道士能做什么呢？他们也做茶吗？"

竹轩白弟弟一眼，"不懂了吧？自古以来，寺庙道观的茶，都是最上乘的。"

"这是为什么？"

竹轩道，"有一说呢，寺庙道观都在深山，本身就适宜种茶；另一说呢，说他们只能吃素，所以特别看重茶叶。"

三个人躲在帘子后面，偷看半天，恨不得用眼睛代替嘴，将那"一品香、二度梅、三鲜汤、四季青、五灯会、六子连、七层楼",一道一道尝过来。

第二天,第二桌,三个孩子到得晚了,客人陆陆续续来齐,只能远远躲在帘子后面看菜。

倒霉的是,桌上的每道菜,都还倒扣着一只大碗,看不着里头什么菜色。

来客里,派头最大的是个彪形大汉,比善虎的爸爸肖郝还要高一个头、宽一寸肩,笑起来声音洪亮。

"这是童奚童老板。"善虎把握十足,"我见过他,他是月池公的结拜大哥。也做茶叶,不过做的是贡茶。"

"贡茶?"竹轩探头仔细看他,"那他跟皇帝老儿关系很好?"

善虎摇头,"那就不晓得了。"

菊圃指着童奚身边的鹰钩鼻男人道,"莫非这个鹰钩鼻,就是皇帝老儿身边的人?"

一个人在旁边笑道,"还真被你说对了!"

三人吓一跳,齐齐转身看去,发现是品题部的薛友才叔叔。

"不过是土皇帝。那鹰钩鼻是土司王身边的大祭师。"薛友才逗他们,"你们莫要对他指指点点,小心他施法术打你们屁股。"

三个男孩子刚要嗤之以鼻,身后挂起来的帘子不知怎么的突然掉了下来,正巧拍在他们的屁股上,吓得他们跳起来,哇哇大叫。

幸好里头的宾客没听到什么,正兴高采烈,"啊呀呀,五,十,十六……哈哈,足足十六簋啊,月池兄弟费心了。"

"十六鬼?"菊圃心惊肉跳,一把抓住哥哥的胳膊,"什么十六鬼?"

薛友才道,"这是我们土家的'十碗八扣'。一般款待嘉宾,会用大碗——也就是簋——竹字头的簋——来盛菜。十六大碗,是很高的规格了。土家族的规矩是,除了第一道'头子碗'和最后一道'醒酒汤'之外,其他菜都得反扣着入席。今天来的都是土司城或土家族的贵宾,所以你们父亲就上了这一桌。"

善虎道,"薛叔叔,那你都给说说,有什么好吃的呢?"

薛友才笑,"我们土家族有首民歌,我念给你听,你们就知道有什么菜了。"

"好。"

"一想樱桃黄,麦李在树上,又想瓜子蜜生姜,还想血灌肠。二想蒸猪肉,黄焖煎豆腐,又想仔鸡多酽醋,高笋炒葫芦。三想腊肉干,牛肉焖得烂,又想红心腌鸭蛋,肥肉炒大蒜。四想塘里藕,豆腐拱泥鳅。又想后院红石榴,千锅炒黄豆。五想汤油茶,茶里佐芝麻。又想田鸡过油炸,还想嫩丝瓜。"

三个孩子听得拼命咽口水。

竹轩舔舔舌头,"哦"一声,"我懂了。"

另外两个孩子侧目看他,"什么你就懂了?"

竹轩手指遥遥点去,"看。每个人的餐盘旁边,都有一个玛瑙雕成的配饰。那是黄樱桃,那是青麦李,那是葫芦,那是藕,那是红石榴。又好看,又应景,又贵气。"

他这一说,薛友才定睛看去,才发现所言非虚。

不由得诧异地多看他一眼,"竹轩很厉害啊。"

竹轩道,"不是我厉害,是这布席的人很厉害。"

第三天,更精彩了。

富丽堂皇,香飘十里,每上一道菜,三小只就要擦一擦嘴角。

善虎认得出,得意扬扬道,"这是我们常德大名鼎鼎的全鱼宴。"

"全鱼?"竹轩诧异。

善虎道,"说是全鱼,其实都是水产。这个最大的,是洞庭甲鱼,我娘做这个菜可好吃了,那裙边软糯咸香到极点。这个是锅贴鱼片,这个是宫廷鱼糕。那边是焦炸田螺、白汁鳊鱼,再过去是香鸭、酱板鸭、虾仁酥……酱板鸭也是我最喜欢的,辣得跳,又不舍得停口。"

这一桌饭,配的配饰也很有趣。

比起前两晚的菜色越发丰富,色彩越发斑斓。大桌中间放了一盆山水盆景,流水潺潺,松柏俨然;每道菜的菜碟旁,都有一颗明珠做装饰;每个客人的餐盘都用不同颜色的彩石来铺就,映着烛光,流光溢彩。

竹轩自信满满,"丹霞夹明月,华星出云间。上天垂光采,五色一何鲜。寿命非松乔,谁能得神仙。这顿酒,是应了曹丕的《芙蓉池作》。既然从曹丕的诗里化出来,今天来的客人,应该是有权有势之人。"

果然这一桌的客人,派头最大的是三个官老爷。

竹轩递给两个弟弟一个得意的眼神。

不过奇怪的是,三个官老爷见了面你好我好,客客气气,转过脸去,谁也没有比谁低一等的意思。

竹轩道,"我这几天总听爹爹说钟知府、张知府,这里头肯定有他们两个。"

菊圃道,"怎么有两个知府的吗?那哪个更大呢?"

竹轩白他一眼,道,"常德这一片,南边的武陵、桃源、龙阳、沅江四县,属于常德府;北面的石门、慈利、安乡、安福、永定,属澧州。你没听先生讲课吗?澧州自古至今便不好管得很,常常被划出来单独管,所以常德的官老爷,一会儿是两个,一会儿是一个。"

善虎道,"那还有一个呢?也是知府?"

竹轩摇摇头,"不知道了。"

善虎依然好奇,"那土司王呢?土司王和这三个知府比,谁大呢?"

竹轩皱起眉头,"我昨天也问爹爹了。他说,土司又要另算。土司是从前朝流传下来的,确实属于土皇帝,归皇帝老儿直接管。现在其实没有土司王了,只是大家叫顺口了,改不过来。至于土司王和知府哪个大嘛……"

他也说不上来了。

菊圃听得乏味,"这一桌人不好玩,个个都拘着,不像昨天的喝酒划拳热热闹闹,浪费这一桌好酒好菜。真想尝尝啊……"

三人正偷看得津津有味,身后又响起了脚步声,"你们三个,连续三天在这里嘀嘀咕咕。"

转头竟然看到冰山美人云岫阿姨。

三人素闻她待人严厉,吓得脚底抹油便要逃走,被云岫一手一个拎住脖颈的衣服,剩一个菊圃跑脱了,也不敢跑远。

"跟我走。"云岫冷冷道。

三人也不敢反抗,乖乖地跟着她进了小饭堂,但见一小桌菜饭摆得停停当当,菜量不大,但菜色丰盛跟大桌一样,正是他们心心念念的全鱼宴。

三个空位,三副碗筷。

云岫道,"快吃饭吧。今天这一桌,我瞧着比前两日的更好。所以给你们留了菜。"

三个人早就被馋虫勾得要命,哪里还客气,立刻据案大嚼。

云岫淡淡一笑,刚要走,熊炎从外头进来,"你别说他们,你也留下来吃吧。为了这三桌饭的布置安排,你忙足三天了。"

竹轩狼吞虎咽间,瞠目结舌,"云岫阿姨,原来这几桌饭,是你布席的?!"

佩服得五体投地。

云岫朝熊炎道,"我没有你累。你做今天这一桌子菜,从早忙到晚。"

轮到菊圃尖叫,"熊炎叔,闹了半天今天是你做大厨?!平时为什么不做给我们吃?"

熊炎笑,"不是怕你们不适应湖南菜吗?若喜欢,以后天天做给你们吃。"

"喜欢!喜欢!"

云岫道,"若你也没吃饭,那索性我们一起吃吧。"

熊炎笑,"我再去拿两副碗筷!"

三小只边吃边腾位置,五个人奇异地组合在一起,倒是吃了一顿温馨的大餐。

善虎吃饱喝足,开始观察熊炎和云岫,突然扑哧一声笑出来。

"你笑什么?"菊圃问。

善虎道,"你看,我们这像不像一家人?"

菊圃没明白他的意思,"我们本来不就一家人吗?"

云岫抬眼看他一眼,吓得他立刻噤声。

不过内心也并不那么怕。因为他今天发现云岫阿姨其实待人很好。

熊炎见她放下碗筷,赶紧问,"不好吃吗?吃这么少?"

云岫道,"味道很好。我平时吃的就不多,今天算是吃很多了。"

熊炎道,"你若喜欢,我以后也天天做给你吃。"

话一出口便发现不妥,自己慢慢红了脸。

善虎哈哈大笑,"可以可以,我同意!"

竹轩、菊圃这才明白他意思,挤眉弄眼,也笑着起哄,"我们也同意!"

云岫又好笑又好气,"快吃吧你们几个!"

菊圃道,"云岫阿姨,你若是嫁给熊炎叔,会不会就住到宜红别墅里来呀?"

云岫起身,"我不会嫁人,更不会住进宜红别墅。我走了,你们吃完记得帮熊炎叔收拾碗筷。"

熊炎一愣。

不会嫁人?这是为什么?

他望着云岫远去的背影,顿时觉得,甲鱼田螺,统统味同嚼蜡。

三顿宴席请完,泰和合的公告开始满壶瓶山贴起来。

肖郝也听善虎说了宴席的情形,但想破了头都想不出月池会这么干。

不但他没想到,整个壶瓶山,整个常德、澧州的老百姓,都没想到月池会这么干。

"凡至泰和合赶茶的民众,皆入册,入册即视为泰和合员工,上行会名册;五服之内,婚丧嫁娶,皆可到泰和合支取银两。具体方案如下:婚,头婚者礼金三两,嫁娶入宜市皆可,再嫁及续弦者一两,纳妾不在此内;丧,丧葬费一两,棺木凭证报销;得子,礼金一两,凭产婆手信为准。

"既为泰和合员工,除须遵从法度,还须遵从泰和合规章。五服之内,如有偷盗抢劫、奸淫掳掠,甚至杀人越货者,官府追查、寺庙不收,泰和合除名,家人连坐,所有福利全部勾销。

"常德府、澧州府、宜昌府、添平土司、佛道教、泰和合,共具。"

公告贴出去前,月池约了钟不期、肖郝、云岫一起商议。

月池在自己的办公室里燃了围炉,烹起茶来。

前段日子应酬多了,他的脸色明显苍白了些,眼神里有难得一见的忧郁感。靛蓝色长袍外,又裹了件青色绒面大氅,更衬得公子如玉。

看到云岫,十分关切,"你的脚,好了吗?"

"已经好了,多谢。"

月池点点头,"今天召集你们几位来,倒是因为罗成。"

肖郝不解,看看钟不期,又看看云岫,"这是何意?"

月池凝视手中的茶杯,"罗成走之前,控诉我,从不与他商量计策,也不与他沟通开支。"

肖郝差点跳起来,"你管他呢!"

月池疲倦地笑一笑,"我想一想,他说得也有道理。我们已经不是小作坊了,将来越做越大,很多事情,特别是跟经营相关的,牵扯到重大开支的,确实需要多商量。"

钟不期这才将方案读了一遍,又将核算过的银两数目告知了大家。

全数通过。

可是月池依然病恹恹的,提不起精神。

肖郝问,"月池公你还烦恼莫得?"

钟不期叹息道,"老子叹周室腐朽,怀念天下为公的前朝;孔曰成仁,孟曰取义,仁义都行不通的时候,才有韩非子的法度酷刑。如今世道,连法度都没用,唯有利益当先,金钱二字,竟比仁义法度酷刑更有用。月池公,你是不是想说,这大概是最糟糕的时代了?"

月池点点头,没说话。

肖郝一琢磨，朗声道，"大道理我不懂，我只晓得，因为月池公来，因为有你们，我过上了打小从未设想过的好日子。所以，我不知道这是不是最糟糕的时代，但我肯定遇上了最好的人。"

云岫闻言，举起手中的茶杯，与他的茶杯轻轻一碰。

就这么四人围炉烹茶，静静地喝了一个下午。

接下来几天，月池终于躺平休息。

泰和合很安静，街头巷尾的老百姓却炸了。

不认识字的，听认识字的一字一句读完公告，立刻议论纷纷，"好家伙，这月池公，怕是神仙下凡吧？"

"真有这么好的事？！五服之内婚丧嫁娶他都管？这但凡是个人，都愿意到泰和合赶茶呀！"

"但你莫忘记了，五服之内犯法，家人也全部连坐。他这是明里大方、暗里小气，谁家没个逆子啥的！"

"你懂莫得，月池公这一招，就是叫家人互相监督。不可违法，不可逾矩。您屋里有逆子，那您就个人管管好，莫连累一大屋人！"

"他这一搞，只怕比知府的公告还管用。"

"你们眼睛怕是瞎哒。最下面看到没有？常德府、澧州府、宜昌府、添平土司、佛道教，共具。共具是莫得意思？就是全都知道！全都通气了！就是等同于知府公告！"

"难怪前一段日子，我们隔壁几户人家的小伢儿都去了泰和合学制茶。不晓得而今学还来得及不？要交好多钱？"

"去泰和合学制茶么？不用钱，不仅不用钱，还管饭。"

"真的假的？那我们全家都去呢？"

"哈哈哈，你真不要脸。"

"莫笑……我跟你讲，搞不好月池公还真就是这个意思。"

"莫得意思？"

"让宜市全民皆兵的意思呗。都会制茶、都认泰和合、都过上好日子……日子过好哒，谁还要冒着杀头的风险，去走歪门邪道……"

不过这些议论，月池一句都没听到。

他在家里，昏睡了好几天。

上一次这么睡,还是前年在汉口的香都饭店。

做了很多怪梦,醒来支离破碎,一个都记不住。

躺下去是黄昏,醒来天色依然浑浑噩噩不透亮。他爬起来,看着眼前陌生又熟悉的家具,总疑心门突然被推开,姆妈会走进来,"你要睡到什么时候？去学堂要迟到了！"

回了好几次魂,才慢慢意识到现在在壶瓶山,他已过而立。

披了睡袍走下楼去,亭瞳正坐在厅里同老陈聊天。

见他下来,立时迎上去,"醒了？饿坏了吧？"

"少爷,你这一觉,睡了快三天啊。"老陈也站起身,一脸喜气洋洋。

"现在什么时辰了？"

"酉时啦,晚饭都用过了。"

亭瞳早就一迭声吩咐下去,"钱嫂,快煮碗鸡汤面来！放多点鸡丝！"

"好嘞！"

月池坐到老陈对面,"大过年的,你怎么不在家陪阿衡？"

老陈喜气洋洋地抖抖肩膀,"阿衡生啦！昨天这个时候,生了个闺女。我就是来报信的！"

"两个小崽子一听到妹妹出生,高兴得撺掇着熊炎驾车去看了。"亭瞳给月池递上热毛巾。

月池擦把脸,由衷高兴,"难怪这么安静。恭喜恭喜！闺女好,闺女贴心。"

转头又找亭瞳。亭瞳收回毛巾,都没趁他开口,便笑盈盈道,"你不用讲了,礼金鸡蛋麻糖早就准备好了,麒麟锁和玉如意各一份,玉如意一会儿给老陈带走,麒麟锁等满月了送上。"

月池问老陈,"可有名字了？"

老陈道,"就为这事儿呢。我和阿衡都没学问,就想请少爷给赐一个名字。"

月池侧头看看窗外暮云,大雪将至未至,沉吟道,"这闺女是在咱们泰和合出生的头一个宝贝,岁暮天寒,飞鸿印雪,便叫印雪,如何？"

"陈印雪……陈印雪……"老陈翻来覆去念几遍,高兴得坐不住,"真好听,真好听。少爷,多谢你！"

"你要多谢的是阿衡。"亭瞳将整理好的贺礼递给他,笑道,"莫要因为头胎是女儿,就怠慢她。"

"哪里话！哪里话！"老陈笑得嘴巴咧到耳后,"我就是喜欢女儿。多谢少爷少奶奶,我走啦!"

老陈走后,月池边吃面,边和亭曈闲聊。

"从前在家里,你便是这样,"亭曈在一旁做着女红,"累得很了,一睡好几天,不吃不喝,吓死人。"

亭曈身穿白色竹叶纹袄裙,头戴卧兔儿,额中简简单单镶了一颗珍珠,好看又保暖。月池看她手里的女红也是一个卧兔儿,不由得笑道,"你头上这个很好看了,为什么又做一个?"

"这是给阿衡做的。"亭曈把手里的活计拿起来到灯下仔细看看,道,"冬天生娃,可不能冻着。冻着了以后一辈子都会偏头疼。"

月池打趣她,"从前在老家,精细功夫还能丢给慕贞妹子做。现在好了,全得自己来。"

"啊呀!"亭曈一愣,赶紧将手里的活计放下,"幸亏你提起,差点忘记——慕贞来信了!今儿刚收到!见你睡着,我都还没拆开。"

月池又惊又喜:"慕贞来信?妹子又不识字,她怎么会有信来?!"

亭曈笑,"你看了字迹便知道。"

月池吃完面洗完手,拿过信封,就看到妹夫德明的字迹赫然在目。

两人并肩读起信来。

哥哥嫂嫂谨启:

岁暮天寒,恭请敦安。吾近日返乡探亲,小住半旬。闻兄事业大成,吾心甚慰。然世道不昌,隐隐如刺,沸沸如汤,兄嫂堂侄在外切记注意安全。吾于香港结识好友杨鹤龄,又因杨鹤龄引荐常去澳门,与一众爱国人士交际频繁。其中一人名曰郑观应,兄还记得否?此人隐居求志,著书立说,意欲将吾之新作《农功》一文收录其中。《农功》尚未完稿,随信附上今岁出版的《致郑藻如书》及《农功》部分抄稿。信末为吾澳门收信地址,可常来信。家中一切安好,勿念。

逸仙、慕贞再拜。

"郑藻如是大名鼎鼎的大使,可是郑观应是谁?"月池没有立刻看手抄稿,陷入回忆,"这个名字,好生熟悉。"

亭曈道,"你这记性……连我都想起来了。"

"谁啊?"

"和郑藻如一样,都是我们同乡啊。郑观应是郑文瑞先生的儿子,亏你忘了。他叔叔郑廷江、宗兄郑济东,都是上海著名的买办。"亭曈笑,"郑氏一门也是豪杰辈出,不输你们家。"

"哦,"月池福至心灵,"想起来了。早年我还读过郑文瑞先生开的私塾。"

转头又很疑惑,"可是,你怎么对他们家这么了如指掌?"

亭曈掩着嘴角笑,"快读信。"

"你先告诉我。"

"我忘了。"

"是不是他们家也来找你家求过亲?"月池摇身一变成了醋王,不依不饶抱着亭曈。

"不正经。"亭曈一边笑,一边展开随信附上的手抄稿——《致郑藻如书》。千字不到,不枝不蔓一气呵成,月池读完,只觉得心中酣畅淋漓。

亭曈侧着头,宽慰地望着丈夫,"孙妹夫提倡我们农村应当效仿西方国家,建立兴农会之类的组织,鼓励农民开发种植业;还建议多开学校,且男女平等,一道读书……这跟你在做的事情简直一模一样!"

月池忍不住振臂一呼,"太痛快了!德明真知己也!"

尤其是信里对《农功》的一句话引援:"以农为经,以商为纬,本末备具,巨细毕赅,是即强兵富国之先声,治国平天下之枢纽也。"算是为这封家书做了一个完美总结。

月池捧着信,如同捧着明珠玉璧一般,这些天以来的惴惴不安,全部烟消云散。

"好一个——'以农为经,以商为纬,本末备具,巨细毕赅,是即强兵富国之先声,治国平天下之枢纽也。'"他激动不已,"亭曈,你能想到吗,我和德明虽然远隔重洋,但在做的,在想的,居然是同样的事!"

亭曈笑,"我知道。我知道。"

她起身走开去,拿了一盏更亮的烛火来。

"你做什么?"月池问。

"你不用回信的吗?"亭曈笑。

月池哈哈一笑,"夫人,亦真知己也!"

亭曈帮他研墨铺纸掌灯,看他写下"人尽其才,地尽其利,物尽其用,货畅其流"十六个字,便安静退下了。

她这个丈夫,心中的"病",和普通百姓就是不同。

他永远不会拘泥于吃喝拉撒。他忧的烦的,是不被理解,是无法信守诺言,是无论如何努力都改变不了现状。

狂睡三日,印雪新生,外加德明来信,三管齐下,将他自不安的寒潭中救了起来。

转眼新年到。

大雪终于落到了宜市,天地四合皆茫茫,唯有梅花凌霜怒放。

泰和合除了安排轮流值班的人外,其余员工全部休息,等着开春后的大战。

5

吃过年夜饭,大年初一一早,熊炎去庭院里扫雪,便发现甬道尽头的大铁门外站着一个人。

远远地看不真切,只看到银缎红梅镶白狐毛边的斗篷一角,心中狂喜,赶紧扔了扫把赶着去开门。

那人听到响动,转过身来。

却不是云岫,而是陆一泛。

熊炎失望之余,仍是把门打开,"曾夫人,新年好!来找我们夫人吗?"

"新年好,"一泛站得有点久,手脚都快冻木了,一边往手上哈着气一边跺着脚。

熊炎带她到了客厅前的茶室,"昨晚大家守岁,差不多熬了个通宵。他们恐怕都还没睡醒,得辛苦您稍微坐在这里等一下,我这就去让陈萍通报。"

一泛犹豫了一下,摇头道,"别通报了,我就在这里等着吧。大过年的,是我失礼了。"

熊炎一愣,"不通报?那莫是……"

一泛道,"没关系。横竖我也没什么要紧事。若他们睡得久,那我在这里坐一坐就走。"

熊炎"哦"一声,进屋给她端来茶果,"那我还出去扫雪,您就在这里等一下。"

"好的,多谢。"

熊炎离开后,陆一泛慢慢缓过劲来,脱下斗篷,叹口气。

她也知道大年初一就登门打扰,非常不礼貌。

可她心里有件事,非得找亭曈说说,再不说,又要错过一年。

幸好,一炷香时间不到,亭曈穿着家常衣裳,和钱嫂、陈萍一道,有说有笑下楼来。

一泛起身招呼,"亭曈姐。"

亭曈还是吓一跳,"啊?一泛吗?"

"新年好!"一泛微微欠身,"对不住,打扰了。"

"新年好。"亭曈快步迎上来,握住她的手,"冷吧?你来多久啦?"

又细细端详一泛神色,低声道,"是有话要跟我说吗?"

一泛点点头。

亭曈道,"那我们去花房,那里香暖又安静。"

说罢扬声吩咐,"陈萍,烧两个手炉,和茶果一起都拿到花房来。钱嫂子,你替我看好那两个猢狲,等他们醒了别来烦我们。"

陈萍、钱嫂领命去忙。

亭曈将一泛带到花房。这里俨然是一个植物天堂,又大又透亮的明瓦下,高低错落摆放着各色花卉,兰花尤其多,高高低低地开着,和怒放的水仙一起,将花房充盈得香气斐然。因冬天也燃着炉子,暖融融,常青花卉都依然活着,郁郁葱葱。

一泛落座便问道,"姐姐,如今的生活,是你想要的吗?"

亭曈一愣,"是啊。为何这么说?"

一泛点点头,"你把生活、家庭都安顿得这么好,想必是发自内心地喜欢。所以我问得多余了。"

亭曈看她黯然的神情,想到都来了半年还未曾谋面的那位曾秉炎大少爷,不由得心里一软,"好妹妹,可是想家,想夫君了?"

谁知一泛却果断摇摇头。

亭曈瞥见她腰间的白鹤香囊,猛然醒悟,"那!你是不是喜欢上那个……"

不敢往下说了。

一泛顺着她的眼睛看过去,哑然失笑道,"姐姐,你误会了。"

"那我不多嘴了。你自己说。"

一泛叹口气,"我不找姐姐说话,我怕我会疯;我找姐姐说了,我怕你会疯。"

亭曈笑,"有那么吓人吗?"

正巧陈萍带了东西过来,一一布置停当,出去又将花房门关好,两个人仿若与世隔绝一般,坐在冬日暖阳下,推心置腹聊了起来。

一泛道,"咱们往来这么久,姐姐人品好,从不问过去,我也正好懒得说。今天,我便都告诉你。姐姐,我……曾进过青楼。"

亭曈手里正端着杯盏,闻言差点失手没打翻,叮咣一声响。

一泛苦笑,"你看……"

亭曈一边擦水一边笑,"好妹妹,别生气。你继续说,我不喝茶了。"

一泛也笑,"那等我说完你再喝。"

"好。"

一泛缓缓道,"十六岁那年,我被爹娘送到了上海。说得好听,叫送,说得不好听,叫卖。家里穷,他们把我交给了同乡的一个阿姐,说让带我去上海找营生。其实,他们心里都知道是去做什么。只有我当时并不知道。"

亭曈听得心慢慢揪起来。

一泛道,"我那阿姐,在上海青楼里做'书寓'。书寓就是青楼女的第一把交椅,因为有才华又有容貌,可以卖艺不卖身,主要是陪宴侍酒,或者曲艺表演。当然,很多书寓其实也卖身,我阿姐便是。一般的男客因为不容易见书寓一面,物以稀为贵,所以也更愿意为了书寓一掷千金。我阿姐做了几年书寓,攒了些钱,年纪渐渐大了,担心将来只能沦落去做'长三'或更低等级的幺二甚至野鸡,纯靠卖身过活。于是便筹谋着再带出来一个'书寓',替她干活,她做二房东。就这么的,回乡的时候,她选中了我。我虽长得没有她好看,但从小调皮,经常去私塾外面偷听先生讲课,识得几个字,被她一打扮一调教,就变得很受人欢迎了。后来上海的洋人渐渐多了起来,我们那间青楼隔壁,又正巧就是李鸿章先生开办的广方言馆。我和我阿姐一商量,便学小时候的样子,弄了套校服,扮成假男儿,经常溜进学校去偷听讲课,慢慢学会了英文,还有一点点法文。如此一来,我便也可以接待洋人了,收费颇高,阿姐赚得盆满钵满。"

"所以……"亭曈实在忍不住,问道,"你便是这个时候认识曾……"

一泛点点头,"那算得我人生中最有意思的时候。"

那天天气晴朗,校园里也如现在一样花香弥漫。

她扮成男儿,穿了广方言馆的藏青色校服,正蹲在教室外的墙根下听课记笔记。

先生用陈季同最新翻译的《中国故事》来做范例讲课,一泛在本子上记下"Les Contes Chinois",最后一个字母还没写完,突闻远处一声喝,"你是谁? 在这里做什么?"

她以为叫自己,吓得站起来拔腿就跑,本子掉了也不顾不上捡。

跑着跑着,突然感觉身边多了一个人。

那男生也在跑,边跑边笑嘻嘻打招呼,"你好呀!"

一泛更加惊恐。

那男生回头看门房追得急,一把抓住一泛的手腕,"跟我来!"

两个人加快速度,一口气跑到湖心亭,找个树丛藏身,这才算摆脱。

陆一泛一把甩开他的手,"你是谁!"

男生坦然以对,"我叫曾秉炎,英文馆的。你呢?"

陆一泛没想到会被他反问,一时间也没想到撒谎,磕磕绊绊回答,"我……我叫陆一泛。"

"喏,本子掉了,还给你。"曾秉炎递过来。大概陆一泛这个名字很中性,他压根儿没想到对方是个女性。

陆一泛刚要接,曾秉炎又缩回手去,拿本子当扇子那样扇一扇,"等一等。我是逃课了被抓。但你好奇怪。你为什么要蹲在窗户下面?"

陆一泛一愣,气不打一处来,"原来那人是在追你!"

曾秉炎笑道,"管他呢,这样显得咱俩多有缘。你是法文馆的吗?你还没回答我,为什么蹲在窗户外面呢。"

陆一泛哪里还有心情跟他在这里闲聊,瞅准机会,一把夺过本子便跑了。

接下来几天,她心惊肉跳不敢去学校,却又老是想起那个一脸青葱、笑起来牙齿雪白的曾秉炎。

正好阿姐也给她接了好几单客人,一一陪完,脸都是僵的,虽没卖身,却也身心俱疲。

直到差不多一周后,她才敢再度溜进学校去。

就是这么巧,一进学校,就听到有人在大喊,"法文馆的陆一泛,你好啊!"

陆一泛惊惧交加,回头便看到人群中那张牙齿雪白的笑脸,恨不得一把撕烂他的狗嘴。

曾秉炎走近她,啧啧啧几声,"你撒谎。你不是法文馆的,我问过了。"

陆一泛道,"谁跟你说我是法文馆的了?"

曾秉炎恍然大悟,"哦……对对,我傻了。你若是法文馆的,还用得着偷听法语课吗?我知道了,那……你是算学馆的?"

陆一泛摇头,继续朝前走。

"那就是天文馆?翻译馆?"曾秉炎不依不饶,围着她转来转去,"再不就是新开的铁船馆?看你这么细皮嫩肉的,也不像是会造船的人啊。"

陆一泛被他转得头晕,站定,"我懒得理你。你不要猜了,赶紧去上课。"

曾秉炎道,"上什么课呀,天气这么好,花儿这么香。你也别上了,我们逃课吧!"

陆一泛望着这个天真烂漫的家伙,又好笑又好气。

她是乔装打扮排除万难来听课,他倒好,暴殄天物,时刻想着逃课。

"你逃课是要去干什么?"陆一泛问。

曾秉炎神神秘秘一笑,"你喜欢女人吗?"

陆一泛又给他惊了一下。

曾秉炎道,"附近有个新来的书寓,红得发紫,叫作柳如是,我一直想去见一见,你跟我一块儿去?"

陆一泛这才反应过来他那句"你喜欢女人吗",就是字面意思。

"新来的书寓?书寓……是什么?"陆一泛心怦怦跳,强装镇定问道。

曾秉炎哈哈一笑,撞一下她的肩,"别装了你。能在广方言馆读书的,就没有穷人家的孩子。我才不信你在上海待着,不下烟馆,不去青楼。"

陆一泛看着曾秉炎的脸,想到烟馆里横七竖八的行尸走肉,想到青楼里暗无天日的幺二野鸡,想到日渐色衰、脾气乖张的阿姐,又想到迟早有一天要卖身的自己,不知怎么的,气血涌上头,劈头便给了曾秉炎一耳光。

她力气不大,一耳光并不重,但很是吓了曾秉炎一跳。

曾秉炎捂住脸,不敢置信。

陆一泛道,"你真是身在福中不知福。我替你爹娘教训你。"

说罢,也不敢再逗留,又跑了。

这次之后,她再也不敢去广方言馆。又气又恼又后悔,怎么就遇见这么个牛皮糖、二世祖,耽误了自己难得的读书辰光。

但午夜梦回的时候,又总忍不住想起曾秉炎。不知道究竟是羡慕他的没心没肺,还是羡慕他的自由。

原本以为两个人的交集也就仅限于此了。

没承想,某天早起,阿姐来跟她打招呼,边说边哈哈笑,"如是啊,今天的客人,一脸稚嫩,穿得像个大人,其实估计是个学生娃。他来约了好多次了,我想着估计是尝鲜的,来一次不来了,所以也一直没接待。今天姐姐我心情好,看他长得不错,又有钱,嘴巴也甜,就准了。你糊弄着接,最好把他弄成常客。知道吗?"

陆一泛一听,心里开始打鼓。

果不其然,正是曾秉炎。

曾秉炎没穿校服,扮成大人模样,正立在花厅里赏画呢。忽闻楼梯响,扭头便见穿着一身儿浅紫色的陆一泛,身姿窈窕地走下楼来。

她穿着眼下最流行的束身旗袍,头上素素地戴团紫色绢花,瓜子脸,樱桃嘴,妆容清淡,端庄高冷,不知道的还以为是什么大使夫人。

正感叹这二十两银子花得值,突然脑子一蒙,感觉这名叫"柳如是"的书寓十分眼熟。

陆一泛看到他,突然计上心头。

"英文馆的曾秉炎,是吧?"她说。

曾秉炎还在消化自己临时编的假名字呢,被她陡然戳穿,差点没魂飞魄散,"啊!是你!"

已经付了的钱也不敢要,转身便逃。

陆一泛也不着急,只在背后闲闲地说道,"你敢跑出这个门,我保证明天你们学馆、你爹娘,全世界都会知道:你——嫖——妓。"

曾秉炎跑到门边闻言便腿软了,一把扶住门框,胆战心惊地回头看她……

陆一泛讲到这里,亭瞳已经笑出眼泪来。

"后来呢?后来呢?"

陆一泛这时才觉口干舌燥,端起茶杯来牛饮了一番,放下茶杯才说道,"后来就简单了。我威胁他娶我,花五百两银子为我赎了身。我阿姐对我本来也没什么感情,花三十两买我,五百两卖我,已经笑不动了。加上她身体渐渐不好,也正想收山,也就放了我。我就这样嫁给了曾秉炎,来到了壶瓶山。"

亭瞳笑得弯腰,"开头以为是个美丽的爱恋故事,后头发现是个女侠的逃亡之旅。"

陆一泛跟着笑了一气,又黯然道,"其实,姐姐,我心里也是喜欢过曾秉炎的。"

亭瞳点点头。

陆一泛道,"新婚夜,我问他,以后便做真夫妻,如何?他说,青楼女子,几个干净?他不信我从未卖过身,他记恨我威胁他破费,但也怕我捅破他的丑事从此断了家里的供养。所以,当我提出想在壶瓶山定居下来的时候,他乐得随我,最好永远不见我。我呢,也懒得解释,也不想委曲求全,只想着就在这深山老林里,孤独终老。"

亭瞳道,"那你为何选在今天,突然对我说起这些?"

陆一泛道,"第一次来见你,其实纯属无聊。可是后来渐渐喜欢上你了,就开始好奇,为什么这个女人,可以把数十年如一日的乏味日子,过得如此津津有味。"

亭暶想一想,道,"每个人眼里的世界,大概都跟她见过的、经历过的事有关系。我们两个虽然投契,但经历简直天差地别。你不理解我,很正常。"

陆一泛道,"所以姐姐,我思来想去很多天,总算明白,其实现在这样的日子,并不是我要的。"

"那你想要怎样的?"

陆一泛道,"我想来泰和合。不,其实也不是来泰和合。"

亭暶一愣,"这……是何意?"

陆一泛道,"我知道月池先生每年都要去汉口交割茶叶,也正筹划在汉口设立分庄。我想去汉口,为这件事情出力。以往他很喜欢带着曾秉炎,但是曾秉炎没什么长性,做与不做都没计较。我有恒心,我又懂得交际,英语和法语都会说,最晓得那些洋人心里在想什么。"

亭暶恍然大悟,"原来你有这个心思。"

陆一泛道,"我也不着急,就想拜托姐姐帮我问问月池先生。我知道他素来不喜欢我,但是我的身世,讲起来太复杂,又牵扯到曾秉炎的私事,所以不便辩解。至于曾秉炎,我也不想害他,所以还请姐姐帮我一起保守秘密。我但凡凭自己的本事赚了钱,定要将那赎身的钱,连本带利还给他。"

亭暶拍拍她的手背,"我懂了,一泛妹子。交给我吧。我想想怎么跟月池说。"

一泛从宜红别墅出来,沿着雪路慢慢走回自己的宅子。

在亭暶那里积累的香花热茶的能量,走没多远就消耗殆尽,剩下无边无际的冷,跟着脚步一点一点透彻全身。

自打知道自己被阿姐带去上海是做妓女的时候开始,她就不怎么愿意讲话了。

算是认命吗?也不全是。

因为即便如此,她也比大多数底层的女子,生活如意一百倍一万倍了。

至少没有被蹂躏、被毒打,没有缺吃少穿。

凭着胸口的一股勇气,偷听学堂,认识曾秉炎,从此逃出生天。

即便曾秉炎不信她的清白之身又怎样?即便月池不喜欢她又怎样?即便全世界都不在乎她又怎样?一日三餐白菜豆腐也能过,不吃也能过,从清晨坐到黄昏,看云卷云舒,赏花开花落。

可她才二十出头。

如果不幸活到耄耋,未来半个世纪,都要如此度过吗?

陆一泛正怀疑自己的时候,亭曈他们来了。

正如她自己所言,一开头结识他们,纯属无聊。

说也奇怪,亭曈让她觉得亲切。就连那两个顽皮的孩子,也让她觉得,人世间,还是有很多事情可以期待的。

只等到正月初三,月池便来约她到泰和合办公室见。

陆一泛赶到的时候,里头除了月池,还有钟不期、云岫、刘世杰、熊炎和薛友才。

简单寒暄过后,月池开门见山,"新年第一天开工,为跟几位商量一件大事。肖郝大哥陪嫂子回门去了,他的意思都在我这里。老陈留在家里照顾阿衡。如今熊炎是我的管家,刘世杰是生产部的负责人,薛友才是品题部的负责人。所以今天这个会,就算是所有核心人员的会议了。"

座下几人相互看一看,笑一笑。

陆一泛心里有点紧张。

这还是她人生头一次如此严肃地坐下来开会,讨论事情。

月池道,"我们今年预计生产精茶万斤,调度、安排、交割,都非往年数目能比拟。又因为多了津市分庄,还准备组织鹤峰、五峰的茶厂,就地生产,从陆路去汉口,所以今年的协调性也需要比往年更强。我们协调得不好,中间万一出个差错,便会捅大篓子。所以,我才要在今天开这个会之前,先介绍一个人给大家认识。"

说罢请出一泛,"陆一泛,大家都认识,不过并不了解她。她曾在上海读书,通晓英文、法文,这次她主动请缨,要跟我一起去汉口开办分庄。因为汉口是我们茶叶的最后一关,所以格外重要,我也不敢私自定夺,所以就召集大家在一起了。一泛,你自己说两句吧。"

于是在众人的凝视中,一泛起身,清清嗓子道,"各位好。我虽无鸿鹄大志,但我喜欢你们拧成一股绳干活的劲头。我希望能加入泰和合。我懂得与洋人打交道,立志要把汉口分庄办好,为泰和合争取更高的效率、更多的利润。"

说完,又用英文和法文,将刚才这段话分别说了一遍。

除了月池能懂几个英文单词外,其他几个人对外语一头雾水,但就是觉得好听,纷纷报以掌声。

薛友才更是看得呆了。

月池问,"这样,我们便算是全体通过?"

"通过!"

一泛看着月池的脸，内心暗暗感激。她相信亭瞳姐的人品，不会泄露不该泄露的秘密。但却不知道亭瞳姐是怎么跟月池沟通的，让他也如此信任自己。

正走神，月池忽然转向一泛，"去汉口的时间是夏末，你到时候跟我一起走。"

一泛赶紧点头。

"不过，你对我们的茶叶还不是很熟悉，在去汉口之前，你还需要把我们红茶的特色、优点，都搞清楚。最近这几个月，你需要在生产部和品题部多熟悉制茶工艺和定级方式。"

"没问题。"陆一泛放下心来，论学习能力，她不会输给任何人。

说罢转向刘世杰和薛友才拱一拱手，"刘管事，薛管事，请多指教。"

打这天起，泰和合便有了两支花，两支花都人狠话不多。

一支是云岫，大家闺秀，细腻入微，柔美的外形下藏着巨大的能量，她调教出来的学员不计其数；另一支便是一泛，女侠一般爽直，悟性很强，敢笑敢拼，也敢跟生产部那帮糙汉子们比赛喝酒，眼神时而妩媚时而凌厉，叫人招架不住。

薛友才便是最招架不住的那个人。

他教她品茶，"月池公说，茶叶有三生三世。它在枝头是第一世，这一世经历风霜雪雨，被人反复采摘；做成茶叶是第二世，被人采摘、烈火熏蒸、反复揉捻；泡进茶杯是第三世，沸水冲泡，物尽其用。我们品题部，就是给每一片茶叶定品、分级。茶叶的三生三世都很艰辛，所以我们的冲泡，就像为茶叶的这三世做一个评定。"

陆一泛听完如醍醐灌顶一般，心中感叹月池先生对茶叶的理解竟然如此富有禅意，脱口而出道，"上善若水，利万物而不争。"

薛友才惊讶，"你怎么知道月池公的最后一句话便是这句？"

陆一泛笑，微微晃一晃茶杯。

棕红色的米茶在杯子里旋转，散开，如仙女抖开她红色的裙摆，轻柔，如烟似雾。

薛友才继续道，"我们品题部的八字口诀是：看色、闻香、摸形、品味。但对我而言，与其说茶叶分级，不如说在各取所需。英人讲究仪式感，所以给他们的'天'字号米茶，前三组要求很高，色泽、外形和气味必须水准划一。"

陆一泛点头，"其实真正决定茶味的，还有很多因素是不是？比如泡茶人的心境，泡茶的水温……"

薛友才赞叹，"你真的是触类旁通。"

一泛喃喃道，"毕竟曾经天天泡茶。"

薛友才死死忍住才没问她这句话从何说起。他自己也不明白为何如此喜欢她。

一泛身上有种破碎感,仿佛把每一天都当作最后一天那样活着。痛痛快快,无所畏惧。做起事情来,她一千遍一万遍重复都不在话下,但若论吃穿用度,她完全不在意,薛友才不止一次注意到她忘记吃午饭晚饭。

明明很美艳,却拒绝所有人的邀请,既不让送,也不让接,就独自一个人徒步往返于家与泰和合之间。

她的家,薛友才也去过。

看得出来她选这房子的时候,是花了心思的。

门脸不大,内里有乾坤。不到五亩地的宅子,居然还有一个小湖,活水连着澧水,冬天也不会冻上。湖心假山石堆高处,还有个湖心亭,往美人靠上一倚便可以饱览壶瓶山美景,湖光山色,尽收眼底。

但是这房子里头,可真教人瞠目结舌。

除了睡觉吃饭需要的家具,其余一律欠奉。花瓶书画一样都没有,柜子上有几本书,仅此而已。

车棚里,也有马车,但没有马,也没有养车夫。

家里就有一个小丫头给她做点粗笨活。

简直无法想象这屋的主人是曾秉炎——那个恨不得把汉口最高档饭店的毛巾都搬进宜红别墅的人。

薛友才时常望着一泛独行的背影出神。

若是她家里活色生香,又或者养了孩子或动物,那还能理解她为何一收工就径直回家。

那雪洞一般的家,乏善可陈,她早早地回去干什么呢?

薛友才知道,如今自己对她的这份好奇与关心,其实都不应当。

毕竟她已嫁作人妇。

可是一朵花儿在旷野里独自怒放,身边既没有遮风挡雨之物,更没有人护着,叫旁观者心惊肉跳。

转眼便是正月十五上元节,泰和合全体人员一起吃元宵喜乐宴,吃完便三三两两去放灯。

在常德,"三十的火,十五的灯",除夕夜必须放花炮,而上元节这一天是必须放灯的。住在水边的放河灯，住在田边的放路灯，不论贫富，家家张灯，街道、乡村、水边一片光明。还有放天灯的，用大幅薄纸糊成袋，袋口朝下，烛盏附之，燃烛充气，飞升上天。

闹元宵，孩子们当然是最起劲的。竹轩、善虎、菊圃三个，宴席前拿来各种各样的灯送人。

走马灯、八宝灯、莲花灯、虾灯、鱼灯……应有尽有。每盏灯上又绘着美人、山水、花鸟鱼虫。

"每盏灯里都有灯谜！猜中有奖！"三个娃娃兴高采烈，"月池公设的奖哦！"

元宵喜乐宴吃着，薛友才一直偷偷观察着一泛。她既没有打算逛夜市，也没有打算放河灯，宴席结束，大氅一披，跟众人道个别便起身回家。

他立刻跟了上去。

跟了没多远，一泛停下脚步，回头看他，双目晶亮。

薛友才左右手各拎了一盏天灯，傻呆呆地望着她。

"你要干吗？"她问。

薛友才脑子里有一大圈想法，最后决定直接坦白，"我想约你，一起去放天灯。"

也没想到她会同意。

结果一泛微微犹豫了一下，竟点头道，"行吧。"

薛友才大喜，"你若想就近，我们去泰和合前头也行；你若想去得远一点，我来打马，你乘车。"

他琢磨着：若是一泛对他也有那么一点点心思，必然会选择后者……可还没等他琢磨完，一泛已经直接给出了答案："不用那么麻烦，就去泰和合前头的水边吧。"

薛友才心里叹口气，又失望又快乐。

溧水此刻已经是灯的海洋。

无数盏河灯顺水而下，摇摇晃晃；岸边的谈笑声此起彼伏，每一盏灯后面都有一双带笑的眼睛。偶尔还有花炮冲天而起，和天灯一起把壶瓶山照得亮如白昼。

薛友才找块石头，以火镰点起天灯。

一泛双手扶着天灯，朦胧的烛光透着皮纸映在她脸上，美艳不可方物。

薛友才问，"你有什么心愿吗？现在许吧。"

一泛愣了愣，"心愿？"

"给自己的，亲人的，什么心愿都可以。"

一泛侧一侧头,嘴角露出一个奇异的笑。

"我没有什么心愿……如果一定要许,那就祝阿姐身体康复,多活几年。"

说罢手一松,天灯摇摇摆摆迟疑地向斜上空飘去。

薛友才实在忍不住好奇心,"一泛……你阿姐生病了吗?"

陆一泛仰望着天灯,拍拍手上的灰,淡淡道,"我离开她的时候,她已染上花柳。几年过去,不知道是死是活。"

薛友才一听花柳两个字,天灯都差些拿不稳。

大弟的死,俨然就在眼前。

陆一泛凝视他,"我的父亲母亲,可以为了三十两银子不要我。我的丈夫,恨不得永生都见不到我。我无牵无挂,没心没肝。所以我真的没有什么心愿。"

薛友才惊呆了,天灯脱手,追着一泛的那一盏,扶摇而上。

两个人站在一片欢声笑语里,沉默地对视片刻。

陆一泛这还是第一次在亭瞳之外的人面前吐露心声。说的时候,也抱着要撵走薛友才的心思。所以语气里没有任何感情色彩,整个人都挂着"生人勿近"的招牌。

没想到的是,薛友才闻言,反而走近了一步,又走近一步。

陆一泛还没来得及反应过来的时候,薛友才已经来到身前,长臂一伸,将她紧紧搂入怀中。

突如其来的男人气息,让陆一泛瞬间迷失。

她试图挣脱,可薛友才臂力很足。

挣脱半天不得,索性放弃,将脸整个埋到他胸口,以免被谁看到。

过了半晌,她才从意乱情迷中回过神来,慢慢一字一顿说道,"我们这个样子,是要被浸猪笼的。"

薛友才愁肠百结也忍不住笑出声。一笑,便松了手。

"你不是说,你父母不要你,丈夫也不要你嘛?那谁还会在意你应不应该被拉去浸猪笼?"薛友才还在回味刚才的软玉温香,声音也格外温柔。

陆一泛白他一眼,绾了绾头发,"我孑然一身,你看起来很高兴的样子。"

"是,我很高兴。"

"我有丈夫。"

"可以和离。"

"你们男人都这么直接的吗?"

"什么叫都?还有谁也像我这么直接吗?不要告诉我是你丈夫,我不信。"

"阿衡啊。阿衡说,老陈向她求婚的时候,前后加起来没说过三句话。"

"你看我这已经说了一箩筐话了。"

"算了,我走了,就当今晚什么都没发生过。"陆一泛挥挥手,"我可不是阿衡。我太复杂,不是你的三千弱水。"

薛友才拉住她的手,笑道,"你复杂?就是因为复杂,所以身无长物?"

陆一泛甩开他的手未果,十分泄气,"我最烦解释,你不要逼我解释。"

薛友才赶紧放开她,"我不逼你。你也不必解释。你就告诉我,你什么时候和离?"

陆一泛都快气笑了,"我不会和离——至少,我不会主动和离。我丈夫没有对不起我的地方。如果我让你惦记了,你就当作花香太浓、月色太美,请原谅我的无心之过。"

她这话,听起来温柔,实际很是决绝。

薛友才再也没理由留住她,只能眼睁睁看着她走远,直至消失在灯火阑珊处。本想等第二天再约她好好说话,岂料从一大早便没见她人影。

正疑心是不是自己唐突了美人,忽而从门岗仙芽那里得知:"……一大早嘉木便驾了车,送月池公、钟先生、肖老板、熊炎、田姑娘、陆姑娘去了津市……"

薛友才默默站定,望着东方,出了一会儿神。

溇水上的船舱里,肖郝正在汇报近期自己开疆辟土的成果。

他摊开水路图,"先说水路。沿溇水入澧水,过津市,下洞庭,进长江,到汉口——这是咱们惯常的路线。溇水疏通二百多里,大的暗礁差不多已经完工,上次黄虎港那个最大的礁石不是被咱们烧断了吗?如今老百姓叫它火烧溶,哈哈!剩下新本河、鹰子尖、洄涡、油榨滩、观音倒坐殿还有些小的急弯、暗流,需要改造,再有个一年两年也差不多了。另外,从宜市张家渡码头往下直到津市码头,大大小小十几个停靠点,我们已经和行会一起扩建完工,预定的三十条新帆船,五月会陆续到货。"

他又摊开另一张陆路地图,"再说比较费劲的陆路。我们去鹤峰、五峰跑了这么多趟,精确算过。陆路不像河水受旱涝影响,如果集结成马队,运输能力跟水路相当,所以虽然费劲,还是值得搞的。其实石门自古出贡茶,现存一些断断续续的骡马古道。只是因为运载量上不去,包括童老板在内,没有人——当然,官府更没有心思去好好整治。按照咱们现在的茶区分布,再连接陆路到汉口,要做的事情比我们之前计划的还要多些。因为要将羊肠小道全部改成马车可以并排穿行的路,我们算过,都得铺成宽四尺的青石板路。第一步,就是咱们马上开工的宜市到鹤峰、五峰渔阳关的路,这两段加起来有六百里。第二步,从宜市到罗家坪、宜市到津市,如果也要走马车,全部铺上青石板,大约有四百里。这一千多里东西南北贯通,一定是未来咱们的主干道,既可以避开崇山峻岭,又可以连接其他通往零散茶区的山路。加上连接茶区的山路五百里,全部按一千五百里算差不多。是个大工程,只怕要好多年才能搞完,费用估计是这个数目。"

熊炎在旁边探头看了一眼那串数目,失声叫道,"天老爷,这么长,快写转弯哒!"

钟先生白他一眼,淡定笑道,"我都没喊,你喊个莫得鬼。"

肖郝继续道,"此外,还有两座桥要搞。一个是这里,鹤峰南边的成志桥。此桥高一丈二尺、十八孔跨度,明崇祯年间修的。但年久失修,需要维护,不过不着急,等路搞通了再说。另一个便是咱们第一站要停船的地方:所市檀树。在这里架桥,可以省得绕很远的路。这两座桥搞下来,估计还要这么多银两。"

他说完,月池拍拍他的肩,"肖大哥辛苦了。你个人能力虽强,但还需要带一个班子出来,将来水路陆路码头驿站,全都是要紧活儿,除了接货送货吃饭休息,还得加强护卫。钟知府、张知府、罗知府既然都敢跟我们一起出文,那就让他们落到实处,在每个码头驿站设人手。素来民怕官,再强的盗匪,看到官差还是怕的。"

肖郝点头道,"正办着呢。月池公放心,若没个班子,我单枪匹马也跑不出这两张地图来。大码头和大驿站,已经准备就绪,三个知府那里也正在调派人手,您放心。"

月池转头对云岫和一泛道,"今天带着你们两位,一来,是因为你们两位将来一个负责津市的津庄,一个负责汉口的汉庄。你们虽然是女人,但我会跟倚重肖大哥、钟先生一样倚重你们。现在我们修路治水,开支巨大,但为了将来计,又势在必行。我把刚才肖大哥的话做一个总结:水路,以后我们叫它茶船道,就几条大的,主要靠码头集散;陆路,以后我们叫它茶马道,可以细到每家每户门口。茶马道修好,不仅能将我们的茶运出去,还能把壶瓶山深山里头的硫磺、杉木、桐油、山货土产运出去,再把外头的洋货——比如洋油、食盐、洋布,以及海产品运回来,意义非凡。你们两位,不仅要把眼下的津庄、汉庄建好,把茶叶生意整明白,还得跟我一起,熟悉其他几个货品的买卖价格,细细算一本账出来。二来,我们到所市停留一下之后,就去津市。津庄已经建得有模有样了,云岫可以给一泛再引引路,给些建议。"

云岫点头,"好。"

一泛也点头。她听得头皮一阵一阵发麻,却也异常兴奋。

她以为自己已经思虑周详了,没想到应做的事比她想的更多更细百倍千倍。

到得所市檀树,几个人弃船登岸,匆匆吃口饭,便开始登高望远。

陆一泛从小生活在渔村,后来去的上海也是一马平川的平原,等到了壶瓶山,路途上来不及看风景,从未站得如此高俯瞰过群山。

直到极目远眺,心潮澎湃得眼泪都要涌出来。

月池他们可能已经对此情此景司空见惯,将羊皮地图铺在一块巨石上,对着远方即将开辟的茶马道指点、谈论。嘉木眼神最好,对壶瓶山这一带地形也熟悉,月池问的几个问题他基本都能对答如流。

陆一泛没有参与讨论。四处飘荡的云,随风摆动的树,群群簇簇的鸟,就这么从眼前掠过。半山腰的树极其壮丽,风吹过时,枯叶碎屑从数十丈高的枝头雪片一般落下,在冬日阳光下闪耀着亮光,仿佛一个尊贵的神,俯瞰众生,恩赐福祉。

她张开双臂,伸出手指,让山神的福祉在指尖流转。

忽而,云岫在她身边说道,"山很可爱吧。"

"嗯。"一泛侧头看她,"和海一样,是活的呢。"

云岫道,"我没有看过海。如果以后有机会,真想去看看。"

一泛道,"在海边的时候,从来不想它。风平浪静的时候,狂风骤雨的时候,对我们渔民来说都不是好日子。小时候总也吃不饱,大海对我而言,是散发着腥臭味的宝库,它赐给我们食物,仅此而已。后来离开了,慢慢地,倒是理解大海了。"

云岫赞叹,"你讲得好有味道。听说西湖有个茶舍,门口有副对联:十载许勾留,与西湖有缘,乃尝此水;千秋同俯仰,惟青山不老,如见故人。山与海,都懒得管咱们喜欢不喜欢。它们是天神赐予人间的。"

"对,我便是这样理解了。"一泛道,"你讲得更有味道。"

云岫笑,"跟你见过好多次,却从来没聊过天。"

一泛道,"气氛到了,就可以聊了。"

两个人相视莞尔。

一泛问道,"我从小家里穷得要死,爹娘顾不上给我裹小脚,你呢?你不像是从小穷到大的样子,为何也没有裹脚?"

云岫道,"我是因为爹娘不舍得我哭。刚上裹布我就号啕大哭,三次四次他们就放弃了。"

一泛点点头,"咱们是两个极端。"

云岫道,"但一样幸运。若是小脚,而今哪里走得了这么远、爬得了这么高、看到了这么多?"

一泛朝月池的背影努努嘴,"你说……月池先生心里,到底装着多少东西?他安排的每件事,后面都藏着一万件小事。就跟山海一样,深不可测。"

云岫听完,笑容渐渐隐去。

过了许久,她才淡淡回了一句李白的诗,"他人方寸间,山海几千重。"

一泛道,"真羡慕你们诗词读得多的人。以前不懂读书有什么意义,后来发现,到了某个特定的时候和场景,有一句诗涌上心头,感觉几千年前的古人在与我共鸣,是多有意思的事。"

云岫道,"你若想读,我家里很多诗词集,送你一些。"

"那就先多谢了。"

等到了津市分庄,陆一泛才发现,设立一个分庄,要做的工作不亚于成立一个全新的泰和合。

麻雀虽小,五脏俱全。

陆一泛拿出读书时候的劲头,小本本不离身,走到哪里,听到什么,都记下来,短短十天,足足记了满满几大本。

月池见她态度恭谨、神情严肃,安慰道,"放心吧,我也不会把事情全部交给你来做。我们一起去汉口把大的事情做掉,然后我还会配几个助手给你。"

"好,谢谢月池先生。"

"今年是我们第一次做米茶,给茶叶把关定级的时候,薛友才也是必须去的。你们两个我看挺聊得来,到时候应该可以配合默契。"

陆一泛笑笑。

6

十天后,除了云岫和熊炎,余下几人返回壶瓶山。

气都没顾得喘上一口,几个人又开始了下一步工作。

钟先生镇守大本营,他带出来的一个徒弟,跟着肖郝,直奔鹤峰,另一个徒弟去津市与云岫他们会合。

一千多学员,陆陆续续,从泰和合讲习所出发,如使者般落到壶瓶山周边的所有茶区,筹备今年的春茶大计。

陆一泛先是跟着肖郝去了鹤峰参观学习,半个月后才折返泰和合。

这时春分至,采茶季到了。

每个人都憋着一口气,紧锣密鼓、有条不紊地工作。

明明做好了万全准备,因为是第一次做米茶,仍然常有忙中出错的事情发生。

一个官堆部工人不小心将"玄"字号米茶误混入了"天"字号内,结果被品题部审了出来。月池毫不客气,将犯错工人照厂规罚薪两个月,混错的米茶全部降级,作"玄"字号装箱。

损失多少都不在意了,品质要求必须严苛。否则,砸的是自己的招牌。

从此官堆部和品题部鸦雀无声,格外上心。

倒也不是整个泰和合都如此肃静,赶工部就很热闹。

按照云岫的设定,今年区分了"内赶"与"外赶"。内赶基本都有计划地定点收茶,量虽大但质量水准划一;新增的外赶就包含了许许多多散户茶农,男女老幼都来了,需要登记入册,然后用筹码计算他们赶茶的盘数,无论赶多赶少,当天就到账房用筹码结算银钱。

收茶工作突然变得繁重数倍。

好在壶瓶山的人,尤其是土家族人,特别喜欢唱山歌。边赶工边唱山歌,快乐又解乏。

一泛最喜欢其中的一首:

正月里来是新年,姊妹二人佃茶园;佃得茶园十二亩,富家写字交息钱。

二月春分茶暴芽,姐妹进园采细茶;左手采得茶四两,右手采得半斤茶。

三月采茶茶叶青,姐在家中绣手巾;两头绣的茶花朵,中间绣的采茶人。

四月采茶两头忙,早晚采茶白栽秧;早晨采茶摸露水,夜晚采茶星星亮。

五月采茶茶叶团,茶树脚下恶龙盘;烧钱点香敬土地,青苗土地保平安。

六月天气实在热,太阳当顶采不得;姐妹想把茶叶采,只有等到天快黑。

七月采茶茶叶稀,姐在房中坐高机;织得绫罗与绸缎,给郎织件采茶衣。

八月采茶月光光,风吹茶花满园香;大姐捡得问二姐,早茶没得晚茶香。

九月采茶过重阳,抢收秋茶个个忙;茶叶一天变个样,再挨几天没来场。

十月采茶打了霜,姊妹挑茶走四方;姐姐卖的鸦雀口,妹妹卖的白毛尖。

冬月采茶又一冬,十个茶园九个空;等到来年春三月,茶叶树下又相逢。

短短一首山歌,写尽了采茶人的三百六十五天。

尤其是"等到来年春三月,茶叶树下又相逢",不晓得为什么,一泛每次听到,都感动得鼻尖发酸。

她每天上午都跟着月池学习收茶,下午跟着刘世杰他们在厂房里学习制茶,晚上跟着钟先生学习看懂和整理账目,夜以继日,每天最多睡足一个时辰。

人陡然就消瘦了,但是精神奕奕,像吃了仙丹一样。

明明在一个屋檐下,薛友才愣是两个多月见不到她人影。因为随着收的茶越来越多,品题部也越来越忙,一茶仓一茶仓官堆轮番着评级过来,忙得不知白天黑夜。偶尔见到一泛匆匆路过的身影,骤然便消失了。

有一天,月池兴奋地拿出一沓纸,跟大家讨论商标的图案。

最终大家选定了其中一个:浅绿底色,龙凤图案中间有一个椭圆形,嵌印着"宜红"字样。

一泛举手,"可否容我加一点东西?"

月池点头。

一泛拿过笔,在印章下方,描上一圈细巧的英文字母:Yihong Congou。

"这是英文的,'宜红工夫茶'的意思。"一泛迎着众人目光,不慌不忙地说,"既然我们的米茶不需要洋人二次包装,也就意味着可以直接走向全世界,那不如亮明正身,叫全世界都知道,我们就是 Yihong Congou。"

月池鼓掌,"太好了!就这样!拿去雕版吧!"

就这样,上千人,三个多月夜以继日,终将四万多斤宜红工夫茶做了出来。过秤,包装,盖章,装箱。

与此同时,新买的三十条帆船也如期而至,陆续停进宜市张家渡码头。

几丈长、红黑色柚木的船身,几丈高、巍峨如排云的帆,整整齐齐,簇簇新,散发着沁人心脾的气息。普通老百姓哪里见过这个?一时间都涌过来码头看新鲜,渐渐地除了原本就络绎不绝的赶茶工人,戏班、食摊也纷至沓来,把码头挤了个水泄不通。

把帆船带进宜市的肖郝肖老板,如今是码头的巨星。他只要一出现,必然涌来一大群人听他讲这三十条帆船的经;他一开口,码头俨然成了一个大型说书现场,听众不管听多少遍也愿意奉上掌声。

"您晓得太平军当时为莫得闹得凶?船队狠!他们的船哪里狠?哪里都不狠,

就是普通的船,跟你们屋里张老头王姨妈的船一样!"

"哈哈哈哈……哪为莫得朝廷还搞不赢啊!"

"因为朝廷用的是哨船和唬船,本来就是吓人用的,跑也跑不快,打也打不赢。后来啊,还是我们湖南人曾国藩厉害!他用了红单船。"

"就是而今这几十条船吗?这就是红单船吗?"

"不是不是!你急个莫得,听我讲完。红单船早先都是广东的商船,后来因为老是被人抢啊,就进行了改造。本来为了运送大宗物资出海,红单船的船身打造得就特别坚固,太平军那火炮就算是击中了红单船,也跟蚊子咬一口一样。曾国藩给红单船装上火炮,又全部起用了广东将领和广东水手,对付太平军那是又快又准又狠。我们这个船的船身,就是红单船的船身。不过没有加火炮,本来就不是去杀人的,对吧?"

"对对对,你快讲,还有莫得其他的经路。"

"其他的经路……嘿嘿,这个就厉害了。你们听说过耆英号没有?肯定没有。耆英号是朝廷造的,创下帆船航海最远纪录的船。它的规模就大了,载重一百五十万斤。因为在大海里走,不怕挂底,海深起来哪里有底!我们溇水搞不得一百五十万斤,但我们吃水几千斤还是没得问题。所以就按照几千斤的载重,模仿耆英号,用了两面帆和悬吊式尾舵。你莫看这帆薄薄的,可重着呢。有了我们个人的船,到了洞庭湖就不用换船了,还能节省路上的时间。"

"所以,我们这三十条船,就是结合了红单船和帆船的优点啰?"

肖郝得意扬扬,为演说画上完美的句点,"讲得对!还有莫得问题要问?"

"只有一个。"

"莫得?"

"你们泰和合还收人吗?"

"哈哈哈哈……"

码头上,茶园田间,对于大多数人来说,今年最繁重的工作已经结束。

但对于月池几个来说,最难的一关,才刚刚要开始。

尽管有合约在先,但每一年的经验都告诉他——杜百里这个小狐狸不知道又酝酿了什么损招在等着自己。

他总是不好好按契约办事,叫月池心烦意乱。

突然,薛友才找到月池,略略纠结后便鼓起勇气道,"月池公,我能和你们一起去汉口吗?"

月池一愣,拎起眉头。

薛友才赶紧解释,"听说每年交割的时候,洋人总会为难咱们。我跟着去,至少可以从茶叶的品质上,跟洋人据理力争。"

月池笑道,"不,是我忘记说了。你当然要一起去!怎么一泛没有跟你提起过吗?"

薛友才心中一喜,又一惊。

四下无人处,他终于逮到了陆一泛。

她正抱着厚厚一大沓资料下楼梯,行色匆匆,心情却似乎不错,嘴里哼着"等到来年春三月,茶叶树下又相逢"。

"这一句的意境很'杜甫'。"薛友才从楼梯下往上走,堵住她的去路。

一泛停下脚步,望着他。她瘦了,眼睛更大了,依然明美如雪。

几个月了,终于可以痛痛快快好好地看她,薛友才的眼睛一眨也不眨。

"什么?"她问。

薛友才一边伸手接过她手里沉重的资料,一边说道,"杜甫有一首很出名的诗,叫《江南逢李龟年》。少年时读,觉得平淡无奇。后来知道他们重逢的时候,已经是三十年后。昔年意气风发的两个人,一个是皇亲国戚都追捧的少年歌唱家,一个是名满天下的少年诗人,如今一个牙齿落光垂垂老矣,一个断了胳膊死了儿子……然后杜甫写下了一句:正是江南好风景,落花时节又逢君。"

陆一泛呆住了,唇瓣微微分开。

薛友才微微笑,往上走了一阶,两个人变成一般高,"是不是很像?等到来年春三月,茶叶树下又相逢。"

一泛终于知道自己为什么听到便想哭了。

无数的心酸过往,都化作一句:落花时节又逢君。

生命何其残酷,生命又何其美丽。

薛友才又往上走一步,两个人近到几乎气息相闻。

"你怎么没早点告诉我,我会跟你一起去汉口?"

陆一泛心中一慌,躲开他的眼神,抢回资料,"时候到了,你自然会知道。干吗要提前说?"

薛友才笑道,"你若早说,我便早些欢喜。"

一泛手上一停。

她再次抬头望望他。这个面目清秀、身材高挑、皮肤苍白到近乎病态的男人,为何讲起情话来,这么霸道,直戳她内心最深处。

又等了几天,立夏后的黄道吉日。溧水不深不浅,风速不疾不徐,三十条帆船从宜市张家渡码头出发。

三十条船一起启动排水的动静,声响震天,水花四溅。

沿岸数里都有老百姓闻讯赶来夹岸观赏。

罗成和他新过门的妻子也在其中。

"后悔吗?"妻子问。

罗成没有回答,却盯着威风凛凛的船队,恋恋不舍看了好一会儿。

"后悔吗?"妻子又问。

他摇摇头,瘸着腿走开。只是漫无边际地胡思乱想:不晓得云岫会在哪条船上。

云岫哪条船都不在,她还在津市。

繁忙的春茶季里,她的话愈发少,只是低头默默做事。等忙过后,又更加懒得说话。闲暇时便坐着看书、喝茶,偶尔遥望着壶瓶山的方向发呆。

几个月里,熊炎一直陪着她,做她的助手、跟班。他心里是很欢喜的,却也能明确感受到,云岫并不欢喜。

他不知道怎么才能让她高兴。

他看到云岫笑容最多的时候,还是冬天送梅花的那一阵儿。

莫非,她是喜欢花?

他为她摘来桃花、李花、迎春花,她也喜欢,认真地插在窗边花瓶里,但也就仅此而已。

莫非,她是想家了?

熊炎不止一次提出:"我们回一趟壶瓶山吧,你去看看爹爹。"

云岫也总是摇头,"犯不着。来回一趟好几天,耽误事儿不说,爹爹也忙。"

中间有一次熊炎回泰和合办事,返回的时候带来了小丫头翠莲,云岫高兴了一阵子,很快又重新回到之前的状态,惜字如金。

连那三十条帆船到津市渡口后,肖郝押着船回去宜市,她也没跟着。按说已经不忙了,没耽误任何人。

她就像刻意要隐居在津市一样。

熊炎问翠莲,"你们小姐从小就这么安静吗?"

翠莲摇头,"不呢。小姐从来都很活泼,爱笑爱闹。好像也就是最近一两年,不大爱讲话了。我也不晓得为莫得。我曾经以为她喜欢罗成……"

熊炎心中一滞,转瞬又听翠莲否认,"后来发现根本不是。而今罗成背信弃义,她不仅不喜欢他,连提起来都恨得牙痒痒。"

熊炎忽然紧张,"难不成! 她有莫得隐疾?!"

翠莲啐他一口,"呸,你才有隐疾呢。"

等三十条帆船驶进津市港,云岫脸上才真正舒展开来。

熊炎气馁。看来云岫真的只爱茶叶。

她穿了条素净的苍青色长袄,配同色暗金镶边袄裙,站在风里等船。

浑身上下就戴了一串深灰色珍珠项链做装饰,本就白皙的皮肤被衣服和项链颜色衬得更加白。

月池骤一打眼,就像看到了年轻版的姑母在眼前。

船到津市,最艰难的一段就算走完了。他设了一个简单的宴席,请大家吃了个饭。船工们喝得歪七扭八,第二天早上日上三竿都没几个爬起来。

薛友才、一泛他们倒都没闲着,忙着把津市收到的官堆,再评级盖章装箱。

云岫也要去忙,被月池拉住,"妹子,你怎么瘦了这么多?在津市吃不好吗?"

云岫道,"你们也都瘦了。你看看一泛,风大点都会被吹跑。"

月池笑,"我很久不见你了,你别忙,陪我说说话。"

云岫闻言,挨着椅子,缓缓坐下。

月池打量四周。津庄是一栋类似老泰和合那样的独立宅邸,有两进院落。不知道原本的主人是不是安徽人,白墙灰瓦、女儿墙、老虎窗一应俱全。里头收拾得干干净净,轻巧的黄花梨木家具,简洁大方,很像云岫如今的气质。

"委屈你了,云岫妹子,"月池为她泡一杯茶,"当时让你来津庄,实在是罗成刚走、别人也接不上趟。我愧慢你,让你在这里开疆辟土。今年春茶收好,你终于可以回壶瓶山了。津庄我再安排人来。"

云岫想一想,摇头道,"不用。"

月池没想到她会拒绝,错愕道,"为何?"

"我挺喜欢这里,再说我也做熟了,换别人来又得适应好长时间。你不是说,除了红茶,还要留神其他农产品的收购吗? 我这两天已经安排了小幺儿们去跑腿。熊炎你倒是可以带回壶瓶山了,他留在这里大材小用。"

月池道,"话是这么说……可你一个大闺女,独自在这里,连说亲保媒的都没有。难道你真的不嫁人吗?"

他一直记着在老泰和合时,有一天她说过的话。

云岫笑道,"嫁不嫁人,又有什么关系?我就在这里待着,很舒心。"

月池道,"不行,你没关系,我有关系……"

云岫的心跳漏了一拍。

"……亭瞳数落我好多回了,说我不该把你一个人留在津庄。妹子,你当帮我的忙,过几天跟熊炎一起回壶瓶山吧。"

云岫闻言,垂下头去,捏一捏衣袖。

过了片刻,才回答道,"我自己看着办,好吗?等一段日子再说。"

月池听她这也算松了口,便笑了。幸不辱命。

他见案上放着书卷,"妹妹最近在读什么书?"

"读点李商隐的诗。"

月池笑,"妹妹这么疏朗的性格,小李杜里,应该更喜欢杜牧吧?"

云岫微微来了点兴趣,"同样写相思,杜牧说,'春风十里扬州路,卷上珠帘总不如';李商隐说,'直道相思了无益,未妨惆怅是清狂'。一个说,算了吧,想想别的;一个说,算了吧,趁年轻,多想想。"

月池哈哈大笑,赞许道,"我认识的人里,妹妹才情无人能比。不,不止,你的手艺和心思,都一顶一地好。所以你说,我怎么舍得让你一个人留在津庄?你不着急自己的婚事,你爹急,我也急啊。"

次日船队继续启程,直奔洞庭湖。

云岫送走船队,回身坐到窗前的榻边,整整坐了一天。

直到天黑,翠莲给她掌上灯,见她面如金纸,有点害怕,叫来熊炎。

熊炎赶到的时候,她正在灯下写字,蜡黄的脸上满满泪珠。

熊炎大气也不敢出,慢慢走近。

只见矮榻上茶饭未动,纸旁放着一块玉佩,样式古朴,雕工精湛。纸上翻来覆去就写了一句话,"深知身在情长在,怅望江头江水声。"

"云岫姑娘……云岫姑娘……"他试探着叫她。

云岫手里还拿着毛笔,慢慢抬起头来看他,眼神迷茫就像根本不认识他一样。

熊炎在流离辗转中长大,见过无数双绝望的眼睛。如今云岫眼睛里,迷茫背后便是那种绝望。

"云岫姑娘,"他心中又痛又怕,慢慢伸手拿走她的笔放好,握住她冰凉的手,

"很晚了,你不吃东西又不休息……"

话音刚落,云岫身子抽搐几下,猛一咳嗽,一口鲜血喷出,溅在身前的白纸上,宛如盛开了一朵黑夜之花。

"小姐!——"翠莲吓得魂不附体,除了惨叫,手足无措。

"云岫姑娘!"熊炎一把抱住云岫,从怀里掏出一包药粉,"快,翠莲,把这个化到水里,给小姐服下!"

"这是莫得?"翠莲一边哭一边问。

"莫问,一个神仙给的。快去!"

帆船上的人儿们,完全不知道这里发生了什么。

陆一泛正在船头眺望洞庭湖。

八百里洞庭所言非虚,烟波浩渺,无边无际。暮色四合之际,星星点点的渔火亮起,美得宛如一幅山水画。

薛友才走到她身边,"在想什么?"

"在想你是不是来问我,几时和离。"

薛友才哈哈一笑,"有心情跟我聊天了?"

一泛扭头看他,风吹起她的头发在脸庞飘拂。

薛友才道,"这么些天都没见你闲着,现在船上,总算什么都做不了了。想不想听听我的故事?"

陆一泛倒是没想到他会说这个话题,点点头,"好。"

薛友才道,"我其实是个道士。"

陆一泛扑哧一声笑出来。

"没想到是吧……"

"不,倒不是这个缘故……对不起,你讲下去。"

"穷人家的孩子当道士,其实也是一门营生。我们鹤峰也好,壶瓶山也好,道士从古至今都有。元代诗人陈旅还写了一首《为彭道士赋鹤峰》'跨鹤台高倚翠微,昔人城郭是邪非。蕊珠宫观秋如水,有客吹笙月下归'。我们这里的道士,和你们通常理解的有些不一样。婚丧嫁娶,我们道士做道场,这个简单。还有些在外乡漂泊不幸过世的,需要叶落归根,家人又出不起钱自己来回运送棺椁,就得请道行深的道士来赶尸。碰到疑难杂症,道士也化身中医,因为大凡道士都多少通易经、医术……"

陆一泛好奇，"道士做这么多事情？我看《红楼梦》里头说道士打醮，就是做法事道场吗？"

薛友才道，"对。我们这一带，既受道家影响，也受巫文化影响，对生死看得很透彻。给老人送终，家家户户几乎都会请道士去开大路超度亡灵，发文传奏、讼经拜忏、绕棺解冤结等法事都不说，还要演戏，《目连救母》便是最常演的。演到动情处，孝子孝女号啕大哭，这场丧事就算办得很成功。虽然是哭，但其实也都是劝善、劝孝，所以当道士的很自豪，请道士的也心甘情愿花钱。"

陆一泛被他说起兴趣来，"《目连救母》……上次土司王来的时候，演的傩戏里，也有这一出。"

薛友才点头道，"我唱起来，精彩程度不输他。"

陆一泛笑，"我相信。你接着说。"

"说到我师父和我的缘分。我这人，天生感官敏锐。不管是嗅觉还是味觉，都异于常人。你看到一个人在哭，便晓得他在哭；我不用看到他哭，只要感受一下，就知道。比如昨天在津庄见到田姑娘，她便是在号啕大哭。"

陆一泛一愣，"云岫？她在哭？"

"我说了，我看得到她心里在哭。"

"为什么？我是说，为什么哭？"

薛友才道，"那我就不知道了。我看她气色，知道已经连续很多天体力透支，冬天又没有好好保养，再加上伤心欲绝，已成沉疴，咯血只在这两天。所以交代了熊炎，让他看着点，在她咯血的时候，服一味药下去。"

看着陆一泛不敢置信的眼睛，薛友才微微挑眉，"你若是不信，等回壶瓶山，问了熊炎便知我说的是真是假。"

陆一泛的思路倒不在这里。

"那么，从第一眼开始，你眼中的我是什么表情？我在哭吗？"她问。

薛友才摇头，"没有。你既没有哭，也没有笑。你整个人就像一片空白。没有喜怒哀乐。所以，我对你充满了好奇。"

陆一泛微一愣神，"……算了，不说我。继续说你做道士的事情吧。"

"好。"薛友才笑，"这就来。因为我天生敏锐，学道士的时候，师父也喜欢我。我师父，是我们道士里大名鼎鼎的唐福禄——禄先生。我跟着他做道士，打醮、起卦、问吉凶，除了有些事情师父说不让我碰之外，什么都做，也渐渐做出名气来，所以除了茶叶之外，我做道士也为家里添了一笔收入。

"大前年,发生了一件事。我和我大弟一起来泰和合参加斗茶大赛之后,赢了点银两。大弟回去心里一高兴,便去看了场杨花柳,喜欢上了一个唱戏的姑娘。两个人私订了终身。我大弟还打算去赎那姑娘出戏班了然后娶她。哪知道那姑娘并不是真心实意,相好的很多。我大弟便是从她那里染上了花柳病,然后一病不起,一年不到便没了。死的时候,浑身脓疮,异常痛苦。

"我一边痛心,一边想寻那姑娘的仇。结果戏班子早走了,姑娘不知去向。于是我又想到,我大弟之所以会去看戏,都是因为怀里揣着泰和合的银两。所以,我迁怒泰和合,便一气之下来到了壶瓶山,进了厂子,伺机报复。"

陆一泛听到这里,"啊"一声,四下看看,"你!你如今还是抱着这样的念头吗?!"

薛友才叹口气,摇头道,"哪能呢?"

"发生了什么?"

薛友才笑道,"按戏里的文路走,这个时候我应该说:月池公感动了我,我再也不想报仇。不是,即便现在确实如此,但最初让我断了念想的,是师父。"

陆一泛回想道,"就是那个——禄先生?"

薛友才道,"对。我师父找到我,痛斥了我一番。他说的话也很奇怪。他没有指名道姓任何人,只说,有些人,是天尊在助,动不得。各有因缘,阴阳两面,有人被天助,也就有人命数短。便是不因为某个事情,也会因为别的事情,难逃死劫。所以,休得气恼,更不可以用他传授给我的法术害人。"

陆一泛默默听着,默默回味这段话。

薛友才继续道,"我大弟之死,我从未跟师父提过。甚至我来泰和合,按说我师父也无从知晓。但他偏偏就是了如指掌,连我想做还没做的念头,都猜中了。从此,我便彻底消了报仇的念头,踏踏实实在泰和合干下去了。"

陆一泛吁出一口长气,缓缓道,"真是……处处有高人啊。"

薛友才道,"我师父是道士里的高手,上次演傩戏的那个先锋也是高手。那天还救了云岫姑娘一命。"

陆一泛吃惊道,"是吗?"

"云岫姑娘突然在场子上晕过去,被抬到账房。我那会儿正在纠结要不要出手相助,先锋便来了。也不知道他使了什么手法,云岫姑娘很快便醒了,而且能走会跑,全然不像羸弱之人。"

陆一泛咋舌,"早知道那先锋果真有法术,我应该去拜师学艺。"

"你学艺是要干吗?"

"技多不压身啊,谁会嫌自己太厉害。"

"哈哈哈,看起来你心情好多了,我就放心了。"

"谢谢你的故事。夜深了,回去休息吧。"

"什么时候说你的故事来听?"

"下辈子。"

"好……吧。"

数天后,船抵汉口。

即便是见惯了世面的汉口人,看到一条一条泰和合的新帆船驶进港,也瞠目结舌。惊讶之后,又泛起一种特别的自豪感。即便这些船跟自己一点关系都没有,但在潜意识里,感觉让万船来汉口朝拜,自己也必有一份功劳。

月池早已是香都饭店的座上宾。他的人还没进饭店,消息早就进了。所以等大队人马跟着月池下船,就已经有香都饭店派来的马车、黄包车,一溜烟停在码头等候。

汉口江滩每一年都在变化,如今租界更密实了,一排一排大理石造就的巍峨建筑上,飘扬着各种各样的旗帜。宽阔如草场的马路,各种车子、人、马接踵而至,川流不息。但相比沿着长江一字排开的码头和宽阔如海的长江,建筑和人又小到如尘埃。码头一眼望不见边,桅杆连起来如天幕般,在长江的浪涛声里翩翩起舞。

钟先生和肖郝都是跟他来过汉口港的,陆一泛曾久居上海,对此繁华街景也不觉得陌生。

剩下的人,眼睛都不眨地看着汉口江滩,恨不得把所有风景全部看到肚子里去。

月池安排好守船值班的人,便跟钟先生同上马车,直奔香都饭店。

薛友才和陆一泛坐另一辆。

肖郝不舍得坐马车。他感觉黄包车更拉风,便登上其中一辆,对几个船长说道,"你们一直跑船,下来坐过黄包车、住过大饭店没?"

几个船长赶紧摇头,"没有。"

肖郝得意地笑笑,"那估计你们还没见过洋灯亮起来的样子呢。好看得像天宫一样。"

"今朝跟着月池公和肖老板享福了。"

一路上,薛友才望着街景,也十分赞叹。

"这街道两旁的建筑也太漂亮了。一样是木房子,你看那木头,都细细地雕着花,像艺术品一样。"

过一个街口,出现一个雕梁画栋的戏台。

这个戏台的位置很是精妙,就在转角宽大处的正中央。台上正在演戏,演员个个扮相精致;台下坐满了看客,其中头戴官帽的不少,还有几个洋人,头发红红黄黄;最妙的是,戏台子的街对过,还有很多老百姓站着看热闹,看一会儿,笑一会儿,不影响接着干活。小商贩们见有商机,来回穿梭于马路对过,兜售各种稀奇古怪的小玩意儿。

这种热闹,在鹤峰或者壶瓶山从来没有出现过。

薛友才道,"不晓得月池公看到这个没有,以后泰和合要是修戏园子,便可以这么搭。又热闹,又亲近,又不耽误行走。"

陆一泛点点头。

薛友才又道,"不过戏园子好搭,难的是戏。而今的戏,杂乱无章,纯为发泄,好些本子和唱词,赤条条不忍直视。我大弟听的那场戏就是。只差没在戏台子上开青楼了。"

陆一泛又扑哧一声笑出来,"你错了。青楼也没有这么赤条条,青楼的姑娘最懂得欲迎还拒,犹抱琵琶半遮面。"

薛友才笑,"说得你好像很懂一样。"

陆一泛懒得再理会,安静欣赏街景。

除了船老大,其余人吃过午饭便开工,半刻没闲。

月池差了两个小幺儿分头送信。一封自然是给怡和洋行的杜百里,约他三天后验货、交割。

另一封,则是送给圣若瑟教堂的刘人祥。虽然他前年便离开了汉口去了外地,月池内心仍对他充满感激,期待能够有重逢的一天。

香都饭店经理老早就带着资料在大堂候着。月池一见便笑道,"看起来您这里也很有收获!"

钟不期奉上大大的利市。

经理眉开眼笑,"月池公吩咐的事情,必须办好!"

众人一圈坐好,摊开资料。

月池对一泛道,"你的工作重点来了。我去年便委托经理帮我们找适合开分庄的地方,分庄此后便是你的大本营和战场,你要仔细。"

陆一泛听他说得好生动,不由得嫣然一笑,"遵命。"

经理对着地图介绍,"禁烟之前,汉口的老商业中心,主要就是沿着汉江,集中在汉水和长江交汇地。汉口变成通商口岸后,因为西岸地价更便宜、轮船停泊更方便,这边也起来了,也就是你们今天下船的地方,英人租界也在这里,是一块方方正正的地界,里头都是沿江向东建房设厂。向北延伸,英人又造了跑马场、球场、花园。所以我帮你们找分庄的位置,也就主要集中在码头附近、租界的西边和北边。"

新鲜词汇一个一个蹦到薛友才脑子里,他都感觉要喘不上气了。

但当陆一泛一开口,薛友才才知道,"见过世面"是什么意思。

她似乎非常熟悉各行各业的特点,也对租界和城市的关系了如指掌,接过地图详查片刻,便进入了状态。

"多谢您,这么一说,我就更清晰了。"她对经理说道,"我今天一路过来,发现同样作为港口,汉口的道路设计一点都不输给上海。现在看,大家都围着长江修房子,但我猜想将来汉口一定会有铁路。我知道两广总督张之洞,在去年就提出了开通汉口铁路的想法,铁路一修,就要用到很多钢材。所以他今年请朝廷拨款,开始修建汉阳铁厂,看起来这事板上钉钉了。请问您,知道未来的汉口车站会在哪里吗?"

经理闻言,十分震惊,愣了半晌,朝她竖起大拇指,"难怪月池公会把这一摊事情委托给你,只听你这么说就知道一定是个巾帼英雄。汉口车站,我知道的也不确切,不过应该在这一片……"

几人商量完,便按照经理绘制的空置房地图,一同去看了位于现在的码头和未来车站中间的那几栋。

有计划,有目标,行动就格外迅速。

第二天一早,陆一泛已经站在新房子——也就是未来的汉口汉庄里。

她从街边雇来几个帮佣,打扫卫生,整修家具。自己和随行的小幺儿拿着新买的皮尺,丈量可以用作仓库、生产的各个房间。

她攀上爬下,毫不畏惧,头上顶着蜘蛛网,掸一掸算数。

到第三天晚上,月池带着全体员工来汉庄吃饭的时候,每一个都快惊掉下巴。

不仅家具一应俱全,连西式的长桌都已经摆好,烛台、餐具,全部擦得锃亮、摆得整整齐齐迎接大家。

对比几天前还空荡荡的大宅子,简直判若云泥。

陆一泛就像《搜神记》里说的田螺姑娘一般，把汉庄布置得简洁又大方。

她也不奢侈，没有乱用钱，全部都在月池给的预算内。

跟津庄的风格截然不同，这房子里原本的风格就是英式的，加上不知道她从哪里淘来同样款式的家具进行了补充，一水儿的白色加金色，让整个空间显得亮亮堂堂。

打开吊灯，瞬间流光溢彩，如烟火照明夜空一般。那些对洋灯本就啧啧称奇的船老大、船工们，简直不敢相信世间竟有这么美丽的东西。

不过很快陆一泛又关上了吊灯，解释道，"电价还是太贵了。我们偶尔开开得了，其余时候还是用烛台吧。"

月池点头，"当用的时候用。可惜现在汉口还没通电话。"

一个船老大问，"电话又是搞莫得的？"

月池道，"电话可以让两人虽隔千里，但瞬间就听到对方的声音。"

大家面面相觑，"千里传音？那莫不是神仙用的？"

肖郝笑道，"老陈特别稀罕那个玩意儿，跟我说起八百遍了。汉庄要是用上电话，我保证他堂客伢儿都不要了，三天两头跑过来。"

众人皆笑。

这顿饭因为厨房来不及准备，都是在隔壁馆子订好了，一食盒一食盒送来。别说吃的了，光是象牙的、乌木的、竹篾的各色各样食盒，也叫大家看花了眼。

月池满意极了，"一泛妹子，你果然不负众望。钟先生，明天和杜百里见面交割，就在咱们自己的汉庄吧。我要把一泛隆重介绍给杜百里。"

陆一泛微笑颔首。

是夜，她便没有继续住在香都。她在汉庄里收拾出来三个小房间，自己和小幺儿就此可以住下。

月池不放心，郑重交给她一把小巧的火枪，"一把我给了云岫妹子，又搞了一把，你留着。事实证明，关键时候它还是很管用的。"

陆一泛骇然，"可是我不会用！"

月池道，"改日你找个人教，一学就会。"

陆一泛将枪藏在靠床的抽屉最里头。她有点害怕那个冰冷的凶器。

薛友才又不放心了，"这么大的新屋，前后十几个房间，你一个人睡，不怕吗？"

陆一泛笑，"我哪里是一个人？这不是有几个员工吗？"

薛友才心道：就是有他们在，我更不放心。

次日晨起,他便迫不及待地从饭店赶到汉庄来,一照面,看直了眼。

她一洗前几日的灰头土脸,妆发精致,戴全套红玛瑙项链耳环戒指,虽然红玛瑙都不大,却格外聚焦还不显俗气。

她上身穿雪白红边云纹短袄,下身穿同样款式的袄裤。袄裤这种时髦玩意儿,薛友才只在难得一见的西洋画报里看到过,没想到竟被陆一泛穿得如此纯熟。短袄修身,袄裤更显干练。

见薛友才盯着看,解释道,"宝石饰品是出门前亭疃姐送我的,衣服是昨天晚上临时去隔壁裁缝店买的。不好看?"

薛友才结结巴巴,"不,嗯,是,不,我是说,都好看。"

陆一泛忍俊不禁,"什么不啊是啊的。"

薛友才发现这女子真的是一个宝藏,有他挖掘不完的惊喜。

看直了眼的岂止是他。

洋人杜百里清瘦高挑、脸色苍白,跟薛友才像是一中一洋的两个不同版本。但他喜欢把头微微仰起来看东西,所以眼神里总有股子轻慢的滋味。直到月池介绍陆一泛的时候,他的眼神才终于不再轻慢。

"Nice to meet you, Mr. Dubley."一泛伸出手去,纯正标准的英文发音让杜百里喜上眉梢。

他吻一下一泛的手背,薛友才差点没跳起来。

"月池先生真好本事,怎么会找到您这样的美人一起来工作。"杜百里说。

一泛竖起食指,俏皮地晃一晃,"不,不,不是和他一起工作。是和您一起工作。"

"我的荣幸。"杜百里做了一个浮夸又优雅的摊手。

在这样美丽的环境里,一场签约会,愣是让陆一泛办成了轻松的酒会。

她当然是全场焦点。

时而与月池喁喁细语,时而与钟不期交换意见,时而当薛友才的翻译,向杜百里详细介绍新一代泰和合宜红工夫茶的定品定级。

杜百里一改往日的疙里疙瘩,对泰和合的宜红工夫茶赞不绝口:"一定会成为令全世界全人类瞩目的名茶。"

陆一泛笑。笑容比娇花还美艳,比阳光还耀眼,比林间展翅高飞的鸟还自由。

杜百里道,"跟陆一泛小姐虽是第一次见面,却好像认识很久了一样。"

陆一泛想一想道，"有个朋友同我说，'千秋同俯仰，惟青山不老，如见故人'。翻成英文，就是有些人啊，就像山一样，无论你高低贵贱、横看竖看，它都在那里，永远茂盛年轻，就像个老朋友一样。我看杜百里先生也是如此。所以，我们注定会成为最好的合作伙伴，您说呢？"

杜百里兴奋得手舞足蹈，"毫无疑问！十分荣幸！"

立刻签订正式的购销合同，价格比之前月池和他约定的四两还要再高出几钱。

关于私下交易，月池早就给陆一泛交了底。所以她在合约里，便将高出来的这几钱，加上之前承诺的，以代理费用直接折返给了杜百里，"省得我们还要多开支一笔税务。"

月池高兴，杜百里当然更高兴，有什么比把钱从左口袋挪到右口袋更靠谱的呢？

喝完茶喝酒。杜百里频频向陆一泛举杯，从白酒喝到洋酒。

无奈陆一泛的酒量比他更好，到他微醺时，陆一泛还好整以暇在跟钟不期交头接耳。

好容易等到宾主尽欢、宴席结束，杜百里回洋行，月池带着众人去码头交割货品，薛友才找个理由留下来慢走一步。

陆一泛笑吟吟看着他，像是酒劲儿刚刚才上来，眼神缱绻，"不走吗？有话要跟我说？"

薛友才再也没有迟疑，大步走到她跟前，一把将她搂入怀里，急促又温柔地吻了下去。

陆一泛吓了一跳，但也没有挣扎，微微闭起了双眼。

薛友才吻完，凝视她的脸庞，"怎么办，我再也不舍得离开汉口。"

"你这是做什么？"一泛推开他。

"就像宜红的标志一样，盖个章。宣告你是我的。"薛友才毫不避讳。

陆一泛刚刚接受完深情一吻，脑子却丝毫不犯浑，"我还没有和离，薛大管事，你别忘记了。"

薛友才道，"那就去和离。现在，立刻。"

陆一泛咯咯笑，"走吧，别让月池先生久等。"

薛友才又把她搂回去，"你等我。你一定要在汉口等我，我去同月池公坦白。"

"好……随你。别让人家久等。"

薛友才这才放开怀抱，"这还差不多。"

陆一泛眉头一挑，嚷道，"我是说——别让月池先生他们久等！"

薛友才冷哼一声，道，"我不管。我当作你同意了。"

这边码头上，工人们有条不紊地忙着搬运，钟不期也在跟月池嘀嘀咕咕。

"你看那薛友才，是不是对一泛姑娘有意思？"

月池笑，"男欢女爱，极其正常。加上一泛妹子确实美丽。"

"但她不是曾秉炎的堂客吗？这不乱套了？"

月池拍拍他的肩，"没什么大乱子，我心里有数。"

钟不期十分疑惑，"你只怕隐瞒了好多事没告诉老朽我。我生怕汉庄刚建好，结果闹出男女丑事，牵连我们泰和合。"

月池哈哈大笑，"我隐瞒的事情多了，又不止这一桩。放心吧，处理这些琐事，你不放心我，也该放心亭瞳。"

钟不期"哦"一声，"弟妹我是放心的。"

回一回神，虽然担心，赞赏也是由衷的，"这陆一泛，开初认得的时候，哪里想得到竟然这么有本事，我太小看她了。"

月池道，"何止是你。开初认得的时候，我一点都不喜欢她。要不是亭瞳向我极力举荐，我根本不会想到她竟然会成为今天我们的主力之一。哎，所以人不可貌相啊老朽哥哥，论看人识人，我们两个都要挨板子。"

"你自己挨板子就行了，莫拉老朽。"

"这么没义气？"

"没必要的义气。"

"哈哈哈哈。"

第四章

茶马古道沙中金

1

时光荏苒,转眼到了三年后的光绪十九年秋。

一个身穿黑色制式校袍的少年,正跟着学堂的同学和先生,跨进泰和合茶号大门。

泰和合负责接待他们的人叫覃德云,看相貌也不过十八九岁,已是泰和合品题部的负责人。他身穿泰和合统一制定的浅灰色挺括长衫,胸口戴着非常时髦的怀表,身材挺拔,文质彬彬,说话声线不高,却透着自信与自豪。

"我们茶号最早是四年前动工的,陆陆续续一直在建,今年春才最后完工。大家也看到了,你们进来的地方,不远处便是溇水,这也是我们茶船道的起点,每年春茶做好后,便是从这里出发去津市,再从津市下洞庭,再从洞庭顺长江直上汉口。

"茶号主楼前后一共有三进,第一进是人事、经济两个管事办公的地方;第二进是接待客商的地方……"

覃德云一边走一边详细地介绍情况,学生们听得入神,看得也津津有味。

他带着大家走到宽敞透亮的中庭,"这是中间的望楼,八方三层,名'三泰楼',取'天、地、人三泰'之意,并以此建成'天、地、人'三层。第一层称地层,其八面抱柱上雕八只飞狮;第二层为人层,绘八仙过海图画;第三层为天层,绘天泰八卦。天地人三泰,也便是泰和合的泰……"

孩子们的目光在那雕梁画栋的木建筑上游走,"哦……""哇……"的赞叹之声不绝于耳。

大部队继续往里参观,那少年从中庭又返回大门口,稍稍逗留了一下。他很喜欢大门前那两株巨楠,亭亭如盖,挺拔又端庄。

他想到了自己家门口的那两棵松,也是这般姿态。

从祖上起,家学渊源深厚的宋家人,便很抵触残酷无情的大清。爷爷、太爷爷,都宁愿隐居求志,也不愿意出去跟朝廷有任何接触。在他们眼里,大清不仅摧毁了华夏文明里的很多文化精华,八旗制度还严重破坏了几千年的士大夫精神,把整个国家拉着开倒车。

虽然隐居,家长们倒是半点都没有松懈对孩子们的教育。他从小便饱读诗书、练习武术,文武双修。五年前他上了私塾,学堂里的东西他学,学堂外的东西他也学。

他热衷于读各种各样的手抄文献。其中有一卷一百年前马哥尔尼访问乾隆后的日记,中间这样描述中国:"当我们每天都在艺术和科学领域前进时,他们实际上正在成为半野蛮人。"

他读给长辈们听,他们面面相觑:洋人看得倒是很真切!

从此,"艺术与科学"这两个字,刻进了他的骨子里。

他还读了康有为的《新学伪经考》和《孔子改制考》这两篇文章。话题非常尖锐,尖锐到他甚至不敢搬到长辈们面前,只敢自己窝着悄悄读。这两部书虽然都是在尊孔名义下写的,但其实对很多顽固不化的思想进行了彻底的颠覆。康有为还把孔子理解成一个满怀进取精神、提倡民主的人。角度刁钻,立意新颖,也让少年大开眼界。

再慢慢长大后,他才发现长辈们的隐居,是多么无奈。而自己能在桃源的学堂里安详地读书,是多么不容易——长辈们把他保护得很好。

今年初的那个寒冬,人们都说是近三百年来最寒冷的一个冬天。

冷到什么程度?他听走南闯北的手艺人说,号称"一件单衣走四季"的广东,下了两尺深的大雪;远东第一大上海的吴淞江和黄浦江都结了冰,长达十多天,水面和码头都不能解封,急煞若干跑船人。

原本雨水量就大的湖南,不知道在这场寒冬里冻死了多少只飞鸟走兽。以至于开春后孩子们去山上找吃的,连只活物都看不到。

至于冻死的老人和小孩,更是不敢想。

即便如此,他也一天都没有受过冻。

如今到了泰和合跟前,他看到里里外外穿梭忙碌的茶农、漠水河畔捶打衣裳的女人、大街上依然繁闹的贩夫走卒,每个人脸上都有或多或少的笑意,就感觉:这里是另一个世外桃源。

大名鼎鼎的月池,就像这座大山的"长辈"一样,养活了许多人,保护了许多人。

他倚在大门口稍微走了一下神,回头却发现望楼里已经一个人都没有,同学们都不知去了哪里。

一着急,拔腿便追,正好跟斜刺里穿过来的两个女娃娃撞了个满怀。

小一点的娃娃才一两岁的模样,蹒跚学步,屁股一坐便要跌倒。少年眼疾手快,一把捞住她,自己却失去平衡倒了下去,倒下去的时候还没忘记让女娃娃坐在自己身上。

女娃娃受了惊吓刚要哭,突然发现自己安安稳稳坐在软软的身体上,颠一颠还挺有弹性,甚是有趣,便咯咯大笑起来。

倒是另一个三四岁的女娃娃,怒气冲冲,双手叉腰,"你这人!好冒失!不会看路吗?"

少年自知理亏,一边赶紧将小一点的女娃扶稳站好,一边起身道歉,"对不住对不住,是我冒失了。你们受伤了吗?"

他站起身,个子比着两个女伢儿叠起来还要高。

三四岁的那个搂着妹妹,一边抚摸她的头发,一边用溜溜圆的眼睛上上下下打量少年。看他黑色制服上敷着一层灰,好生显眼,不由得也咯咯笑出来,"看你撒赖成莫得相哒。"

少年伸手拍灰,刚拍下去发现灰尘四起,容易让人咳嗽,又停了手,笑道,"幸好我练武术,否则肯定要摔伤了。对不住。我是看不到他们了,着急想追,才没看路的。"

"他们?"三四岁女伢儿扭头看看内堂,"你们穿同样的衣服……是同学吗?"

"对。"少年对这个眼睛大大、口齿伶俐、笑声清脆的女伢儿有莫名的好感,"我们从桃源来。本来是参观天门书院的,山长又提议我们既然已到石门,不如再走远一点,顺便参观泰和合。"

那个小一点的女伢儿不知觉得哪里有趣,突然用标准官话呀呀咿咿学语,"书院!书院!泰和合!泰和合!"

少年"咦"一声,"你妹妹不是常德人吗?"

三四岁的女伢儿点点头,"其实也是这里人。不过她一般都跟着爹爹姆妈住到汉口,这是第一次回老屋。奇怪得很,虽然是第一次回来,常德话她倒是都听得懂,只是不会讲。"

少年道,"我以为你们是姊妹。"

女伢儿想一想,回答,"她姆妈和我姆妈是好姊妹,所以,我们也算是姊妹吧?"

少年笑道,"算。"

女伢儿问道,"你叫莫得名字?"

少年道,"我姓宋,字得尊。《三月曲水宴得尊字》……"

女伢儿"哦"一声,老气横秋的样子让宋得尊忍俊不禁,"你晓得是哪两个字吗?哦?"

女伢儿白他一眼,"卢照邻的诗嘛,'门开芳杜径,室距桃花源'。跟哪个没读过一样!"

宋得尊大惊,赶紧拱手行礼,"是我狗眼看人低了,女夫子。"

女伢儿笑道,"你这人也蛮有味道。我姓陈,名字叫印雪。你又猜得出来,是哪个印?哪个雪吗?"

得尊思索半天,不得其解,问道,"给点提示?"

"我出生在冬天。"

得尊立刻恍然大悟,"那必然是——飞鸿印雪的印,飞鸿印雪的雪!"

陈印雪扬脸一笑,"你也不赖啊,男夫子。"

小一点的那个女娃看他俩聊得欢,也不甘示弱,小肥手指指自己,"宝宝也叫雪!"

陈印雪笑着亲亲她的小脸,"你不叫雪,你是姓薛。"

"她叫薛什么?"

"她叫薛影尘。我们两个名字最有趣了,倒过来倒过去。"

得尊由衷赞叹,"你们屋里取名字都这么好听的吗?天地无尘,山河有影。这两个字,我应该不得猜错。"

陈印雪得意扬扬,回答道,"那当然。我们屋里好多人的名字,都是月池叔取的,连我姆妈的名字都是他改的。"

宋得尊一愣,"啊,原来月池公是你叔叔?"

提起月池,他突然想到自己来这里的正事,"哎呀"一声,"拐哒拐哒,我跟你聊不成了,我要去追他们了。"

陈印雪眨巴着眼睛看他,"追他们搞莫得?"

"一路参观呀,还有,听那个覃管事介绍泰和合。"

陈印雪笑道,"这还不简单?我带你参观不就好了?我打出生起,一辈子都在这里,我比覃管事懂的只怕还多些。"

得尊被她的"一辈子"逗笑了,"你讲话好好玩。那行啊,就有劳你们二位小姐带我参观吧。"

说罢,他走远一点拍净了身上的灰,便牵着薛影尘,跟着陈印雪,往里头继续走。

印雪还真的就当起了向导,有模有样。

"穿过这个望楼,再往里走,就是第三进,这里是月池公偶尔歇脚的地方。他的屋不在这里,在离这里不远的宜红别墅。但莫是中午累了,要么忙得太晚了,他也就在这里睡了。

"从这里穿出去,东边是库房,做茶叶、放茶叶的地方。库房外头,隔着那条石板街,建有医务室、食堂、裱糊铺、粥棚,还有……嗯,还有百货行!前两年我们陆陆续续开通了茶马道,也走陆路运茶叶,所以而今又到那一片加了一个很大的骡马房。你走近些会闻到骡粪马粪的气味。

"那边,主楼的西边,就是最热闹的赶茶部了,是专事拣茶叶的地方,我们都喊它'赶楼'。春季最忙的时候,赶茶人成百上千,唱好多好听的山歌。

"宜市码头那边,我们还有一个船厂。前年肖叔叔扩建了码头,沿着码头又修了一个船厂,专门造船、修船。月池叔讲的,我们到底是一门生意,不能耽误了别个用码头,所以新修的码头都是泰和合搞的,没使着官家的钱。但是我们修的,别个也能用,不要钱。连茶船道、茶马道,也都是。不要钱,大家都用得。"

得尊喃喃道,"好厉害。"

他早就听说月池独资做过许多善事。他购买了许多田产,捐给鳏寡孤独残疾者用,田产所得若是茶叶,他也负责收购;他兴办了宜市中街、下街和黄虎港三处义渡,渡船费用全免;他还在泰和合茶厂山边修积谷仓,以备凶、灾年放赈;就在去年,还捐修了一所校舍免费让贫穷子弟上学。不仅如此,他每年冬季施衣,灾年施粥,还做了许多棺木放在关帝庙和江西会馆,对地方上死了人无力举葬的家庭施棺。

如今亲眼看到泰和合用来赈济灾民流民的粥棚,再亲耳听到陈印雪的讲解,他感喟万千。

没想到,身边就有真豪杰。

陈印雪看他神色,自豪地说道,"月池叔厉害吧。"

"他厉害,你更厉害,讲得好清白。"宋得尊笑道,"我要是有你这么一个妹妹就好了,可惜我屋里都是兄弟。我做你哥哥好吗?"

陈印雪想一想道,"问题是……我哥哥一大堆了呢!"

宋得尊好奇,"那怎么不见他们?"

陈印雪白他一眼,"笨不笨。都在学堂里呀!你不是才说刚参观完天门书院吗?他们就是在天门书院里读,半个月才回来一次。"

"哦哦,对,我忘记了。"

"搞不好你们都见过了,只是不认得。"

"你和你的哥哥们,都多大了呀?"

"我马上四岁了。竹轩哥哥十五,善虎哥哥十四,菊圃哥哥十三。你呢?"

宋得尊道,"我十一岁。"

沉默许久的薛影尘突然嚷道,"我两岁!两岁!"

竖起两根肉嘟嘟的手指。

宋得尊还要说什么,突然听到不远处同学们的召唤,"得尊!你在那里干吗?我们要走啦!"

他应声,"好!"

转头朝两个小妹妹拱手,"好高兴认得你们。陈印雪,薛影尘。我们改天再见!欢迎你们来桃源寻我!我在……"

还没来得及报地址,那边又在催了。

他哑然失笑,道,"算了,还是我来寻你们吧。"

陈印雪也一拱手,道,"欢迎你随时来壶瓶山。"

薛影尘也跟着姐姐拱手,站都站不稳,还要一本正经,"欢迎……来……汉……汉口。"

"哈哈,好的!再见!"

"再见!"

目送走了不速之客,陈印雪牵着妹妹,回到前院,上楼找爸爸。

老陈正在跟钟不期谈事,忽见她俩,惊讶道,"你们哪门来啦?没在屋里玩么?"

印雪回答道,"娘睡午觉,屋里太闷了,影尘说不好玩。我就让车夫送我们来了。"

钟不期闻言笑道,"影尘说不好玩……我信你的邪你个小鬼灵精,肯定是你觉得不好玩。"

老陈哈哈笑,"我闺女比我机灵多了,不像我,笨口拙舌的。"

"就是随了你!"钟不期拿烟袋屁股朝他点一点,"阿衡多老实,没她莫得事。"

老陈有点担心,"那你们娘一觉睡醒,找不见你们两个,只怕会吓死!"

"不会,我已经打发车夫回去了。"陈印雪娴熟地挥挥手,"他会跟娘讲我们来了这里。还好来了,认得一位新朋友。"

老陈蹲下来摸摸女儿的头,又摸摸影尘的头,"但是哪门搞呢?我们这里还没有忙完事。陆姨和姨夫出门还不晓得来不来得及赶回来。你们要么自己在泰和合待着,要么,去宜红别墅找杨姨和小妹妹玩。等我这里弄好,也会到宜红别墅来开会的。"

陈印雪等了半天等的就是这句话,叹口气道,"这就对了。我还是有点怕月池叔的,你这么一讲,我就敢去了。"

钟不期仰头笑出眼泪花。

不多时,嘉木驾着车把她俩送到了宜红别墅。

熊炎出来开门迎接,"两个小小姐来啦。"

陈印雪牵好妹妹,偏着脑袋,看看熊炎,又看看嘉木,"熊叔不成亲我晓得,可为莫得嘉木叔也不成亲呢?"

嘉木还没来得及回答,熊炎扑哧一声笑,"我不成亲你晓得?你晓得莫得?"

陈印雪摇头晃脑,在每一个首字上都加了重音,"全宜市,全人类,全世界,都晓得你喜欢云岫阿姨啊。她一天不回来,你找哪个去成亲?"

熊炎捧住心口,"哇,陈小姐往人心口上捅刀子的水平真是越来越高了。"

嘉木也笑,"你好歹还有个云岫姑娘值得惦记。我连个惦记的人都没得,咋成亲?再说了⋯⋯"

他垂头望着印雪,"你关心我们成不成亲搞莫得?"

陈印雪道,"你们成亲了才能生伢儿呀!娃娃多才好玩,不然等影尘回汉口,我又是孤家寡人一个。"

嘉木、熊炎都哈哈大笑起来。

陈印雪的苦恼是真苦恼。

月池叔前年就在宜市开了女子私塾了,可孤孤零零没几个人敢去,慢慢地连先生也走了,现如今就变成了一个女子闲聊的茶馆,几个乡绅富家千金没事会去坐坐。陈印雪也去看过,一个能打的都没有。别说卢照邻了,好几个大姐姐连字都不会写。

老陈和阿衡两个虽然都是苦出身、没有文化,但越没有就越稀罕,打从印雪出生起,基本上就是寄养在宜红别墅,除了夜里睡觉,多数时候她都在这边。杨姨教她认字,月池叔高兴的时候会给她讲故事,哥哥们放学了,也会教她读书背课文。说来有趣,菊圃、善虎背了一下午都背不下来的长篇大论,只是听了几遍的印雪,倒是可以背个七七八八——虽然很多时候连是什么意思都不知道。

善虎常说,"你要是可以代替我去上学就好了。"

可从去年冬天起,也不知怎么的,月池叔越来越严肃,脸色时常不好。他也没冲任何人发脾气,但他的脸色一不好,整个屋里的气氛就非常诡异。

陈印雪想想,还是不要自讨没趣了。好长时间里,忍着能不去就不去。

没承想,杨姨生了个妹妹妍华,特别可爱,一见陈印雪就笑,像是以前就认识一样。

妍华出生在明媚的春末夏初，正好是采茶季最忙的时候。月池叔忙得焦头烂额，无暇分身，只能把照顾杨姨的事全部拜托给钱嫂他们。等孩子出生第三天，他才匆匆赶回去，一见之下，欢喜又感动，便特地用了苏轼的"渡波清彻映妍华"来纪念。

两个小姑娘跟着熊炎进到大屋里，果不其然，月池正坐在客厅里和人聊天，眉头紧锁。

"又很诡异……"陈印雪喃喃道。

听到响动，月池望过来，客人也望了过来。这是一个陌生男人，皮肤黝黑，眯缝小眼，脸上倒是一片和善。印雪对他没有印象。

她赶紧跟月池说明来意，"爹爹让我们来看看杨姨和妍华。"

月池"嗯"一声，"他们在楼上。"

她一边上楼，一边听到那个客人说，"……形势越来越紧张……"

印雪吐吐舌头。形势什么的，我不关心，只要月池叔莫越来越严肃就好。

严肃的月池叔叔，正在和客人讨论国家大事。

客人也不是陌生人，他是现如今泰和合慈利分庄的管事孙运东。他早年去过广东游历，思想很是进步，官话也讲得很好，月池特别喜欢跟他聊天。只是因为他平时不大来宜市，所以陈印雪不认识他。

今天是月池和一众分庄管事开茶话会的日子。从慈利过来最近，他也讨巧，到得最早，好早些跟老板谈天说地。

孙运东说道，"形势越来越紧张。日本自打光绪十二年给中国赔款之后，一直怀恨在心，磨刀霍霍，往死里培养水军。我们的水师看起来辉煌，但人家越来越厉害，我们越来越懈怠，这反差看得真让人着急。"

月池道，"日本这次发了狠了。据说是全国一半的花销都投入到军需里头去。伊藤博文在鹿鸣馆发表演说，要求日本的爱国志士为筹备水师捐款。半年不到，那弹丸之地竟然筹出了两百万两白银。不仅填补了政府虚空，还在举国上下掀起扩军浪潮。"

孙运东感喟，"这便是明治维新的成果。'富国强兵、殖产兴业、文明开化'，无论哪一条，都是我们现在也急切需要的。可是月池公，我那天做了个统计。咱们的北洋舰队，每年使朝廷的银子是两百万两，此后年年下降，弄得李鸿章不得不自己到处找钱……"

月池想起往事，不由得苦笑一下。

说起来，他还是国家大事的亲历者呢。

"……现在，他连找都懒得找了，朝廷不批，他也不着急。对比起来，日本水军开支则一直在猛增。反观咱们自己，唉……此消彼长，我看这形势，感觉中国日本迟早有一大架要干。一干架，社会就又要稀烂了，天灾人祸，没有一刻消停。"

月池给孙运东添上茶，摇头道，"我一开头也不理解，北洋水师是被李鸿章一手搞起来的，如今又放任自由不发展，到底是为什么。后来我知道了。都是因为他和翁同龢闹矛盾的关系。翁同龢是财政大臣，一天到晚找李鸿章的麻烦，这也推脱，那也不管，总之李鸿章来要钱，一分没有。其他人来要钱，反倒好商量。"

孙运东诧异道，"那月池公，你晓得这翁同龢，为什么老跟李鸿章过不去吗？"

月池苦笑，"这一段，我听人说起过。不知道真不真。翁同龢有个哥哥叫翁同书，原本是安徽巡抚，因为临战脱逃，惹怒了曾国藩。他找了个文笔很好的人替他写了个折子，折子里说'臣职分所在，例应纠参，不敢因翁同书之门第鼎励，瞻顾迁就'，可谓软刀子杀人，就差没把翁家仗着权势、罔顾国家直接写出来了。这一句话，直接把翁同书给参死了，判了死刑，他爹爹翁心存活活气死。那时候翁同龢只是六品小官，无力报仇，后来他官越做越大，想寻仇，可惜曾国藩已经死了。于是他想起老爸和老哥其实都是死在那个代写折子的人手里的。而这个人，就是李鸿章。"

孙运东愣半天神，喃喃道，"国家大事，如同儿戏，掺杂的全是私人感情，怎么搞得好？"

说话间，鹤峰分庄管事薛家名、五峰分庄管事张仁义、长阳宜都松滋分庄管事刘世杰也都到了。

薛家名是薛友才的远房堂弟，自己原来经营一个小茶庄，卖卖白茶，后来薛友才鼓励他加入了泰和合，他又拉来了五峰的朋友张仁义，就这么的，才让肖郝能够脱手鹤峰和五峰的事务。

而刘世杰本来就是长阳人，制茶本事又青出于蓝，他负责整个长阳片区最合适不过。

再过不多久，钟不期和老陈也赶了来。老陈如今又重新回到泰和合，跟钟不期一起管账。现在除了茶叶，又新增了许多业务，忙得他也是不可开交。

晚饭前，肖郝、陆一泛和薛友才终于赶了来。

月池一见薛陆二人，便笑道，"你们姑娘倒是比你们先到。"

陆一泛吐吐舌头，"一定是印雪带她来的吧？幸好有你们，否则我天天拖着这个小尾巴真的是忙不过来。"

她穿着时下最流行的绒面长袖旗袍，跟上海洋画儿上的一模一样，好身段一览无遗，一站进来，满室生香。

薛友才看到满屋子男客的眼神，默默掏出外套递过去。

陆一泛随他意穿上外套，也不计较影尘此刻在哪里，兀自洗了手，坐到桌前。

"大家聊什么呢？"几年历练，陆一泛出落得更加大方，姿态纯熟自然。

刘世杰回答道，"我们在说局势不稳定，将来会不会影响我们的生意。"

陆一泛随手剥开一个橘子，回答道，"会！一定会！我今年最明显的感受就是：俄国人这条线现在还能走。一打仗可就不好说了。"

月池一惊，"此话怎讲？"

一泛刚丢了一瓣橘子到嘴里，酸得睁不开眼，薛友才便替她回答道，"我们的茶叶从汉口出发往俄罗斯走，经襄阳、南阳、洛阳、焦作、太原、大同、乌兰察布盟、归绥到圣彼得堡。一路过去全是坎。肖大哥今天也带我们两个到处转了。我们壶瓶山周边，还能受泰和合的制约，山匪路霸不那么猖獗；俄国人这条线就很难了。只盼着看看铁路什么时候能通。"

月池点头，"说起这个铁路，也真的是……卢汉铁路都批准那么久了，汉阳铁厂也在动，就是推进缓慢。幸好李鸿章当时不顾翁同龢他们反对，先斩后奏修了一段，否则到今天国人连铁路是什么都不知道呢。"

孙运东差点没跳起来，"怎么又是这个翁同龢？他是铁了心要跟新世界逆着干吗？"

月池苦笑道，"改革不易。因为人们常常不知道改下去，会得到什么结果，但却很明确知道，会失去原本拥有的东西……看着吧，这位三朝元老，一代帝师，最后在史书里的评价，可能并不很光彩。"

刘世杰如今管着湖北一片，对这些事情听得也多，不由得感喟道，"你们说，这是不是人老了老了，就会特别顽固？"

月池摇头道，"哪能啊，跟年龄没什么关系。不说已经仙逝的左宗棠和曾国藩，便是如今的张之洞，也是元老，可他兴工厂、办铁路、办学堂，哪样都是新鲜事物。"

陆一泛吃完那颗酸不溜丢的橘子，擦擦嘴，"对了。说到张之洞，听说他最近还在筹划要在汉口新开设一个超级大学堂，跟上海那个广方言馆差不多，也是设外文、算学、格致、商务这些课程。我计划等学堂建好，把汉口的员工都送进去读一读书,有好处。"

月池赞许,"就按你说的办。"

过了一会儿,楼上房门打开,欢笑声传出来。

陆一泛跟薛友才这才笑吟吟上楼去迎接。

薛影尘跌跌撞撞扑到妈妈怀里,"姆妈……肚肚饿……"

杨亭曈牵着陈印雪走出来,"你们人到齐了吗?可以开饭了?"

陆一泛抱着女儿,摇摇头,"云岫还没到呢。"

杨亭曈"哦"一声,"我先带他们两个去小餐厅吃饭。等云岫到了我会跟厨房讲的。"

陆一泛见她身上穿着绯色夹棉袄子,头上戴着卧兔儿,关切问道,"天气还没有很冷,你就穿这么多吗?"

月池迎上来,"生妍华可累着她了,受冷便头疼。"

叮嘱道,"吃饭前你先把药给喝了。别我一不盯着,你就偷懒。"

杨亭曈皱皱眉,"谁让你开的药那么苦。"

月池笑,"那我喂你。"

陆一泛闻言,一扬脸朝丈夫道,"薛大官人,我也要你喂我。"

薛友才笑,"你小心女儿有样学样。好容易自己会吃饭了……"

两个女人带着各自的女儿去了小餐厅。

亭曈瞥一眼正在嘻嘻哈哈的女儿们,轻声问,"回来这几天,都住在老陈那儿吗?你原来那个旧宅子,曾秉炎留给你了,我日常也叫钱嫂去打扫,住得人。"

陆一泛道,"还是住在老陈那里伢儿们开心些。"

亭曈微微颔首,"说起来,曾秉炎倒不是个刻薄人。"

陆一泛笑,"是我命好。遇到他,又遇到姐姐,替我垫了那五百两,又说服了他和离。"

亭曈跟着陈萍一起把饭菜布好,一边说道,"还不是你可人疼。外柔内刚,会搞事,也懂撒娇。"

一说到这里,两个人同时想到了性格恰恰相反的田云岫,同时叹口气。

陆一泛道,"云岫姑娘怎么样?还是没找人家吗?"

亭曈叹口气,"现在都不想找不找人家了。身子一天比一天差,简直快赶上林黛玉了。月池一直内疚,说没早点发现她身子大不好。也给开了最好的药,吃了没有更糟,但也没见好转。"

陆一泛想到薛友才此前提到过云岫内心的悲伤,不由得诧异,"津庄操劳,月池先生为什么不给她调回来?"

"她不肯啊。"亭曈道,"劝了好多回,都不肯回来。连这样的茶话会,也经常缺席。好在津庄她一直都管得很好,月池也不好多说什么。"

陆一泛见两个孩子热热闹闹吃起饭来,便拍拍手,"我们先出去吧。有印雪在,影尘吃饭很乖的。"

钱嫂、陈萍也在一旁说道,"你们都出去吧,有我们陪着呢。"

两人手挽着手回去,正好云岫披星戴月进门,三个人彼此问个好,又齐齐回到客厅。

众人看过来。但见云岫身穿一身白色绣天青花纹短袄,发髻侧面簪了一只细巧珠玉的梳篦,与她手腕上的镶金叮当玉镯相映成趣,又雅致,又清新。站在穿旗袍的一泛和穿马面裙戴卧兔儿的亭曈中间,三个人就像是未来、现在和过去一样。

都美得可圈可点,各有各的味道。

不过,云岫可没有心思关注谁在看自己。她站定后轻轻喘口气,便朝月池招手,"你别在那里坐着了,快些过来,我带了两个贵客来。"

"贵客?"月池起身,"难怪你今天到得这么晚。"

云岫朝他,也是朝大家欠欠身,微笑道,"耽误大家吃晚饭,罪过。不过,今朝这两个贵客,你们估计也都听说过大名,一见便会欢喜的。"

陆一泛朝大门那边张望,"我的天,不会是张之洞吧?"

众人皆笑。刚说到张之洞呢。

谁知云岫一抿嘴,"虽不中,亦不远矣!"

众人又纷纷愕然。此时便已听到大门那边传来月池惊喜的声音,"哎呀呀,刘老弟!竟然是你!"

老陈和钟不期对视一眼,立刻站起身来,"哎呀,原来是他!"

跟着月池进来的那个眉眼深邃、身穿蓝布长衫、骨子里却透着聪明劲儿的男人,可不就是刘人祥?

他身后还跟着一个男人。穿一身洋服,头戴礼帽,鼻梁上还架着一副金丝边玳瑁眼镜。面容和善,不怒自威。

刘人祥与月池大大拥抱之后,隆重介绍这个穿洋服的男人,"这位,大名余正裔,人称'公胄先生',我的好大哥,也是……"

月池还没回过神来,陆一泛先低声惊呼:"公胄先生?!可是张之洞先生的好友、汉阳铁厂的会办——公胄先生?"

那人听到女声说出自己的来头,也不禁惊喜,又看到厅里高朋满座,忍不住拱手赞道,"月池公座下果然人才济济啊!"

一时间,满屋子人全都起了身,让座落座半天扯不明白,月池笑道,"别整了,我们去饭厅吧,边吃边聊!"

2

突然多了两个人,而且是重量级的嘉宾,又把后厨给忙坏了。

月池可是乐坏了,好半天都没回过神来,"我真是万万没想到你们会来壶瓶山!"

刘人祥笑道,"你不是说,若是要找你,去常德找泰和合吗?我们乘船到津市渡口,下来便问泰和合地址,谁知道老板竟是位巾帼,吓一跳!"

他指的,就是云岫。

云岫有点咳嗽,捂着帕子笑道,"我本来前天就要回来的。幸好没走,这简直就是特地在等两位贵宾。"

余正裔向云岫、一泛、亭曈三位拱手道,"我是完全没想到,大名鼎鼎的泰和合,居然启用了女管事。男女平权,同桌吃饭,只是这一项,我就要给月池公鞠一大躬。"

众人落座。各分庄管事听他们三个人聊天,就像在看实时的国家要闻,兴奋都来不及,心甘情愿全程当听众。

月池帮刘人祥和余正裔倒上酒,"这些年你去了哪里?我每到汉口必送信到教堂,可惜你都不在。"

刘人祥回答道,"我父亲当年带着我们在汉口谋生的时候,尽管家里穷得叮当响,但他很善良,还收留了一位名叫刘长陆的落魄青年为养子,我管他也叫哥,大家一桌子吃饭一张床睡。没想到我哥后来出去闯荡,历经辗转,竟当上了上海立兴洋行的买办。几年前,他得知上海各大洋行都准备大量收购白芝麻,便将此消息告知了我。我找父亲、神父、朋友,借了所有能借的钱,在襄樊这些白芝麻产区设庄收购,集运于汉口再转沪出售,贱买贵卖,算是赚了一点银子。所以这几年,我是上海汉口两地跑,又常去白芝麻产区一待几个月,弄得我们俩一直缘悭一面。恕罪恕罪!"

两人连尽三杯。

月池竖起大拇指,"我一早就知道老弟你绝非池中之物。"

刘人祥指一指余正裔,"我这只是投机取巧,公胄先生才是大才大德。他弱冠之年便被张之洞先生赏识,赐了'公胄'二字的号。二十三岁便当了兵部郎中,丁忧数年后,又被张之洞先生请到汉口,督办汉阳铁厂。"

月池向余正裔举杯道,"公胄先生远来,蓬荜生辉!"

两人干杯。月池道,"卢汉铁路和汉阳铁厂,我们都是当作传说那样在谈。没承想,传说里的神仙自己走进门来了。"

余正裔笑道,"休再提这汉阳铁厂,真的是一言难尽。"

月池问,"此话怎讲?"

余正裔道,"张之洞先生兴办实业,修京汉铁路,我自然是乐于鼎力相助。他提拔我做了铁厂会办后,头一件事,便是委派我去兴安、汉中、郧阳三处调查煤铁矿产资源,以备开采。之后不久,又委派我做了大冶东路官矿局总办。但是不管给我什么名头,问题始终还是那个问题:矿,到底该不该开?"

月池忽而想起一事,"对了,郑观应先生新出版的《盛世危言》,我刚刚收到,是德明——"他看看刘人祥,笑道,"也就是妹夫给我寄来的。我正在读。郑观应先生在书里说道:矿业应是实业的重中之重,他说本朝人皆言开矿动人坟墓、不利风水,纯属无稽之谈。他还列举了日本不讲风水,欧洲不讲风水,却能国祚永久、富甲五洲。公胄先生碰到的,是否也是这个难题?"

余正裔连连点头,"月池公真是青年才俊,身处深山,通晓天下。人祥老弟跟我说过,说如今在澳门十分出名的孙先生,便是你的堂妹夫。你们广东风气,还是比内陆开放许多。否则,何以洋务派中诸多广东籍青年才俊?我去的那些矿区,即便是官办,一样受到各种掣肘,耗资巨大,时间冗长,收获甚微。所以今年我已辞去汉阳铁厂会办之职,打算自己去阳新的炭山湾开矿。不过自己开矿所需甚巨,也是机缘巧合,我想起了人祥老弟,便邀请他入股,一起集资办矿。他说他赚了点钱,那是太谦虚了。他眼光奇准,胆识过人,一出手便能赚到别人一辈子都难望其项背的钱。"

月池闻言,扭头笑眯眯望了望刘人祥。

刘人祥举起酒杯,"好说好说。公胄先生,你继续讲。"

"所以这段时间,我们都在阳新县转悠。这两天得闲了一点,也懒得回汉口,他便提议我们来常德找你。我说,数年前的随口一约,还作得数吗?万一他没做出名堂来呢？万一他不在常德了呢？结果人祥老弟说，你一定做得出来，他绝对信任。若是出门了见不到人，我俩便是当作游山玩水，也不赖啊。事实证明：一，干实业就应当如两位一般，坚韧不拔，誓死不渝；二，干实业的，遇到小烦恼，就一句话：去他妈的，干就完了。"

一桌人都笑得人仰马翻。

月池十分感喟，"多谢您二位给我这么高的评价。不瞒您说，我也曾经差一点去开矿了。"

刘人祥和余正裔"哦"一声，"哪一年的事情？"

月池环顾四周，"这桌上都是我多年兄弟，但晓得我开矿这件事的，也就是肖郝、钟先生、老陈他们几个。你们可曾听说过林紫宸这个名字？他是我同乡大哥，早年在英国专修矿业，学成归国，进入英国人办的船业公司即太孚公司，做买办。光绪十年，他打听到鹤峰九台山早在土司时期就有开采铜矿的历史，便利用自己的经历，拿到了鹤峰铜矿资源的开采权。我们俩在两年内招募矿工近千人，又经过几个月紧张准备，终于设炉炼铜成功，走的也是现在运茶叶走的这条路，经宜市、津市运出去。没想到的是，没多久，湖南、湖北就因为矿藏权属不清打起了架，老百姓也因为灾害连年，埋怨这是挖矿导致的天灾人祸。两年后在一次冲突中，我们矿局里的一个叫罗成的小弟，失手伤了几个老百姓，还被捉住关禁，差点保不出来……"

他说到这里，云岫猛地抬起头来。碰到肖郝的目光，肖郝回了她一个"正是如此"的肯定眼神。

"矛盾不断升级后，时任湖广提督裕禄便和湖北巡抚奎斌联名上书朝廷，要求封禁我们的九台山铜矿。出师未捷，折腾三年一场空——林紫宸大哥黯然离开，我却不死心，又折返宜市，重新开始做起了红茶。"

他说完，不仅云岫，满桌其他人也都露出恍然大悟的表情。

思想更激进的孙运东，自打看到余正裔，便挪不开眼。他外出务工，最羡慕最仰慕的便是余正裔这样既懂国事又懂实业的大佬。

当下举起小手，弱弱问道，"公胄先生，我想问你一件事。"

余正裔抬手，"请讲。"

孙运东道，"我心中仍是放不下北洋水师这一段，总觉得，我们虽然也在搞铁路、兴实业、建军队，总是慢腾腾。莫说洋人了，便是日本也比我们快。除了翁同龢跟李鸿章的私人恩怨，还有别的什么缘故吗？"

余正裔一拍桌子，"你问得太好了！太到点了！这便是我离开汉阳铁厂的最大原因！因为朝廷已经烂透了！"

众人皆洗耳恭听。

余正裔道，"北洋水师这一段缘由，我恩师张之洞先生给我提过。北洋水师此前的副提督是英人琅威理。此人十四岁便进入英国皇家水师学校，十六岁实习，在英国水师一直干到中校。十多年前，他以管带身份带领四艘炮舰送货到天津，见到了李鸿章。李鸿章可太喜欢他了，加上此前海关总税务司赫德也向求贤若渴的他推荐过琅威理，所以便诚意邀请琅威理来北洋水师。此人专业素养不错，从此，北洋水师的组织、操演、教育、训练全是他一个人包办。他治军严格，又自律，上上下下都很敬畏他。

"日本水师刚要发展的时候，琅威理是主战的，按他的想法，如果当时对日本宣战，能打得日本几十年缓不过气。但丁汝昌为稳重起见，没有同意。琅威理又致电李鸿章，也没有批。他感到很是失望，事实证明，我们确实错过了打压日本人的最佳时机。

"此后几年，哪怕非常失望，琅威理还是将舰队打理得井井有条，还代表丁汝昌去英国、德国接收了'致远''经远''靖远''来远'四舰，正式完成北洋水师的组建……"

月池闻言看看老陈，见他眼神一亮，不知是否想起了萧娘。

余正裔继续说道，"可一直感觉被轻视的琅威理，最终选择辞职。没承想李鸿章也一口答应。琅威理伤心地离开了他亲手打磨了数年的北洋水师。返回英国后，越想越气，便到处宣扬他在我国受到了侮辱，英国举国哗然，是年，英国政府拒绝李鸿章另聘英国人担任水师顾问的请求并撤回部分在华雇员，同时宣布不再接纳中国水师留学生。北洋水师又缺钱、又缺人、又缺帮助，就此几乎再无大发展。"

他才说到这里，孙运东忍不住恨得牙痒痒，"看起来，李鸿章跟那翁同龢是一样的！"

余正裔点点头，"这便是朝廷。做任何事，都想着不能丢了权力。也不知道这权力，能够保证大清国祚到哪个时候。"

这顿饭，从戌时吃到亥时，宾主尽欢。

不舍得睡觉，月池、刘人祥、余正裔三个人，又在客厅畅聊许久。

从国家地理政治到天文星象，无所不谈。

刘人祥这时才透露自己做白芝麻买办，前前后后赚了五十万两白银。

月池目瞪口呆，旋即打心眼里为兄弟高兴，"太厉害了！我这些年加起来盈余都没这么些！"

刘人祥道，"买办与金融，是公不离婆、秤不离砣。都说金钱有铜臭味，确实。我这些年，除了做买办，也利用之前在银行、洋行的经验，入股了好些个钱庄。我为洋行买进一批货物，同时便会在钱庄用货物做抵押借入低价贷款，每卖出一批货物，又会在钱庄放款高价贷出。要说这里头有没有说不清楚的钱，那必须是有的。但我心中想的是，钱最后去了哪里。我入股公胄先生做矿业，入股皮具行做实业，或者捐教会修医馆，也都是在做民生。所以我也坦坦荡荡。"

他长臂一伸，拍拍沙发另一头的月池的肩，"昨天今天这一路，我可没少听田姑娘和员工们说你的好。你是实业兴邦，我最佩服的人。所以，咱俩不提钱多少，都是为国为民就行了。"

月池点头，"刘兄弟佛心剑胆。"

余正裔突然想到一事，"对了，说起医馆……月池公，田姑娘兰心蕙质，可是身体瞧着太不好了。舟车回来这一路，她咳嗽得厉害，肺中郁结只怕已经很深。"

月池叹口气，"我这个妹妹，才思敏捷，就是心事太重，凡事都往心里藏，癖而内著，恶气乃起。她不仅是肺不好，我今年初听诊把脉下来，怀疑她还患有肠蕈。只是不敢声张，悄悄在调理她肺部的同时，又用了攻、消、散、补四法，瞧着也不大管用。"

刘人祥道，"公胄先生，你也懂医，你说说看？"

"哦？"月池惊喜。

余正裔道，"我哪里敢班门弄斧。一听月池公这么分析，便知道他已是中医大国手。他用尽了办法都无解，我更没法子。不过，最近西医渐起，月池公要不要让田姑娘试一试？"

月池道，"妹夫也说起此事。去年我们一同回老家住了些时日。他说他在香港学习西医，感觉西医和中医是完全不同的两个路子。西医头痛医头，脚痛医脚，生理解剖，取样分析。中医则辨证施治，阴阳五行，上病治下，左病治右。他形容西医，是将人视为一个可以分解为许多部件的机器，每个部件都可以拆开、修理、更换。但中医则是将人体视为一个彼此联系、互相影响的整体，表里一体，虚实相通。我是不介意，但怕田姑娘妇道人家不好意思去看西医。"

余正裔道，"神父杨格非在汉口创办的伦敦教会医院，开了二十多年了，之前主要做眼科和小手术，也不收治女患者。前年教会开始筹建女子医院，院长杨格非捐出了大部分建设费用,以他亡妻玛格丽特的名字来命名,遂名曰玛格丽特医院。我曾为杨神父建医院出过一点力,跟他也算熟识。如果月池公能劝得动田姑娘,我愿意陪她去玛格丽特医院看病。"

月池大喜过望,"那可太好了!哎呀,那可太好了!"

三人就此说定,约好第二天一早便去春来客栈找云岫。

谁知道刚睡下,熊炎就来心急火燎告诉他:泰和合进了贼,守夜的嘉木、仙芽还跟贼人扭打受了伤。月池安抚完亭疃和小女儿,赶到的时候贼人已经跑了。他更没敢惊动客人们,自己给嘉木、仙芽做了伤口包扎,而后查点物资到后半夜,便就在泰和合睡下了。

这一折腾,再一打盹,早上他就错过了去找云岫的时间。

直到再次被熊炎吵醒。

"月池公!不好了!"

月池以为嘉木、仙芽伤口恶化,睡眼惺忪中条件反射般炸起来,"怎么了?!哪里不好吗?"

熊炎气喘吁吁,摇头摆手,"不是……云岫姑娘……小丫头翠莲来求救……说您再不去只怕要闹出人命了……"

月池脸都顾不得洗,和他一道扑上马车,直奔客栈而去。

一进春来客栈的花厅,便见到呆若木鸡的四个人。

坐在八仙桌旁,一手扶额,面若玄坛的,是田掌柜。自云岫身体不好以来,他的心情也一直起起伏伏。但月池也从未见过他如此生气。

坐在侧面太师椅上的两个,分别便是余正裔和刘人祥。他们二人面色倒是坦荡,只是十分无奈。

还有另一个坐在他们对面、泪流满面的云岫。

月池见过云岫伤心,却很少见她哭。

但毕竟事情好像没有到"闹出人命"的地步。他略略安心,当下先不论其他,大步走进去坐到云岫旁边的椅子上,柔声问道,"发生什么事了,妹子?"

云岫自泪光中抬眼看他,却依然什么都没有说。

还是刘人祥打破僵局,说道,"我们早上看你不在,然后又听说了昨天半夜出事,想说,就不打扰你休息,擅自让熊炎驾车陪我们来客栈,找田姑娘。我们以为田姑娘做了管事,应该很能接受新事物,便力劝她去汉口治病……"

他才说到这里，石像一般的田掌柜，突然猛地一拍桌子，惊得众人一跳，"月池公，月池先生，我问你一句：劝云岫去看西医，究竟是不是你的主意？！"

月池吁口气，点头回答，"是。我用了许多法子给云岫姑娘治病，都不见好。心里也着急。"

"着急，便是死马当活马医，让她去给洋人做牺牲品么？"田掌柜显然跟许多老百姓一样，对西医有诸多误解。

月池解释道，"我此前虽然不知道玛格丽特医院，但我信任刘人祥、公胄先生的人品。说让妹子做牺牲品，言之过早，我们至少可以先给她安排西医检查……"

"检查！哼！检查！"田掌柜简直要暴怒，"你的这位公胄先生，也同我说检查！让一个闺阁女儿，脱光了让男医生摸？或者还要赤条条躺下，给她开膛破肚？月池公，我们家与你，虽无恩德，至少没有仇怨吧。你害了云岫一辈子，还要害她丧命吗！"

此言一出，云岫尖叫起来，"爹爹！你乱讲莫得？"

田掌柜到底是厚道人，看女儿情绪激烈，最难听的话，仍是咽回肚里去了。

月池闻言大大地一愣。

什么叫……害了云岫一辈子？

转念一想，也对。三年前在津庄时，他因为心里事情太多，没注意云岫已经病重，幸好有薛友才一包药在。说来惭愧，连薛友才都注意到云岫体虚，他却罔顾了……这便是田掌柜说的"害了云岫一辈子"吧。

当下点头，"是我对不住妹子。田掌柜，无论花多大代价，我都希望把云岫妹子的病治好。她的医药费，我全包了，她……"

话还没说完，田掌柜就像往日的弥勒佛突然变成钟馗，雷霆震怒，抄起手边的小花瓶便朝他飞了过来。

还是一直守在门口的熊炎反应迅速，眼疾手快，冲上前去挡住月池，被那花瓶砸到了胸口。

刺啦啦——

花瓶落下，瓷片崩裂了一地。

月池又是惊愕，又是内疚，又是委屈，不晓得该说什么不该说什么。

云岫站起身，厉声道，"爹爹，你是不是想让女儿而今就去死？！"

田掌柜扔出来花瓶就有些后悔了，见女儿生气，只能默默垂下头去，老泪纵横。

云岫站在花厅中央。她脸上泛出不正常的绯红，胸口强烈起伏，气息短促，显然也是情绪激动到了顶点。

大家都沉默了片刻。终于还是余正裔打破僵局,站起身来,朝田掌柜深深一揖道,"田掌柜,我懂您的担心了。我,余正裔,号公胄,道光三十年生,湖北黄龙滩人,弱冠应试得张之洞赏识,选拔为府庠生。二十余岁时,任兵部郎中,五品官职。随后被授予汉阳铁厂会办一职。发妻杨氏,为我育有三子。长子余延泽已入郡庠,次子延甲考入县学,目下尚有老三尚在家中。今年五月,发妻病故。如您不弃,择日我便请媒妁来下定礼,求娶令千金。"

此言一出,众皆愕然。

刚被花瓶砸到胸口的熊炎,此刻感觉被更大一只花瓶砸中,心窝又紧又疼。

田掌柜本来都惊得站了起来,而后又慢慢坐回去。

他万万没想到峰回路转,竟会碰见如此局面。

心情倒也渐渐平复。

无论如何,嫁给富商,与嫁给官家,那是完全不同的两个概念。

俗言"士农工商",云岫如果能成为郎中夫人,即便只是如夫人,也远远比富商之妾好得多。

更何况,他虽然也喜欢月池,但这么些年,这个榆木脑袋始终没有对儿女私情开窍,叫他着急生气上火。所以刚才听到他提起钱,才会勃然大怒。

钱,谁没有?!

心情一平复,他便开始重新打量余正裔。

道光三十年生的话,比云岫大了十余岁。年龄是大了些,好在人看起来还算英挺,说话很有条理,身份又如此尊贵。他娶了云岫,自然不敢让西医乱来,没准真的能够救宝贝女儿一命。

月池不知道余正裔的求婚,究竟是真的看中了云岫,还是为了劝她就医给的宽慰之言,当下也不敢开口,只是望着云岫。

过不许久,田掌柜的声音总算是和善了下来,"公胄先生……可否容我思索两三天再给答复?"

余正裔拱手,"那是自然……"

忽然云岫身形一转,坦然面对余正裔道,"不必了,我这就替爹爹答复你。"

说罢,在众目睽睽之下,云岫对着爹爹双膝跪地,娓娓道来。

"爹爹,姆妈早逝,你生我养我,当中艰辛,不足道也。女儿对不住您,既没能在豆蔻年华诞下一子半女延续香火,还要在您年迈之际给您平添若干烦恼。女儿的身子,女儿自己知道——这辈子,恐怕是难有子嗣了。如今公胄先生提亲,倒遂了女儿心愿。没有给您生出孙儿孙女承欢膝下,至少也有'宜人'称号慰您寂寥。公胄先生与我,虽然才刚认识,但女儿能够信任他。我愿意嫁给公胄先生,还请爹爹成全。"

一席话,说得满座潸然泪下。

说罢便磕头。

田掌柜伸出手,"丫头……我苦命的丫头……"

云岫抬起身,跪着走到他身前,抱着爹爹哭成一团。

余正裔到底成熟许多,走近前,也跪倒在地,陪着父女俩。

回到泰和合,月池仍有种不可置信的感觉,脚踩棉花似的。

枯坐到暮色降临,他才叫来老陈和钟不期,交代道,"公胄先生娶云岫,便当作是我兄弟娶亲,田掌柜思想传统,任何一个步骤都不能省略,都由泰和合作为夫家出面。钟先生,银钱都从你这里支。"

钟不期点头允诺。

月池忽然想到一事,"等等……至于规格嘛,是不是得按照公胄先生品阶来?这个我还真的不清楚……"

老陈笑道,"哪还用您吩咐呀。下午的时候,少夫人就已经跟我交代明白了——按照大清律例,四品官以下准用牪二,纳采、告庙、辞归、设宴……也全部按照五品来,女方这边出嫁,有阿衡这个义姐代表娘家张罗,你更加不用担心。"

随后他又很同情地望望月池,"我已经听说了,老田掌柜差点砸死你。"

月池像是被冷风冻着了一样,双手使劲搓一搓脸,沮丧道,"不提了。我现在既像是在迎娶弟妹,又像是在嫁小姑……心情太复杂了。"

为了云岫身体早日得到救治,成亲的流程虽一个都没少,但事从权宜,两天便全部办完。

当泰和合张灯结彩,迎娶一身红衣、披金戴银、眉目如画的云岫进门时,连刘人祥都感觉不可思议起来。

对月池嘀咕,"这么一看,又不像是公胄先生的权宜之计了。你看他俩多般配。"

月池苦笑。

余正裔就仿佛是已经爱了云岫一生一世那样,处处小心、处处维护,叫人放心。

问起未来计,刘人祥回答道,"我由来便属意地产,未来应当会在汉口慢慢囤地。"

月池只觉得自己囤地是为了种茶叶，却想不到刘人祥在汉口囤地是为了什么。

刘人祥解释道，"前几天我不是跟你说起过，我近几年还去过外国人的银行跑腿吗？我算是看明白了。这些银行，看起来光鲜亮丽，干的事比钱庄更脏。他们基本上控制了我们所有的外汇，清廷的进出口都要在这些外商银行结算——包括你们卖给怡和洋行的茶叶，他们运出去的时候也是一样；然后他们每次都在清廷对外借款赔款的时候，赔款压低汇价，洋人多拿银两，借款时抬高汇价，洋人少付银两。这都算了，他们发行的纸币比咱们更多，实际控制了汉口的大部分钱庄，还发行债券，空手套白狼。"

月池不懂金融，听得云里雾里。

幸好他也马上说到重点了，"……所以我想了，钱，存在洋人的银行只会便宜洋人，存在钱庄，也一样便宜洋人。不如用来买地。地反正又不会长翅膀飞了。汉口如今还只有一个英租界，估计将来还会有更多。长江、汉水之间有一片狭长地带，一到夏天水涨便沦为泽国，农民在这地上也种不出什么名堂。我问过了，他们大多数都乐于低价出让。我计划把我和大哥做白芝麻赚的剩余的钱，都投到这里头去。"

月池道，"那不是一涨水便没用的废地吗？你这么大手笔会否有风险？"

刘人祥笑道，"兵来将挡，水来土掩，真想做事，多的是方法。就像别人看你，在这深山老林里，都能干出这么大的事业来，不也是因为有愚公移山的精神吗？"

月池道，"那我们就彼此祝福吧。下次去汉口，我还找你。"

刘人祥道，"等我再发达一点，也会建起我自己的楼，以后咱们便不用在教堂里头碰面啦。"

"一言为定。"

云岫终于嫁了。

有两个人彻夜未眠。

熊炎也不知道该找谁评理，也不知道该如何生气。心口疼，脑袋疼，想到未来再也见不到云岫的容颜，浑身都疼。

偏生他还要做很多跑腿的活儿。帮新娘子拿东西，帮新郎官送帖子。奔波劳碌，竟是为了将心上人送进别人的洞房。

没办法。人比人气死人。他没钱，没名，没资源，什么都给不了她。

而且公胄先生看着一身正气,让他连恨都恨不起来。

只能在深夜里,去后花园里坐一坐,望着尚未开花的梅花树,狠狠发呆。

爹娘,姐弟,还有云岫……他终归是一个都没留住。

另一个彻夜未眠的,自然便是罗成。

那会儿他在街头卖荸荠。一模一样的清晨,一模一样的街景,不过只偶遇了丫头翠莲,云岫不在身边。

她告诉他小姐待嫁,自己也即将跟着小姐一起去汉口。

汉口……

那始终不能得见的汉口,那传说中有电、洋人洋妞、有甲板船的汉口,化成血淋淋的两个字,刺在他的心坎上。

这天夜里,不知为什么他一碰到老婆的身体就反胃。第二天起来,又对自己的行为感到无比羞愧。

一切都过去了……毕竟,先离开的是自己。

刘人祥、薛家三口,以及新婚的余氏夫妇登船离开宜市这天,落着蒙蒙细雨。

月池叮嘱刘人祥:"刘老弟,这个妹子真的就是我亲妹子,你是我的好兄弟。我如今分身乏术,不能送亲,你就代替我。"

又叮嘱薛友才两口子,"友才、一泛,你们便是云岫的娘家人了。此去无论花多少钱、费多少事,都由我们负责。"

几个人都点头应允,让他放心。

临到开船,田掌柜都没有来送行。

而云岫身子不舒服,上船便躺下了,任由送行的亲友站了一码头,她愣是没有再露过面。

一直等到船至津市码头,她才挪到船舱来透气。遥遥望见自己苦心经营数年的津庄,遥遥想见这辈子怕是都再也见不到的父亲,突然悲从中来,哭成泪人。

难怪小时候看堂姊们出嫁时要"哭嫁"。

永日方戚戚,出门复悠悠。女子今有行,大江溯轻舟。尔辈苦无恃,抚念亦慈柔。幼为长所育,两别泣不休。

老陈与阿衡早上也在送行的人群里,见等来等去姑娘都不露面,内心也是一片凄凉。

老陈轻轻道,"还是少夫人厉害。"

阿衡不明就里,"这是何意?"

老陈答,"她懂得,越是善意拉拢,以她的心高气傲,越不会踏雷池半步。"

阿衡听得更加一头雾水,"这……你说的这都是哪个和哪个?"

"可是,少夫人此举,也是无可厚非。戏文里,演的都是快意恩仇,现实生活里,爱恨情仇都模糊不清,根本搞不明白谁忠谁奸。"老陈没有回答阿衡,兀自感慨。

阿衡像是听懂了,又像是没听懂,"现实生活里,哪会有人明知自己是奸,还要作奸,不都是为自己考虑嘛?"

老陈点点头,"你说得对。走吧。下次去汉口,我带着你和印雪一道去。你和云岫也算姊妹,可以叙叙旧。"

陈印雪年龄尚小,不常见云岫姨妈,对她有距离感,很舍不得影尘是真,哭哭啼啼半天才好;倒是竹轩、善虎、菊圃月末放学回家,发现云岫远嫁,想到那美味的全鱼宴,想到她那精彩绝伦的布席,想到她的冷面热心,一起痛洒了点眼泪。

云岫嫁后不久,田掌柜便关了客栈,挂出售卖的牌子,辞别街坊四邻,回了乡下隐居。

走的时候,谁都没说。还是老陈和阿衡带着陈印雪去看望他,才发现人去楼空,只有一封给他们的信夹在门缝里。

信里有客栈契书,交代了一旦卖出,银钱全部留给阿衡和陈印雪;还交代了一些琐事,最后一句转告月池:云岫留了东西给月池公,在她房间窗前的香案上。

月池赶到云岫房间,发现香案上留着的,是自己送给云岫的玉佩。

那块他说"但凡我有,我给你;若我没有,但凡天下有,我也给你"的信物。

一时间,云岫的音容笑貌,全部浮现眼前。

月池握紧玉佩。他由衷希望不管用什么方法,中医还是西医,都能让云岫病情好转。至少,让她能够健康地侍奉爹爹天年。

这之后,又是月池的三十六岁庆生宴。

三十六岁是常德地区老百姓必须大庆的一个生日。这是人生第三个"本命年",本命年又叫"犯重",也叫"伏吟","伏吟反吟泪吟吟",意思是遇到"伏吟"的年份,意味哭脸,代表悲伤。此外,三十六岁正是"逢九年",常德民间盛传"男怕逢九"的说法,九岁、十八岁、二十七岁都是逢九的年份,往往多灾多难,容易遭逢坎坷,身心不畅,生病破财等等。人生百年中,只有三十六岁和七十二岁既是本命年,又是"逢九年"。

所以便有一定要在这个时候"冲喜"的说法,"一孝免三灾,一喜解三忧"。

这顿庆生宴,与其说是给月池庆生,倒不如说是大家在这压抑的年份里,找个机会聚一聚。

看着幺儿丫头们布置喜宴场地、桌次,尽管富丽堂皇、色鲜味美,月池还是想起了云岫。

他也很怀念松竹梅,很怀念土家菜,很怀念上天垂光采、五色一何鲜。

云岫有七窍玲珑心。

很多东西,当它就在眼前,司空见惯时,大家总是毫不在意。比如双亲的爱、比如才华、比如健康的身体。当它们消失的时候,才会发现,那种美好幸福的感受,再也不会有。

泰和合连续办了两场喜宴,可怜月池还是郁郁寡欢了很久。

在冬月一个冷冽的清晨,他爬上了离宜市最近的笔架山。

渴了,就喝山泉水;累了,就坐下来休息;不累,就继续走,走到筋疲力尽。

走到水穷处,转身,依然可以远远眺见泰和合乳白色的建筑群落。

它如今不仅是月池自己的泰和合了,无论他承认不承认。它已经从一个茶庄、一个做生意的场所,变成了承载许许多多人喜怒哀乐、恩怨情仇的地方。

那里是很多人的梦想,很多人的家。

看得更细,甚至还能看到云岫出嫁,以及自己三十六岁生辰宴布置的红色装点没有撤下,依旧很是醒目。

月池静静坐下。

微风拂过林梢,沙沙作响。"你为什么总是这么悲伤?"

月池闻言陡然一愣,几乎不敢相信自己的耳朵。

仰起头,但见璀错坐在一棵大树的树杈上,戴着面具,垂着双腿,那衣裳的颜色和质感,依然是数年前的模样。仿佛白驹过隙,老去的只有月池而已。

"你为什么这么久都不来看我?"月池问,自己也不晓得为什么,泪水夺眶而出。

璀错大概也没有想到他会哭,一时也呆住了,半晌没有作声。

月池哭了一气,跌跌撞撞走到大树下,背对着大树慢慢蹲下。

"发生了什么?"璀错见他气息稍平,轻轻问道。

月池回答,"兄弟离心,姊妹远嫁,昔日对我信任的人,恐怕要怀着恨意过余生。"

"啊!那是蛮惨。"

"璀错,我最近心生懈怠。努力是一世,不努力也是一世。何苦来?"

璀错没有回答。清风拂过,他已在月池背后,两个人靠着同一棵大树,气息相闻。

"你看那里。"璀错一扬手,指向山脚下。

山依旧是山。秋天的雾霭慢慢飘过稻田、茶园。

"平林漠漠烟如织,寒山一带伤心碧。"璀错说道,"李白的诗,永远这么合时宜。在你最需要的时候,无孔不入,渗透进骨髓里。暝色入高楼,有人楼上愁……何处是归程?长亭更短亭……我也不晓得人生有何意义。我只晓得,我好好活着,对许多人来说有意义,大概就足够活下去了。"

月池用衣袖抹抹满脸泪渍,"你也有烦恼吗?"

璀错哈哈大笑,"神仙都有烦恼!孙大圣被五行山压了几百年,嫦娥应悔偷灵药,碧海青天夜夜心。男男女女,只要活着,都有无数烦恼。"

月池渐渐平静下来,"你还是没有回答……为什么这么久不来看我。"

璀错淡淡道,"……忙着生活,忙着收获,忙着失去,忙着错过。"

也像一句诗。

月池摇头,不依不饶,"可是三年!你整整消失三年!"

但脸上还是笑了。无论如何,见到他安好便是福。

两个人静静坐了一会儿,璀错问,"你哭够了?"

月池"嗯"一声。

"哭够了就好。接下来的这几年,殊不太平,哭的时候多着呢。"

"你掐算出来的?"月池笑,"还是你师父兰清音大仙算出来的?"

璀错懒懒地道,"这还用算吗?"

尽管如此,他还是认真回答道,"星宿频繁更迭,群贤毕至,群雄逐鹿。说也有趣,你虽不是帝王之星,帝王之星的光芒始终围绕在你身上。"

月池好奇,"此话怎讲?"

璀错笑,"一两句话倒也说不清楚。除了那颗一直在你身边隐隐闪亮的之外……半个月前,你们可还曾迎接过什么外来的客人?"

月池想一想道,"那可太多了。"

"其中有一人,异常年轻,是冉冉升起的紫微。"

月池想半天,感觉能符合"异常年轻"这四个字的并没有谁。

璀错摆摆手,"别想啦,无所谓了。说起这个年轻,还有一个更年轻的,更耀眼的星,在湖南的另一处升起。"

"对我们泰和合来说,是好事吗?"

"我一早说过,泰和合有三十年大运,如今才过去几年,不必担心。遇到灾年,小心祸从口出,即可保平安。"

月池点头,"好。"

又问,"你呢?你可需要我为你做些什么?"

璀错道,"不用啦!你一直在帮我而不自知。"

"这话你之前倒是也讲过。"月池侧头看他,"但是我们要约法三章。以后,你不能再隔这么久才出现。"

璀错忍俊不禁,"怎么,我若不出现,要罚工钱吗?"

月池回味了一下这句话,突然一激灵,"你是泰和合的人吗?!你就在泰和合里!对不对?!"

璀错望着他,半晌喃喃道,"你对找出我的身份,真的是孜孜不倦。"

月池凑近面具,假装狰狞,"我知道了。我知道了。你就是薛友才!"

璀错冷哼一声。

"你是薛友才对不对?!你去汉口三年,所以我三年没见你!三年前就是你的一包药保住了云岫的命!"

璀错笑起来,"那半罐子水,他的药能保命?那是他师父禄先生传授给他的,就是最最易得的侧柏粉加艾叶粉,外加一点禄先生的秘方。体虚吐血者适用,但治不了妹子的顽疾。"

月池第一次见璀错这么愿意聊天,十分高兴,"你说肠蕈吗?你也看出来了吗?我知道了,你就是戏台子上那个先锋!你也曾经救过云岫!"

璀错叹口气,"戏台子……你是说土司城里的张文熙?那不过就是覃孝冲的弟子,连覃孝冲的一半真传都没得。"

月池斩钉截铁,"既不是薛友才也不是张文熙,那你就一定是兰清音本人了。对不对?你返老还童!"

璀错终于发现月池是在插科打诨逗自己说话,又冷笑一声,重新背倚大树半躺下去,眼向天空,姿态放松。

月池也跟他一样,背倚大树躺下去,"我从来没有见你当着我的面施展法术。你露一手给我看看可好?"

"想看什么?"

"想看乌云遮日,电闪雷鸣,大雨将至,然后戛然而止,重现光明。"

璀错哈哈笑,"你当我是虎力大仙,'一声令牌响风来,二声响云起,三声响雷闪齐鸣,四声响雨至,五声响云散雨收'?"

"可以吗?"

璀错道,"风雨雷电是闹着玩的吗?"

说是这样说,他还是伸出手去,对着天空——更准确地说,是对着头顶的大树枝丫,比照片刻。

月池目不转睛望着他的手的方向。

忽而他纤手一拂。

似有一股飓风平地而起,直接卷上两三丈开外的树丫。刷啦啦——本就已经枯萎的树叶立刻落了下来。落下来,却也不是正常地落。璀错的手臂在空气中慢慢搅动,它们便像被很多根无形的丝线牵引着,化作翩翩彩蝶绕着枝头一起缓缓旋转。

月池看得呆住。

璀错的手臂搅动三圈,忽而收回,那些枯叶方才失去重心,七零八落掉了下来。

有一片正落在月池胸口。他捡起来看一看,依然沉浸在刚才的震惊中,"这……这……"

"这在我们看来,就是雕虫小技。你可以理解为,我让树叶飞舞;也可以理解为,我让你以为看到树叶飞舞。"

月池拿着树叶的梗,搓一搓,"也就是所谓'障眼法',是吗?"

璀错冷笑,"懂的不少呢。你过些日子会遇到禄先生,到时候可千万别让他给你表演。他脾气可没我好。"

月池"嗯"一声,"多谢你,我现在心情好多了。"

璀错听完,沉吟道,"我也是。"

"那你以后,心情不好就来找我好吗?"

"不来……的话,扣工钱吗?"

3

今年冬,没有上一年冷了,却格外多雨,沉闷。

到了立春,大街小巷都在唱一首童谣,"甲午沙中金,慈禧过生辰!生辰哪门搞,民脂加民膏!"

开初便是在孩子们读书的书院里传开的。

善虎回家一唱,他娘就慌了,赶忙堵他的嘴。

说给肖郝听,肖郝就跑去问钟不期,"这几句歌词听着不对劲,是个莫得意思嘛?"

钟不期眉头紧锁,道,"字面上讲嘛,也就是讲今年甲午年是沙中金,沙中金是流年运程,就是有黄金要从沙子里出来,不容易,但有个过程,是一个蜕变的过程。是一种变化,而且未知吉凶。后头就是讲慈禧老太后今年六十岁了,她吃香的喝辣的,都是从老百姓手里头搜刮的粮食。但是这民谣来得古怪……"

"哪门古怪?"

钟不期斜觑着他,"我们古往今来,但凡民间有奇奇怪怪的童谣出来,就有兵灾。早在周朝开始,就有'檿弧箕服,实亡周国'的童谣,意思是:那卖桑弓、箕箭袋的人,就是使周国灭亡的人。吓得周幽王赶紧杀光全国卖弓箭的人,结果一对卖弓箭的夫妻逃跑路上捡了个女伢儿抚养成人,这女伢儿还真就是后来灭国的褒姒。还有唐朝武则天……"

肖郝一听他从周朝扯到唐朝,晓得捅了书呆子马蜂窝了,赶紧插言道,"我记得听爹娘那一代人讲起,本朝也有过几首童谣对吧?"

钟不期道,"嘉庆爷的时候,有一首'八月中秋,中秋八月,黄花满地发'的童谣;太平天国的时候我还小,听大人们也讲起有一首童谣,'三十刀兵动八方,天呼地号没处藏。安排白马接红军,十二英雄势莫当'。"

肖郝愁眉苦脸,"而今我们茶马道搞到一半,千万莫闹兵灾,一闹我心里慌。"

钟不期笑,"看不出来你这么高大一个,还慌个莫得卵。"

肖郝狠狠道,"你是无牵无挂,我还有老婆伢儿哪!前几年天天在外头跑,而今只想还要个女儿,一打仗就没得想法了。"

钟不期很早就妻儿都病故,鳏夫好多年了,实在寂寞了自己解决问题,或者碰到有意思的寡妇,扯两句懒谈也就解了乏,当下也不生气,坏笑道,"生不出伢儿不怪个人功夫不好,怪打仗!"

两个人对着男女那点事嘻嘻哈哈一气。

肖郝走后,钟不期倒是马上就去找了月池,讲了童谣的事。

月池点头,"我昨天晚上也听竹轩和菊圃说了,正想和你商量呢。"

钟不期刚买了一只新烟袋,酸枝木的烟杆,黄铜的烟斗,烟嘴上是缠丝玛瑙雕琢鲤鱼纹饰,底下和田玉环佩和田玉平安牌素面玉坠,宝贝得不得了,磕烟斗的时候轻手轻脚,被钱嫂笑说"对老婆只怕都没这么温柔"。

现在他就轻轻磕着烟斗里的灰,一边磕,一边讲自己的想法,"我就是特别不放心商钱局里头的银票。你想啊月池公,那毕竟是一张纸,又是朝廷官办的,讲废了你就废了你。'生辰哪门搞,民脂加民膏',吓人得很。莫到时候朝廷就把我们的钱一下征了去给慈禧老太婆了!"

月池道,"我们那点碎银子,就是全给慈禧老太婆了,也未必当个什么用。却是咱们来年春天修路收茶的钱,少了还真过不出日子来。你讲得对,你有什么想法?"

钟不期道,"上次一泛回来,讲起汉口有个汇丰银行,是英国人办的,也可以存钱。就是不晓得这个外国人的银行,会不会比商钱局更不稳当。"

月池将手里正在看的一本书递过来,"我正在看太平天国的一些往事,你看这一段。"

钟不期接过书,"哟,洪仁玕的《资政新篇》啊,这人算是太平天国里最有思想的人了吧。"

月池"嗯"一声,道,"他早年游历香港,见识了不少洋玩意儿。他提出的这些想法,我早年也看过一些。他那二十八条,什么禁止私门请谒、杜绝买官卖官;什么造火车、造轮船,整治街道,疏浚河道;设邮亭,办邮政;发展矿业,成立士民公会……今天也是正好,看到他说要开中国自己的银行这一段。"

他起身走到窗边,又走回来,"之前刘人祥老弟也跟我提起过银行,他说了好些我没听得特别明白,总之就是把钱存在洋人的银行里,只会便宜洋人。所以他就把钱花在买地上。我倒不想买地,我是在等中国人自己开出银行来。"

钟不期在烟斗里填上新烟丝,点燃了,狠狠抽一口烟,沉默半晌,问,"那这事有影吗?"

月池摇摇头,"听说李鸿章两次尝试创办中国人自己的'华美银行',都被慈禧驳回了。不过那时候早,现在情势更复杂,洋人说翻脸就翻脸,不知道朝廷会不会改变主意。而且……如果银行全部都是朝廷管的,那跟商钱局又有何差别——这我也没想明白。"

钟不期道,"下次去汉口,我这老朽之人,也需得好好学习学习。不能老是用从前那一套旧思维。"

月池笑,"那去汉口还不够。得去上海。"

钟不期道,"上海就上海。听老陈显摆了八百遍了,上海的洋妞比汉口更美,上海的门童比官差还神气,上海的风都是甜的。"

月池哈哈大笑,"那就这么定了。过完年我们就去上海耍几天,研究研究,看看到底该把银子存在哪里更放心。然后回来收茶！"

两个人这时候哪里会猜到童谣里"甲午沙中金"的年份到底有何诡异。

元宵夜,老陈一家、肖郝一家、钟不期,都到宜红别墅来一起过节。

孩子们很久没有这么齐整地聚在一起了,高兴得不得了。

大人们在饭桌上又聊起银行的事,顺便商量过节后去上海的安排。一开始的方案只是老陈、肖郝镇守大本营,月池、钟不期同去,外加上月池有心想要提拔的孙运东。

菊圃第一个提出异议,"我也要去！上海的银行家最多！我要去看看！"

竹轩已经束发,有了大人模样,心思也更稳重了。他没说话,先看着善虎笑。

善虎不好意思地瞥一眼爹爹,"我爹都不去,我哪里敢提……"

菊圃一把搂住他,"我照顾你！"

竹轩冷笑道,"你顾好自己就阿弥陀佛了。"

月池笑眯眯,"那就三个男孩子一起去。熊炎跟着我们走,好照顾他们。"

陈印雪慌了,赶紧趋身举手,"我！还有我！"

老陈笑,"丫头,你还小,你等几年再出去玩。"

陈印雪道,"我哪里小！我都满四岁了！"

一桌人都笑。

印雪气鼓鼓地坐回去,"哥哥们也没有多大！"

亭瞳抚摸她的头发,"可是你走不开呀！你要陪我和妍华妹妹呢。"

印雪想想也是,但还是不甘心,悻悻然,"那下次等我再大一点,一定要去汉口好好玩。"

月池道,"你就是不说,我也会让你去的。"

就这么的,过完惊蛰,月池、钟不期、孙运东、熊炎,外加三个男孩子,浩浩荡荡,出发抵达津市。本打算先去汉口探望一泛和云岫,结果航船时间不凑巧。想想等上十天不划算,会耽误回来收茶。便临时改变主意,从津市前往长沙港,直接去往上海,等返程再停汉口。

三个男孩子兴奋得全程尖叫。

他们坐的是"太古"号蒸汽客货船。

伟岸的船身,雪白高昂的船头,直插云天的桅杆,都远远大过了孩子们的预期。最神奇的还有它启动时巨大的白烟,滚滚而上,恢宏至极。

善虎道,"我听爹爹说起过,这种就叫蒸汽船! 和蒸汽火车一样,是特别了不起的东西!"

菊圃道,"蒸汽? 蒸虾饺蒸排骨的那个蒸汽吗? 你怕是瞎说吧,这个东西怎么推得动火车和轮船!"

竹轩到底大几岁看的书也多,不耐烦地在旁边解释道,"你以为是咱们家烧饭的锅吗? 烧饭的锅,蒸汽顶多把盖子顶起来。火车和轮船上用的锅炉,可太大了,还有各种活塞和泵,可以把蒸汽的力量转化成推动火车轮船的动力。你看这么大的轮船,估计一半的地方都是炉子和大锅。"

善虎咂舌道,"那么大的锅和炉子? 那一烧火岂不是要热死?"

因为赶着走,他们在长沙港买的是二等舱船票,和头等舱一起位于整个轮船最上面一层。月池和孙运东都已经坐过很多次轮船了,找了个茶房买票,手法纯熟,熊炎在一边默默学着。

"这茶房,就是客船上的小工。"月池介绍道,"茶房没有固定收入,按每次收回的船钱分红。但他们路子很多,补票、摊铺盖、打洗脸水、给客人开饭、下船时帮客人提行李这些,还可以得些小费。收入不菲。"

"什么是小费啊,爹爹?"这个知识盲点书上可没有,竹轩赶紧问。

"小费也是洋玩意儿,我们古代叫赏钱。就是除了你吃饭住店坐船之外的花费,特别赏给那些跑腿的小工的。不一样的是,在洋人看来,小费不是可给可不给,越高档的地方,越需要给小费,否则人家会觉得你很无礼。"月池道。

众人齐齐"哦"一声。

果然,卖票给他们的茶房临开船来找他们了,"可要带路,各位贵客?"

熊炎早有准备,塞到他手心一粒碎银,"是,有劳您了。"

茶房一看手心,顿时笑开花,一鞠躬,一弯腰,拎起最大的两包行李,"多谢多谢! 那就走吧!"

孩子们跟着一路穿过五等舱、四等舱、三等舱,简直就像看遍了人世沧桑,早就忘记了巨大的锅炉烫不烫这件事。

五等舱就是大通铺。虽然是通铺,却也收拾得干干净净,雪白的床褥枕头。很多茶房穿梭其间,给客人引路、安顿行李。其中一个茶房,离走廊很近,正在将一迭帆布袋挪开,给一个船客开出一个简易的"床铺"来。

见孩子们都驻足观看,孙运东道,"这是轮船上不成文的规矩。座位不够,或者有些穷人买不起全票,只要愿意给茶房一点小费,就可以得到这么一个栖身之所。

此去上海需要好几天,要是没地方躺可是很受罪的。"

路过四等舱、三等舱,闹哄哄的场面就越来越少了。都是几个人一间房,有说有笑。每几间房便会有一个茶房管着大小事宜,临开船事情特别多,茶房们忙得满头汗。

见到给月池他们带路的茶房,都露出羡慕神色,"小段,你又跑单帮,又碰到贵客,可发达了!"

小段笑笑,一律回复,"去你的。"

一直到把月池他们送到二等舱,才摘下帽子狠狠扇一扇风,"各位有什么需要,都可以找我!我这次就负责你们这一片了。"

善虎问道,"小段哥哥,什么是跑单帮?"

小段皮肤黝黑,细长眼睛,一笑起来眼睛嘴巴都变成缝。他闻言低下身子,"嘘"一声,"都是为了过日子。我们偶尔会自己带一点东西两边卖,比方说把长沙的竹器、山货、药材带去上海,再把上海的香烟、洋火带回来。不管怎么说,赚的钱比在地上干活的,还是多得多的。"

菊圃老气横秋点评,"真不错。"

小段摇头笑道,"那得有关系才行啊,否则谁买你的东西?好多时候,一手交了货,被人赖账不给,叫天天不应,本来就是夹带,不敢报官,就只能吃哑巴亏了。我胆子小,我不敢跑单帮。就勤快点干干小活儿吧。"

善虎闻言,看看月池的背影。如果这小的"跑单帮"都有风险,那像月池叔干的买卖,风险岂非更大。也不晓得他是怎么搞定这么多关系、这么多人事的。

不由得对月池又心增几分敬佩。

等起锚,客船缓缓驰离长沙港,船下无数人在挥手欢送亲友,三个孩子也跟着船上的人一起挥手回应。

熊炎笑道,"底下又没有咱们的熟人,你们挥什么手?"

菊圃道,"管他呢!高兴!"

高兴的事还在后头呢。

因为——长江,也太美了。

孤帆远影碧山尽,唯见长江天际流。天门中断楚江开,碧水东流至此回。无边落木萧萧下,不尽长江滚滚来。长风破浪会有时,直挂云帆济沧海。

一时间,所有的诗词都明白起来。

孩子们沉醉于迎面而来的凉爽湿润的风,沉醉于轮船劈开江水的道道白浪,沉醉于蒸汽机发出的隆隆轰响,沉醉于每一次与其他的船擦肩而过,沉醉于跃出水面的红日,以及分不清楚天际还是水面的霞光,以及在霞光中飞掠而过的一群群白色江鸥。

三个人临风而立,感慨万千。

竹轩道,"看了这些,才发现自己多么渺小。"

菊圃道,"我怎么跟你恰恰相反?人类可以把天险长江踩在脚下,多了不起!哈哈!"

善虎笑,"你们两个说的都对。"

熊炎把这些话转述给月池听,月池笑道,"可见男孩子就是要出来游历的。"

想一想,又道,"女孩子也需要。有眼界的女孩子,像一泛那样,到哪里都受欢迎。"

五天五夜后,"太古号"抵达上海港。

今天的上海金利源码头,看起来似乎更繁忙、更繁盛了,却不知怎么的叫月池心慌。

江面依然是舳舻相接,帆樯比栉;码头上挑夫没有上万怕也有数千,肩挑手扛外加各种手推车,来来往往于轮船和仓库之间。还有一排一排的黄包车,整整齐齐,等着轮船上下来的达官贵人。看汉口码头,还能分辨出谁是谁;上海码头乌压压一片不知是人头更多还是货物更多。

月池尚且心慌,钟不期、熊炎、孙运东更加瞠目结舌。

唯有孩子们欢呼雀跃。

挑夫往上走,乘客往下走,一时扁担挡了去路,一时行李翻下舷梯,闹哄哄。

可不远处,一栋栋大理石造就的洋楼巍峨雄壮,仿佛在告诉异乡客们:莫被眼前的鱼龙混杂吓到,此处十里洋场,遍地是黄金。

孩子们哪里还管大人,一股脑儿便往船下窜。幸好熊炎跟得紧,几个人先下船来。

小段带着月池他们跟在后头。

到的时候是中午时分,两个挑夫蹲在水边啃干粮,扁担麻绳就放在一边。看三个孩子穿得称头,一边笑,一边耳语。

菊圃不怕生,索性走近一点,问道,"叔叔,你们这样做工,每一趟可以挣多少钱呀?"

他想到茶房小段说的那句"赚的钱比在地上干活的,还是多得多的"。

一个挑夫回答,"能有几个钱?到仓库,就五六文;肯吃苦直接挑到附近的厂里,可以拿十几文。"

菊圃大大地诧异了。看看竹轩、善虎,那两个也是一脸的不可思议。

这工钱当真不高,如今爹爹给壶瓶山里的挑夫开的都比这个富裕。

另一个挑夫见他们三个露出吃惊的神色,以为也就是一般富家子,不通世事,嗤笑道,"你们听过'管他肩胛吃力但愿肚不饥,每日挑挑扛扛把命养'吗?我们这些人,活着就行了,还指望发财?"

竹轩问,"我看这些货物,什么都有。还那么大,很重吧?"

第一个挑夫回答,"轻货二百斤,重货五六百斤的都有。"

竹轩大惊,又十分心疼他们,探头看看他们手里的颜色暧昧的食物,"那你们就吃这点东西,怎么扛得动?"

另一个挑夫道,"如今上海大米五十文一斤,吃得起吗?干一天,顶多够孩子们吃。我们有窝窝头就不错了!你们几个娃娃,好啰唆,问这么一大堆……"

正说着,月池钟不期他们也下来了,大包小包拎着。

月池见孩子们安然无恙地在跟挑夫聊天,上前拍拍他们的肩,"调皮。"

转头对挑夫们说道,"两位师傅帮个忙,帮我找四辆黄包车去旅馆。再帮我们把东西挑到黄包车上,算你们三十文每个人。好吗?"

两个挑夫一听,手里的窝窝头也不吃了,往怀里一揣,喜出望外凑上前去,"不早说!""交给我们交给我们!""今朝碰到好人了!"

一上黄包车,报了之前跟老陈来住的那家旅馆的名字,拉黄包车的师傅就乐了。

"您这是多少年前的事了吧?那一片如今盖了新的洋行,旧旅馆什么的早就没啦!"

月池使劲回想上次他和老陈在这里偶遇萧娘的经过,"那么……离怡和洋行不远的地方,应该有一个饭店……大堂地面是黑色的大理石……"

他才讲一半,师傅已经了然于胸,"好嘞!我晓得了!"

一仰头,像是给自己打气,又像是给另外几辆黄包车师傅通气,高声吆喝道,"理查饭店!走咯!"

月池给他的精神奕奕逗乐了,"怎么这饭店很有名吗?"

黄包车师傅仿佛百事通,一边小跑,一边短句短句回答,"这饭店可有名了!一个叫理查的洋人开的！几十年啦！听说开业的时候，只接待洋人！现在住的人多了！好些人是冲着电话去的！你见过电话没？可神了！这饭店可贵得很呢！你们一定很有钱吧！"

月池道，"倒不是这个原因……"

说一半，想想总不能说在那里碰到过李鸿章的家属吧，又闭上嘴了。

等到了地方，大人们才听孩子们说起那个挑夫的工钱甚至不如泰和合。

钟不期笑道，"小少爷们，我好多次告诉你们，月池公是个大善人，把壶瓶山的老百姓保护得好好的。你们还讲我拍马屁。"

月池道，"以后回去我更得对工人们好点。如今米价已经五十文一斤了吗？我真的不知道。"

钟不期道，"沅澧这一片，草木丰盛，种瓜得瓜种豆得豆，从来便不缺吃的。就是一盘散沙，老百姓各过各的。壶瓶山尤其如此。如今有咱们把老百姓拧成一股绳，就更好了。"

孙运东道，"这就是为什么，我们一到赶茶季，上至勉强还走得动的，下至刚会跑的，都愿意来赶一次茶。老百姓都讲，他们赶的茶再不好，一个春季也能赚上几两银子，那可够全家人一年的米钱啦！"

月池点点头，"如此才好，如此才好。"

分配房间，还跟坐黄包车一样，月池一间，钟不期带竹轩住一间，熊炎带菊圃一间，孙运东带善虎住一间。

果然三个孩子被房间里的电话这个新鲜玩意儿吸引了最大的注意力。

相互打，把接驳的姐姐烦到不行，投诉到月池这里。

又第一次见浴缸，先泡一个，又赤条条跑到隔壁泡另一个。

晚饭时分，第一次享受了送餐服务。菊圃记着"小费"这个事儿，像煞有介事，向熊炎要了几文钱，递给送餐的小工。

三个孩子，菊圃最江湖，善虎最踏实，竹轩最知书达理，一经事就更明显了。

终于累瘫了，倒在床上睡得像三只小猪。

月池倒是也想打电话。思索半天，发现也不知道该打给谁，兀自讪笑。

最后只是给汉庄发了个电报，告诉一泛他们此行的行程安排。

第二天让大家睡饱后，带着大家步行到此前和萧娘一起吃饭的上海总会吃午饭。

孩子们此前都只是远远观赏各种建筑，如今先是被如同森林般的石柱群惊得目瞪口呆，接着又被里头各种各样的洋人、眼花缭乱的餐厅弹子房雪茄房棋牌室惊得合不拢嘴。这里和码头完全是两个世界。洋人们衣冠楚楚，谈笑风生，品尝各种美味佳肴，男男女女，大大方方地在优美悦耳的音乐声中翩翩起舞。

竹轩叹口气，"这比《山海经》里的白民国还要古怪。"

菊圃却乐不思蜀，"太有趣了啊！你不觉得有趣吗？"

善虎拉一拉他衣袖，"你低声点。你看他们说话声音都小小的。"

竹轩撇撇嘴道，"可这是在咱们国家，规矩得照着咱们的来。"

菊圃道，"便是照洋人规矩也没关系呀！我泱泱大国，在乎这个吗？"

三个人一顿笑，相互推搡。

月池的心思倒不在这里。

他到处在找红茶的踪迹。

哪知道刚到餐厅，正四下张望呢，一个服务生便小跑步上前来打招呼，"月池先生您好！欢迎您和您的朋友们！"

月池诧异万分，"你？认得我？"

服务生笑道，"您几年前曾经光顾我们餐厅，我当然认得。"

月池细看他的脸，还是没有记忆，"但是，当时……"

服务生知道他在想什么，微笑着回答道，"当时虽然并非我接待的，但我们会记下贵宾的名字、长相、喜好，并且每个见习生都要把这些熟记于心。"

月池更吃惊了，"这么多客人，你们都记下来？！"

服务生道，"普通的客人，我们倒是也不会这么心细。但像月池先生这样特别的客人，必须在我们的贵宾名录上。"

月池想一想，估计他口中的这个特别，还因为赵夫人的关系。

他还是不敢置信，挑眉笑着问道，"那好，我当时点的什么菜，你还记得吗？"

"您当时和朋友点的两份西冷牛排，没有要红酒，配的是红茶。那红茶，现在是英国王室指定用茶，名字叫作'宜红'。请问，我有记错吗？"

众人哄笑之余，更是自豪到爆棚。

菊圃抢着说，"肯定没记错。因为你眼前的这个人，就是宜红红茶的老板。"

月池阻拦不及，他已经说完了。服务生又惊又喜，再鞠一躬，"啊呀！那更是荣幸了！快请进，我为你们安排最好的位置，方便欣赏整个黄浦江的风景！"

众人落座，熊炎第一个惊叹道，"难怪老陈大哥总是说，要学习上海的门童！这简直是神乎其技,月池公几年前来过,他们都记得这么细致!"

钟不期赞同,"凡事就怕认真。"

一顿饭没吃完,菊圃不见了。

大家倒也没有特别着急。这三个孩子各有特色,但都是明事理的,应该不会乱跑。

孙运东带着善虎去找他,再次路过刚才浮光掠影的那些华丽房间。

孙运东算是在广州看到过很多新事物的,但上海的浮华光鲜仍是让他震惊不已。洋人喜欢把墙壁分成一格一格,每一格里都有壁画,有的画着山海,有的画着花鸟,还有的画着裸女!孙运东一把捂住善虎的眼睛,"看不得!"

自己心跳得比什么都快。

洋人修柱子也跟中国人不一样。中国人顶多在上面雕龙画凤,洋人喜欢直接拿石头堆堆叠叠,宛如在柱子头上顶着巨型的浪花。浪花顶上是天花板,一样分成一格一格,每一格里垂着巨大的吊灯,即便是白天也开着,璀璨如星河。

弹子房也十分奇特。一个大大的四方台子,上面有若干小球,洋人们拿着长棍,说说话,笑一顿,喝口酒,然后猫下身去拿长棍顶端击打一下小球,发出好听的咳咳声。不知道这是一项什么游戏。

善虎正伸着头猛看,那边孙运东发现了菊圃的身影,"菊圃少爷在那儿!"

善虎收回目光,看向菊圃。

只见菊圃站在走廊底端的窗户前——原来那里是靠近厕所的位置——正在和一个孩子聊天呢。

走近看,但见那是个一身华丽装扮的小姑娘。

她的华丽,和以往他们见过的任何一个人都不一样。

虽是中国人,却通身的洋人装扮,就像刚才壁画上的洋公主一样。肤若凝脂,齿若编贝,眼睛里闪烁着天真无邪的光芒。举止非常西洋化,也非常优雅,笑起来的时候会用戴着白手套的手轻轻捂嘴。

菊圃看到他们走近,笑嘻嘻,"你们怎么寻了来?"

善虎看到小姑娘,不知怎么的也是心跳得比什么都快。

菊圃指着小姑娘道,"这是我刚才认识的新朋友,她叫樨蕙,也是跟着爹爹来吃饭,和我一见如故。"

孙运东听他说"一见如故"十分老气横秋,忍不住笑道,"幸会了樨蕙小姐。菊圃,我们走吧,免得大家着急。"

榉蕙十分有礼貌,拎一拎裙裾,"很高兴和你聊天。"

菊圃有模有样地微微欠身,"那么,明天早餐厅见。"

"明天见。"

孙运东诧异,"怎么你们还约上了呢?"

菊圃笑道,"巧了吧,榉蕙和她爹爹也住在理查饭店。"

几个人一边往回走,善虎和菊圃一边不停回头看她。

直到看不见她,善虎才感喟道,"真好看。跟西洋画儿上的一样。"

菊圃笑道,"你还没和她聊天呢。哇!她知道的真多,轮船、火车、电话、电报、银行、邮局,她全都知道!不晓得她爹爹是个什么人,只怕不比我爹爹差。"

回到桌边,说起刚才的偶遇,钟不期笑得打跌,"菊圃,你可太适应上海了。我瞧着你这架势,十天后我们走的时候,恐怕你朋友一箩筐了。"

第二天一早,善虎起了个大早,穿戴整齐,还用饭店的牙膏牙刷,把牙齿也刷得干干净净。反倒是菊圃,差点忘记跟人有约,被善虎叫醒后一个鲤鱼打挺起来,"坏事了坏事了!快走!"

顶着一头乱发就去了餐厅,辫子都打着结。

月池他们也紧跟其后,吃早饭之余,也有心想看看两个孩子一致认可"好看极了"的小姑娘。

榉蕙正跟一大桌人坐在一起吃早餐,看到乱七八糟的菊圃,偷偷笑得花枝乱颤。

不一会儿,一个中年妇人带着榉蕙过来问安。

今天她穿一身雪白纱裙,头上戴着小小的钻冠,仿佛整个人皮肤里都揉着金粉一样,熠熠生辉。果然是从没见过的风采。连坐在菊圃对面的竹轩都看直了眼。

月池很恭谨,"榉蕙小姐,是吗?我是菊圃的父亲。很荣幸认识你。"

榉蕙歪一歪头,行个礼,"我听菊圃说了您的大名,荣幸的应该是我。"

声音又轻巧又明媚,端的是好听。

而且人家才八九岁模样。

她转头对妇人道,"奶娘,您先过去吧,我说说话就来。"

"是。"中年妇人朝她道个万福,又朝月池道个万福,"请慢用。"

菊圃早就搬了凳子放在自己和善虎的凳子中间,邀请榉蕙坐下后,问道,"那一桌上,哪个是你爹爹?"

樨蕙努一努嘴，"靠着窗，脸圆圆的那个。"

菊圃道，"那一会儿我也去向他问个安。"

樨蕙笑，"好的。不过他这会儿正在发脾气训人，等我们吃完饭再过去，就差不多了。"

善虎仔细观察樨蕙爹爹的脸色，好奇地问道，"他在发脾气吗？怎么脸上还带着笑？"

樨蕙道，"我爹爹素来这样温柔，喜怒不形于色。听我娘说，渐甫先生此前差点怒杀一个老农，是我爹爹劝住了他；慰亭先生惹他生气，他也是笑笑而已不争辩。"

善虎点头，"和月池公很像哪。"

菊圃道，"那他为什么发脾气？"

樨蕙回答，"我爹爹是轮船招商局的会办，总部在上海，分局在汉口、天津、广州、香港都有。总部有人办砸了事，爹爹特地从天津来骂他了。"

善虎抓重点，"你们从天津来？难怪会住在饭店。"

菊圃的重点在别处，"招商局是干什么的……"

三小只在这里嘀嘀咕咕，旁边的月池下巴都快掉了。

这聊天内容的含金量也太惊人了。

渐甫先生，自然就是大名鼎鼎的李鸿章；而慰亭先生，能够与李鸿章名字一起出现的，除了出使朝鲜、名满天下的袁世凯，还能有哪个慰亭先生？

至于轮船招商局……长居天津……

答案呼之欲出。

看看钟不期，钟不期也正看着他。

钟不期喃喃道，"我的天老爷……不是这么巧的吧？"

月池问樨蕙，"你……可是姓盛？"

樨蕙点头，"您是怎么知道的？"

"你的父亲，便是盛宣怀先生，对吗？"

樨蕙笑，"月池公果然厉害。"

月池倒吸一口凉气。上海滩真是风云际会，到处有惊喜。今天这位盛宣怀，是李鸿章的得力干将、如今的天津海关道监督，同时也是与胡雪岩齐名的另一个商界政界两面亨通的大人物。

而且最巧的是，李鸿章几次想要开办属于中国人自己的银行，筹办人都是盛宣怀。

也正是月池此次上海行最终的目的。

从理论上来说,遇见盛宣怀,是一件幸事。但从感情上来说,月池内心错综复杂。

在他看来,如果把清末名臣分等级,左宗棠、曾国藩,必然是第一档的。尤其是左宗棠,被林则徐评定为"旷世奇才"。用兵如神,治国有方,人品更是一等一的好。去世的时候,家里十分清贫,子女也没有一个在朝中为官的。真正两袖清风,为国为民。

十多年前,月池还在四方游历之时,便知道新疆差点被拱手让人的事。

李鸿章主张加强海防,反对收复新疆。年逾花甲的左宗棠写下绝笔书,"抬棺出征"以表决心。左宗棠说,"新疆是我们祖宗留下的疆土,一寸也不可让给别人。若新疆不保,蒙古也会受到威胁;蒙古不保,京师的安全就无从保证。塞防与海防同样有着举足轻重的作用。"

收复新疆,预算三千万两白银,朝廷只能拿出五百万两。他的好友、也是钱袋子胡雪岩,鼎力为他筹得两千万两,至此方才让大军进发。

而就在他前线吃紧时,盛宣怀还在南方把胡雪岩给斗倒了,间接导致无数将士受尽磨难。

你说盛宣怀心胸狭隘吧?好像也不过就是烂大街的党争而已。可是……

一旁的孙运东见月池陷入沉思,面色沉重,低声问道,"月池公似乎很不喜欢这位盛宣怀?"

月池苦笑笑,在他耳畔低语道,"谈不上不喜欢。就像你之前说的那句,这位盛公在国家大事面前,掺杂很多私人感情。我不可惜别人,我可惜前方将士和左文襄公。"

正聊着吃着,奶娘又过来了,在榫蕙耳边,用微小但大家都刚刚好听得到的声音道,"小姐,你是订过亲的人,不能和陌生男人待太久哦。"

榫蕙一听,小而精致的脸上闪过一丝沮丧。她望望父亲那一桌,突然发现父亲脸色已经缓和,正在愉悦地夹菜,便立刻起身,"好的,这就过去!"

她一把拉住菊圃,"一起去!"

菊圃大喜过望,跟月池点了个卯便跑了。

善虎有点失落,又不大好意思跟着,只讪讪地问熊炎道,"熊叔,榫蕙还那么小,也是可以定亲的吗?"

熊炎笑道,"在母亲肚子里的时候都可以指腹为婚,她这么大了,显然爹爹也很宠爱她,定亲是很自然的。"

钟不期啧啧称奇,"盛宣怀的爱女,不晓得定亲给哪个名门望族了。"

熊炎打趣道,"反正不是肖家。"

善虎愣了半晌才知道是在说自己,羞了个大红脸。

月池看看竹轩,"说起来,你也到要定亲的时候了。"

竹轩一边吃,一边淡淡地道,"爹爹,你还是莫操心我。操心操心熊叔吧,云岫阿姨一嫁人,他六神无主很久了。"

熊炎刚在善虎那里得了便宜,现世报,也羞了个大红脸。

月池逗竹轩,"你喜欢陈印雪那样的,还是盛樨蕙这样的?"

竹轩瞥爹爹一眼,"不要套我的话。我自有主意。"

月池愣住,和钟不期对视一眼,哈哈大笑。

不多时,那边又有人过来传话,稽首毕恭毕敬,"我家老爷,请月池公移步一叙。"

月池起身,"多谢。请带路。"

行至桌边,盛宣怀很谦恭地起身迎接,"月池公,久仰大名。"

月池赶紧道,"在下卢次伦,字月池。在您面前,不敢称公。我才真的是久仰盛公大名。"

盛宣怀笑,"我适才听令郎说,你们从湖南来?"

月池点头,"正是。"

盛宣怀朝旁边一人笑道,"可巧了,你早去了台湾几年,否则可以遇上。"

月池纳罕,"请问这一位是?"

那人满脸严肃,不说话时嘴皮子抿得很紧,眼睛略略有些八字开,感觉不大好打交道。

说话倒是客客气气,"在下邵友濂。"

月池似乎听说过这个名字,又似乎不那么确定。幸好盛宣怀答了疑,"邵大人现如今是台湾巡抚,曾任你们湖南巡抚。"

月池想说没敢说的是:如今沿海关系那么紧张,从台湾回来不要紧吗?

当下只赶紧行礼,"在下眼拙,请大人恕罪。"

邵友濂摆摆手,"家常吃饭,不必拘着。"

盛宣怀问,"月池公此行,是来游玩的吗?"

月池笑道,"一介布衣,开春劳心劳力,倒也没那么多闲暇游玩。只是听闻上海可能开设国人自己的银行,所以想提前来一探究竟。"

盛宣怀闻言,又惊又喜,"你竟也知道此事?"

月池道,"盛大人与李中堂筹办银行之事,众人皆盼。"

盛宣怀叹口气,"不容易哪。各方势力都有自己的打算,唯独没有人替国家打算。"

月池一听这话,顿时觉得有点意思。难道,他之前对盛宣怀有所误解?

许是感觉说话不便,只简单聊了点别的,众人便散了。

倒是刚才来请月池的那个小后生,晚走两步,轻轻同月池道,"明日上午,老爷请您去他房间坐一坐。您到三楼就会有人引路。也可以带着令郎一起来。"

月池应允。

回到房间,同众人说起,钟不期神秘地笑,"月池公,你猜他要跟你说什么体己话?"

月池一脸蒙,他也完全没想到盛宣怀还会私下里跟他约见面。

熊炎道,"月池公,你说他会不会想把女儿许配给菊圃?"

菊圃和善虎同时惊掉下巴。

"不可能。"孙运东最后走进来,笑道,"我特地问了服务员,他们说,盛宣怀和邵友濂是这里的常客。不仅如此,他俩更是亲家——盛小姐要嫁的人,便是邵友濂的宝贝儿子。"

果然是他敏感度最高。闹半天走最后面是去刺探情况了。

月池问钟不期,"难道钟先生猜得出来盛公用意?不妨说来听听,也让我有个心理准备。"

钟不期这才在月池耳畔轻轻说了两个字,"筹款。"

月池一愣,旋即大悟。

笑道,"这倒是不在话下,如果真的能开出中国人自己的银行,我也愿意当这个股东!"

4

次日,月池便带着菊圃去了饭店三楼。

只怕是包了整整一层。安安静静的走廊里,隔不远便站着一个像是保镖模样的人。

见到月池他们,倒是很恭敬,"这边请。"

盛宣怀住的房间，是个大套房。樨蕙和奶娘也早早地迎接在门口，一见菊圃，高高兴兴拉着他，"去我房间看风景！"

菊圃内心其实很想听听两个爹爹在聊什么，但看这架势也不方便在客厅待着，便笑一笑，"好。"

跟着樨蕙进到她的套间里，一天一地都是衣服，还有一个丫鬟在不停收拾。

她拉着菊圃走到窗前的小案边坐下，奶娘立刻奉上了两杯茶和一点点心。

菊圃可太喜欢他们家这西式做派了，心中便暗想着：以后自己当家了，也照着这么来。

问樨蕙，"你还有兄弟姐妹么？怎么你爹爹出门，就带了你一个？"

樨蕙一扬脸，笑道，"哥哥们都大了。而且我娘死得早，爹爹的妾室里他最爱我娘，所以也就最疼我。"

菊圃看着她的笑脸，觉得有些心疼又有些好笑。

还是自己的爹娘好，一夫一妻，不偏不倚。

樨蕙问道，"你们还要在上海住多久呢？"

菊圃道，"爹爹说十来天。可我很喜欢上海，我想留下来。"

樨蕙瞪大眼睛，"可以吗？你这么小，你爹爹不会让你自己留下来吧。"

菊圃咧嘴一笑，"我可不小了，我十三岁了。我一直听说上海有一个很有名的广方言馆，可以求爹爹让我去读书。读书便可以顺理成章地留下来。"

樨蕙道，"我爹爹一直说，广方言馆不好，只是学习西文、西艺，而且只招收岁数大的人，学些皮毛，对国家并无多少裨益。"

她说话声音稚嫩又好听，内容又是这么宏大，菊圃觉得怪有趣的，倒也听得津津有味。平时只要一听到治国安邦的理论，他就要打瞌睡。

樨蕙继续道，"爹爹说，必须从初等、中等的内容一步步教上去。既然要学习西方，除了语言和艺术，更要学的是政治、经济和学问。"

菊圃渐渐听到犯困，"管他呢！只要先留下来。"

樨蕙一想也是，捧住脸颊叹口气，"你们男儿可真好。想做什么便做什么。"

菊圃朝房间里她那一堆堆华丽衣饰努努嘴，"你们女儿也有很多乐趣啊。"

樨蕙不以为然，"很多时候，穿好了也没人看，有什么用？"

菊圃逗她，"你那位定亲了的公子呢？穿给他看呀。"

此时外面传来盛宣怀和月池两个人的笑声，显然相谈甚欢。

一被打断，樨蕙也忘记自己被问了什么问题，倒是突然想到一事："哎，对了！

你若想在上海留下来,不用去广方言馆,现成有个由头!"

菊圃好奇地望着她。

榠蕙说道,"就这两天我还听爹爹提起,他要在天津和上海两地办大学堂,并且要同时设立很多小学堂、中学堂为大学堂提供学生。你现在的年纪,上不了大学堂,但是可以去中学堂呀!"

菊圃一听便起劲了,"真的吗?如果是真的可太好了,我立刻去求我爹爹!"

榠蕙笑道,"真肯定是真,就是不知道时间凑不凑巧。而且,你求你爹爹,不如我求我爹爹!"

菊圃笑,"如此甚好!"

两个人商量妥当,便时刻竖起耳朵听外头的动静,准备只要两个爹聊得差不多,就冲出去趁热打铁。

外头,盛宣怀正在以"铁路总办"的身份,向月池解释卢汉铁路、汉阳铁厂生产停滞不前的原因。

余正裔说的开矿之难,只是其中一个难。

盛宣怀道,"要办铁路,不能不办铁厂、矿厂,更不能不办银行。为何?因为铁路之利远而薄,银行之利近而厚,两相互抵,方可平账,方能持久。日本之所以强盛得如此之快,原因在于理财得法,而银行的发行钞票和资金调剂作用尤大。胡雪岩搞钱庄,取各种新鲜名字,赚的还是老百姓的利差,还是朝廷的佣金。真正的银行,是国之利器,像月池公这样,赚的是洋人的钱,才最高级。"

月池恍然大悟的同时,又为自己此前的轻薄想法感到愧疚。

他不敢说从此便崇拜盛宣怀。但是走近看这位大人物,才发现他有他自己的逻辑。

国家政事是一盘大棋。不能顾此失彼。

盛宣怀道,"民间已有几位宁波富商也同意入股银行,如今有了月池公的承诺,我底气更足了。多谢您的慷慨!"

月池拱手,"哪里话哪里话,能为国效力,月池深表荣幸。"

两个人话音才落,里头房间的门便打开了,两个小魔王冲出来,一顿叽叽喳喳。

盛宣怀果然是非常疼爱榠蕙的,一改坐而论道时的稳重庄严,任由她坐在自己腿上,笑得眼睛都找不见了,"慢慢说,慢慢说,爹爹的耳朵都要炸了。"

榠蕙这才口齿清楚地将她和菊圃商议之事告诉爹爹听。

她一边说,菊圃一边在观察月池的神色。

月池当然是吃惊的,但马上又觉得儿子毕竟是儿子,真有想法。于是看着他笑。

一见爹爹笑,菊圃便知道此事靠谱,立刻自己找补,"爹爹若不放心我,可以让熊叔或者孙叔留下来陪我。"

月池道,"熊叔和孙叔都是我的左膀右臂,哪有做你伴读书童的道理?"

菊圃一听,顿时泄气,又觉得此事不靠谱了,但还不敢表现出来,只是瞅着樨蕙使眼色,意思让她再帮忙撺掇撺掇。

盛宣怀从早上见面开始,便挺喜欢菊圃这胆大心细、聪明伶俐的劲儿,微笑道,"老夫有个想法。上海的南洋大学堂、中学堂,都还没有办起来,但左不过也就是这一两年。月池公若是不介意,可以让令郎跟着老夫游历一段日子,之后只要等学堂办好,便作为首届学生入学。如何?"

月池哪有别的意见,"简直不能更好了!菊圃,还不快磕头谢恩!"

菊圃再也没想到会有这么好的事情,忙不迭就要跪下去,盛宣怀伸手阻拦,微微笑道,"你爹是我的股东,你现在又是我的学生!不用旧派那一套!鞠个躬,便算数了。"

于是菊圃又起来,恭恭敬敬鞠躬道,"多谢恩师!"

直到回房,月池才想起来:"糟糕!还有竹轩和善虎呢!"

菊圃笑道,"爹爹不用担心。我敢打赌:他俩绝对不会愿意留在上海。"

月池好奇,"你怎么知道?"

菊圃神神秘秘,"不信你去问。"

果然,跟大家伙说起刚才的谈话,以及菊圃的奇遇,众人一片哗然之余,竹轩第一个把头摇得像拨浪鼓,"你读你的,可别拉我。我不喜欢上海。"

月池大惊,看看正自扬扬得意的菊圃,又转头来问竹轩,"为何?"

竹轩道,"上海这个地方,非有权有势之人不能生活,普通百姓没有说话的资格。我不喜欢。太闹了,我心静不下来。"

月池又看向善虎,"你呢?你可愿意留下来?"

善虎不好意思地挠挠头,道,"谢谢月池公好意。我这脑子,就不适合读书。现在天门书院的夫子都恨不得拿刀砍我,我就不留下来自讨苦吃了。"

说得大家一阵哄笑。

随后钟不期便去商钱局,给菊圃开了一个户头,又取出从汉口商钱局调来的五万两银票,交给月池,好让他交给盛宣怀入股银行。

月池交了银票,隔日,也从盛宣怀那里得到了盖有轮船招商局官玺的证书。

熊炎在一旁伸头欣赏证书,打趣道,"啧啧,好贵的学费。"

月池笑,"自古以来便是读书最贵。你以为呢?快收起来,我们马上就要跟这臭小子分开了。"

大家一惊,才反应过来:盛宣怀要回天津了。

月池脸上笑嘻嘻,其实内心还是非常不舍的。

菊圃从小娇生惯养,一步都没有离开过家。在天门书院读书寄宿才算是第一次。可那算哪门子出门啊,从山长到同学,无一不熟,还有哥哥和善虎陪在旁边。

钟不期见月池忧心忡忡,私下安慰道,"月池公,你就放心吧。要说这几个孩子,还就真的只有菊圃,我是最放心的。腿脚麻利,嘴皮子甜,思想又活络,招人喜欢。"

月池愁眉苦脸,"我就怕太招人喜欢了。"

各种叮嘱:"不要乱讲话,要多听多学习。要听盛公的安排。要勤快麻利点,生活琐事上不要给人添麻烦。每隔几天就要发电报给一泛姨妈。还有,不要跟樨蕙走得太近……"

菊圃一路"嗯嗯啊啊"点头敷衍,听到最后一句,愣一下,"为何?"

月池道,"人家定过亲了,而且是世交。"

菊圃说,"我不是说这个,我是说,你为何要叮嘱我这么傻的事。大丈夫,何患无妻,我永远都不会为了儿女情长耽误正事!"

众人忍不住又是一阵哄笑。

临行前,盛宣怀做东,在大名鼎鼎的"荣顺馆"宴请月池一行。

餐厅二楼又叫"荣顺堂",是个可容纳几百人同时吃饭的大厅。今天也清了场,独留他们这里两大桌。

月池有心让孙运东多学习,便让孙运东跟着自己坐在盛宣怀这一桌。

菊圃和樨蕙各自坐在盛宣怀和月池两侧,看上去也真的是金童玉女。

八宝鸭、虾籽大乌参、草头圈子、扣三丝,一道道大菜上来,端的是色香味俱全。

大厨亲自出来讲解,"问盛公安。今天的八宝鸭,与您以往吃的有所不同。我们这次没有汤蒸,改为笼蒸,鸭腹内又填入了莲子、火腿、开洋、冬菇、栗子、糯米,清香扑鼻,荤香浓郁。"

盛宣怀品尝了一口,指着鸭子对月池和菊圃道,"这就是上海。不讲菜系,不问山头,但求去芜存菁。你们试试看,很好吃。"

榠蕙指着虾籽大乌参,对菊圃道,"这个也很好吃,我最爱吃了。"

大厨赶紧解说道,"我们饭店选用的是乌绉参,色乌、肉厚、体大。虾籽是每年七月间虾子上市时专门选购的蓝青色河虾虾籽,包装后置于冷库全年备用。此河虾籽香味、鲜味十足。大乌参炸爆后,再用猪排、草鸡加红酱油煮的红高汤卤作调料,配以河虾籽煮熟,勾芡后再加入滚热葱油。"

菊圃喃喃自语,"我的乖乖,一道菜,怕是有十几个荤腥来配它。"

竹轩在另一个桌上,也听到了这番说辞,冷冷笑道,"这便是大观园里的'茄鲞'了。"

钟不期听见,赶紧"嘘"一声。

"你们大人,喜欢大排场,动不动就包楼、包房,"竹轩声音是低下去了,依然愤愤,"我却没这个心情欣赏。"

那边盛宣怀吃着吃着饭,眉头却始终不大舒展。

榠蕙问道,"爹爹,你还在生谁的气吗?"

盛宣怀回过神来,摇头笑道,"不是。我是接到了慰亭先生的消息,心中有些不爽。"

月池看看孙运东,问道,"慰亭先生不是身在朝鲜吗?他有何不妥吗?"

孙运东说道,"我们小老百姓自己瞎聊,说早十年,慰亭先生便因为被朝廷派去朝鲜,帮助他们平定内乱,成为监国重臣。而且他还顶住英国和俄国的压力,建立了不少租界,维护了我们国家的利益。按说,他在朝鲜的地位,应该稳如泰山吧?"

盛宣怀见月池身边还有如此通政事之人,赞赏地点点头道,"不是他不妥,是日朝不妥。唉,此事说来话长。朝鲜的李氏江山不稳,背后就有日本人一直扶持着反政府势力,不停地制造事端,寻找出兵朝鲜的机会。而这些事情多数都被慰亭先生扼杀于摇篮,他也便成了日本的眼中钉,日本人多次派出杀手暗杀他。但纵使日本一直挑衅,我们朝廷也没有什么反应。"

月池问道,"为何?"

盛宣怀道,"老佛爷如今只想着自己的大寿诞,旁的事她都不在意。真急煞人也。"

孙运东道,"如此这般,政局只怕会乱。"

盛宣怀道,"正是此理。"

次日,菊圃就跟着盛宣怀走了,北上天津。

月池突然就明白了云岫出嫁那天,为何田掌柜不愿送行。

仿佛一旦郑重其事送行,就再也见不到这个人似的。

他狠着心,就坐在房间里,听菊圃跟自己道别,"爹爹,我走啦!你保重!你们都要保重!"

月池"嗯"一声,摆摆手,看着盛宣怀的侍从带着小小菊圃,关上房门,咚咚咚的脚步声渐渐弱下去,直至消失,仿佛每一次去天门书院那样。

可是一转念,又发现,无论今天,还是这个月,估计都再也看不到菊圃回来了。

不知怎么的心里又十分痛。

菊圃一走,三个孩子变成两个孩子,顿时就不热闹了。

善虎一般都跟菊圃插科打诨。竹轩严肃些,尤其是看书的时候,善虎也不敢在他面前乱晃。

何况椰蕙也走了。世界黯淡无光。

于是他央求着月池提前回汉口,多耍几天再回壶瓶山。

加上他们此行最终的目的已经达成,商量片刻后,决定立刻出发到汉口。

大概是离得越来越远了,再牵挂也只能放下。月池这才慢慢地重新欢乐起来。

又是五天五夜的航行后,他们抵达汉口。

事先接到了电报的薛友才、陆一泛带着薛影尘,来码头接他们。

一见到竹轩和善虎,一泛就给他们一个大大的拥抱,随即发现没有菊圃的身影,一个激灵,"菊圃呢?!"

月池道,"他跟着盛宣怀学习游历去了。"

见她一惊一乍神色慌张,一反平常的淡定,月池便追问道,"发生什么事了吗?"

薛友才从衣袖里掏出一张报纸,递过来,"虽然知道你们几天前便上了船,她还是担心得不得了。"

自从通了航,月池一直订购报纸,从上海、北京来的新闻,等送到壶瓶山他手里的时候,往往已经成了"旧闻",过去十天半个月不在话下。但汉口离上海、北京距离虽远好在交通便捷,四五天也就能看到了。

月池抖开报纸,但见头条新闻写着两个惊悚的黑色大字:刺杀!

薛友才解释道,"这是四天前的《申报》新闻。一个叫金玉均的朝鲜人被刺杀了,地点也是在租界里,离外滩很近。我们也不知道你们具体住在外滩哪里,看到新闻就开始干着急,生怕你们有生命危险。"

"走,边走边说。"月池心里的慌乱,从抵达上海码头开始就忽强忽弱,此刻又是在码头,他实在是不喜欢这种感觉。

看了报纸,才发现这个叫金玉均的人,是朝鲜开化党领导,也是甲申政变的发起人。他是朝鲜政府的眼中钉肉中刺。流亡日本期间,他还不停地在寻找机会准备反攻回去,试图改写李氏江山。

朝鲜派出的杀手一批又一批,从日本追杀到中国。这次,终于成功了。

月池还是有点摸不着头脑,问薛友才和孙运东,"一个朝鲜人被刺杀,为何你们会如此紧张?"

孙运东回答道,"月池公你不记得临行前,跟盛宣怀先生说的话吗?你看这一段——'金玉均在日本流亡时,化名岩田周作,受到了日本政府的支持'。日本还不赶紧趁此机会大做文章吗?"

薛友才道,"而且好巧不巧,这个杀手,就是趁金玉均从日本西渡中国的时候,在船上假装偶遇老乡跟他混熟的。听说他们两个人一起下榻饭店后,趁金玉均睡着,杀手慢悠悠地把他枪杀了。因为你们这几天也是在船上,所以一泛才心惊肉跳。"

月池愁眉苦脸,"今年果然是'沙中金'么?真不太平。"

马车上,一泛告诉月池,"那公胄先生,当真是君子。自打离开壶瓶山,他连云岫的手指都没有碰过,恭敬礼让。第一时间就安排了云岫姑娘住院,给安排了最好的房间,也找了专业的陪护,全天候陪着她。"

月池道,"那他自己呢?还在汉口吗?"

"不在了,他去了矿区。但时时会回来,看看云岫姑娘。"

月池点头,"那西医有给出什么诊断吗?"

一泛道,"有。西医里,云岫姑娘生的这个病叫作 carcinoma,日本人叫癌肿,意思是凹凸不平的石块状的肿物。"

月池道,"那和我的诊断一样,就是肠蕈。他们可有什么治疗方法?"

一泛犹犹豫豫道,"他们建议……外科手术。"

月池神情一滞。

一泛沮丧道,"被你猜中了。云岫姑娘不愿意。"

"我先听听医生怎么说。"

在汉庄安顿好钟不期他们,看善虎开开心心地跟小影尘玩了起来,一泛便带着月池和竹轩去到玛格丽特医院。熊炎近乡情怯,找个理由留在了汉庄。

两人一进医院先见医生。

洋医生名叫威廉,褐发碧眼,十分耐心,"外科手术以前成功率不高,主要是因为手术中和手术后的感染。化脓是手术后最严重的并发症。但自从我们英国的李斯特医生发明了石炭酸消毒法和蒸汽消毒法后,手术成功率已经很高。几年前贝格曼医生又采用了热压消毒器进行全面消毒,外科手术就开始普遍应用无菌法。所以,我们对手术很有信心。"

月池道,"多谢您的耐心解释,但其实需要说服的不是我,而是患者。她有说什么顾虑吗?"

说后半句的时候,他转向了一泛。

一泛道,"她没有跟我说,就是拒绝。但我猜想,无外乎就是女儿身子矜贵,放不下面子。"

在一泛心里,做手术被医生摸了看了,总好过在青楼里"一双玉臂千人枕,半点朱唇万人尝"吧。

她既觉得云岫的顾虑完全是舍本逐末,换个角度又能够理解。而且她知道云岫在月池心中的地位,有些事情不能硬劝。所以也期待着月池来。

几个人在这里聊病情的时候,竹轩自己去病房找云岫了。

他很惦记这个才华横溢的美丽阿姨。在他心中,才情才是最美的衣裳。

玛格丽特医院病房建得也很雅致。几排竹子,几棵梅树。病房掩映在树丛中,宛如世外桃源一般。

他看到黄皮肤的人便问路,居然也没多走几步弯路,便寻到了云岫所在的病房。

大玻璃窗子里面,云岫正半躺在床边,手里握着一卷书,眼睛却没有盯着书,倒像是看着另一侧的院子发呆。

病房很简陋,雪洞一般。但好在干净整洁。云岫身上盖着雪白的褥子,自己穿着雪白的长衫,长头发织成了一个大辫子,松松地垂在胸前。

竹轩只觉得,云岫阿姨连生病都比别人好看些。

突然之间,一个声音在他耳畔炸起。

"你!在这里干吗呢?"

竹轩吓得一抖,回头看,只见一个年龄相仿的少女,也是一身素色长衫,手里挽着一个装满枇杷的竹篮,正朝自己说话。

竹轩回答,"我……我来……"

指一指病房里面。

里头的云岫听到动静,望过来,认出了竹轩,笑着招招手。

那姑娘半信半疑地将竹轩领了进去。

云岫微笑,"晏清,快请客人坐下,他是我的朋友。"

"他是我的朋友",这几个字让竹轩心里格外舒坦。

那叫晏清的姑娘搬来一只凳子,放在竹轩身边,"坐吧。鬼鬼祟祟的,干吗不进来呢?"

竹轩赔笑,"第一次来,不敢认。"

晏清自己搬个凳子坐到云岫另一侧,娴熟地将竹篮子放在矮柜上,又从竹篮里取出来一只碟子放在膝头,剥枇杷递给云岫,时不时还瞪竹轩一眼,充满警惕。

竹轩这才注意到她的长相,圆脸杏眼,弯弯柳叶眉似蹙非蹙,笑的时候像朵花,不笑的时候似云烟笼罩的青山,跟云岫阿姨竟有几分神似。

云岫接过第一颗剥好的枇杷,转手又递给了竹轩,"你怎么来了?"

竹轩拿着枇杷不敢吃,半垂着头道,"我爹爹、钟先生、熊炎,还有善虎,都来了汉口。我爹爹着急看你,就带着我先过来。"

"那你爹爹呢?"云岫问。

竹轩老老实实回答,"在跟医生说话。"

云岫转头朝晏清笑笑,"定是商量怎么说服我做手术呢。"

晏清嗔笑道,"所有人都劝你,你又不听。"

竹轩诧异,"为什么不听呢,云岫阿姨?"

云岫沉吟道,"做了也无用,做它干吗。"

晏清朝竹轩囔道,"谁劝都没用。看你爹来了管不管用。"

正说话间,月池、一泛和几个医生一同到了。云岫的贴身丫头翠莲也从外头买了东西回来,一见这么多人,喜上眉梢,"月池公!你们都来啦?"

云岫道,"就是,兴师动众,累坏我。"

见大家开始七嘴八舌说话,晏清和竹轩悄悄退出来,站在一棵梅树下闲聊。

"你叫晏清,是哪个宴,哪个清?"竹轩问道。

"海晏河清。"晏清回答,"我爹爹以前是私塾教书先生。我娘在逃荒路上生的我,穷困潦倒之际,爹爹便取了这个名字给我,希望天下太平。天下太平得了吗?我每天顶着这个名字活着,就像时时刻刻在讽刺这个朝代一样。"

她说话不徐不疾,即便是在表达负面情绪,也声线温柔。

"姓呢?"

"苏。苏晏清。"她回答,转头看他,"你呢?"

"我姓卢,名字叫竹轩。"

晏清点点头,"小轩与竹事还往,庭下寂寂无客尘。"

竹轩目不转睛地望着她,心跳越来越快。好神奇,仿佛从小便认识她一样。又仿佛这个人就住在自己心里,终于趁一个天气明媚的时候,身着一袭素衣,走了出来而已。

"你……住在这里,是生什么毛病了?"竹轩小心翼翼问道。

晏清道,"我没有生病。我在这里工作,眼下专门负责照顾你云岫阿姨。不过,我管她叫姐姐。从此后,你便也叫我阿姨吧?"

竹轩目瞪口呆,一时不知道怎么回答。晏清咯咯笑,"逗你呢。"

"你看起来和我差不多年纪,已经在工作了,真厉害。"

"父母双亡,流离失所,但求片瓦遮头,哪管什么厉害不厉害。"晏清还是笑,"你一看就是大公子哥,才会把苟且活着当作厉害。"

竹轩不知怎么的,第一次觉得过着安稳的生活是自己的耻辱。又觉得,这耻辱从晏清嘴里说出来,怎么就那么悦耳。

晏清看看他的手,扑哧一声笑,"你要把那个枇杷拿到什么时候?"

竹轩这才发现自己一直捏着那颗剥了皮的枇杷,慌忙丢进嘴里,脸颊子一下鼓起来。又赶紧背过身去。

晏清看看窗户里面,"看这样子,云岫姐应该被说服了。"

竹轩边嚼枇杷边含糊糊问,"你怎么知道?"

晏清兰心蕙质,"如果拒绝了,哪用待这么久?"

果然,云岫同意手术了,签署了同意书。

月池出来时,竹轩好奇,问月池,"爹爹,你是怎么劝阿姨的?"

月池莫名其妙,"其实……我并没有怎么劝。只是说,你姑父也在香港、澳门当西医,跟我说过,现在的外科手术,因为麻醉、消毒做得好,已经广为老百姓接受了。"

但结果总是好的,他也不计较具体原因,跟着便去继续与威廉探讨手术细节。

晏清看着月池的背影,像是明白了什么,轻轻道,"心之所向,素履以往。我可算明白云岫姐心里的苦了。"

过了半晌,看到竹轩仍旧呆呆的,笑道,"你会在汉口陪云岫阿姨渡过难关吗?"

竹轩点头,"我愿意。但是得让爹爹点头。可能……得让一泛姨妈或者钟先生帮我求情。"

晏清狡黠地抿嘴一笑,摇摇头,"你去便是。你只要同爹爹说你想留下来陪云岫阿姨,他一定会同意。换个人,可就不成了。"

竹轩半信半疑。

等到他真的对月池提出这个想法的时候,月池几乎都没有思索,便回答道,"好的,我儿善心。"

竹轩惊愕得张大了嘴。

月池笑道,"春茶季马上要到了,我们几个再也不敢耽搁。我还真在思索万一一泛也忙起来,云岫几个姑娘家面对生死,可怎么是好。你留在汉口,还可以在汉庄打打杂,历练历练。等云岫做完手术康复好,你再回来。"

竹轩点头,"是。"

内心雀跃无比。

月池也叫来晏清,"云岫夸你照顾得很好,多谢。可需要什么东西,或者短缺银钱,都告诉我。"

晏清微微欠身,不谄媚,不清高,"分内之事,不足挂齿。吃穿用度,都够用,多谢月池公关心。"

"听说你父亲从前是教书先生?"

"是。"

"难怪云岫讲你诗词皆通,是她知己。"

晏清抬起头来,目似星辰,"些微才情,哪里入得月池公法眼。您为那么多老百姓撑起一片遮风挡雨的屋檐,才值得称道。"

5

月池也给竹轩开了商钱局的户头,又安排好了他在汉庄里的工作,才放心地离开。

一行人终于回到壶瓶山。

亭曈见俩儿子出去,一个都没回来,气血上头,腿一软,差点没昏死当场。

月池解释了一通,她一个字也听不进去。

钱嫂走到无人处宽慰她,"少爷心细如发,他不做没有把握之事。那个什么盛大人,既然是有头有脸的朝廷命官,一定不会亏待菊圃。竹轩就更可以放心了,他在汉庄,就跟在家里一样。"

亭瞳哭道,"担心是一方面。我气他连商量都不跟我商量!"

钱嫂笑道,"有些事情不就是赶上了吗?咋商量?一来一回,半个月都没了。"

道理都明白,可亭瞳还是气得几天都不理月池。这可是成亲以来从没有过的事情。

月池道歉管道歉,赔笑管赔笑,却也不认为自己做错。好男儿志在四方,他自己也是尚未束发便随师父到处去行医的。

正因为看透了人世的苦,才发狠要让大家都不再苦。

而且春茶季轰轰烈烈地开始了,他的关注力马上就去到了别的地方。

亭瞳盛怒之下,恨不得收拾行李回老家算了。可转念一想,儿子们都不在身边,回去做啥。不由得悲从中来。

恰恰在这个时候收到月池父亲寄来的家书。

月池看完信,手都在抖。

"去岁天寒地冻,以为瑞雪兆丰年,然今岁瘟疫至,竟致粤东某乡十室九丧,棺木店日夜做工仍觉应接不暇……"

看看署名与日期,离父亲寄信已经过去快一个月,不晓得如今家中是否安稳。

亭瞳也慌了,忘记自己正在闹脾气,问月池道,"要不要我们一起回去看看?"

月池稳定好自己的情绪,搂一搂她的肩,回答道,"冷静。瘟疫既然已经横行,我们回去也于事无补,只是添乱。我马上便写一封回信去,告诉爹娘如何注意安全。"

亭瞳呆木半晌,愣愣地道,"这天灾人祸的,真叫人心里乱。"

月池说道,"父亲听说香港其实是源头。可是那就奇怪了,中间隔着海,为什么会反而把广州弄得那么惨?"

亭瞳道,"中间隔着海……那就肯定是船!人随着船走,就把疫病带来了!"

月池点头,"你说得对,我刚也想到这个。香港是个大口岸,全世界的船都会去那里。所以你看,不打开国门吧,朝廷坐井观天夜郎自大,结果被洋人们打得无力还手;打开国门吧,有银行、洋行这种新鲜玩意儿,也有新的瘟疫。我们民族成长的速度,得快些再快些,否则永远都走在人家身后。"

亭瞳心道:那也不是你让儿子们流离失所的理由。

做娘的担心儿子流离失所,做儿子的可没有半刻思索母亲会不会担心。

第四章 茶马古道沙中金

竹轩第一次发现，自己做自己的主，是如此过瘾。

辛苦与幸福并存。

一泛姨妈在汉庄里是说一不二的女王。汉庄和总部不同，最重要的工作是运转、交易、品题、宣传、公关，一泛姨妈带着一帮人马，忙得有条不紊。薛友才姨夫的担子也很重，因为他需要保持市场敏感度，一旦市面上出现竞争对手，就要想办法从口感到包装、色泽，都弄出差异化的宣传口号。

宜红红茶此前的标语一直是"英国王室指定红茶"，后来变成"中国人的骄傲"，再变成"天下大同，皇室专用"。

一泛让竹轩去每个部门都待几天，让他对茶庄有个充分了解。她没有告诉任何人竹轩的身份，竹轩自己也认为不说的好。

他吃住都在汉庄里，虽然衣食无忧，可一声令下，要出门或者要赶路，立刻就得走，饭吃到一半也要走。收茶季事情多得堆起来，他腿脚快，脑子聪明，大家也喜欢指使他，忙得团团转。

充实管充实，累也是真累。回到房间，衣服鞋子都来不及脱，一身臭汗便已睡着。

竹轩到壶瓶山虽已几年，对茶叶的了解倒是没有这几十天来得深。

他一早便立志不去动爹爹给自己开的户头，所以就拿着一泛开的薪水，每周结算一次。每周结算了，便把自己收拾干净，买些时令瓜果鲜花去看云岫阿姨。

……嗯，顺便看看晏清。

云岫动手术那天正是清明，老外毫无忌讳，晏清却紧张得要哭，担心云岫会死在这一天。

竹轩握住她的手，轻轻安慰，"别紧张。别紧张。"

其实自己也手脚冰冷。

看到云岫阿姨直挺挺地躺在手术台上，盖着白布，又看到一群医生护士面无表情，围着她指指点点说这说那，再看到手术器具盘里那些银光闪闪的刀具……他都想拉着云岫逃跑。

晏清抽泣道，"一直劝她做手术，真到这一步，才知道凶险。万一她死了怎么办？我好容易碰到一个姐姐，我真不舍得！"

竹轩使劲摩挲她的手，"没事，没事。这威廉医生，我看靠得住。"

"你知道什么……"

"再说了,我姑父也是西医,他说的话,更加靠得住。"

一泛和薛友才在百忙之中抽空过来,看到这两小只窃窃私语的样子,相视微微一笑。

一泛对薛友才道,"探望病人便是这样。病人毫无感知,探望的人也什么都做不了,还是要亲眼看到,才放心。"

她带了三盒精美的日式便当过来,"这是在汉庄隔壁新开的日本馆子买的。味道好,吃着还方便不脏手。你们两个也别饿着自己。我先走了,晚一点再来。"

竹轩、晏清、翠莲就靠这便当一直撑到晚上。

做完手术的云岫,一脸惨白,双目紧闭,浑身冰冷,软塌塌如尸体般毫无生气。

晏清和翠莲都失声痛哭。

已经到了这境地,竹轩也不知哪儿来的勇气,喝道,"别哭!又没死!"

两个女生给他一吓,愣住了。

竹轩道,"去找些可以盖紧的瓶子,装上热水。"

晏清、翠莲立刻手忙脚乱地去找。竹轩给云岫的脚上加盖了一床棉被,再用棉签蘸水,时不时帮她擦一擦嘴唇。看到女生们拿回来的瓶子,赶紧在云岫手脚处各放一个,帮她焐热。

护士赶来的时候,发现他们做的这一堆事,笑道,"很专业啊。"

竹轩也不知道专不专业。他只是从小看父亲救治受伤失血过多的人,也是这样弄。

终于,云岫阿姨的眼睛睁开了。

依然很虚弱,只能一个字一个字地讲话,"痛……"

晏清跳起来,"我去找医生,看有什么别的法子止痛。"

竹轩上前,"云岫阿姨,手术很顺利,放心吧。"

云岫"嗯"一声,闭上眼睛,过一会儿又睁开,"谢……谢你……月少……"

竹轩听不真切,只觉得往日那花儿一样的阿姨,躺在这里气若游丝,当即鼻子一酸。

晏清倒是比他先恢复淡定,看医生进来打针,便拉着竹轩出来,低声道,"翠莲姐累到睡着了。你也回去吧,我守着。"

竹轩摇头,"什么事情比性命还要紧?我不走,你去睡觉,半夜醒来换我。"

晏清想一想,点头。趴在旁边的简易陪护床上,有一搭没一搭地跟竹轩聊天。

她把三个人吃剩的便当盒洗干净,发现黑色漆盒上嵌着玳瑁花瓣,煞是好看,便当作杂物盒那样摆在云岫床头。此刻她看看便当盒,对竹轩道,"白天食不知味,现在回想,确实好吃。"

竹轩道,"汉口如今住了很多日本人吗?"

晏清摇摇头,"我天天在医院里待着,没怎么出去,也不知道。"

竹轩喜读明史,对日本毫无好感,忧心忡忡道,"店都开出来了,应该不少人住。否则,哪有开日本馆子的必要?"

晏清"嗯"一声,"有道理。"

竹轩叹口气,"若是像大唐那样,万邦来朝,倒是好事。可如今……"

晏清沉默半响,突然轻轻哼起一首歌来,"采茶姐妹上茶山……一层白云一层天……满山茶树亲手种……辛苦换得茶满园……"

渐渐盹着。

竹轩凝望晏清,自言自语道,"不管李鸿章、袁世凯,还是盛宣怀,若能惦记着老百姓的卑微愿望,就是好官……否则,就是猪狗不如的东西……"

他给她背上盖一层薄毯,帮她理了理落到腮边的秀发。

又去探一探云岫的手脚,终于暖过来了。

竹轩反坐在椅子上,头枕着椅背。没想到生平第一次和母亲以外的女性共度良宵,竟然是这么一个情形。他兀自讪笑。

漫长的一天。

次日清晨,云岫终于醒了,晏清给她稍稍梳理了一下头发,给她头下加一个枕头,读报给她听,让她从疼痛里分神。

临近中午,一泛他们才赶来,带着各种鲜花水果。

"对不住,云岫姑娘,"一泛握住云岫的手,"汉庄事情太多,分身乏术。"

云岫笑一笑,"没事。你们都不必来,这里很好。"

看看竹轩,"你也跟着一泛回去吧。我这黄白失禁,一片混乱,气味暧昧,你在反而不方便。"

竹轩笑。也真的只有云岫阿姨才能够把狼狈的事情说得这么诗情画意。

一泛道,"不瞒你讲,医生也担心术后感染。威廉刚刚同我说,要紧就是这三五天。熬过去,没事了,以后也就没事了。这三五天你先不要讲究别的,我会安排小丫头来轮换看你,也给翠莲、晏清搭个把手。"

云岫点头,"知道了,你快回去忙。春茶季忙起来是什么情景,我比哪个都晓得。竹轩,你也走吧。"

竹轩看看一泛,一泛也看看竹轩。

一泛扑哧一声笑,道,"好歹你也回汉庄洗个澡换身衣服吧。我放你的假,这几天你就陪着云岫阿姨吧。"

竹轩得令,笑逐颜开。

换洗完,出门的时候突然想起一事,找到一泛问道,"姨妈,你昨天带去的日式便当很好吃。在哪里买的?"

一泛百忙之中从办公桌上抬起头来,微微茫然了一下,机械地回答道,"日式便当……清和脍……就在汉庄东边过去几家店……"

竹轩道,"好嘞!我走啦!"

说罢转身便跑了。

一泛这时才真正回过神来,在后头喊,"你和他们不熟,可能不会卖给你……"

竹轩没听见背后陆一泛的叮嘱。

刚进那家叫作"清和脍"的日本饭馆,就听到一声很不屑的斥责,"出去!"

竹轩愣住。是在说自己吗?

他低头看看自己,灰布长衫虽不华贵,倒也干净整洁。自己刚刚洗过头发,身上也没有怪味。

再看向店里,只见一个穿着和服木屐,趾高气昂的日本女人,嘚嘚哒哒走出来,操着怪怪的中国腔,又讲了一句,"出去!"

竹轩莫名其妙,以为自己走错到了别人家里,"对不起。"

退出来一看招牌,没错啊,确实是这家饭店。

登时有点情绪,又进去道,"我是来买便当的。"

那日本女人已经走到近前,前面逆着光看不清,等到这时才发现竹轩是个帅气年轻的小伙子,便笑道,"啊,かっこいい(好帅)!"

说着便将胳膊倚到竹轩肩头,"我们……中午打烊……不过……你要什么别的吗……"

浓妆艳抹的脸上媚笑着,笑起来牙齿有黄斑。

竹轩浑身上下鸡皮疙瘩都起来了,赶紧退出来,"对不起对不起!"

那女人还要拉拉扯扯说什么,竹轩身后突然多了一人,冷冷道,"放开他。"

居然是一泛。她赶了来解围。

竹轩好容易脱身,哪里还管其他的,拔腿就跑了。

他没听到身后两个女人的对话。

第四章 茶马古道沙中金

"柳如是……你如今发达了……"

"我警告你,敢乱讲话,我让你关店走人!"

"嘿嘿……明天的宴席,你可一定要到……"

竹轩一路死里逃生似的跑到云岫病房跟前,看到端着水的晏清,不管不顾,上前就把她拥抱在怀里。

晏清一脸蒙然。幸好是背对着被他抱,否则手里的水只怕都要洒在他身上。

竹轩紧紧抱着她,仿佛这样才能让自己被那女人蹭过的脏脏的感觉消失掉。

"怎么了,你这是?"晏清问道。竹轩的动作没有吓到她,但在她耳畔的粗重呼吸声让她紧张。

竹轩抱了她好一会儿才放开,深呼吸,"多谢你救我一命。"

晏清又好笑又好气。她长这么大,还从来没有被年轻男子这样抱过。好好地,第一次拥抱就没了。

竹轩一边喘一边坐在小道旁的石头上,"太可怕了。《山海经》里的妖怪也就这样了。"

晏清懒得再理他,兀自端着水进去给云岫换帕子。

帕子换得再勤,血腥气还是一点都没少。加上她又睡过去了,躺在那里,浑然不知身旁有什么人在走动。

竹轩第一次发现:疾病,可能是比死,更没有尊严,更痛苦的事。

渐渐忘记刚才的遭遇。

可这件事,却是一泛的噩梦。

她怎么都没有想到,会在汉口遇到从前做"书寓"时认识的"三三"。

这个女子叫小泉知佳子,从前跟一泛在一个青楼,后来去了东和洋行。听这个名称,会让人误以为是一家跟怡和洋行类似的商业机构,其实不然,事实上它只是一家旅馆。日本女子漂洋过海在中国做青楼女,还有个特定的名称,叫东瀛女校书。听起来跟书寓也是一个路子。因为第一个来中国的人,艺名"三三",所以后来很多人也把"三三"一词当作日本青楼女的代名词。

小泉知佳子在上海东和洋行做得好好的,为什么突然来了汉口?

巧了,东和洋行便是前一阵金玉均刺杀案的发生地。

饭店背后的隐形股东,是一个颇有点手腕的洪门头目。刺杀案发生后,他很快就嗅到这里头的政治纠纷,感觉事情会越来越严重,便立刻带着心爱的小泉知佳子躲到汉口来。洪门原本就一直控制着长江航运,他在汉口颇有些基业,便又资助知佳子开了这个名叫"清和脍"的店。说是饭店,其实也是风月场,同时还是这个洪门头目的秘密会所。小泉知佳子有人撑腰,又有新天地给自己闯荡,也很开心。

就是在这么个情景下,碰到了好奇前往的陆一泛。

这些信息也是她亲口告诉一泛的。

一泛一开始也并没有把这当作一回事。毕竟她在跟了薛友才之前,便向他坦白了自己的过往。可是她慢慢回过神来,就开始担心知佳子会把自己的往事当说书一样讲给每一个客人听。

"宜红汉庄的负责人,竟然是这样的一个……"

一泛心中懊恼不已。越是想躲,越是没躲过。居然还让竹轩撞了个正着。

工作完一天,累瘫了的她,也没想着走,脑子里始终在回顾与知佳子重逢后的一幕一幕。

薛友才抱着影尘来找她,"怎么了呢,还不回家?"

他们结婚后便没有继续住在汉庄,在英租界里租了一套小公寓住着。请了一个奶娘照顾影尘的日常起居,日子倒也过得十分平静。

影尘两岁半,但已可以看出,她完美继承了爹娘的优点。

四肢细长,像爹,五官好看,像娘。尤其是那双黑影重重的眸子,简直藏着一整个星河似的,洞穿人心。

一泛接过影尘,抱紧。

薛友才这才注意到她桌上的请柬。

"清和脍——小泉知佳子……"他翻来覆去地看,"这是你好朋友吗?请我们一家明天吃晚饭?"

一泛点点头,"这个女人,是我在上海的……旧同事。如今开了个店就在隔壁,她背后的势力是洪门。"

他一说,薛友才便明白了,脸色一沉,"她是想威胁你?"

"我也是这么猜想的,就是不知道她是想要钱还是要什么别的。"一泛咬牙切齿道,"如果她敢拿你和女儿威胁我,我要她的命。"

一泛也是那种死里逃生出来的人,狠起来的时候也挺吓人。

薛友才道,"若是要分走汉庄的利益,也绝对不行。我们不能伤害月池公。"

"便是要我的钱也不行!"陆一泛道,"这种事情,从来都没有一回两回,开了头就是个无底洞。"

薛友才点头,"对。明天我们该去就去吧。到底是在英租界地头上,管他洪门黑门,也不敢惹英国人吧。"

陆一泛苦笑道,"滑稽不滑稽?我们如今居然要搬出英国人来求得自我保护。"

即便这么说,第二天陆一泛还是把手枪偷偷藏在了身上。

她从来都没有用过。生怕走火,藏枪的时候还想了半天,最后还是选择放在手提包里。

一家三口同去赴约。

本来肯定是不应该带着影尘的。说也奇怪,临出门的时候,小妮子就是揪着娘亲的衣角不放,死不撒手。也不说话,黑瞳瞳的眼睛里竟然满是狡黠。

一泛以为自己看错,揉揉眼睛,女儿仿佛又似毫无异常。

薛友才笑道,"那就带着她吧。是福不是祸,是祸躲不过。他们真要找咱们麻烦,影尘去不去都一回事。"

就这么的,当三个人一起亮相"清和脍"的时候,里头等着的人立刻轻轻鼓掌。

小小的门脸里头,包厢倒是一个接一个错综复杂。日式装修很像唐风,胜在简约干净古典。不远处有人在拨弄日本的月琴。琴声简朴,倒也不刺耳。

今天晚上没人吃饭,又或者是特地清了场。第一间大包厢门开着,榻榻米上,对门坐着盛装打扮的知佳子,她身侧坐着一个方脸、咬肌发达、目光阴鸷的男人。刚才鼓掌的便是他。

"怀里抱着女儿,包里藏着枪。"他边鼓掌,边笑道,"果然是女侠,胆大心细。"

陆一泛见一上来就被他戳破,索性也不装了,姿态放松地让丈夫女儿都围坐榻榻米旁,手提包往身边一放,开门见山道,"说吧,约我吃饭究竟为何。"

小泉知佳子阴阳怪气地笑一笑,"哎哟,哪有什么为何……这是我的老板,杨存宁先生。听到你的大名,请你吃顿饭而已。"

说罢拍拍手,门外候着的侍女陆续端上美味佳肴。

上到第三道,是一个很大的盘子,里头装点甚美,花样繁多。侍女端着盘子进来,感觉很是吃力。

突然,小影尘对着杨存宁叫道,"叔叔低头!"

杨存宁一直在洪门,早就养成了警惕的习惯,一听有人警示,反应极快,本能地低下头去。

但见那路过的侍女一个没拿住,大盘子险些脱手,还好接了一下,那大盘子便堪堪从杨存宁头顶削了过去。

若没有低头那一下,盘子就直接飞到他太阳穴上了。

即便如此,盘子里的汤汤水水也泼在了他身后的榻榻米上,一塌糊涂。

侍女早就吓得匍匐在地,磕头求饶。

小泉知佳子也吓得面无人色,再不拿腔拿调,忙不迭地招呼人进来打扫,又给杨存宁道歉。

杨存宁惊吓过后,很快恢复平静。他没有理会知佳子的道歉,也没有对侍女动怒,只是凝视薛影尘,嘴角泛起一丝微笑,"有意思。"

薛友才自己颇有些洞穿世事的能力,也早就发现女儿继承了这份天资,还经常暗自发笑:庆幸影尘没有遇见师父禄先生,否则一定会被他强行收做徒弟。

但今天,做父亲的完全没想到女儿会突然露一手,一时也不知该怎么办。

陆一泛也同样呆住了,只是本能地搂紧了女儿。

杨存宁冲影尘笑道,"小妹妹,你几岁了呀?"

薛影尘毫不畏惧地直视回去,"两岁。你呢?"

杨存宁哈哈一笑,"我?我二十五啦!"

陆一泛不想让女儿跟他继续交流,便打断道,"谈正事吧,杨先生。"

杨存宁这才收敛笑容,侧头看看仍然匍匐在地的侍女和跪在门边瑟瑟发抖的小泉知佳子,淡淡道,"没听见?我们要谈正事了。垃圾处理掉吧。"

两个女人闻言,脸色大变,侍女不停磕起头来。知佳子也趴下去,求情道,"我从上海来,就一个脉脉了,还请杨君原谅!"

杨存宁笑道,"我又没有要她的命。去站几个月的街而已。"

陆一泛同样是苦出身,听到站街也心有余悸。她看看知佳子和那个叫脉脉的侍女,想求情又觉得这个氛围不合适。

在一片哀泣中,影尘突然又开口了,"你不要惩罚这个姐姐。她马上会救你的命。"

声音稚嫩得令人简直不敢相信听到了什么。

杨存宁又笑了,掏出一包印着"品海"字样的香烟,抽出细细长长雪白的一根,夹在鼻子下面闻一闻,然后悠闲地用手指一夹,知佳子早就准备好了火柴,立刻给他点上。

"小妹妹说说看,"他对着天花板吐完第一个烟圈,便低头问影尘,"她会怎么救我的命呀?"

小影尘用胖胖的手指,比出一个手枪的姿势,嘴巴嘟嘟囔囔,对着杨存宁的额

第四章 茶马古道沙中金

头嚷道,"砰!"

又可爱,又可怖。

陆一泛心惊肉跳,手心捏了一把汗。

杨存宁被她一枪"爆"了头,忍不住哈哈大笑起来,笑得香烟灰都掉到衣服上了。

"太可爱了太可爱了……"他一边笑一边呛咳,"咳咳,你是说,以后会有人要枪杀我,但是她会救我?"

薛影尘像是被他冷不丁的笑吓到了一样,往娘怀里一缩,不再说话。

陆一泛心里发苦:我的小祖宗,你早一点闭嘴不是更好?

杨存宁笑着咳着,慢慢才停下来,对陆一泛道,"我本来真的就是想请阁下吃顿饭。谁知道,被那个死丫头弄砸了。饭吃不成,改喝茶吧。我们明天换个地方,去你们熟悉的地方,喝茶?怎么样?"

陆一泛巴不得赶紧离开这个鬼地方,立刻同意,"好!去哪里?"

杨存宁道,"去你们每次跟洋行交易的码头吧。最近天气不错,经常有茶摊在江边摆着,下午几点你来定。你随便找一个坐下,我就会出现。"

陆一泛一听,时间给自己选,茶摊也给自己选,感觉这也算是给自己留了面子了。当即点头道,"那就下午两点吧。"

吃完午饭再说,死也要做个饱死鬼。

杨存宁看她一脸大义凛然慷慨赴死的样子,又笑了,"别紧张啊。明天见。"

薛友才一把抱起影尘,陆一泛捡起手袋,一家三口刚走到门口,那杨存宁在背后叫道,"对了!别忘了带上小妹妹!我可太喜欢她了!"

陆一泛回头看看他。

大门洞开,一缕斜阳照在杨存宁脸上,使他的脸变成半阴半阳,看起来宛如罗刹一般。

杨存宁也没有再说什么别的,只是脸上带着笑,学着刚才薛影尘的样子,用手比出手枪的造型,对着他们三个,嘴里轻轻"砰"一声。

回到家,陆一泛再也忍不住瘫倒在沙发上,感觉天旋地转。

以前的她,天不怕地不怕。可是现在有了影尘。一想到若有歹人伤害影尘,她就要疯。

在回来的路上影尘早已趴在父亲肩头睡着。一滩烂泥般,完全不知道母亲经历了什么样的心路历程。

薛友才将她交给奶娘,回身过来给陆一泛倒杯茶递在手心,安慰道,"你往好处想。没准今天咱们影尘的出现,是帮了咱们。"

陆一泛坐起身,喝口水,疲惫地问道,"怎么说?"

薛友才道,"那个人,内心很害怕。"

陆一泛一想,对啊,丈夫也是有特殊能力的,赶紧追问道,"害怕什么?"

薛友才道,"不知道。我感觉他的内心,就像那个瑟瑟发抖的侍女,不知道在恐惧什么,但是性命攸关。"

次日下午,陆一泛让丈夫带着女儿,等在不远处的船坞上。如今是各种烟货、海货的交易季节,船坞上来来往往都是人,藏身在那里,很不起眼,又能时刻看到码头的情景。

码头是整个大千世界的小小浓缩版。

大千世界有多浮华,它就加倍地反射出来。高贵的客人,连被别人蹭到衣角都嫌脏;忙碌的船工,尤其是跑长途的,下船便如发情的公狗一样拉着女人就往怀里拱;跑单帮的茶房,担心自己的货随时被黑吃黑,到处赔笑提心吊胆;干苦力的挑夫,累死累瘫也没人管,摔一跤还被人嫌弃挡住路,屁股上被死命踢两脚也不计较,扛起货来继续赶路。

三六九等,同时在一个场景里穿梭。

陆一泛见丈夫女儿已经就位,便拿着手提包,只身一人去找茶摊。

一看,咬牙切齿。

杨存宁说的茶摊,倒确实有。靠着墙,算是唯一宁静的一个角落。

可是……哪有什么可以选的,拢共就一个茶摊,挂了个写着大大的"茶"字的幡。旁边一个算卦的,一个剃头的,不很热闹,但都有生意。

陆一泛来往码头几年,从来都没有注意过这个角落。没准儿,这三个摊子,都是杨存宁临时搞出来的。还是着了他的道。

心一横,坐下来,要碗茶喝。

老板端上来的碗,还有个缺口,茶水浅褐色,凉得久了,陡然一喝竟然挺爽口。

陆一泛一愣,再喝一口。

真的很不错。

不是宜红也不是祁红,加上还是冷的,按说真不应该有这么好的口感。可是奇怪,茶香里有股淡淡的松香,就像小时候玩热了累了,回家在灶台上舀的一瓢水般,清甜解渴。

"是不是很好喝？"

杨存宁的声音从身后响起，吓她一跳。

陆一泛放下茶碗，"嗯，是很好喝。这是什么茶？"

杨存宁一笑，又点上一根烟。茶老板也是一样，端一碗茶上来，依然是个破碗。

"张拐子，"杨存宁叫住他，"你的碗只怕也可以换一下了吧？穷疯了撒！一个个都缺牙露齿！"

陆一泛在汉口住久了，也知道"拐子"不是骂人的话，而是汉口土话里的"大哥"。那被他称为张大哥的茶老板赔笑道，"多亏杨八爷资助，我才开得起这个茶摊，混口饭吃。有了钱就还你们，哪里还顾得上置办茶碗？"

杨存宁指一指陆一泛，"我就算了，你的破碗割伤人家女客怎么办？你赔得起吗？"

张拐子嬉皮笑脸，转身选了半天，挑了个有裂痕但没有缺口的碗，重新给一泛盛一碗茶放桌上，"女客莫怪，不多收你钱。"

杨存宁笑骂他，"这是老子的客人，你敢收钱！快滚！"

张拐子笑眯眯退下。

陆一泛望着杨存宁。她对洪门一窍不通，也不知道"八爷"在洪门里头算是个什么称谓。但听起来，不像完全在干坏事。

杨存宁见她看自己，脸冷下来，"看什么？"

陆一泛道，"你还没回答我，这是什么茶？"

杨存宁道，"这是鹤峰来的茶。名叫'鹤顶红'。"

陆一泛一惊。她不是吃惊这毒药的名字。鹤峰如今也是泰和合的主产区之一，而且，正是丈夫的老家。鹤峰竟然出了这好喝的茶，还在汉口街头售卖，他们却完全不知情。

杨存宁见她的样子又笑了，说道，"讲老实话，你这么标致，昨天我见了，第一反应就是让你做我的女人。"

陆一泛眉心微微一蹙，没有接话。

"后来……"杨存宁道，"发现比你更有意思的，是你女儿……"

陆一泛怒从胆边生，抓紧手提袋便站了起来，"你说什么?!"

杨存宁翻个白眼，挥挥手示意让她坐下，"我又不是癫子，你女儿比我女儿还小。你别急，坐下，听我说完。"

陆一泛这才慢慢坐回来。

杨存宁丢掉手里的烟蒂，伸脚踩一踩，再把头凑过来，对着陆一泛耳畔说道，"我要的很简单。以后你们卖给怡和洋行的货里，十单夹一单鹤顶红。我不管你夹在'天地玄黄'哪一类里头，反正给老子夹进去就行。价钱，我也不黑心，你收多少，给我九成，剩下一成，就当作给小妹妹的救命谢礼。"

陆一泛忍着他嘴里喷出的烟臭气，一动不动听完，冷笑道，"你这个人，看起来聪明，其实糊涂。"

杨存宁一愣，"这是什么意思？"

陆一泛道，"你都说是'救命谢礼'了，便是承认我们对你有救命之恩。有你这么感谢救命恩人的吗？让我们夹带私货？"

杨存宁斜着眼睛看她，就像听到了什么世纪大笑话一样，忍笑快忍出内伤。

过了好半天，他才叹口气，说道，"看起来说不通了。女侠，你不会真的以为，这几年你们平安无事地完成每一次交货，都是顺理成章的吧？你看看别家做生意的，随便什么烟、酒、盐、山货，没我们洪门罩着，能平平安安？"

陆一泛惊醒。他讲得倒对。洪门确实没找过泰和合麻烦。她一直以为是因为泰和合做的英国王室的生意，但现在细细思量，若是洪门使阴招，故意让他们不顺利，也有的是办法。

"你们……"陆一泛犹豫半晌，问道，"是因为跟我们老板月池先生有约定吗？"

杨存宁哈哈笑道，"还算你聪明，这么快就猜到了。不过，我们也不在乎什么月池先生月早先生。我们认的是赵夫人。"

陆一泛本来还想追问"赵夫人是谁"，但一想言多必失，不如就默默认下来，遂微微一点头，当作回应。

"所以明人不说暗话，"杨存宁道，"'鹤顶红'的生意，背后的老板是赵夫人。你可听明白了？你若拒绝，便是把你们泰和合自己的保护伞拆了。"

陆一泛头皮发麻，"这么大的事情，我自己做不了主，需要问老板。"

杨存宁笑，"那很简单。马上就到你们交易的时候了，你们老板应该很快就会来汉口。我不着急，带着货在码头等他就是。"

陆一泛哪里是要真的问什么老板意见，她不过也是想先拖一拖再想办法拒绝，结果杨存宁似乎也不急。双方达成共识，分道扬镳。

刚走没几步路，杨存宁又说道，"大太阳底下，你的宝贝女儿快晒化了吧。下次别这么的，就带着她来见我，我给她好吃的。"

陆一泛脚步一滞,走得更快了。

和丈夫、女儿碰面后,陆一泛才舒出一口长气。

自己也觉得自己很没用,苦笑道,"别看我平时风风火火,遇到真正的黑帮,我实在太紧张了。"

薛友才搂住她,"不怪你。是因为我们完全不知道他们要的是什么,心里没底,所以紧张。对了,他到底想要什么?"

陆一泛便把刚才的对话,一五一十说了。

薛友才比她更吃惊,"鹤峰?鹤峰茶区主管人是我族弟薛家名,按说人也很机灵,为什么从没听他提起过这个什么'鹤顶红'?"

陆一泛道,"而且实话实说,这茶真的好喝。我还没有在它最佳状态下品尝,已经可以给出至少'地'字号的评定了。"

天、地、玄、黄四个字号,地字号仅仅比顶级低一档。

薛友才道,"如今正是收茶季。唉,真恨不得马上回去鹤峰好好探查一番,可我放心不下你和女儿。"

陆一泛道,"要不咱们写封信给月池公?或者,给薛家名?"

"好,就这么办。"

6

月池的办公桌上,已经堆满了信件和报纸。

这两天他的头都要炸了。眼睛也疼,看到文字会跳跃,不看又不行,每一封都很沉重。

信件基本都是家书。父亲来信从来都是一年一封,如今几乎一天一封,主要跟他说疫症的情况,看得人格外揪心。

……邻乡一医生某日早尚能出门诊视,迨午后即觉神志昏迷,不省人事,延至翌日,溘然长逝。其弟业已分居,是日闻兄作古,来办丧事,入门未久,亦染病暴亡……

疫病来势凶猛,发病奇快,染上即死,十分可怕。幸好家族里的人都按照月池给的方案,关门闭户,减少接触,勤加洗澡通风,如今全都安然无恙。

信件当中还夹了几封菊圃从天津寄来的信,报平安之余,也跟着盛宣怀很是学了些分析判断:

北洋水师军舰护送金玉均尸体回朝鲜,被日本人视作奇耻大辱,伺机报复。上月朝鲜爆发"东学党起义",起义军势如破竹,迅速拿下朝鲜五分之三的土地。朝鲜政府一边假意与起义军议和,一边请求我朝支援,并等到了两千援兵。岂料,援兵刚至,日本人便到了,扬言保护侨民。盛公此前预判——应验……朝鲜危矣。

他桌上的报纸都是《申报》,每日都在更新疫病进展。

疫症流行始于前月,初由东关、南关、新城,递及于城内。

香港华人,近得一病,时时身上发肿,不一日即毙。

到了五月中旬,疫病突然发展到上海。上海反应迅速,立刻全方位严防死守外加推出《上海辟疫章程》:

其一,船自广东、香港及南方各处来者,一律下令停泊下海浦外六里,请医生上船稽察,如行李货物中带有疫气,急令携至浦东,薰以硫磺烟。始准各自携去船中,须并无疫气始准进傍马头。其二,度地浦东,创建医院二所,一疗西人之患疫者,一疗华人之患疫者。以上二件事务照请江海关道黄观察一体遵行。

上海与香港同步,都是最早注意到公共卫生防治的。

不过,最近的一封妹夫来信,很令人振奋。

日本医学家北里柴三郎携同青山胤通等人,已赴香港疫区开展实地调查。此君师从德国科赫教授。科赫教授乃世界首位分离出破伤风杆菌之人,并于西医中将血清应用于白喉与破伤风治疗。另有法国医学家亚历山大·耶尔森亦已抵达香港,研究此次疫症。两位学者均声名显赫……或可值得期待。

月池拿着妹夫最后这封信,在房间里来来回回地走。

为什么,无论是蒸汽机、火车、电话、电报,直至疫病的研究,中国统统都已落后这么久,但清朝政府要员们的勾心斗角,却远胜其他诸国!

而他一个小老百姓,拼尽全力能做的,也只是保着壶瓶山这一座山的平安。

太无奈了!太可恨了!太伤心了!

这一瞬间,因为疫病、政局带来的无力感,让月池甚至开始怀疑中国千百年的文化历史,究竟值不值得骄傲。

月池正自发呆,门又被敲响了。

仙芽拿着一封盖了火漆的信,探进头来,"月池公,汉庄的加急邸报。"

月池一愣。汉庄?汉庄又有什么幺蛾子?难道杜百里又要临时变卦?

直等看完信,才发现事情比杜百里临时变卦还严重。

洪门,这个民间无人不知的组织,打着反清复明的口号,认定郑成功为其创始人,并尊明代的五个大家朱之瑜、顾炎武、黄宗羲、王夫之、傅山为"五贤"。洪门在月池的世界里很遥远,偶尔在民间侠义小说里能够看到,或者在街头巷闻里听见。

没想到居然就这么结结实实地出现在眼前。

薛友才的来信,用词十分委婉。但月池知道,事情若不是很棘手,这封信都根本不会出现。

"仙芽!"月池叫道。

仙芽的脑袋又伸进来,"等着的呢。"

月池笑,"你倒是机灵。准备一下,立刻送我去黄虎港,我要提前去汉口。"

月池紧急找老陈、肖郝、钟先生开了个会,商量春茶季之后的事;又紧急跟还在总号的几个新骨干覃德云等开了个会。再跟嘉木、仙芽和保安团开了个会,收茶季银钱都是现货,一定要加强保安。一圈折腾下来,已近下午,月池匆匆回家给亭曈道了个别,便离开了。

熊炎已经被他安排在津庄,顶替云岫之前的工作。宜红别墅里此刻就剩亭曈、钱嫂、陈萍三个女人,外加一个小婴儿妍华。亭曈心里还堵着之前的气,此刻更堵了。

你是真放心我们这一屋子妇孺啊?

气得茶饭不思。幸得妍华,让她还有笑颜。

钱嫂如何能不明白少奶奶的难过?只能一味安慰,"男人是这样的,一忙起来,就忘记家里头还有谁了。"

亭曈抱着女儿,头轻轻靠着她粉嘟嘟的脸,"从前希望他事业大成,一家人和和美美过日子;如今,竟希望他不要那么成功……"

可是月池丝毫没有察觉她的不悦。仙芽带着他马不停蹄地赶到黄虎港,在黄昏中等来最后一班航船。

这个时节,壶瓶山的家家户户都在赶茶,船上几乎没有乘客。只有一个老道士,靠在船舷边打瞌睡。看到月池上船,眼皮动了一下,又闭了起来。

月池心里有事,也没想着和人攀谈,于是靠着另一边船舷,就着昏黄的船灯,又看了一遍来信。

慢慢疲倦,不知何时已经睡着。中途偶尔睁眼,发现眼前黑黑的,一个人影正在自己身前。

他猛然醒转,"谁!"

正是那先前上船的道士。

信从月池膝头飘落,飘进水里。

道士看着他,"你好吃亏啊。"

月池现在已经知道常德话里"吃亏"就是累的意思,看看道士的模样,似乎也是真的在关心自己,便坐直身子,点头道,"多谢道长。最近碰到很多烦心事,吃亏得很。"

那道士在他身边坐下,探手过来,"手给我。"

月池伸出手去。

道士把完他的脉,又将手掌附在他背上,"你个人也懂医术的,不晓得个人有消渴症状了?"

月池一惊。倒也是。最近他确实容易疲倦、眼睛视力不如从前,大便干结。

"我没想到,"月池叹口气,"我这已经属于中消了是吧?"

道士"嗯"一声,"方子不难开,你照着《景岳全书》来就要得。"

月池道,"多谢道长提醒。"

"莫得事会焦心到让你都忘记个人身体了?"道长微微笑。

月池回头望向刚才信件飘落的山涧,苦笑道,"一个兄弟遇到黑帮了……不,更准确地说,所有的事都让我焦心。真的是脆弱,有点担子,便觉得处处都放不下。"

道长笑道,"那你就太谦虚了,你的这个担子,可不叫一点点。"

月池看看他,确认自己并不熟识,"道长认得我?我还未请教道长高姓。"

道长回答,"月池公大名,壶瓶山哪个不晓得?我一个散人,名字不足挂齿。别的不讲,单讲你而今着急要去处理的这个事,你不用太担心。"

月池一听,耳朵都竖起来了,"是吗?怎么讲?"

"有一个小小散仙,正在助你们。她能力很强,只是她年纪还很轻,不晓得哪门掌劲。不过也喜得她不晓得,一派天真,这种念力才最狠。"

道长说完,从怀里又拿出一个小小的布囊,"我再送你一个锦囊,实在没有办法的时候,拆开看。"

月池被他说得一头雾水,半信半疑地接过布囊。

散仙?能力很强年纪很轻?谁?

道长也不管他信不信,咧嘴一笑,"我走啦!月池公保重!"

他时间把握得刚刚好,话音未落船已靠岸皂市。他起身翩翩而去,船老板探出头来,叫道,"禄先生,你不是到津市吗?"

晚风中传来道士的笑声,"已见有缘人,还管莫得津市不津市!"

第四章 茶马古道沙中金

月池这才恍然大悟,道士分明就是特地来找他给他解难的,立刻起身大声道谢,"多谢禄先生!"

"不谢不谢,哈哈哈——"

禄先生……

月池看着手里的锦囊。禄先生,这名字怎么如此耳熟?

搜肠刮肚半天。最近事情繁多,记性也差了,怎么都想不起来这个禄先生是在哪里听到过。

无奈,只得收好锦囊,一路风雨兼程,赶到汉口。

抵达汉口,顾不上休息,便开始工作。

他先到香都饭店找到大堂经理,"赵夫人最近可来过汉口?"

大堂经理这么多年下来,也跟他成了半个熟人,毕恭毕敬回答,"还是上一年中元节的时候吧……挺久没来了……"

月池有点失望。他知道自己纯属碰运气。现在去上海的"丁香别墅"找她更加不现实。

哪晓得大堂经理话锋一转,"不过,她倒是交代过,如果月池公哪天要找她,可以发电报给她,地址在这里。就是不晓得她此刻在不在这个地址上住着。"

月池大喜,立刻致谢,发电报。

做完这件事,才去到汉庄找一泛。

一泛和薛友才盼着他来,只是没想到他来得这么快。

而今是收茶季,汉庄里人来人往。担心员工不小心看到听到会紧张,索性去到他俩家里,三个人促膝长谈。

一泛这才把整件事情的来龙去脉,都跟月池说了一遍。小影尘的几个插曲,她觉得不重要,便没怎么提。

月池听完,沉吟半响,"这一路来,我想了很久很久。刚刚听你这样交代完细节了,可算想出一点眉目,你们要听听看吗?"

两口子赶紧点头。

月池道,"这洪门,是明末清初建立的,最早就是宣称要'反清复明',以明太祖洪武皇帝朱元璋开国时所倡导的'驱除胡虏,恢复中华'为志,后来分散到五湖四海,形成不同分支。离咱们最近的就是湘西哥老会,上海还分出来青帮,香港、澳门还有致公堂和天地会。我怎么想,都觉得洪门应该不是邪门歪道。"

薛友才道,"可是洪门主管着运河和长江漕运,搜刮了不少民脂民膏。"

月池笑道,"可他们也从另一方面维护了社会底层人的稳定。"

陆一泛突然想到了那个茶摊张拐子的话,点头道,"我也有这种感觉。"

薛友才道,"垄断漕运,开地下钱庄,管着青楼、烟馆,又给老百姓营生……这洪门干的事情,怎么会如此矛盾?"

月池叹口气,"现实就是如此。也许他们有他们行事的逻辑思路。这也正是我在船上想明白的。关键还是那个'鹤顶红'。"

陆一泛赶紧倒一杯茶给他,"这便是那'鹤顶红'。我没在市面上买到茶叶,这是从茶摊直接买来的茶水。"

月池喝一口,赞赏道,"果然是好茶。即便这么淡了,冷了,回甘依然悠远。"

薛友才道,"我也喝了。口感与咱们'天''地'字号的茶相差无几,更多了松香在里头。薛家名那边还没有回信,我不知道这茶是不是当真横空出世,还是有别的什么来头。"

月池笑道,"这就是问题。一共三个疑点。鹤峰是咱们的产区,为什么不堂堂正正走咱们的收购路子?以它的品质,我们绝对不会亏待,此其一;即便是嫌我们的收购价格比它自己夹带来得低,但夹带要担风险,万一被拒绝或者被洋行发现,就血本无归,此其二;第三点,也是最奇怪的一点:洪门主管漕运,他们手上多的是船,为何偏偏找到泰和合?"

薛友才道,"因为我们的茶叶能进英国王室?"

月池摇摇头,"是,也不全是。"

陆一泛突然一个激灵:"难道,他们根本不为赚钱?!"

月池道,"对。"

"那……"两口子面面相觑,"又要进王室,又不为赚钱……"

月池缓缓说出他的推论,石破天惊,"他们只是要确认东西可以进王室。即便中途被发现,也值得冒险。因为他们要的不是钱,是命。"

薛友才倒吸一口凉气,"茶叶……果然有毒吗?!"

陆一泛拿着茶杯的手一抖,茶水洒了一地。

月池问道,"《申报》你们也读吧?"

陆一泛指一指茶几上的报纸,"每天都读。如今最大篇幅便是讲香港和广东的鼠疫,看得揪心。"

一泛忽然福至心灵,与薛友才对视一眼,异口同声道,"鼠疫?!"

月池点头,"这便是我的猜测。这'鹤顶红'茶叶,无论什么来路,都不重要,重要的是它能够混进咱们的茶叶里,漂洋过海,去英国王室、去美国、去俄国……"

薛友才拊掌,"这就对了!都对了!"

陆一泛恨恨道,"扩散瘟疫,其心可诛!"

月池道,"还有最后最后一点。你们就没有怀疑过,这个杨存宁究竟是不是洪门的?"

陆一泛愣住,"没有……"

月池道,"我始终不明白,如果是洪门,即便他们的茶叶混不进我们的货里,找洋人也是可以的。洪门管着漕运,洋人也要敬他们几分。如果这个人不是洪门却硬充洪门,还要打着赵夫人的旗号,就很可恶了。"

陆一泛赶紧追问,"对了,这个赵夫人,究竟是谁?"

月池道,"她是李鸿章身边的人,机缘巧合,成为了我们的朋友。"

既然知道杨存宁要的是什么了,三个人心中便有了一半着落。

月池也是到这个时候才想起来自己没吃东西。

一泛赶紧去厨房给他煮面。

月池给自己写一个方子:麦冬、生地黄、玄参各十五克,石膏、天花粉各三十克,黄连、栀子、知母各十克,牛膝十二克。拿给薛友才,"劳烦你找个小幺儿帮我抓药来。"

薛友才一看方子,愣住,"月池公,你有消渴症吗?"

月池苦笑,"我也是经别人提醒了,才知道。"

他望着薛友才,忽然想起那个禄先生,似乎跟薛友才有点关系。

"请问,"月池疑惑道,"禄先生是你的什么人吗?"

薛友才道,"正是恩师。"

月池恍然大悟。他想起来了!璀错曾经提起过!

……那是他师父禄先生传授给他的,就是最最易得的侧柏粉加艾叶粉,外加一点禄先生的秘方……

……你过些日子会遇到禄先生,到时候可千万别让他给你表演。他脾气可没我好……

月池这才将在船上遇到禄先生——不,应该是禄先生来找他的经过,也说了一遍给薛友才听。

薛友才感叹,"我也很久没有见恩师了,真想念。"

月池道,"他还说了一句很奇怪的话。他让我不要忧心汉口的事,他说有一个小散仙正在帮助我们,这个小散仙能力很强,只是不知道该怎么运用自己的能力。但听他的意思,我们定会顺利度过此劫。现在想来,他说的小散仙,就是指你吗?"

薛友才笑道,"我?我是哪门子的小散仙。我就三脚猫功夫,学艺时总是被他骂。"

月池道,"确实,他说那小散仙一派天真……我看也确实不像你……"

俩人正说着,大门被人打开,奶娘抱着小影尘回来了。

两个人同时望向小影尘。又同时慢慢转回来,凝视彼此。

想到了同一件事……

陆一泛也端着面碗出来,看到他俩深情对视,扑哧一声笑,"这是怎么了?爱上了?"

月池吃完面,坐在沙发上便睡着了。

薛友才给他抓了药回来,跟一泛在厨房煎着药,低语道,"月池公太操劳了。这次来,你看他瘦了多少。"

陆一泛叹气,"做老板不易,做不黑心、不仗势欺人的老板,更不易。我也是近几年才真正懂得月池先生。"

走到客厅,突然发现小影尘不知怎么的没睡午觉,正蹲在月池面前,细细端详他睡着的脸。

陆一泛怕女儿吵醒他,赶紧上前,"乖乖,你在这里做什么……"

岂料影尘竖起手指,"嘘……"

示意母亲不要吵。

陆一泛又好笑又好气。

影尘道,"真好看。"

"什么?"陆一泛没听清,"什么好看?"

影尘道,"有光……"

陆一泛这次听明白了,但没看到什么光。正一头雾水,影尘站起身,指着月池吃剩的面碗,"肚肚饿。"

完全就是个婴孩的状态。

陆一泛笑道,"小馋猫。你午饭没吃饱吗?"

等月池睡醒,三个人赶到汉庄,令人高兴的事来了——赵夫人的电报已经抵达。

月池看完电报,嘴角浮上一丝笑意。

"去约那个杨存宁吧。"他说,"我跟他好好谈谈。"

陆一泛见他讳莫如深的样子,好奇得要死,犹豫了半天才没有继续追问。管他呢,只要月池有把握就行。

是夜,清和脍里,还是那间最大的包厢,三对三正襟危坐。

靠墙,中间是杨存宁,两侧坐着小泉知佳子和侍女脉脉。

靠窗,中间是月池,两侧是陆一泛和薛友才。

看起来势均力敌。可是月池不会忘记大门外站着的两个彪形大汉。这龙潭虎穴,他不想闯也要闯了。

"月池公好年轻啊。"杨存宁抽着烟,悠闲地吐着烟圈,"我听他们说起来,感觉你七老八十了。难怪柳如是一直叫你月池先生。"

月池笑,"柳如是是谁?在这里吗?我们谈正事,别扯不相干的。"

杨存宁哈哈一笑,"好胆色啊,说话这么冲。"

月池道,"我的胆色,怎么比得过阁下,冒领洪门,栽赃嫁祸,还企图散播瘟疫,唯恐天下不乱。"

他几句话说完,杨存宁显然惊愕万分,可还是强忍着,皮笑肉不笑道,"你在说些什么?"

月池道,"洪门走漕运,干的是助民为国的事情。后来有人叛变,把洪门反清复明之志,改为安清保清,另立门户,是为青帮。洪门视青帮为叛徒,有抽筋剥皮之恨。洪门坚决不允许青帮染指漕运,青帮没办法,才转头去做洪门嗤之以鼻的赌场、妓院、烟馆,乃至走私、贩卖人口这些事。你,便是青帮的吧?"

杨存宁将手放到自己坐垫旁边,恶形恶状,"老子洪门八爷,没空听你胡说!"

月池笑道,"汉口洪门,堂口山主姓潘,人称潘少;香长姓李,人称李白扇;圣贤姓刘,人称刘二叔。你既然行八,不知道是白旗,还是八德?"

杨存宁这次忍不住了,脸色大变,往后一靠,凶相毕露,"你敢查我?!"

月池笑了,依然直视他眼神,"你都查到赵夫人了,为什么我不能查你?"

杨存宁道,"你不用管我是白旗还是八德。你们泰和合若不照我说的做,明天起,满大街都知道她的底细!赵夫人也不会放过你们!"

"她"指的当然就是陆一泛。

月池道,"居然还敢搬出赵夫人?你就没想到我和赵夫人是过命的交情吗?即便你真是洪门的,我和你翻脸,她帮你还是帮我,都是未知数呢!"

月池话音刚落,那杨存宁的手已经探向自己屁股下面,从榻榻米间抽出一把枪来。

看起来是被揭穿了要用强。

就在此际大门突然洞开。

一股凉风卷着一个男人进了屋,眨眼间便到眼前。

杨存宁回过神来的时候,已经看到一只黑洞洞的枪口,从包厢门对准自己。

拿枪的人冷冷道,"废话真多。"

砰!

扳机一扣,毫不犹豫。

月池完全没想到来人会真的开枪,目瞪口呆。薛友才第一时间扑过去保护陆一泛。

再看那边,杨存宁和侍女脉脉倒在一起,满地血,也不知道究竟谁受了伤。小泉知佳子已经吓得缩到了角落,裹得死紧的和服下,淌出尿来。

一时间包厢里烟气、血气、臭气缭绕。

开枪的人朝地上两个人叹口气道,"你替他挡什么枪?还要多浪费我一颗子弹。"

说着又举起枪来。

"住手!"月池总算回过神来,大声阻止,"赵夫人只让你助我,可没让你杀人!"

那人看看他,"此人被洪门赶了出来,只能去青帮。需要给青帮一个见面礼,才设下此毒计。如若成功,自诩功德一件;如若不成,便栽赃洪门跟泰和合。如今是我洪门在清理门户,月池公休得多言。"

他体形彪悍,脸上有一道刀疤,满脸匪气,不输刚才门口的两个。想到这里,月池探头一看,才发现那两个大汉早就倒在地上,瘫作肉泥。几时又是如何被放倒的,屋里人毫不知觉。

"那也不行!"月池起身把住他的手,"你要清理,改日再说。现在是解决我们生意人的事。闹出人命来,适得其反。"

那人闻言,这才收起枪,朝月池一拱手,"洪门外堂巡山周文青,有幸识得月池公。后会有期。"

说罢,一阵风似的,如来时一样,骤然消失在黑夜里。

一片死寂中,只闻得众人的喘息声。

月池刚想上前看杨存宁伤势,他突然一动,吓月池一跳。

"老子……老子没事……"杨存宁声音嘶哑,颤抖着从一动不动的脉脉身下挪出来。

若是他没事,那中枪的就是侍女脉脉。

月池赶紧和杨存宁一起,把脉脉放平。一探鼻息,还有气儿,但背上有个大洞,鲜血汩汩而出。

"友才!"月池道,"赶紧去汉庄,弄一个手推车来,我们去玛格丽特!"

"好!"薛友才领命,不多时便带着一辆手推车来。陆一泛早就恢复了神志,粗暴地踢着小泉知佳子去找来几床床褥。

几个男人拿床褥当担架,把脉脉放上手推车,赶去玛格丽特女子医院。

做完一堆事,杨存宁浑身血污,蹲在医院门口的地上,双手抱头,上气不接下气。

月池懒得理他,同医生解释,"擦枪走火,意外事件。"

威廉医生摇摇头,瞪着他的蓝色眼眸子,"我不管你们怎么弄的,不许给我医院惹麻烦。"

"那必不会。"月池承诺。

"月池公,"薛友才提醒道,"我们走吧。送他们来,已经仁至义尽了。再留下去没有意义。"

月池点头,"你陪着一泛先回去。都累虚脱了吧?我去看看云岫就走。"

薛友才看看他消瘦的身形,摇头道,"要走一起走。你比一泛也好不了多少。我和她就在这里等你。"

月池这才缓缓举步向病房走去。

走到一半,突然腿软,坐倒在竹林旁的石凳上。

太累了。心累,人累,眼累。

这个时候才开始后怕。如果周文青没有及时赶到,现在躺在血泊中的,估计是自己。

坐一会儿,继续走。临近病房,突然看到云岫朝自己跑来,一身素衣,一脸关切,步履轻盈,俨然已经痊愈。

他伸出手,"云岫,我好累……"

"月池先生!"那人叫道,"月池先生,你怎么了?"

头昏眼黑。从此再无知觉。

等再醒来时,发现自己躺在一个雪白的地方。

天花板,墙壁,被单,都是白的。

死了吗这是?

很快两张脸出现在眼前。一张就是自己儿子竹轩的,另一张……不是云岫,胜似云岫。

"你是……晏清?"月池努力坐起来。

"嗯。"晏清道,"昨夜您昏倒在病房前面了。"

"昨夜?"月池的头还是昏昏沉沉,"过去一天了吗?"

竹轩道,"爹爹,一泛姨妈都跟我说了。您这是累着了,从壶瓶山赶来东西也没怎么吃,又忙着处理汉庄的事情。所以我们也就让您饱睡一觉再说。"

月池点点头,"谢谢你们。云岫呢?她还好吗?"

晏清道,"她还好。只是还不能下床走路。"

月池起身下床,"我去看她。"

晏清道,"公胄先生也来了,此刻就在病房里陪着云岫姐。"

竹轩扶着月池。他这才发现儿子已经和自己一般个头,原本的白皙文静也蜕变成了稳重,又惊又喜,"看起来你这几个月收获颇丰。"

竹轩点头,"多谢爹爹信任。"

月池见余正裔,两个人都黑了瘦了,都是一副心力交瘁的模样。恍若隔世,拥抱了好半天才放开。

云岫望着这两个男人,不知怎么的,泪盈于睫。

她告诉月池,"威廉医生说,幸亏我当时做手术了。癌肿已经很厉害,再侵害下去我马上就要没命了。"

月池紧张,"那如今呢?"

云岫笑道,"如今再活个一年半载的,不是问题。"

月池瞠目结舌,"一年半载?!为什么是一年半载?!"

云岫道,"来得太晚了。而且,癌肿本身就没有彻底治愈这一说。"

月池心酸至极。

"已经很好啦,"云岫淡淡一笑,看看竹轩和晏清,"最后还能让我认识这些好朋友,多一天,便是偷来的一天。"

月池拼命忍住心酸,转头问余正裔,"开矿之事,还顺利吗?"

余正裔沉吟半响,据实以告道,"炭山湾煤矿地下水太多,传统开矿方法难以应对。顶着上,只怕时时刻刻要出人命;不顶着上,每日进展缓慢花费巨大。如今,已近倾家荡产。"

月池何尝不知道开矿的艰辛,只拍了拍余正裔的肩。再想到云岫,难过得无以复加。

"你等我几个月……"月池道,"年初我投了一笔钱给盛宣怀的招商局,下半年等我收完茶,我再投给你。"

余正裔道,"我不是假清高,现如今我真的不要你的钱。我已经停工了,正在反思自己究竟应该怎么做。传统的开矿方式如果不行,洋人的矿机不知能否取代人工下井。若是明年我要买洋人的矿机,到时候一定会请你帮忙资助的。"

"那就这么说定了。"

处理完杨存宁的事情后,月池不想再奔命,横竖过半个月伙伴们便带着茶叶都来了。

他在香都饭店开了一个房间,也给余正裔开了一个,两个人度过了难得的几天悠闲时光。

月池由衷觉得自己是有贵人运的。

先是多亏赵夫人。赵夫人承认自己确实跟洪门交代过要照顾泰和合,但她无论如何也不会相信洪门会出毒计害人,所以给了月池一个汉口洪门的话事人名单,还直接给了山主潘少一份电报,让他派人彻查此事。

然后多亏禄先生,否则月池不知要拖到猴年马月才会发现自己得了消渴。禄先生送的锦囊,没有用上。他拿着看了很久,又收了起来。这一关过了,没到万不得已的地步。留着以后再说吧。

月池对余正裔说起跟禄先生的偶遇,道,"有时候我觉得自己非常矛盾。热爱事业,热爱工作。看无数人在自己带领下忙碌、生活、笑,收获友情、爱情,就觉得特别特别自豪。可是骨子里,我又非常欣赏僧道。寂静无人时,独自看书读报,感觉便是这样深居简出一辈子也是可以的。"

余正裔回答,"大概这就是儒家讲的'穷则独善其身,达则兼济天下'吧,所谓士大夫精神。"

过两天,余正裔约了人吃饭,拉着月池一起去。

月池也懒得问是同谁吃。他当自己在养病度假,诸事懒散,浑身上下素净得如书生一般。

等到了才发现,大意了。

余正裔约人吃饭的地方，正是之前杜百里曾经约过他吃饭的万国饭店。

"……这是我们英国人开的地道西餐厅……湖广总督张之洞先生也很爱这里的牛排……"

再也没有这么巧的，月池一进房间，看到当面坐着的两位，心里便狠狠咯噔了一下。

果然。余正裔笑着把月池带到其中一个看起来就十分倔强的人面前，"来，月池兄弟，我给你介绍。这一位便是我亦师亦友的大哥，从前的湖广总督、刚调去做两江总督的张之洞，张香帅。"

月池拱手行礼，内心激动得打鼓。

余正裔介绍另一个又瘦又严肃的人，"这位，是现任湖广总督谭继洵大人。"

谭继洵道，"不敢不敢，不敢与张香帅相提并论。"

张之洞斜睨着他，"你这人，一辈子，就是这么谨慎！太谨慎！"

大家笑，分别落座。

月池正坐在张之洞身边，肚子里有一箩筐的问题想要请教他，又不知从何说起。

余正裔坐在谭继洵一侧，打趣道，"月池兄弟这是怎么了？你上次看到我这个张之洞身边的人，都激动地不得了，今天见到正主了怎么说不出话？"

月池赶紧道，"太突然了，太惊喜了，你等我缓一缓。"

张之洞抬头哈哈大笑，"月池兄弟莫着急，我们边吃边聊。"

外头的侍者虽然是红头发的洋人，但明显也知道这个房间坐着谁，服务得特别周到，从前菜到红酒到主菜，恨不得点点滴滴都介绍明白。张之洞客客气气，"不好意思，我们要说说话，不叫你，你不用进来了。"

"是，是。"

等到四个人都吃上了，张之洞才对谭继洵道，"这些年，你做湖北巡抚，我做湖广总督，抚督同在武昌，碰到不少尴尬事情。如今我管两江，你管湖广，江苏、江西、湖南、湖北是如今国家的战略要地，江宁、九江、长沙、武昌也皆是重镇。我俩应该前嫌尽弃，好好联手将这战略要地做好做强。"

他说话语气虽强硬，话锋却卡得很准，一个字的废话都没有。月池欣赏极了。

谭继洵点头，"是。"

张之洞道，"从前的两湖书院，定额二百四十人，湖南、湖北各一百人，特定商籍四十人，开经、史、理、文四学，宗旨是培养'出为名臣，处为名儒'之才。走之前我就准备改掉这个路子。我想效仿西洋学院,每日上堂讲课,教习按日检查学生学习情况,课程改为经学、史学、舆地与时务四门,同时设立院长,负责讲明经济。现在你做了湖广总督,要把这件作为头等大事来办!"

谭继洵愕然道,"使不得!这如何使得!洋人的教育,坚船利炮之道,皆是爪牙。我华夏男儿,就应当以出将入相为目标……"

张之洞听得不耐烦,打断道,"如今朝中之人学的都是你说的那一套。有什么用?那崇厚,与俄国人谈判,谈了个稀巴烂,丧权辱国,还要忍之让之,老夫便不惯着他;那丁汝昌,一味只知道尊崇李鸿章的想法,把琅威理气回了英国,英人从此不再与我国水师来往;甚至李中堂也不是什么好东西!胆小怕事,打输了丢人,打赢了还要把头伸出去跟人砍,简直莫名其妙!"

说到激动处,刀子差点没把餐盘砸破。

"我不但坚持两湖书院要改制,还要想办法把书院毕业的优秀学员,全部送到西洋去留学。中学为体,西学为用;骨子,依然是我们的士大夫风骨,尖牙利爪,便是西人的坚船利炮!有何不妥!"

张之洞话音刚落,月池忍不住鼓起掌来。

余正裔笑道,"恩师莫激动,莫激动。"

张之洞捋一捋他的山羊胡子,斜觑着鼓掌的月池,道,"年轻人,你有何想法?"

月池道,"我一介商人,没什么了不起的想法。我从前做作坊,几十个人拼了命,每年产茶五百斤,可以养活一个村。现在引进了越来越多设备,还是这几十个人,每年产茶十万斤,可以养活湘北、鄂南的上万人。从前我们用竹排运茶叶,最多运到津市,还要冒着船翻人亡的风险;现在我们用帆船运茶,可以直抵汉口,安全平稳。不得不承认,洋人的很多尖牙利爪,还是非常好用的。"

张之洞激动地拍他肩,"说得好!小老弟!说得好!"

又转头朝谭继洵道,"你听到没?"

谭继洵苦笑道,"听到了,听到了,张香帅的声音再大一点,隔壁都能听到了。"

余正裔笑起来,"谭大人也不容易。湖广位置关键,四通八达,谭大人要管的摊子大了,事情繁多。"

张之洞道,"再多,也有线条可循。最重要无非教育、法度、治军、洋务。尤其是教育和洋务!从前说士农工商,商人为底,我大不赞同!如今很多商人,就譬如今天这位月池小老弟!他说的话虽平实,却句句在理。老百姓除了务农的,大凡便是商人。商人勾连商业,商业养活更多老百姓。老百姓活着,才有江山;老百姓读得了书,才有国家的未来!否则靠什么,靠你和我这把老骨头么?!"

说得满座都笑了。

张之洞忽然想起一事,笑着对谭继洵道,"哎,你这个老匹夫,养了个儿子倒是不错。想的做的跟我徒弟相似。这世界恐怕还是要交给他们年轻人才行。"

看月池和余正裔双双对视,满脸茫然,谭继洵道,"香帅说的是我儿子,谭嗣同。"

余正裔问道,"那香帅的爱徒?可是杨锐?"

张之洞点头道,"杨锐和谭嗣同,都是满脑子洋务、革新,两个人年龄相仿、殊途同归。谭朽木,恭喜你有操不完的心了,没有我骂你,也有你儿子天天跟你唱对台戏。"

谭继洵苦笑道,"那就承香帅吉言了。"

快吃完的时候,月池犹犹豫豫,想说话又不敢说,张之洞瞥见他,问道,"想说什么年轻人?"

月池笑,"我记得,您刚刚讲两湖学院,每年从湖南、湖北各招收一百人,另外还有特定商籍四十人。不晓得我有没有荣幸,可以为泰和合的骨干精英,争取这四十个名额中的几个?"

张之洞倒也不僭越,嘴巴努一努,"谭大人,这是你的活儿。"

谭继洵点头如捣蒜。

"要是我,月池小老弟这里推荐的人,我照单全收。"张之洞道,"听说怡和洋行每次靠岸大不列颠,一船红茶可以换回来三船白银。月池小老弟是我们的民族英雄啊,兵不血刃,年年收割洋人的钱。"

谭继洵道,"没有问题。月池小老弟方便的时候来我总督府坐坐,我给你介绍两湖书院此刻的话事人认识。"

月池大喜过望,赶紧道谢。

这顿饭吃完后很长时间里,月池都感觉自己在做梦一般。

真的见到张之洞了吗?传说中的那个名臣。

回味对话的每个细节,他都觉得叹为观止。张之洞对世事洞察之深之全之透彻,都远远在月池见过的任何人之上。

月池就像一个闺阁女儿突然见到意中人一般,甜蜜又幸福。

就在这种心情中,等到了……

很可惜,不是自家的茶叶帆船。今年的茶叶船不知怎么的,迟迟没有动身。

月池先等到了中日全面开战。

他记得特别清楚,小暑刚过,茶叶船还没到。壶瓶山也没有什么消息传来,薛友才便动身去一探究竟。月池在香都本来只打算小住几日,结果一口气住了二十多天。余正裔已经回去老家筹备东山再起,云岫和晏清仍在医院住着,竹轩依然在汉庄工作,潮湿炎热的空气里,有种山雨欲来风满楼的气息。

某天他收拾完准备去汉庄,刚出饭店,便看到报童满街奔走,吆喝着,"《申报》号外!中日海战!中国必胜!"

月池忙不迭叫住他,"小孩儿,你过来!我买报纸!"

香都每天早上都会派报纸到每个房间,却没有号外——也就是加刊。中日海战这种消息属于突发事件,要出现也多数是在加刊里。

报童给他一份报纸,又掏出另一沓,问道,"这个要不要?这是得胜图!"

"得胜图是什么?"月池好奇。

"朝廷刊发的战报!"

"那也来一份吧。"

月池先看《申报》,发现果不其然是五天前的号外了。他也顾不得其他,先看正文。

各省海疆咸宜严备,福州防军久撤,兹上宪从新整顿,日前飞檄调恪靖某营到省,并在南教场召募壮勇,魁日成军,闽安各炮台逐日演放巨炮,山鸣谷应,厥声隆隆,似此未雨绸缪,可云有备无患。日人虽狡,其将奈我何哉!

而那个朝廷刊发的战报,是一幅版画拓印,《朝廷水战得胜捷图》。画上威风凛凛的北洋水师在海上击退了倭寇,战旗迎风招展。

月池一颗心落地。

朝廷刊发的和《申报》刊发的,基本上都是一致的。

他喜气洋洋地揣着两份战胜捷报前往汉庄。

怎叫人逢喜事精神爽。汉庄也有好消息:茶船即将抵达。

一泛道,"今年的收成比往年都好。外赶的数目是以往的两倍,精茶总量估摸着能超十五万斤。"

月池问,"那个'鹤顶红'呢?什么来路?薛家名有回复吗?"

陆一泛笑道,"搞明白了。那不是别的什么来路,正是咱们自己的'天'字号茶!"

月池诧异,"什么?"

"杨存宁太狡猾了。他买了咱们的茶,后期稍稍按花茶的处理方式加工了一下,泡茶之后再放冷。咱们几时喝过自己的冷茶,所以一下子被他唬住了。"

月池的另一颗心也放下了。

陆一泛恨得牙痒痒,"闹了半天,那天码头的茶摊、张拐子,包括茶,都是在演戏,演给我一个人看,欺负我胆子小不经吓。以后别给我见到他!"

月池道,"即便他不是洪门,青帮也同样不好惹。不,青帮更不好惹。你还是小心些,这些日子出门都得带着小幺儿,枪也贴身带好。"

"嗯,我晓得了。"

接下来的每一天,月池既在等战报,也在等待茶船。

那种收获的感觉实在是太爽了。

接下去几天《申报》也一直在报喜,汉口、武昌,任何一个地方,都在庆贺。

尽管老百姓的日子一样苦,只要知道国家对外战争没有输,就足够开心了。

月池也放心地跟员工们庆贺开来,既庆贺中日海战大捷,也庆贺泰和合丰收。

这次来的船多,人也多。

老陈带着印雪,肖郝带着善虎、覃德云、熊炎、孙运东、刘世杰、薛家名,也都来了。

竹轩和善虎、印雪很久不见,再稳重也还是个半大孩子,忍不住欢呼雀跃。

竹轩如今已经是个汉口通,领他们逛租界,又爬蛇山登黄鹤楼。他很有大兄长的样子,全程肩扛手抱小影尘,没喊过一句辛苦。

逛到第三天,他带他们去探望云岫阿姨,顺便介绍晏清给他们认识。

善虎门儿清,悄悄问,"再过一年,可以叫嫂子了吧?"

陈印雪莫名其妙,"嫂子?莫得嫂子?"

晏清落落大方,"大家这边请。"

云岫见到他们,也十分高兴,强打精神问了问功课和学业,算是说了不少话了。

印雪从有记忆开始,对云岫的模糊印象就是一个冰山美人。后来她嫁人了,再后来就听说她一直住在病房。现在她即将五岁,看到面容消瘦、脸色苍白的云岫,又感觉比记忆中变得更冷。

相比之下,母亲阿衡虽然朴实无华,容貌也不那么出众,可是给人感觉是暖暖的。

更不用提亭瞳姨妈和一泛姨妈了。

她不喜欢这个地方,本能地就想早点离开。

好在云岫精神不济,也没有要跟他们一直聊天的意思。

从医院出来,陈印雪叹口气,"累死我了。"

善虎笑道,"你累莫得?"

陈印雪道,"你不懂。"

善虎揉揉她的头,"我比你大一炮岁,我不懂。"

印雪道,"我跟你一个相,都不爱读书,但论脑子,我只怕你比活络一点。"

善虎嗤之以鼻,"做生意,不用活络。像我爹和月池叔那样,踏踏实实就要得。"

印雪道,"人家那叫大智若愚,你?你是大愚若智。"

两个人在那儿斗嘴,竹轩肩上扛着影尘妹妹走很远了。

路过一个英人商行,影尘小胖手一挥,"吃糖糖!"

竹轩驻足。他来来往往这么多回,很多次经过这家蜜饯作坊。它家专门制作和售卖京果、麻糖、糖莲子、糖花生和其他各色蜜饯果脯。店面开在前脸,后面便是作坊,推磨、劈柴、踩兑窝、挑担、拉车……都在看不见的地方。

善虎、印雪追了上来,问,"蜜饯是莫得?"

竹轩一边让影尘自己挑选蜜饯,一边解释道,"就是把各种水果用糖腌,再风干,做成糕点,比如这是杏脯,这是蜜枣,这是蜜桃。甜腻腻的,我不爱吃。一泛姨妈平时也不让影尘吃,怕她牙齿长不好。你们也尝尝鲜就行了。"

陈印雪马上也被五颜六色如宝石般美丽的蜜饯迷花了眼,跟着影尘一起挑选起来。

卖蜜饯的小哥笑了,"你不爱吃,官老爷们可爱吃得很呢。"

竹轩诧异道,"此话怎讲?"

小哥看看四下,故作神秘道,"听说啊,张之洞大人爱吃甜食,所以各级官员也赶忙学着吃,或者装作喜欢吃!他们登门送见面礼时,拿几盒甜食,又大方,又讨喜!还有一个——"

他比了个抽大烟的动作,把声音压得更低,"听说人抽了大烟后会特别想来点甜食,所以咱们也算是沾了大烟的光。"

竹轩听完,内心厌恶得不得了,再看蜜饯,感觉连那流光溢彩的美丽果子都要一并厌恶起来。

就在此时,蜜饯作坊的侧门打开,几个工人推着独轮车走出来。

有一个男人,走在几个工人身后,颐指气使的模样。四方脸,咬肌发达,咬牙的时候感觉凶神恶煞。

他无意中瞥见这四个孩子,目光刚要收回去的时候,忽然被影尘吸引住了目光。

竹轩也注意到他了。见他直勾勾盯着自己脖子上的影尘,便觉得不安。

赶紧付了钱,拉着弟弟妹妹们便要走。

印雪嚷嚷道,"我还没选完呢!我还要选一盒带回去送给亭曈姨妈!"

竹轩道,"改日再来。"

"这不是小妹妹吗?"那人偏偏就趁着这空隙凑上前来,嬉皮笑脸对影尘道,"谢谢你啊,上次救了我一命。"

竹轩见状后退几步,跟他保持一点距离,然后冷冷问道,"你是谁?"

那人笑道,"我?我是泰和合陆老板的相好!"

竹轩和善虎一听这人在占一泛姨妈的便宜,火冒三丈。两个小伙子对视一眼,便要发作,突然影尘道,"你再这样,第二次可就没人救你了!"

那人一听,愣住。

这人当然不是别人,正是杨存宁。

得罪了洪门的他,虽然人已经在青帮,没有功绩,地位便也很低,就负责收点保护费啥的。小泉知佳子见他没什么路子了,渐渐也不太待见他。更何况脉脉为他挡枪,此刻还躺在医院里,恐怕没几天日子了,想想便一肚子气。

杨存宁心里也窝火,但脉脉确实是自己的救命恩人,刻薄她的主人也确实不算回事。便闷声不响地在清和脍里住着,跟知佳子昼伏夜出的正好错开,不打照面,省得见面就想揍人。

内心倒确实一直更感激陆一泛的那个可爱女儿。

听完影尘这冷不丁的一句话,他也顾不得两个少年的剑拔弩张,忙不迭追问道,"第二次?什么时候?"

影尘道,"六年后。"

杨存宁一愣,旋即哈哈大笑,"这你就胡说八道去吧,反正老子过的刀口舔血的日子,活不活得到六年后还不知道呢。"

影尘道,"六年后你可好了,有很多很多钱钱。"

杨存宁刚要喜上眉梢,突然转念发现不对,"六年后我有很多钱?又要被人杀?老子这到底是什么命?"

影尘道,"那就看你对人好不好了。"

杨存宁心中咯噔一下,再要细问,影尘突然打了一个哈欠,抱着竹轩的头,"哥哥,睡觉觉去……"

俨然又是一派无知天真的婴孩模样。

别说杨存宁,其他三个兄长也给她整蒙了。

他们也是第一次发现,影尘说话时而清醒成熟,时而童言稚语,又古怪又可爱。

转身善虎就逗她,"影尘,你看得出来我几时成亲吗?"

影尘早就扒着竹轩的脑袋睡得口水直流了。

印雪笑话道,"影尘觉得这个问题难度太大,懒得理你了。"

善虎恶形恶状,"我难,你更难。谁敢娶你,凶巴巴的!"

看着几个孩子走远,杨存宁还在回味刚才影尘的话。

……看你对人好不好……

这是什么意思?与人为善吗?老子身在青帮,要怎么与人为善?笑着收保护费?一边吟诗一边砍人?还是每晚给站街女洗脚铺床?

越想越好笑,摇摇头,干活儿去了。

月池跟一帮子骨干聚完餐,跟他们分享了最近见张之洞的感想。

众皆哗然。

要是朝廷里的大臣个个都像张之洞那样明白事理又体察民情,就太好了。

大家也都很关心战事。

月池笑道,"我也是判断咱们会赢,只是赢得没有那么顺利。不过看消息,从天津、威海、虎门,甚至台湾,都是一片大好。看起来战争很快就要结束了。来,让我们举杯,预祝国运昌隆,泰和合生意兴旺!"

许许多多酒杯叩响在一起。

第五章

世外桃源山中城

1

沅水畔,一只渔船上,站着几只鸬鹚。

渔夫辛苦了一早上,望着船舱里的一撮箕鱼,心满意足地抽着水烟。

早春水面很平静,偶有几片树叶飘落,鱼虾上来冒个泡泡,剩下便是一片平滑如镜。

老渔夫的腿日益不好了,站不动,以前还能撒网,现在只能靠这些汉寿老儿传授给他的水鸟来捕鱼了。发不了财,也饿不死人。

抽烟抽到一半,忽闻远处有人在吆喝,"老倌子,我们要过河!"

渔夫敲了敲烟灰,头都懒得回,"我这不是渡船哦!"

半晌没有回音。他正想着那人已经走了,没想到片刻后,那个声音离自己更近了,"原来是渔船……"

渔夫回头望去,只见一个男人牵着个七八岁的女娃娃,背上背着包袱。再想到他刚才问话的时候好像不是本地人,便问道,"你们是外乡客啊?"

那男人笑一笑,"是……也不是。我们在常德好多年了。我女儿都是在这里生的。"

那个女娃娃用标准土话说道,"我的口音还正宗嘎?"

渔夫笑,"正宗。你们要渡船,来得不是时候。上午走了一班,下一班估计要等好久哒。"

男人道,"我们也不赶急渡河,那就等等吧。"

渔夫指指另一边船舷,"要不嫌弃,坐那儿等吧。"

男人谢过,带着女娃娃上了船坐下。转头朝女娃娃道,"印雪,你肚子饿了吗?"

印雪道,"我不饿。实在饿不过了,就找这个老倌子买几条鱼烤着吃。"

渔夫听她说话的语气蛮有趣的,便仔细打量了一下她。但见她虽然一身稚气,倒是穿了一身称身的淡紫色绣花袄裙,大眼睛水汪汪的,细皮嫩肉模样。不过没有缠足,恐怕不是什么名门望族之后。

正想着,岸边的高处又传来男人的吆喝声,"老倌子,你是渡船吗?"

渔夫喃喃道,"又来一个。"

扬声回答,"不是!你要等渡船,可以和这两个一路等!"

那男人跑跑跳跳从高处冲下来,看真切了,是个穿着一身黑色诘襟服的年轻后生。一头短发,剑眉星目,个子不高,精气神却很好,两撇小胡子很是醒目。

渔夫看他的装扮，笑道，"你倒时髦得很。"

男人朝看着自己的父女两个点点头，转头回答渔夫道，"长衫，鼠尾辫，哪个爱搞就个人搞个够，至于裹小脚——"

他特地看了看女娃娃的天足，赞赏地点点头，"更加应该滚到粪堆里去。你说是吧？"

"你说是吧"，问的是印雪。

陈印雪偷偷笑。

年轻男人也笑一笑。

几人沉默地坐了一会儿。

年轻男人从书包里掏出书本来看，陈印雪偷偷神头去瞧，想看看他叫什么名字。

结果名字没看到，只看到扉页上笔锋顿挫写着两句诗："要当慷慨煮黄海，手挽倭头入汉关"。

陈印雪听月池他们经常聊起令人痛心的中日海战。她又看看年轻男人的脸。这两句诗必然也是写尽了他心中的愤慨吧。

不多时，年轻男人看看远方，问渔夫，"这个点为莫得没有渡船？平常不都有吗？"

渔夫回答，"三班船夫，两班去搞新式煤油灯了，就剩了一个，所以赶不及。"

"新式煤油灯？"年轻男人惊愕道。

渔夫挠挠头，"我也不晓得，反正他们讲是个新鲜东西……"

印雪回答道，"灯筒是用最新最薄的玻璃做的，灯头是铜做的。灯头四周有好多个爪子，旁边有一个可控制棉绳上升或下降的小齿轮。棉绳下头伸到灯座内吸油，上头紧紧拧在灯头上，烧没了它会自己转上来，继续烧。比老式的灯轻、方便，还好看。"

渔夫和年轻男人听她讲得仔细，追问道，"你见过？"

印雪不无骄傲地回答，"我岂止是见过。我们那里百十盏都有。"

"印雪！"父亲不想让她太显摆，赶紧喝止。

"印雪？"年轻男人听到这个名字愣了一下，又联想到她刚才的话，再仔细看看她的脸，"难不成……你是泰和合的陈印雪？"

印雪更加吃惊，也仔细打量他。

年轻男人笑道，"是不是嘛？"

父亲老陈替女儿回答道,"是,不过后生你是怎么认得小女的?"

年轻男人直起身,坦坦荡荡回答道,"我读私塾的时候,去过你们那里。我姓宋,字得尊,不过现在改叫宋教仁啦。"

印雪好像是想起来了,又好像是没想起来,还是满脸疑惑。

宋教仁笑道,"看起来那时候你还是太小了,所以不记得了。我差点撞到你和妹妹,还摔了一身泥灰!想起来了吗?"

"啊!"印雪眼睛瞪得更大更圆了,"是你!我想起来了!我还带你参观了泰和合呢!"

宋教仁伸手给她,"很高兴再见到你。"

陈印雪笑眯眯地同他握握手,忽然听到爹爹在旁边咳嗽一声,才想起来男女授受不亲这档子事情。

"爹……"她撒娇,"这是老朋友了,他书读得很好的。"

老陈"嗯"一声,"那便好。你现在是要去读书吗?"

"算是吧。"宋教仁拍拍书包,"我而今还在读私塾。准备明年去漳江书院读书,明朝报名,所以今朝要赶着渡船。"

印雪问道,"你去漳江书院读书,是为了考秀才吗?"

宋教仁摇头,"我家有家规,不得出仕清廷。我去漳江书院,是想听听他们新开的洋务课程。"

印雪对"洋务"一词,经常听到却一知半解,稚气地问道,"中日海战之后,不是不叫提洋务了么?"

宋教仁笑一笑,"你倒是知道这个。据说当时李鸿章去马关签约,伊藤博文还说了一句:'别来十年,中国毫无改变成法,以至于此,同为抱歉'。"

印雪"切"一声,"假惺惺。"

宋教仁看着小印雪,若有所思,过一会儿,才说道,"是呢,我从前也和你一样,觉得日本人假惺惺。但是反过来讲,人家讲的是实情。同样做改革,日本明治维新可以让国家发展日新月异。但我们的洋务运动最后只落得一地炮灰。究竟为莫得有这么大差别?我想搞清白。"

说话间,又有两个夫妻模样的人赶了来,也坐在渔船上一起等船。

老陈见状,掏出几个铜板塞给老渔夫,"托赖,给我们搞几碗水喝。"

他哪里是真的要喝水。他是怕一船人耽误人家打鱼,给钱做补偿。

老渔夫当然懂得他的用意,接了钱,熄了烟,抖一抖衣服,笑嘻嘻走到船尾,把自己带的水篓和茶碗都拿了过来,"茶水倒是有,碗就只有这一个,哪个要喝了河里洗一下。"

刚上船的那对夫妻显然第一次看到宋教仁这样穿着的人,脸上带点质疑又带点惶恐,一直忍不住瞟他,低头嘀嘀咕咕。

陈印雪见状,特地冲宋教仁道,"你穿这一身衣服,好看!头发是几时剪的?"

宋教仁道,"早就剪了。你也可以剪,短发精神!"

陈印雪点头,"一泛姨妈早就剪了短发了。我不行,我娘固执得很,亭疃姨妈也不帮我说话,我而今还不敢剪。"

那对夫妻中的丈夫忍不住,哆哆嗦嗦问宋教仁,"伢儿,你不怕惹祸吗?"

宋教仁笑道,"惹什么祸?清政府腐败透顶,朝不保夕,老态龙钟,都快完了哪还有精力管我们老百姓头发是长还是短!"

那丈夫叹口气,"我们小老百姓,不敢讨论这些。"

宋教仁道,"几年前的中日海战,北洋水师明明形势不利,还要骗老百姓说打了胜仗;明明有邓世昌这种猛将却不重用,用的净是草包;明明不用割让台湾,李鸿章还是怕事把它割了出去完事。慈禧为了自己过生日,挪用了八百万两白银去修颐和园,军费都没有了,炮弹是空包弹。就这种主子,这种奴才,这种治军,还怕老百姓讨论吗?"

说到激动处,他站起身来,像在戏台子上指点江山的将军。

宋教仁说话简练,反应极快,内容又精彩,陈印雪听傻了,只觉得他看起来并不高的个子,此刻无比高大。

那对夫妻没说什么,渔夫倒是先鼓掌,"讲得好!我屋里的伢儿也是到漳江书院读书,他也是讲,老佛爷和李鸿章都烂透了,这两个都不能指望了。"

宋教仁道,"听讲还有好多人希望光绪皇帝能够主事,希望他能够让国家有些改变。我对此深表怀疑。我最近在研究美国的三权分立,觉得这个才是治国安邦最好的制度。"

大家面面相觑,"莫得是三权分立?"

小船微微晃动,宋教仁没站稳,往旁边挪了一步,正好碰醒了一只打瞌睡的鸬鹚。他看着鸬鹚,突然意识到在这艘小渔船上讲三权分立,只怕讲到天黑都讲不清白。于是一笑,道,"反正就是,不是皇帝一个人说了算。"

大家点头赞同,"而今慈禧垂帘听政,也确实不是一个人说了算。"

宋教仁坐回船弦,问陈印雪道,"你们怎么会来桃源?"

陈印雪道,"而今泰和合设了个货贷部,专门给那些想自己做硫磺、盐矿生意,又没有本钱的老百姓贷钱。利钱比钱庄低很多,老百姓很高兴,来贷钱的人越来越多,月池公为了方便大家就索性把货贷部放到各个茶号里去。老百姓自己产了硫磺、盐布,也有运送的需求,所以运输部也跟着货贷部一起去了各个茶号。桃源大叶茶而今也是我们的主要毛茶种之一,我们在桃源也设了个茶号,我和爹爹就是来这个茶号安排货贷和运输的。"

宋教仁啧啧称奇,"做茶叶赚钱——赚了钱,一半拿去修路,带动老百姓自己搞生意,一半又拿去贷款,资助老百姓搞生意。既赚了利钱,又把生意做得更大。月池公这经商的脑子,真的跟神仙一样!"

陈印雪道,"月池公讲,他也不是个人想出来的,是一个叫盛宣怀的人教他的。这个人讲,既要做花钱多、回本慢的事,也要做花钱少、回本快的事。两相平衡,才能够持久发展。盛宣怀当时讲这个话,是讲铁路和银行必须一起搞,月池公便想着,开路和货贷也必须一起搞,这样才能活起来。"

宋教仁赞赏道,"有高人指点,果然不一样。"

陈印雪自豪道,"而今泰和合有百把条船、几百匹骡马啦,你莫时候可以再去瞧瞧!"

宋教仁还没吭声,那对夫妻终于等着机会可以插话了,凑上来,问老陈道,"搞了半天,你们就是泰和合的老板啊?"

老陈笑道,"我不是老板,我是做事的。"

那妻子也不管他是不是谦虚,"太好了!我们渡船就是准备去泰和合打工!如果泰和合在桃源也有茶号,那我们就不用舍近求远啦!"

老陈点头道,"是有。你们只要自己采来大叶茶,按照泰和合的标准加工成毛茶,就可以送到茶号了。我们按次沽清,绝不拖欠款项。"

妻子一把抓住丈夫的手臂,激动得不得了,"听到哒没!"

丈夫也很激动,"那!到时候找哪个呢?"

老陈道,"找一个叫覃德云的,他是桃源茶号的管事。就说老陈介绍你们来的,他会好好接待你们。"

妻子眼泪汪汪,"太好了,可以不用跟大毛二毛分开了……"

丈夫拍拍她的手背,"那咋办?咱俩回去呗?"

老陈笑道,"回去吧。好好种茶。桃源大叶茶的茶种非常适合做宜红红茶,我们等着你们的茶叶。"

两口子一边道谢,一边鞠躬,一边下船离开。

一阵扰攘后,渔船再次恢复平静。

宋教仁道,"我上次去泰和合参观,就有这种强烈的感受。国家凋零,满目疮痍。反倒是人迹罕至的壶瓶山,被月池公以一己之力搞得如同独立王国一般。真的了不起。"

老陈道,"石门、慈利两县,因为通了石板路,而今开发雄磺矿全国第一。湖北的鹤峰、五峰、长阳这些地方的人要买盐布、煤油,都要到壶瓶山宜市才买得到。若我是湖南巡抚,一定要给月池公颁个大奖!"

大家都笑了。

宋教仁对陈印雪道,"等我空些,一定要再来泰和合参观学习。"

陈印雪点头,"嗯,一言为定。"

过了一会儿,大家果然都饿了。想半天,最佳方案果然还是印雪之前说的那个,遂又问老渔夫买了几条鱼烤了吃。

宛如春游般,欢声笑语好不热闹。

到晌午时分渡船终于来了。

老渔夫吆喝道,"搞到煤油灯了没?"

驾船的人道,"搞到了搞到了!说是泰和合为他们的骡马队定做了几百盏煤油灯,多余了的全部放到河街卖。我多搞了几盏,你要不要?"

陈印雪和宋教仁相视一笑。

老渔夫羞赧地呵呵笑道,"我搞不起,贵得很。"

宋教仁起身道,"船家,卖我两盏要不要得?"

驾船人笑,"要得,哪门要不得?两盏五十钱,我赚你几钱路费。"

宋教仁给了钱,拿了灯,转身给老渔夫一盏,"我听你讲你儿子也在漳江书院读书,那是我未来的大学长了。你帮我送给他,灯亮好读书。"

老渔夫惊喜万分,想要又下意识推一推,"这……这哪门好意思……"

宋教仁将灯盏递到他手里,背上行囊,咧嘴笑道,"当作我的茶钱饭钱了。陈叔叔、印雪,我们走吧?"

老陈和印雪告别老船夫,跟他一起上了渡船。

陈印雪看着风景如画的沅江,叹息道,"真可惜,我们刚重逢,就又要分开了。"

也许是因为在那样一个成熟的商业环境里,她说话的语气比同龄人成熟很多。

宋教仁笑道,"要不你们多留几天,我带你们去玩一玩?我们桃源好地方也多的。"

陈印雪摇头道,"只怕不行呢。我们出来好多天了,还要赶到我大哥婚礼前到屋。"

"你大哥?就是你三个哥哥中间最大的那个吗?"

印雪笑道,"你记性真好。是他。我二哥人在上海,跟着盛宣怀做银行;三哥而今跟着月池公,学着管理整个茶号。不过二哥三哥都还没成亲,娘说他们是弟弟,都得等我大哥成亲了才行。"

宋教仁笑道,"这也是老思想了。我大哥还没成亲,但我明年也要成亲了。"

印雪侧着头,"你的新娘子乖不乖致?"

宋教仁道,"别个讲她不乖致,还劝我退亲。"

印雪吃惊道,"那你退吗?"

宋教仁笑道,"订好了的誓约,岂能轻易反悔?再说了,容貌又不是顶顶要紧的事情。"

印雪赞赏道,"嗯,对!"

宋教仁问,"那你未来大嫂,乖不乖致?"

印雪道,"乖致是乖致,但是吧……"

她想一想,笑道,"我讲十句话的工夫,她最多讲一句。而且文绉绉的,我都不敢在她面前晃。"

宋教仁心想,乖致,又不爱讲话,还文绉绉,那不是接近完美吗?他淡淡一笑。

宋教仁心中那个"完美"的苏晏清,却是杨亭瞳心中的疮疤。

亭瞳永远忘不了三年前第一次见到晏清时的情景。

三年前的初秋,泰和合运茶的船队回来了,其中一条上,挂着白色的幡。

田云岫姑娘魂归故里。

手术后一年,癌肿再次侵袭了她,病情发展速度极快,没等到动手术已经不行了。

按她的遗愿,不入葬余家,叶落归根,还葬回田家祖坟。

泰和合的船工们合力抬着她的棺木下船。

去时人面桃花,回来春风都不识。田掌柜一早得到信等在码头,哭成泪人。

风吹过,落叶翩翩,幡旗呼啦啦飞起,走在棺木最前头的两个人先露出脸来。

是一对年轻男女,皆是浑身缟素。捧着云岫遗像、满脸肃穆庄严的,便是晏清。

走在她身边的自然是竹轩。

两个人骤眼看去,就跟年轻时候的月池与云岫一模一样!

亭曈看到阔别一年多的儿子,心中自然大喜,可是再看到他旁边的晏清,如遭雷击,脑子里嗡嗡的。

不止她一个人认错。连本来在哭的田掌柜,见到幡旗后面露出来的晏清的脸,直接失声叫了出来,"云岫!云岫是你吗!"

众人立时窃窃私语起来。

好在月池及时出现了,握住田掌柜的手,道,"田掌柜,节哀顺变。"

田掌柜还是凝望着晏清不能自拔。

晏清也很懂事,捧着云岫遗像走到田掌柜面前,盈盈跪倒,"田叔叔,我叫苏晏清,是个孤女。云岫姐最后的日子,是我陪她度过的。她教了我很多书很多事,我也听她说了心里的遗憾。今天起,我就是您的另一个女儿,替她为您尽孝。"

田掌柜悲喜交加,一边抹着眼泪,一边扶起晏清,"好!好!"

竹轩看到母亲,却没有第一时间走到她身边,只是先点了一下头。

亭曈心中涌起非常不好的预感。

果然,但见竹轩也上前对田掌柜说道,"田叔叔,云岫阿姨是我和晏清的红娘。我已征得父亲同意,等云岫阿姨入土为安后,便向您上门提亲。"

"好,好……"田掌柜老泪纵横,搂住竹轩的肩,"好,都好。"

亭曈心中叫惨:不好,你们好,独我不好。

这世上居然有如此相似之人。不仅容貌相似,连神态动作,都如出一辙!

而且,这样一个孤女,还拐走了自己心爱的儿子!居然都没有人告诉过她,居然都没有人问她意见!

亭曈转身离开了码头。钱嫂赶紧跟上。

好在,码头上人们的注意力都在田掌柜这边,没有感受到亭曈的怒气。

直到竹轩回到家,还要问母亲,"娘,你怎么先回来了?"

亭曈坐在沙发上,面如死灰,一字未发。

旁边的钱嫂走到竹轩面前,轻轻道,"快给你娘跪下。"

竹轩多聪明,立刻明白娘在生气,赶紧跪下,道,"娘是在怪儿子在码头没和娘说话吗?"

月池跟在后面进来,一见这场景,笑道,"我也没说话,是不是也跪下才好?"

亭曈默默落下泪来。

月池一慌,赶紧坐到她身边,"怎么了这是?"

亭曈道,"我如今一个儿子都没了!过年过节都不回来,终身大事也不问问我的意思!"

月池笑道,"都猴年马月的事了,还记着。我不是告诉过你吗,云岫日子不多了,我特地让竹轩留在汉口的。"

亭曈道,"竹轩是她的谁?!为什么是他留在汉口伺候?"

月池一愣,望着亭曈的脸,第一次感觉到妻子如此陌生。

钱嫂想阻止她已经来不及,又尴尬,又紧张。

月池冷冷道,"没错,竹轩不是她的谁。当时应该留下的是我。他替我留下了而已。这样讲,你更开心是吗?"

亭曈话一出口便知道不妥,闻言更加羞愧,又不好再说什么。

月池起身便上了楼,关上房门。

关门声砰的一响,如同炸弹一样惊得亭曈跳起来。

竹轩还跪着的,见母亲又惊又怒又伤心,也十分不忍,便跪着走过来,将手放在亭曈膝头,"娘,莫生气了。爹爹和我,不是没考虑你的感受。可是相比之下,有很多事情,比个人情绪来得重要。"

"什么更重要?"亭曈问。

竹轩道,"我知道自从去年,我和菊圃从上海出发却都没回家开始,您就伤心了。但是对于菊圃来说,留在上海是'好男儿志在四方',对于我来说,留在汉口是替父亲完成对亲如妹妹的云岫阿姨的亏欠。这两件事,都是机缘巧合,也都来不及解释。至于我的终身大事——一来我和晏清两情相悦;二来,云岫阿姨在弥留之际特地恳求父亲同意了这门亲事,算是她的遗愿。所以刚才一下码头,我便当着众人禀明此事,也免得将来三姑六婆会错意,乱提亲,搞得大家尴尬。"

亭曈闻言,冷笑道,"三姑六婆会错意?我便是那三姑六婆呗?"

竹轩赔笑道,"哪能呢。我是非晏清不娶,而且也决定向父亲学习,不娶妾室。"

亭曈道,"那就更不可以!她一个孤女!将来要怎么陪你一辈子!"

竹轩失笑道,"娘您好糊涂。一泛姨妈、阿衡姨妈,跟孤女有何分别?为什么他们嫁得,晏清嫁不得?"

亭曈更加生气,"因为她们要嫁的人,没有家产。你不同,你是我们家的长子,你要继承泰和合啊!她一个孤女如何辅佐你?"

竹轩道,"我没有要继承泰和合的意愿。父亲以后信任谁,就传给谁吧。"

亭瞳简直不能相信自己的耳朵。她也曾经问过月池同样的问题,"你如今这么手把手带教善虎,以后是要把泰和合传给善虎吗?"结果月池回答,"不是不可以啊,如果他很优秀的话。"

加上竹轩现在这么说,她开始彻底怀疑到底是谁的理解能力出了问题。

怎么祖宗的产业都可以拱手让人吗?

但眼下她不想在这个环节上跟儿子吵,于是又说道,"至少……一泛和阿衡懂事明理!她懂吗?既然知道我是未来婆婆,为什么不来问候我?"

还是很生气码头之事。

竹轩没有菊圃那般懂得嬉皮笑脸,见母亲始终不悦,心中也渐渐不耐烦。他话也说完了,跪也跪了,当即道,"罢了。您执意要生气,我也无可奈何。"

说罢,跟爹爹一式一样,起身拔腿便走。只不过,走的却是大门方向。

亭瞳着急,"你去哪里?!"

竹轩头也不回,"我去找晏清。"

亭瞳追问,"你们尚未婚嫁,哪能这么频繁见面?!"

竹轩已经走到大门,闻言这才停住脚步,过片刻,回头笑道,"娘,应该多出去走走的,其实是您。外面的世界天翻地覆了,您还在臭讲究些什么?"

说罢,扬长而去。

亭瞳再也顾不得,号啕大哭起来。可哭了半天,回应她的也只有钱嫂、陈萍和刚刚会走路的妍华。

从这天开始,竹轩便再也没有回过宜红别墅。

一泛已将她的那栋宅子送给了竹轩。他便从此过上了接近隐居的生活,等着迎娶晏清。

晏清以二女儿的身份过继到了田家,但没改名。

翠莲就如同从前跟着云岫一样,贴身跟着晏清了。

竹轩、晏清年纪不大,但都懂事,嘴上说不讲究,还是规规矩矩为云岫守丧三年。

亭瞳一开始也憋着气,决计再也不管他们的事,也决计不踏入竹轩的住处。怎奈她狠心,竹轩更加耐得住,三年了再也不来看娘。

倒是租下了住处旁边的一栋空宅子,开起了"高小国民学校"。

他亲自请的老师、定的教案,因材施教、中西兼容,尤其是还有一门劳务课,只教穷孩子认字识数、懂得商务沟通,读一年便可以自己跑单帮做生意了,特别实用,广受好评,从来都不愁生源。

那晏清陪着竹轩办学校,默默付出。

两个人婚期定在三年后,也就是今年春分这一天,按月池的意思想更早些,多搞几天搞得热闹点。他俩怕耽误大家收茶,索性就简而化之,打算一天弄完。估摸着比当年云岫和余正裔的婚礼还要更简洁。

就在陈印雪和宋教仁重逢的时候,亭曈也忍不住,心痒难耐,独自一人去了"高小国民学校"。都要成亲了,真的不见面吗?母子就这样永远分离?

一边纠结,一边走到竹轩的"校长室"外,便听到竹轩的声音,"你把帘子支那么高干吗?"

晏清的声音笑意融融,"屋子里热气足,燕子刚生了一窝小的,给它们匀一匀。"

竹轩也笑,"嗯嗯……呢喃燕子语梁间,底事来惊梦里闲……"

晏清接上去,"说与旁人浑不解,杖藜携酒看芝山。"

端的是琴瑟和谐。

亭曈想一想,没有敲门进去,回身走了。

惆怅间,一个问题在她脑中回想:是几时,我丢了我的呢喃燕子和芝山呢?

2

还好,就在亭曈最失落的时候,菊圃回来了,令她高兴至极。

同时令她喜忧参半的是……他也带回来个姑娘,跟着一个奶娘,还跟着一个保镖模样的人。

"如今的孩子,真的是乱了套了……"亭曈喃喃道,"什么都不同大人商量了。"

月池却早已收到消息,完全知道这一行人的身份,迎接的时候差不多用了泰和合的最高待客标准了。

"盛樨蕙小姐,好久不见了。"月池伸手给菊圃旁边的姑娘。

四年不见,盛樨蕙已经亭亭玉立,稚气尽去,依然是西洋娃娃那种美,美到令人炫目。同他握握手,乖巧回答,"爹爹十分惦记您,问您好。"

人群里,阿衡跟老陈笑道,"看看这个妹子,就发现咱印雪像头蛮牛一样。"

老陈笑,"山里妹子,不像蛮牛干不了活儿。"

盛樨蕙比前几年成熟多了,跟着菊圃一起坐在大人堆里聊天,说出话来常常让人瞠目结舌。

菊圃的成长速度,就更加令人惊讶。

月池先问了菊圃读书的情况。

他跟了盛宣怀一年后,位于天津的北洋西学学堂成立。菊圃作为第一届中学生入学,也夯实了洋务基础。再一年后,位于上海的南洋公学成立,他再转入南洋公学读书,去年,再度考入北洋西学学堂的大学部。

之所以会这么辗转,跟盛宣怀稳扎稳打的性格有关。

他先办了北洋西学学堂。初创就是西学。头等学堂为大学本科,二等学堂为预科,学制各为四年,一名合格人才要经过八年培养方成——开教育分级设学之先河。头等学堂的专业分设律例、工程、矿冶和机械四门学科,都与当下最实用的经济、政治相关。

既已有北洋,南洋公学建校时盛宣怀则走了另一个路线。他首立四院——师范院、外院、中院和上院,分层设学。他把师范和小学放在学堂的首要地位,先招收师范生,设立师范院,后又仿照日本师范学校设附属小学校的做法,挑选了一百二十名十岁至十八岁的聪明幼童建立了外院——也就是小学堂,由师范生分班教学。再次年,才开办二等学堂中院,等待条件成熟再开设头等学堂大学部。如此一来,南洋公学算得上是最早兼有师范、小学、中学、大学的完整教育体制的学校。

南北两个学堂一个夯实基础,一个培养顶端人才。

这中间,菊圃边读书,还边跟着盛宣怀一手一脚搞出了中国第一家自主的现代银行——通商银行,边学边做,耳濡目染,收获颇丰。

他告诉父亲,"盛公认为,洋务运动,综其枢纽,皆在银行。从前李鸿章以为中国商界信用萎靡,民间财力疲弱,便指望依靠和洋人联合,中外合办银行,意图策应朝廷捉襟见肘之财政。孰知计划尚在襁褓便招致交相弹劾,坐实他'卖国贼'地位。李鸿章从此心灰意冷,绝口不再提及银行。盛公懂得朝廷那一套话术,上奏曰:'合天下之商力,以办天下之银行,但使华行所获一分之利,即从洋行收回一分之权。'同样一件事,他说出来,圆融十分,师出有名。随后他才紧接着提出铁路推行缓慢都是因为没有银行常年资助。朝廷这才终于同意。"

月池点头,"官有官道,商有商道。做官不能圆融,做商却非圆融不可。"

菊圃道,"正是。盛公也知道,若仅仅停留于说服君上、同僚,银行也很难真的搞起来。他研究了洋人的银行,得出两个结论。一则,官助商办;二则,悉从西例。"

月池饶有兴致"哦"一声,"怎么说?"

菊圃道,"所谓'官助商办',就是商招商办,但又享受朝廷的保护和国家银行的特权。盛公深谙官场利弊,比谁都明白官和商彻底是两种逻辑。官若插手商,势必弊端丛生而无法收拾，面目全非而顿失初衷。因此他决意在政府与银行之间树立一道'防火墙'，强调：银行者，商家之事。管理银行，必须应用董事制度，而非朝廷派人管理。同时，他也充分依赖政府的公信力，存解官款，代理国债。"

月池笑着看看左右的孙运东、肖善虎和钟不期，"怎么样？咱们又学到一招。"

孙运东笑道，"可不是。我们也一直纠结货贷部是否要让官方来介入。怕弄得不好，两头不着调。现在晓得该怎么办了。"

月池道，"我做货贷部，倒真的没有盛公这么长远的眼光，属于歪打正着。"

菊圃问，"那爹爹你是因为……"

月池道，"咱们泰和合的生意，做得已经很好了，但是这个'好'，是相对而言的。是别人太弱了，所以显得咱们好。你们可知道一个国家叫印度？自从英国人在印度成立政府后，又搞了一个印度茶业联合会。把全国的茶的种植、加工、运输、销售，全部共管，就是为了抢市场，打击中国红茶。有一个马丁公司，成立才三年，就有了自己的铁路、煤矿、船坞、茶叶种植园、锰矿、水泥厂、电力公司、保险公司，这实力，我们难望其项背。现在咱们虽然在全国红茶名列前茅，但是整个中国出口红茶加起来，也就三千多万英镑，而印度，是一万万英镑。"

菊圃点头，"打垮你的，未必是同行。有可能来自天边。"

月池道，"确实如此。我们现在没有条件做自己的铁路、煤矿、电力公司，但我们至少可以做自己的公路、码头、货贷。我们这些老茶商，只能更加团结、联合，才能长长久久活下去。"

一席话说得众人都在点头。

他又转向菊圃，"你再详细讲一讲。通商银行成立后，又做些什么呢？"

菊圃继续道，"所谓'悉从西例'，就是一切用人办事，都以英人的汇丰银行章程为准则。汇丰银行成立三十多年了，初创时的主要宗旨，就是为了方便英人往来中国与经营海外的贸易。有这样一本教科书，我们何必自己琢磨运营方式？先直接照搬，再慢慢改进即可。"

月池道，"等你大哥婚后，你多留几天，同孙大哥、钟先生、善虎他们，细细讲一下通商银行的运营方式。"

"好的，父亲。"

菊圃已经剪了短发，十分精神，原本就精明灵巧的眼睛此刻显得更加炯炯有神。他那一身诘襟服，比当年曾秉炎送给月池的那套更加剪裁得体、线条流畅。站在人群里，简直如明星一般，到哪里都是万众瞩目的焦点。

月池向盛樨蕙道,"你父亲很了不起啊。"

盛樨蕙欠身点头,"多谢月池公。父亲也常说起月池公。他说若没有你们这些企业家鼎力支持,积极入股,银行永远只是泡影。你们才是最大功臣。"

月池突然想起一事,"对了,我前几日在《湘报》上看到一篇文章,是以鄂湘粤三省绅商名义发表的《请办粤汉铁路禀稿》,看起来是支持请办粤汉铁路,实际上却是呼吁粤汉铁路必须取道湖南而非江西,还列出了三个理由:第一,从线路里程来说,湖南比江西的线路距离更近;第二,经过江西不利于保护铁路的利权,如果粤汉铁路经过江西,那么法国在广西修筑的铁路就会延伸至湖南,与途经江西的粤汉铁路争利;第三,取道江西不利于争取越南至香港的货物运输。有理有据,我看得颇有滋味。不知道你父亲是怎么想的?"

盛樨蕙"啊"一声,有点茫然。

菊圃宠溺一笑,道,"樨蕙小糊涂,哪里搞得清楚这个,我来回答父亲。"

月池点点头。樨蕙俏脸一红,旋即又微微笑了。

菊圃狡黠笑道,"其实这个问题一提出来,答案就已经是湖南了。"

月池道,"哦,说来听听。"

他现在很喜欢小儿子说话的节奏和状态,跟着盛宣怀历练这几年,长进特别明显。

菊圃道,"从武汉一路南下,到长江北岸的湖北黄梅,过江到达江西九江,再往南翻越大庾岭进入广东——这是旧时京师到广州的商道。如果内心没有疑问,张香帅连这个问题都不会提。他和恩师商量过了,一致认为湖南是鱼米之乡,水产、矿产、林产丰富,工程也更容易实施。负责勘探粤汉线路的美国人柏生士的看法也一致。此外,而今的湖南巡抚陈宝箴,虽然是江西人,但他是张香帅的得意门生,为官又大公无私,也极力为湖南争取。最后……"

他忍着笑,"父亲,您知道刚才您提到的那个《湘报》,是谁办的吗?那篇文章,又是谁主笔?"

月池惊讶,"谁?你知道?"

菊圃道,"《湘报》的创办人,以及那篇文章的主笔,就是大名鼎鼎的谭嗣同——湖北巡抚谭继洵的儿子!您之前不是见过张之洞和谭继洵吗?"

月池惊喜道,"竟然是他?!这个笔杆子,果然了不得!"

菊圃继续道,"张香帅此前任两江总督,如今换了刘坤一。刘坤一也是张香帅的好友。湖广总督、两江总督、湖北巡抚、湖南巡抚,四个人可以顶上南方大半壁江山,全都支持铁路走湖南。唯独剩一个江西巡抚德寿,他是慈禧的人,镶黄旗,更无所谓江西还是湖南了!"

月池笑,"难怪你说答案已定。"

越想越觉得儿子讲话思路和条理简直和几年前判若两人,高兴得眉飞色舞。

他转头问樨蕙,"你父亲又办银行,又办公学,又办铁路……这么忙,身体还好吗?"

盛樨蕙眼睛暗淡了一点,"忙,也还好。累的是总被人说他'卖国''中饱私囊'。父亲原也不在乎这些骂名,时常说他毕生心血,无非就想开拓、自强,做一个顶天立地之人,使各国知中原尚有人物而已。"

月池翻来覆去琢磨这句话,原本愉悦的心情渐渐灰暗,末了叹息道,"便是这一句,就知道各国此刻是如何笑话我国的。"

他想到了三年前以惨败告终的中日海战和比惨败还惨的《马关条约》。

三年前他便和妹夫断了联系。不仅他,连写给妹妹卢慕贞的信,也如石沉大海。

也是最近才收到了妹夫的信,来自远隔重洋的檀香山。看邮戳,走了整整四个月。

妹夫在信上说,光绪十九年冬,也就是印雪出生的那个冬天,他在广州筹建革命组织"兴中会",决定以"驱除鞑虏,恢复华夏"为宗旨,但此时尚未形成组织。后来他回乡了一段时间,也和卢慕贞诞下了女儿孙娫。儿子孙科、女儿孙娫,儿女双全,本可安心颐养天年。可是他内心革新的火种,却越来越炙热。是年冬,他在檀香山创立了"兴中会",以推翻清廷为己任,在当地吸纳了许多会员。

与此同时,中日海战惨败的真相在海外尽为人知。次年春,他回到香港发展组织,成立了"兴中会"总部。中日《马关条》约成议前一个月,兴中会决定重阳节在广州发动起义,占领广东省城,并期待由此引发全国反对朝廷的连锁反应。岂料计划阴差阳错失败,许多人被捕就义,献出了生命。妹夫自己来不及返回老家向老母、妻儿道别,便连夜乘船前往澳门,三天后从香港乘船前往日本避难。

起义失败后,家人也被牵连,好在卢氏宗族极力周旋,买通了官差,让他们回报"查无此人",就此销案。但卢氏母子几人仍然担心,幸好兴中会另一个成员陆灿了解到险情后,自告奋勇帮助护送卢慕贞带着一家老小逃到香港,再乘轮船远涉重洋前往檀香山,投奔孙眉。妹夫得知消息后再只身从日本横滨到檀香山,与卢慕贞和儿女团聚。从此后,他一直在海外流亡,偶尔回国,也是行迹低调地住在友人家中。

月池将那信翻来覆去看了很多遍，每次看，都只感觉荡气回肠。

相比之下，他办企业，不用冒杀头的风险，还能让自己和家人得以锦衣玉食，实在太幸福了。

他沉默的当口，善虎看着槚蕙，目不转睛。他怎么都没想到居然会在这里再次见到她。

当然他内心也深知两个人不会有更深的交集。可是槚蕙之于他，就像一个梦想般，那样的家世、才学，那么乖巧、美丽。

也许是注意到了他的目光，槚蕙突然朝他看了一眼。善虎慌得赶紧转开脸去。

菊圃道，"《马关条约》丧权辱国，签约的是李鸿章，可是他也是顶到这个位置上了，不得不去做这个千古罪人……"

突然一个声音打断了菊圃的话。

"关于这个，我不同意你的观点。"

众人举目望去，但见竹轩站在会议室门口。

竹轩越来越人如其名，如竹子一般青葱挺拔、气宇轩昂。他虽穿着长衫，浑身散发出逼人的勃勃英气，丝毫不输菊圃。菊圃站起来，走向大哥。两个人面对面站定后数秒，突然同时哈哈一笑，紧紧拥抱在一起。

善虎也站起来，三个人抱成一团。

"一眨眼竟然过去四年了。"菊圃道，"好像就在昨天，我们三个傻小子还在讨论太古号的锅炉有多大呢。"

他们的快乐感染了会议室里的每一个人。

等坐下，竹轩才继续说完刚才的话题，"李中堂的悲哀，其实就在他自己身上。看起来，他似乎是清廷的替罪羊，每次难堪的局面都是他来收拾。殊不知，他在这个等同于宰相的位置上，做了很多愚蠢的决定，本身就是难堪局面的最大推手。北洋水师、洋务运动，哪一样他是踏踏实实一以贯之的？做一半，缩一半，他若是有左宗棠一半的血性，国家必不会沦落至此。更不用提坊间还流传他去跟俄国人谈判的时候，还收受贿赂。如果属实，简直是荒唐。"

话音刚落，月池第一个鼓掌。

虽然月池跟竹轩都在壶瓶山，却并不常见面。月池忙生意，竹轩忙学校。但月池太知道这个儿子了。虽然竹轩沉闷少言，心里比谁都爱国。

菊圃跟着鼓掌，点头赞同，"大哥说的是。"

善虎哈哈大笑，"你又来打圆场！大哥若是狂拍李中堂马屁，你肯定也是这句——大哥说的是。"

菊圃白他一眼,"就你话多。"

三个十八九岁的大长腿青年并排坐着,银行家、校长、老板的气质虽然迥异,却一样令人赏心悦目。

月池越看越欣慰。这,才是中国未来的希望吧。

次日,善虎尽地主之谊,带着樨蕙一行逛遍了宜市。

即将进入赶茶季节,宜市最多的就是各种小商贩、戏班子。他们摩拳擦掌,等着成千上万茶农的到来。泰和合在很多街角处捐建了戏台子,戏台子建得高高的,在十字交叉的其他几个街角还贴心地整理出空地,既方便人们站着看戏,也不耽误道路上的人正常行走。茶农还没来,戏班子已经铿铿锵锵在彩排了。

善虎一一道,"这是荆河戏,这是汉戏,这是花鼓戏,这是杨花柳……"

樨蕙跟在他身后说道,"我爹爹说,看一个地方富不富裕,看戏班子就成。"

他们走到哪里,人们的目光便聚集到哪里,比戏班子的彩排还吸引人。

善虎发现樨蕙最大的优点便是美而不自知。

从不搔首弄姿,不特地聒噪引人注目。发现自己被关注了,也不害羞,会回报一个浅浅的微笑。

善虎被这样的小美人跟着,内心的自豪感就甭提了。

也有人不断地跟善虎打招呼,"小老板好!""小老板带朋友玩啊!""小老板,多谢你们去年给的好价钱。我们今年的茶叶比去年更好啦!"

樨蕙问,"他们是叫你肖老板,还是小老板?"

善虎答,"我们泰和合老板就只有一个月池公。我们都是打杂的。"

樨蕙笑,"你真可爱。"

正好走到一个傩戏的戏台子前,戏台子上布置着傩公傩母的神坛。樨蕙"咦"一声,善虎以为她害怕那些狰狞的面具,岂料她紧接着问道,"这是萨满法师的面具吗?"

善虎解释道,"这是傩戏。商周那会儿就有了。一开始就是驱鬼用的,汉代开始发展成祭祀仪式,再到宋代,又演变成酬神还愿的戏曲。"

樨蕙问,"那你们真的相信鬼神吗?"

善虎冷不丁被问到这个问题,一时想不到该怎么表达内心的感受更准确。

一直到参观队伍爬到笔架山半山腰,对着云烟中的壶瓶山主峰,善虎对樨蕙道,"你跟我学,张开双臂,闭上眼睛。"

榍蕙照着做了。

善虎道,"你听到那个'奇奇'的鸟叫声吗?那是蓝喉仙鹟。'丝丝丝'的,是红腹锦鸡。现在是白天,在睡觉的是黄腿渔鸮,一到晚上它们就去抓鱼。风里头,你能闻到草木的香气吧?那是琪桐、钟萼木、连香树、鹅掌楸、水杉的气味。别处遍寻不获的东西,这里都有。壶瓶山就像一个天然宝库,保存着人们对大自然的敬仰——随便人们信或者不信。对我而言,傩,就是这样的东西。只要站在这个地界上,那些世外的东西会慢慢淡化掉,除了信仰天道,信仰大自然,别的都多余。"

榍蕙睁开眼,泪盈于睫,"你讲得太好了。我读屈原,原本很难理解他说的话。他在《离骚》里写沅澧,说'朝饮木兰之坠露兮,夕餐秋菊之落英',我总觉得他像个女人。刚才你的这段话,竟让我一下子就懂了屈原的意思。"

善虎突然不好意思起来,挠挠头,"我不爱读书,就是瞎说说自己心里的感受。"

榍蕙笑,"便是直抒胸臆最好。"

他们逛街逛山的时候,菊圃和竹轩终于一起回到了宜红别墅。

亭瞳高兴得抓灰也不是,抓火也不是,原地打转。

她被菊圃按着坐下,"娘,有陈萍和钱婶忙,你歇着,我们说说话。"

亭瞳有点卑怯地望一望大儿子,竟不知道该从何说起。

他们在会议室里聊天的时候,她也去了,听了一听,便离开了。就跟之前去竹轩学校一样。

她也不明白为什么自己是几时开始变得如此小心翼翼,要看每个人眼色行事。

仿佛一夜之间,她便从那个知书达理、温婉娴淑的少夫人,变得像寄人篱下的如夫人。

直至看到盛榍蕙。

这个女孩子的光芒,晃得她眼睛疼。不想对比,也会忍不住跟别的孩子对比。尽管陈印雪和卢妍华,对山里娃娃来说已经算得上名门闺秀。

也许几年前竹轩说的那一句"娘,应该多出去走走的,其实是您。外面的世界天翻地覆了,您还在臭讲究些什么"指的就是这个。

那边,菊圃已经在问竹轩,高小学校都在教哪些课程。

亭瞳听了一会儿,插言道,"那个文史讲读,来听的人多吗?"

竹轩微笑着回答,"多的。这门课最不讲究年纪,童叟皆可来听,既可以系统地学习文史知识,也可以纯粹当作来听故事。不过,都要考试。考试不通过,便取消下次听课的资格。也是为了把机会让给真正想读书的人。"

亭瞳问道,"那么……我可以带着妍华来听吗?"

竹轩道,"当然可以!我前两年便把爹爹之前开的女子学堂合并进来了,听课的时候教室里男生和女生各坐一侧。"

菊圃一把搂过母亲的肩,"咱娘最好了,与时俱进,永葆青春。"

竹轩点头,"十里八乡也数咱娘最美。"

亭瞳闻言,又激动,又自豪,"真的吗……不是在哄娘吧……"渐渐红了眼眶。

钱嫂在旁边跟着抹眼泪。可怜天下父母心,生再大的气,儿子女儿一句话就让她心软了。

母子三个在竹轩大婚前重修旧好,才是真正的大喜。

几天后,便是春分,竹轩、晏清正式成为夫妻。

田掌柜和月池也在继阿衡老陈成亲后,"再次"成为"亲家"。

田掌柜虽然痛失爱女,但算起来,前有阿衡,后有晏清,对他都是当作父亲来孝顺,一颗老心终于得到抚慰。

菊圃、樨蕙住了十多天方才回转。

她有幸目睹了溇水上千帆竞发的景象,也目睹了马队赶着成百上千的骡马前来准备运茶的热闹。小小的山城宜市,愣是出现了交通堵塞的奇景。越堵塞,戏班子、小商贩越高兴,到处敲锣打鼓,乐声弥漫。

临走前樨蕙赞叹道,"汉口是小上海,这里,便是小汉口。爹总说要感谢实业家们给老百姓带来的希望,我今天才真正明白这句话的意思。"

菊圃他们走后,田掌柜又把客栈重新开了起来,但他只负责日常的事情,和客人们说说闲话,其他的都并进了泰和合一同管理。阿衡成了主事的人,陈印雪也跟着母亲开始进进出出。

虽然樨蕙对印雪来说仅仅是过客,但这过客给她的印象至深,不亚于亭瞳。

她也开始学着读更多书,听更多大人说话。

本来就天分极高,学起来更快,活脱脱就是个小大人模样。

比陈印雪转变更大的,是善虎。

菊圃给他的冲击实在太大了。

从前他也跟着负责交通的爹爹到处跑,亲自下工地去拓宽茶马古道、下溇水炸暗礁;也跟着月池、孙运东商量经营,跟着钟不期学习管账;但都有点走走官面文章的意思。

和菊圃一对比,方知学浅。

所以春茶季一结束,他便主动要求留在汉口的两湖书院读书。

谭继洵果然启用了张之洞的建议,将月课改为了日课,分经、史、舆地、算学四门,后又增设格致、兵法、体操等课程。学生按日上堂听课做笔记,分教按日查斋,严格管理。善虎赶上了最后一班"招募制"的末班车,以商籍身份入学。

报到的这一天,月池、陈印雪陪着他一起去。

善虎的学生宿舍里,已经有一个学生住进来了。

他体态微胖、敦厚壮实,没有善虎高,也蓄着小八字胡。

善虎、印雪进房间的时候,他正在写字。挥斥方遒,苍劲有力,一手书法古意森森。

善虎读书不好,字也写得不好,由衷佩服饱学之士。第一个叫好,"真好看。"

那人抬头看见他,笑一笑,再发现他身边还有个小妹妹,立刻放下笔,斯文地打个招呼。

"我叫肖善虎,也住在这里。以后请多指教。"

"我叫黄克强,长沙人。我官话讲得不好,你讲得好。"

善虎笑道,"我家做生意的,也没别的本事,就是得讲得来八方话。"

黄克强点头,"这已经很了不起了。"

陈印雪仔细看看他的字,左看右看,"你的字跟我一个朋友好像。"

黄克强道,"是吗?字如其人,那说不定我跟你的朋友,也会成为好朋友。"

陈印雪摇摇头,笑道,"那可能性不大。他刚刚去了我们常德的漳江书院读书。"

黄克强道,"那是要走仕途为官吗?"

陈印雪又摇摇头,"他家有家规,不准出仕清廷。他说他也是要学洋务来的。"

黄克强眉头一凛,十分高兴,"真么?再没有这么巧的!竟然和我家家规一模一样。我黄家是北宋黄庭坚后人,宗族中世代都有人出仕为官。但到了清朝,祖辈便传下遗训:永不出仕。我前年便已经考中了秀才,但并不打算走功名之路。"

陈印雪也惊呆了,望着他,喃喃道,"你会不会那么巧,也热爱武术?"

黄克强惊得站了起来,"正是!"

陈印雪笑道,"天下之大,竟有如此相像之人。留的小胡子一样,字迹一样,爱好一样,连家规都一模一样。"

黄克强问道,"你朋友叫什么名字啊?容我记住。万一以后遇见,可以认作兄弟!"

一边说,一边爽朗大笑。

陈印雪道,"他姓宋,本来叫得尊,老气横秋好不适合他,所以他后来管自己叫宋教仁。"

黄克强道,"说到这个名字,我也打算改一个。国家兴亡,民族兴盛。我准备单用一个'兴'字,改名黄兴。"

善虎道,"这个好!黄兴,又简单又好记又响亮!"

"那你们以后就叫我黄兴吧。"

不多时,月池办理好所有手续,也来宿舍找他们。

大家认识过后,月池对善虎再三叮咛,"书院学制五年,合格者择优咨送请奖录用,不合格者令其归家,还将遴选优秀学生官费送出国深造。你别给我们泰和合丢人,需得努力,至少不要被勒令归家。"

善虎头皮发麻,但骨子里常德伢儿霸蛮的劲头也很足,咬牙切齿道,"好!"

黄兴见他一副苦大仇深的模样,再度哈哈大笑。

笑完说道,"除经史文学外,两湖最有名的还有天文、地理、算学、测量、化学、博物学以及兵操这些新学科。我很喜欢地理与兵操,你若是担心自己跟不上,可以和我一起选修这两门,我可以同你一起进步。"

善虎大喜。

月池见这黄兴比善虎大不了几岁,言语间却事事皆通,便也很是欣赏,"你们若是有什么着急事,随时可以去泰和合汉庄差遣。要课余聚会吃喝,也可以去汉庄。除了现在这个时节,汉庄其他时候都不是很忙。"

黄兴也十分高兴,"多谢您。"

又摸摸陈印雪的头,"也谢谢你呀!期待早日和你的那个朋友相遇!"

三十万斤茶叶已经顺利交割完,大队人马返回壶瓶山。印雪因为要跟善虎哥一起去逛两湖学院,所以老陈也留下来等。此刻他还留在汉庄陪薛友才做收尾工作。

月池带着陈印雪去到一泛家。

一泛已经怀上二胎,微微显了怀,还在为没能参加竹轩婚礼道歉。

月池笑道,"你做了娘之后真的是日益婆妈了。"

一泛坐下,"还真的是。"

月池道,"我看竹轩跟晏清两个,巴不得人越少越好。婚后第二天就各自管各自上课、办学,像吃了顿平常午饭一样。"

喝一口茶,想起来,"对了。善虎同宿舍有一个叫黄兴的同学,颇有些进步思想,我看人也挺豁达。我跟他们交代了若缺吃少穿或者需要帮点什么别的忙,都可以来找你。"

一泛点头,"好,我晓得了,我会交代下去。"

忽而一笑,"对了月池先生,为什么你对这些进步青年特别关照啊?"

月池想一想,道,"大概,他们做了我想做却做不了的事吧。"

一泛闻言,想到这两年生灵涂炭,汉口寻常老百姓每逢汛期都要一片一片地流离失所,连附近山上的野菜都挖秃了,不由得点头道,"《马关条约》签完,全国租界开了花。旱的旱死,涝的涝死。洋人们压榨咱们的矿、咱们的劳力,赚得盆满钵满。说到这个租界,眼下倒还真有件事顶顶好笑。"

她让丫头拿来汉口地图,指着租界位置说道,"咱们现在在英租界。往北,是俄、法两国租界,前年他们以逼迫日本归还辽东半岛有'功',向清廷索要来的。本来都商量好了,南边是俄国,北边是法国。后来法国发现英国向西北扩展租界,就是为了直达在建的大智门火车站,法国不甘心远离铁路,便也有要扩展租界的架势。再往北,是德国租界。本来它来得比俄国法国还要早,但是因为它特地要求不能挨着英国租界,所以就拿到了这一片。"

月池看着一片片土地,又好笑,又难过,"猪拱咱家大白菜,还要嫌弃另一头猪在他隔壁了。"

一泛道,"可不是。德国租界的西北边,一直聚集了很多来自湖北黄陂、孝感的商贩工匠。他们强烈要求自卫,后来就由政府出面,由一个叫陈景堂的人出资,沿德租界西北侧建造房屋,形成街道,命名为华景街。眼下也算是汉口顶顶热闹的地方。"

一泛的手指指向最北面的一块,"日本人一直也想在汉口建立租界,怎奈人口稀少,被朝廷拒了。后来日本为了堵清政府的嘴,就极力鼓动在华日本人来汉口。所以这几年来汉口的人数迅速攀升——你还记得小泉知佳子吗?她那时候敢来汉口开店,除了有那个杨存宁撑腰之外,也是因为得了这个消息。终于,上上个月,日本人跟政府签订条约,拿下了这一块地。"

月池道,"这一片江面水域开阔,做码头倒是不差。唉……真的满目疮痍啊……"

他喝了一整杯茶仍然觉得胸闷气短。

"对了,你说顶顶好笑的,是什么事?和租界有关?"

陆一泛点点头,"我刚才提起小泉知佳子和杨存宁,你还都记得吧?"

"记得。"

"那小泉知佳子,后来也不做皮肉生意了,跟我倒是能够聊几句话了。'清和脍'现在还开着,很多日本人不愿意去偏远的日租界住,还是乐意住在英租界里,所以她那里生意居然越来越好,很是攒了点钱和人脉。至于杨存宁,因为在青帮始终混不出地位,就又回了洪门。还打算凭借眼下俄法德日租界扩张的这个机会做点事情,也算是给洪门浪子回头金不换的谢礼。这么的,他和小泉知佳子一拍即合,又打算联手去俄法德日租界大展身手。"陆一泛见月池的表情越来越迷惑,赶紧说道,"好笑的地方来了。他们两个找我商量,想请一个人去做幕僚。"

"幕僚?"月池一下没反应过来,"他们想请薛友才吗?"

陆一泛苦笑着摇摇头,眼睛看向在一旁窗边玩耍的陈印雪和薛影尘。

月池突然想起来数年前关于"小散仙"的那个讨论,倒吸一口凉气,"难不成……"

他虽相信神力,但却还是不能明白影尘究竟能做些什么。

陆一泛忍着笑,"等会儿我们一起吃饭。你还从来没有跟影尘一起吃饭说话吧?慢点你自己就知道了。"

月池道,"好。另外,洪门后来还找我们麻烦了吗?"

陆一泛道,"没有。人家很客气。还派了另一个巡山叫邝文达的过来登门道歉,说那个开枪的周文青已被他们惩罚了,居然敢当着妇孺的面开枪。"

月池道,"杨存宁也好,周文青也罢,或者这个什么邝文达,只要不作奸犯科,我们都不得罪。如果他们要寻个方便,咱也给得出这个方便,就应允吧。我没有要交朋友的意思,但我更不想树仇人。"

"好的,我懂的。"

不多时,薛友才和老陈回来了。

大家一桌坐好,月池特地留意六岁的小影尘。跟一般幼儿无异,筷子用得不熟,讲话依然用叠字,笑起来整个脸都在笑。眼睛尤其好看,虽然没有印雪的大,却十分有神。

月池渐渐忘记刚才的聊天,跟薛友才谈起了最近甚嚣尘上的变法。

如今一泛他们订了不止一份《申报》，也订了严复先生主办的《国闻报》、康有为主办的《时务报》和谭嗣同办的《湘报》。大多数报纸对变法都非常支持，比如《申报》的这一篇《论阻挠新法》：

于斯之时，惟豪杰不世出之才，勒然振兴，扫除积弊，新斯民之耳目，振百族之心思，转弱为强，机固甚捷。

也有别的消息，比如《国闻报》报道了关于袁世凯的练兵：

督练新建陆军袁慰亭廉访于初二上午莅津，即上辕调见中堂，面禀要公。闻廉访此来，系为商议修筑秋间圣驾幸津阅兵操场，并一切差务应办之事。襜帷小住，约有一旬，盖有事与方伯晤商也。

月池指着"袁慰亭"三个字道，"袁世凯和盛宣怀两个人，如今一个治军，一个管钱，李鸿章看似安稳，实际我总觉得有些不对劲。"

薛友才问，"何处不对劲？"

月池道，"之前听菊圃说，关于银行是商办还是官办，都花了若干气力周旋方能找到中庸之道。治军和管钱，更加不能一刀切，权利与责任不对等。你们看变法，也是这样。皇上要变法，大臣们看似拥戴，内心还是盘算着自己的钱能不能保住。康有为他们，想用大臣们自己的钱，去砸了大臣们自己的饭碗。真能下这狠心的，不知有几人。"

老陈笑道，"你们讲别的我都听不懂。就是少爷你最后这句话我听懂了。那依你看，变法会成功吗？"

月池摇摇头，"我不知道。"

坐在他对面的影尘，突然停下了正在扒饭的小手，望着他说道，"那月池公你希望成功吗？"

月池一愣，"为什么这么问？"

影尘道，"你心里是怎么想的，就怎么说嘛。"

月池忽然感觉这个话题非常大，便认真思索了一番，才回答道，"我内心当然是支持变法的。他们倡导创办新式学堂，将所有书院、祠庙、义学、社学一律改为兼习中西学的学堂；废八股、科考试，设译书局。强调以工商立国，鼓励民办企业；设铁路矿务总局、农工商总局；开设农会，设立工厂，推广口岸商埠……《时务报》上写了许多，我眼睛看到的，都支持。其中很多项目，我们泰和合已置身其中。但我不清楚老百姓明不明白他们在说什么。皇权既然已经被撼动，那就要举国以蚍蜉撼树之决心，将朽木连根拔起。如果蚍蜉数量不够多，那么，无论我支持不支持，变法成功的希望也是渺茫的。"

小影尘认认真真听完他的话,道,"这就是了。你觉得不会成功,变法它就不会成功。"

月池笑道,"怎么我成了决定变法成败的人了吗?"

影尘道,"天下之大,必作于细。"

突如其来的一句《道德经》,吓到了月池。

一泛虽然不知道这句话的来历,但大约也知道这是一句古语,笑着问道,"妞妞,你怎么看到这句话的?"

影尘嫣然一笑,头一歪道,"就在脑子里刻着呢。"

月池道,"你的意思是:我虽然不是决定成败的人,但我能够反映出它的成败。"

影尘却没有再说话,兴高采烈地跟印雪姐姐讨论起应该怎么啃鸡腿的问题来。

一泛憋着笑,望着惊呆了的月池,"有没有吓到?"

月池笑,"有。不过,很可爱。"

一泛道,"杨存宁那边呢,我早就回绝了。我说影尘还小,就算要去做幕僚,那也是等她长大了的事。至于她长大……"

月池给她接上去,"反正到那一天,世界也不知道变成了什么样子。"

"哈哈,正是。"

3

不久,杜百里郑重下帖子,约月池和一泛九月底一起去跑马场看马赛。自从一泛来了汉庄,杜百里便再也不烦月池,大小事务一律跟一泛沟通。

接到帖子后,月池心里一合计,估摸杜百里特地约他,多半跟租界有关系。想想左右无事,便决定去赴约。因此在汉口多待了几天。可就在这几天里,发生了几件石破天惊的大事。

第一件,便是李鸿章被免职。

中日海战之后,李鸿章就被解除了位居二十五年之久的直隶总督兼北洋大臣职务。此后他先后访问游历了欧洲各国,眼界大开,对西方,尤其是西方"立国政教"的认识又深了一层,提出"扼要处,实在上下一心,故能齐力合作,无事不举,积富为强"。所以,他对变法的态度也相对变得不那么尖锐了。

既不被爱国者拥戴,也不被保皇党拥戴,李鸿章地位十分尴尬。

第二件事：就在李鸿章彻底赋闲在家的时候，他的老熟人——同样早已卸任的伊藤博文访华了。

伊藤博文访华的目的很明确，他是想以其明治维新的经验，协助中国维新，从而组织以日、中、英为核心的联盟，对抗俄国。光绪帝对明治维新最为向往，所以对伊藤访华深表欢迎。但最后他起用了翁同龢、张荫桓、荣禄来主持大局。

这个组合一出，全国轰动。首先，翁同龢和李鸿章是死对头，众所周知。其次，张荫桓是变法派，而荣禄是慈禧的人。

只从这个名单就可以看出清廷此刻多么纠结。

几大报章对于变法的舆论走向悄无声息地变了。

《国闻报》消息：

此不过梁启超故作危言悚论以感动人心安得据此以罗织之耶？

《申报》消息：

钦犯无踪，已纪昨报。兹悉钦犯康有为附重庆轮船至沪，在吴淞口外时，即有西人上重庆轮舟挈康下小轮船，送入英国爱斯克兵轮船载之而去。

而手握重兵的袁世凯还雪上加霜，将谭嗣同等人准备罢黜慈禧的秘密透露给了清廷。

月池看到报纸的时候，其实已经是事发五六天后了。夕阳映照在那些黑字上，宛如脏兮兮的墨汁与金子混成一团。他把目光投向北方。结束了。既然康有为成了"钦犯"，梁启超言论"悖逆"，那么变法一定失败了。也许这就是中国的现状。

无论皇权在谁手里，老百姓的日子，照样忙碌、困苦，毫无出头之日。甚至老百姓也并不关心谁是康有为、梁启超，已经被批捕的谭嗣同、杨深秀、林旭、杨锐、刘光第、康广仁是生是死，老百姓更加无从得知。

月池突然想到一件很不相干的事。

那次他和张之洞、谭继洵吃牛排时，张之洞还开玩笑说，有了谭嗣同这样的儿子，谭继洵有操不完的心了。

如今谭嗣同凶多吉少，做父亲的，是何种心情？

张之洞自己的爱徒杨锐也在其中。做老师的，会不会同样心急如焚？

如果竹轩、菊圃，将来也像谭嗣同一样，敢为中国的前途赌上自己的性命，他月池又究竟会喜还是会忧？

月池便是这样心情沉重地去赴杜百里的约。

马车从汉庄一路飞驰出城,很快便抵达长江边。

跑马场的北欧式陡坡顶赫然在目。

马车行至大门口,门上刻着几排大大的英文字:This road is stricture. Private for members only(此道路私有,仅为会员开放)。

身着一身礼服、头戴礼帽的杜百里等在门口。

见月池和一泛到了,做一个很夸张的恭迎手势,同时自然又免不了对着穿着一袭红装的一泛一顿赞美。

三人信步前行。路上遇到形形色色的洋人,都跟杜百里十分熟稔的样子,纷纷脱帽致意。

也不是没有华人。月池也见到不少和自己一样身穿长衫的人。大家都和和气气,一副来欣赏表演、摩拳擦掌下赌注寻乐子的轻松表情。

穿过长长的撒着阳光的林荫道,经过了几片飘着马粪气味的马厩,便抵达赛马场的主看台。

主看台是一个洋人的海洋。女人更多了,大多是身穿艳丽洋服的洋人,戴着夸张无比的硕大帽子,莺莺燕燕,脂粉飘香。见到一泛他们,也十分友好,即便不认识也侧头微笑示意。

和报刊上云海诡谲的变法,与现实里老百姓的灰败和惨淡,形成强烈反差,撕裂成三个完全无关的世界。

落座后,杜百里介绍道,"我们大英帝国是最早前来汉口耕耘的。所以英国、俄国、法国、美国人,都在我们这里居住、游乐、观赏马赛。刚刚与我们打招呼的,就有美国和俄国领事夫人。"

不多时,另一个冰蓝色眼睛的洋人来了。

杜百里介绍,"月池先生,一泛女士,这位是桑切斯顾问,是法国领事约瑟夫·德托美先生的重要嘉宾。"

月池和一泛与他握手行礼。

法国人桑切斯对一泛也是同样挪不开眼,"早就听杜百里先生介绍,说泰和合的负责人通晓英文、法文,可是他没有讲您竟然是这样一位优雅又美丽的女性!"

一泛笑着回答,"您二位太过褒奖了,谢谢。"

桑切斯对月池道,"您有如此优秀的女性做伙伴,足以证明您是何其优秀。"

月池道谢。

几人重新落座,趁马赛还没有正式开始的当口,先聊起了正事。

桑切斯道,"如今我们所在的跑马场,属于英国领事馆。但是这一片地,从前无人管辖。两年前,我们法国才正式与贵政府签约,明确英租界东北——包含这里在内,都将成为法国租界。"

月池点头。这一部分,前两天刚刚被一泛补过课,他很清楚。

桑切斯看看杜百里,笑道,"杜百里先生是我们的好朋友,当然更是英国领事馆的重要嘉宾。他代表英国领事馆前来找我们沟通……但,你知道的,从领事馆的角度,法国租界怎么可能会允许外国人继续开设跑马场呢?"

月池在心中怒吼:对于我们来说,你们都是外国!为什么我们要允许?!

面上,还是只能笑笑,点头称是。

"所以,"杜百里接着道,"我们打算另外买地,造一个更大的跑马场。这个旧的,法国也不用推倒新建,我们保留一些股份与分红,同时新的那个也可以让法国有一些股份与分红,两国相互友好。这是最上佳的做法。"

一泛翻译完,月池愣半天,笑道,"英国和法国什么时候这么要好了?"

一泛也没有给他翻译成法语,自己回答道,"你好糊涂啊,我的老板。官场和商场,从来都是两层皮啊。"

那杜百里等他们说完,才继续说道,"对不起,前言有点长。马上就到正文了。我们想买的新地,在汉口城垣外,需要一百三十英亩左右,除了马场、马道、大看台外,还准备修建高尔夫球场、足球场、网球场及公事房、酒吧间、游泳馆。我们看中的地也问过了,它已经不在政府手中。它现在的主人,叫 Xin Sheng Liu。"

月池听一泛翻译完,依然一头雾水,道,"这是谁?刘 xin sheng?我认识吗?"

杜百里笑道,"您当然认识。十年前,是他陪同您一起来找我啊!"

月池一愣,"难道?!刘 xin sheng……就是刘人祥刘老弟?!"

这几年他俩杳无音信,汉口既没有兴起以"刘人祥"名字命名的楼房,送去圣若瑟教堂的信件也没有回复。

他猛然想起,云岫出嫁的时候,刘人祥确实同他说过,准备买下汉口的一大片田地。不会真的是他吧?

月池十分欣慰。如果真的是他,那兄弟可算是实现心中理想了。

一泛轻声问,"月池先生是想到什么了?"

月池笑道,"很多年前,刘人祥就感慨说汉口最好的地块都被洋人圈了走,还说有朝一日要从洋人手里把地夺回去。这可成真了。现在果然轮到洋人回头求他。"

桑切斯和杜百里两个人精,一瞧他面色便知道他们找对了人,对视一眼,笑道,"所以今天我们来找月池先生,就是想邀请您来做这个居间人。"

月池摊摊手,"可是我不知道怎么找到他。而且,如果我能找到,你也能找到啊。你和他认识在先,比我时间更久。"

杜百里笑道,"在商言商,谁不希望买地的价格可以低于市场价格呢?我与刘先生的关系,怎么比得上您和他的关系!那位刘先生独具慧眼,用自己的钱和银行贷款的钱,划船计价,以非常低廉的价格,买下了大约一万五千英亩的湖荡地,几乎囊括了可能发展的全部土地。现在,已经是汉口的地皮大王。他眼下的地址,我知道。我写给您。只希望您能做个东,约他出来吃一顿饭。至于谈判,我们自己聊便可以了。行吗?"

月池心中,又是感喟,又是敬佩,又是无奈,万般复杂。

最后点头,"我试试看。"

正好比赛开始了,喧哗声震天响,四个人心照不宣地笑一笑,投入观看比赛中去。

看完赛马,月池都还没来得及去给刘人祥送拜帖,六君子已经被行刑。

听说这一天,北京菜市口万人空巷,老百姓如看热闹一般兴高采烈地观赏行刑过程。浑然不觉,六君子这般落魄是为了谁的福祉。

同一天,一泛向他报告:今年茶叶收成再攀巅峰,总计售出宜红工夫红茶三十万斤,皆大欢喜,又可以过一个吉祥年了。此外,自从张之洞重新调任湖广总督,在农务中狠抓茶和棉花这两项。因为茶叶占据中国贸易出口总值的一半有余,而汉口是湖南、安徽、江西等地茶叶出口的唯一重要集散地。所以今年张之洞还特地设立了"两湖茶叶改良公司",鼓励茶商改良茶种栽培、增加茶叶产量以及引入机械对茶叶精加工,并在武昌设立了茶叶教员养成所、茶务讲习所,培养专业人员。张之洞特地选了泰和合为代表,组织人来汉庄学习考察红茶制造工艺,"讲求制办红茶,以利提高质量"。

宜红工夫红茶,到此刻,产量追平祁门红茶,品质又有英国皇家保障,官商两道亨通,天时地利人和,已然成为当仁不让的中国红茶代名词。

国运如此衰败,泰和合的运却好到出奇。

月池自己也搞不明白为何会有这种反差。

这天天气尤其好,不冷不热,秋高气爽。

月池去到码头无人认识之处,掬一捧水遥祭。

长河饮马,此意悠悠。短梦依然江表,老泪洒西州。一字无题处,落叶都愁。

月池以为可能根本都没有人在意变法、在意六君子,其实还有一个人,也在不远的地方为之伤心。

那就是黄兴。

在善虎眼中,黄兴是一个极其自律、极其容易快乐的人。情绪饱满,张弛有度。

可是这一天,黄兴很奇怪。他起得很晚,茶饭不思。等起床了,一直在反反复复练书法。

善虎从那龙飞凤舞中依稀可以辨认,"养浩然气""无我笃实""爱国心"……

善虎担心考试,一堂课都不敢缺。黄兴平时也不缺课,今天例了外。等善虎上完课,在食堂吃完午饭回来,他依然站在桌子前写字,样子几近疯魔。

善虎不晓得他怎么了,只是默默将两个馒头放在黄兴面前。

"吃点东西吧。"

黄兴这才抬起头来。

他问善虎道,"你对未来充满希望吗?"

善虎一下被问蒙了,磕磕巴巴回答道,"……呃,我……我应该算是有希望的吧。"

黄兴凝视着他,手里的毛笔滴下墨来都浑然不觉。

善虎有点害怕。这黄兴莫不是疯了吧?

黄兴突然说道,"我自横刀向天笑,去留肝胆两昆仑。有心杀贼,无力回天。死得其所,快哉快哉!兄弟,你敢相信,这世上真的有人能够杀身成仁吗?"

善虎犹犹豫豫道,"有……的吧?"

黄兴看着他,忽而苦笑道,"我突然明白了变法为什么会这样终局。变法的内容和战略都没有错,可是很多举措都与民,以及单个的个体利益无关。变来变去,都是政局在变,官员在变,民众未变,民智未开。"

善虎被他形容成"未开"的民智,倒也不生气。他想一想道,"黄兴兄弟,我读书少,只懂得很浅显的道理。如果我们泰和合在壶瓶山,只跟那些大茶园合作,撑死了也就能做个两三万斤的产量。可是我们月池公很早就明白,要动员全部茶农而非仅限于大茶园。茶农才是人数最众多的。单个个体都很弱,但聚集在一起就会有了不得的力量。我们今年产量超过三十万斤,这要放在以前,给任何一个茶园,都是想都不敢想的产量。"

黄兴仔细听着,两眼放光,"说得好!继续!"

善虎被他鼓励,继续说道,"也因为有了这个产量,怡和洋行才不敢跟我们乱提条件。要是得罪了我们,突然断了这个供应,他也会被英国王室问责。所以,你说的变法啥的,我是真的不懂。但你最后讲个体与国家,我想,道理是一样的吧。"

黄兴闻言,毛笔一扔,仰天狂笑。

"兄弟!兄弟!你好了不起啊!"他使劲拍拍善虎的双肩,"你用最简单的语言,说了一个最了不起的真理!"

善虎又被他吓了一跳,但见到他终于开心了,内心也很欣慰。

黄兴终于拿起馒头开始吃,一边吃,一边在房间里暴走,嘴里喃喃自语,"要有自己的组织!要团结一切可以团结的力量!我们要丢掉对原有制度的幻想,要敢于建立新的秩序和逻辑!哈!我懂了我懂了!兄弟,我懂了!"

善虎心想:你懂了,我还没呢!若是月池公在这里,甚或是竹轩、菊圃,应该都会更懂你在说什么。

过了几天,隔壁数学系的宿舍新来了一个同学,善虎一见他,也有种如见故人的感觉。

似乎在哪里见过?又说不上来。

他叫余延甲,也和善虎一样,是以商籍入学,家里是开矿的矿商。

但是他饱读诗书,面庞清秀,和善虎的气质迥异。

余延甲话不多,对黄兴热爱的那一套新派思想不排斥,也不起劲。他倒是很喜欢跟善虎聊天,听他说山里的故事。

周末放学,善虎邀请黄兴和余延甲一起去汉庄吃饭。

月池也打算回壶瓶山了,正好一起聚聚,算接风也算送行。

黄兴又带了一个小伙伴叫周震鳞,善虎也认识。言谈中得知,黄兴是保送生,周震鳞则是以绝对强悍的高分考入了两湖书院。好在两个人都没有因为成绩眼高于顶,都很讨人喜欢。

善虎给月池介绍几个同学。

月池看到余延甲的时候,面上也露出跟善虎第一次见他时一样的表情。

善虎笑,"您是不是也觉得他很面善?"

月池问道,"你姓余……家里又是矿商……请问,可认识余正裔——公甫先生?"

余延甲闻言一拱手,笑答,"正是家父。"

月池大喜过往,"啊呀,原来你是他的儿子!"

善虎也很高兴,"这可太巧了!"

月池握住余延甲的手,"你父亲情况如何了?"

余延甲脸色暗淡,叹口气道,"炭山湾煤矿民俗强悍,动辄引起纠纷,爹爹心力交瘁,苦苦支撑。但他坚持让我们兄弟三人接受西学,所以对我们的栽培一天都不曾落下。"

月池心中百感交集,紧紧捏一下手,"任何时候需要我帮忙,只管提。"

余延甲道,"多谢月池公,我会转告。"

说话间,地皮大王刘人祥也抵达汉庄。

他收到月池的拜帖后便第一时间赶来见了一面。因为挖到了地产这个巨大的宝藏,如今各国领事馆,甚至清廷政府,要买地都需要经过他的手。所以他也忙得脚不沾尘。遂约定在月池走之前好好吃顿饭,聚一聚。

月池一说起余延甲的身份,几个人又是一阵唏嘘感叹。

汉庄的西餐长桌又铺了开来。暗金色台布,红色的花卉,银色的烛台。餐具全套整整齐齐,不是簇新的但显见得保养得当,古典中透露着主人家的好素养。

月池、刘人祥、薛友才、陆一泛,加上四个青年,又是济济一堂。

在长桌吃饭,最大的好处是可以形成许多聊天的小圈子。只要顾及对面、身边的人就行,不用耳听八方那么辛苦。

是以刘人祥在和一泛说租界之事,薛友才和余延甲、善虎聊余正裔眼下开矿之事,另一边的月池,正在仔细聆听黄兴和周震鳞的谈话。

恰如善虎猜测的那样:月池很容易便听懂了这些进步青年在说什么。

黄兴道,"还是善虎提醒了我。他给我举例说您在壶瓶山收茶叶的典故。我明白不能寄希望于大的利益团体,尤其是既得利益团体。无论是慈禧或者李鸿章,甚至光绪帝,都不可能是革命的主要推手。要建立一个新制度,就必须对旧制度进行彻底的推翻重建。还要团结一切可以团结的力量,哪怕是微小到每一个人。"

周震鳞说道,"复生已经走了,鲜血的教训还是没有让伯平他们停下来。唉……如今我除了读书、强身、壮大自己的思想,也不知该做些什么。"

月池知道"复生"便是谭嗣同的字,惊讶道,"你们两个,也认识六君子吗?"

周震鳞赶紧闭上了嘴。

黄兴笑道,"你别紧张。月池公大义得很,他不是那般复古守旧之人。"

周震鳞这才回答,"我和黄兴,跟谭嗣同、唐才常他们都认识很久了。我们两个一直都不赞同他们既要维新革命又要保持皇权的主张。世上没有两全其美的办法。"

月池一边在心中击节赞赏,一边忍不住叮嘱道,"这话也就关起门来咱们说说。出去,你们还是要谨慎,小心安全。"

他不愿意再看到这些热血的优秀青年出师未捷身先死了。

黄兴问道,"月池公,如果有一天,新派找到您,希望您能支持革命,您会愿意吗?"

月池点头,"愿意。"

善虎不知怎么突然听到了这一句,笑着对黄兴道,"什么时候你去我们壶瓶山转一转,便知道月池公所言非虚。你们倡导的工艺进步、社会分工、全民教育、男女平等、修桥筑路、抚恤灾民,月池公已经做了十多年了。壶瓶山,如今简直就是一个世外桃源。"

黄兴与周震鳞对视一眼,双双再度向月池行礼,"敬仰!"

月池道,"我没有像你们这样系统地学习过。我是笨人,只能边干边摸索。好在我一路遇到贵人,拾人牙慧也进步了不少。"

遂又将与盛宣怀、张之洞聊天的心得,给两个青年分享了一下。

周震鳞叹息道,"张之洞、伍廷芳、张荫桓,算是现在清廷里最杰出的几位大臣了。可他们都没有手握足够改换天庭的权柄。"

黄兴很是感喟,"我是个天生的战士,我喜欢与不平等的事情抗衡。但我也知道自己的毛病——我不够有耐性。不知道能不能和您一样,遇见一个跟我互补的人。他能稳定地建立起一套完整体系,让所有的力量,都能在这个体系里发挥作用。"

月池道,"离此处万里之遥,倒是有一个人,应该是你会很欣赏的类型。对外很多人叫他孙文,是我的妹夫,可惜现在不敢公开露面,否则可以介绍你们认识。"

黄兴和周震鳞又是一惊,对视,"孙文?几年前在广州起义的那个孙文?"

"正是。"

黄兴这回没有行礼了。他端着酒杯,很是惆怅地面向远方,叹息道,"月黑见渔灯,孤光一点萤。微微风簇浪,散作满河星。不知何时,这满河的星,可以聚在一起。"

月池想一想,问道,"其实,我很好奇一件事情,想请教你们二位。"

"请讲。"

月池道,"我妹夫也好,谭嗣同也罢,包括你们,我感觉都不是缺吃少喝之人。当然,我非常赞赏你们为了国家可以抛头颅洒热血的决心。可究竟是为什么呢?很明显你们不是为了自己的生活。"

黄兴笑着看一眼周震鳞,回答道,"那您呢?您做了那么多善事,远远超出一个商人的负荷,又是为了什么呢?"

月池道,"其实我自己也说不清楚。"

"使命感。"黄兴道,"就是使命感。"

心头盘桓着这三个字,月池从陆路回转了壶瓶山。他特地选了陆路,是想从汉口往西到五峰、鹤峰,顺便视察改建中的成志桥。

陆路没有水陆平稳安静。一泛担心他的身体吃不消,特地又安排了几个小幺儿陪同。

要换在以前,月池一定会拒绝。如今因为消渴控制饮食,加上日益操劳,他也常有力不从心的感觉,便应允了。

正是因为走了陆路,月池一路看到了无数心酸之事。

离武昌越远,官道旁的景象就越糟。

一间一间毫无章法的小土屋,茅草铺顶,就已经是普通老百姓遮风蔽雨的家。偶有酒家,也是土屋,树干粗糙地支撑起屋檐,挂一只灯笼就算招牌了。

经过村落,男女老少,很多人都不穿鞋袜,许多甚至还衣不蔽体。稍微大点的孩子,印雪这个年纪的,都要照顾一群弟弟妹妹。个个衣衫褴褛,面容枯槁。

秋风瑟瑟,天气渐寒,都不知道他们冬天要怎么办。

印雪在马车上看得瞠目结舌,"爹爹,这些都是流民吗?"

老陈探头仔细看了看,摇头道,"不是。这就是普通百姓。流民比这更惨。"

印雪眼泪都要落下来,沉默了半天,才说道,"难怪宋教仁说这个朝代要完蛋了。"

月池好奇,"宋教仁是谁?"

印雪便将跟他的两次相遇以及细节都说了一遍。

月池赞叹,"没想到常德还有这样的人物!"

停车打尖的时候,月池、老陈、印雪坐下,两个小幺儿打水来给他们洗手洗脸,水端过来一看,比手还脏,下半层全是泥。

店老板不停解释,"旱了很久,泥土都松了,一入秋一刮风,井水呱浑。"

老陈也不敢点复杂的吃喝,就要了点馒头、萝卜干。店老板看他们穿得体面,又主动切了点腊肉片来。老陈给足了他银两,店老板一个劲地道谢。

吃一半,也不知道外面的几个乞丐怎么得知里头有贵客,也涌进来讨钱,店主人驱赶不及。

月池朝老陈点点头,老陈便已经会意,给了每人一些零碎。

店主人道,"都得了好处就快出去!人家还要吃饭!看到你们脏成这样,怎么吃得下!"

月池道,"不妨事,不妨事。"

乞丐们也不生气,笑嘻嘻轰然散去。

老陈道,"都是可怜人,唉……店老板,你赚得比他们多,平时吃不完的,都给他们吃吧。"

"可不是呢,"店老板朝后头努努嘴,"现蒸的这一笼窝窝头,就是给他们的晚餐,吃了才睡得着觉啊。他们只要肚子不饿了,就不闹事,还能帮我做点杂事。"

月池赞赏,"如此甚好,甚好。"

店老板道,"日子太苦了,都晓得。不怕你们几位贵客笑话,我这么一个破店,捐税每个月都在加。指捐、借捐、亩捐、房捐、铺捐、船捐、盐捐、米捐、饷捐、卡捐、堤工捐、板厘捐、活厘捐、草捐、芦荡捐、落地捐,我不敢卖肉和酒,那家伙捐起来更加厉害。十钱花出去能赚回来一钱就该偷笑了。"

大家听完都愣愣的。

老陈看看月池道,"虽然名目都差不多,但落在咱们头上,还受得住。落在他们头上,那就是一座山,但凡几天青黄不接,就要出人命了。"

月池点头道,"大概这就是黄兴说的使命感吧。我见不得人受苦受难,他们见不得国家受苦受难。心情恐怕是一样的。"

一行人走到长阳,刘世杰前来接风,带着小儿子刘长奎。

他的大儿子覃长庚与熊炎的儿子覃志宝同岁,此刻都在宜市泰和合自己的幼儿学堂里读书。

他们俩娶的是一对亲姐妹。娘家祖上正是八百年前那个覃垕的旁系,世代也是做木头的,种树、卖树、卖木、木工,跟木头相关的家里都有人继承。近年来老百姓饭都吃不上了,做家具家什的自然也少了,很多穷人都会拿成本低廉的竹子、芦苇应付生活需要。幸好覃家再没落也还有些家产,加上到了姐妹俩这一代,没有男丁,便想找两个勤劳殷实的后生入赘,才找到了熊炎和刘世杰。

覃老爷子原也想让熊、刘二人入赘。但一看红茶生意这么好,女婿工钱和分红自然也不错,便喜滋滋应承小两口自己看着办,但是两边的头个孙儿必须得姓覃。

刘世杰和熊炎都可以算是孤儿了,对做倒插门女婿没什么意见。和姐妹俩打过照面,也挺喜欢。

就这么的,两人结为连襟。

熊炎成了亲,有了娃,曾经对云岫的那点风花雪月就慢慢淡化成了一层纱。刘世杰一直没有家,突然成亲,对岳母岳父也当亲爹娘那样孝顺。两人日子都过得好好的,过几年又各自再添丁——覃长庚多了个弟弟叫刘长奎,覃志宝则多了个妹妹叫熊继宝。

算上印雪、竹轩、善虎、菊圃、影尘、妍华,还有一泛现在肚子里那个,十个伢儿。

以后吃年夜饭,光是孩子加奶娘就可以坐两桌了。

刘世杰当了爹,人依然是从前那个机灵的模样。

他一边喝茶,一边跟月池汇报,"长阳这一带,捐官风气日益猖獗了。以后可能对我们的生意有不好影响,我们心里提前要有个数。"

说着就从茶桌上推过来一张纸。

月池伸头一看,惊得茶杯都差点脱手。

那是一张印着"正实收"三个大字的收执。约信纸大小,正上方有"正实收"三个大字,内中文字排列整齐,详细记载因受水灾,灾民缺衣少粮,湖北筹办赈捐总局"按照四川、山东、湖南等省开办赈捐所有虚衔",接受了某人捐出的白银四十三两二钱。"正实收"还盖了骑缝印,注明了买者籍贯及曾祖父、祖父、父亲三代姓名。此人以秀才捐监生,获得进入清朝最高学府国子监读书的资格,从此后便可步入仕途。

捐官历来便有,"秦得天下,始令民纳粟,赐以爵"。只是月池没想到,如今成了这么大张旗鼓的事情!

月池想到之前路上听到的那些苛捐杂税,嘴巴里发苦,再好喝的茶,也涩得难以下咽。

刘世杰苦笑道,"几个人同时捐,还能一起打折。月池公,你说荒不荒唐?"

老陈道,"没法子,咱们做生意的,无论谁上来,都得罪不得,凭他有没有真才实学,该送的礼,一样不能少。"

刘世杰收好那张"正实收",道,"正是呢。这是我要汇报的第二条。马上就入冬了,再来就是年下。以往每年夏季送时令水果,名曰'冰敬',冬季送的则是'炭敬',新官上任了,送'祝敬',旧官辞任了,送'别敬',加个新年'节敬',几次也够了。听说翁同龢有一次离京,'别敬'收了一万五千两白银!乖乖!"

老陈道,"你说重点,别跑题。"

刘世杰继续道,"而今不行了!而今怪里怪气的事情都来了!吃瓜时节要有'瓜敬',吃蟹时节要有'蟹敬',当官的孩子考了秀才,要送'笔帕敬'!一次送不到,不晓得哪里就会被克扣。太难了,每年打点费用都在加,这世道还搞不搞得好了!"

老陈笑道,"行了,满肚子牢骚!见了老板就知道哭穷。"

刘世杰本来还怒目,闻言嘻嘻一笑,"老板懂着呢。"

"你当用则用吧。"月池叹口气道,"国家动辄给洋人赔款几千万、几个亿。钱从哪里来,都从老百姓身上来。"

他又想到那一群乞丐,"我们的老百姓好啊,但凡有一口饭吃,饿不死,都不会造反。"

几天后,月池一行终于走到五峰。进山,走上了泰和合翻修的茶马古道。

深秋,没有茶农茶商,却多了许多运棉花的马队。马帮的汉子们推着车、牵着骡,说笑着,在宽阔平坦的石板路上赶路。月池坐在马车里,听着说话声,感受着他们辛劳之余的片刻欢愉。

没有人知道刚才他们与谁擦肩而过。只有每三里一个"泰和合"的石碑,记录着马车里这个人的功绩。

等到了鹤峰,人困马乏,连小印雪都没有之前那个兴奋劲儿了。不过,到了这里就算是进入湖南前的最后一站了。大家决定好好休息一下,为最后一段行程做好准备。

鹤峰分庄负责人薛家名给他们安排了干净的房间、充足的热水和当地美味佳肴。

次日清晨,茶庄旁边正好有一家人家在办喜事,月池有幸看到了一场喜气洋洋的鹤峰围鼓。

五个人,一鼓、两钹、一锣、一钩锣,合奏起来时如暴风骤雨,时如山涧鸟鸣,疏密有致,琳琅轻盈。薛家名介绍说,这围鼓有一百多个乐牌,刚刚这几个是"天边月"和"美柳景"。

月池就像个普通农民一般,闲闲适适穿了套便服,蹲在门口看热闹。

忽而身边有人轻笑,"富可敌国的大老板,你的消渴症好些哒没?"

月池闻言一喜。扭头一看,还能是谁?正是禄先生。

月池和他在旁边关帝庙前长廊下落座,茶庄的人给他们端过来两杯茶,几盘茶果。

一时间,耳畔歌舞升平,手旁箪枕邀凉。月池沉痛的心情终于放松了下来。

看仔细了,禄先生眉骨深深,虽然笑着,但有种道骨仙风的感觉。

月池道谢,"幸得先生提点,月池感恩不尽。"

禄先生道,"是老天爷在提点你,非我也。"

聊没几句,办喜事那家人家安静下来,人群倒没有即刻散开。几个小孩儿在路中捡垃圾玩儿。

突然一阵扰攘,有人在大声叫救命,有人在拥挤。

两人抬眼看过去,只见有个人怀里抱着个小孩儿,朝关帝庙飞奔而来。

"禄先生!禄先生!"那人是个中年汉子,"他们说有人在这里看到你!你发发慈悲,快救救我侄儿!"

禄先生和月池帮他一起将那孩子摊平在长廊椅子上。只见孩子眼珠子还睁着,咕噜噜打转,就是醒不过来,也站不起身。

像是发羊角风,又不像那么严重。

禄先生一搭孩子的脉,眉头立刻紧皱。

"好阴毒。"他说。

那中年汉子着急得满头大汗,"我侄儿这是怎么了?好好的……"

禄先生回答道,"没有好好的。他刚才可能惹到哪个哒,被他踹了一脚。"

中年汉子大惊,"踹了一脚?!踹到哪儿了?"

禄先生道,"这是阴腿,你看不到伤。"

说罢给那中年汉子说了个方子,让去抓药,"不过不着急,我让罪魁祸首给你把钱拿来了,你再去抓药。"

这回连月池也吓一跳,"禄先生已经知道谁是罪魁祸首了?"

禄先生但笑不语,回身将自己的茶杯里的水倒了去,将空茶杯往山墙上轻轻一掷。但见那茶杯稳稳地落下来,不动了。

禄先生道,"等着。莫急。"

那中年汉子守着孩子,一时也不知道该怎么办。犹豫半天,只得半信半疑地坐下。

月池问道,"禄先生,您算得出来国运吗?"

禄先生道,"月池公,这世间有很多打着神仙旗号的人,动辄便讲天机不可泄露。他晓得个屁的天机,他连个人的寿命都算不出来。"

月池笑。

禄先生道,"国运,我只晓得,老子那句话是真理。天地不仁,以万物为刍狗;圣人不仁,以百姓为刍狗。天地之间,其犹橐籥乎？虚而不屈,动而愈出。多言数穷,不如守中。"

月池拱手,"这句话,我倒是也学过、悟过。"

"你说说你的理解。"

"在天地眼里,万事万物都没有等级之分,皆如草狗;在圣人眼里,人都没有分别,皆如草狗。天地之间就像一个鼓风机,它是空的,仿佛不断在动,但动来动去依然是空。既然如此,不如就守住自己的位置。"

禄先生听完月池的解释,笑道,"天地无所谓同情心。它永远都在推着事物发展,无论是好的发展,还是坏的发展,它都推着事物走。万物都是盛极而衰,强悍、美妙,悲伤、丑陋,对于天地而言也都与草狗无异。月池公,我们做自己该做的,静待其变吧。莫难过。无论如何,都莫难过。"

月池道,"这就是所谓,'但行好事,莫问前程'吗？"

"正是。"

不多时,只见一个道士打扮的人,急急匆匆奔了过来。

和没有穿道士服的禄先生比起来,这个道士看起来反而更加不像出家人。

"请问哪位是禄先生?!"他一见长廊底下坐了好几个人,焦急地问道。

禄先生看看他,"是我。"

那人用充满戾气的眼神看了看禄先生,忽然跪下磕头,"我晓得错了。请禄先生原谅!"

月池和中年男人两个面面相觑,不知道究竟发生了什么。

禄先生道,"你错在哪里?"

那人道,"我刚才赶着猪崽,着急赶路,被这小娃娃挡了道,便踹了他一脚。哪晓得刚把猪赶上成志桥,猪崽就全部定住不动哒!我晓得遇到高人了,回来一问才晓得那娃娃送到您面前了。"

说罢磕头道歉,"我那一脚只是想将他踹开不要挡道,没有要他命的意思。请您高抬贵手! 我那些猪崽今晚前要是赶不到南北镇,就麻烦哒!"

禄先生冷笑道,"只是想踹开?没有要命?"

那道士见被禄先生拆穿,苦着脸,"我晓得了,是我不好。哪门办吧,您讲个话。"

禄先生道,"你的阴腿,我解起来倒也不费事。不过需要一百吊钱给人家抓药。你放一百吊钱在这里,我给你把猪的定身咒解了。"

那道士一听,伏地叫屈,"天老爷,我运这一趟猪崽到津市,来回总共也就赚四十吊钱。我哪里赔得出一百吊啊!"

月池见他满头大汗,那边的娃娃生死未卜,心下也不忍,便插言道,"你这人,果然阴毒。罚是肯定要罚的。你把四十吊钱给人家娃娃,剩下六十吊钱,我帮你出了。"

说罢,朝中年男人扬声道,"好汉,等一下你去泰和合庄子上找薛老板,说是月池公的意思,支六十吊钱给你。"

那道士看禄先生一脸淡然,心里便知道这已是最佳解决方案。虽依然愤愤,却又不得不感谢月池,"多谢月池公……唉,白忙哒。"

等他们几个都走了,月池才回过神来一个问题,"运猪崽?道士为什么会运猪崽?而且,鹤峰来回津市一趟,要收四十吊钱,这费用也太高了吧?"

禄先生微微笑,"在外经商倒下的,或流离失所,或有个三长两短,死在外乡怎么叶落归根?"

月池心中一凛,"难道……那些小猪崽就是!"

他隐约也听过一些湘西的诡异习俗。

禄先生微微笑,"你就莫继续问哒。若都搞清白,我怕你今晚睡不着。"

4

月池前脚刚走,汉口就出了大事。

一个赌场里,有人因赌博发生争执,进而互殴,击倒火油灯,引发了一场超大火灾。

大火烧毁房屋一万六千余户,过火面积纵横十余里,死亡数千人。火灾之后,一度民生艰困,百物骤贵,灾民烂额焦头,风餐露宿,见者无不恻然。

月池在路上看到的那些土屋,对于灾民来说都已经是天堂般的好去处了。

汉庄在租界里面,虽然没有着火,却也受了火灾影响,人心惶惶之下,汉庄屡遭贼盗,还险些闹出人命来。

陆一泛焦头烂额之际，杨存宁和小泉知佳子找上了门。

本来他还想约一泛去"清和脍"谈事的，一泛直接拒绝，"你那地方我是肯定不会去了。将来即便合作，也一定是在我指定的地方。"

杨存宁听她前半截便泄气了，一听后半截，顿时喜上眉梢，点头如捣蒜。

半日后再来，先奉上各种大礼包，跟着道歉，"从前多有得罪，还望大老板、小老板海涵。"

小老板，指的自然就是影尘了。

影尘坐在妈妈身边，嘻嘻笑，不说话。

陆一泛因为在自己的地盘上，不慌不乱不紧张，着他和知佳子落座窗边的沙发。

"月池公走之前，特地叮嘱我，若是你们洪门要方便，只要不作奸犯科，我们给得出的，都给。"陆一泛也微微笑着，搅一搅咖啡。

杨存宁掏出那"品海"香烟，见陆一泛眉头微皱，便立刻又收了回去，赔笑道，"不抽，不抽。"

"说吧，找我们到底要干吗。"陆一泛道。

杨存宁看看影尘，"我还是想请小妹妹做军师。"

陆一泛笑，"你怕不是失心疯了。"

小泉知佳子赶紧解释道，"真的！尘尘都说准了！"

陆一泛听她突然用昵称称呼影尘，鸡皮疙瘩起了一身，"说准什么？"

小泉知佳子的中文进步挺大，除了个别字还咬不准，其他对白尚算流利，"尘尘四年前说杨君会越来越有钱，是真的！"

杨存宁接着道，"我这几年分管德、日租界码头，安排摊位，帮着'茶房'跑单帮，就赚了不少钱。现在大智门火车站不是动工了吗？租界西边原来鱼龙混杂那一带，包括华景街，都归我管啦！多少商贩想在火车站和码头这两个地方立足，都要找我！"

说到得意处，又要掏出香烟来，手伸到胸口才想起来不合适，尴尬地摸摸头发，嘿嘿笑，"可是我慌啊！小妹妹说，我六年后会有很多钱，还会再次被人杀！这！眼看就要到时间了，我怎么办！总不能信她前半截，不信她后半截吧？"

陆一泛又好笑又好气，"什么前半截后半截。我就问你，孩子要读书，要做功课，还要跟着我吃饭睡觉，怎么给你做军师？你提点可以操作的方法好吗？"

小泉知佳子抢着回答，"有！有方法！每天我们派人来接尘尘去店里坐一坐，每天的事情,我们每一件都问她意见,她说可以做不可以做就行了。每天有个半小时,就足够啦!"

陆一泛摇头,"去你店里?我怎么可能同意?你们来人问倒是可以,她就在店里做功课,每天拨出半小时给你们的人。"

小泉知佳子道,"我的店里早就重新翻修啦!以前的……"

她本来还想说以前的弹痕血痕早就没了,被杨存宁狠狠一个眼色瞪了回去,"快闭嘴吧。一泛妹妹说的这个方案,我看很好。"

几个人商量来去,影尘一字不发,只是笑。一字不发便是不反对,当即一泛便定下来每日下午四点,影尘可以在汉庄等他们过来问询。但作为补偿,洪门需要派几个兄弟,每日巡守汉庄。

薛友才知道后,还是觉得不妥,"清政府明文规定不允许帮会活动,我们跟洪门这么亲近,会不会惹来麻烦?"

陆一泛叹息道,"我也知道。可你看,一场火灾,搞得泰和合差些关门。跟谁走得亲不亲近,麻烦都会自动找上门。这世道就这样,多了个洪门,没准还给咱们多一张护身符呢。"

薛友才听了,也点头,"倒也是。世道乱,泰和合树大招风,有洪门的隐形庇护,或许更安心些。"

陆一泛道,"就是有一件事情不妥。我们汉庄是办公办事的地方,洪门的人频繁出入,确实很打眼。有没有什么法子,既不那么打眼,又在咱们安全可控的范围内?"

薛友才道,"我师父经常说,大隐隐于市。一滴水藏在哪里最安全?藏在海里……"

陆一泛一个激灵,"对!月池先生不是一直鼓励我们在汉口开茶楼吗?既做售卖,也给路人行方便。我们可以找一个离租界不远,最好在火车站和码头当中的地方!开个喝茶的店——平时也卖茶,规规矩矩去行会点个卯,也跟各大洋行报个备。影尘就在那里跟他们见面,最稳当!"

薛友才一拍桌子,"华景街!华景街最好不过!"

两口子雷厉风行,说干就干。

过年前,一家清茶馆在华景街悄然开张。

清茶馆侧面靠着个四合院,临街一面无门无窗亦无墙,活脱脱宛如戏台子般大敞四开。歇脚的路人,可以在此停留休息;卖糖人的、捏泥塑的,可以在这里搭着招揽生意;跑轮船的茶房们,还可以在这里讨价还价;没跑出路子的单帮客,也被相熟的茶房介绍到这里来找下家出手。

一时半会儿哪来这么多行脚商人?

一方面,华景街本来就鱼龙混杂,清茶馆开张第一天,就涌进来一堆看热闹的人喝茶聊天到晚上了都不散;另一方面,有杨存宁哪。

往日他关照的那些张拐子李拐子,有时候去码头上摆摊算卦、修鞋,有时候便来这里。

反正来来往往都是人,搭台的唱戏的挤在一起,谁也不知道谁是谁,热热闹闹。

四合院本来空关着,如今也打整出来了,汉庄的几个主要骨干员工都住到这里来了,有个小门可以直通清茶馆后堂。

清茶馆没有名字,装修极其普通,就宛如汉口城里最普通的茶馆般毫不起眼。要不是屋檐下灯笼一角篆着的"宜红"二字,连一泛自己都感觉很不真实。

这里卖的茶也不贵,行脚的路人商人,哪有时间和闲心坐下来慢慢喝工夫茶。卖得最好的茶,就是跟当年一泛在张拐子那里一样,用"宜红"的"黄"字号茶叶,一只超级大铜壶煮好,凉透,再一杯一杯倒出来。天寒了丢几颗红枣进去一起煮,味道甘甜还补气。

要喝好茶,也有,后堂请。有几个雅致的小包间,可以喝到"地"与"玄"。价格那就贵了。

慢慢地到了开春,汉口的老百姓自己给清茶馆取了个名字,叫一壶茶。

走,去喝一壶茶。

一个下午,清茶馆起了一阵小小的骚动。

起因是一个小偷。

小偷混进了客人里,辗转偷了好几个人的盘缠后,被抓包了。

来一壶茶的,本来就少有什么富贵之人。身上的盘缠差不多也就是全家人的口粮。被偷了心急如焚,即便找了回来,也非常记恨小偷。

大家都冲上去要踩那小偷几脚。

踩到一半,小偷突然蜷成一团,口吐白沫,浑身发抖。

大家以为闹出人命,又赶紧散开。小偷一个人在空地上发抖呕吐,样子十分可怖。

泰和合的店员一开始想着把小偷赶走,大家没有财产损失就算了,没想到转瞬事情升级,正纠结要不要报巡捕房,再看这人不像是被打狠了,倒像是发了病,又赶紧过来试图扶他起来。

还没靠近呢,忽然人群里有人疑惑地叫道,"他这是大烟瘾犯了吧?我太公犯烟瘾又抽不到的时候就这样!"

正扰攘间,一泛带着影尘来了,跟着两个小幺儿。

一泛在上海的时候见得多了,一看就知道这就是犯了大烟——也就是鸦片烟瘾,立刻让小幺儿把人抬进四合院,单独安置在柴房里。怕他挠伤自己,又给他手脚绑了起来。

小偷折腾累了,形容枯槁地靠着柴垛喘粗气。

小小影尘站在柴房门口,隔几米远,看着那个小偷,突然说道,"故人。"

一泛愣住,一时不相信自己听到了什么,回味了几秒,忽然明白了,"你是说,这是我们认识的人?"

影尘点点头。

一泛即将临盆,行动迟缓。她捂着肚子,将信将疑地走近那人。那人浑身泥垢,破衣烂衫,长发纠结不清,盖住了大半边脸,哪里还认得出来是谁。

她刚想说"宝宝你认错了",那小偷突然睁开眼睛,吓了她一大跳。

她赶紧退后,却清清楚楚听到那小偷说道,"一泛!是你吗,一泛?"

陆一泛大惊,看看门口的影尘,又看看小偷,再度走近,小心翼翼问道,"你是谁?"

小偷累得——又或者是饿得虚脱,看着她,气若游丝道,"……你是法文馆的……陆一泛吗……"

说罢身子一歪,不省人事。

陆一泛陪着女儿在清茶馆后堂做功课时,脑子里还一直在循环这一句"法文馆的陆一泛"。

对于她而言,委屈、紧张,又试图冲破桎梏的岁月,却应该是曾秉炎最美好的岁月吧。

杨存宁果然准时出现了,也显然听说了前面发生的事,一进来就问,"烟鬼在哪里?"

陆一泛又好笑又好气,"你要干吗?"

杨存宁眉毛一横,"弄死他啊,还能干吗?"

陆一泛伸手要捂住女儿的耳朵都来不及,"你们洪门烟鬼还少吗?不对,我说错了。烟鬼这么多,你们洪门功不可没吧?"

杨存宁"哈"一声,"我就知道你对我们误解很深。"

陆一泛不再理他,"想问什么,快问吧。我还有事忙。"

她有很多问题要问曾秉炎。

杨存宁道,"我来找你正是要给你说这个大烟的事情。如今听说黄河一带,老百姓麦子都不种了,开始种罂粟。'南风十里……鸳鸯……鸳鸯锦,开遍……开遍……连畦罂粟花'!你看都有人写诗了,可见多少人种。"

听他念诗念得磕磕巴巴,小影尘扑哧一声笑出来。

杨存宁见影尘笑,也跟着笑,"我们堂口兄弟说,这都是朝廷默许的。从前进口洋药大烟,朝廷每年损失几千万两白银。慈禧老太婆坏透了。她想着与其年年进口,不如'以土抵洋',让老百姓自己种土药。真的是坏透了!不想着怎么给老百姓戒烟,就想着不让洋人拿走银子。这么一来,大烟越禁越多,现在连小孩儿都开始抽。"

陆一泛听了背后一凛,"孩子都开始抽?"

杨存宁点点头,"而且孩子长身体啊,一抽起来,抽得更猛。听说四川甘肃那一带,因为盛产烟土,常常一个村全村都抽大烟,抽完了没钱了,男的就去城里为盗为丐,女的就去……嗯……"

他看看小影尘,没有说下去,"反正,大烟的泛滥超过我们的想象。洪门现在很多兄弟也中了烟毒,怎么都戒不掉。我们香长李白扇就想到了,找洋人的医院合作,把有烟瘾的兄弟送去戒烟。他们不也经常去外头布道施药吗?那我们洪门作为回报,就给他们保护、行方便。我想到你之前不是跟英国教会医院关系挺好的嘛,今天来就为这事。"

陆一泛道,"这事儿你都不用问影尘,我就可以回答你。这是好事儿,我带你们去见英国教会医院院长,如今他们改名仁济医院了。"

杨存宁笑道,"好嘞,那就这么说定了。我回头也去找我们香长约时间。"

陆一泛看看他,"有时候觉得你又不是那么十恶不赦。"

杨存宁跳起来,"我本来就不坏!"

陆一泛皱皱眉,"你还不坏?吃喝……坑蒙拐骗你哪一样漏了?"

也是说了两个字临时变了,毕竟小影尘还在呢。杨存宁笑嘻嘻,"那些套路,多半都是在装样子。总要显得凶狠一点吧,不然哪有威信。"

陆一泛道,"好好做事,为何要装凶狠?"

杨存宁哼一声,"妹子,只你这一句话,便是不周知这社会之复杂。你看起来是恶事,未必就真的全恶。"

"说来听听。"

杨存宁正襟危坐,"我就说这禁烟吧。为什么我们洪门只管教兄弟戒烟,而不说禁烟呢?这里头缘故大着呢。禁烟并没那么容易!从长远来讲,禁烟虽然利于整个国家,但就短期而言,很多地方,比如我刚才说到的甘肃四川,早就对种土药形成了依赖。"

他故作神秘地放低声音道,"就咱们湖北最骄傲的枪炮厂,张之洞搞了八年了,跟德国买机器,做枪、做炮、做弹药,每年花费几十万两白银,你知道钱从哪里来吗?李白扇说,就三大块:关税、盐税、土药税。土药就是大烟。土药税,还分正税、过境税。李白扇说,要是彻底禁烟,本来靠种烟活的老百姓更加没有活路,比如枪炮厂这种需要大量经费的,又会缺钱。很是矛盾。"

陆一泛点头,"我听出来了。还以为你什么时候这么有学问了呢,原来都是李白扇说的。"

杨存宁哈哈大笑,"确实是他说的,那也要我能理解呀。"

陆一泛白他一眼,"好了,不要废话了,等我约院长。你到时候带着你们家的李白扇一起来。"

杨存宁道,"没问题。小老板,那我走啦!"

后半截话是对着影尘说的。

影尘眼睛弯弯,一笑可甜了,"上次那个救你命的姐姐呢,身体可好了?"

杨存宁道,"你说脉脉?她伤是好了,就是肺受损,什么活儿都干不了了。不过你放心,这辈子到老到死我都养她。"

影尘点点头,"那就好。"

杨存宁走后,陆一泛让奶娘和保镖带着影尘回家,赶紧返回后院看曾秉炎。

他已经醒了。小幺儿们给他打水洗了身体,换了身衣裳,仍绑着手脚,靠在罗汉榻上正发呆。

已经看得出是从前那个人了,但改不了骨瘦如柴、面如死灰,整个人老了怕有二十岁。

陆一泛内心难过,强撑出一个笑脸来,"你醒了啊?"

曾秉炎抬头看她,咧嘴一笑。一笑,还缺了颗门牙。自己也知道丑,赶紧抿上嘴,又垂下头去。

"怎么会搞成这样的?"陆一泛坐到他对面。

曾秉炎叹口气,"我很早便有烟瘾,只是吸得不多。我后来娶的那个媳妇儿,是个大烟枪。就这么一道抽起来了……爹爹看我们抽到不像话,就把我们赶了出来,家产全部交给了弟弟。我一开始不服气,但是后来连闹的力气都没了……"

"那你怎么会来汉口?"

"汉口机会多啊……我从前跟着月池公来过几次,这里太像上海了,我喜欢。一开头也想得很好,我年富力强,戒了烟,干点什么不行?你都可以……"

话说到一半停了。一泛以为他不好意思往下讲,过几秒才发现不是,他开始哈欠连天,眼泪汪汪,擦之不尽。

烟瘾又犯了。

陆一泛退出来,交代小幺儿,"看住他,别让他乱跑。饭管够,水管够,要大烟绝对不行,打断他的腿也不准他跑出去!"

小幺儿得令,一左一右把住柴房。

陆一泛回到家,洗了好多遍澡,就感觉身上依旧脏兮兮滑腻腻。

曾秉炎的出现,她不打算让薛友才知道。此前很多事她都没瞒着他,曾秉炎这个人,薛友才也知道。可是今天他落到这般地步,她又不想让薛友才看见。

曾秉炎如今的不堪,差一点就是自己的真实写照。可也幸好是这个人,把自己带出了炼狱,去了泰和合,过上了全新的生活。

陆一泛暗下决心:一定要戒掉曾秉炎的大烟瘾。

过了几日,她和洪门的李白扇、杨存宁,一起去了仁济医院。

李白扇十分年轻,二十来岁,面孔白净,剑眉星目,跟月池一样仍然留着鼠尾辫,穿着经典长袍马甲,一身灰白色看起来十分素净。外加脚上踏着一双最平常的黑色布鞋,没留胡子,斯斯文文,不知道的还以为他是学堂的教书先生。

幸好他个子高大,否则简直撑不起洪门二把手这名头。他的步伐匀称,举止端庄,站在灰扑扑的杨存宁旁边,有一种奇异的威仪感。一泛突然想到一句读书时记住的英文:Velvet paws hide sharp claws(毛茸茸的掌中藏着利爪)。

杨存宁没有介绍李白扇的真实姓名,陆一泛也不想知道。

仁济医院现在的院长名叫纪立生,狭长面孔,碧绿眼睛,面孔十分英挺,眼神又十分温柔。和李白扇并肩站着,俨然就是最代表中西方审美的两个美男子标版。

陆一泛介绍他们认识了,也就不打算一直待下去。她托词提前离开仁济,谁知一转身看到杨存宁也跟着出来了。

"你怎么也不在里头听?"陆一泛披上厚披肩。

杨存宁很狗腿地帮她拉好披肩一角,笑道,"大佬们谈事,我在旁边多碍眼。反正最终结果一定是好的。"

陆一泛不置可否,走到医院门口拦黄包车。

杨存宁跟着她,"我有时候也蛮佩服你的,真沉得住气。"

"什么意思?"

"你当真不好奇李白扇究竟是谁?"

陆一泛笑,"名字不过就是代号,他叫李白扇,还是李鸿章,对我而言没区别。"

杨存宁一蹦三尺高,"你怎么知道?!"

陆一泛闻言,叫黄包车的手扬在半空中都忘记收回来,"什么?你说什么?"

"啊!"杨存宁自觉失言,赶紧找补,"嘿嘿,哈哈,没什么没什么。对对,就好像你叫陆一泛,还是柳如是,对我也没区别。"

"你信不信我一枪打爆你的头?"

"嗷嗷,抱歉抱歉。黄包车来了,姑奶奶,您请!"

陆一泛在回家的路上,脑子里反而开始琢磨杨存宁刚才的失言。

杨存宁之前也说过一句什么话来着的?

……你不会真的以为,这几年你们平安无事地完成每一次交货,都是顺理成章的吧?你看看别家做生意的,随便什么烟、酒、盐、山货,没我们洪门罩着,能平平安安?

……不过,我们也不在乎什么月池先生月早先生。我们认的是赵夫人。

而对于这个赵夫人的身份,月池是这样介绍的:

……她是李鸿章身边的人,机缘巧合,成了我们的朋友。

陆一泛心里轻轻"哦嚯"一声。好家伙,洪门的水这么深。

但她自己也不晓得为什么,不打算把认识李白扇的事告诉薛友才。太复杂了,隐约感觉自己一个人知道也就够了。

可是次日下午,来找影尘的人,竟然不是杨存宁。

而是让她感觉纠结又复杂的李白扇。

李白扇从清茶馆的大门穿进来的一刹那,他背后乱糟糟的道路、闹哄哄的人群、脏兮兮的街景,全部成了反衬。衬得他犹如来自天外的谪仙人。

看呆了的不止陆一泛,连小小的影尘,都轻叹一口气,道,"言念君子,温其如玉;在其板屋,乱我心曲。"

陆一泛转头,"你说什么?"

"我在背今天新学的《诗经》。"影尘长长卷卷的睫毛扑闪着。

李白扇是来亲自登门道谢的,顺便带着人把曾秉炎带去仁济医院戒烟。

他带来的谢礼也非常有趣。

是两根项链。吊坠链子是纯金的细链,坠着的却是很老很丑的一枚铜钱。那铜钱外圆中方孔,跟平常用的铜钱没两样。只是中间铸的字,一面是"洪宏红虹"四个,反面就一个,"胜"。

陆一泛疑惑地收下来,"这是信物?……要随身带着吗?"

李白扇言简意赅,"随你。"

"可保平安?"

李白扇微微一笑,"是。"

陆一泛也不迟疑,立刻给影尘戴上一根,将坠子藏进她的衣裳里头。自己也戴好一根。

影尘突然说,"谢谢白哥哥。"

陆一泛道,"得叫李叔叔。"

影尘坚持,"就是白哥哥。"

一泛也随得她去,转头跟李白扇说道,"跟仁济医院谈好了就成。你可知道他们用的是什么戒烟法子?"

李白扇回答道,"其实也没有什么特别好的法子。洋人合成了一些药物,但是据说吃多了也一样成瘾。如今最好的还是洋金花和戒断法。不过,整体来说,染上大烟瘾,就会染到死。"

一泛打个冷战。她不是害怕他说的话,而是害怕他说"死"时,那轻描淡写的样子。

影尘却似乎对李白扇颇有好感,"白哥哥,你怕死吗?"

李白扇回看她,"若是为了我想要的那些东西——不怕。"

影尘点点头,"你会如愿以偿。"

这没头没脑的一句谶言,说得一泛又打了一个冷战。

李白扇忽而一笑,笑容让整个后堂都如沐春风。

陆一泛想到之前杨存宁说的戒烟的事,"杨存宁上次跟我讲,戒烟虽是必需的,可眼下也很难做到。戒烟,也就断了烟土收入,朝廷会有很多短缺。"

李白扇又笑一笑,"他这是拿着我的话断章取义呢。大烟,除了医术上用来镇痛,百无一是。用烟土来养这个国家,等于饮鸩止渴。等着吧,会有解决方案的。"

陆一泛发现,月池、李白扇,都是属于同一种人。

接受眼下的残酷,对未来却始终怀抱美好的信念。

临走时,影尘忽然拉一拉李白扇的衣袖。

他低头看看影尘,发现她有话要说的样子,便蹲下身,眼睛和她平齐,"怎么?"

影尘凑到他耳朵边,"明天别去码头。"

李白扇一愣,侧目凝视她的眼睛。

影尘眨巴眨巴眼睛,也微微一笑,像只小狐狸,狡黠又纯真。

再过一天,来的人又换成杨存宁。也不是来问问题的,是来报信的。

"未来几天我们都不会来了,帮里出了点事,等弄好了再来看小老板。"

陆一泛一紧张,"出了什么事?"

杨存宁唏嘘不已,"早上码头上接了几艘船。李白扇觉得他们可疑,要求上船搜一搜。对方起初不让,白扇坚持上去了,果然船上藏着一大堆非法烟土。最后火并起来了,我差点中枪,白扇替我挡下了那一枪!"

他握住影尘的手,"你果然说中了!你又说中了!"

陆一泛给他把手拂开。

影尘耸耸肩,道,"他还是没有听我的建议。"

杨存宁摇头道,"白扇说给我听了,本也打算听你的建议。可是后来一听说船是从四川来的,极有可能夹带烟土,就坚持要自己去。他说,有些危险必须冒,否则会有更多人为之丧命。"

陆一泛初听这句话没什么,越回味,越觉得荡气回肠。

回家路上,母女俩都很沉默。

陆一泛问女儿,"你说,他会死吗?"

影尘答道,"不是这一次。"

陆一泛看向女儿。她必定也知道父亲母亲的生死吧?那颗小脑袋瓜里,装着这么多未知的事,怎么受得了?

除夕前夕,她生下第二个女儿。名叫薛月梁,取落月屋梁之意。

转眼春分到,又要开始新一季的忙碌了。

曾秉炎出了院,算是勉强戒断了大烟。但是药物让他虚胖足足一圈,有点呆,时常傻笑。缺了的门牙,陆一泛给他出钱镶了颗时下最新潮的金牙;打结了的头发,索性剪短,整个人顿时改头换面。她将他安排在清茶馆打杂,几乎没人认出他就是以前的那个小偷,也不计较他叫什么名字,只管他叫大金牙,"镶个黄金牙,整天笑哈哈"。

曾秉炎多数时候傻呆呆,偶尔又很吓人。

有一次,陆一泛正坐在桌前陪影尘看书,忽而感觉背后有人靠近。

都还没来得及反应过来,脖子就被人掐住,越掐越紧。

正是曾秉炎。

陆一泛仰着脖子便看见他眼睛里的恨意,"都是因为你!都是因为你!我都是毁在你手上了!"

影尘在旁边厉声尖叫,才将他惊醒。

曾秉炎像梦游般撒开手,不可置信地望着眼前大声喘息的陆一泛,害怕得连连后退,"我……我……我做了什么……"

幺儿们也涌了进来,看到陆一泛上气不接下气地呛咳,便猜到大金牙肯定没干啥好事,立刻拖出去一顿揍,揍到接下去好几天曾秉炎鼻青脸肿得宛如一颗松花皮蛋。

陆一泛亲眼看到曾秉炎从贵公子到大金牙的变化,心中无比痛恨大烟。也更明白了李白扇说的"有些危险必须冒"的信念从何而来。

5

然而陆一泛不知道,月池更不知道的是,一场巨大的风暴正在中国的北方酝酿,而有一个亲人,深陷其中。

那就是菊圃。他刚刚入学北洋西学学堂头等学堂,就碰到了这场风暴。

他选读的专业是律例学科,也就是通俗说的法律。

北洋西学学堂自创办之始就仿照美国的大学模式,全面系统地学习西学。除汉文课和部分外语课外,其余所有功课都由外籍教习担任;教科书使用外文原版,用外语授课;学生实验所用的各种器具、设施都从美国进口。这样做,也就要求学生的英文必须过关。为此,菊圃没少恶补英文。好在他天资聪颖,虽然调皮,吃苦耐劳起来也不比别人差。

今年夏天,第一届学员要毕业了。即将毕业的学长里,菊圃最佩服一个叫王宠惠的家伙。

王宠惠祖籍也是广东，不过出生在香港。但有缘的是，王宠惠在香港的家，有一个人常去做客，那便是当时在香港读书行医的姑父孙逸仙。

王宠惠从小便就读于香港圣保罗学校接受西方现代科学知识，所以基础比菊圃好很多。他虽然比菊圃还小一岁，却因为英文扎实、成绩优异，一开头就从头等学堂读起，比菊圃整整高了三届。

好在两人都说粤语，又有姑父这个共同的"熟人"，很是聊得来。

王宠惠就读的香港圣保罗学校，还有个大校友名叫伍廷芳，学识渊博，辩才一流，是中国的第一个在英国获得法学博士的人，他力主废除各项酷刑，主持起草各项新法。幸得有他在，李鸿章对外谈判、朝廷对外沟通，才不至于一败涂地。可以说，没有他，就没有中国独立的电报电缆，也没有铁路。

菊圃说，"我想成为第二个盛宣怀，做未来最牛的实业家。"

王宠惠则笑道，"我想成为第二个伍廷芳，做未来最牛的外交官。"

盛夏里，学长王宠惠以全校第一名的优异成绩毕业，经直隶总督兼北洋大臣裕禄之手，获得了北洋学堂——也是中国有史以来第一张官方印发的"钦字第一号考凭"。

毕业后，王宠惠决定先留校教学，便去了南洋公学的师范部。

菊圃都来不及感受离别的悲伤，北方便闹出了一个"义和团"。

菊圃自打进了北洋学堂大学部，跟身处上海的盛樨蕙来往就少了。盛宣怀常年奔波，偶尔在天津的时候，会拉着他一起吃顿饭。

每次吃饭，只要逮着机会，菊圃便会打听义和团的情况。

盛宣怀此刻的职务是大理寺少卿，他的回答让人更加揪心。

"自从去年底义和团在山东闹出大乱子后，朝廷就派了袁慰亭去镇压。袁慰亭多能打，很快就活捉了义和团的首领朱红灯、心诚和尚这些人。可问题是，山东巡抚是毓贤啊！毓贤可是出了名的痛恨洋务，相比之下他更同情义和团这些农民部队。当即又撤了袁慰亭的职。这么一搞，洋人不乐意了，去跟老佛爷闹。老佛爷这才又罢了毓贤的山东巡抚，改让袁慰亭来坐这个位子。"

菊圃道，"那老佛爷到底是个什么态度呢？"

盛宣怀回答，"这就是最诡异的地方。毓贤被免职后回了北京，立刻进宫面见老佛爷。也不知道他跟老佛爷说了什么，这不，老佛爷竟然不顾洋人的抗议，又发布了维护义和团的诏令。我们几个老臣子如今也是急得团团转。"

菊圃道，"以学生看，要么就好好扶持，借着这股东风，把洋人的长枪大炮全部赶出国土算数；要么就好好镇压，以免在我们国家足够强盛之前，引来更大的杀身之祸。"

盛宣怀点头道，"谁说不是呢。可问题是，前者，显然做不到，这叫螳臂当车；后者，又会被骂作苟且偷生。老佛爷自从变法事件后，如惊弓之鸟，只要听到有可能危害她宝座的，管他洋人土人，都恨不得除之后快！我如今最烦的就是毓贤这种火上浇油的。需得有人冷静下来，想一想究竟怎么做。"

菊圃问，"那李中堂是什么态度呢？"

盛宣怀唏嘘道，"李中堂现在心灰意冷，诸事不想……不过义和团这个事情，我看闹到最后，还是得由他出面才能摆平。"

菊圃道，"同学们如今都担心天津会保不住。"

盛宣怀"嗯"一声，"莫急。我们已经在讨论师生安全的问题了。你们是中国未来的火种，无论如何不能折损在内耗上。"

不几天，北洋学堂就开始南迁避祸。

庚子年，泰和合最忙的收茶季里，菊圃他们也忙着在兵荒马乱中重拾学业。

与气势恢宏的北洋大学堂不一样，南洋公学就跟着上海本身的气质走了，一栋一个风格，但都是西洋味道，乍看之下不觉得是学校，而是如同外滩一般的建筑群落，典雅高贵。

公学的上院、中院、下院都已建好，分在不同的楼栋。可人是活的，校园里的孩子年龄段差异很大，从初总角到而立之年，不一而足。

菊圃忙着搬家，忙着给一泛姨妈发电报，忙着找王宠惠，都忘了去盛樨蕙那里告知一声。

还是她自己找了来，他才赫然想起：已经很久没有见到大小姐了。

盛樨蕙羡慕万分，"还是你们男生好。想读书便读书，读不了了换个地方也可以读。"

樨蕙十六岁了，按说到了可以出嫁的年龄。菊圃却担心这样的见面会给她未来清誉蒙羞，反倒比从前更注意些。

两个人站在校园里的大树下已经很扎眼。于是当下也没有像从前那样揉她的头发，只是反问道，"上海不是有女校吗？我记得几年前你父亲还带着你去参加了建校捐款典礼。"

盛樨蕙扁一扁嘴，"你是说'中国女学堂'吗？不光是我父亲，梁启超、张叔和，他们也都捐款了。可你不知道，那学校教的都是什么。"

"什么?"

"中文,有《女孝经》《女四书》、唐诗宋词;西文,倒是有英文、算术、地理、图画、医学。但那程度也就是正好够做一个贤妻良母,看得懂报纸,跟丈夫说得上话。那叫什么学问?"盛樨蕙烦恼得不得了,一下一下踢着树下的小石块,"我去读了几天就走了。学校后来也关了,开不下去。"

菊圃一时也不知道该如何安慰她。这样听起来,真的还不如大哥竹轩在山沟沟里办的那个高小学校呢。

"如今在家里,我最大的学习便是打麻将,"樨蕙撇撇嘴,"好玩是好玩,还可以认识很多朋友。但每次打完了,又觉得无聊。无聊之余,又只能继续打麻将。"

菊圃笑,"那你索性像我一泛姨妈那样,女扮男装,混进我们学校来读书吧。"

盛樨蕙道,"我倒是想。可是爹爹的意思,就是让我好好待着,等着嫁进邵家。"

她的未来夫家邵家,菊圃倒是也听过一些传闻。

她的未来公公邵友濂,原来是台湾巡抚,儿子邵恒,是上海滩出了名的公子哥,寻欢作乐无一不精。

盛樨蕙侧一侧头,眼睛里冒着光,"要不,你帮我去给爹爹……求……嗯,求情?"

菊圃笑问,"求什么?"

盛樨蕙的微笑凝固在脸上,过了片刻,轻轻摇头道,"没什么。我走了,你读书吧。"

菊圃看着她走了几步,便也回转身,刚迈步,便听到樨蕙在背后的娇斥,"你还真走了啊?!"

菊圃愕然转身,"不然呢?"

樨蕙凝视他,好一会儿,眼里的精光慢慢退去。

"走吧。"樨蕙道,"你大嫂说得没错,你果然和你父亲一模一样。"

菊圃莫名其妙。

樨蕙离开后很久,他都依然在琢磨她最后这句话是从何说起。"你大嫂",那便是在说晏清了;"你大嫂说得没错",便是两个女人都觉得他和爹爹一模一样;可要说真的像,大哥比自己更像爹爹才是真的吧!至今还穿着长衫蓄着鼠尾辫,讲话斯斯文文。

女人真的难以捉摸。这是菊圃的第一个感受。紧接着的感受,便是女子也确实可怜。

明明才华横溢、天资聪颖，一到了婚嫁年龄，仿佛就再也没有其他价值，只剩了为人妻母这件事。

不晓得什么时候，中国的女子才能跟男子一样，可以自由地读书、做事。

就这么的，分别没几天，菊圃又和王宠惠在南洋公学重逢了。

王宠惠如今戴了眼镜，为人师表，更加儒雅。

接风宴上，菊圃赞赏，"你这身打扮，这身学识，以后一定会成为伍廷芳那样的大人物！"

王宠惠道，"那如今的学历还不够。我打算明年去日本看看，研究新的立法法政该怎么搞。然后如果有机会，我也想去英国或者美国留学，就像伍廷芳那样。"

菊圃道，"如今很多同学都有要去日本留学的念头了。"

王宠惠道，"没法子。同样搞洋务，人家十年，把我们的几十年，都打得丢盔弃甲，割地赔款！固步自封没有用，我们也要去看看日本人是怎么飞速进步的。"

菊圃点头，"你先去，我有机会了也去。"

接风宴接的是菊圃，所以也是菊圃自己来选的地点——他最留恋的上海总会。

结果又遇到了樨蕙。

还是在那个走廊，只不过这次是他去洗手，刚走到尽头的窗户边，樨蕙从里头出来。

一瞬间，菊圃有种穿越了时空的错愕。

可是樨蕙身边还有个女伴，两个人一样是名媛打扮，正在兴高采烈地谈论晚上都哪些人来搓麻将。

"……她不行，她小气得要死，输了钱就会生气、扔牌……我哪里受得了那个……"樨蕙没看到背光而立的菊圃，和女伴说着便走远了。

当年，背光而立的是樨蕙。刚从洗手间出来的菊圃，宛如看到了天使下凡。

而现在，尽管她脸上脂粉很浓，也没有盖住熬夜过后留下的黑眼圈。

菊圃想叫住她说说话，又不知道该从何说起。

大概这就叫渐行渐远了吧。

夏季还发生了一件大事，冲淡了菊圃对樨蕙本就不多的惦念。

在慈禧的默许下，义和团涌入北京，恶化了清廷与洋人的关系。恰在此时，一封所谓密报送至太后案前，内容是各国准备敦促慈禧"归政"，让光绪帝亲政。

虽然事后证明这个密报是捏造的，但在当时却引起慈禧震怒，她最终做出了一个疯狂的决定：向英、美、法、德、俄、奥匈、日、意、西、荷、比十一个国家同时宣战。

她下令使义和团和董福祥的部队联合进攻东交民巷使馆区，庚子年大乱开始了。

菊圃的恩师盛宣怀，因为掌控着邮政系统，也知道慈禧的宣战诏书类似疯魔，便勒令各地电信局将诏书扣押，只给各地督抚观看，不得在国内大肆宣扬。本来两广总督李鸿章、湖广总督张之洞、两江总督刘坤一等东南各省督抚，也都很不赞同此时全面开战。于是大家同时约定，"无论北方情形如何，请列国勿进兵长江流域与各省内地；各国人民生命财产，凡在辖区之内者，决依条约保护。"

此事公布于众，众皆哗然。

菊圃一边为恩师的仗义行为击节赞赏，一边又担心他、张之洞、李鸿章会被朝廷问责。

王宠惠沉吟道，"东南各省公然唱对台戏，都让朝廷颜面尽失了。不过，眼下局势，恐怕也由不得慈禧问罪了。"

他说得没错。

一个月后，刚刚亲手颁发证书给王宠惠的裕禄，被八国联军攻破天津后自杀。两个月后，八国联军攻陷北京，慈禧挟持光绪帝逃至西安，北方局势的糜烂已达到无以复加的程度。

幸得东南自保条约和长江天堑，保护了南方的老百姓免遭此难。

在此期间，菊圃趁着假期和北方大混乱，从上海登船，西去汉口与送茶的父老乡亲们碰头。

却在船上遇见了一个很奇怪的人。

此人下颌角特别方，眼神犀利，鼻梁坚挺，嘴唇很薄，给人一种格外坚定有力的感觉。

他看起来比菊圃大十来岁，名叫唐才常，自称"东文译社"主编。

菊圃会跟他主动搭讪，是因为那会儿他正站在船头望着远方，身边的一个朋友却紧张兮兮，还不停劝他，"走吧，伯平，站在这里很危险。"

菊圃左右看看，既没发现狂风大浪，也没发现他站的位置有哪里不妥。不知道这个"危险"指的是什么。

菊圃从来都爱广交朋友，看他们两个都是一身正气凛然，便上前打招呼，"听两位的口音，是湖南人？"

他俩错愕地扭头看他。菊圃笑嘻嘻伸出手去，"我也算半个湖南人。我叫卢菊圃,通商银行的兼职行走,还在读书。"

"唐才常,东文译社主编。"方脸汉子伸手过来握一握,"你叫我伯平吧。"

他那朋友见唐才常大剌剌便告诉了陌生人自己的名字,更觉着急,跺一下脚,气呼呼地走了。

菊圃赶紧问,"怎么了?有人要追杀你们吗?"

在菊圃的世界里,即便刚跟义和团擦肩而过,但战争、暗杀,都离得很遥远。

他这样问,也就是随口问问,显得自己见多识广。

结果没想到,唐才常点点头,"对。"

菊圃一惊,故作镇定道,"……难……难怪……你朋友说让你别站在这里。"

唐才常也看到他内心的震惊,笑道,"不用慌。我不相信追杀我的人,敢在轮船上就把我处理掉。这可是英国人的船。"

菊圃道,"那追杀你的人,是谁呢?"

唐才常道,"是我的老师。"

菊圃又是一惊。

唐才常说完这句,便没有再多说什么。此后两人吃饭路过时遇见,总会点头打个招呼。

几天后等船抵达汉口,却迟迟没有开放下船的通知。菊圃坐在二等舱,从船舷上看下去,只见一队队清兵上落,急匆匆地四处搜索,像是在找人。

菊圃心中一个咯噔。难不成?!真的是在抓唐才常?

他在房间里转悠了几圈,刚想出去,突然舱门被敲响,"菊圃!你还在吗?"

菊圃赶紧打开门,"伯平,我刚想去问你要不要帮忙!"

唐才常和他同伴闪进门,道,"我俩不是坏人,请你相信我们。若能帮我们顺利下船,感激不尽!"

菊圃道,"我懂了。"

他一边觉得自己是正义的化身,一边也觉得很刺激。当下帮唐才常两人把辫子盘到头顶上,又将衣服处理了一下,故意搞得皱皱巴巴脏兮兮。

菊圃平常在学校穿校服,出来都是穿洋服。英俊、短发、西装,大高个儿,脸上一拾掇干净,跟洋人没两样。两相对比,还真是有贵公子和两个随从的感觉。

上来搜索的清兵果然被瞒过了,只在他船舱里略微翻了一翻,便放了行。

三人下了船,迅速坐上了马车,一直到远离码头,才略略松了口气。

唐才常看看街景,"就在这里停吧。多谢你了。"

菊圃也探出头去看看,道,"这里是哪儿啊?是你们要去的地方吗?"

唐才常道,"这里是华景街,里头有一个清茶馆,名叫'一壶茶'。我们有时候会去那里喝茶,希望咱们还有再见面的一天。"

菊圃咧嘴一笑,"清茶馆啊?正好,我也口渴了。我和你们一起下车吧。送佛送到西,我怕你们中途又碰到谁。"

唐才常一想也是,于是一同下车,还是假装主仆三人,前后拐进了华景街。

等进了清茶馆,三人找地方坐下。鱼龙混杂、熙熙攘攘之中,唐才常和同伴这时才真正放松下来。

茶水端上来,菊圃喝一口,"咦"一声,"我的娘啊,这个小破店的茶水,味道很不错啊!"

唐才常心里有事,压根没心思管茶水好不好喝,闻言也就淡淡一笑,"民间藏龙卧虎吧。"

菊圃又喝一口,仍然惊愕,"不对,我说错了,这还不是不错!这是很不错!乖乖!"

当下浑忘刚才的紧张气氛,扬手叫小二,"你们家最好的茶,给我来一壶!"

小二回答,"好茶里面请!"

"还有里面?"菊圃兴高采烈地张望一眼,"走,伯平,我们去里头喝好茶!"

唐才常也挺喜欢菊圃这没心没肺的大孩子气,同时也觉得到里面更安全,便应声跟着进去了。

单间里,比外间更好的茶水再端上来,菊圃一喝,桌子一拍,抓住送茶的小二,"你给我说清楚了,这茶你们哪儿来的?"

小二赔笑,"当然是咱们自己做的茶。"

"放屁。"菊圃不理他,"老子的舌头即便是废了,也喝得出这茶的味道,我从小喝到大的!快说!你们哪里搞到的茶?而且这茶价格不低,你们才卖一文钱一碗,是不是故意要搞坏它名声?!"

隔壁房间的人似乎听到了这边的动静,赶过来解围,"怎么了这是?"

小二就像抓到救命稻草一样,闪到那人背后,"就……就这位客人!说咱们茶卖便宜了!"

那人和菊圃一照面,两个都愣住了。

"善虎?!"

"菊圃?!"

唐才常和同伴一看这架势不对,起身就想离开。菊圃见他们着急,赶紧解释,"不急!伯平!这是我兄弟!亲兄弟!"

善虎笑道,"谁让你小子总待在上海不回来,都不认识咱们自己的店了。"

两个人热切拥抱了一下。

隔壁包间的另一个人也赶过来,"我怎么听到有人叫'伯平'?"

唐才常抬头一看,也是双双愣住。

"伯平?!"

"克强?!"

等几个人都坐下来,才知道大水冲了龙王庙,唐才常就是来跟黄兴碰头的。

黄兴道,"月池公开了这个清茶馆,本来就是给人行方便的。加上这里经常有洪门的人出没,所以官府的人也不大敢来找事。你约我见面,我想了半天,觉得这里最好。"

唐才常点头笑道,"果然有缘分。"

菊圃问,"咱们既然是一家人了,你可以告诉我到底是谁在追杀你吗?"

唐才常这才说道,"我的老师,张之洞。"

"啊?"菊圃和善虎面面相觑。他们对这个名字不陌生,听父亲说也说了无数回了。

唐才常道,"其实……不怪老师。我和杨锐,都是他的学生。戊戌年我们变法失败,我逃去日本。杨锐被杀,老师也很痛心。"

黄兴道,"其实……兄弟,你有没有想过,现在这个时候要推翻清慈禧政权、创造新自立国还不到时候。"

唐才常道,"老师也是这么认为,他觉得变法没什么,但绝对不能让皇权旁落。所以,我从上海来汉口起事,是告诉老师了的。"

菊圃大惊,"你这都告诉他?"

唐才常正气凛然,"我不瞒着。他也回复:你不要来,你若来,我必抓你,抓你是职责所在。我说,一样的,我会来是因为使命所在。"

菊圃道,"哦,难怪在船上……"

唐才常道,"他沿长江戒严,就是要抓我归案。"

菊圃一时也不知道这师徒两个到底是谁更倔强一些,叹息一声。

唐才常对黄兴道,"我跟你们见面,也是让你们知晓,万一后头出了什么事,不要慌张,我心里有数。"

黄兴半晌没有说话,很久很久,才叹息道,"张之洞的位置就是皇权给的,你让他理解你推翻皇权,那确实不可能。兄弟,我已经想得透彻明白了。戊戌年变法之所以失败,就是大家把希望放在了错误的人身上。他们本来就是权贵阶层,依靠他们推翻他们自己,能成功才怪了。"

唐才常摇头道,"我不同意你的意见。总要有人做吧?克强?总要有人做那个推手吧?推倒他们,才知道后来的人该站在什么位置上!"

黄兴道,"好吧……你们准备怎么干呢?"

唐才常道,"我只能跟你说,跟你分别后,我就要去汉口总机关跟其他同僚碰头。自立军会分五路人马分头、多地、同时起事。至于具体时间和地点……你们还是不要知道的好。"

黄兴忧心忡忡,"复生已经殉国,你不怕吗?"

唐才常站起身来,在斗室里来回走了几步,忽而仰天一笑,道,"殉国的人,不止复生。每殉国一个,就会有一批新的人觉悟。克强,等到星星之火点燃全国,那时候,可就不是义和团这样粗暴地打砸抢,也不是戊戌年变法那般斯文地打嘴仗。我愿意跟复生一样以身殉国,只要你们后来者还愿意踩着我的尸骨继续前进就行!"

他慷慨激昂的样子,震惊了善虎,更震惊了菊圃。

这是和自己以往接触到的完全不一样的世界观。

十多天后,等唐才常和他同伴们的首级,鲜血淋淋地悬在汉阳门上,菊圃、善虎都觉得一切不像真的。

菊圃道,"张之洞……张之洞这么残暴吗?!"

黄兴痛哭流涕,"也不是……张之洞有张之洞的职责……听说他抓了伯平后,还派人去监狱问他要不要归降。伯平回答,'此才常所为,勤王事,酬死友,今请速杀'……好兄弟……太难了……"

善虎也哭了,"听说他在狱中还题了一首诗:剩好头颅酬故友,无损面目见群魔。"

菊圃闭上眼睛,唐才常死难的头颅和他昔日慷慨激昂的样子交替在眼前闪现。

这也算是他们这帮半大孩子第一次如此残酷又直接地面对死亡吧。

过了几天,月池他们送茶叶来,也到了汉口。

菊圃将这个插曲一五一十地说给爹爹听。

月池愣了许久,叹口气道,"国运彻底变了。"

菊圃问何意。

月池道，"听说当年谭嗣同出事，父亲谭继洵没有营救他。死后，谭继洵写下了一首挽联：'谣风遍万国九州，无非是骂；昭雪在千秋百世，不得而知'。他的心情，张之洞的心情，我都能理解。这是两个时代的人，对要如何改变中国、如何救中国有完全不同的理解。拭目以待吧，我觉得未来所有的革命，都会伴随着流血牺牲。唐才常不是最后一个改良派，但很可能是第一个坚定的革命派。"

一泛见月池这两年明显瘦了老了，劝道，"以后送茶叶，你不用都来。我看孙运东他们都可以独当一面了。"

月池点点头，"再送几年吧，趁还走得动。"

他问善虎、菊圃，"你俩转过年去都二十多了，谈婚论嫁已经很晚，自己可有什么打算？"

陆一泛笑道，"如今壶瓶山风气也如此开明了吗？我以为家里早就着急给他俩说媒了呢。"

月池道，"提亲的人早有一大堆，都给我压下了。"

菊圃笑，"还是爹爹懂我。我是肯定不会再去山里找的，上海、天津，我遇到喜欢的了，就跟爹爹说。"

月池转向善虎，"你呢？"

善虎道，"我还有两年书要读，读完再说吧。我娘很早就催我成亲，可我总想着吧，若要能够支持我、理解我，像亭曈阿姨那样无条件支持月池公的，只怕难得。"

月池笑骂，"你们两个马屁精。"

临近开学，菊圃再度返回上海。与唐才常和黄兴的偶遇，短暂，却充满了硝烟和鲜血的气息，令他震撼与错愕。菊圃感觉回去上海的，是另一个自己。

这次到汉口，月池没带印雪，倒是带着一个陌生面孔、和印雪差不多年纪的男孩子。

等空下来，陆一泛才没忍住悄悄问月池，"这是谁？"

月池苦笑道，"这是童奚大哥的孩子，他叫童丞。大哥带不了他，就托付给了我。"

陆一泛曾经见过童奚几面，点头之交。但此人于泰和合初创时期提供了莫大支持，算是泰和合的恩人。遂问道，"童大哥……怎么了？"

月池道，"出事了。"

陆一泛一惊,"他不是做贡品的吗?这还不稳当?"

"以前做贡品,也是多方打点的结果。后来政局变化太大,别说贡品了,如今老佛爷都在担心位置不保。这么多年他也累了,便遣散了茶农,变卖了土地,守着宅子和老婆孩子过日子。哪里晓得,树倒猢狲散,以前依靠他活着的那些茶农,看他势微,便纠结一帮土匪,造反劫了他的家财。老娘死了,大嫂被抓,他和孩子好容易才逃出生天。"

陆一泛听得毛骨悚然,"这……这……也太可怕了。"

月池疲倦地捂住脸,"我还记得第一次去苦竹洞茶园,看到那高高的瞭望所,还在想真有祸事了,大哥大嫂们至少可以藏身在瞭望所里。可惜家贼难防……唉……想想我自己,我比童大哥还不如。我还是外乡客呢,若哪天撑不下去了,泰和合不晓得会不会一样被人生吞活剥。"

陆一泛赶紧安慰,"不会的,我们的关系网这么盘根错节,不会有事的。后来呢?童大哥?"

月池道,"他也硬气,到这个时候都没找我诉苦。直到听说大嫂昧旦被贼人掳去,宁死不屈,在被人玷污前咬舌自尽,他才发了狠,决定将孩子交给我,然后自己去报仇。"

"在被人玷污前咬舌自尽",几个字如铁钉一样一字一字凿在陆一泛心头。崩口人忌崩口碗,她难过极了,双拳紧握。

比她更难过的其实是月池。昔日昧旦的妩媚、风流,此刻也尽数浮现眼前。不忠贞和刚烈,居然可以统合在同一个人身上。他对女性又有了新一层认知。

半晌后,陆一泛才喃喃道,"可是,童大哥哪能就这么孤身去报仇啊!"

月池道,"可不是。我拦下他了,将他安养在泰和合。至于这孩子,目睹了家变惨剧,整个人特别容易受惊吓,胆子很小。我就把他带在了身边,算是给大哥一个交代吧。"

陆一泛看童丞,感觉他就是特别特别安静的一个男生,长得异常白净娟秀,眉眼之间简直可以用妩媚来形容。

他似乎比影尘大个一两岁,自从进了家门,就蹲在影尘身边,看她玩玩具。偶尔影尘朝他笑一笑,他也羞涩地回报一笑。

月池道,"还有个事儿……你觉不觉得,这孩子像谁?"

一泛错愕,一时没有明白他这么问的用意是什么,"像谁?不是……像他娘吗?我记得他娘生得很美。"

月池"嗯"一声,"对。你说得对。"

菊圃走后,月池、一泛带着影尘和童丞,去视察清茶馆。

一泛才在马车上,轻轻告诉他曾秉炎的事。

月池大惊,吃惊的程度超过了一泛的想象。

月池望一望童丞,喃喃道,"这到底是什么样的孽缘……"

等到进了四合院,曾秉炎来开门,看到月池,傻乎乎地笑,"老板好。"

月池压根儿没有认出他来,点了个头就往里走,一边走一边问,"人在哪里?"

一泛站定,悲伤地看看他,又看看曾秉炎。曾秉炎见陆一泛看他,跟着笑,笑一笑,又打了个哈欠,口气也并不那么清新。

月池随着一泛的目光,看着大金牙,又莫名其妙地再看看陆一泛,好几个来回后,才突然明白过来,整个人一激灵。

童丞也一派天真地望望月池,再望望大金牙,又看看影尘。

唯有大金牙最呆头呆脑,谁也没认出来,傻笑片刻,就走开了。留下月池在原地感喟万分宛如静止了一样。

影尘突然对童丞说道,"你以后就留在汉口吧,跟我一起。"

童丞乖巧地望向月池。

月池则望向一泛。

一泛笑道,"我没有问题。横竖我都是请了奶娘的,家里多一个男孩子,还多一个劳力。"

从此后,童丞就在汉口住了下来,日日夜夜跟影尘在一起。

影尘是军师,让他干吗就干吗。他也不介意被支使,也不多说什么话,默默地如同一个影子。就在一泛怀疑他是不是根本不会讲话时,听到他在给刚刚能站立的薛月梁读诗歌,"五月斯螽动股,六月莎鸡振羽,七月在野,八月在宇,九月在户,十月蟋蟀入我床下……"字字分明。

小女儿月梁半点都不像姐姐,一派天真烂漫,眼睛直视眼底,喜欢拍手欢笑,毫无秘密。

陆一泛笑一笑。在这庚子乱世里,还能过得如此平静,很幸福了。

6

然而武昌、汉口、汉阳,可一天都没有平静过。

消失了大半年的李白扇,突然出现在了清茶馆。

他还是穿着一身灰白衣裳，面颊干净，高大得让整个清茶馆都成了小黑屋一样。

他没有来的这些日子，影尘也已经养成了习惯，每天下午四点都来后堂做完作业再回家。

突然看到他，也不显得多惊讶，只是微微一笑，"你身体大好啦？"

李白扇点头，"好了。你娘呢？怎么就你一个人？"

影尘道，"她在后院跟妹妹、童丞哥哥玩呢。"

李白扇坐到影尘对面，手长脚长的他得侧着身、半躺在椅子上，才能跟影尘眼睛平齐。

影尘见他动作略显笨拙，"明明还没有完全好。"

李白扇道，"天将下雨的时候，就会比较疼。"

看了看她面前的书，"书读到哪里了？"

"第三十四课，我国地形，如秋海棠叶。"

李白扇背诵道，"秋海棠叶。东出渤海，如叶之茎；西至葱岭，如叶之尖……"

"你还记得这么牢。"

李白扇忽而道，"少年时有一次去寻访丝绸之路，到达葱岭。蓝天白云比冰川雪山还低，草原、湖泊、森林，都在阳光下像宝石一样熠熠生辉。天苍苍，野茫茫，风吹草低见牛羊。那时候我就明白，为什么左宗棠宁死也要收复新疆。秋海棠叶，哪一丁点都不能少。这是李鸿章、康有为最不明白也最愚蠢的地方——在他们看来，国之领土是筹码，但在左宗棠看来，国之领土就是万民生命。"

薛影尘听完，十分神往，"葱岭这么美的吗？我见过壶瓶山的美，已经很美了。"

李白扇道，"壶瓶山是已经很美了。不过河山壮阔，还有很多美的地方。"

"以后我长大些了，可以跟你去吗？"

李白扇一愣，微微笑道，"可以啊。"

"今次来，你想问什么？"

"需得你娘在才行。"

影尘点点头，起身去后院将一泛寻了来。

童丞抱着小月梁，站在后院门口，没进来，但也没走开。

李白扇问陆一泛，"四合院若还有空闲房间，我可以包一个吗？有时候我，或者我的兄弟累了，想在这里歇歇脚。"

陆一泛道，"有是有。可是……"

她犹豫片刻，还是决定直言不讳，"会有危险吗？会给我们带来危险吗？"

李白扇道，"我不会允许有。"

陆一泛道，"那行吧。"

李白扇看出了她的犹豫，沉吟道，"我们做个约定吧。若我们的人在这里歇脚，就在屋檐下挂一个灯笼。你们的人可以当作没看见，也可以选择那天就离我们远远的。"

陆一泛琢磨一下，"好，就这么办。"

影尘突然说道，"不好。一会儿挂灯笼，一会儿不挂，反而很奇怪。我们寻常就挂两个灯笼出去，你们若是来，就拿掉一个。"

李白扇点头，"如此更好。"

打这以后，洪门中时常有人会来住一两个晚上。泰和合的员工起初挺担惊受怕，相处了几次，发现洪门中人跟自己一样出身贫寒，艰难度日，一样有血有肉会害怕，渐渐地便也放下了芥蒂。

杨存宁还是会来问影尘一些事，影尘也有问必答。作为回报，洪门就把这里当成了一个他们固定的消费场所，"地"和"玄"字号茶的零售业绩，竟比汉庄还好。

有一天下午，一泛不得空，令奶娘跟着影尘和童丞去清茶馆。

刚到四合院，影尘便见灯笼少了一只，心中有点奇怪。通常洪门中人都是晚上才会来歇脚。

坐下来做功课，做一半，忽而福至心灵，跳起来便去了那个房间。

童丞跟在她身后，亦步亦趋。

敲敲门，没人应。

影尘也不理会，推门便进去了。

午后阳光混着尘雾，如一把宽宽的刀，切进了黑黢黢的房间。

已经闻得到浓浓的血腥味。

影尘转身挡住童丞，"去打一大盆水来，毛巾，剪刀。药柜里有什么现成的药膏，也都拿来。"

童丞也不纠结，点一下头便退出去了。

影尘也不慌，来到床前，等眼睛适应了房间里的暗，发现昏睡在床上的人，果然是李白扇。

她也不犹豫，掀开薄被，就见鲜血从李白扇胸口不停渗出。

她回到后堂通知奶娘,"去玛格丽特医院,请威廉医生来一趟。说有急诊。"

奶娘得令,立刻去了。

影尘回到李白扇身边,童丞已麻利地拿了东西过来。她剪开李白扇流血的肩头衣服,又把毛巾剪成几个细长条,几头接起来,在李白扇肩膀靠近脖颈的地方绕了几绕。

新学堂刚教了急救,正好派上用场。

童丞又拿来药膏,拿衣服下摆兜着,哗啦啦一下都放到床上,小瓶瓶小罐罐琳琅满目。

影尘笑,"你倒是机灵。"

老气横秋的,其实童丞比她还大两岁。

药柜里的瓶瓶罐罐,很多是父亲薛友才自己配好的,也有些是他收来的,瓶子都怪好看,琉璃玻璃不一而足,上面还有他写的各种药名。"香砂丸""金疮药""卧龙丹",影尘捡起金疮药,打开便给李白扇的伤口敷上。

等威廉医生拎着药箱赶到的时候,血已经止住了,但人还是没有醒来。

威廉看了看情况,吃惊地问影尘,"是你做的?"

影尘已经学了简单的英语,听得懂,但也没有认真回答。

威廉仔细视察伤口,倒吸一口凉气,"这是利刃伤!"

影尘点点头。

威廉道,"这个必须去医院。而且,如果是在英租界发生的,至少要去巡捕房报案!"

影尘从怀里掏出银元,放在他手里。

威廉想一想,苦笑道,"上帝保佑你们。"

他倒也不再啰唆,立刻给李白扇清理伤口,做防止感染处理。

过了整一个时辰李白扇才醒来,一睁开眼,就看到影尘小小的身影坐在床沿,两条腿垂在下面晃晃悠悠,膝盖上放着书,嘴巴里轻轻念着,"glory, glory, g—l—o—r—y—"

居然在心无旁骛地背英文单词。

李白扇凝视她精灵般的侧脸,没有出声。

影尘倒是察觉到了,转过头来看他,"感觉好些了吗?"

李白扇低头看看自己的伤,压着嗓子道,"辛苦你了。"

影尘道,"你这几天就别走了。在这里好好养伤吧。"

李白扇还要说句什么,被她打断,"你便是出去了,也无济于事。"

李白扇一愣,旋即笑,"有时候真的会有一种错觉,你究竟是不是只有十岁。"

影尘侧着脑袋,"那……你要等我长大吗?"

李白扇不知怎么的,心跳一滞,像是偷东西被人抓住一般。

影尘也没继续问,又笑一笑,合起书,跳下床,"我走啦,爹娘肯定等我吃晚饭呢。"

"路上小心。"

"我明天再来看你。"影尘打开门,回头道。夕阳照在她的头发上,娉娉袅袅,豆蔻梢头。春风十里,都不如她嫣然一笑。

庚子乱世的结尾,就和盛宣怀预判的一模一样。兵临北京城下之际,果然还是李鸿章出来主持大局。他将赔款从十亿两谈到了四亿五千万两,正好对应中国的人口数量。有史以来最多赔款、最丧权辱国的不平等条约在他笔下签署,中国成为此刻全世界人眼中的懦夫与笑柄。

与此同时,泰和合出品的宜红工夫茶,出口海外占了全国红茶总出口的三分之一,成为毋庸置疑的霸主。全国红茶有祁、宁、川、闽、湖、越等八种名品,宜红工夫茶是其中最受国际市场青睐的名品之一。全厂内外员工近万,惠及百姓数万。旱运骡马达五百多匹,水运繁忙时茶船多达三百余艘,云蒸霞蔚。

辛丑年秋,战乱终于慢慢烟消云散,暂居南洋公学的北洋学堂师生,开始组织搬回天津。

这时王宠惠已经辞去南洋公学教师一职,筹备东渡日本了。

菊圃和王宠惠也再度面临分别。

菊圃说,"南洋公学少了你这个大国手,学生肯定很舍不得吧。"

王宠惠谦虚地笑道,"能人辈出。如今我们学校有一个新来的老师,名叫蔡元培。他现在是经济特科班总教习。我觉得他会成为一个划时代的大人物。"

"哦?何以见得?"

"此人的教育模式不拘一格,兼容并包,谁讲的,他都听一听,广泛吸收各家所长。在他看来,读书不是为了功名利禄,而是一在引领——教育指导社会,而非随逐社会,二在服务——读书养成人才,方能进社会做事。此外他对学生非常宽厚,是个难得的新教育家。"

菊圃道,"如今朝廷倒是下了决心了,打算把之前戊戌年变法的那一套,都搬出来搞。我就纳闷了,当年不搞,还杀了一堆人,如今怎么又变了心意?"

王宠惠想一想,"恐怕当年不搞,并非慈禧觉得变法有错,而是害怕光绪掌权。她这个人,并非食古不化,而是绝不允许大权旁落。"

菊圃道,"我听恩师盛宣怀说,朝廷还准备设立商部,倡导官商创办工商企业。希望等我毕业出去,做实业的环境比现在要好。"

王宠惠鼓励他,"那是一定的,加油。"

菊圃却很怀疑,"还来得及吗……"

菊圃和王宠惠依然都是穿一身学生装,说要做未来的"实业家"和"外交官"似乎也就在昨天。在校园里,不知兴衰的同学也依然很多,打打闹闹嘻嘻哈哈。可是他们两个人,不知道怎么的,一夜之间仿佛就长大了。

王宠惠按住他的肩,叹息道,"听说,李鸿章在'庚子协定'签下自己名字的时候,特地将名字组合成了一个'肃'字,那是清廷给他的封号——'肃毅伯'。大概是太累了吧,一边吐着血,一边签约。听说现在已经一病不起了。"

他看看自己的手,"谁承想,天下最难写的,竟然会是自己的名字。"

菊圃想到两年前大哥说的话,"李鸿章的悲哀,在他自己身上。看起来他只是清廷的替罪羊,但他作为宰相,做了很多愚蠢的决定,自己就是这难堪局面的最大推手。"

王宠惠惊叹,"兄弟!这是正解!主上昏庸无度,国家积弱难返。我们这一代,任重道远啊,兄弟。"

这四个字,从此深深刻在了菊圃的脑海里。

任重道远。

如果没有遇见王宠惠、唐才常、黄兴,他还不至于有如此切肤感受。

菊圃跟好友道别,善虎那边则交到了新朋友。

学期伊始,他和黄兴的宿舍来了一个新同学,名字叫作章士钊,也是长沙人,跟黄兴可以用家乡话对白。家学也甚是有渊源,从小跟着做塾师的哥哥读书,打下了扎实的国学功底。

他虽然精通古文,整个脸看起来却像随时在笑,让人如沐春风。

说给一泛阿姨听。一泛道,"山外青山楼外楼,这也是月池公送你们来读书的原因。莫要因为家里生意做得大、有多少钱,就觉得天下再没有别人。"

辛丑年仿佛一个黑暗的山谷。国运走到了尽头,每个老百姓头上顶着巨大的负债,慈禧出台再多新政新法,对老百姓而言,都如黑茫茫中的一点微光,乏善可陈,聊胜于无。

月池也在这个夏天倒下了。

按常规说法,他这是过度控制饮食后引发的虚弱。但他内心知道,不全是身体问题。内心的虚弱和对未来的无力感,席卷了他整个人。

这之后好长一阵子,他行走和站立都要挂着拐杖。辛丑夏末,他破天荒没在春茶季跟船去汉口,嘱托孙运东和熊炎跟船。

熊炎的儿子覃志宝刚刚六岁,便是这样跟随父亲,第一次从津市来到了汉口;第一次见到电灯、电报、电话;第一次看到洋人、洋装、洋食。

在此之前,他只知道家里的生意很厉害,但没想到可以厉害到这个地步。金发碧眼的洋人,看起来威风凛凛,却跟父亲以及叔叔伯伯们谈笑风生;甚至还有叽里咕噜像说鸟语一样的日本人,对一泛阿姨卑躬屈膝。

他更没想到,世界上竟然还有薛月梁这么可爱的女孩子。

动不动就笑,一笑灿烂得不得了,满世界的乌云都会散开。

再也不肯走了,赖着父亲,央求留住在一泛家。

刘人祥用自己开的填土公司,填平了江汉关与英租界紧邻的地段,又跟租界合筑了"歆生路",在与花楼街毗邻的路段修建了两层楼房的生成里。凭着月池和他的交情,薛友才和陆一泛为泰和合低价买下了整整一栋,上下两层,十多个房间,敞亮得不得了。

索性让四个孩子住一层,又一起报了学堂,统统住进新家。

熊炎笑,"从前看你,只知道泼辣爽直,如今想想,你真是月池公的福将。"

陆一泛白他一眼,"拍马屁没有用,生活费一样要付。"

"那怎么敢怠慢?"

搬完新家的孩子们,兴奋了好一阵儿,连影尘都花儿朵儿地往家里搬,摆得哪哪儿都花团锦簇。

深秋某天,她怀抱一大捧姜花和童丞一起回家,正兴高采烈地穿过路口。

忽而看到马路对过,李白扇穿着一袭白衣,静静站在人海中。

薛影尘抱着花儿便奔过去,只留下一串串清香给愣在原地的童丞。

"你怎么在这里?"影尘跑到李白扇面前,"不去清茶馆?"

李白扇道,"我一会儿坐船走了,来跟你打个招呼。"

影尘道,"几时回来呢?下周?"

李白扇摇摇头。

"下个月?"

李白扇还是摇摇头。

影尘的小脸垮了下去。手里的花也快拿不住了。

"明年吗?还是……再也不回来了?"

李白扇道,"三年。三年后见。"

影尘小嘴一扁,立刻鼻子就红了,眼泪在眼中打转。

李白扇从来没有见到过影尘如此失态的模样。她一直是那么稳定、讳莫如深。偏是在他最脆弱的此刻,她哭了。

他忍不住抬起手臂摸摸她的脸颊,帮她擦掉泪痕,"我会回来的,一定会回来的。"

影尘这时才注意到他左臂上,带着黑色的袖章,袖章上还绣着一个红毛线团。她同学的爷爷奶奶过世的时候,就会很长时间戴着这个。

李白扇也注意到她的目光,轻声解释道,"我的一个长辈去世了。"

影尘道,"是因为生病吗?"

李白扇答,"因为吐血。他太累了,累死了。"

影尘道,"你很难过吧。"

李白扇答非所问,"他活着的时候,我是站在他对立面的人。我像同伴一样恨他,恨不得把他钉在耻辱柱上,永世不得翻身。他做的事情,桩桩件件我都想唾弃。朝廷给他的封赏越多,我越觉得耻辱。但如今他走了,我才突然意识到,参天大树倒地了。"

影尘也学他一样,踮起脚,伸出没有拿花的手,摸摸他的脸颊,"没事,没事。我们都是树。"

李白扇颔首。忽而朝不远处挥挥手,示意童丞走近。

等小男孩走到近前,李白扇对他说道,"我手下的巡山周文青,以后会每天凌晨四点来找你习武。你跟着他好好学。"

童丞点点头。

"那我走了。你们保重。"

"白哥哥再见。"影尘道,"……三年后,见。"

李白扇转身便走,走几步,回过头又凝视她几秒。她在小房间里做功课的样子,她在他床边背单词的样子,还有如今她站在人群里手捧鲜花眼含热泪的样子,都让他下定决心。

艰苦卓绝,就是为了这些平凡又美丽的样子。

再难,也要让这个国家重新站起来。

辛丑年的冬天,寒冷彻骨。

冷到连新年都不红火。

反倒是壶瓶山,远隔尘事,鞭炮声哔啵不断,给人一种岁月安好的错觉。

要不是因为童奚大哥就在身边……连月池都信了这种错觉。

自从儿子童丞离开后,童奚既像是放下了一块大石头,又像是丢掉了心爱的宝物,整个人变得没有痛苦,也再没有喜悦。

月池从前行医的时候,碰到家中发生巨大变故的人,其中有一类就是童大哥这样的。

不表达,没情绪,心如死灰。最后,死于意外事故,比如失足淹死或者摔死。

想到过往种种,月池心痛如绞。

他时常带着他出去转转,老哥俩一人一根拐杖,沿着溇水慢慢走。

远处的壶瓶山,身边的笔架山,都依然那么美。特殊的地貌落差,让它处处悬崖峭壁,瀑布林立。可便是这看似危机重重的地形里头,孕育了无限生机。

月池跟他诉苦,"我培养了几年的孙运东,带着张仁义他们几个骨干,自立山头去啦!我心里知道,只有抱团取暖才能跟着乱世抗衡,可他听不懂,听不进去。大哥,从前罗成走,我都没感觉到背叛,可是这一次,我结结实实感受到背叛!真难受啊!"

童奚没说话,嘴角牵了牵,像是在笑,又像是在难过。

月池望着远山,道,"大哥,你还喜欢这里吗?我们把这一辈子,都放在了这里,究竟值不值得?"

童奚默默看一眼远方,没有说话。

月池道,"行走在山水之间,最能明白:天地不仁,以万物为刍狗;圣人不仁,以百姓为刍狗。咱们都是刍狗啊,咱们的那点喜怒哀乐,对于天地圣人来说就是个屁。"

童奚道,"是啊,就是个屁。早知如此,争什么?要什么?一切都是虚妄。"

这天奇冷,童奚走一走便不肯动了。从前高大威猛的他,瘦了以后再一瑟缩,宛如小老头。

月池忍住心酸,牵着他的手,"再走走,暖和了就好了。"

"施主既然不愿意走了,就此放下便了。"突然一个声音在俩人身后响起。

月池回头看,只见夹山寺的宣惠大和尚笑吟吟缓缓走近。

月池行礼,"阿弥陀佛,大师新年好。"

宣惠还礼,"阿弥陀佛,月池公新年好。"

月池道,"大师可是来找我的?"

宣惠笑道,"乱世之中,老衲每每记起昔日'松竹梅'美味佳肴,倒是时常想来找你的。不过今天,不是。"

月池笑。笑一笑,又心酸了。昔日"松竹梅",布席之人墓木已拱。

宣惠道,"月池公大智慧,以一己之力护祐壶瓶山百姓,功德无量。"

月池黯然,看看童奚,"可惜还是没有保护好我大哥。"

宣惠看向童奚,"童施主,你可相信缘分?"

童奚点头,"大致相信。"

宣惠道,"在我佛家看来,诸行无常,诸法无我。缘分一事,无相无行,却必然存在。缘起缘灭,不是发端,而是结果。无数人事如丝线缠绕,联结之处,因缘际会;丝线散开,散开处,因缘消灭。"

童奚怔怔的。

宣惠道,"你与爱人、家人、茶园,缘分散尽,再悲伤也是徒劳。不如放下,立地成佛。"

童奚的眼睛,忽而一亮,望向宣惠。

宣惠朝他伸出手,他也缓缓接住。

月池这才知道,今天宣惠就是来找童奚的。

当下双手合十,"那就有劳大师了。"

宣惠牵着童奚走几步,回头又对月池笑道,"月池公,你的一切因缘都还在,再悲伤,亦是徒劳!我们去啦!"

再悲伤,亦是徒劳。

再悲伤,亦是徒劳。

月池心中默念几遍,垂下头去。

他孤身一人继续往前走,走着走着,看到前面张家渡码头下,临水处的石台上,又有一人面水迎风而立。

璀错。

月池加快脚步,拐杖在石板上叩得笃笃响。

璀错戴着一只笑嘻嘻、笑得像哭一样的面具,听到声音,望向他。既像是高兴,又像是在嘲笑他刚过不惑之年就要拄杖。

月池看璀错,却依然如第一次见面时那样,清瘦,灵动。

果然是神仙啊。月池微微笑。

等到二人并肩站立,月池却不知道该说些什么了。

过去的这几年里,果真如璀错所言:值得大哭的事情,可太多了。

忽然,璀错道,"我为你跳一段傩吧。"

月池道,"好啊。"

他后退几步,将那石台让给璀错。

璀错从腰间解下一串铃铛,起一个势,便开始跳了。

他的舞步无比轻盈,腾挪跳跃间宛如苍龙出海,又如清风拂过山岗。

一边跳,一边唱道:

若有人兮——山之阿——

被薜荔兮——带女萝——

既含睇兮——又宜笑——

子慕予兮——善窈窕——

乘赤豹兮——从文狸——

辛夷车兮——结桂旗——

竟然是屈原的《九歌·山鬼》。

月池内心的悲怆,被璀错毫无雕饰、浑然天成的歌声全部勾了起来,眼泪奔泻而出,一发不可收拾。老宣惠说得对:你的一切因缘都还在,再悲伤,亦是徒劳。既然如此,不如像山鬼一样,极致美艳、极致牵挂、极致热烈地活着吧。

第六章

怀瑾握瑜漫天星

1

月黑风高的冬之夜。

新落成的汉口大智门火车站里,一列火车吐着白烟,像个正咳嗽的彪形大汉,莽莽撞撞却又威风凛凛驰进了车站。好容易颤颤巍巍停下来,忽然身子抖了几下,一群群乘客像跳蚤一样从车上被抖了下来,顿时七零八落散开。

一个男人混迹其中。他穿着朴素不起眼,头上戴的苦力帽压得极低,低到几乎看不见他的眼睛。

他裹挟在人流里,挤出了车站口,穿过一簇簇相拥的人群,四下一张望,转身折返,到了出站口旁边的一条小路,又四下张望,见无人跟踪,再一个转身,闪进小路。

小路上无人,他撒腿便跑,跑到一堵墙边,几个纵身,便已蹲在了墙头上。

墙的那边就是直通华景街的一条小巷。

小巷最远处,靠近华景街的地方,有一个四合院。小巷整个都黑黢黢的,唯有四合院门口挂着一盏孤零零的灯笼,在黑夜里泛着微微的橘色的光。

男人嘴角泛出一丝笑意。然后轻身一跃,消失在小巷里。

几分钟后,他叩响了四合院的门。随着木门吱呀一声打开,肖善虎的脸露了出来。

一见来人,四目相对,心照不宣点点头,将他很快迎了进去。

四合院里,有两三扇窗后闪烁着烛火的微光。

华景街虽然紧挨着租界,但依然没有通电。无论白天还是晚上,华景街和一墙之隔的英租界,宛如新旧两个世界。男人一直觉得泰和合的老板把茶庄放在租界,把茶馆放在华景街,大有深意。

有烛光的其中一间小屋,生着暖炉,一群人围炉而坐。

肖善虎将男人引进小屋,压抑着兴奋的嗓门,"各位,黄兴回来了!"

围炉一圈的人集体起立,轻轻鼓掌,"热烈欢迎!"

一种暗暗的喜悦,在小小四合院里流淌。

善虎道,"这一路,很辗转吧?"

黄兴摘下苦力帽,一边和同人们逐个相拥,一边回答,"去年我在日本的拒俄运动里,被选为义勇队的教导官,这个身份给了我很大掩护。此次回来,我明面上是被弘文学院的学长、长沙明德学堂校长聘请回国,所以还算安全。路过武昌的时候就感觉,国内变化也很大啊!"

他体格特别强健,热情饱满,每一个拥抱都让人感受到他身上旺盛的生命力。

周震鳞递过来一个炉子上烤得正香的红薯,"先填饱肚子,听我们汇报,然后你再说说日本和上海的情况。"

黄兴笑,"好!正好饿了!"

善虎递过来茶水,"这是咱们泰和合顶级的'天'字号茶,由我们汉庄老板特供,大家享受一下皇家级待遇。"

黄兴道,"好!好!最贵的茶,配最贱的红薯!相得益彰!"

他眼睛扫一圈,一边交替手剥着滚烫的红薯,一边朝其中一人努嘴,"我想先听你说,章士钊同学。大名鼎鼎的停刊之王!"

此言一出,大家都笑了。

本来就爱笑的章士钊用手指指他,"你呀你,你这嘴。"

旁边一个男生问,"我还真的不是很清楚《苏报》为什么被停刊。"

章士钊又指指善虎,"说来话长。一开头,要从善虎那里讲起。"

肖善虎挠挠头,"我都不是亲身经历,是听我兄弟菊圃说的。我口才差,怕说不清楚。"

章士钊鼓励他,"你且说。"

善虎道,"一年多前,就在我兄弟即将离开南洋公学回天津的时候,南洋公学里出了一个'墨水瓶'事件。具体来龙去脉我就不说了,总之这个事件因为校方处理不妥当,导致了全校学生的集体退学。当时蔡元培先生在南洋公学里担任教务,他把这些退学的学生一个一个安顿到了新的学校,这也是他在学生群体中的威信越来越高的原因。当时这个事件,被《苏报》详细报道了,次年又特聘了蔡元培先生撰写论文,从此,《苏报》就变成了革命和反清的前沿。"

黄兴听完,朝善虎竖个大拇指,"你这口才,这概括能力,已经不比任何人差了。"

章士钊接着说道,"蔡元培先生开始撰文后,特别常用'同盟'一词,发表了'中国教学同盟''中国学生同盟''国民同盟会'等多篇文章。其实这个时候,《苏报》已经开始向革命路线改进,我只是给它推波助澜了一下!谁知道清政府终于回过神来了,勒令停刊!可惜了章太炎和邹容,此刻还在监狱里。不过他们很乐观,他们认为星星之火已经燎原,就算把牢底坐穿又何妨!"

黄兴举起吃了一半的红薯,"敬章太炎,敬邹容。"

大家不约而同,轻轻喝道,"敬章太炎,敬邹容。"

章士钊身边那个男生道,"到我了?我叫宋教仁……"

黄兴的一口红薯还在嘴里,已然呆住,"等一下!"

大家以为他噎着了,谁知道他大眼一瞪,将那口红薯迅速咽了下去,"你就是宋教仁?"

宋教仁笑道,"对呀。"

黄兴看着善虎,"就是你妹妹说过的那个宋教仁?"

善虎笑,"正是。可太巧了。我原也不认识他,去年他到圣公会书院读书,一到武昌就听了一场演说,正好我和妹妹也在场,就这么相认了。你那会儿还在日本,猜猜看,那场演说是谁讲的?"

说着,指一指周震鳞。

黄兴哈哈大笑,起身再次拥抱宋教仁,"缘分哪,兄弟!"

宋教仁道,"我接触革命的时间比你们晚,我是来学习的。我虽愚钝,但肯学。大家不要嫌弃我。"

章士钊对黄兴,也是对大家介绍道,"莫要被他骗了。宋教仁虽然年轻,他对国外革命的研究,可比我们在座每个人都要深刻!我看过他翻译的各国宪法、财政制度,太厉害了,文理、法理皆通!天不生教仁,万古如长夜,关键是,还这么年轻!"

章士钊很少夸人夸得这样狠,众人听完,纷纷起立鼓掌。

宋教仁道,"章先生谬赞。要说年轻,我这两年认识了两个小老乡,一个叫刘复基,一个叫蒋翊武,不到二十岁,却是意志坚定的革命者!他们眼下在长沙,等咱们到长沙议事的时候,我把他们带来!"

接下去的那个男子,一头飘逸的长发,一身洋装,正气凛然,目光如炬。

"我叫陈天华……"他说。

黄兴指着他,哈哈哈哈笑半天,"好小子你,果然还没娶老婆吗?"

陈天华答,"匈奴未灭,无以为家——我可不是说着玩的。"

话音刚落,宋教仁倒吸一口凉气,"陈天华?《警世钟》和《猛回头》的作者陈天华吗?!"

陈天华笑一笑,"不才。"

宋教仁道,"你这哪是不才?你这两篇文章,我的同学个个都会背诵!长梦千年何日醒,睡乡谁遣警钟鸣!"

陈天华欠欠身,"我和黄兴在日本弘文书院相识。他读兵操,我读师范。我俩都热爱武术……"

黄兴又笑,"热爱武术的,如今再多一个,宋教仁!"

陈天华过去一个人,也在吃红薯,发现轮到自己发言了,赶紧拍拍手站起来。

黄兴挥手道,"坐下。你的报纸让袁世凯头疼,可别再让我们脖子疼。"

说得大家又哈哈大笑,纷纷对站起来的人行了注目礼,饶有兴致地等他说话。

但见那人说道,"我叫方守六,是《大公报》主笔……"

善虎扑哧一声笑出来,"我晓得了。就是那个以批斗袁世凯出名的《大公报》!"

方守六笑道,"正是。像袁世凯这种披着变法的皮,走的却是皇权那一套老路的伪君子,是我们最痛恨的人!"

黄兴道,"你们在袁世凯眼皮子底下,可更要当心。章太炎和邹容受了苦,希望你们都别重蹈覆辙。"

方守六点头,"嗯。不过我们有两个巧宗。一是创刊人英华,他是著名的保皇党,袁世凯是两面派,无论如何生气都不敢拿英华开刀;二是筹办人全都是天主教徒,背后有法国势力,袁世凯也不敢乱来。"

黄兴笑,"袁世凯是披着羊皮的狼,你们就是披着狼皮的羊。"

大家又是一阵笑,屋外寒风呼啸,房里春意融融。

黄兴看大家都说得差不多了,便清清嗓子,道,"最后我来说说。我刚从日本回来,日本从几年前开始,便聚集了很多新青年。在座也有好几位是从日本回来的。接下去我还会不停往返中日,为我们的组织积攒力量。再说上海,上海的情况很特殊。首先,上海远离京师;其次,上海最早开埠,洋人扎堆,隐蔽工作好做;但是上海的思想先进,举国无双。我回来之前几天,蔡元培就把光复会搞起来了。"

他看看陈天华,"蔡元培意志坚韧、宽厚待人、严以律己,我也非常佩服。此人可以深交。"

陈天华点点头。

黄兴继续道,"我回来的时候,还见了一个人,这人准备在上海创立一个刊物,叫《女子世界》。"

他朝善虎努努嘴,"你的妹妹若是知道,一定极高兴。"

"《女子世界》?"众人面面相觑,"这是说什么的?"

黄兴道,"你们有没有想过,这世上,男儿和女儿的比例,本就一致。若是能够唤起女性的崛起,我们的力量是不是可以翻倍增长?"

众皆点头。

黄兴道,"《女子世界》计划做月刊,宣传解放女性思想。看起来很是疯狂,其实,这也是箭在弦上不得不做的事。放眼全球,其他国家的女性已经在做和男人一样的工作了,就我们国家还在故步自封。听说慈禧老太婆如今都打算改革,所以,这刊物也不算特别大逆不道。我们先商量好下次见面成立兴中会的地点、时间,然后,我读一段《女子世界》的创刊词给你们听。"

于是大家商量了一下,约好在黄兴生日这天,在长沙黄兴的家里再聚。

聚会尾声,黄兴从怀里掏出一张纸,轻轻念道:

"二十世纪之中国,有文明之花也,婵媛其姿,芬芳其味,瑰玮其质,美妙其心,欧风吹之而不落,美雨袭之而不零,太平洋之潮流漫淫灌溉而适以涵濡润助其发达也。玉井之莲望之而心折,罗浮之梅对之而色变,富士山之樱见之而将羞死也。然而花不自知其美,乃闭其彩、幽其芬,摧折其蓓蕾而吾乃焚香缥笔问花之神,祝花之魂,愿花常好。以为二十世纪女国民。

"虽然,二十世纪之中国亡矣,弱矣。半部分之男子,如眠如醉又如死矣,吾何望女子哉。女子者,国民之母也。欲新中国,必新女子;欲强中国,必强女子;欲文明中国,必先文明我女子;欲普救中国,必先普救我女子;无可疑也。闻者亦知中国前者之所以强乎,屈指而数,案籍而稽彼。圣质、帝王、英雄、狭义皆有贤母、贤妻以为左右也,其尤特立独行。则班昭、伏女、左棻、谢韫之文章,术恒、若兰、薛媛、蔡琰之灵秀。缇萦、聂姊、庞娥、红线之义侠,冯嫽、木兰、荀瓘、梁夫人、秦良玉之干济,此足表馨逸于陈编,播荣誉于彤史。须眉却步、冠剑低头不此之崇拜,而顾日言罗兰、若安、苏菲亚、娜玎格尔以为不可及。所谓国有颜子而不知目见千里,而不自见其睫也。自女权不昌而后民权堕落,国权沦丧,四千万方里,四百兆同胞乃有今日絮果。兰因可按而迹也,则吾今日为中国计,舍振兴女学,提倡女权之外,其何以哉? 谓二十世纪中国之世界,亦何不可?

"吾今乃正襟危坐以告我男子曰:自今以后无轻视女子。女子者,文明之母也。复敛衽屏气以告我女子曰:自今以后其无自轻视,无织其足、奴其颜、蓬其心、轻其躯,委身任化卑之。无高论而当奋起,淬厉以为新国民。藐姑射之山,有神人尘垢秕糠、陶铸尧舜,女子其知之乎。湘妃之泪足苏虞帝之魂,女娲之炉乃补共工之缺,女子其知之乎。知之其必兴起矣。有舌如莲,有女如仙,女子世界出现于二十世纪最初之年,医吾中国庶有瘳焉。"

小屋里,红薯香,茶香,都不如这篇文章带来的馨香。

黄兴念完,众皆沉默,在沉默中回味,在沉默中感动。

黄兴总结道,"善虎曾经提醒过我:团结一切可以团结的力量,我们就会无坚不摧。同胞们,今天约见大家,也是想给大家打打气。我们每个人都是中华的一分子,我们虽在不同的城市、不同的岗位上,但都在努力。章士钊刚才也说:星星之火已经燎原。驱除鞑虏,复兴中华,为了中华之兴起,我们——长沙见!"

"长沙见!""长沙见!"

临别,善虎问黄兴,"你这纸可以给我吗?若不方便,让我抄一份,我带给印雪。"

旁边的宋教仁笑着接过纸去,"我来抄。算是我送给印雪妹子的礼物。"

黄兴拍拍善虎的肩,"若她愿意,下次来长沙,你带她同往!"

天蒙蒙亮的时候,这一群人如来时一样,四面八方,飘然散去。

两年前,张之洞遴选优秀学生去日本留学,黄兴便走了。善虎没去,毕业后也没有立刻回壶瓶山,而是在汉口暂时留了下来,晚上就住在四合院里,白天跟一泛学习现代茶庄的管理模式。

哪知道越学越有滋味,几个寒暑都不舍得走。

以至于去年陈印雪骂骂咧咧寻了来,"一个两个都在汉口不走了,我也来!"

善虎打趣她,"你不是顶喜欢妍华小妹妹的吗?怎么,变心啦?"

陈印雪意见老大了,"再喜欢,也没有你们热闹啊。大哥大嫂深居简出,自从有了宝宝,更加不跟我们走动;二哥去了天津,五年回一次家;小不点儿覃志宝来了汉口也不走,如今连你也不回来了!"

发脾气直至善虎带她听了演讲、与宋教仁重逢,才打住。

此刻善虎拿着宋教仁手抄的那份报纸,喃喃道,"希望这个能平息你的怒气。"

转眼新年到,时间迈进光绪帝的第三十个春天。

汉庄的人启程回乡过年。

泰和合的生意,从七年前开始,便稳定在每年三十万斤上下。随着俄国、法国、德国、日本等各国租界打开,以及大智门火车站启用、卢汉铁路通车,泰和合的生意变得更加好做。除了"天"字号茶叶依然雷打不动全部卖给怡和洋行外,最次的"黄"字号茶叶如今也被俄国人奉为珍宝,成为中国南北方向万里茶道上的重要一员。

大家狠狠忙了几年,今年总算决定集体放大假,统统过年回家省亲。

汉庄里的员工,起初大部分是壶瓶山人,后来慢慢多了常德其他地方的人。陆一泛和薛友才坚持了这个原则,他们希望员工在对客人介绍自己的茶叶的时候,带着对家乡由衷的热爱。

所以这次省亲,也是兄弟姐妹们衣锦还乡的一次出行,光是大家自己给亲友带的各色年货、糕点、礼物,都装了好多箱子。陆一泛也特别地道。她去汉口最好的"谦祥益"布店,给每个人量身定做了两身过年穿的冬袄,又每人扯了洋布五匹、土布五匹、丝绸五匹。再去几家老字号果饼店,给每人买了十大包各色果脯、酥饼、点心,又给每个员工打了一套金银首饰,多发了半年的薪水,让大家风风光光回家、高高兴兴过年。

所以出发的时候,整整三条船才装下所有的人和货。

临走,她将曾秉炎安顿在医院里,雇了个人看住他,顺便调养一下身子。

自从船进常德界,每到一站,就会有无数人来围观。

"泰和合的船来哒……"

"听说汉庄老板还是个女的呢,不晓得是不是月池公的相好……哈哈哈……"

"那只怕不是……月池公不近女色是出了名了的……"

"女的不可能吧?女的哪有这个本事……"

"啧啧,你这是老思想了,而今听到讲慈禧都准备放开裹小脚哒……"

"这个女的很不一般哪,听到讲她跟洋人打交道,比月池公还狠些……"

船工也因为拿了十足的工钱,脸上笑嘻嘻,一上岸休息便坐在人群中吹牛。员工上落船时,因为那身簇新的华贵衣裳,感觉特别有面子。

孩子们拿了饼果子,一传十十传百,连隔壁村的听到泰和合的船来了,都急匆匆跑来,"我们几时可以到泰和合搞事哦……"

一时间风头无两。

熊炎在津庄给陆一泛他们接风。人们好奇无比地伸长脖子瞧那个传说中的女老板,但见一斯斯文文瘦高个男人扶着一个女人,婷婷袅袅从船上下来。她身穿最时髦的夹绒旗袍,头发又短又好看,扭成几个弯,又妩媚又整齐。脸盘子好看得像洋画上的那样,白白嫩嫩,黑眸如星,红唇似火,偶尔往人群里投来一眼,男人们心跳加速,女人们羡慕得都忘记吃醋。

"我的娘啊,月池公再不近女色,身边有这个骚堂客哪门忍得住……"

"你小声点,扶她的那个就是她男客……"

"啊,那也不错,一表人才……"

等影尘牵着覃志宝、童丞牵着薛月梁,四个孩子鱼贯而下,大家的眼睛又直了。

"最前头那个,怕不是个洋人吧?那皮肤太白了,眼睛也太乖致了吧?"

"这四个都是女老板生的吗?这也太狠哒,生了四个还像个小姑娘一样……"

"那个小男伢儿,莫非就是覃志宝?你看!就是覃志宝!"

"去了汉口几年,洋气得都不敢认了!"

陆一泛可没有心思听这些闲言碎语。熊炎第一时间拉着她和薛友才商量大事。

三人围炉坐好,熊炎开门见山,"你们可能不知道,十多年前,云岫姑娘还负责津庄的时候,我送她来此地的路上,曾经遇到过一伙盗匪。那次云岫姑娘开枪了,打中了一个领头的家伙。"

一泛点头,"我记得这事儿。这之后月池先生就找来官府、行会的老大们,一起商议计策,才有了后来的'一人犯法、全家受罚'的连坐制度。壶瓶山因此清静了很多年了。"

薛友才道,"我也记得这件事。那会儿月池公宴请贵宾,几桌饭叫人大开眼界。怎么了,多少年过去了,为什么提起这个?"

熊炎道,"那一伙盗匪是壶瓶山东山峰的。壶瓶山山大人稀,东山峰又密林丛生,是以盗匪猖獗却屡禁不止。每次官府出动去抓都扑空,要么就是躲起来了,要么就是北上甘溪然后逃到湖北。清静那几年,一来确实是月池公的公告起了作用,二来也因为那几年踏实种茶叶、种地,还能有些收成。这两年,世道日益差了,苛捐杂税却越来越多。很多人不懂赶茶,又或者懒得赶茶,就又落草为寇。我们津庄今年都被偷了三四次了,还是那批人,好几个我看着都眼熟!"

一泛大惊失色,"可丢了银钱么?"

熊炎道,"若只是银钱还好,大额都在商钱局存着,津庄里就是些零碎头寸。我担心的是这帮子盗匪越来越猖獗,最近这次趁我不在,竟大摇大摆如入无人之境,拿了火枪顶住账房老倌子的喉咙,不给钱就杀人的那个意思!"

薛友才脸一沉,"这是拿咱们当摇钱树了!"

陆一泛道,"咱们津庄保安团有几个人?"

熊炎看看四下,压低声音道,"我就是想说这个。保安团一共六个人,领头的是总号派来的,剩下五个是我在津市招募的。蹊跷就在这里,每次盗匪来,都是我们津庄人丁最少的时候……"

陆一泛一把抓住薛友才的手,瞪着他,"有内鬼!"

熊炎点点头,"我怀疑是。所以我打算把这批人全换了,找个理由都打发走,重新招募。"

薛友才沉吟道,"月池公知道了吗?"

熊炎摇头道,"不敢让他知道。月池公自打童家出事,精神就一直不大好,腿上虚浮没力气,一直吃中药,今年才算刚扔了拐杖。他是斯文人,素来深信人性本善,老觉得壶瓶山的人本性淳朴。所以别说津庄,就连总号的保安队,如今也就十来个人,真碰到盗匪,十来个人根本不顶事!"

陆一泛本来就听得心惊肉跳,毛着胆子问,"盗匪……盗匪每次来,有很多人吗?"

熊炎道,"每次来都有很多人,二三十号,骑马的拿刀的都有,也有火枪,个个兵强马壮。唉,就这身体,干点啥安生的活不好。"

薛友才道,"你刚才其实说到点子了。人性本善还是本恶?我信的是后者。月池公也不用知道了,咱们三个如今管着最大的两个分号,人命、钱财都不能丢。咱们三个今天就做个主,保安力量一定要加强。按着盗匪平常人数的两倍来增添人手,然后再去搞点枪。津庄邻近码头,位置又扎眼,只能绕着一圈做文章,实在不行就挖水沟。"

熊炎感激道,"太好了。找你们俩商量果然没错。人手我来增加,多出来的预算我会跟钟先生先交代好。挖水沟啥的我也行,但是我搞不到枪。"

薛友才正握着陆一泛的手,闻言朝她笑一笑,捏一捏手道,"枪,得靠你了。"

熊炎惊讶道,"靠一泛?"

一泛扑哧一声笑,"嗯,靠我。等着吧,我给你搞枪来。"

熊炎半信半疑看看这夫妻两个,"看你们两个恩爱得,老子都要反酸水了。"

次日,津庄的小伙伴也登了船,泰和合船队更加浩浩荡荡。

一站一站停下去,每每都引得十里八乡的人跑来观望。

陆一泛忧心忡忡,"当了娘,胆子就越来越小。我本来倒没觉得有什么,被熊炎一说,现在感觉太招摇了。"

薛友才搂住她,"都已经这样了,难得一次,算了。你别担心,盗匪也是要过年的。何况咱们都在一起,人多力量大。"

大人们在这里忧心忡忡,孩子们几乎没有任何感觉。

等到了宜市,员工都散了,善虎回了肖家。剩下薛友才一家四口、熊炎一家四口,还有童丞,全部住进"春来"客栈,把掌柜阿衡忙坏了,但把陈印雪乐坏了。

影尘上次回来还是十年前,对绝大部分事物的记忆已经消失。但壶瓶山之美,印在她记忆深处,此次又翻了出来。她特别喜欢往山上跑,听风听雨。

童丞本来是要被月池带回宜红别墅的,可他就是默默地跟在影尘后面,哪里都不去。月池无奈,也只得随了他。

只有在影尘往山上跑的时候,他有点踌躇。

他平素喜欢穿深色衣裳,少言寡语,从不抢风头,恨不得将自己隐身在茫茫人海里。面孔极其柔美,皮肤又白,和同样爱穿深色的影尘站在一起,与这尘世格格不入,却又美到诡异。

这天天气晴朗,冬日暖阳和煦,两人一前一后爬到笔架山的半山腰。

影尘问,"你从前的家,在哪座山峰上?"

童丞环顾壶瓶山群山,对着其中一座遥遥一指。

影尘叹息,"那么高啊,景色一定美极了。"

童丞没有作声。家中被劫时他十岁,如今十五,往事历历在目。

忽而不远处传来人语声,像是有别的什么人也在爬山。

童丞眼中泛起恐惧。过了半晌,几个农夫模样的人说笑着经过他俩身边,"小情人啊,爬到这么高来幽会?"

童丞将脸朝向密林,弓着背,瑟缩不已。

影尘反而挡在他身前,没事人一样。

等人群过去,影尘安慰他,"你手上有拳脚功夫,还怕他们不成。而且,只是普通农夫。"

童丞沉默好久,突然开口,"就是普通农夫。"

影尘一开始并没有明白他的意思,过了半晌才回过神来。

她终于知道,为什么童丞对于别人的善意非常排斥,反而是对自己这样冷口冷面的人更友好。试想想,平日唯你马首是瞻的那些善良农夫,有一天会举起刀枪冲进你的家,烧杀抢掠!

两个怪孩子爬山的时候,陈印雪把自己关在客栈房间里,细细读那封《女子世界》发刊词。

她可太喜欢这份礼物了!

"二十世纪之中国,有文明之花也……女子者,国民之母也。欲新中国,必新女子……冯嫽、木兰、荀瓘、梁夫人、秦良玉之干济,此足表馨逸于陈编,播荣誉于彤史……有舌如莲,有女如仙,女子世界出现于二十世纪最初之年,医吾中国庶有瘳焉……"

印雪也知道文章作者并非宋教仁,但这满纸的字迹是他的!笔力雄浑顿挫,仿佛当日在小渔船上讲三权分立的热血青年又重现眼前。

他早已娶妻生子,可这并不妨碍印雪对他念念不忘。

他就像是竹轩、善虎、菊圃的结合体。和竹轩一样饱读诗书,和菊圃一样高瞻远瞩,和善虎一样和善可亲。

印雪将发刊词誊抄了一遍,又仿着宋教仁的字迹,临摹了一遍。她不爱写字,抄完这两遍已累得气喘吁吁。犹嫌不够,将原稿小心翼翼夹在书里,过一会儿又拿出来想粘在床头,又过一会儿仍觉得不妥,还是重新夹回书里去。

阿衡都觉得奇怪了,问老陈,"印雪一个人闷在房间里这么久,是搞莫得?"

老陈去探看一番,更奇怪了,"居然是在看书写文章。"

两口子对视半天,摇摇头,"太阳打西边出来了。"

阿衡问老陈,"邻村唐家的亲事,你同意嘎?"

老陈看看妻子,想到她当年吃的苦,柔声道,"虽说年龄大了些……但别的我没意见。看印雪自己的意思。咱闺女你还不知道吗?很是有些自己的想法。"

阿衡也不坚持,"嗯。那我找时间去问下她。"

说话间,薛友才、陆一泛带着薛月梁和熊家四口,准备出发去宜红别墅拜访月池。

陆一泛叮嘱阿衡,"等下影尘回来了,让她去宜红别墅找咱们。"

阿衡笑,"你就莫费这心了。我看她和童丞两个,带起干粮出门的,鬼晓得莫时候才得回来。"

2

自打熊炎去了津庄,宜红别墅添多了一个厨子一个车夫两个守卫。陈萍还负责家务,钱嫂还负责人事。竹轩、菊圃不在,少了很多事情,月池、亭曈倒也其乐融融。

正逢今天刘世杰四口一家也来拜访,宜红别墅空前热闹。

妍华转眼已经十一岁,和印雪一起就在大哥的国小读书,长相气质都随了娘,端的是温婉可人。

她此刻正亭亭玉立跟着母亲站在门口迎接大家。看到熊继宝、薛月梁两小只,心生欢喜。

一手一个牵着,去花园里赏花。

熊继宝和薛月梁同岁,一个在津庄长大,一个在汉庄长大,两个人生活环境迥异,对彼此都充满了好奇,过去这几天里一直砣不离秤、秤不离砣。

覃志宝和刘世杰的大儿子刘长庚都是九岁,两人很快看对眼,剩一个弟弟刘长奎跟在他俩屁股后面叫嚷,"哥哥,你们在哪里!哥哥,我也要玩!"

不知怎么的三男三女互相不高兴了,派覃志宝和卢妍华坐下来谈判。

几个大人看着这一屋的娃,无不感慨岁月如梭。

童奚皈依佛门三年整,月池也将息了整整三年,消渴症状减轻了很多,腿也不虚浮了。

算一算,从他第一天重返宜市起,竟然过去了十七个年头。

这十七年里,国家时时刻刻都在被撕裂,又从撕裂的伤口中长出嫩肉。就跟月池一样。

大家谈起最近打得不可开交的日俄大战。

薛友才说,"日本和俄国为了争夺朝鲜和我们的东三省,在我们的领土上开火,无论输赢,我们国家都是最受伤的那一方。"

刘世杰道,"呸,都不是什么好东西。苦了我们东北的老百姓了。"

月池痛心疾首,"最气人的是清廷。居然宣布中立!如何中立?!这是我们的土地!我们的老百姓!"

薛友才点头,"就因为清廷这个态度,日俄两国都压根不把我们东北的老百姓当人看,奸淫烧杀,掠夺财物,无恶不作。"

月池问,"其他国家又是什么态度呢?"

陆一泛回答道,"日俄在台面上是一场单挑,但在台面下,其实是一场三对三的群殴:日英美,俄法德。"

众人皆觉得神奇,"为什么这么说?"

陆一泛道,"英国历来把俄罗斯看作竞争对手,一直撺掇日本阻止俄国南下,所以两年前英日签订了同盟条约,矛头一致对俄。美国基本上都跟英国站在一边,所以也给了日本很多帮助。法国俄国一直同盟,这俩国家连租界都要连在一起拿。但法国还要防着身边的德国,所以也没有多少精力帮助俄国。至于德国,它巴不得俄国把兵力都调往东边,减少西边的压力,所以名义上也支持俄国。基本上就是这么个奇怪的局面。"

熊炎笑，"果然你们身处租界，对几个国家之间的关系搞得很明白啊。"

月池叹息道，"世道乱，泰和合生意独好，愈发叫歹人觊觎。"

熊炎等三个对视一眼，异口同声问道，"出什么事了吗？"

月池道，"如今陆路和水路都走茶叶，水路好一点，陆路事情不断。我们一直都是雇马帮，合作的主要是两个马帮锅头：一个保靖的，一个桑植的。每个锅头手上都有上千匹骡马，按每匹骡马负重两百斤算，咱们每次走个七八百匹也就差不多了。他们按班为单位，每班二三十匹骡马，每班四批，组织严密，都带枪出行，还设有尖哨、后卫、马夫、伙头、岐头，碰到土匪倒也不怕。可这两年战事连连，流寇越来越多。咱们土生土长的那些人，还能受约束，但外来的单身汉，一人吃饱全家不饿，哪管什么家族利益。虽然到目前为止还没有给咱们造成什么损失，但我总担心。"

熊炎道，"月池公，我提一个想法，大家商议商议？"

月池眼睛一亮，"你说。"

熊炎道，"咱们自己组马帮。"

月池还没说话，旁边的刘世杰先反对，"那成本也太高了。咱们运茶主要是夏末初秋这一来回，其余时候总不能白养着骡马吧？七八百匹骡马都养着，可不是开玩笑的。"

月池道，"如今咱们总号养着的这几十匹，平时送送短途，一年下来费用确实要大几千。"

他看熊炎欲言又止的样子，追问道，"你说完你的想法。"

熊炎道，"自己组建马帮，枪支弹药人手都配足，平时没事的时候，可以当作护院。骡马如果闲置可惜，可以出租给那些单帮马帮或者农夫。"

月池微微点头，认真思索起熊炎的建议来。

薛友才朝熊炎悄悄竖个大拇指，表示他这建议一举两得，甚是不错。

正说着马帮，亭曈朝陆一泛使个眼色，叫她到后头花房去。

熊炎和刘世杰的妻子早就坐在那里了。

这两姐妹，姐姐覃翠英，妹妹覃翠芬，相差两岁多。

一见陆一泛，纷纷笑道，"我们堂客还是在这里讲悄悄话吧，让他们男客操心国家大事去。"

陆一泛心中轻轻抗议：我还真挺喜欢听国家大事。

不过她还是很怀念这间花房的。这里是她事业的起点。

亭瞳的花如今种得越发好了。

覃翠英跟着熟识草药的丈夫熊炎耳濡目染几年，最先认出安息香，"这是长果安息香吧？我还是第一次见到活着的呢。"

亭瞳道，"这个全国可都少见，既好看，又可入药。若是有人有心多种些，还可以托出山外头去卖个好价钱。"

妹妹覃翠芬指着另一株花叶长在一起的问道，"亭瞳姐，这是什么花？"

亭瞳道，"这个叫七叶一枝花，由七个叶片托起一朵花在中间。它喜欢阴凉，但怕冻怕晒。这个做药材也很好，可以败毒、消肿、止痛，伤风的时候还可以平喘止咳。"

说着，又指一指七叶一枝花旁边的，"那是独花兰，更厉害了，是治疗疮毒与蛇伤的良药。"

覃翠英笑，"如今跟亭瞳姐比起来，咱姐妹俩倒像是外乡人了，不认得壶瓶山自家的宝贝。"

聊着聊着天，陆一泛吸吸鼻子，"不对，姐姐，你这里奇香扑鼻，不是刚才任何一种花的味道。"

亭瞳听完一笑，"你这狗鼻子，真灵。"

说罢牵着她走到花房背阴角落，假山流水冷凉湿润处，几丛雪白的百合花开得正艳。

一泛凑近闻一闻，"就是这个香！"

"这个叫荞麦叶大百合。"亭瞳介绍道，"我原也不认识，咱们广东没有。听说它只爱高山，能忍寒冬，喜欢伴水而生。有茶农知道我爱种花，特地挖了来送给月池。就这么的，种下了。以为平地养不活，没想到给我这假山一弄，也就活下来了。"

一泛由衷夸赞，"姐姐妙手仁心，谁碰着你都能活得特别好。"

想想刚才亭瞳对荞麦叶大百合的介绍，感喟道，"高山，寒冷，潮湿。这花也够倔强的，净捡别人活不下去的环境待着。"

亭瞳道，"可不是吗。就跟月池一样。不瞒你说，早些年我也以为来了这崇山峻岭的蛮荒之地，能有个什么结果。没想到还能搞出这么大阵仗来。"

再坐下去，陆一泛就如坐针毡了。

聊的无外乎张家长李家短，要搁以前，陆一泛提起腿就会走人。可现如今毕竟身为人母，有些面子，自己不要，也得给亭瞳三分。

就一直坐下去了。

覃氏姐妹话锋一转,突然聊到了隔壁村的唐家。

"给印雪说媒……"

陆一泛本来有一搭没一搭正喝茶,听到印雪的名字,立刻精神了。

姐姐覃翠英说道,"今年二十六了,屋里不催,他个人也不急。"

亭疃担心这男子老大年纪不成亲,怕是有什么难言之隐,赶紧追问道,"人怎么样嘛?可有什么残疾或者是……"

妹妹覃翠芬笑嘻嘻,"没得没得,不仅没得,听说人还特别英气勃勃。从小就学武,学了好几年,武功超群,箭无虚发。而且天生神力,百把斤的石手他可以舞起花来。"

姐姐扑哧一声笑,"有这么神么?"

覃翠芬瞪圆双眼,"有!听到讲有一次他舞动两个石手,就像一团白光裹身,旁人朝他泼水,他身上的衣服竟一点也没打湿!"

亭疃听得饶有兴致,催她道,"后来呢,后来呢?"

覃翠芬道,"可惜后头朝廷取消了武科科考,他一时没主意哒,正好赵尔巽当了湖南巡抚,创办了那个叫什么……警官学校!对,警官学校。这伢儿就考进了警校,刚刚毕业出来。屋里人一看搞不得,二十五六了还没成亲太不像话,就赶紧给说亲。这么的,找到了印雪。"

覃翠英道,"老妹,你狠得很啊,讲得活灵活现!"

覃翠芬道,"我们家那口子以前就跟这个村子打过交道,算是半个熟人。"

"难怪……"

陆一泛问道,"人品如何?可有什么欺男霸女的劣迹?"

覃翠芬想一想,"那我倒不晓得。只听到讲赵尔巽特别喜欢他,想把他留在身边。我估计以后这伢儿会平步青云呢!"

覃翠英咂舌,"那印雪以后日子好过哒,官太太……"

陆一泛心中默默念叨:谁关心官啊商啊的,我只关心人好不好。

终于散了,去饭厅吃晚饭。

陆一泛心里还惦记着马帮,看到丈夫便问,"后来呢,马帮的事儿怎么说?"

薛友才低声道,"月池公基本上同意了。但到底组建多大的马帮、怎么运作,他要跟钟先生算过细账才能定。"

陆一泛点头,"心累啊,月池先生。不打仗还好,一打仗就乱,每天都得想着确保咱们泰和合这一大家子、上万号人怎么活下去。"

薛友才道,"你不在的时候我们还说呢。月池公不是买了很多棺木放在关帝庙和江西会馆吗?以往每年有个几十口也就够了。这几年不对了,连棺木都翻了几番,可见多少人流离失所。"

陆一泛好奇,"对了,说到这个,咱们这儿为啥有那么多江西人?"

薛友才道,"除了明朝洪武年,朝廷组织从江西迁来的之外,津市码头把九澧、洞庭湖、长江都连了起来,咱们泰和合修通了茶马道后,江西商人就更乐意沿溇水和茶马道,迁居到水陆集中的这一片来。所街、珠宝街、大兴场、磨岗隘、维新场、汲水街、袁公渡、皂市镇这些地方,都有好多江西人。"

陆一泛侧目望一望他,"我发现你其实很博学啊。"

薛友才大惊失色,"你今天才知道吗?咱俩都认识十多年了!"

两个人笑成一团。

老陈、阿衡、印雪也赶来吃饭,见他俩笑,阿衡道,"妹子,你心也是真大,你屋里姑娘还没回来呢。"

陆一泛摆摆手,"我不担心她。有童丞在身边呢,童丞会功夫。"

阿衡笑道,"他一个半大伢儿,就算有点拳脚功夫,还怕万一呢?"

陆一泛道,"你不知道。死过一回的孩子,不一样。"

临近吃饭,亭瞳低声问钱嫂,"竹轩两口子还没来?"

钱嫂摇摇头。

亭瞳脸上浮现失望的神色。

钱嫂安慰她,"你还不知道大少爷那脾气吗?他喜欢清静,今天人这么多,他就是来了也坐不住。不如等人少的时候,一家子好好聚聚。"

等众人进了餐厅,一看大小两桌菜肴已经摆好。

餐厅中央有一棵盆景茶树,入冬了只剩枯枝,却修剪得十分雅致。月池一看便欢喜,转头问亭瞳,"是你安排的吗?"

亭瞳也莫名其妙,一边摇头,一边看向正在餐厅等待大家的陈萍。

陈萍微微笑,朝众人欠身道,"各位请入座。今日茶宴,我会为大家一一介绍菜品。"

月池大喜过望,"茶宴?哎呀,太好了,新厨子竟然还有这个心思。"

大家哗啦啦入座,大人坐大桌,孩子们坐小桌。

孩子们本来就玩得累了,闻着香味感觉更饿,着急要吃,被钱嫂一个两个拉住。

不过所有菜品摆盘都很别致,连精通厨艺的熊炎,看这一桌也觉得颇有新意,所以孩子们也都忍住馋虫,洗耳恭听。

陈萍道,"感谢大家今年为泰和合奔忙辛劳,今天这桌茶宴,名字就叫'云华谢'。"

大家都知道"云华"便是茶叶的别称,闻言相视一笑。

陈萍指着其中最大一盘道,"这道文火炖老鸭汤,用的是咱们的生茶做的。生茶半发酵,香味比起鲜茶叶来,已算浓烈持久,炖出来汤色金黄,与老鸭正相配。这道菜,叫作'春江水暖'。"

又指着旁边一碟,"这一道,仿着龙井虾仁来做,用的是咱们的大叶茶鲜茶叶。鲜茶叶泡好茶水后,用来炒虾焖虾,虾仁宛如水晶,爽口开胃,茶叶也能直接吃。这道菜,叫作'浴水沉浮'。"

月池高兴极了,拍一拍身边亭曈的手,"辛弃疾的词。"

陈萍接着介绍,"这一个竹筒里头煮的是饭,想必大家都能猜到了。不过,我们还加了泡过松花的茶水、腊肠、芋头、干葱同蒸、竹香、松香、茶香、肉香、米香,五香俱全,油而不腻。这一道,大家可以猜一猜名字。"

大家还在沉吟,覃志宝第一个扬声,"我知道了!叫五香饭!"

众人哈哈大笑,他爹熊炎回答道,"只怕哪个不晓得有五种香味!"

月池问,"有松有茶,我只想到张可久的那一句,'山中何事?松花酿酒,春水煎茶'。"

陈萍抿嘴一笑,揭晓答案,"月池公很接近了。这道菜,就叫'山中春水'。"

覃长庚比覃志宝细心些,发现规律,"春江水暖、浴水沉浮、山中春水……都有个'水'字在里头!"

覃志宝嚷道,"对!对!接下去好猜些!"

陈萍遂又指着下一盘道,"好。那这一盘,你们再来猜一猜。先猜它是什么做的。"

众人伸头细看。但见那菜雪白嫩滑,堆堆叠叠如山峦起伏,异口同声,"豆腐?"

陈萍点头,"对。这是豆腐,但做起来有点麻烦。先将豆腐洗净,加了鸡蛋保证口感嫩滑,做的时候边炒、边煎、边碎,然后加茶叶拌匀,一边拌一边淋上滚热的香油与葱花。这道菜的菜名,又普通,又贴切。"

她话音刚落,覃志宝又叫起来,"我晓得了!这个再也不会错!叫'绿水青山'!"

大家又哈哈笑,"哪会那么简单。"

陈萍笑道,"就是这么简单。这道菜,还真就是这个名字。"

月池领首,"最简单的豆腐鸡蛋,配最简单的名字。甚好。"

陈萍指着豆腐旁边的鱼,道,"这个蒸红鲤鱼,就用到咱们的工夫红茶了。先用花雕酒抹鱼身,加酱油、红茶末、红椒丝。这道菜的菜名,大家再猜猜。"

月池看看左右,"红鲤鱼,红茶末,红椒丝。嗯,这三红暗示得很明显。妍华,你来猜一个!"

陈印雪缩一下脖子,"阿弥陀佛,幸好没点我的名字。"

卢妍华心中却早已有数,闻言浅浅一笑道,"那必然是苏东坡的'照日深红暖见鱼,连溪绿暗晚藏乌'。所以,菜名的话,我猜……'照日连溪'!"

陈萍道,"小姐冰雪聪明,猜对了。"

覃长庚、覃志宝同时"咦"一声,"可是没有水啊!"

熊炎笑道,"蠢宝,有溪啊!不就是水么!"

薛月梁低声问妍华,"姐姐,熊叔为什么骂志宝哥哥?"

妍华笑一笑,低声解释道,"那不是骂。蠢宝是常德土话,父母亲用这句话来数落孩子,也有疼爱的意思在里头。"

薛月梁"哦"一声,"那就跟妈妈骂我'小兔崽子'一样。"

"是呢。"

那边,陈萍还在神采飞扬地介绍。她指着鲤鱼旁边的鸡,"这一道茶香鸡,看似简单,用料复杂。有咱们的红茶,还有陈酒、红椒、香菇、笋片、锅巴、橘子皮、香油。光是这锅巴就很费事,需要在锅巴里加入橘子皮和泡开的红茶叶,炒至金黄出锅后,拌成米粉再用。"

大家纷纷点头,"难怪闻着有股锅巴的香味。这道菜孩子们应该最爱吃。"

熊炎道,"这道菜,广东也有,不过不加酒。"

月池闻言灵机一动,"既然特别加了酒,我只想到李白的那一首,'置酒延落景,金陵凤凰台。长波写万古,心与云俱开'。"

陈萍欠身,"月池公睿智。这道菜的名字,正是叫作'万古长波'。"

她然后指着最后一道甜品,"这个就不卖关子了。这是在煮好的红糖水里放入咱们的毛茶、菊花干、枸杞子,再放入煮熟的汤圆。这个叫'秋香满池'。"

说罢,她鞠一躬,"请各位慢用。"

众人掌声雷动。

亭曈道,"快去把厨子请出来,让大家好好见见,这一桌也太惊艳了。"

陈萍笑,"夫人糊涂了。厨子厨艺再高,哪里懂这些典故。这一桌菜,都是大少爷、大少奶奶和厨子共同勾画的。"

亭曈闻言,大喜过望,站起身来,"竹轩也在吗?"

话音刚落,便见竹轩和晏清从后堂出来,"我们早就来了,娘。"

小两口一式一样穿着裁剪简单的藕色长衫,面孔素净,眉清目秀,虽已为人父母,却半点尘烟气都没有。往茶树边一站,俨然神仙眷侣。

亭曈欢天喜地上前,一手牵一个,眼泪都要出来了,"这可太好了!"

竹轩对众人行礼道,"爹娘,各位叔伯姑嫂兄弟,新年好。"

众人齐齐回礼,赞不绝口,"大少爷果然才华横溢……"

竹轩道,"我的才华,可不如晏清。今天这桌菜,我都是打下手的,她才是布席之人。"

一听布席二字,月池也渐渐泪盈于睫。

这姑娘一定是老天爷赠给人间的瑰宝。不然,何以出现得这么及时,弥补他心中对云岫的亏欠。

一泛拊掌笑道,"在汉口的时候,我就知道晏清才貌双绝。今天才知道有这么绝!"

晏清盈盈拜谢,"国家年年遭难,生灵涂炭,我们还能在一起衣食无忧地生活,就已胜过风月无数。今天这桌'云华谢',做法虽考究,但用的都是寻常菜色。我弄些诗词点缀,纯属雕虫小技,为大家添添胃口罢了。感恩月池公,感恩大家。"

说也奇怪,她讲话声音虽轻,语气也很柔和,大家听得都很认真。

然后跟着异口同声,"感恩月池公,感恩大家。"

宴席接近尾声,影尘和童丞才现身。

陆一泛道,"你们两个错过了无比精彩的'云华谢'。"

影尘笑眯眯,不置可否。

她和妹妹两个笑起来都很甜,只是一个甜中带着坏,一个甜中带着萌,对比特别明显。

晏清跟陆一泛轻声解释道,"不用担心。他们两个中途就来了,陪我们做饭,还在厨房饱餐一顿,吃得比你们都早。"

陆一泛眉毛飞到额角上去,"啊呀,这两个小兔崽子,胆大包天,大人都还没上桌呢……"

转身找人,哪里还有影子,早溜了。

看到印雪,搂住她,"你怎么这么晚才来?还这么安静?"

印雪笑道,"我是野丫头一个,来早了怕听不懂你们说话要睡着。月池叔还特别爱点名回答问题,累得很。"

一泛大笑。就这也是准备嫁人的了,明明还一团孩子气。

月池和竹轩单独去书房聊了会儿天。

这还是父子两个在云岫陨殁多年后,第一次谈起她。

月池道,"晏清的这份才思,跟云岫真是太像了。"

竹轩道,"有才情的女子,就像是上天赐给人间的瑰宝……"

月池心惊。真没想到两父子连心思都一模一样。

竹轩继续道,"我从小便十分佩服会读书的女子。要说读书,她们肯定不如男孩子来得心无旁骛,可就这样,一般的心思细腻。男子能明白的,她们都能明白;男子不能理解的,她们也能理解,能包容。"

月池道,"晏清遇到你,是她的福气;你遇到晏清,更是你的福气。"

竹轩点头,"她的一切好,我都会收好。"

月池问,"你们以后是怎么个打算?就一直办学校?"

竹轩道,"爹爹,你应该知道今年新出的《奏定学堂章程》吧?"

月池道,"我知道的。这其实也是戊戌年变法的内容之一,如今被张之洞他们再次提起,慈禧便照着做了。"

竹轩道,"这个章程里,包含了大学堂以及考选入学、高等学堂、中等学堂、小学堂、蒙学堂、附通儒院、师范学堂等,彻底颠覆了从前的官学、私学、书院,可以想见,距离文科考的取缔也不会太久了。既然章程里,将小学和中学堂的九年,定为'强迫教育阶段',那么办学的前途只会越来越光明。"

月池十分感慨,"从前是儒术通天下。如今被打怕了,知道工业革命、军事管理、自然科学的重要性了。希望来得及,希望我们华夏还来得及。"

竹轩道,"正是呢。我从小的愿望,便是做一个出将入相的士大夫。可如今看来,办学,是比出将入相更加重要的事情。所以,我和晏清就踏踏实实把学校办好再说。若来年有机会,我们还可以把学校开出去,让受惠的穷孩子、女孩子,更多些。"

月池沉吟道,"就按你们的想法做吧。"

竹轩道,"爹爹可是担心泰和合接班人的事情?"

月池点头。

竹轩道,"菊圃是肯定不会回来接手的。我对生意一窍不通,也不喜欢。我也懂得,若是没有泰和合赚来的钱财,我和晏清便绝对做不到如此不问钱财。可我就是发自内心地不喜欢做生意。不喜欢,便做不好。"

月池道,"你说的这些我明白,生意不是必须传给自己孩子的。所以我才会着力培养了孙运东、熊炎、刘世杰,甚至包括善虎他们几个。可是……除了已经走了的孙运东,总觉得其他几个,各有各的缺陷,都不是能挑起整副担子的人。"

竹轩笑道,"爹爹,您还年富力强,就算一时找不到那么合适的人选,以后也会遇着的。"

月池苦笑道,"难得你还有嘴巴这么甜的时候。我晓得了。我知道你的心意就行。"

竹轩想一想,又道,"爹爹你有没有想过……把泰和合,交给妍华?"

月池一愣。

妍华?

虽然他也确实很喜欢很喜欢小女儿,但当真从没动过这个念头。

竹轩笑,"你看,你嘴上说着女子跟男子一样好。其实动真格的时候,你又忘记她们了。"

月池若有所思地往沙发后面一靠。

竹轩道,"爹爹,你仔细想一想,妍华没准儿才是最好的人选。"

月池心里盘旋几回,也在为竹轩这个主意拍案叫绝。

妍华生长在亲人环绕的幸福环境里,性子特别好。既有父亲的才华格局,又有母亲的温婉细腻。让她来接手泰和合,做得不好,也有爹娘可以托底。

竹轩见父亲的眼睛渐渐亮起来,微微一笑。

次日,月池找来薛友才、陆一泛和善虎,开小会。

月池问善虎,"你自己怎么想?究竟是留在汉庄,还是回来总号?"

善虎道,"我想留在汉庄。"

陆一泛道,"善虎除了自身优点外,留下来还有个最大好处。他和黄兴这帮孩子关系密切,汉口鱼龙混杂,需要关系跑得通的人。"

月池缓缓点头,"不过……你们也要当心别跟洪门走得太近。朝廷经过太平天国、义和团几次事情之后,对帮会简直是斩立决的态度。哪怕不是帮会,沾上帮会的事情了,都是杖一百、流三千里的惩戒。"

薛友才道,"太平天国也好,义和团也罢,现在看来,不能单纯用暴动来形容。官逼民反,也反出了中国人丢失已久的血性。最可恶的还是朝廷。日俄在咱们的国土上打仗,欺负咱们老百姓,朝廷保持中立;对老百姓,倒是下得去手。"

善虎道,"这就是黄兴他们为什么……"

说一半,发现不妥,赶紧闭嘴。

月池诧异,"黄兴他们怎么?"

善虎嘴巴紧闭,一个字都不敢再讲。

月池已然猜出几分,"是不是想效仿孙先生,也搞一个'兴中会',动辄起义,然后流亡海外?"

善虎苦笑,"月池叔,您就别猜了。我什么都不知道。"

月池道,"其实我内心也很矛盾。我明明知道怡和洋行干的是鸦片走私的买卖,可为了红茶,我还是选择跟他们合作;我明明知道帮会或者革命都要掉脑袋,可又忍不住跟这些爱国志士、爱国青年接近。我当然希望清廷能够好好地护佑苍生,张之洞这样的好官多多益善,可实际接触到的好官少之又少……"

善虎心想:你没有看到过悬在汉阳城门上,鲜血淋淋的十余颗首级,那也是张之洞做的。

月池对善虎道,"我也明白在你们年轻人眼里,官逼,才会民反。唉,反过来讲,也一样,民反,官逼。如此恶性循环。"

善虎点头。

月池道,"那以后你就留在汉庄吧,如果总号需要你,我还是会随时把你调回来的。另外,你的婚事,你爹娘不着急,我也着急,不能一直这么悬着。"

善虎笑道,"我没什么想法,但凭月池叔和爹娘做主就行。"

月池笑,"你倒是好安排。去吧,我跟你一泛阿姨他们还有话说。"

善虎走后,月池从怀里掏出一物,递到薛友才眼前,"还记得第一次洪门找我们麻烦的时候,我曾遇到过你师父吗?他除了跟我说散仙的事,还给了我一个锦囊。让我没有办法的时候打开看。"

薛友才接过锦囊,捏一捏,笑道,"是,这确实是师父的手段。"

月池道,"后来问题解决了,可我这心一直没放下。十年了也没放下。不是为了洪门,而是为了这大局该怎么看,接下去泰和合该怎么走。"

当然,大多数时候月池也不迷惑。他记着璀错对他说的那句"三十年大运",记着宣惠大和尚说的那句"再悲伤,亦是徒劳",也记着禄先生说的那句"但行好事,莫问前程"。

可每逢读到报纸上的新闻,或是又被抢了骡马时,迷惑感便会油然而生。

薛友才举起锦囊,"月池公是想现在打开看吗?"

月池道,"对。我总感觉这锦囊里写的东西,跟大家都有关系,所以特地跟你们二位一起来打开看。"

薛友才看一眼妻子,一泛默默点个头。

薛友才小心翼翼打开锦囊,取出一个小棉包。棉包再打开,是一个封着火漆的小纸包。再打开,但见赫然写着"菊圃"二字。

"菊圃?"月池吃惊。

他吃惊,薛陆二人更加吃惊。

要说这帮孩子里,跟泰和合生意隔得最远的,大概就是菊圃了。

思来想去半天,三人都不得要领,只能放下再说。

陆一泛倒是因此想起另一件事,从脖子里头摘下那枚坠着铜钱币的金项链洪门信物。顺便一五一十地把李白扇送他们项链的细节又说了一遍,"虽然也不知道有没有用,这个留给你。世道不安分,多点力量傍身总是好事。"

月池也不推托,当即收下,"这么说起来,洪门还是知恩图报的。"

"怎么讲?"

月池道,"白扇不是名字,是洪门的职务。这个职务是香长,是洪门兄弟开会、起事的主理人,也是整个洪门的智囊,算是二把手。此人年纪轻轻职位又高,恐怕大有来头。"

陆一泛于是又将自己关于李白扇身份的猜测说了一遍,再补充道,"而且,三年前李鸿章过世后,他就消失了。还跟影尘约定,三年后见。我想来想去,唯有直系亲属过世、孝子贤孙守孝三年才能解释得通。"

月池"嗯"一声,"明白了。我们三个心里有数就行。影尘那边,不用多说。你们那里够乱的了。"

薛友才道,"月池公也不用特别担心我们。洋人们坏得很,我们想得到的、想不到的龌龊交易,他们都会。局势看起来很乱,洋人们想的还是赚钱,所以各自为政,相互牵制,倒也没那么爱找咱们麻烦。"

陆一泛道,"月池先生还记得跑马场的事吗?"

月池点头,"记得。英法两国为了跑马场的利益,勾结在一起,你中有我我中有你。表面上互不相干,私底下一起赚钱。"

陆一泛道,"后来还有更离谱的呢。寿里那一带,在法租界的边缘,也在老汉口城的外面,本来和租界没关系。但法国人一看当时还在修建的卢汉铁路正好要打那儿过,就以'援例英租界'为由'展界',强行扩占了三百多亩新地盘。"

月池瞠目结舌,"这么胡来,朝廷也不管吗?"

陆一泛摇头,"这些事,说大不大,说小不小。肯定不等到张之洞耳朵里,就已经被他下面衙门里的人消化干净了。"

月池发了半天的呆,最后依然只能叹息一声。

善虎从月池书房里出来,倒也没走远,就被亭曈抓了个正着。

他父亲母亲也在,三个中年人坐在花园里晒太阳。

善虎赔着笑,"聊什么呢?"

亭曈拍拍身边的椅子,"坐下说。"

善虎在学堂读书几年,修炼得精明多了,一看这阵仗便知道要说什么,嬉皮笑脸道,"你们长辈聊天,我就不瞎掺和了吧。"

善虎娘瞪一眼,"快坐!哪里那么些废话。"

善虎坐下,亭曈笑眯眯望着他,"转眼就这么大了,当初刚看到你的时候,还啃手呢。"

善虎笑,"我长大了,可是你们都没老啊,真奇怪。"

肖郝笑出声,"这油腔滑调是跟谁学的。"

亭曈开门见山,"去年你娘便托我去给你找个好人家,我找了,也找到了。如今要听听你的意思。"

善虎一拱手,"愿闻其详。"

亭曈也给他逗笑了,一边笑,一边着旁边的钱嫂拿来一沓庚帖。

"这个姑娘,今年十八,样貌好看的,就是家里之前犯了事,老爹如今还在衙门里关着;这个姑娘,与你八字最合,年纪也是十八,没有先头那个好看,可是身家清白;这个姑娘,是这三个里头最好看的,就因为仗着太好看,挑肥拣瘦,拖成了老姑娘,如今已经二十三,配你倒是恰恰好,反正都迟了,就是有一个缺点:不识字。"

她一一介绍完,善虎扑哧一声笑,"又好看,又不识字,听起来脾气还不好。不行不行,这个无论如何都不能选。"

他娘冷笑一声,"不行不行,难道你就行了?!你娘也不识字,脾气坏,还不好看,怎么?你嫌弃?"

善虎哈哈大笑,搂住娘的脖子,"我嫌弃便嫌弃了,只要爹对你好就成。"

亭曈看他插科打诨的样子,知道三个他都不中意,索性把庚帖一放,"好孩子,你说,是不是有意中人了?"

善虎想一想,正色道,"有是有,我怕我提了,你们打我。"

亭曈清清嗓子,也正色道,"你提。我不打你。"

善虎道,"我要的,是好看的,又知书达理的。身家清白,还得贤惠脾气好,跟着我吃苦吃甜都在所不辞。"

亭曈和两个大人面面相觑,"你说这几条,怎么可能有人符合?!"

善虎道,"有啊,眼前就有。"

说罢手指一指,指的正是亭曈。

父亲母亲固然惊呆了,亭曈也被他吓得半天没回过神,终于"哎呀"一声,"你个臭小子,我打死你啊!敢开我的玩笑!"

善虎跳着躲开,笑着跑远,"就说你会打我!"

生活、学习、工作、革命,日子这么精彩,哪有心思成什么亲。

3

远在上海的菊圃,也同样没有心思想成亲的事情。他辛苦工作半日了,此刻穿着一身精干的西装,袖子撸了老高,腿伸得长长的,望着眼前即将发行的纸版银圆钞票发会儿呆。

中国通商银行,一开始就获得了朝廷授予的发行银圆、银两两种钞票的特权。所以最初英文名是从未有过的霸气:Imperial Bank of China——中华帝国银行。准备正式发行银圆的时候,大家斟酌再三,改名 Commercial。名字霸气有何用,事情做得霸气才行啊。

除发钞外,通商银行还代收库银,全国各大行省,均先后设立分行,北京、天津、保定、烟台、汉口、重庆、长沙、广州、汕头、香港、福州、九江、常德、镇江、扬州、苏州、宁波等处,业务极一时之盛。可惜庚子之乱时,北京分行首遭焚毁,天津分行亦随之收束,业务渐告不振。到如今只剩下北京、汉口两个分行和烟台一个支行了。

菊圃继续待在通商银行总行,同时又在恩师的推荐下,参与了组建户部银行的工作。

通商银行的办公大楼里,新装了热水汀,暖气十足。菊圃想起老家,哪怕宜红别墅那么豪华,一到了冬天,都要燃起火坑取暖,又脏又烟,而且供热不均匀,前面的腿都烫了,后背还冷飕飕。

热水汀这个新鲜玩意儿,也是最近才传到上海的。开头是京师东交民巷的外国公使和外国企业用,后来开始在驻地建筑里也装上了。一传到上海,便迅速在政要公馆、知名企业、豪华酒店、大学、医院、高档公寓中流行起来。热水汀需要锅炉和管道将整个楼宇连接起来,烧煤炭作为燃料、钢铁作为设备材料、泵作为动力。热水汀输送的暖气,干净、均匀、持续,比传统的烧火取暖可先进太多。

美国人的商业嗅觉特别敏锐。最近一个美国人就老来通商银行咨询贷款的事宜。他准备在上海开设一个洋行,专门经营包括热水汀在内的各种电器、设备。未来也想学怡和洋行一样设置自己的码头、堆栈和运输专列。

菊圃看他们每个人做的,都跟父亲这些年自己摸索出来的一样,心中不免感慨。远隔千里了,反倒开始真正敬仰起父亲来。

父亲一直挂在嘴上的那句话:所谓企业,人尽其才,地尽其利,物尽其用,货畅其流。

一通百通。菊圃明白了父亲的远见卓识,也就同时明白了父亲那隐隐约约的悲伤。

按理说,宜红生意如日中天,和祁红一起占了中国工夫红茶半壁江山,父亲该意气风发到像土皇帝一般。

但是不,父亲总是会为分离伤感,会为战火痛心,甚至路边一个可怜人的遭遇,都能赚到他的热泪。

菊圃从前不明白,觉得这也太不男儿气了。可是等自己也大了,经了世事,才发现这些品质有多么珍贵。

就好像现在,他望着眼前满桌子的纸版银圆,嗅着上海滩特有的湿润空气,想到东北如今正在经历的屠戮,感觉十分不真实。

国之不国,钱、权,要了又有何用?

傍晚,他照例去码头散步。

菊圃排遣心中难受的方式与众不同。别人偏安一隅,藏起来静静地待着;他不是,他喜欢往人堆里钻,往最热闹最腌臜的地方去。比如码头。

小时候第一次随父亲来上海码头的情景,如今都历历在目。

依然是那么鱼龙混杂,也依然是那么生龙活虎。

跑腿的、路过的、出发的、送行的人群如松林随风涌动,一会儿挤向这里,一会儿挤向那里。叫卖声、呐喊声、吆喝声、笑骂声此起彼伏,两个人面对面都得扯着嗓子讲话。间或有轮船拉一下汽笛,呜哇作响,压倒所有市声。

唯有置身其中,菊圃才明明白白觉得自己活着。而不是梦境。

他正在欣赏轮船,忽然身子被人撞了一下,转身发现是一个戴着苦力帽赶路的小孩儿。那孩子一边匆匆回头说了句"对不起",一边继续低头赶路,像是急得不得了。

菊圃拍拍肩头的灰,转过头来,就看到不远处两个挑夫正对着自己笑。

他莫名其妙地看看四周。没别人啊。

其中一个挑夫道,"少爷,快摸摸你的皮夹子。"

菊圃一激灵,伸手去摸,果然口袋空空,钱包不翼而飞。

别的不讲,单是还没有发行的那几张纸版银圆,就可能会闯下大祸。通商银行看起来是集万千宠爱于一身的中国首家银行,同时也是许多人——私人钱庄、外国银行甚至高利贷老板的眼中钉。

他赶紧回身去找那戴苦力帽的少年,但人海茫茫,哪里还有他的影子?

菊圃想一想,又找到那两个挑夫,"你们认得那个孩子吗?"

一个挑夫笑道,"码头几个不认得他?"

另一个笑道,"少爷,我劝你还是算了。他们可是帮派的,你惹不起。丢了皮夹子也没多大事。"

菊圃道,"有事,那皮夹子不能丢。"

两个挑夫没当回事,"再有事,也好过惹上青帮啊。我劝你算了。"

菊圃转念一想,跟他俩也说不明白,当下笑道,"你们只管告诉我在哪里可以找到这孩子。等我找回皮夹子,定会回来谢谢你们。"

两个挑夫倒也朴实,没想要他的谢礼,手悄悄一指,"你去码头东边的宝大水果行守着,一定能守到他。"

菊圃诧异,"那里是他的家吗?"

挑夫道,"哪能啊。这个小孩叫月生,是码头出了名的小赤佬。宝大水果行的老板听说是他伯伯的朋友,他经常去讨些烂水果,再到码头捡点零散水果,然后拿去烟馆里头卖。烟馆里头的人抽得七荤八素,哪里还计较水果新鲜不新鲜。就这么赚点生活费。所以就得了个诨名,叫'水果月生'。"

另一个挑夫笑,"你讲得客气,讨啊,捡啊的,他还不是仗着加入了青帮,耀武扬威的,那叫抢,叫偷!"

第一个挑夫心肠软些,"也没法的呀,家里穷,父母双亡,你要他怎么生活。"

菊圃道，"是叫月生这个名字吗？我晓得了。"

第一个挑夫还是不放心，"少爷，我看你是个好人，你算了吧。不要碰青帮。我们吃码头饭这些年头了，太懂了。你惹不起。"

菊圃道声谢，转头便去了宝大水果行。

他天性乐观。虽然事出紧急，却也没多害怕。买了个苹果，又买了张报纸，倚在水果店门外边吃边等。

没多久，那叫月生的小孩儿果然来了。

也不是特别小。苦力帽拿在手里的他，头势弄得很清爽，十七八岁的模样，正嘻嘻哈哈跟水果店老板说话。

菊圃把挡住脸的报纸放下，正面朝着他，"哎！"

月生听到看到，一惊，眼珠子乱转。

大概因为见菊圃都已经找上门了，索性不跑了，笑嘻嘻道，"少爷，你好，喊我做啥？"

菊圃笑道，"钱包我送也送你了。可是里面有个东西，你得还我。"

月生赔着笑脸装傻，"什么钱包，还你什么……"

"你还我东西，否则下次就不是我来了。"菊圃回头看看店里正忙碌的老板，"下次就是巡捕房来了。租界的人丢了东西在这里，不得好好彻查一下？"

两个人在这里说话，老板终于注意到了，怕惹事，上前来询问菊圃道，"这位先生，是有事找我吗？"

月生抢着挥挥手，"爷叔，没你的事体。你去忙。"

老板瞪他一眼，"看你小赤佬今朝笑眯眯的，肯定赌钱赌赢了。"

月生笑道，"今朝运道好……"

老板摇头，"辛辛苦苦赚点铜钿，又存不起来……混吃等死，你就这么混吃等死吧……"

月生道，"我又没有当街乞讨，都靠自己挣铜钿吃饭，你不要啰唆……"

菊圃又好气又好笑地望着他。说也奇怪，他竟不讨厌这少年。也许是因为知道他的身世了，所以心生怜悯。

当下说道，"不跟你开玩笑了。钱包里的钱你拿走，东西还我，我不计较。"

月生眼珠子又转一转，"那银圆既然重要，你得拿什么跟我换？"

显然是看到东西了。

菊圃叹口气，"我的东西，还要我拿什么跟你换？"

月生忽然压低声音,得意扬扬地用威胁的语调说道,"你是不是自己做了假币?"

菊圃扑哧一声笑,"若真的是,你待咋滴?报官?"

月生眼睛一瞪,身子站直,"哪能啊!你要有这能耐和本事,我跟你干啊!"

菊圃哈哈大笑,"我谢谢你一家门了。"

月生嘴上磨蹭,手倒是已经伸进了裤兜,掏出来那两张银圆纸钞,"算了,给你吧。我看你挺顺眼的。"

菊圃刚要去接,月生又缩回手去,"等等!我这么爽快,你总要请我吃顿好的吧。"

菊圃道,"你把我的钱都拿走了,我拿什么请你?"

月生上下打量了他一下,耸耸肩,将两张纸钞在手里拍一拍,"就你这身行头,去当铺里,怎么都能换几个银钱吧。"

菊圃趁他不注意,长臂一伸,终于将纸钞抢了回来,"也不用这么麻烦。往后每个周五下午六点,你在这里等我,我请你吃晚饭。"

月生一愣,怀疑自己没听清,"每个……每个周五?每个周五你都请我吃晚饭?!"

菊圃点点头,"嗯。"

"为什么?"

菊圃笑,"交朋友,吃一顿饭怎么够?除非我去外地办事,那我会托口信给你。"

月生一下子像是不知道该怎么表达高兴,懵懵懂懂地点点头,"哦……"

"那……"菊圃将银圆纸钞揣回兜里,右手食指和中指并起来,在额头上轻轻一点,朝少年做个告别的手势,"周五见了。"

三天后便是周五。

菊圃下班,如期赴约,路上经过馒头铺,又买了七八个馒头带走。

那月生也果真等在宝大水果店门口,一见菊圃,十分高兴,"你还真来了啊?"

菊圃笑道,"当然。"

月生眼乌珠一转便瞄到他怀里捧着的馒头,"这是给我的吗?"

菊圃将纸袋子递过去,"这天冷,放不坏,够你吃两顿了。"

月生接过纸袋,也不道谢,笑嘻嘻,"你太瞧不起我的胃口了!"

菊圃两手插兜,淡然一笑,"你带我去吃饭吧。"

月生又是一愣,"我还以为馒头就是晚餐。"

"快走,挑你喜欢的馆子,我好饿。"

"真的给我随便挑?"

"真的。"

"我怕我带你去了,吓死你啊!"

"吓吓看。"

两个人就这样一前一后,穿过外滩后面的几条小弄堂,来到刚刚翻修好、从前叫帝国饭店的汇中饭店门口。

月生一边走,一边机灵地打量菊圃的神色。他不相信这个看起来只比自己大个七八岁的年轻人,也就是个洋行买办的样子,会有什么能耐,能吃得起上海滩最贵的饭店。

他也做好了心理准备。但凡菊圃露出什么为难的神色,他就立刻带他拐个弯,去旁边弄堂里的大肠面馆。那家店,月生也觊觎很久了。

可是菊圃始终神色淡定。

真走到门口了,月生一把拉住菊圃,"你等一下。你叫什么名字?"

"好好的,怎么突然问我名字?"菊圃笑道。

月生掂一掂手里的馒头,"我不信这世上有人真对我这么好。为了这顿饭,我怕是要死在这里,那临死之前,总得知道你的名字吧。"

"我姓卢,叫菊圃。"

"卢……菊圃。"月生回味了一下这个名字。就在这当口,汇中饭店的门童已经迎了出来,"卢先生今天怎么一个人来了?"

月生又是一愣。好家伙,这是上海滩的著名公子哥吗?没听师父说起啊?

菊圃瞪一眼门童,"怎么一个人? 他不是人?"

说着指一下月生。

门童赶紧道歉,"啊,对不起对不起,我还以为他是……"

"仆人"两个字都没敢说出口,赶紧往里请两位,"快请进。今天到了上好的鹅肝,配上拉图城堡的红酒,美味极了。"

等两个人挨着窗边坐下,月生贪婪地看着簇新、墨绿色绸缎做的窗帘、台布,镀金的雕塑、烛台,餐厅里形形色色、谈笑风生的贵宾们,好久没回过神来。

菊圃道,"你快放下馒头吧。要打算抱着它吃饭吗?"

月生这才小心翼翼将馒头放在侧边的椅子上,看看菊圃,突然伸手使劲扇了一下自己的脸,啪一声脆响,"我怕不是在做梦吧?"

菊圃笑道,"不是,不是。你好好坐着,别叫洋人看笑话去。"

月生赶紧端正坐好。

侍者上来,"卢先生,您和您的朋友,今天想吃点什么?"

菊圃看菜单的当口,侍者微笑着搭讪,"我以为今天您也是跟盛小姐一起来的,原来是新朋友。不知道新朋友,怎么称呼?"

月生嗫嚅半响,菊圃鼓励他,"告诉他你姓什么,以后来,他们便记得你。"

月生道,"我姓杜。"吐吐舌头,低声道,"以后除非跟你来,不然怎么可能?"

菊圃笑一笑,对侍者道,"除了鹅肝之外,来两客菲力牛排五分熟,不要红酒,要两杯宜红红茶。"

侍者微笑,"好的,马上就来。"

上了菜,月生有样学样跟着菊圃用刀叉,没几分钟也弄得有模有样了。突然想起什么事,一个激灵,"你不会是故意要坑我吧?吃一半,偷偷溜走,要我买单。"

菊圃正喝着茶,闻言差点一口水喷出来,"你这人只怕有上万个心眼吧。"

杜月生嘻嘻笑,"我这种没爹没娘的野草,不多生几个心眼,根本活不到今……"

话没讲完就发现菊圃的神色呆住了,眼睛望着不远处的什么地方。

杜月生顺着他的目光看过去,但见一男一女两个人,锦衣华服,前呼后拥地进得店来。

女的生得极其美貌,就像洋画报上的女郎活生生走了下来一样;偏生那男的也很好看,面颊子细长,眼神柔美,宛如戏台子上的小生。

回头看看菊圃,暗自对比一下,感觉还是菊圃更英气勃勃。

他调侃道,"原来你喜欢这一种……"

菊圃回过神来,浅浅一笑,摇头道,"不是……"

月生机灵得很,马上猜出了另一个答案,"哦!原来她就是你的前任!"

菊圃道,"也不是。"

月生还要猜,那边侍者显然跟那对男女说了什么,只见那女郎眼睛一亮,提着华丽的镶满珠翠的西洋大褶伞裙便朝他俩这桌疾步走来。

直到她走近,菊圃才轻轻叹口气,放下茶杯,站起身,伸出手,脸上带一个招牌式阳光笑容,"槿蕙,好久不见。"

盛槿蕙也不握他的手,美目流波,俏皮一笑,"你也知道好久不见呀?爹爹最近来上海,你也不上家里看他。"

菊圃也不尴尬,大方收回手,客客气气地回答道,"恩师来上海,我每次都去铁路局拜访过了。"

盛樨蕙白他一眼,"这是重点吗?我是说你都多久没来我家了呀!"

菊圃道,"你都要嫁人的人了,我老跑过去找你,多不好。"

盛樨蕙不悦,"认识我的第一天,你便知道我要嫁给邵恒。那会子怎么不知道避嫌了?"

菊圃道,"那时候小,十几岁……"突然也很感喟,"我们居然认识这么久了。"

盛樨蕙这时反倒捏住他的手,"你看!所以啊,即便我嫁了人,你也像我亲人一样。我娘走得早,爹爹又总不在……"

菊圃心软,"对。"

盛樨蕙摇一摇他的手臂,"那你以后要找我玩啊。"

"好。"

她嫣然一笑,顺便也朝目瞪口呆的月生嫣然一笑,"那我走啦,你们好好吃饭。这顿饭我请了。"

等她翩然离去,菊圃对月生打趣道,"好了。你彻底不用担心我会中途开溜了。有人买单。"

杜月生瞪着大眼,"不行。你得跟我好好解释一下,这姑娘是谁?你又是谁?"

菊圃道,"很重要吗?我不是什么大人物。"

杜月生道,"至少,比我大,比我大很多很多很多。"

菊圃摇头,"我从来不会自视如此之高。茫茫人海,恒河沙数,几个人算得了大人物?你也不用妄自菲薄,没准儿哪一天你能将整个上海收归囊中,做比我大得多得多的大人物。"

吃完饭,两人告别。

菊圃道,"下周五我来不了了,要去趟天津。等我回来,再找你。"

杜月生道,"就算你以后再也不请我吃饭,我也感激你今天带我来这么好的地方。"

这还是他第一次认真地说感谢。

菊圃笑。

杜月生突然挤眉弄眼,"你怕不是……因为人家要结婚了,伤心得逃去天津吧。"

菊圃道,"哪能啊。我从来不会为儿女情长困扰。而且,她是我恩师的女儿,对我来说,就像小妹妹一样。"

杜月生"哦"一声,"那你去天津,是公干?"

菊圃点头,"我恩师几年前得罪了他的老板,被调回京师。看似升迁,实际是被卸掉了实权。他在天津还有很多事情未了,我得去帮他做完。"

杜月生听得半懂不懂,也不敢问,也不敢评,只抱紧了馒头袋,"那你路上小心。"

菊圃朝他挥挥手,"杜月生,再会。很高兴认识你。"

"我也很高兴认识你,卢菊圃。"

菊圃住在外滩附近英租界里的一套小公寓里。

公寓虽然不大,但好在五脏俱全,高级的电话、电灯、热水汀一应俱全。

他回到家便开始收拾行李,准备北上。菊圃没有骗月生也没有吹牛,他此次进天津,真的是去找恩师的。

四年前八国联军攻进北京的时候,盛宣怀擅作主张,将朝廷发往东南各省的电报扣押,只有省督抚级别得知消息,同时还牵线了各国驻沪领事跟督抚们签订"保护东南章程九款"。几乎是以自己的项上人头,保住了江南各省的安全。

在菊圃看来,只此一项,恩师都称得上可被历史铭记的"大人物"。

对于如此大逆不道的行为,慈禧当时没工夫计较,事后可就不同了。

东南互保的最大牵头人,当然就是李鸿章。可他在签完丧权辱国的《辛丑条约》后两个月就吐血身亡,慈禧要怪也来不及。

另一个牵头人、当时的两广总督刘坤一也没有遭到报复,因为他是紧跟李鸿章后脚走的。

至于张之洞,一边要兴办各种工厂、学校,又要对付突如其来的以他门生唐才常为首的"自立军",焦头烂额。这个时候慈禧再报复他,那纯属给自己找麻烦。

其余的,闽浙总督许应骙、浙江巡抚刘树棠先后被撤职,安徽巡抚王之春调任广西。

当时职位不高但很重要的山东巡抚袁世凯,被派去训练朝廷的新军。看似很光荣,其实是虚职,没有实权——至少慈禧是这样想的。

可糟糕就糟糕在,袁世凯心机太深。

他很会忍耐,并且在忍耐中寻觅机遇。

袁世凯训练新军的地方，叫新农镇，距天津六十余里，本是蛮荒之地。自从新军入驻，通过铁路来往的军事及其商贸活动与日俱增，小镇也日渐繁华，以至于后来人们忘记了"新农镇"的名字，而习惯性地称之为"小站"。

袁世凯"小站"练兵，蔚为一景：浩浩原野上，满载辎重的火车奔驰，炮声隆隆中，年轻的军官们策马飞驰……

而盛宣怀，虽然加官晋爵，其实全是在慈禧眼皮子底下的虚职，啥也干不了。幸好张之洞全力支持盛宣怀，为他保留了"铁路督办"之职，但从此丢失了对轮船招商局和电报局的控制权。

一些其他的政府官员，见这两个重要位置空缺了，都纷纷推荐自己的人选上去。一时间朝堂之上鸡飞狗跳，闹得不可开交。

袁世凯又出来了。本来盛宣怀跟他就是李鸿章的文武二将，盛宣怀也比较信任他，便提出了"电报宜归国有，轮局纯系商业，可易督办，不可归官"的条件。只要袁世凯答应，盛宣怀就将促成他来接手这两个肥缺。袁世凯一口便答应下来。

最终，在盛宣怀的建议下，袁世凯做了电报局的电务大臣，袁世凯亲信杨士琦做了招商局督办。

但是从此，最可怕的一幕出现了。

袁世凯手里，有新军……有钱……还有权……

盛宣怀忧心忡忡，急召亲信进京密谈。又怕太过显眼，改约在天津见。

出发前菊圃接到一通电话。

居然是善虎。

"汉庄装上电话啦！"

菊圃笑，"这可太好了。想想十年前咱们几个傻小子，在酒店里拼命打电话最后还被人投诉……"

"啊哈哈，"善虎的声音一如既往地快乐，"想了半天，只能打给你。这是我们的号码，你记一下。"

"不过我也不能跟你久聊，"菊圃用头夹住听筒，一边记着号码一边讲，"车子在楼下等着了，我马上要去天津。"

"天津呀……"

菊圃听他语气，"怎么，你有熟人？"

善虎回答，"《大公报》主编方守六，算是跟我熟了。你要没事，可以找他聊天。"

菊圃笑，"正好我提前一天到的，预留了空余时间。我到了便去找他，可要带什么话?"

善虎道,"什么话么……就说我没赶上长沙一聚,甚是遗憾,以后必有机会再见面。"

"好。"

抵达天津的时候,正在下大雨。菊圃最怕麻烦,直接叫了黄包车,去《大公报》报馆。

等到了地方,抬眼便看见一栋典雅的乳白色小洋楼。旁边还有一栋正是旅馆,看起来质素尚算可以。菊圃微微笑。猜得没错,舆论中心从来都会有来自五湖四海的人要住宿。

他也不啰唆,直接就住进了旅馆。

领班给他办好了手续,也没空理他,钥匙和押金单递给他便忙别的去了。

菊圃也不生气,自己拎着行李,三步并作五步地往楼上走。三月春寒,身上湿漉漉的太难受,他得赶紧换了衣服,再去隔壁找找这个叫方守六的人。

他人高腿长,楼梯浅窄,走得快了,正好跟从上面下来的一个人撞个满怀。

按说他站在台阶下,摔倒的危险更大,但从上面下来的是个纤瘦女生,怀里还抱着一沓书,冷不丁撞进菊圃怀里,又惊又慌,本能地抓住菊圃胳膊,整沓书散落一楼梯间。

菊圃抱着她站稳,赶紧撒开身子,没声价道歉,"对不起对不起,我走快了!"

那女子也没理他,赶紧弯腰去捡书。

菊圃也帮着她一起捡。地面有水,书沾了水,有几页粘住了,他便赶紧拂。但见那些书均是文言,有各种诗词校注,专业得不得了,菊圃光是匆匆一瞥都觉得头晕。

等两个人捡完书,一照面,俱是一愣。

菊圃的容貌并不是一等一的好看,但胜在浓眉大眼,而且身材高大,四肢纤长。一身西装也很熨帖,看起来整个人格外精神。

而这女子,天生一张欧洲人的深邃面庞,鼻子秀丽高挺,眉眼之间粒粉未施却浓烈鲜艳;头发剪得极短,俏皮地贴在鬓边,身上穿的既不是袄裙也不是洋装,更像是自己剪裁的改良洋装,脖子上挂着一串珍珠长链。整个人如空谷幽兰,写满了"快过来"和"快滚开"的奇异矛盾感。

和菊圃熟悉的母亲、妹妹、印雪、影尘,甚至椟蕙,都完全不一样。

他将手里的书轻轻放到女子怀里,"对不起,可有摔伤?"

那女子浅浅一笑,"没有。不妨事,我自己也没看路。"

说罢转身便下了楼去,只留下一楼梯间的馨香。

对,她还用了时下最流行的香水。味道也像兰花。

菊圃在房间换衣服,脑子里竟全是这女子的一颦一笑。

果然是北洋腹地,连随便遇到的一个女子都与众不同。

换洗完,他好整以暇去到隔壁的《大公报》报社。

递了名片和口信给门房,门房道,"哟,方主编可能不在呢。中午我见他出门好像就没回来。您稍等,我进去问一下。"

菊圃笑,"不着急。便是不在也没关系。"

门房进去半晌,出来的时候身后倒是跟着一个人,"请问哪一位找方主编?"

菊圃抬头,心跳加速。

再没有这么巧的,来人正是他在楼梯间撞见的那一位。

那女子也是一愣,旋即笑道,"原来是你。"

菊圃也笑,"原来你是《大公报》的,难怪看那么些高深的书。"

女子朝门房道,"我来招呼客人,多谢您。卢先生,这边请。"

她领着菊圃穿过墨香阵阵的办公大厅,落座一间小小的办公室里。办公室虽小,却可以清晰看到繁华的街景,窗前的一排兰花正开得妩媚又端庄。

女子请他坐下,端来茶水,"我叫吕碧城,是《大公报》的一个小编辑,方主编出去办事了,只能劳烦您屈尊在此稍等。"

菊圃道,"我也是冒昧造访,没有提前告知,实属失礼。"

吕碧城道,"你也住在那间旅馆里?"

菊圃心中一喜,"对呀,你也是吗?"

吕碧城道,"我到天津几个月了,但没找到合意的房子,便先住在旅馆里,好歹有人照应一下。"

菊圃知道盯着女性看很不礼貌,却怎么也忍不住目光流连在她的脸庞耳畔和身形上。要说可以对比,也就唯有第一次见到盛樨蕙时那种震撼感,可以勉强跟现在对比一下。

他赶紧拿出礼物,"这是我带来的一点茶叶,这份给方主编,这份给你。"

吕碧城笑道,"我这是沾了主编的光啊。多谢了。"

说罢,她收好茶叶,"咦"一声,"看不出来你这么个利落人儿,也很会送礼啊。"

菊圃道，"此话怎讲？"

吕碧城道，"如今达官贵人，皆以能喝到英国王室专属的宜红'天'字号红茶为骄傲。前儿袁克文请我喝茶，也是喝这个，还显摆了半天。"

她说话语速稍快，语气干净利落，菊圃越听越喜欢。

不过……

"袁克文？"菊圃想一想，"袁世凯的小儿子，袁克文？"

"怎么？你也认识？"

菊圃摇头，"不认识。只是十分出名，想不知道都难。"

吕碧城闻言一笑。

菊圃道，"可我听说，《大公报》创办人英先生，与袁世凯素来不睦。吕小姐跟袁世凯关系这么亲近，英先生不生气吗？"

吕碧城道，"他不睦他的，我亲近我的，有什么关系？人有很多面，黑白灰都有。"

菊圃想一想，点头道，"也对。

吕碧城一边喝茶，一边道，"英先生识我才华，聘我入报社，是我的大恩人；袁世凯先生筹建北洋女子学堂，委任翰林院出身的傅增湘先生，和我这样一个年纪轻轻的女子共同负责，我也十分感恩。英先生和袁先生因戊戌年变法一事交恶，那会子我还在老家，浑然不知天下事，所以我没有意愿，更没有必要扛着他俩的恩怨往前走，你说是不是？"

菊圃听得一愣一愣的，除了点头，还是点头。

吕碧城扑哧一声笑，"别光是听我说啊。也说说你。看不出来你这么年轻，就已经是通商银行的经理。是来天津办事的吗？"

菊圃心想：老子来天津，正是为着盛宣怀提防袁世凯来的；这下可好，一脚踩进马蜂窝里。

可是越危险，越是让他心痒难耐，想要继续聊下去。

但只能换个话题，"我父亲从前也在老家办过一个女子学校，不过规模很小。"

一听到这个，吕碧城来劲了，"是吗？令尊这么了不起！"

菊圃道，"我也是长大了，才发现他真的了不起，做了很多别人想都不敢想的事。"

吕碧城侧一侧头，面色黯然，"我的父亲也很了不起。"

菊圃道，"那……他如今……"

吕碧城轻轻叹息道,"他走啦。他曾入翰林,任国史馆协修,出了好多书。家中藏书三万册,可以说我和姐妹们都是在书屋里长大的。爹爹从来不因为我们是女儿便轻视我们。他亲自教我们书画诗词,打开了我们的眼界。可惜,我十二岁那年,他病故了。"

菊圃叹息,"好人不长命。"

吕碧城怔怔的,"父亲病故后,族里的堂亲以我们没有男丁为由,霸占了家产,幽禁我们母女几人。好容易才逃出生天后,定亲的夫家知道我们的变故,又果断退婚。父亲在世,如大山环伺,父亲身亡,如山崩地裂。"

菊圃听她说得字字悲切,内心也十分不平静,恨不得立刻打个电话给父亲,问候安康。

吕碧城看看他,忽而笑道,"所以我这辈子是不相信爱情了。寄人篱下的母亲和妹妹,为免被辱还差点服毒自杀。这个时候我才明白,女子,要靠自己。"

菊圃内心也跟着怅然若失。忽而反应过来:咦,还没成亲;忽而又叹息:来不及了。

沉默半晌,碧城忽然回过神来,"哎呀,又在说我自己了。真奇怪,我才刚认识你,怎么会跟你说这些。对不住。"

菊圃由衷道,"你尽管说,我爱听。"

碧城道,"你父亲办的那个女子学校,现在还办着吗?"

菊圃道,"办倒是办着。但是其实来读书的,只有官宦子女。一来只有她们才有此眼界,二来也只有她们有此闲逸,寻常老百姓家里的女儿,不是干活便是早嫁,读书的人很少。"

碧城道,"在我看来,兴女学,是与国家兴亡相关的事。女子和男子一样多,女子若能提升,于家庭于国家,都是非常重要的事情。若是没有父亲对我们的教学,恐怕此时此刻,我和母亲姐妹几个,都还在老家受人欺凌……不,也许都已经不在这世上。"

菊圃点点头。

碧城道,"我们还在讨论要不要解开小脚的时候,西方有个居里夫人已经成为物理学界的领袖人物。要平等自由,不能仅仅是男子的平等自由、国与国的平等自由,更应该是男子与女子的平等自由。"

菊圃轻轻鼓掌,"说得好。从前我也隐约觉得奇怪,为何这社会对女子的要求只是相夫教子,又为何女子永远得不到最好的教育资源。现在你这么一说,我更明白了。"

碧城想一想,又说道,"不过你说得对。女子学校开办起来,估计一开头,都是你父亲办学的那种情况:来读书的,以官宦女子居多。"

菊圃道,"那也不打紧。总有第一步,慢慢地一定会改变。"

他的乐观豁达也让吕碧城会心一笑,"说得对。"

她看看墙上的钟,"呀,居然一不小心聊到这个时候。你饿了吗?我带你去吃好吃的。"

菊圃求之不得,赶紧点头。

吕碧城给门房留了个口信给方守六,便带着菊圃来到一家叫作"利顺德"的大饭店。

菊圃走在她身后,随时都能感受到她身上那种尖端的时髦、锐利又腹有诗书气自华的力量。

碧城一边走一边介绍,"这家饭店的创始人是英籍德国人,他也曾任天津海关税务司二十多年。李鸿章很赏识他,特聘他为外交及洋务运动顾问,几年前他还获得了慈禧太后封赏的一品顶戴花翎。"

她说罢又吐吐舌头,"不过这些对我们吃饭的来说,也就是个乐子。我喜欢这里,主要还是因为东西特别好吃。"

菊圃微微笑。这饭店装修的豪华感觉,完全不输他喜欢的上海总会。

坐下来,看菜单上的菜色,也与上海总会的感觉很接近。

"果然不错。"菊圃道,"下次你去上海,我也带你吃好吃的。"

吕碧城点好菜,问道,"喝什么?"

"茶,"菊圃抬头问侍者,"可有宜红红茶?"

侍者微笑,"那必须有。"

吕碧城道,"看起来你是真的很喜欢这红茶?"

菊圃道,"不瞒你说,这宜红红茶,就是我父亲创立的品牌。"

吕碧城双眼圆瞪,嘴巴也变成可爱的o型,半晌才叹息道,"难怪!这可太好了!"

菊圃以为她说什么太好了,谁知道她突然身子探上来,隔着桌子,一把握住菊圃的手,兴冲冲问道,"原来你这么有钱。要不要捐款?要不要?要不要?捐给我们北洋女子学堂?"

一迭声地发问,还挤眉弄眼,可爱得不像话。

同样是抓着手撒娇,她这功力,可比樨蕙厉害太多。

菊圃感受着她肌肤的细腻,压抑着心跳,笑道,"我自己没有多少钱。我问问我父亲,再给你答复可好?"

吕碧城也笑了,收回手,重新坐好,"你倒是实诚。好,我等你答复!"

菊圃也将手收回桌下,捏一捏拳。糟糕了。这个女人,弥补了他对女性的所有遗憾,满足了他对完美的全部幻想。

吃到一半,突然有人来到近前。

"哎呀,碧城!"一个中年男人满脸谄媚,"你怎么一个人来吃饭啦?"

吕碧城起身,礼貌地笑一笑,"李大人还没去广西么?我有朋友在,咱们改日再约。"

六月债还得快。这一次,轮到菊圃被人完全忽视。

李大人回答道,"我这就要上任了,正请亲友吃饭呢。你这两天若是再有空,一定要跟我说!"

"是,是。一定。"

李大人犹不死心,"你前两天发在《大公报》上的那首《舟过渤海偶成》,写得太好了!我已经会背了!'旗翻五色卷长风,万里波涛过眼中。别有奇愁消不尽,楼船高处望辽东'……"

碧城赶紧笑着打断,"李大人李大人,快别背了,我这些微才华,大庭广众下朗诵,怪尴尬的。"

她说得菊圃也笑起来,举起茶杯挡脸。

好容易中年男人才离开,吕碧城吁口长气。

"你道他是谁?"碧城问。

菊圃懒得猜,摇摇头,"看起来跟我父亲年龄相当了。"

"他是李鸿章的亲侄子,李经羲,马上就要上任广西巡抚。"碧城道,"其实人挺好,就是有点啰唆。"

菊圃笑,"你这真的是'谈笑有鸿儒,往来无白丁'。"

吃到一半,又有人走近。

菊圃暗自叹气,岂料碧城站起身,"方主编,你可算来了。"

竟然就是方守六。

方主编和蔼可亲,半点都看不出天天向袁世凯开炮的锋芒,"卢菊圃先生?您好,失礼了失礼了。我出去办事才回来,刚得到碧城的口信。"

菊圃赶紧起身跟他握手,"是我来得突然。肖善虎要我代他向您问好,说很遗憾没有赴长沙之约,以后定要再见。"

方守六颔首,坐下,"我看到你留的名片,便猜到跟他有关。你们的生意做得真好,不仅好,还代替地方官做了很多维护老百姓的事,从某些层面上来讲,甚至走在了国家的前面。了不起啊!"

菊圃道,"竖子汗颜,没有继承父亲的衣钵。"

方守六笑道,"人各有志。你在通商银行做得也风生水起,我听善虎提到过你,他可是以你为骄傲呢。"

吕碧城此刻看菊圃的眼神里,又多了几分欣赏。

方守六一边喝茶一边问她,"严复老师最近可好?"

吕碧城答,"上次见他,一切都好。过些天我还要去上海找他的。"

菊圃听严复这个名字,似乎很是耳熟。但这也不是重点,他欣喜地问道,"你也常去上海?"

方守六替吕碧城回答,"碧城如今跟着严复老师学习英国文学。也是严复极力推举她来兴办北洋女子学堂的。"

菊圃高兴得嘴角都合不拢,整晚一直笑。

不过方、吕二人可没注意到他的高兴劲儿,正在聊一件很奇特的事情。

方守六说道,"……我看那文章,署名'碧城',还在奇怪你为何不发在自家报纸上。"

碧城笑,"我也奇怪。想是有人借了我的名字写文章,可是文章写得又非常好!不仅好,口吻还特别像我,观点也跟我十分接近!"

听起来,像是真假两个碧城。

方守六点头,"我一开头也担心有人盗用你的名字乱写,坏你名声。哪知道一读下来,才知道才情了得,不输给你!哈哈哈!"

菊圃道,"还有这等趣事?方主编,您身边可带着那另一个碧城的文章?"

方守六翻一翻手提包,"你等等,我没准还真有。"

说着,掏出一份报纸,看一看,递过来,"给,我特地留着的。"

菊圃定睛看去,果真是署名"碧城"的《满江红·小住京华》,笑道,"是一首词。"

碧城回答,"你读下去,最后一句,我可太喜欢了。"

菊圃轻轻读道,"小住京华,早又是,中秋佳节。为篱下,黄花开遍,秋容如拭。

四面歌残终破楚,八年风味徒思浙。苦将侬,强派作蛾眉,殊未屑!身不得,男儿列。心却比,男儿烈!算平生肝胆,因人常热。俗子胸襟谁识我?英雄末路当磨折。莽红尘,何处觅知音?青衫湿!"

好一个"俗子胸襟谁识我?英雄末路当磨折。莽红尘,何处觅知音?青衫湿"!菊圃也感觉热血沸腾。

吃完饭,菊圃买单。

转身看到吕碧城笑眯眯地望着自己,"有钱人,记得要捐款,捐款。"

菊圃忍俊不禁。

回到旅馆,更巧的来了,两个人住在紧隔壁。

菊圃又高兴又苦恼。

高兴的是可以离她这么近,苦恼的是一晚上没睡成。细碎的声音从隔音不太好的木板墙壁传来,老让菊圃分神猜测她此刻在做什么。

4

次日,菊圃去赴恩师的约。

起了个大早,谁知道又碰到吕碧城一起出门。

她完全换了一套装束,却还是一样令菊圃惊心动魄。

居然露着脖子,可是坠着层层叠叠的珍珠项链,将雪白的肌肤半遮半掩。大衣底下,依稀可见紧身束腰长裙,蓬蓬袖,不是洋装,胜似洋装。头上歪歪戴着一顶小皇冠点缀的帽子,配上她深邃的五官,整个人像是刚从外国皇宫里逃出来的公主。

菊圃看一眼,收回目光,忍不住又看一眼,又收回目光。

写着古诗,穿着洋装;倾世容颜,绝顶胆魄;一身妩媚,万丈豪情。

太不可思议了,这个女人。

等见到恩师,菊圃才发现他把事情想得太简单了。

盛宣怀十分愤怒,"当初清廷要将招商局与电报局交给张翼!此人在八国联军攻陷北京时,便把开平煤矿的主权卖给了英国人,鼠目寸光!由他来管如何使得!我为了国家着想,才将这两局托付给了袁慰亭!他也答应我,保持这两局的商办性质,方能对得起多方股东。谁知道他一回到北京,便摆足了北洋大臣的架子,巧取豪夺,把轮船招商局由商办改成官办,而且不归还商本!我以后哪里还有脸出去招商?!"

菊圃道,"商人逐利,利益一旦受损,就更不会相信政府了。他们若是将手中的股票出售给洋商,那您几十年来与洋商争利的苦心就全白费了。"

盛宣怀道,"正是如此!"

盛宣怀身边的另一个幕僚道,"如今咱们还有什么可以钳制袁慰亭的吗?"

盛宣怀微微摇头,"我倒是想到一招。我自张香帅手里接办汉阳铁厂至今,虽已填补了几百万银两的缺,迄今为止仍亏损一百多万两。既然袁慰亭把轮、电二局都拿去了,那么索性我把汉阳铁厂也给他!有本事,便把这个缺也给补上吧。"

开了一天的秘密会议,从袁世凯,又扯到了通商银行如何扩展。

等从恩师那里出来,已是满天星斗,菊圃头晕脑涨。心中揣测:汉阳铁厂这一招,对商人来说确实是妙招,毕竟对商人而言利益大过一切,碰到亏损的事都会权衡再三;但对一直带兵打仗的袁世凯而言,没准儿是步臭棋。

他回到旅馆,但见隔壁房门紧锁,也不知道吕碧城回来了没有。

刚歇口气,自己的房门倒是被敲响了。

开开门,就见吕碧城那流光溢彩的双眸,"我听到你回来啦!告诉你一件趣事!"

菊圃一天垂头丧气,倒是被这一句话吊起了点兴趣,"什么事?进来说。"

吕碧城"嗯嗯"摇摇头,"我不进去了,一句话就可以说完——我马上就要知道另一个碧城是谁了!"

菊圃大惊,"真的么?!怎么知道的?"

吕碧城笑嘻嘻,"说来话长,他去报社找我,结果我不在,便留了字条说明早会再来找我。明天你有时间吗?明天上午你跟我一起去报社,可以见到他!"

菊圃可喜欢她这一串连珠炮的说话风格,跟孩子一样,"没问题。你走的时候叫我。"

两人约好了次日早上八点见。等再见她,她又换了一身装束。额头上戴了一根宛如抹额般的墨绿色丝带,身上穿着同样色系的墨绿色丝绒长裙,仍是戴珍珠项链,不过变成了灰色,整个人低调又浪漫。

菊圃感觉自己每天光是看她换衣服都看不够。

等到了报社,坐下没多久,另一个"碧城"到了。

一露面,吕碧城、菊圃、方守六,齐刷刷起立。

不是因为别的,而是实在太吃惊了!

另一个"碧城"居然也是一个大美女!

年龄看起来比碧城大几岁,可是面颊子也很美,气质更硬朗,简直可以用英俊二字来形容。大概因为结婚了,长发规规矩矩地盘在脑后,身上却宛如男子一般着长衫马甲,英气逼人。

她性格看起来也很豪爽,"我也是来了天津才知道,这里已有一个'碧城',所以特地慕名拜访。"

吕碧城跟她握一握手,"姐姐长身玉立,双眸炯然,风度已异庸流。"

女子欣然一笑,"我叫秋瑾,浙江人士,随夫君上任来到天津。"

碧城也笑,"我就叫碧城,吕碧城。安徽人士,身世飘零,辗转来到天津。"

秋瑾道,"'流俗待看除旧弊,深闺有愿作新民'。我喜欢你的敞亮,以后我便也以本名登报发文。从此只君一碧城!"

可惜菊圃中午还有老师的约,没有一直听他们聊天。

他离开后一直在想:中国女子的世界,恐怕也真的要开启新篇章了。

这天菊圃在盛宣怀这里逗留到很晚,一直把几个分行的开办和设立事宜全部聊透才回到旅馆。

夜很深了,隔壁房间却一直亮着灯。

细听,似乎有喁喁之声,不知碧城是在同什么人聊天,还是打电话。半夜菊圃醒转起来喝水,那喁喁之声都还在。

菊圃摸一摸自己的额头:终于产生幻觉了你,卢菊圃先生。

第二天,菊圃收拾好行李,便听到门外传来碧城的声音。

这一回,她进来坐下了,兴奋到不行。

"我刚送走秋瑾……"突然她看到菊圃的行李,"你也要走了吗?"

菊圃点头,"通商银行要开分行,接下去有一堆的差事等着我。你什么时候去上海,一定要来找我。"

碧城点头,"好。"

菊圃忍了半天,刚要问昨晚她在和谁讲电话,她自己先揭秘,"昨晚我和秋瑾几乎聊了一夜。"

菊圃道,"相谈甚欢吧?真高兴你能找到知己。"

"知己,嗯,她当真是我知己。不过,她马上就要走了,"碧城点头,压低声音,"东渡日本,去学习和投身反清大业。她已有家室和孩儿,都能这么义无反顾,我很钦佩。"

菊圃骇然,"那果真是比男儿还要坚强。"

碧城道,"她还邀请我一起去。"

菊圃的心一下子紧张起来,"然后呢？你去吗？"

碧城摇摇头,"我抱持世界主义,万事万物都有它的好与坏。我虽痛恨卖国行径,却并非针对清廷本身;我虽同情革命,但并非因为满汉之见。"

说完,看看菊圃一知半解的模样,扑哧一声笑,"算了,不说这些。你几点的车？"

菊圃道,"很快就要走了。"

碧城伸出手,"很高兴认识你。"

菊圃在旅馆的便签纸上写下自己公寓的电话号码,"这是我家里的号码。你若是在上班之外的时候找我,打办公室可能没人接,就打这个电话。"

碧城一笑,点头应允。

她走后,菊圃站在房间里,又发了一会儿呆。

明知还会再见,可这揪心的难受是怎么回事？

他打电话到汉庄,找善虎。

"见到方守六了？"善虎问。

菊圃道,"见着了,他问你好。不过,我要跟你说件急事。"

"你讲。"

"我想找一泛姨妈支五千银钱。"

"你要干吗？这么多钱？"

"⋯⋯我想花一万投资一个学校。我自己存了五千,还缺一半。"

善虎笑道,"真的是母猪爬树了今天。你卢菊圃,天字第一号不爱读书之人,居然要投资一个学校？"

"你才是狗嘴里吐不出象牙。不要废话,你就帮我分析分析,一泛姨妈会不会支给我？"

善虎道,"汉庄的钱,大凡也就是你爹的钱。她不会不答应,但是你要她替你保密呢,还是可以直接告诉你爹呢？"

"暂时保密。找到合适机会,我自己跟爹爹解释。"

"行吧。我这就去跟她说,你不要走开,在电话边等着。"

过了片刻,善虎的电话便回了过来,"钱汇到上海商钱局你的账号里了。一泛阿姨说,给你一年时间,若是你自己能把坑填上,她也懒得跟月池公讲了。"

"好兄弟！多谢了！"

第六章　怀瑾握瑜漫天星　｜　499

那边的善虎挂完电话,对着电话筒兀自发笑。

陆一泛拿着品宣部刚出炉的新包装方案,从他背后经过,看他傻笑,"你在干吗?"

善虎对电话努努嘴,"一泛阿姨,你猜猜看,菊圃这小子拿钱,到底是投资学校了,还是去讨姑娘欢心了?"

陆一泛眉头一拎,"那可算是开窍了!他要真的是去讨姑娘欢心,月池先生只怕同意得更快。"

善虎大笑。

陆一泛走两步,又回过头来,"你比菊圃还大一岁呢,怎么还不……"

话音没落,善虎已经飞也似的跑走了,"我去忙了,阿姨再见!"

"你下午若去清茶馆,就和影尘他们一起回来!"

"好嘞!"

陆一泛看看他的背影,笑着摇摇头。

竹轩、善虎、菊圃这三个孩子,真的是在大家眼皮子底下长大的。小时候的细微差别,随着长大就会越来越明显,形成性格,但各有千秋,各有魅力。

清茶馆自从成了洪门、进步学生聚集地之后,生意更好了。

一来,是因为铁路开通之后,华景街更热闹了。除了轮船上的茶房,又多了一群铁路单帮客。他们从北方采购大量广受洋人和权贵青睐的蜜饯、干果,再打着自己的招牌,加价出售。大多数时节里,这些买卖都能够当作行李,逃掉"关银"税收。就是因为每次运货的量都不大,所以他们干脆从火车上下来后直奔清茶馆,边休息,边交易。与他们接头的人有固定的,也有来碰运气的,总之大家心照不宣,喝茶也喝得格外有意思。

清茶馆生意更好的第二个原因,是因为"小老板"。

华景街本来在德租界和铁路之间,只是一条路名而已。越靠近租界边上,富人房子越多,越往铁路走,越布满穷人的窝棚,渐渐形成一大片你中有我我中有你的渐变色。所以老百姓说起华景街,就是指这一大片住宅区。

在这一大片里头,治安几乎处于三不管状态。一旦地盘上有什么事非要裁决不可时,没人找租界,更没人会找官府;最简便的方式,就是去清茶馆找小老板裁决。

小老板是谁?这个也很神秘。甚少有人见过小老板真容。常常是一个条子递进去，一个条子回出来，条子上言简意赅地写着裁定的方式。单帮客们在此处喝着不少便宜茶水，刮风下雨时也有着落，经常还能混顿免费的吃食，心里也敬重小老板。但凡小老板裁定了，便不再生事。

有一次，德租界突然窜来几个戾气十足的假洋鬼子，见小摊小贩就打，把卖水果的、修鞋的打到地上抱着头流血了，还不停手。看热闹的但凡嘀咕一声，也要被他们痛殴。几个单帮客看不顺眼了，一拥而上，对打起来。最后打了个平手，双方散去。

但第二天那几个德租界的假洋鬼子又来了，单帮客们还没来得及紧张，便见这几个人在清茶馆当街一面扑通跪下，跪足一整个时辰，任人笑骂也绝不敢还口还手。

临走还拿出十个银圆放在柜台上，说是赔给单帮客们的医药费。

掌柜的笑，"多谢你们。"

几个人瑟瑟缩缩，"多谢小老板高抬贵手。"

就这么的，清茶馆的小老板，从此在华景街老百姓心中的地位更高了。有人猜测他就是泰和合大老板的儿子，跟租界关系杠杠的，所以搞得定洋人；也有人猜测他就是洪门龙头老大，是穷人可以依靠的江湖领袖。渐渐也有人会在清茶馆大庭广众地打听洪门，每次都会被掌柜的厉声喝止："不许谈论帮会！不许谈论国事！"

懂事的朋友，便会将那不懂事的老兄拉到一边，轻轻道，"别嚷嚷。想要当草鞋，等一个杨爷来。"

洪门最低一等的会员，叫作草鞋。杨爷，还能是谁？就是杨存宁。

杨存宁靠着租界和清茶馆，这几年过得风生水起。洪门原来的那一套漕运、买卖、租赁，他懂；青帮的做派、非法交易、械斗报复，他也懂。码头和火车站，本来就是脚夫、箩夫、扁担、车夫们和过往轮船火车的工作人员们积聚的地方，下苦的人聚集起来，形成一个一个山头，各种山头的把头，再集中在杨存宁这里管理。生活辛苦，吃喝嫖赌抽在所难免，杨存宁也都有解决方案。

此外他也负责吸收新会员进入洪门。因为"小老板"严词拒绝，他只能在不远处另外租了一个偏僻的小院，把那里作为吸收新会员、歃血为盟的场地。尽管下苦的老百姓加入洪门的目的各有不同，但痛恨眼下的生活、痛恨清廷都是一致的。

宣誓后，每人领到了一张被称为"腰平"的牌子，背熟会规和切口，就算洪门中人了。从此既能得到更多关于生老病死的扶持，又可避免其他帮会对自己的盘剥。想加入洪门的人越来越多，以至于还得给杨存宁些好处费才能早点排上自己。这些肥水,也都流进了杨存宁的腰包。

这天,他来找小老板请教一件大事。

"我想开一个旅馆。"他说。

对面的小老板——薛影尘大小姐,头都没抬,依然在写功课,"不要开。"

"你也不听听我的打算。"杨存宁嬉皮笑脸。

薛影尘冷冷回道,"那行。我先说,不许纳妓,不许买卖人口,不许抽大烟。去了这三样,你随便开。"

杨存宁痞笑,"去了这三样,还开个屁啊。"

薛影尘懒得再理他。

杨存宁点起香烟。影尘还是从前的模样,大眼睛,小肿嘴,不笑的时候像冰山,笑起来又可爱又可怕,总觉得下一秒就要被她一剑封喉。

而且还穿着学校的校服,奇异得不得了。

杨存宁道,"小老板,你别老觉得青帮都是黑的。你是没见过哥老会,那才真黑。"

影尘匆匆抬眼瞟了一眼,"哥老会?"

杨存宁道,"青帮做的是烟土、权色、占山为王,哥老会可就厉害了,烧杀抢掠那是直接来的。"

影尘小嘴一抿,"猪嫌乌鸦黑?"

杨存宁不在乎她的揶揄,继续道,"你听没听说过一个叫郑开泰的人?这人十几岁时被清巡防军招为新兵,服侍管带。后来加入哥老会任小老幺,为人出了名地心狠手辣。有一次他带头闹饷哗变,抢了藩库银行,杀人放火都干了,再带着抢来的七百万两白银远走甘肃,开始贩烟土、当土匪。越做越大,现在,他又把手伸向了几个通商口岸。第一站,便是咱们汉口。"

影尘眉头紧皱。郑开泰这个名字她听了就毛骨悚然,本能地排斥。

她想一想,"这个人跟你要开旅馆,有何关系?"

杨存宁笑道,"没啥关系,就纯粹闲聊聊。其实也不是我要开旅馆,是日本人要开旅馆……"

不知道该如何描绘日本旅馆素来兼具情报中心、政客中心的特质,怕又要惹得影尘不悦。

岂料影尘倒是也没让他说下去,只是问道,"日本人好好的租界里不开,来华景街开什么?"

杨存宁道，"日租界位置本来就最偏，日本商人财力又很有限，所以商务一直都不繁荣。前两年山崎桂做大使的时候，弄了些方案出来，也没有人认真执行。所以我们的'清和脍'分店开到现在了，苍蝇比人多。横滨正金银行、台湾银行和日清汽船株式会社这种大公司，也都只在英租界里待着。有些日商在租界里圈了地，修了码头和仓库，实际根本没用起来。现如今那些地方都成了黑市走私、贩卖烟土的地方。小老板，你要真让我去那儿开旅馆，那可就真的五毒俱全了。"

影尘摇摇头，"你若真要开，还是去日租界里。那里更合适。"

杨存宁等的就是她的确认，当下笑道，"好嘞！"

才要离开，想起一事，"对了，我才刚说的那个郑开泰，不是吓你的。此人最喜欢持枪抢劫商户，泰和合树大招风，需得防他一防。"

"好，我晓得了。"影尘面不改色，低头继续写功课。

杨存宁还是不放心，"他们未必敢公然去英租界里你们的总店闹事，但来这里还是很方便的。要不，我最近我多加派几个兄弟过来蹲着？"

"好，谢谢你。"影尘抬头笑一笑。

杨存宁忍俊不禁，"我真的很难想象你才十四五岁。"

童丞最近正在筹考两湖书院，陆一泛为他请了个老师一对一补英文。等他下了课赶到清茶馆，就见影尘正跟清茶馆的掌柜和伙计们开会，神神秘秘，这样这样那样那样。

他也不大惊小怪，默默站到影尘身后。

她不知道为什么手里拿着一把小梳子，打散了辫子，坐着的时候，满头乌黑长发几乎可以垂到地面。面庞又小又莹莹如玉，说出来的话却是：

"……你把铜板准备好，就在仓库里放着……若是他们敢带着枪来，无论开没开枪、伤没伤着人，你就赶紧去法国领事馆，找一个叫桑切斯的，只说泰和合有人开枪……至于你，去日租界的'清和脍'报信……你去大智门……"

"我们万一都跑开了，小老板，你怎么办？"

"没事。我有法子。"

等众人都散开，影尘扭头看童丞，"帮我洗头发可好？"

原来打散辫子是打算洗头发。童丞笑一笑。两个人坐在院子里阳光最好的地方，影尘仰面躺着，童丞为她拎来热水香皂，缓缓洗那一头秀发。

影尘道，"童丞哥哥，你怕不怕死？"

童丞想一想,回答道,"怕。"

影尘一笑,闭起眼睛。

童丞将她的头发搓出许许多多云一般白净的泡沫,香气扑鼻。

"你呢?"

影尘道,"我也怕。怕得要命。"

童丞笑,用水将她头上的云朵冲净,水珠流过她的脸颊、耳畔,晶莹剔透。

等到洗完,在那儿坐着等晾干的时候,影尘才说道,"不过,只要想到若是有人敢欺负爹娘,敢欺负妹妹,敢欺负你,敢欺负我们泰和合的人,我就一点都不怕死了。"

童丞想一想,问道,"今天是发生什么事了吗?你为什么会说到这个?"

影尘这才将杨存宁说的那一番话,转述给童丞听。

童丞有点紧张,"那要赶紧说给你爹娘知道吧。"

影尘笑,"不用那么麻烦,他们有他们要忙的事,这点小人物,就在清茶馆里头撂倒吧。《水浒》里头教着方法呢。鲁智深三拳打死镇关西,靠的,是这里。"

她用手指在脑门那里打几个圈圈,狡黠一笑。

过几天,麻烦真的找上门了。

先是来了两个满脸横肉的家伙,大刺刺坐进茶馆,高谈阔论,谈的还净是些杀人放火的勾当,吓得满茶馆的客人都悄悄避走。

过一会儿,开始找茬,说茶水里有怪味,肚子疼,要赔钱。

当值伙计瘦小得不得了,站在他俩面前,跟个猴儿似的。赔了一脸的笑,说这说那,两个大汉不为所动,一抬手将他推倒在墙边。

旁边伙计赶紧将人扶起来,"有话好说,有话好说。"

"说什么说!叫你们掌柜的出来!赔钱!"

掌柜的出来了,笑眯眯,"依您二位之意,要赔多少钱呢?"

两个人可能没想到勒索这么顺利,对视一眼,凶神恶煞回道,"五百两!"

掌柜的吓得一哆嗦,"嚄哟,你们也看到了,我们这小本生意,茶水一文钱一碗。哪里拿得出五百两来?"

两个大汉伸手便把他拎到跟前,"没钱?那就赔命啊!"

掌柜的赶紧道摆手,"五百两,我就是有,也都是铜板,全都堆在后院仓库里。要不你们跟我进去拿?"

两个大汉又交换一下眼色,"走!今天就是砸锅卖铁,你也得给老子赔出这五百两来!"

掌柜的伸手拉一拉瘦猴般的小伙计,"别愣着了,跟我进去吧。"

"好……"

几个人消失在后院,清茶馆里安静了很久。

又来了两个人,探头探脑,到处打量,见清茶馆里只有一个小伙计,便问道,"哎,你们掌柜的呢?"

小伙计赶紧从柜台后跑出来,"掌柜的今天不在。两位要喝茶吗?"

这两人明显跟前头两个是串通好的,左看右看都没看到同伴身影,心下狐疑不决,也只能坐下来喝茶。

这时有人推个独轮车从四合院方向过来,一拐弯,看到这两个人,转身就要走。

两个人一见这情势,赶紧上前揪住不放,"你是谁?你是掌柜的吗?"

小伙计赶紧解释道,"这不是掌柜的。这是一个跑单帮的。"

说着,朝那人推的独轮车踢了一脚,"早都说了,烟土什么的,别往茶馆里头拉!你不怕官府,我可怕得要死!"

那人一听小伙计在陌生人面前点出了自己独轮车上的货物,吓得面无人色,拔腿便要跑。那两个人听到烟土,喜不自胜,哪里还会让他带走货物?一阵扰攘后,那人自己跑了,把一车子烟土留在了原地。

两个人伸头检查一番,更加高兴,"上等货色。"

"咱俩自己去把它卖了吧……顶得过一年的好吃好喝……"

突然发现小伙计还在身旁,立刻恶形恶状,"看什么看?!滚!"

小伙计赔着笑,"您二位若是要卖这烟土,我告诉你们一个好地方。给的价高,又安全。"

两个人半信半疑,"你为什么这么好心?"

小伙计叹口气,"我们老板痛恨烟土,绝不许在茶馆里交易烟土,所以接货的也不敢来。我倒是知道有个地方,离这里很近,走过去两个街口便是日租界,有一家叫作'清和脍'的,里头有个杨爷,专门接烟土……"

说一半,发现忘了谈条件,笑嘻嘻道,"你们要是交易完了,能给我留点好处不?"

两个人伸脚便踢过来,"去你的!老子的烟土,关你什么事?!"

骂骂咧咧推着独轮车便走了。

小伙计大腿上挨了一脚,疼得咧嘴,一瘸一拐回到铺子里。刚站到柜台后,嘴角便浮起一丝微笑。

再过了一会儿,第三拨人来了。

还是两个人。

铺子里静悄悄的,家具完好无损,小伙计正在柜台后打盹,一片岁月静好的样子。两个人面面相觑,转了半天,发现没有找错地方,这才坐下来,瓮声瓮气,"来碗茶!"

小伙计眼睛都没有睁开,"墙上贴着布告,自己看……"

两个人加起来怕是拢共也不认识一箩筐字,对着布告磕磕绊绊地念,"……本店茶水一文……一……这是碗字吧……自取……牙……牙什么……牙间往……往里……走……"

念得不耐烦,"到底在说什么?"

小伙计睡得迷迷瞪瞪,站起来一瘸一拐走到他们跟前,放下两个缺口的碗,"本店茶水一文一碗,烦请自取,雅间往里走。哈……欠,困死我了,我要去睡一会儿。你们自便啊。"

说罢,歪歪斜斜走进后堂,留了两个人在前头面面相觑。

"咱们怕不是搞错地方了?张大、李二他们呢?"

"可是前前后后就这么一家茶馆啊……"

"这茶馆一看就是个破店,怎么可能是泰和合的……"

两人起身胡乱搜索一通,除了柜台抽屉里的几文钱,别无所获。

往后堂走,居然一个人都没见着。连刚才那个哈欠连天的小伙计都不见了。

两人明火执仗的,倒也不怕,还往里进。忽然听到仓库那边传来响动,心中皆是大喜,赶紧抢了过去。

推开仓库大门,眼睛一下没适应室内的黑暗,还在迷迷瞪瞪呢,突然听到砰——砰——两声枪响。

两人大惊,立刻掏出枪来,一边往外退,一边胡乱开枪。一时间互相绊倒,跌作一团。

仓库里头传来痛苦的号叫声,"别开枪……别开枪……"

两人终于听出声音,"等一下!那是张大、李二啊!"

刚要爬起来继续探个究竟,身后又传来动静。

但见一小队穿着法国巡捕房衣服的人操队进来,俱是长枪在手,一个个黑洞对准他们。

两人这才看清楚状况,吓得半死。

仓库的柱子那边,张大、李二下身坐在血泊里,口眼歪歪斜斜,只怕命不久矣。一地的铜钱,在半开着门的夕阳照射下,混合着鲜血,闪烁着诡异又恐怖的光芒。

最诡异的,还有呢。

只见一个白衣少年和一个白衣少女,俱是十几岁的模样,手无寸铁,抱成一团缩在角落里。

在黑黢黢、血腥味和硝烟弥漫的仓库里,他俩就像从地狱来的使者一样。干净单纯到让人头皮发麻。

小姑娘见了法国巡捕,号啕大哭,"哇……他们几个抢东西,抢钱,抢得不开心了,就相互开枪……吓死我了……"

巡捕房领队的是个中国人,进来便卸了几个人的枪,"全部带走!"

两个后进来的汉子叫屈,"冤枉啊冤枉啊,前头两枪真不是我们开的!"

"我管你什么前头后头!"巡捕房的人冷口冷面。转头又问小姑娘,"他们抢了什么东西走了吗?"

小姑娘手指一指,"你们法国领事馆桑切斯的一点私货,差点被他们抢走……"

巡捕房的人一听桑切斯的名字,脸色更沉了,哪里还管那两个叫屈的,一挥手,连人带枪全部带了出去。最可怜的是前头进来那两个,先是一进仓库就被吊起来的铜钱麻袋砸了头,然后挨了童丞一顿拳脚,再被绑起来,再挨两枪。此刻只能拖着走了。

等一阵扰攘全部平息后,掌柜的、小伙计,都从仓库各个角落探出头来。

"走啦?"瘦猴般的小伙计笑嘻嘻,"还是我们小老板的脑瓜子灵光。"

腿上被踢了一脚的伙计不放心,"那两个去了日租界的,不晓得什么情况。"

"你还担心他俩?"掌柜的也笑,开始动手收拾一片狼藉的仓库,"那两个小鱼小虾,自己送进了大鱼嘴里,还有什么活路……"

童丞扶着影尘站起来。虽然知道这出戏会怎么演,他还是紧张得心怦怦狂跳。可是真的很稀罕,影尘的睫毛上还挂着假装被吓哭的泪花呢,面色已经平静得就像刚打死了一个蚊子般。

三年来,童丞每次去跟周文青练武的时候,影尘也都跟着。他们在长江边的一块开阔地上,他练拳脚,她就练开枪。但他从来没注意到她的枪法竟然已经这么准,两枪都正中贼人大腿。

那枪原是她母亲的,被她偷偷拿来藏在了仓库里。她的手又白又小,几乎没有办法完全握住枪身。

童丞眼前,闪过一幕幕往昔。

如果几年前,苦竹洞茶园里也有这样一个影尘,也有这样一群忠心耿耿的掌柜伙计,该多好……

影尘已经步履轻盈地走到刚才绑住两个贼人的地方,左看看右看看,从地上捡起一个东西。一不留神,长发辫垂到了血泊中。

她侧侧头,看到发梢上的血迹,秀眉微蹙,轻轻叹息,"啧,又要洗头发了。"

童丞又帮影尘洗了个头,这次洗得更加细致。仿佛要把看不见的血腥气全部洗干净。

影尘咯咯直笑,"你洗好久,我都快睡着了……"

洗完头,又换了身干净衣裳,两个人背好书包回家。

"一会儿回家,不用跟爹娘说发生了什么。"影尘交代他,"春茶季他们忙也忙死了。以后若是有人问起来再说。"

"好。"

经过今天的事情,童丞死水一般的心,泛起了汹涌的情绪,久久难以平息。

他想给影尘买点好吃的,也想给她买点好玩的。他想把世上最好的东西都捧到她面前来。在他心中,再无别人。这辈子,守着这个精灵,就足够了。

经过一个路口,有一个卖花的老太太,筐里装满了栀子花,香气浓郁,就像是一个不得不让人瞩目的美女,招着手儿巧笑倩兮。

童丞将一整筐都买了下来。

影尘笑,"娘又要怪我们破费了。这种已经摘下来的,放不了几天便……"

突然她话音停顿。

童丞看看她,又顺着她的眼睛看过去。

只见人影纵横交错之间,阔别三年的李白扇,就像从来没有离开过一样,站在那里,微笑着看着他们。

童丞又回头看影尘。

她像是不相信自己看到什么那样,使劲眨了眨眼,然后再仔细看。

童丞不忍,替她确认,"那是……李白扇……"

影尘再也不疑有他,跳起来便奔了过去,扑进了李白扇的怀里。只剩童丞,拎着花篮站在原地。

她跑得又快又急，但李白扇还是稳稳地接住了她。

三年不见，小姑娘已经这么高了，刚刚好将头顶顶住他的下巴。

李白扇任由她抱了一会儿，轻轻道，"今天干得漂亮。"

影尘将鼻子埋在他肩头，深深吸了几口气，才放开手，笑道，"你看到啦？"

李白扇点点头，"否则巡捕房的人怎么来得那么快？"

影尘道，"我还以为是我们的伙计叫来的呢。"

李白扇道，"你的戏本子，情节安排得不错，火候下次还要注意。"

影尘咯咯笑。笑一通，又再次扑进他怀里，这一回，声音带了哭腔，"你不要再走了。我太想你了。"

李白扇不敢抱回去。不仅不敢，甚至连大气都不敢出。刀口舔血、天崩地裂的日子，他过得；偏是这少女坦荡荡说一句"我太想你"，他受不了。

这乱世，叫人不配拥有想念。

影尘犹嫌不够，像是担心他转眼便会消失一般，抱得紧紧的，一迭声道，"我每天早上吃早饭做功课，就会想起你说秋海棠；我每天洗澡洗脸，就会想起你送我的项链；我每天晚上睡觉，就会想起你受伤的样子。我怕你活不下来，也怕你再也不回来。要是再也见不到你，我要怎么办……"

李白扇要努力克制自己，才忍得住不亲吻她的额头。

等她一迭声讲完，情绪慢慢平静下来，李白扇才放开她，"好了，你快回家吧。爹娘要等急了。"

影尘问，"明天你来茶馆吗？"

李白扇点点头，"来。我还带了一个小礼物给你。"

影尘仰着脸儿灿烂一笑，"你来就是礼物，你就是最大最好的礼物。"

甜得叫人怀疑仓库里开枪的人怎么可能是她。

第二天下午，李白扇果然来了。带着一只锦盒。

锦盒打开，居然是一把小巧精致的手枪和一匣子子弹。

那枪有多小？几乎可以藏在影尘本来就不大的小手里。通体乌黑，好看得宛如一件装饰品。

他轻轻介绍，"勃朗宁半底缘自动手枪，这是今年新出的样板，正式的都还没有开始投产。比之前你用的那一把更快更准。"

影尘喜欢得不得了，翻来覆去把玩。

李白扇道，"以后遇事，要跟母亲说，也要跟我说。你虽然已经环宇无敌厉害，可十会不如一力,万一贼人用强就落了下风。"

影尘笑嘻嘻,"好。"

她听他的话,将这次的事件原委,包括李白扇送礼物,原原本本都告诉了父亲母亲。

陆一泛越听越后怕,脊背上全是冷汗。她诧异地瞧着女儿乖巧的面孔,一时语塞。

薛友才严肃地对影尘说道,"以后遇事,一定要告诉我们。"

这一次她成功吓退了哥老会的流氓,下次呢? 下下次呢?

陆一泛抚着额头,"偷我的枪,还开枪,还设陷阱。你好得很,你好得很……"手都在抖。

薛友才安慰她,"你也别太生气。影尘的性子你还不知道吗? 她一定是看咱们忙得不可开交,不想给咱们添麻烦。而且,这不是平平安安的嘛……"

陆一泛看向童丞,"你这傻孩子,妹妹不说,你也不说吗?"

童丞没作声。

薛友才笑,"你别怪到童丞头上。影尘不让他说,他怎么会出卖她?"

陆一泛又好笑又好气,"我成敌人了? 还出卖呢。"

影尘道,"其实我主要是觉得:这么简单的事,还没有到要告诉你们的程度。以后碰着难事了,我一定讲。"

陆一泛听完一愣,四下找称手的家伙事儿,"不行,我得揍你。"

影尘吐吐舌头,跳起来拉着童丞就跑回房间去。

薛友才哈哈大笑,"好了好了,别气了。"

陆一泛瞪着茶几上那两把枪,掂起那把小小的勃朗宁,还是觉得不祥,打个哆嗦又放下。想起之前那洪门信物,忽又悲从中来,"别人家女儿收礼物,花儿朵儿衣裳点心,咱家可好。收保命的,收要命的。"

薛友才笑道,"乱世里,这两样难道不比花儿朵儿强一万倍么?"

陆一泛道,"影尘看起来像是能未卜先知,但很多时候吧,我总觉得她比别人更孩子气。"

薛友才道,"总有优缺点吧。你看童丞,照普通孩子来看,缺点一大堆,可是做事细心、耐心,读书读得多好。"

说到童丞,陆一泛想起曾秉炎,"最近一个月都没去医院看曾秉炎了,也不晓得情况如何。"

薛友才道，"哦，对了，我今天上午刚去看了一眼。医生说他是戒断鸦片后恢复得最好的一个，现在还能在医院里帮着做做义工。"

陆一泛吁口气，"这就好。"

望着薛友才笑，"你倒是不计前嫌，对我的前夫，竟比我还尽心些。"

薛友才道，"普天之下都是可怜人，何况怎么都算是咱们泰和合的恩人。"

陆一泛点点头。

夏末秋初，童丞参加了两湖书院的遴选考试，顺利就读中学堂。

他放心不下影尘，央求薛友才重新找一个跟班替代自己，跟着影尘。

薛友才奇道，"你倒是心细，我还没想到这一节。嗯，确实是个事儿。"

童丞道，"再不然，您帮我去央求下书院的院长，让我走读。如今武昌到汉口也方便。"

薛友才沉吟半晌，点头允诺，"好，我先去疏通一下，再跟你说。"

哪知道还没来得及疏通，出事了。

黄兴在长沙起事的计划，遭人泄密，他被全国通缉。善虎担心得跟什么一样，恨不得飞身去长沙帮他。陆一泛和薛友才则更担心善虎被牵连，不许他外出，更要销毁跟黄兴来往的一切信函和消息。

善虎很舍不得那些墨宝，同影尘诉苦，"毁得掉书信，也毁不掉我们曾经同学的过往啊。"

影尘很懂事地安慰道，"事已至此，你销毁得越干净，对他反而越是种保护。"

善虎想一想也是，仔细瞧瞧影尘，"你心思竟然这么缜密。"

影尘道，"尔虞我诈的事情，《三国》里记得明明白白。"

善虎笑，"就没怎么见你看书，典故倒是知道一箩筐。"

影尘知道他永远都只会拿自己当作小妹妹，也懒得争辩，"我晓得一些黄兴他们出事的细节，你要不要听？"

善虎也多少晓得影尘的灵力，立刻精神起来，"要！"

影尘道，"那是一个风雪交加的夜晚……"

善虎笑不可抑，"你说书呢？"

影尘白他一眼，"……那是一个风雪交加的夜晚。黄兴在一个长沙城外的山洞里，会晤了一个叫作马福益的人。马福益也是湖南人，手上有枪有人，也重情重义，便也加入了华兴会，和黄兴一起制订起事计划。他们原定于慈禧太后七十寿辰的当天，也就是十月初十这天起事，结果被人给告密了，朝廷立刻开始抓捕他们，长沙城里一片恐慌。幸好黄兴躲得及时,如今还没有消息说他被捕。"

善虎听她说得如此仔细,犹如亲见,倒也笑不出来了,"可恨这告密之人!"

影尘道,"可笑的是,这告密之人,恰恰是那马福益的手下。"

善虎一愣,"如此说来,这马福益……"

影尘摇头,"马福益没有问题。是他手下擅作主张。"

善虎道,"你的灵力竟然如此之强,可以看到如此细节。"

影尘嫣然一笑,"我什么也没看到。这些,都是李白扇哥哥告诉我的。他说,这马福益,正是湖南哥老会的领军人物。华兴会起事,可谓'成也哥老会,败也哥老会'。他是想告诉我,不要主动与哥老会为敌。帮派本身并没有什么是非曲直,有是非曲直的,永远都是人。"

善虎瞠目结舌,望着小影尘,说不出话来。

影尘叹口气,"是不是突然觉得自己很没有深度?没关系,久而久之你会习惯的。"

善虎抬手作势要打她,"你这牙尖嘴利,跟谁学的?"

影尘都还没有来得及闪避,她身后的童丞本能地使出一个格挡,差点没折了善虎的胳膊。

善虎一边揉胳膊一边怪叫。

收茶季过后,他随船一起返回壶瓶山,也算是特地去避一避风头。

所以菊圃给善虎打电话,他也没接到,倒是被影尘接到了。

菊圃笑嘻嘻寒暄几句,还想多说,又打住了,"算了,跟你说了你也听不懂。"

影尘淡淡道,"你但凡能说出我听不懂的话,头寄给你。"

菊圃啧啧称奇,"不得了,小宝宝长大了。"

影尘道,"盛小姐大婚的新闻,报纸上都登着。难道你是为此烦恼?"

菊圃哈哈大笑,装傻道,"盛小姐?哪个盛小姐?"

影尘对竹轩、菊圃、善虎这三个大哥哥一视同仁,尤其爱听菊圃的哈哈大笑声,"你多笑一笑,好听。"

菊圃道,"我朋友在天津开办了'北洋女子公学',你要不要来读书?"

影尘道,"你朋友?你女朋友吗?"

菊圃道,"……快别提了。"

影尘笑,"一万银钱都没追到,你真是……"

菊圃跳起来,"善虎这个大嘴巴!"

影尘道,"不过,这个女朋友确实不好追。"

菊圃道,"来来来,反正我今天休息,听你念叨念叨,怎么不好追?"

影尘道,"她心气那么高,又视金钱如粪土,只喜欢有才情或者有权力的人。你怎么追?你如今也就长得帅,外加有一点点钱。"

菊圃也顾不得她损自己,先表示惊讶,"你怎么知道?你真的开了天眼啊?"

影尘没好气,"我读报的,哥哥。北洋女子公学,报纸上白纸黑字写着:校长傅增湘,总教习吕碧城。你只要不是爱上了傅增湘,那就只剩下吕碧城了。吕碧城鼎鼎大名,《大公报》上天天刊登她的诗词歌赋。"

菊圃又是哈哈大笑,"怕了你了,你个小丫头。代问姨妈姨夫好。"

"你也保重。"影尘想一想,"如今你身边应该有个小孩儿,此人将来可能会成为一代枭雄。你就好好跟他相处吧,将来没准儿他能帮你成就大事。"

菊圃一听,想起来这未卜先知确实是影尘的绝学,"还真是有这么一个……"

转念一想,"……你这个小丫头,人家杜月生比你还大几岁呢,你一口一个'小孩儿'的……"

电话里已经只有嘟嘟声了。她挂断了。

菊圃啐一口,又笑了。

5

回到了壶瓶山的善虎,跟月池、竹轩两父子说起与黄兴交往的林林总总,三个人都十分感喟。

月池道,"我最近有个感触。这二三十年来,广东人走天下,湖南人闹天下。广东人离香港近,出国方便,最早接触西方先进思想,也最早开启民智。郑观应影响了康有为、梁启超,带动了孙逸仙。可是你们看湖南,从屈原一脉相承下来,王船山影响了左宗棠、曾国藩,再影响了谭嗣同,包括这个黄兴,个个都是揭竿而起、说干就干的好汉。"

善虎道,"虽然月池公说的很多名字我都不熟,但意思我能听懂。"

竹轩笑,"那我再说一个名字,给你增加点烦恼。这人很值得关注,我最近一直在读他的文章。"

善虎道,"我可以选择逃走吗?"

嘴上这样说,手上继续泡着茶。

竹轩道,"这个人叫杨昌济。也是湖南人,还是康有为、梁启超、谭嗣同的盟友。"

月池道,"说来听听,他有什么思想?"

竹轩道,"此人熟悉儒学特别是宋明理学,又广涉王船山思想,近些年除了跟维新派打交道,也一直在日本、英国游历。他说,无论是普通教育还是专业教育,都应启发学生懂得自然科学、艺术知识,学会谋生的本领。他说,人属于社会,则当为其社会谋利益。若个人利益与社会利益有冲突时,则当牺牲个人利益。"

月池点头,"确实是有思想的大家,这就是现代版本的'先天下之忧而忧,后天下之乐而乐'了。可见:广东对当今中国的影响,是让西方的思想进来;而湖南对当今中国的影响,是让东方的人们觉醒。果真是一片神奇的土地,我没有来错。"

竹轩拍案叫绝,"爹爹,你这一番话,未来一定成为对当今中国乱象的最强注解。"

喝了一会儿茶,熊炎到了。

一见善虎,提议道,"横竖你也空,去津庄待几天。我提了好多改良的想法,月池公也同意了,你帮我一起干。"

善虎于是又到了津庄。

地处常德最北边的津市,古称兰津古渡,"兰"当然就是从屈原的那一句"沅有芷兮澧有兰"化出,"津"是指渡口,因九澧之水经津市门户流入洞庭湖,通江达海,拥有如此优越的水运条件,"兰津"便成为千户之聚的农副产品、手工业的集散中心,过往的船舟商旅纷纷在这里设立埠市。

三年前,津市建起了"大清邮局"分局,收发信件比以往更快几倍,这也让善虎特别高兴,有种既隔绝于世又消息灵通的感觉。所以以往善虎都是从津市匆匆路过,这次算是好好待了一阵儿。

在汉口住了几年,他早就剪短了头发,习惯了诘襟服。比不上菊圃那么洋气,但往津市的人群里一站,英俊得不行。津市作为湘鄂边境和九澧流域的中心商埠,人称"舳舻蚁集,商贾云臻,连阁千重,炊烟万户"。所以消息也最灵通,格外爱时髦,很快便涌起剪短发、穿诘襟服的风潮。

熊炎带他逛街市,边走边介绍道,"津市的地名很有仙气,大概是因为有嘉山和茶山这两座名山镇场子。有正街、后街、夹街和河街。正街就是咱们现在走的这条直街,西起杨湖口,东到青龙庙,约六里长,把几十座庙和几座石拱桥都连起来了。杨湖口算得上是津市热闹的发源地,就和咱们宜市的张家渡一样。"

善虎笑,"几十座庙?津市人这么信神吗?"

熊炎道,"我一开始来也觉得很稀奇,后来才晓得为莫得。津市这里天南地北的人都有,各信各的神。从观音桥开始,第一座朱墙碧瓦的庙,叫水府庙。津市年年涨大水,大家就都到这里来拜拜。再往东是津市最大的庙——万寿宫,是江西人修的。紧接着是万寿宫,叫三元宫,是安徽、江苏、浙江的一帮人修的。江浙人和万寿宫的江西人挨得近,是街邻又是密友,相处得特别和睦,共同做生意发财。过去过几个小庙之后,还有一个广东人的会馆——南华宫。广东人很会做生意,不跟江浙、福建、江西人争热闹抢地盘,独占东面冷清的街面,倒是成就了整个街市三分之一的生意。"

善虎道,"难怪大家都管津市叫作'小汉口',果然很像。"

第二天,善虎便跟着熊炎忙活起来。

自从被盗匪偷袭好几次之后,熊炎开始修防御工事。津庄背后靠着一片民宅,姓祁的较多,所以人们管这里叫祁家巷。津庄一扩出去,就快占到人家大门口了。熊炎便想着,索性把这一圈民宅都围进来,也找到了对方代表,便派善虎去做这个亲善大使。

对方派了一个叫祁幺保的中年男人来谈。这一支祁姓从桑植来,性格很是豪爽。跟善虎谈得也很愉快,包括怎么共同维护治安,互惠互利,很快便达成共识。

善虎带着图纸去,勾勾画画之间,方案已经成熟。

回来路上他忍不住边走边欣赏自己的劳动成果,转过一片树丛,就感觉小腿一绊,身子歪倒,哗啦啦一声响,整个人跌进了水里。

好好的为什么有水?

善虎爬起来,才发现自己翻进了低矮处正晾着的金鱼缸里,一整个湿透。

他也见别人养过金鱼,说是鱼缸最上佳的便是有年份的明官窑,不过这几个缸都破了,遍布裂痕,应该不是什么名品。

他看着被自己吓得上下翻腾的金鱼们,又好笑又好气。

一个少女从不远处奔来,也不管他,先看鱼,"哎呀呀,我的龙睛,我的兰寿……"

她穿一身鹅黄色袄裙,云髻微偏,长发垂肩,也和亭暲一样,嘴角两边长着一对小梨涡,面似芙蓉。可是芙蓉面此刻皱成一团,手捧死鱼心痛得不得了。

善虎则顾不上冷,也顾不上爬出来,先忙不迭看被水淹湿的图纸。

两个人缸里缸外站着,都在低头看自己的宝贝,场面甚是滑稽。

少顷,少女抬眼微微瞪他,"哪里来的野人,好生走个路都能拐到缸里。"

说完又忍不住笑了,"你还站到水里？不冷吗？"

善虎见图纸虽湿了但没有花,心中庆幸,一边打着哆嗦一边往外爬,水顺着裤腿滴滴答答,"你……你讲冷不冷……啊……啊……啊嚏！"

少女放下死鱼,"赶紧跟我进来擦下水吧,野人！"

善虎笑道,"莫得野人！哪个叫你在这拐角的地方放鱼缸！"

少女懒得理他,转身便走,"鱼缸没长眼睛,你也没长吗？"

话虽这么说,脸上却一直忍不住偷笑。

善虎道,"不碍事,拐过去就是我家了。"

少女诧异,"拐过去就是你家？你便是泰和合的人？"

善虎点头。还想再聊两句,无奈实在太冷,只得告辞。

等回了津庄换完衣裳,小幺儿敲他房门,"有个姓祁的姑娘,送来这个给你。"

打开精致小篓里的罐子,发现竟是热气腾腾的姜茶。

小幺儿探头探脑,嬉皮笑脸,"谁啊？谁啊？"

熊炎恰好走到他背后,"干什么？"

小幺儿道,"肖爷前脚浑身湿透了回来,后脚就有姑娘送汤,嘻嘻……"

"外头事情是忙完了吗？"

小幺儿吐吐舌头,一溜烟跑了。

熊炎凑进来,也笑,"看来你这一趟,收获很多啊！"

善虎傻傻一笑,"莫得呀。最丑最难看的相都被人看去了……"立刻发现失言,赶紧闭嘴。

熊炎笑道,"你们三个伢儿,你这一点最可爱：心里藏不住半点事。"

善虎道,"熊叔,你真不仗义。都不晓得是在夸我还是损我。"

熊炎坐下来,一边帮他倒姜茶,一边道,"我为莫得派你去谈判呢？因为这祁姓人家跟我们也算得很亲近。他们从桑植来,桑植马帮多,好几个也跟我们合作。他们也最痛恨土匪,你的性子又最招人喜欢,所以肯定能谈成。"

善虎道,"我爹时常形容月池公,撒泡尿都要想一堆的策。我看你而今也有月池公的风范了。"

熊炎笑,着他喝姜茶。等他喝一半,冷不丁问道,"乖不乖致？"

善虎不提防,点头道,"乖致,仙女一样。"

熊炎哈哈大笑,"乖致就好！乖致就好！"

善虎也被他搞得笑起来。回想那姑娘的容颜,还真挺好看的,再细想想,又似乎记不大清,还想再仔细看看。

次日,善虎拿着喝完的姜茶罐子去还,却见金鱼缸已经搬走,临近几户人家又关着门,不晓得该敲哪一扇,只得讪讪地回来。

偏巧接下去一段时间特别忙,大兴土木,善虎每天在工地上忙得灰头土脸。

熊炎夸他,"从前肖老板也是这样,凡事霸得蛮、耐得烦,你而今真的接到班了。"

有一天天气奇冷,感觉就要滴水成冰,善虎跟工人们一起完成了环绕津庄和祁家巷的基本工事,累得瘫倒,不管不顾便半躺在壕沟斜坡上休息。

突然一阵扰攘,也不晓得从祁家巷的什么地方钻出来那许多堂客,个个抱着棉褥,满脸笑容,给他们送来,"天气太冷,披盖着点,莫着凉。"

工人们自然欢呼,几个不长眼的还趁机捏人家堂客的手,堂客们多数已经成亲,一边笑一边骂,倒也没有真生气。

善虎在人群里寻找养金鱼那姑娘。黑茫茫人群中突然看到她的芙蓉面,欣喜若狂。

她似乎也在找他,抱着被子过来,朝他一递。

善虎赶紧接过,"多谢你。还有你的罐子,我不晓得还到哪里……"

姑娘抿嘴一笑,"蠢宝。你到我屋里跟我爹谈了半天,都不知道去哪里寻我吗?"

善虎一愣,这才知道她便是祁家代表祁幺保的女儿。

姑娘扭身要走,善虎着急,一把抓住她的袖子,"明朝下元节,我们茶庄要修斋打醮,有好戏看,你要不要来?"

姑娘回头看他的脸,扑哧一声忍不住笑,"看莫得戏?钟馗卖鬼么?"

善虎莫名其妙,手一松,姑娘跑了。

偏生旁边的工人便是那天送茶的小幺儿,也听到了,指一指他的脸,"肖老板,你先照下镜子,一脸漆黑,人家姑娘认得出你已经很不错了。"

善虎这才恍然大悟,"哎呀"一声笑。糟了糟了,每次都是最丑的时候给她看见。

第二天开始,津庄果然在门口搭起了高台唱戏。

善虎早早地便等在戏台子下,看到姑娘身影,立刻站起来傻笑。

熊炎和覃翠芬远远地看到,也都被逗笑了。

熊炎道,"原来是她。我听善虎形容得像天仙,还在想是哪个屋里的乖女儿。"

覃翠芬道,"搞莫得?你嫌她不乖致呀?"

熊炎道,"那……看跟哪个比,是不?跟我们继宝肯定没得比,也没陈印雪乖致。"

覃翠芬被他哄得眉开眼笑,"各花入各眼,青菜萝卜各有所好。你觉得不乖致,善虎喜欢就好。"

忽而想起一事,"我前几天还听到她娘说要给她讲个人家,这下巧了,别讲了,我招呼肖大哥去提亲吧。"

熊炎道,"别招呼了,一来回好几天,黄花菜都凉了。你今朝就把个信给肖大哥,明天我就代表他去提亲。这家人家我看得起。"

覃翠芬笑,"你莫时候这么雷厉风行了?"

熊炎道,"好多事拖得,这感情的事,尤其拖不得。最容易生变故。"

覃翠芬望望他,"这话里……像是有点子意思?"

熊炎笑,"哪里那么多意思。你快去写信。"

两个年轻人哪里还坐得住听咿咿呀呀的唱戏,早就溜出去玩了。

善虎道,"我叫肖善虎。光绪四年冬月生的,是个老虎尾巴,翻过几天就是兔子。所以我娘说名字就叫善虎吧。"

姑娘道,"我叫祁湘瑛,小名至至。你可有小名?"

善虎挠头道,"我没得小名,也没得字,也没得号。我屋里不是读书人家,没那么多讲究。"

说完,生怕祁湘瑛误会,"可是我们很羡慕读书人家的!所以我爹和月池公才送我去两湖书院读书。"

祁湘瑛笑,"难怪你穿得这么新鲜。而今津市男伢儿流行这么穿,只怕都是被你带起来的。"

善虎也笑,笑半晌,问,"你为莫得叫至至?哪个至?"

祁湘瑛道,"至近至远东西,至深至浅清溪,至高至明日月,至亲至疏夫妻。就是这个至至。"

善虎咋舌,"好有学问。"

湘瑛扑哧一声笑,摇头道,"没那么多学问。生我的时候,我爹娘有些不睦,爹爹心灰意冷,才喊了这个名字当我小名。后来他两个和好了,但这个名字又喊顺口了,所以就一路喊下来了。我其实顶顶不爱读书,只爱花花草草猫猫狗狗,对这些也不很在意。"

善虎道,"难怪那些缸都破了,你还继续用着。"

湘瑛道,"你懂什么呀。用久了的窑缸火气退尽,便不伤鱼。哪怕破片拼成也是好的,缝隙处用铁屑搅了黄泥,沿着缝子腻上,铁生锈膨胀就把缝密封起来了。我虽不爱读书,这些事情我都明白,因为特别有味道。"

善虎笑,"太巧了,我也不爱读书。就喜欢跟着月池公、一泛阿姨做生意,生意经比课本有味一百倍。"

湘瑛问,"我看他们喊你肖老板肖老板,你真的是老板吗?"

善虎道,"那是他们故意的。我不是老板,我爹爹有一点点股份在,所以他们逗弄我呢。"

湘瑛笑,"一点点就蛮好。学识、眼界、钱,都是一点点就好。"

善虎点头如捣蒜。

湘瑛道,"我们津市有个茶山,宋朝的时候,这山上有个很出名的药山禅师。一个大官叫李翱的,去拜访他,问他莫得是'道'。这个药山禅师回答:云在青天水在瓶。一切顺其自然,就是最好的。"

善虎心里不能更同意了,也望着她笑。

所以来年传来黄兴的消息时,他都几乎已经忘记曾经在汉口的峥嵘岁月。

感觉在梦中认识了这样一群人似的。那会儿的自己,也是真诚的、快乐的。但是那些他一直都不大懂的事,隔了几千重山之后,就成了梦境了。

带来消息的居然还是月池。

因为月池收到了孙逸仙的信。

善虎和湘瑛的婚事定在了次年秋分日,也就是两个人认识一周年的时候。大婚前两边商量着相互走动走动,他便计划先带湘瑛回壶瓶山几天,然后他再去祁家在桑植的老家几天。

准小两口到宜红别墅来玩,月池找着机会便给善虎看信。

但见信中写道:

……六月,吾返回东京,经老友宫崎寅藏介绍,结识黄兴。此兄真人杰也!吾二人推心置腹一个时辰,已将近年革命之得失、未来之去向聊得通通透透。黄兴之华兴会,与吾之兴中会、蔡元培之光复会,取蔡元培先生最爱之"同盟"二字,合并成为中国同盟会,以"驱除鞑虏,恢复中华,创立民国,平均地权"为纲领。吾任总理,黄兴任协理,宋教仁任司法部检事长。宋教仁亦是同盟会刊《民报》主编,特附上《民报》之创刊号与君共赏,文章署名"渔父"者即宋教仁也。自华兴会事败后,他躲回常德老家,为躲避追兵,乘一打鱼老汉之船离开,从此自号"渔父"。除宋教仁外,另有常德籍兄弟林修梅、林伯渠、蒋翊武、刘复基追随同盟会。另有一女侠名曰秋瑾者,亦已加入同盟会,中国女子权益日渐苏醒。吾心中激动至此……

此后便是孙先生表达心情澎湃激越之词。

善虎心中也是十分高兴。最高兴的是兄弟们都平安无事,然后才是他们终于得偿所愿,汇聚在了一起,可以作为的事情更多了。

月池收起信,感喟道,"这帮孩子,包括我的妹夫,包括谭嗣同,其实都是家境优渥之人。不为钱,不为权,如此这般辛苦,为的是全天下的福祉。佩服,佩服。"

善虎道,"其实……我仍然不是很懂。驱除鞑虏,恢复中华……我也是听黄兴他们说很多遍了。这个鞑虏,野蛮人,指的是洋人吗?那洋务运动又是干什么呢?学习洋人?"

月池笑,"鞑虏,既指洋人,也指……"

"大清"两个字刚到嘴边,想一想又收了回去,"大概意思,就是学人家好的,但不要人家来我们国家指手画脚。"

"哦……"善虎点点头。

月池也不纠结。他主要想告诉善虎关于好朋友的下落,如今他知道了,便可以了。

革命者一定是孤独的。哪怕兄弟姐妹甚至父母至亲,不理解自己在做什么,也很正常。

善虎从怀里掏出一封信,道,"月池公,其实我这里也有一封信,提到您了。"

月池愣住。

善虎道,"是余延甲给我写的。"

月池道,"哦!是他!他说什么了?可有提到他父亲?"

善虎一边将信递过来,一边说道,"情况没有什么好转。公胄先生多年劳累,疾病缠身,延甲的大哥延泽从日本留学回来后,接手了煤矿的事……但公胄先生自己,恐怕已经时日无多了。"

月池读着信,揉揉眼睛,"到这般地步,他都不肯让我帮忙。"

善虎道,"延甲信里也说了。他说父亲一生,抱持士大夫精神,不为五斗米折腰。只要生活还能继续,他无论如何都不会找朋友帮助。至于事业,那是即便有朋友帮助也改变不了的局面,就只能由他去了。"

月池点点头,将信又递了回来。

过许久才道,"做实业,九死一生。我们何其幸运,得天时地利人和,所以顺顺当当走到今天。余正裔大哥,就是时刻在提醒我,不要得意——任何时候都要如履薄冰。"

善虎收好信,突然想到一事,"对了,宋教仁。我刚也看到宋教仁的消息了。印雪知道了吗?"

月池道,"哪还有她不知道的。我第一时间便告诉她了。她悬了这一年的心,可算落了地。"

说到这里,面色也黯然了一下,"说到这个……印雪这马上也是要嫁人的人了,总记挂着这个宋教仁,也不是办法。"

善虎道,"我去同她聊聊。"

他临走时经过妍华的房间,见小妮子正在看挂在墙上的一幅地图,标记都是英文,形状奇奇怪怪,便笑着问道,"这是哪里啊,小妹?"

妍华回头见是他,莞尔一笑,"印度。我爹爹房间挂着更大一张,你没看到吗?"

善虎一歪头,"我还真没注意。那你研究这个干吗?"

妍华兀自道,"阿萨姆、尼尔吉里、大吉岭……其中大吉岭,是和我们壶瓶山差不多天气的茶区。高山、寒冷、潮湿。茶种也是英人从咱们中国带过去的。采茶季比咱们多,初摘就是咱们的明前春茶,次摘就是咱们一般不采的夏茶,秋茶也就是咱们的秋茶。其中品质最优的,是初摘和次摘,初摘汤色黄绿,带有清新的花香,次摘汤色红亮,有葡萄香或麝香。"

善虎莫名其妙,"你是想咱们也尝试夏季采茶吗?不行啊,壶瓶山上夏季虫毒严重,夏季茶收成难。"

妍华摇摇头,"倒也不完全是这个。"

善虎没太在意,这个小妹妹虽然才十二岁,但心思细腻无人能敌。估计就是自己爱琢磨吧。

他找到陈印雪的时候,她正坐在张家渡渡口的水边,手里捏着一张报纸,望着远方发呆。

善虎故意将脚步声踩得很重,"咳咳。"

印雪没精打采地扫他一眼,"你着凉了?"

善虎坐到她身边。瞥见她手里的报纸,正是孙先生信中提到的。"民报"两个遒劲大字下,是洋洋洒洒一大篇创刊词。不用想便也知道,那两个大字,出自宋教仁之手。

恰好暮色四合,倦鸟归林。群山环绕下的溧水,水边树木茂密,林壑幽深。一大群水鸟盘旋着飞进高高的乔木树杈里,而山雀林莺则躲进了灌木丛。水鸟高声大笑,林雀嘀嘀咕咕。偶有一两只水鸟飞错了地方,钻进了灌木丛,那必然惊起雀鸟飞腾,叽叽喳喳响成一片。

善虎道,"你看,连鸟都要分种类。大鸟不跟小鸟玩,大鸟呆的地方,小鸟也飞不上去。"

印雪道,"我怀疑你在影射。"

善虎笑一笑,"我没有影射,妹儿,我实在直接跟你讲:忘了宋教仁吧。莫讲他已有家室,就是他而今天南海北地到处革命,你若嫁了,要跟着跑吗?"

陈印雪忽然侧一侧头,"哥,我突然开始明白云岫姨妈了。"

善虎被她这一句整得没头没脑,"这,从哪里讲起?"

陈印雪道,"人的感情原来分这么多种。云岫姨妈看似哪个都不喜欢,但是,非要喜欢到嫁给哪个吗?讲不好在她心里,比哪个都懂得感情。"

善虎半懵懂,"……哦……"

陈印雪直爽承认道,"我喜欢宋教仁。我喜欢他,就像喜欢天上的云、远处的山,身边的树一样。他娶了哪个,不娶哪个,都不影响我喜欢他。我希望他好好的,自由自在,快快活活。"

善虎虽没有听太明白,但听完最后这句,想到盛樨蕙,便也点点头道,"希望她好好的,自由自在,快快活活。这个确实是的。"

陈印雪咧嘴一笑,"傻哥哥,你真的明白?你只要好好守着未来嫂子就行哒。"

善虎也不跟她争辩,摸摸她的头发,"你见过那个唐家的伢儿了没?"

陈印雪摇摇头,"我没见过,只晓得他和你是一年的。"

善虎诧异,"跟我一年?大你这么多?你愿意吗?"

陈印雪没作声。

善虎突然心疼起这个大妹妹来,"你但凡不愿意,一定告诉我,我去帮你拒绝!"

陈印雪道,"年龄倒没得关系。我爹也比我娘大十岁。大一点会疼人,这个我不怕。但是听到讲这个人也是个不爱读书的,平时做事情霸气得很。在警队当教习的时候,没莫得钱,却花钱养了一群男伢儿在身边,给他们提供食宿,和他们甘苦与共。所以他每次出门都是前呼后拥,个人就吃清茶淡饭。一到月底,门外就站着几个人要债,但债主看到这一群男伢儿围着他,又不敢要。这姓唐的伢儿有句狠话,笑死个人,'我有钱的时候慷慨得死,我没钱的时候死不慷慨。'别个问他为莫得这么过日子,他讲,想干大事,这些人就是他的死士,养兵千日,用兵一时。"

善虎听得哈哈大笑,"这么霸气的?"

陈印雪叹口气,也笑了,"所以我担心的是:真的嫁给他,按我的脾气,不晓得两个人会不会拳头都打得稀烂。"

善虎听完笑不可抑,"闹了半天你是在担心这个啊?这个我倒是放心。武功高的人,反而不屑于跟妇孺动手。"

两个人聊完天后没多久,双双成亲。

虽然印雪岁数还小,但唐家似乎特别喜欢她,早早地便三请四接。老陈和阿衡都是好说话的人,禁不住人家这么求,便同意了。

这一场哭嫁,哭得惊天动地。

善虎见她哭得那么悲切,又突然怀疑那天在码头她说的话究竟是不是真话。

不知道为什么,月池心里,比谁都难受。

其实一个娶,一个嫁,从此泰和合多了一个祁湘瑛,少了一个陈印雪。但印雪真真儿是他看着长大的,跟亲闺女一样。尤其又知道她内心装着什么。一个年方二八的姑娘,小小背影,哭得肩头耸动,远远地走了,他的心跟剜了似的疼。

比之前云岫出嫁的时候,还有过之而无不及。

他躲到冬季空荡荡的制茶工厂里去。

今年又新买了一批机器,做工精细,制茶特别细腻匀称,须得两个人配合,一个推碾子,一个添茶叶。

月池独自一个人,拿收来的秋茶,慢慢感受新机器的工艺。

推着推着,添着添着,忽而感觉日子就仿佛这茶磨,一圈一圈看似原地打转,其实早已向前走去,物是人非。

过一会儿,工厂大门吱嘎一声响,又有个人走进来。

看到月池,吓一大跳。

"少爷……"居然是老陈。

老岳父嫁女儿,要说谁比月池更心疼更不舍,也就是老陈了。

两个男人啥也不用说,对视一眼便知道彼此心里有多难受。

就这么一字不发,一个推碾子,一个添茶叶,安安静静配合着做起茶来。

主仆两个重返壶瓶山的那一天,都历历在目。

过了许久许久,老陈才说道,"说点什么别的吧,少爷。"

月池想一想,道,"那就说日俄打仗的事儿呗。"

"好。"

"俄国人口一万万,日本人口一千万。俄国陆军一百万,海军战舰两百艘。日本陆军三十万人,战舰八十艘。但日本把俄国打败了。"

"为啥呀?"

"俄国虽然战力强,但大部分都在老窝里待着,而且距离很远。然后俄国军队的有线电话只配备到集团军,师以下的通讯还要靠马传递。最最要命的,是俄国人看不起日本人。骄兵必败。"

"那这下日本人神气了。"

"嗯。以后,也会更嚣张。"

"少爷,你讲以后印雪会不会被欺负?被欺负了怎么办?"

月池一愣,望望老陈。这十多年,他也很少这么仔细、安静地端详老陈的面孔。

老了,皮肤松弛,长了些斑。轮廓还是硬朗的,但看细了,动作慢了,反应迟钝了。想一想自己,估计也是一样。

"老陈,"月池道,"以印雪的性子,不会由着自己被欺负。真有那种事,我们给她要说法。"

老陈点头,"好。那就好。"

月池道,"老陈,我更害怕的是另外一件事儿。"

老陈问,"什么?"

月池道,"要变天了。"

老陈望望天窗,"这大晴天的,怕下雨吗?就算是下雨……"

"我是说大清朝。"

老陈这才明白,"这,这不也挺好的嘛?孙妹夫搞同盟会,不就是为了要建立一个叫'中华民国'的新国家吗?"

月池道,"可是中国太大了。朝廷虽然无能,但百足之虫,死而不僵。之前菊圃来信,说朝廷现在一共有新军二十五镇,总计十七万人。其中袁世凯一个人手上就有六镇、七万人。剩余十万人,朝廷没有钱供给,都是各个省自己负责。这些省新军的头目,不少又奉朝廷旨意,去了日本学习,还有的本身又加入了同盟会。一旦同盟会起事,新军说不定反过来会成为搞掉清廷的最大力量。"

老陈笑,"孙妹夫嘴皮子厉害,号召力这么强的。"

月池道,"话是没错,我也不怕变天。我就是觉得一旦打仗,而且还是全国到处都打仗,日子就没法过了。"

老陈道,"少爷,我问你个事。"

月池道,"你问。"

"老肖、钟先生、我,我们都老了。孙运东走了,刘世杰和熊炎分别在津庄和鄂州,总号你有接班人的人选了吗?我想来想去,能依靠的,也就剩善虎了。"

月池听完,摇摇头,"善虎是个好孩儿,但不是一个好领导。"

老陈道,"这孩子眼界、心气儿,照你比,自然是差了许多。可是他勤快啊……"

月池道,"没有但是。你说的眼界和心气儿,恰巧是老板最需要的品格。咱们广东的老话你还记得吗?——富在术多,不在劳身;利在局势,不在力耕。"

老陈道,"那你心里,眼下有合适人选吗?"

月池道,"有倒是有,年纪小了点,还需要时日。"

老陈道,"有就好,有就好。"

老哥俩在这里说体己话,那边亭曈十分不解。

问钱嫂,"虽说老夫老妻,没那么多热情了。可他心里若有困惑,我也仍然是那个最懂他的人呀,为什么不找我倾诉?男人是不是到了一定岁数,就开始对女人没兴趣了?"

钱嫂笑道,"少爷一定是触景生情,想着将来万一妍华嫁出去他是什么心情。找你排解,万一你比他更难受可怎么办?"

亭曈还是很失望,"道理是这个道理……"

钱嫂道,"我那病死的老头子,临死前也是一样,什么话都不跟我说了。跟阿猫阿狗都能聊半天,哪怕我精光地在他面前走过他都跟没看到一样。"

亭曈苦笑。

其实让她烦心的还不止月池。

更有妍华。

妍华自己没有什么问题,但这孩子太像自己了。脸上温温柔柔,言语之间毫无锋芒,但心里的小九九多得很,简直迷雾重重。亭曈作为母亲,简直探不到任何真话。不仅探不到,亭曈还知道女儿是如何在太极里把话锋卸掉的。因为亭曈自己就是这么做的。

眼看着岁数大了,提亲的人络绎不绝。亭曈固然还没有看得上眼的,妍华自己也从来不表态。母亲让干吗就干吗,让笑就笑,对谁都不点评,也不流露任何喜好。

6

过年的时候,印雪回门。穿戴喜气洋洋,满身珠翠,但不俗气,可见夫家也是有品味的人。

一众女眷聚在一起聊天,她和她的新郎官自然是话题中心。

"去年为莫得他们急着要我过门?因为当时赵尔巽——也就是我男客的上司,升任了盛京将军,他也跟着去了奉天,当巡警总稽查。当时奉天稀乱,土匪横行,他手腕强硬,把这股风气给煞住了。尤其是奉天老百姓还被日俄打仗害得好苦,恨死日本人了,他去了之后,杀鸡儆猴,把一群聚赌的日本人用绳索捆绑串在一起,好像牵着一串猪狗,四处巡街,大杀日本人威风。"印雪道。

听众无不崇拜,"这么厉害的!"

印雪道,"还不止呢!他后来又杀了几个闹事的日本人,从此日本人听到他的名字就躲开八丈远!"

众人皆笑,"威风威风,我们常德伢儿就是这么霸气!"

印雪道,"就是太威风了呀!他家里人听了怕得要死,生怕他被寻仇,只想早点给他安定下来,好歹留个种……"

妍华等小她几岁的女孩子,听得捂脸。

印雪却似成熟了至少十岁一样,毫不在意,"过好年之后,我就要跟他去奉天啦。"

亭瞳关切,"奉天冷,你不能春上走吗?暖和一点。"

阿衡道,"我也是这么讲的。但是女婿伢儿讲春上太忙,他可能就顾不得来接印雪了。"

"哦……"亭瞳转身吩咐钱嫂,"那你和阿衡一起商量,一定要把印雪这一路上的吃穿用度安排妥帖。还有啊,印雪做姑娘时不用丫鬟,但这出远门可不一样,你找个小丫头片子跟着她走。就当作是娘家人的心意。"

钱嫂答应下来,印雪笑,"多谢姨妈。其实也不用那么烦的。唐福德讲而今铁路很方便,这一路过去都是铁路,又暖和又稳当。"

好多女客这个时候才知道她男客叫唐福德。

男客们那边则完全是另一番风景。

月池也听说了唐福德的光荣事迹，很是高兴，握着他的手不放，"成亲那日，光顾着招呼宾客了，都没空好好跟你说说话。"

唐福德身材魁梧异常，眉宇之间霸气匪气都有，朝月池微微笑，"是我怠慢，没怎么跟大家打招呼。"

月池心里一直记挂日俄战争下的东北百姓，如今抓着知情人了，忙不迭问，"东北百姓如今可还好？"

唐福德摇头道，"四分五裂。东北百姓对朝廷的失望程度，比对日俄的恨意还深。"

月池点点头。

唐福德道，"日本人之所以在东北嚣张、横行霸道，乃是因为日俄这一仗，确实值得骄傲，这算得上是东方军队第一次把西方军队打到跪地求饶。我们而今跟日本亲善、派学生去日本留学。但那是头狼。指不定哪一天，日本会变成我们最大的仇敌。"

月池道，"你说得很对。"

唐福德道，"强敌环伺，一个都不能轻视啊。"

月池问，"你怎么看袁世凯？"

唐福德笑道，"月池公果然是足不出户便知天下事，个个问题都问在症结上。"

月池笑，"哪有那么神？一些是我看报纸知道的，一些则是亲友们陆陆续续说给我听的。我只是隐约觉得，这个人，没准会成为左右中国未来命运的人之一。"

唐福德回答，"我只能这么讲，就我理解的，这个人堪称曹操再世，是成则王败则寇的一代枭雄。"

月池道，"我晓得他手上有兵权，也有许多钱。"

唐福德答道，"自打朝廷说要学习日本'立宪'之后，搞搞停停，不情不愿，终于组建了一个'编纂官制'十七员，其中十六个都是王公大臣，只有一个袁世凯是封疆大吏。所以还不单是兵权，他是一个连接朝廷和地方的关键人物。是非黑白，轻重缓急，但凭他一人便能左右。加上'小站'练兵这几年，现在跟我一起在奉天恩师手底下带兵的张作霖、徐世昌，还有越来越有名的段祺瑞、冯国璋这些人，都曾是他的弟子，听他的号令。而且袁世凯工于心计。之前盛宣怀想要坑他一把的汉阳铁厂，被他一转头吆喝着要收归国有，急得盛宣怀又赶紧去跟日本人借钱脱困，搬起石头砸自己的脚。"

这些话，由唐福德这样天天在一线的人说来，比菊圃转述得更加分明。

也不晓得是不是受了这次谈话的影响,过完年月池便宣布再次招生。

许久没有正经营业的讲习所,再度开张。

他无比迫切地需要新鲜血液来支撑新格局里的泰和合。

这一次,招生条件比从前多了两条:一,饱读诗书者优先;二,有外出游历经验者优先。

果然来的学生,齐刷刷斯文多了。

肖郝着急,"这一帮娃娃兵能干啥?"

月池把年前跟老陈说过的话又重复一遍,补充道,"咱们泰和合,如今过了拼劳力、比吃苦的时候了。如今要的是脑子,还有胆魄。"

肖郝也不想逆他意思,转身去找钟不期诉苦,"老哥哥,你看,他不仅嫌弃我,还嫌弃善虎。"

钟不期早就退居二线了,闻言安慰他道,"月池公的考虑一定有他的道理。他莫时候讲嫌弃善虎了,你看善虎未来一定是津庄的接班人。"

肖郝垂头丧气,"但肯定不是泰和合总号的接班人。"

钟不期道,"我听老陈讲,月池公心里其实是有个人选的……"

肖郝立刻来了精神,"是哪个?"

钟不期笑,"你这个人,急是急得不同。他没讲具体是哪个,只讲那个人还小,要等些时候。"

肖郝道,"那就不可能是我们善虎了。"

钟不期当年宝贝的新烟斗如今已成了老古董,日子久了都被他盘出浆来,骤眼看亮晶晶。他拿着烟头作势要敲肖郝的头,"你好糊涂!当一把手就那么稀奇么?我哪门就那么不喜欢当一把手。你不晓得,我退下来之前,简直睡不了一天安稳觉,生怕这么大家大业的,败在我手里。你当股东,当老板,当得不高兴?数钱数得不快活?非要儿子也接你的班,累得像蛤蟆?"

肖郝哈哈大笑,"也是,也是!好哒,我开窍了。其实我也真没那么在乎。我是怕这些娃娃兵担不起大任来。"

事实证明,他的担心是多余的。

每个时代有每个时代的英雄。娃娃兵里,有一个叫吴习斋的宜市男伢儿和一个叫张佐臣的鹤峰伢儿,很快便脱颖而出。

两个都是十五六岁,稚气未脱,却聪明伶俐。

张佐臣家里也是经商,从小就看泰和合在鹤峰一点点做起来,如今已然成为垄断鄂南湘北的大茶商,十分敬仰月池。爹娘亲自带着他来拜师,还跟月池表示,如未来有需要,他们也可以帮孩子入个股在泰和合。

吴习斋家境条件没那么好,但是世代种茶,悟性极高,对茶的熟悉程度不亚于月池。

在教习所结束学习之后,张佐臣便去了鹤峰,跟着薛家名继续磨炼。而吴习斋就留在了总号,跟着月池。进进出出时,一来二去地,吴习斋便认识了妍华,经常在一起嘀嘀咕咕。

亭曈感觉更加失落。

那个她打小便抱在手里喂养、带去国小听课、一点点长成第二个自己的宝贝女儿,并非对谁都是一团和气。她会对吴习斋嬉笑怒骂,就宛如三十年前她对月池一样。

有一次,两个孩子在她心爱的花房里,不晓得研究什么,大半天没出来。

她去悄悄看,只听得吴习斋道,"……我虽然没喝过大吉岭红茶和锡兰红茶……但你看,祁红最诱人处就是它的香气,似花似果似蜜……它用的是楮叶种,工艺里又特地保留了这种香味……"

过一会儿妍华回答道,"我已经给在汉口的姨妈写信了,让她弄一点大吉岭和锡兰来……书上都说大吉岭有麝香味,锡兰则有玫瑰花香……那咱们也得好好研究研究……"

吴习斋道,"你娘这花房当真别致,连假山流水都按着壶瓶山的地貌来设计的……这是先天的好条件,我们拿到印度的茶叶了,就在这里试试改良茶树……"

亭曈大气也没敢出,轻手轻脚进来,轻手轻脚离开。

大吉岭和锡兰是哪里,她不知道;妍华给一泛写信,她也不知道。

算了,都是年轻人的世界了。

不过,这个世界再怎么,都是平静安宁的世界。

壶瓶山外头的世界,可真的是轰轰烈烈。

壶瓶山往东一千里的汉口,开年便发生了血腥残暴的南昌教案。

有一个叫王安之——本名 Jean Marie Lacruche 的法国传教士,借着庚子大乱大肆传教。他在任江西新昌主教的时候,就有很多流氓地痞,仗着入教,到处为非作歹。后来他调来南昌,强求南昌知县江召棠扩大传教特权。江知县坚拒不允,遂被残忍刺死。

　　全城顿时鼎沸。工人罢工,商人罢市,学生罢课。民众数万人集会,连毁法、英教堂、学堂多处,打死包括王安之在内的传教士九人。

　　一时间,洋人惊呼"华人排外之心未已""庚子之祸复见",列强军舰齐集,一根导火索弄得全国都气氛紧张。

　　最可笑的还在后头。清政府慑于英法势力,最终对内镇压,对外赔偿银两三十五万两了结此案。

　　汉庄里此刻又多订了几份报纸。一份同盟会的《民报》,一份上海的《时报》,一份京师的《京话日报》。其中,《时报》和《京话日报》都刊登了江召棠被刺后的照片。尤其是后者,刊登的还是遗体颈部以上遇害部位血肉模糊的特写照片。

　　正在吃早餐的陆一泛差点没吐出来。

　　薛友才伸头看看,"咦,这倒是新鲜。以前从来没见过时事新闻用这么大幅细节照片的。我们现在没准儿正在开创许许多多个历史先河。"

　　陆一泛道,"这事情闹的……英租界叫跟我们熟了,否则我都不敢在英租界里待着。"

　　薛友才笑,"女侠,你什么时候变得胆小如鼠了?"

　　陆一泛摇摇头,扔下餐巾盖住报纸上的血腥照片,"算了。这还不是最烦的。杜百里又约我吃饭,我感觉没好事。"

　　薛友才一愣,"怎么说?"

　　"你看没看妍华给我写的信?"

　　"我看了。说她很好奇印度红茶,让给她弄一点大吉岭和锡兰红茶寄去。这姑娘随了月池公,胆大心细。"

　　陆一泛现在可没有心思夸人,"我疑心的和妍华疑心的,是同一件事。英国人如今领地更大了,印度、斯里兰卡,好些地方都产红茶,品质不输给咱们,价格没准还低很多。杜百里这个时候约我吃饭,估计是要压价格。"

　　薛友才也一筹莫展,"说起来,现如今的价格都稳定了十几年了。"

　　陆一泛皱着眉头,"是呢。不管了,先见了再说吧。"

　　俩人说话间,四个孩子起床了。

　　南昌教案爆发后,他俩就暂停给童丞去两湖书院读书,童丞更是乐得陪在影尘左右。此刻四个孩子迎着朝阳从旋梯鱼贯而下,巧笑倩兮,和窗外的血腥俨然两个世界。

一泛喃喃道,"真希望一切都不要变。"

薛友才笑道,"你这才是句顶顶傻的话。现在这世道,不知道哪一把枪就会顶到咱们喉咙口。你觉得美好,是因为月池公、你、我、大家,把泰和合打理得很好而已。"

他一说喉咙口,陆一泛不寒而栗,一只手抚上自己的喉咙,长叹一口气。

眼看母亲成惊弓之鸟,影尘就更不敢把心里头的秘密告诉她了。

前几天李白扇来清茶馆里休息,坐在椅子中间,手拿报纸,轻轻叹息,"从朝廷的角度看,你们这些刁民,为什么不安分守己地待着?你们要的,废科举,兴洋务,搞立宪,朝廷都在做了。从老百姓的角度看,你们这该死的朝廷,说是立宪,其实质却是加强了皇族的权力,对外谄媚,对内暴力,唯有推翻,才是正道。"

影尘一边做功课一边听,闻言抬头看他,"那你是哪一边的呢?"

李白扇道,"老百姓是哪一边的,洪门就是哪一边的。"

影尘点头,"那就好。"

李白扇看她认真的模样,忍不住笑道,"可也有些人,打着洪门的旗号,干的事比贪官污吏还不如。"

影尘道,"总有鱼目混珠。"

李白扇道,"过两日,我要远行了。"

影尘一愣,放下手里的笔,"去哪里?"

李白扇道,"湖南、江西。"

影尘问,"去做什么呢?"

李白扇笑道,"放心,我只代表洪门。"

影尘道,"要去很久吗?"

李白扇道,"现在说不清楚。中途也可能会回来。清廷眼看着气数已尽,就看它自己还要不要救自己了。"

这不是李白扇第一次告别,但影尘就是觉得心慌意乱。

也许是看她面色不好,李白扇笑,"对了,都还不知道我叫什么名字吧?"

影尘小脸更加苍白,强颜欢笑道,"你叫什么?"

"我叫家瑜,"李白扇道,"李家瑜。"

影尘突然站起来,"你带我一起走,可以吗?"

李家瑜一愣,"这怎么行?"

影尘道,"我是小巫婆,你带着我,有没有危险,我会第一时间洞察到。"

李家瑜又笑,"那成什么样子了……"

心里想说的是:我们愿意这样抛头颅洒热血,为的就是你们不要再抛头颅洒热血啊。

影尘道,"你若不带我走,我就不让你走。"

李家瑜很少见她这般胡搅蛮缠,有点吃惊,"你待如何不让我走?"

影尘笑,"打晕你,把你关起来,或者抱着你的大腿苦苦哀求。"

李家瑜哈哈大笑。

话虽这样说着,影尘却真的开始琢磨跟李家瑜一起走的方案。

跟爹妈商量是没得商量的,他俩一定不会同意。理由现成就有一大堆:危险、男女授受不亲……但不跟他俩商量又跟谁商量呢?

看看身边的童丞,比自己还天真,更不合适。

她知道有一个人一定会同意。那个人对年轻人、对自己的子女的态度,都无可挑剔:解决后顾之忧后,大胆放手。

那个人就是月池。

小巫婆眼珠一转,计上心头。

过些日子,妍华收到了陆一泛回信。

更准确地说,是薛影尘代笔的回信。

妍华看着信,便去泰和合办公室里找了爹爹。

正好吴习斋也在,正在整理文书,看见她,笑一笑,憨厚的脸上还有一个酒窝。

月池展信一见那稚嫩的笔迹,"这是……影尘写的?"

妍华道,"她在信里写了,说姨妈姨夫这两天忙着跟杜百里谈判,没时间回信,就让她代笔了。我要的东西,也是她给找到的。"

月池一愣,"你要的东西?"

妍华笑着蹲下来,把手放在父亲膝头,"我和吴习斋哥哥想研究一下印度红茶好在哪里,便托付姨妈在汉口找找看。"

月池惊喜,"你俩在研究印度红茶?说来听听,有什么结论吗?"

妍华道,"结论还说不上。我们只是在想,一来印度比咱们多了一次收茶季,产量就高出一截,二来他们的红茶香味很特别,我和习斋哥哥就想研究怎么把咱们的红茶做得更好些。所以我就写信给了一泛姨妈,让她帮我找一棵大吉岭茶树的茶种来。这件事,我觉得挺难的。没想到影尘姐姐这么快就办好了。"

月池笑,"这件事,你真的找对人了。一泛的关系都在洋行,但是洋行里多的是茶叶,没有茶树;但是影尘的关系在洪门,洪门管漕运,他们搞茶树更快。"

妍华朝信纸努努嘴,"爹爹,你继续看信。"

月池看完,眉头紧蹙。

这一次,还真不是杜百里要整幺蛾子。

是英国改变了游戏规则,准备大大降低中国茶叶的整体收购量。

他抚摸着妍华的头发,"你和习斋研究这个很是时候啊。我们可能得做好提量、降价的准备了。"

说着,对吴习斋道,"去叫大家来开会,我要提前去汉口。"

等他到汉口,陆一泛吓一跳。她本打算放一放再跟月池说怡和洋行的事,完全没想到影尘会在回信里夹带"私货"。

月池立刻约见杜百里,对每年的产量和价格做了适应调整,总算是又度过一劫。

谈完正事,就轮到私事了。

一切进程,都是按照影尘的剧本走的。

可问题是,她还是低估了母亲大人的强势程度。

听说她想跟着李白扇去游历,陆一泛果然吓得半死,而后一蹦三尺高,"绝对不许!"

连月池都觉得她反应太大了。

影尘解释道,"我不会冲在前面,有危险的地方我不会去。"

"他就是危险!"一泛要疯了,"他本人就是危险!"

影尘道,"他本来可以不必成为危险的。要说安逸,他可以比我们任何人都过得安逸。他、黄兴、宋教仁、谭嗣同,每一个都原本家境优渥。还有大姑父,更是这样。"

"他们是他们,你是你!"一泛眼泪都出来了,"他们都是男的,你是个女的!"

"没有啊,还有一个秋瑾大姐姐,也是女的,也跟他们在一起。"

陆一泛气得发昏,"不许……不许……无论如何都不许!"

影尘见没有沟通的可能,失望至极。

薛友才道,"女儿啊,你还在读书……你不想继续读了吗?"

影尘道,"爹,我们读书是为了什么?古人说,修身齐家治国平天下,这才是读书的真谛吧。如今有这样一个机会,让我能够成为治国平天下之人的保护神,有什么不好呢?"

陆一泛嗤笑道,"你?!你还保护神?!你个小屁孩儿,保护得了谁?!"

话虽说得刺耳,影尘却知道母亲的心情,好脾气地继续说道,"娘,你一个人离开家去闯荡,也是十几岁;印雪姐姐跟姐夫去奉天,也是十几岁;宋教仁、李白扇他们决定走进同盟会走进洪门,也是十几岁。为什么你们可以,我就不可以呢?"

陆一泛被她一顿话,说得不知道该如何反驳,手指点一点,"李白扇……李白扇……你到现在连人家名字都不知道,就要跟着走……"

"李家瑜。他叫李家瑜。"影尘笑嘻嘻。

陆一泛手一挥,"我随便他叫什么!反正不许!"

影尘无奈,只能转头可怜巴巴望着月池。

月池道,"孩子,我能理解你母亲现在的心情。就像你说的,正是因为她十几岁一个人闯荡过,所以她知道女孩子在外头,会面对些什么豺狼虎豹。每一个十几岁闯荡江湖的人,无论男女,一定都有不得已的苦衷。你的父母为你创造了如今这么好的生活,自然是不想让你出去受苦的。"

影尘叹息。看来今天这救兵是白请了。

谁知月池话锋一转,对一泛又说道,"但是……影尘和别的孩子又有不同。无论在咱们眼中她是不是还像个娃娃,但对她自己而言,她已经十五岁了。她有了她在乎的事情和在乎的人,这是好事,我们应当鼓励。你说是吗?"

陆一泛没有点头,但表情渐渐缓和下来。

站在一旁的童丞,突然说道,"如果影尘去,我也会跟去。书可以后面继续读,眼下还是安全最要紧。"

陆一泛又看看他,没说话。

月池看看面露笑意的影尘,道,"你也别高兴太早。我虽然是你爹娘的兄长,却也不能替代他们做决定。他们没有松口,我也没资格同意。"

薛友才一边安抚着爱妻,一边道,"影尘,这样吧。我听你说,李白扇现在也没有同意你跟着去。你把他叫到清茶馆里,我们一起聊聊。"

月池这才算是第一次见到李白扇——李家瑜。

心里已经大大地喝了一声彩。

相比位置与名气,李家瑜是极其年轻的。甚至比黄兴他们还要小一些。但往人群里一站,那股子优雅、孤独、温柔的名门之后的气质,就如沉香一般,慢慢流淌出来,由不得人忽视。

李家瑜自然也知道这个会议的目的是什么,上来就缓缓地清晰地做了一些陈述。

"我的身份其实不重要。重要的是,洪门如今跟同盟会已然一体,做的也的确是危险的事。但我们义无反顾。原因是什么呢?恰恰是因为我们从小没有吃过苦。在这弊病丛生的社会里,没有吃过苦的我们,都感觉不到丝毫幸福,是不是很奇怪呢?我们住在温室里,却看到洋人在我们的国土上耀武扬威,看到朝廷对手无寸铁的百姓举起屠刀,看到同样的军舰对战,我们却一败涂地,连逃跑的资格都没有。"

月池又不得不承认,眼前这个二十四五岁的洪门白扇,口才也是一流。

李家瑜继续道,"影尘提出要跟我走,我第一反应,自然也是拒绝。可如果跟着我走,是她的理想,是她此时此刻觉得非做不可的事,我也没有理由拒绝。更何况,影尘对洪门和同盟会的工作如有增益,我更没有理由拒绝。"

陆一泛道,"你几岁,她几岁?她小孩子不懂事瞎胡闹,你就应该果断拒绝。"

李家瑜看向陆一泛,坦坦荡荡,"阿姨,以我对影尘性格的了解,她没有自己偷偷摸摸跟着我走,而是事先询问你们的意见,已经表现出十足的成熟与冷静了。"

薛友才问道,"那么,假设,我假设啊,影尘跟着你走了,你能保证她不会遇到危险吗?"

李家瑜静静想一想,摇头道,"没有。我做不了任何承诺。我这次去的地方,是江西湖南交界处,工作随机性很强,早上往往都不知道晚上会在哪里过夜。如果跟我走,一定会吃苦,也一定会面对突如其来的各种状况。"

陆一泛捧住心口,垂下头去,无比郁闷。

李家瑜又道,"但我也是爱惜自己生命的。如果没有特别的情况,我一定会把影尘的安危放在首位。"

月池道,"即便是在江西、湖南,也还是可以有个相对固定的居所的。影尘和童丞可以在那里待着,与你并肩工作。"

李家瑜点头道,"这个是自然。那里本来就有我们的机关,他们如果跟我走,可以住在那里,周围的人也都是我的心腹,比较安全。"

里面的人聊得热火朝天,在外头等着的影尘在小院子里来回溜达。

童丞问,"你担心他们谈得不愉快?"

影尘摇头道,"不担心。其实我从开始就有预感,父亲母亲一定会同意我走。"

童丞诧异,"那你为什么还大费周章请月池公来说服他们呢?"

影尘笑,"结果看似一样,过程不一样,感受就完全不同呀,傻子。《西游记》里,孙悟空一个筋斗云十万八千里,半天就能到西天。但那不行,他取不到真经。非得经历九九八十一难。我希望爹娘不要太难过太担心,所以才如此大费周章。"

童丞每次听到她老气横秋地拿古书打比方,就觉得又巧妙,又有趣。忍不住笑。

7

不久后,三兄妹悄然出现在长沙水陆洲的一户庄园里。

庄园老主人外出多年,屋舍、田园、船舶都已荒废许久。三兄妹倒是很勤快,几天时间,便已收拾得像模像样。

水陆洲是湘江中流的一个岛屿。一千多年来,为激流回旋、沙石堆积而成。旧时有桔洲、织洲、誓洲、泉洲四岛,到此时,已演变成一串长岛,上为牛头洲,中为水陆洲,下为傅家洲。因为盛产橘子,老百姓也常叫它橘子洲。

湘江到这里,水流平缓,河床宽阔,下游又被洞庭湖托着,因而形成绿洲片片。春来明光潋滟,沙鸥点点;秋至柚黄橘红,清香一片;深冬凌寒剪冰,江风戏雪,正是潇湘八景之一"江天暮雪"的所在地。甲午年海战之后,水陆洲被辟为对外开放的商埠,建了英国领事馆和长沙新关。

三兄妹也很神秘,似乎有英国领事馆的关系,所以打整屋舍的时候甚至还有英人前来帮忙。

大哥胡平,剑眉星目,昂藏七尺;二哥胡山,面如敷粉,鼻似积雪;妹妹胡春,巧笑倩兮,美目盼兮。三个人话都不多,但都能与英人谈笑风生。

大哥工作,二哥、小妹在家耕读,读书之余,也学邻居到江里撒网捕鱼,只是手法生疏,常惹得邻居大笑。好在他们也不靠这个生活——毕竟大哥每次回来,都会给弟妹带来很多好吃好喝的。

三兄妹,自然就是李家瑜、童丞、薛影尘了。

骤眼看,和陆一泛担心的完全相反,岛上生活不仅不辛苦,甚至颇有些世外桃源的味道。

秋天的一个深夜,李家瑜带着三十来个人回到了庄园。童丞和影尘本来都已经睡下了,闻声爬起来掌灯。虽然几年前宝善成便已在长沙设了电厂,但水陆洲此刻还没有电。也幸好没有,否则这三十几号人该多打眼。

李家瑜让他们熄掉烛火,三十几号人也没进屋,直接在屋后兄妹们打鱼的渔船上开起了秘密会议。

黑暗中,童丞问影尘,"你说,他们在聊什么?"

影尘说,"我不知道。我只知道,会议结束后,这批人会散作满天星,去到各个地方,各自忙碌。"

童丞道,"可有危险?"

影尘笑,"披荆斩棘,枪林弹雨。"

童丞似乎被吓了一跳,过许久才道,"那可怎么好?"

影尘道,"这不就是我们来此地的意义嘛……凡此种种,皆为序章。中华民国,其实是从此刻正式开始的。"

童丞道,"中华民国?就是同盟会会刊上说的,那个新中国吗?"

影尘道,"对。"

第二天一早,他俩再次醒来时,李家瑜还在,另外还有一个人留了下来,正跟他说话。

见到童丞、影尘,李家瑜介绍,"这位,便是我从前跟你们提起过的,洪门草鞋,刘道一。这是我弟弟妹妹,现在他们的名字,是胡山、胡春。"

刘道一当然明白"现在他们的名字"是何意义,毫不纠结,大大方方伸手,"你们好。"

影尘握他的手,脸色微变。

打过招呼后,李家瑜和刘道一继续商量事,童丞拉着影尘走去渔船。

"怎么了?你感觉这刘道一有不妥吗。"

影尘摇头。她望着不远处一层一层红红翠翠的橘子林发呆,出神了很久很久。

长沙再往东两千里的上海,又是另一番光景。

和菊圃分手后的吕碧城,都还没来得及到上海拜访严复,严复便被邀去了英国伦敦,负责开平矿务局诉讼事件。这一走,就走了大半年。正好吕碧城也忙着北洋女子公学开学后的一堆事务,所以也一直没来上海。

而菊圃,除了忙通商银行的几个分行的工作之外,也和户部一起把总部设在北京的"户部银行"搞了起来。这算是中国第一家国家银行了,所设分行有天津、上海、汉口、济南、张家口、奉天、营口、库伦、重庆九处,处处皆是重镇。

两个人一个比一个还忙,两年多都没有再见。

直到严复回到上海,带领于右任、邵力子等一帮原震旦公学学生,拥戴马相伯创办了复旦公学,吕碧城才再次来到上海。

南昌教案发生的时候,上海倒是相对平静。正好菊圃也空了些,便请吕碧城在上海总会喝咖啡。

吕碧城是顶顶时髦的人,平时看着鹤立鸡群,一到上海总会这种时髦地方,顿时就如鱼得水般自在起来。

洋人们纷纷侧目,回头率百分之两百。

菊圃走在她身侧,骄傲得不得了。

他问她,"为什么给这个公学取名叫'复旦'?"

吕碧城道,"这两个字,取自《尚书大传·虞夏传》的那句'卿云烂兮,纠缦缦兮;日月光华,旦复旦兮',本义是追求光明,也同时表示不忘震旦之旧,寓含复兴中华的意思。"

菊圃问她,"你……一直都这么忙吗?"

吕碧城道,"你想说什么?"

菊圃手插裤兜,站定在她面前。风卷起他的头发,眼神热切。

吕碧城道,"不管你想说什么,我用一句诗回答你。黄沙百战穿金甲,不破楼兰终不还。"

第二天就是周五,菊圃让杜月生带他去了熟悉的小酒馆,喝了个酩酊大醉。

杜月生第一次见他如此失态,也很懂事地不多说话,只默默地陪着。

菊圃问他,"你说……生在我们这个时代,到底是悲哀还是幸运?"

杜月生道,"我不懂那么深的道理。我只知道,我从小没了爹娘,没人在乎我活着还是死了。所以我但凡活着一天,就要拼命活好!"

菊圃醉眼蒙眬地笑,"如何拼命?凡事做尽做绝么?不管是好事,还是坏事?"

杜月生道,"什么是好?什么是坏?谁规定?我孤身一人,不怕天打雷劈,横竖就是一死。所以以后你若有什么要打要杀要寻仇的,只管找我!我帮你办!"

菊圃哈哈大笑,笑得桌上瓶子杯子翻滚到地上,"你是流氓吗你!"

杜月生自己也笑了,稚气未脱的脸上,刚才的凶光一闪而过,"真的,我不骗你。我现在拜了青帮大亨陈世昌为师,以后便是正正经经的帮派人了,我不会骗你!"

好一个正正经经的帮派人。菊圃笑得打滚。

笑着笑着,眼角渗出两行热泪来。

几个月后的夏末,深夜,菊圃都已睡了,才再次听到吕碧城的声音。

是她主动从天津打来的电话,说的倒不是什么家长里短的事。

她的声音火急火燎,"菊圃,你知道吗?同盟会在江西、湖南发展了一个叫洪江会的组织,以'誓遵中华民国宗旨,服从大哥命令,同心同德,灭满兴汉,如渝此盟,人神共殛'为旗号,要起义了!"

菊圃尚在睡梦中,迷迷瞪瞪,"啊,这么勇猛啊……"

吕碧城道,"你醒一醒,又是同盟会,又是湖南的,你们家有人在里头吗?这支起义军,从春天到现在,几个月时间发展了几万人,以矿工、农民为主,遍布江西、湖南许多市县。朝廷自从经历太平天国、义和拳之后,对起义恨之入骨,大有斩尽杀绝之势!这次估计也会纠集江西、湖南的全部兵力,前来清剿!"

菊圃听她语气激昂,这才慢慢回过神来,也有点紧张,"你怎么知道这么详细的?报纸上说的吗?"

吕碧城回答,"你忘了我和袁家的关系了?相信我,我知道的是朝廷的第一手消息!"

菊圃道,"那我赶紧问一下家里。"

"嗯!你赶紧跟家里人确认一下。保护好自己,千万保护好自己!"

"好的,多谢你!"

菊圃穿好衣服,在房间里转悠半天,还是决定赶紧打电话到汉庄——准确地说,他也只能打电话到汉庄。

接电话的,是薛友才姨夫。

他把吕碧城的话转述了一下,就听到那边传来咚啪一声,像是茶杯落地摔碎的声音。

菊圃头皮发麻,"姨夫,别真的有咱们家人在里头?"

薛友才道,"我得去一趟英国领事馆。先不说了。"

菊圃赶紧道,"好,好!"

他也爱国,他也尊重革命家,可是他对于革命,没有那么强烈的心情。此时此刻,他只希望家里人都离革命远远的,离危险远远的。

不久后,便看到报纸上陆续报道的消息。起义军宣言里说:"不但驱逐鞑虏,不使少数之异族专其利权,且必破除数千年之专制政体,不使君主一人独享特权于上,必建立共和民国,与四万万同胞享平等之利益,获自由之幸福。"

菊圃心惊。他知道同盟会,却不知道同盟会要干的事情这么惊天动地。

比他更心惊的，当然就是身处风口浪尖的影尘和童丞。

在陆续又开了几次秘密会议之后，一天清晨，驻水陆洲英国领事馆的朋友就来通知他们，"你们和起义军有什么关系吗？"

影尘摇头。

那朋友显然也不太相信，"不管有没有关系，你们要么自己藏好，要么索性住到我们教会里去。"

影尘道，"谢谢您的好意。如果有特别为难的事，我会来找您帮忙的。"

英国朋友悄然离去。

影尘和童丞对视一眼。

自打英国朋友走后，李家瑜便很久没有再回来了，倒是那个刘道一，时常会派一个小同事前来递消息。

"刘道一此刻留在长沙接受同盟会指挥，其他同事都已去了前线。"小同事忧心忡忡，"湖广总督和两江总督都派出了军队，总计不下几万人，形势不容乐观！"

影尘也只是沉默，不惊不惧。

唯有夜里，轻轻一点风吹草动都会让她整个人从床上弹坐起来。

索性不睡了，和童丞一起轮流休息，等待消息。

有一天冬月夜里，突然一阵寒风吹过，坐在摇椅里打盹的影尘被惊醒，握紧手里的小小勃朗宁手枪，"谁在那里？！"

门口的黑影迅速朝自己移动，"嘘，是我……"

居然是李家瑜。

影尘迎上去，鼻端立刻闻到浓浓的血腥气。

她不管不顾抱住他高大的身躯，"你受伤了吗？哪里？"

李家瑜摇头，"不是我。是我同事的血。"

童丞也醒了，拿了吃食过来。李家瑜换了身衣服。三个人在黑暗中不敢点灯，只轻轻说话。

李家瑜一边吃着东西一边说道，"我回来看看你们，顺便安排你们转移。这次起事，还是有点仓促，很多军火没有跟上，加上矿工、农民的战斗力，跟全副武装的清兵没法比。长沙迟早会被查到，这里不安全，你们一定要走，回汉口……不，回大山里去吧。"

影尘声音哽咽，"你不能跟我们一起走吗？"

李家瑜沉默了很久。沉默中，只听到他轻微的咀嚼吞咽声。

直到他把东西吃完,才说道,"从前我父亲也问过我,锦衣玉食的日子难道比不上刀口舔血的日子?我要的是什么?我当时回答:我不知道我要的是什么,但我知道,我不要什么。影尘、童丞,你们是中国未来的希望。让我们砸碎这个不要的旧世界,在新世界里重逢。"

　　影尘哭了起来。

　　和几年前他离开的时候一样,哭得稀里哗啦。

　　这次换李家瑜抱着她了,跟着一起肝肠寸断。

　　"我还能为你做什么吗?我还能为你们做什么吗?"她问。

　　李家瑜道,"你已经做了很多了。你在这里做掩护,又有英国领事馆的关系,给我们提供了这个安全屋。够了。"

　　影尘在他怀里哭着睡着。

　　等醒来的时候,斯人已去,空余杳杳。

　　影尘从这时开始便再也没哭过。她肿着眼睛,跟童丞默默收拾好行李,跟着刘道一派来的小兄弟,如来时一般悄无声息离开了水陆洲。

　　刚出长沙,便听到了刘道一被捕的消息。

　　等走到津庄,就见到报纸上刘道一英勇就义的消息。

　　再坐船,走水路进壶瓶山,刚到黄虎港,正在船头看远方的影尘,手里把玩着那个洪门吊坠,突然胸口剧痛。

　　那种心痛,她无法描述。仿佛瞬间碎成了一万片,又仿佛比那突如其来的破碎更残忍,像有一把小刀,一下一下持续地剜着。

　　她一头栽倒在甲板上,吊坠都被她不自觉扯断了,但依然紧紧攥在手里。

　　青山绿水都化作了那个人的笑颜。

　　……言念君子,温其如玉;在其板屋,乱我心曲。

　　……白哥哥,你怕死吗?

　　……若是为了我想要的那些东西——不怕。

　　……秋海棠叶,哪一丁点都不能少。

　　……让我们砸碎这个不要的旧世界,在新世界里重逢。

　　看到他俩的突然出现,妍华是最开心的一个,拉着他俩一起住进宜红别墅。

　　月池大概知道发生了什么,但看着影尘伤心欲绝的模样,也不敢多问,只叮嘱家人好好照顾她。

　　亭曈不知道来龙去脉,只当作两个孩子在汉口待腻了,想在山里放松放松。

两个大孩子都成熟了好多。本来就很寡淡的两个人,如今更少有情绪波动了。影尘从前那标志性的坏坏的笑,再也不见。

她而今只穿黑白两色,深居简出。跨出房门最多的,便是陪妍华去花房伺候茶树。

好在亲友们都很照顾她情绪,默契地保持安静,不去打扰。

有一天早餐时,影尘突然对一份新订阅的叫《中国女报》的报纸产生了兴趣,边吃边仔细阅读。

月池道,"这里的报纸都是从汉口你母亲那里转寄过来的,看到的时候就晚了快一个月。怎么了?有什么新闻吗?"

影尘回答道,"这个报纸的主办人,就是我给你们提过的那个大姐姐,秋瑾。她既是同盟会的,也是洪门的。"

月池闻言沉默。

但是影尘面色平静,"我看的这篇文章的主笔,是《大公报》的吕碧城,她是菊圃哥哥的朋友。月池公,你可以想办法联系到这个秋瑾大姐姐吗?她很危险。"

月池想一想,道,"我试试看。"

影尘看看报纸日期,缓缓摇头。也许,已经来不及了。

初夏,泰和合茶庄最忙碌的时候,除了影尘,几乎没有人注意到《中国女报》已经停刊。

再过一段时间,秋瑾被捕,旋即就义。包括《申报》在内的几乎所有报纸,都在为她发出哀婉和抗争之声。

其中,《申报》报道得最为详尽,连续发表几十篇社论,包括《秋瑾被捕和就义时的情形》《绍兴府宣布秋瑾的罪案》等文章,另有秋瑾男装持手杖的照片以及《驳斥浙吏对于秋瑾之批谕》等相关资料,还特别刊出《绍狱供词汇录》,同时以编者按的形式旗帜鲜明地指出所谓秋瑾的供词是伪造的——"按秋瑾之被杀,并无供词,越人莫不知悉……然死者已死,无人质证,一任官吏之矫揉造作而已,一任官吏之锻炼周纳而已。然而自有公论。"

月池也看到了这些报道,喃喃道,"自有公论……好一个,自有公论。"

如今在泰和合,最能听懂他在说什么的,居然是十六岁的小影尘。

几个月后,月池告诉影尘一个更让人难过的消息:亲自拘捕监杀秋瑾的浙江山阴县令李钟岳,在家悬梁自尽。

他说,"这李钟岳,其实一早就仰慕秋瑾的才学,常以秋瑾写的'驰驱戎马中原梦,破碎山河故国羞'来勉励自己的孩子。据说对秋瑾行刑之前,他还在大堂上说:尔之冤屈,我深知之,鄙人位卑言轻,愧无力成全,然死汝非我意,幸谅之也。"

影尘轻轻道,"其实去年起义被镇压,牺牲了那么多同胞,我内心也没有多恨下达抓捕命令的湖广总督、两江总督。各人有各人职责所在。我们能做的,只有一次次叠加,将这旧世界摧枯拉朽。"

月池赞许道,"你能这样想,真好。"

影尘露出了很久不曾见过的微笑,仰头望着月池,"秋瑾也好,李家瑜也好……所有的英雄,记得名字的和记不得名字的……终将永垂不朽。"

第七章

埋骨何须桑梓地

1

壶瓶山的初秋,枫叶、橘树红红黄黄,云雾缭绕之间,宛若仙境。

一支马帮,正沿着青石板路缓缓前行。

他们刚送了茶叶出山,返程不赶时间,从山外往回拉了洋布洋油,晃晃悠悠地走着。

说是马帮,其实绝大多数都是骡子。这牲口力气大、事情少,比马和驴都好使。这支马帮有百十号人和骡子,分几个班,前后照应。队伍里还有几条枪,背在班长和把头身上。打头一个领队,也叫锅头,背后背着枪,身上穿着贵气的马褂,还戴着时髦又洋气的黑墨镜。

大家静静走着,唯有骡马脖子上的铃铛声,此起彼伏,与林间的戴胜与布谷鸟,叮叮当当,吱吱咕咕,宛如唱和。

忽然,不远处的山里,传来姑娘悠扬的歌声:

"晚风轻轻摇树梢,月亮静静上楼角,幺妹轻轻往外走,金竹林里会阿哥……"

这声音宛如黄莺出谷,一时间把花香鸟语全都压了下去。

马帮的汉子们已经多日不见女人,听了歌声,骨头都酥了一半,一个一个都停下了脚步。

可是山谷回声大,一时间根本分不清是哪座山头传来的。

唱了几句,歌声止了。一个中年汉子啐一口痰,笑道,"骚货,唱一半又不唱,听得老子心里痒死。"

另一个汉子清清嗓子,扬声对起歌来:

"走过了山头走山沟,看够了月亮看日头,东边晴来西边雨,不知是阳春还是秋……"

众人起哄,"要得要得,唱回去!"

笑声中,又听到刚才那个女声,悠悠然对曰:

"走过了山谷走山丘,石头不烂水长流,山歌如火出胸口,管他是欢喜还是愁……"

中年汉子高兴得跺脚,"真的是骚,我喜欢我喜欢,莫给我看到她——"

旁边汉子打趣,"看到了哪门的?"

中年汉子笑,"看到了,我给她下跪求她唱三天三夜!"

众人哈哈大笑。

一个少年，牵着一匹瘦瘦的骡子，也在马帮里，听到歌声，也呆住了，大家都走了他还留在原地。

"喂！文常！还不快走！哪门的，你也想给她下跪吗？"伙伴叫他。

一阵哄笑中，少年的脸微微一红，赶紧追上大部队去。

隔着一座山头的另一条青石板路上，两个姑娘背着背篓，一人一手牵着一个小女孩在中间。他俩身后还跟着两个男人，也都背着背篓，背篓里没有太多东西。一行人都很走得轻松，心情十分愉悦。

年纪小一点的那个姑娘，就是卢妍华。她今年十八岁了，容貌愈发出众，加上泰和合幺妹儿的身份，俨然已经成为十里八乡最受人瞩目的待嫁姑娘；年纪大一点的那个，则是善虎的妻子祁湘瑛。小两口成亲几年，却还没有孩子。也许正是因为没有生养的关系，祁湘瑛看起来比实际年龄小，笑起来嘴边两个小米涡很甜美，眼睛略小但胜在十分灵动。

小女孩今年十二岁，是熊炎的小女儿熊继宝。前阵儿因为熊炎腰疾发作，便和月池商量着把津庄交给善虎，此刻便带着家眷回壶瓶山交接。

熊继宝此刻抬头望着唱歌的妍华，由衷赞叹道，"姐姐唱得真好听。我随了爹爹，一点都不会唱歌。"

湘瑛也赞叹道，"我虽然是土家人，但一直在津市长大，不会唱山歌。妍华，你怎么唱得这么好听？你爹娘都不是本地人！"

妍华笑道，"我最喜欢在赶茶部玩，听来听去听得多了，就会了。你不是不会唱，是听少了。以你的聪明，一学就会。"

湘瑛回头望望山谷，"刚才跟你对歌的，不晓得是哪个。"

妍华笑，"管他是哪个。估计多数是上山砍柴的，再不然就是马帮的。讲到马帮……现在还有一支马帮没回来，他们带的都是好东西，我们都伸长脖子等着呢。"

祁湘瑛问道，"哦？都有些什么呀？"

妍华道，"上海震寰药厂生产了一个'爱理士红衣补丸'，据说可以补血壮筋，益脑固肾，兼治男女老幼的一切虚气。还有广州一个名为'珍聚'的店里卖的如意油，能防治感冒、风寒，名臣翁同龢还特地给它题词——功侔仙露。你喝过橘子汽水吗？有一个叫安药水房的，有各种各样的汽水。我去汉口喝到过，这次便也叫爹爹让马帮带回来一些。"

熊继宝欢呼，"太好了！"

湘瑛道,"都是吃的吗?"

妍华笑,"哪能呀,还有现在上海、汉口最流行的各色旗袍、珠宝首饰、胭脂香粉,保证你喜欢!"

三个大小姑娘在前头嘀嘀咕咕,后头两个男人聊自己的。

他俩当然就是肖善虎和吴习斋。

他们几个是特地到山上的试验田种植嫁接新茶树的。试验田比照着大吉岭红茶的海拔选择,所以选在了壶瓶山主峰的半山腰上,从泰和合往返一趟,差不多要两天路程。

吴习斋道,"我们这几年研究茶树种嫁接,可惜接着几年都是干旱,养不好。喜得今年雨水充沛,只怕能成。"

善虎道,"嗯。就算是不为提升品种,只要是能提升产量,从收两季茶变成三季,也好。"

吴习斋道,"但是哥,我没出过大山,不懂。月池公经常讲一个词,叫'势',他说势不好,做多少努力都惘然。到底是指莫得啊?"

善虎想一想,不得要领。

他回壶瓶山定居这几年,把前尘往事几乎都浑忘了。人也胖了许多,整天乐呵呵的。

"势……不晓得他们广东是不是有莫得讲究。"

吴习斋道,"我上次也和他说起产量的话题。他一会儿对产量能上去表示很开心,一会儿又忧心忡忡讲只怕量上去了也没得莫得用。"

善虎挠挠头,"这么高深,只怕要请教竹轩或者菊圃才搞得明白了。"

他们两个都搞不懂月池所说的"势",而月池此刻正在和钟不期商量事。

钟不期测算了一下,忧心忡忡,"我们今年要么价格回复如初,要么把货贷部的贷款利息加上去,否则利润就很低了。"

月池身穿一身湖蓝色长衫,天气转凉了又加了一件青色马褂,背着手站在窗前。

他虽然还没有剪掉辫子,但内心的辫子早就剪掉了。

自从让影尘伤心欲绝的萍浏醴起事失败之后,这些年里,同盟会又接连着策划了很多很多次起事,如黄冈起义、七女湖起义、钦廉防城起义、镇南关起义、钦廉上思起义、云南河口起义、广州新军起义。

整个国家就像一片枯树林着了火,灭了,又起,灭了,又起。

叫人忧心忡忡,又叫人心生向往。不晓得是该加入灭火的,还是救火的。

可是普通老百姓,既没有资格灭火,也没有资格救火。他们如蝼蚁一般,就在这片枯树林里啃着树皮,挖着干硬的土地,苦苦寻觅水源,苟延残喘。

月池让汉庄订阅后转运的报纸,又加多了一份《民立报》,主编宋教仁。他很明显能够感觉到,宋教仁和妹夫两个人的思想观念截然不同。妹夫善于组织,黄兴是个实干家,而宋教仁深沉稳健,又通达计谋,是智囊。按说三人是完美组合,但看起来好像也不全然那么和谐。

妹夫大概因为根基在广东和海外诸国,所以特别擅长组织南方和海外的力量、钱财来支持起事。同时,他支持总统制,主张地方分权。

而宋教仁,饱读西方各国政权体系,主张内阁制,是一个坚定的"反朝廷"者。在他看来,清廷才是国家强大的最大障碍,因而他在杂志中甚至都不用清朝纪年而使用黄帝纪年,以示对立。他也坚定地认为:中国的中部力量和南方力量一样重要。

今年上半年,震惊中外的黄花岗起义失败,让月池的心凉到谷底。但他也隐隐觉得,这一次的失败,已经到达一个转折点了。

那么多次的点火灭火,足够证明:光是组织南方力量真的不够,远远不够。

钟不期见他陷入沉思,咳嗽一声,又说道,"月池公,如今泰和合收支还算平衡,但局势不好,贷款的人多了杂了,发生的逃账也更多了。我们做了很多利于乡民的事情,如今再不为自己着想真的不行。货贷利息该涨一定要涨。"

月池道,"你再做一个测算,看看索性砍了它,会如何。"

钟不期拿出一本册子递给他,"这个我算过了。砍了它也比如今划算。"

月池坐回桌前,仔细看了看册子,"嗯"一声,"砍吧。只不过要砍也不能一蹴而就,咱们商量个计划,用两三年时间,慢慢砍掉。"

钟不期担心,"还有义渡、粥棚、戏班子这些呢?其实……"

他没说完,月池便挥挥手道,"这些我也知道,都是纯支出。但是不能砍掉,这些看似微不足道,但牵扯到的老百姓太多了。不像货贷部,砍不砍也就是我们自己的事。"

钟不期得令,点头应允。

他又拿出另一本册子,"年初土司王覃鸿钧来过之后,大祭师覃孝冲前几天来送的帖子,你看过的对吧?说希望我们支持一万两银子。"

月池点头道,"鸿钧兄跟我说过了。土司城里也不太平,我以为这个帖子会来得更早一些。你准备好银票送过去,多加三千两。"

钟不期道,"要加这么多吗?"

月池道,"做兄弟就得相互信任。我相信在我们未来有需求时,他们也会给予支持的。"

钟不期离开月池办公室,在走廊里站一会儿,轻轻叹口气。

被仙芽看到,打趣他,"哪门,钟先生脑壳疼?"

钟不期回答道,"不仅脑壳疼,浑身上下都不对劲。只想打你一餐。"

仙芽哈哈笑着逃开。

如今他和嘉木也快四十了,俨然都已变成了月池的心腹,看大门则换了更年轻的人。他们两个也都没有结婚,闲时去泰和合办的宜红戏班里找找乐子也就罢了。

他一边给月池添茶水,一边装作若无其事地说道,"进来的时候,我看到钟先生在那里叹气。你们吵架了吗?"

月池一愣,旋即笑道,"不是。他是嫌我心太软,怕我好心没好报。"

仙芽笑,"那他多心了。人善人欺天不欺,十里八乡就属我们月池公最好了。"

月池叹口气,"你最会哄我开心。"

仙芽问,"不过老板,你从前讲很多话,我也不是很懂。我就在想那些革命的,闹事的,跟我们泰和合莫得关系。可是大前年慈禧和皇帝老儿先后驾崩,我也觉得不对了。这万一改朝换代,我们的生意是不是也一定受影响?"

月池颔首,"总算是长进了,看得懂形势了。"

仙芽道,"我们这些人,一辈子以茶为生。万一茶叶做不了了,还真的不晓得该干啥去。"

月池道,"你们且好好干,别想太多。有我在一天……不,哪怕我不在了,也会把你们都安顿好。"

仙芽下楼来,心还在怦怦跳。

他也不敢找别人,只找到嘉木,"老板刚才跟我讲了一句好奇怪的话。"说着复述了一遍。

嘉木老实,"这话没莫得问题呀。"

仙芽摇头,脸都黑了,"你不懂。老板从来不讲丧气话的,这还是我第一次看到他这么……这么……"一时想不好怎么形容。

嘉木转身去忙。

仙芽兀自看着墙上大大的泰和合三个字，发呆半响。

过几天，泰和合来了两个贵客。

唐福德和陈印雪回来了。

月池的脸上露出久违的舒心的笑容。

距离上一次回门已经过去了四五年，印雪手里抱一个粉雕玉琢的娃娃，整个人也富态了许多。

但一开口，还是那个率性的丫头片子，"大家有没有想我呀？"

跟着唐福德这么多年，她倒是一如既往的朴素，身上的金银首饰，还是几年前回门时那套。面容依然很美，多了股为人母的成熟韵味。

阿衡抱着外孙女亲不够，钱嫂陈萍和亭疃都在旁边笑，"可想死我们了。"

"大哥呢？还跟大嫂隐居呢？"

亭疃无奈地摇摇头，"不指望了。逢年过节，有时候派翠莲来打发我。孙子也看不到几眼。"

印雪安慰道，"大哥大嫂就是这么个性子，世道不好，难得顺遂，姨妈你就当顺他们心意便是。"

阿衡道，"姐，你想想我，我就一个女儿，五年才回来一次。你怎么都比我幸福。"

一说这个，亭疃又想到菊圃，更加气馁，"我倒是有两个儿子……可另一个儿子更不中用。索性在上海待着不回来了，说是找了一个留过洋的女孩子，也不成亲，到今天都没带回来给我们看过。"

阿衡笑，"留过洋不好么？"

"留过洋的人，个个都想革命。"

阿衡叹口气，"还真是。我这当了娘，人也自私了。竟然觉得，还是像善虎那样，不读很多书，不懂很多事，娶一个本地姑娘，然后留在爹娘身边，最最好。"

娘几个纷纷点头称是。

亭疃拉着印雪的手，"听说你们后来去了四川，你相公战功赫赫，应该当了更大的官啊。怎么还有空回来？"

印雪轻轻道，"我讲了你们可千万别传出去。"

"好。"

"他和他老师分道扬镳啦！"

亭疃一愣，"为什么？"

印雪道，"这话得他来说才说得明白。我只知道个大概。四年前他恩师赵尔巽调任四川总督，他便是川滇边务大臣，后来又做了新兵管带。当地有个少数民族叫猓猓族，非常凶残，掠杀路人，妇女儿童都不放过。唐福德去了之后，把他们打得到处跑，说，唐蛮子比我们还蛮，可怕得很！"

女客们都听得笑起来。

印雪继续道，"因为老唐，赵尔巽算是立了功，被朝廷加四品衔，赏花翎，保直隶州补用。又派了他弟弟赵尔丰来继任四川总督。我们家唐福德便不干了。这次，是告假回来的。"

亭疃问，"怎么这赵尔丰很不好吗？"

印雪道，"也是也不是。他们两兄弟是奉天人，想法格外保守。我们家的到底年轻，加上这几年战乱不停，所以也想歇一歇，看看形势再说。"

一众女客听得一知半解，也懒得搞清楚，话题一转，便去聊孩子了。

陈印雪确实只说了个大概。

这边唐福德跟月池说起近况，就讲得更明白，"'走马记从夔蜀去，男儿志愿岂徒然，西南道路五千里，尘土功名三十年。言志区区论马革，拦腰闪闪看龙泉，诸君休问床头间，散尽黄金不自怜'。这是我去年写的一首诗，最能形容我对功名的看法。我们常德伢儿，懂得老百姓疾苦，做事不会做到尽，做好本分的同时，手上恒留一线生机。"

月池赞许道，"'诸君休问床头间，散尽黄金不自怜'。说得好。说得真好。"

唐福德道，"盛宣怀聪明一世，糊涂一时，干了件大蠢事，月池公可知道？"

月池点头，"我看报纸大概知道一些。他把川汉、粤汉铁路的路权，强制收归了国有，却不把股民的一千五百万两白银退给大家，只说要颁发朝廷国债。如今兵荒马乱的，谁信这个。"

一边说，一边摇头道，"但我实在想不通。在我心中，他是最维护民间股东利益的人。怎么会出此昏招？"

唐福德道，"所以湖南、湖北、广东、四川，都搞起了保路运动。我们四川最严重。同盟会组织了十万人跑到官府要说法，可是上头给的命令，居然是：开枪。"

月池听得又气又难过。

唐福德道，"同盟会和各地会党搞出来那么多事情，我们作为朝廷的兵，其实心里也焦急得不得了。我们自己，另外很多广东、湖南、湖北的新军，也会偷偷把火炮的芯子拆了,拿空炮弹打人。"

月池从前也站在官府立场上想过这些事情,可如今听这个刚下前线的人说起来,竟然一下就豁然开朗。

他轻轻复述影尘曾经说过的话,"……各人有各人职责所在,唯有一次次叠加,看这世界何去何从。"

唐福德笑,"月池公这话就更明白了。对,这就是我回来的原因。太乱了,我要想一想何去何从。"

过几日,熊炎、善虎交接完毕,留在总号做大管家。小小继宝除了读书,天天便是跟在卢妍华身后,像个小尾巴。

月池打算跟着吴习斋他们上山去看新嫁接的茶树。想一想那半山腰的云雾,又头皮发麻。上了五十岁之后,他明显感觉体力下降了。

老陈心疼他,"如今既然都交给小辈去弄,你就别攀高爬低的了。"

月池笑,"好大哥,要不你陪我一起上去。我们叫几个小幺儿一起,当作秋游。"

老陈想一想,"既这么的,索性也叫上肖郝和钟先生,我们几个老东西一块儿秋游。"

就这么巧,老板们集结上山秋游的第二天,那和妍华对歌的马帮终于到了。

桑植的这一支马帮,既帮泰和合运茶叶,也给其他商户带货。虽然早就到了壶瓶山,但先停了几个别的镇,最后才到宜市来。

嘉木、仙芽手忙脚乱,幸好熊炎还在,赶紧把他推出来主持大局。

这一支马帮的锅头不认识熊炎,见他不太清楚之前的约定,又拄着根拐杖病歪歪的样子,就颇有些要坐地起价的意思,特地把洋货的价格报得天高。

别的东西倒不计较,那个"爱理士红衣补丸",妍华早就想买来送给父母亲还有几位长辈,一听价格,顿时惊呆了,这可比之前说的贵了三四倍去。

她也不毛躁,先到父亲办公室,翻出之前和锅头签订的契书,又找来两个小幺儿嘀嘀咕咕几句,然后才施施然去到熊炎和锅头开会的地方。

天气有点点凉了,开会的地方还没有起火炕,只能烧了热茶水,人手一杯就点暖气。

锅头依然是那副得意扬扬的样子。虽然看不见墨镜底下的眼神,但他斜斜坐着,腿伸得老长,手上有一下没一下把玩着自己的帽子,轻描淡写嘀咕一句,"到底要不要货?不要的话,我们可要去下一站了!"

熊炎也不是个怕事的,沉着脸,"谁不要货?但你得按规矩来啊!"

锅头横他一眼,"莫得规矩?而今世道乱,不被土匪抢、活着把货送到,就是规矩!晓不晓得我们这一趟安排了多少人手多少枪?你看着货不多,我们下的也是血本啊!"

熊炎道,"你下多少血本,也得按照说好的来。"

锅头噌一声站起来,"那没得谈了,走了!"

他身后两个伙计也虎着脸,跟着便往外头走。

三个人刚到门口,会议室的门呼地被推开了,门外刺眼的光线突然进来,晃得三人侧头闭了闭眼。

但闻一声娇斥,"走可以!货留下!"

三人定睛一看,只见一个极年轻的姑娘,穿一身藏青色诘襟服,头发扎成简单整洁的长辫子,鼻子高挺眼神犀利,像个男伢儿一脸英气勃勃。重点还不是在她的脸,重点是她不仅自己背着一把火枪,身后四五个小幺儿也个个全副武装。

锅头血气也上来了,"哟呵,熊老弟,你们泰和合有味道啊,不卖你们货,就要明抢啊!"

姑娘一摆头,小幺儿们全部涌进来,关上门。

马帮锅头三人压根没料到对方会用强,啥也没准备,枪也没带,加上自己理亏,便也就乖乖退回来,重新坐下。

锅头望着姑娘,"丫头,我走马帮的时候,你还在吃奶呢吧?跟我耍横?"

姑娘微微一笑道,"别叫我丫头,我跟你没那么熟。我叫卢妍华,是月池公的女儿。"

锅头点点头,"莫得意思?"

卢妍华道,"意思就是我可以拍板,到底是翻脸还是继续合作。"

妍华平时讲话环境以官话为主,幸好锅头走南闯北,以官话沟通也没有障碍。

锅头哈哈一笑,看看左右,"她要和我们翻脸……"

话音还没落,卢妍华从背后摘下枪来,咔嗒上膛,直接瞄准他,动作如行云流水。

锅头唬得往椅背一靠,"喂!"

卢妍华瞄准他几秒钟,忽而又笑了,放下枪道,"我年纪小,不懂事,瞎玩玩,又不敢真开枪,你别怕呀!"

说罢拿出契书,"不过就像你说的,你走马帮的时候我还在吃奶。那你都走这么多年了,契书写好了货价,白纸黑字,都是这么临时变卦的吗?湘西人脾气真好,还能让你活到现在!"

锅头一愣,旋即笑道,"莫得契书?我看看?"

妍华刚把契书往跟前伸,锅头一把抢过,三下五除二便撕了,一把塞进身后兄弟的嘴里,"没了。"

众人全都愣住了。

妍华也愣住,呆呆地回头问自己的小幺儿,"那纸上你涂了多少毒?致死么?"

小幺儿想一想,"也不多,就是整个纸擦了一遍……"

吃纸的马帮小兄弟闻言哇一声吐了出来,眼看着嘴唇就红了,整张脸迅速肿了起来。

妍华嫣然一笑道,"放心,猫眼草,死不了,就是有点疼,丑个几天就好了。"

也不理会人家,转头又拿出一份契书,"我这儿还有个泡了雷公藤的,还有哪个要吃?"

锅头黑着脸,转头望一望熊炎。后者本来一直在憋着笑,此刻看到他的神情,终于忍不住扑哧一声笑出来,嘴里的茶喷了一地。

他从没想到妍华竟然会这么泼辣。

半个时辰后,泰和合门口的屋场里,双方终于按契书交割完货物,钱货两清。

妍华心满意足地笑一笑,刚想退下,那锅头突然趋近,一把抓住她的手腕,"等一下!"

唬得小幺儿们手忙脚乱举起枪来对着他。这边马帮的兄弟们一见亮了枪,也举起枪来。

屋场里看热闹的女人们纷纷惊呼避让,一时间尖叫声迭起,尘烟飞扬。

唯独妍华静静站着,丝毫不慌乱,秀美的眼眸一眨不眨地望着锅头,"这是什么意思?"

锅头挥挥手,笑笑,"别怕,都放下。我只是跟小掌柜的问句话。"

马帮兄弟们这才面面相觑放下枪来。

锅头一看泰和合伙计那极其稚嫩的举枪姿势,"看看你们,毛都没长齐,就没有一个人敢开枪!老子今天不是怕了,而是确实理亏了,所以按规矩办事。"

他举起妍华的手腕,"丫头,我突然想起来在哪里听到过你的声音。你是不是前几天在壶瓶山上,唱山歌那个?"

妍华见他确实没什么歹意,放下心来,一把挣脱,"是又怎么样?"

锅头甩甩头,回身吼一声,"老李!来!快给人下跪!"

马帮的伙计们顿时哄笑。

妍华不知道这是唱的哪一出,反倒有点不好意思起来,转身便走了。一不小心,还撞到那个叫文常的马帮少年。

文常刚喂完骡马,低着头走路,突然撞到这个大姐姐,愣住。

他看看她的背影,问大家,"怎么了?"

一个伙计答,"这就是那天跟我们对歌的妹儿。"

看文常愣愣的,另一个伙计促狭笑道,"没想到这么好看吧。"

文常没说话。他没想到的不是这个,他没想到的是,在这战火连天一片狼藉的生活里,还能有人像山歌里唱的一样,安安稳稳地活着。

等走到背人处,妍华才突然脚软,背靠着墙慢慢蹲下去,心跳得像打鼓一样。

这个时候才感觉两眼发黑。

真想象不出报纸上那些革命家,怎么敢到处搏命。

她光是演这一出都快吓死了。

熊炎找到她,笑眯眯,"可以啊,这身衣服哪儿来的?看着真精神。"

妍华喘息甫定,"从我爹衣柜里翻出来的。"

熊炎鼓掌,"没想到最像月池公的,居然是你。胆大心细。"

妍华拍着胸口,"快别笑了,熊叔。我吓得腿软在这里半天都站不起来了。"

熊炎将她拉起来,"厉害厉害。反正竹轩、菊圃都指望不上了,以后泰和合交给你,月池公也可以放心。"

妍华站稳身子,白他一眼,"什么叫指望不上才交给我?"

熊炎哈哈笑,"对对,看我这嘴,不会讲话。走吧,熊叔亲自下厨犒赏你,真不错啊今朝。"

妍华突然想起来,紧张道,"熊叔,你别把今天的事情告诉我娘。"

熊炎笑一笑,"放心,哪还用我啊。多的是人跟你娘说。你的丰功伟绩,这会儿估计早都传遍宜市了。"

妍华气馁,"啊……"

熊炎道,"举枪的时候,没想到会被传出去?现在晓得怕啦?"

妍华叹气,"我娘从来不会打我们骂我们,她只要一掉眼泪,我就要死了。"

熊炎笑,"走吧,要死了的丫头。我来帮你求求情,看看能不能起死回生。"

妍华跟在熊炎身后回了家。

她弯着腰,垂头丧气。这一刻她很希望自己没有这么高挑,只比熊叔低半头。要是还像熊继宝那样小小一只就好了。那便可以悄无声息潜回房间,躲一个晚上,让母亲的脾气延迟爆发。

谁知道刚想到熊继宝,便听到客厅里传来她脆脆甜甜的声音,"妍华姐姐!你回来啦!"

妍华内心暗自叫苦。

勉强笑着正准备回应,就见继宝从沙发那边蹦蹦跳跳奔来,身后沙发上坐着的,一脸愠怒的,可不正是母亲大人?

算了。硬着头皮也要上。

妍华假装若无其事地一把抱住继宝,"你下课了啊?"

说着索性直接坐到母亲身边,笑嘻嘻,"娘,你看这是什么?"

她摊开手心,给娘看"爱理士红衣补丸"的小瓶子。

亭疃没说话,也不看她,直视前方。

妍华朝熊炎使个眼色:你倒是救我呀叔。

熊炎来打圆场,"夫人,今天真的幸好有妍华在。她这小东家的气势真不是盖的,拿枪的样子……"

越描越黑,亭疃的脸色越来越难看。

妍华知道熊叔是靠不住了,此地不宜久留,当机立断把那红衣补丸的瓶子往母亲手心里一塞,跳起来便跑,"我回房换衣服啦!吃饭不用叫我!"

"站住……"亭疃出声的时候她已经消失在楼梯上。

要到第二天夜里,月池他们才回来。

听完亭疃的转述,他倒是哈哈大笑,"丫头长本事了?太好了。"

亭疃白他一眼,"就是你惯着她,看,现在胆大包天。"

月池摆摆手,"胆大心细,是好事啊!什么年月了,女子也能当半边天!"

他找出陆一泛留下的那枚洪门信物,送给妍华。

妍华以为爹爹回来免不了又是一顿骂,正自紧张,没想到爹爹一个字责备都没有,反而给自己送了一条奇奇怪怪的链子。也没多想,便戴上了,"多谢爹爹。"

月池道,"不过以后,你还是少跟这些人来往。马帮鱼龙混杂,这个锅头斯文又年轻,算是马帮里头好讲道理的那一号人物。万一以后碰上真不讲道理的,你就吃大亏了。"

妍华听得嘴巴都圆了。斯文？又年轻？！

她回想到会议室里那个浑身松垮、满嘴谎言、举止轻浮的锅头，眨眨眼。爹爹这是从何说起？怕是记错人了吧？

月池看她神情，以为她没听进去，又拉下脸来，故作严肃补充道，"再说你这样莽撞，娘会操碎心的。有她在一日，你便给我安分一日。"

"好，我知道了。"

2

所谓难姐难妹，就是都有个操碎了心的娘。

只不过相比妍华和亭疃这一对，影尘不太担心陆一泛，毕竟闯祸这么多年了，不差一桩两桩。正如此时此刻，她就正在干一桩心惊肉跳的事，却稀松平常得像家常便饭一样。因为华景街的清茶馆包房里，几个年轻人正在秘密低语。

影尘路过时，偶尔听到几句"抬营""整队"。她大约知道今天的年轻人里有一个叫蒋翊武，另一个叫刘复基，都是常德老乡，其余的也没有特别在意。恰如昔日李白扇的态度：无论谁，站在老百姓这一边就好。

可是包房外，两个彪形大汉门神一般把着风，被路过的影尘看到，又好笑又好气，"邝文达，周文青，你们站这么笔直，是怕别人注意不到这里吗？"

邝文达性子慢，反应慢，出手倒是很稳，闻言垂下头没说话。

周文青一直是个暴脾气，闻言笑道，"我俩更不敢去外头站着啊，白扇。那不更显眼？"

影尘如今只穿一身黑，黑旗袍黑长袍黑洋装，从来不笑，可是面容娇艳如花，反差巨大。

她冷冷横他俩一眼，"你们都老大不小的，在我这里，就叫我小老板。把洪门的帮会气给我收一收。"

两人点头，各自找个角落坐下，顿时就不那么扎眼了。

等刘复基他们离开，童丞问，"你不好奇他们聊了什么？"

影尘看着账本，摇摇头。

童丞道，"你不支持他们？"

影尘还是摇摇头，过一会儿，才回答道，"革命不能靠帮会。这已经反复验证过了。他们无论做什么，只要不盲目牺牲，都行。"

两个人收拾收拾东西，准备回家吃饭。

四合院里,曾秉炎正在太阳底下打盹。他回来一段日子了。教会医院自打教案事件后,气氛十分紧张,陆一泛不放心,还是将他接了回来养着。

他听到响动,眯缝着眼睛看一眼正在离开的影尘和童丞,傻傻一笑。

回到家,影尘让爹娘组织全庄人回乡省亲。

陆一泛莫名其妙,"好好的,不年不节,省什么亲?"

影尘道,"上次省亲多热闹,多好玩,娘,你们就当放个假。"

薛友才看女儿不像是在开玩笑,顿时明白了什么,问道,"可是要出乱子了?"

影尘沉吟着点点头。

陆一泛望一眼丈夫,"真要出乱子,我们更不能走了啊,庄子咋办?何况仓库里还有一些存货。"

影尘道,"被烧了抢了,都比人死了好。"

薛友才早就知道这个大女儿已被洪门奉为白扇,说话板上钉钉,立刻晓得严重性,"好,我们走。什么时候?"

影尘道,"越快越好。"

可是过了几天,一切准备就绪的时候,影尘不走。她和童丞收拾了点简单行李,搬到四合院去住。奇怪的是傻子曾秉炎也不肯走,抱着廊下的柱子死不松手,杀猪般号叫。

陆一泛急了,"你们三个!要是还认我,就一起走!不走以后再也别见了!"

影尘看母亲着急,心头不忍,走上前抱抱她,"娘,你放心,就我们三个,我有能力照顾好。李白扇走后,我不舍得任何人死。当然也包括我自己。"

这还是自从三年前萍浏醴起义之后,她第一次提及李白扇。

陆一泛心中一酸,抱紧她,叹气道,"可是……你是个女儿身呀,真的乱起来了,你这么小小的一个……"

影尘道,"娘放心。我枪法好得很。童丞也是。"

陆一泛放开她,摸一摸她的头发,摸一摸她的脸颊。二十岁的姑娘,脸上绒毛尚在,一颗心却坚定如磐石一般。

再看看童丞,"你也是,保护好自己,保护好妹妹,保护好……"

朝曾秉炎努一下嘴。

童丞点头。

陆一泛他们全部离开后的第三天晚上,武昌炮响。刚到清茶馆开过秘密会议的常德男伢儿刘复基,在次日凌晨便牺牲了,听说死前连呼"同志速起,还我河山"。这次枪响,也成了给清廷的最后一记重拳。

两天之后革命军便占领了汉阳和汉口,掌控了武汉三镇,成立湖北军政府,黎元洪被推举为都督,改国号为中华民国。没多久,这个中华民国湖北军政府便公布了《中华民国鄂州临时约法草案》。这是中国历史上第一个带有宪法性质的文件,鲜明体现了民主、立宪、共和的思想,立刻引起了其他省的效仿,而这个法律,便是出自另一个常德男伢儿——宋教仁之手。

武昌枪响后没几天,在老家赋闲钓鱼了三年的袁世凯,被慌乱的清廷重新任命,率领北洋的六镇新军前去武汉镇压。他借机要到了内阁总理大臣之职,立刻命令清军,在武汉和革命党人展开激战。

打了没几天,十五省陆续宣布独立,老狐狸见势不妙,提出要和谈。

可是被宋教仁和黎元洪给拒绝了。战斗再次打响。

武昌起义刚爆发之际,武汉的老百姓六神无主。许多屋舍被流弹击中,来不及跑以及不知道该往哪里跑的老百姓很多横尸当场。两周后,汉口已成了一片火海。为了烧毁清军铁路线上的辎重,整个大智门火车站烧了几天几夜。

好容易缓过劲停战了,战火又重新燃起,百姓的斗志倒是也都激发起来。革命军为了抵御清军、保卫已经占领的区域,也大力招募百姓入伍,几天之内扩军达四万人。

但这些临时上阵的兵,怎么敌得过袁世凯亲手调教出来的精锐部队?在战斗中受伤的革命军士兵被人用简易木板做成的担架抬下来,源源不断。

洪门的很多兄弟本身也是同盟会会员,都上了战场,清茶馆关了门,小四合院如今变成了洪门指挥部,几个核心人员吃住都在这里,方便议事。

杨存宁平时吃喝嫖赌样样齐全,但心还是很善的。包括他在内,一帮洪门核心人员也都表示很不理解,"袁世凯有权有兵但怕死,他也不在乎清廷会怎么样,他最多就是想稳固自己在北方的地位。为什么拒绝和谈?"

影尘回答道,"全国新军二十五镇,其中袁世凯一人手上就有六镇。这六镇都是他亲手调教出来的,战斗力不可小觑。同盟会也分两派,有的同意和谈,避其锋芒,和平共处;但宋教仁、黎元洪的想法也没错,迎难而上,一口气光复全国。"

杨存宁百忙之中还不忘拍个马屁,"果然是白扇啊,这分析能力……"竖个大拇指。

影尘横他一眼。

不过,袁世凯亲自带出来的六镇新军,果然战斗力爆表。全国形势一片大好之际,武汉形势却急转直下,汉口和汉阳全部被清军攻克,仅剩下的武昌也有随时被攻破的可能。

十几个省的同盟会代表,就是在这种情况下赶到了汉口的英租界,开会商议如何抉择。

这天合该有事。天气骤冷,原本还能在院子里待着的伤兵,只能全部转移到室内去。影尘和童丞把自己的住处也让了出来,两个人打算潜回汉庄看看情况,如果英租界暂时安全,就搬回汉庄的宿舍里去住。

两人刚沿着德租界的西边巷子走到英租界,便撞见了一群清兵在巷子里抢东西。

抢东西的人家不知为什么既没有离开,也没有任何武装力量,就听到妇孺的哭喊声,"求求你们放过我们吧!"

影尘和童丞对视一眼,第一时间便将手枪上膛,冲到这户人家门口。

伸头一看,血气上涌。

都什么时候了,几个清兵还压着一个姑娘撕扯衣服,笑声哭声混在一起。院子里躺着一具尸体,应该是男主人,血流了一地。

影尘毫不犹豫,举枪便射。

砰砰砰几声,先撂倒了靠自己最近的几个。

几个欺负姑娘的清兵忙不迭起身,也都被童丞一一放倒。

一大两小三个女子都衣不蔽体、抖抖索索挤在一堆,恐慌无比地望着他俩。

影尘还来不及说话,身后童丞大叫一声,"小心!"

原来是一个没有死透的清兵,用最后一点力量举起火枪瞄准了影尘的后背。童丞知道她来不及反应,一个飞身便扑过去试图挡住她。

岂料他快,有人比他更快。

不知何时还有第三个人尾随而来,电光石火之间从旁冲出,同时推开了他俩,自己饮弹倒下。

居然是傻子曾秉炎。

影尘趴在地上先干掉了最后那个清兵,然后和童丞一起去扶曾秉炎。

哪里还是他俩能扶得起来的?火枪给他的胸膛轰去了一大半,内脏和血液一起喷涌而出。

"快走……"曾秉炎只说了这两个字,便咽了气,嘴都没来得及合上,满口血渍,大金牙泛出惨惨的光。

来不及悲伤,已经听到不远处有军队往这里靠近的脚步声。

影尘和童丞拉起那三个女子,又拖又拽又抱地离开小巷,向英租界飞奔。进了英租界,便算是安全了一大半。

影尘从没想到在自己国家的土地上,居然要三番四次依靠洋人的力量,摆脱来自自己国人的侵害。

心中的悲愤简直无以复加。

她越来越明白李家瑜最后的那段话了。

……我要的是什么?

……我不知道我要的是什么,但我知道,我不要什么。

……让我们砸碎这个不要的旧世界,在新世界里重逢。

等到了汉庄,发现里头倒是没有被洗劫,还有些吃的可以供几个人吃几天。

影尘找了个房间安顿好那母女三人,自己去水房洗了个澡。

汉庄早就通电了,但她不敢开灯,也没有烧热水。就着烛光,胡乱拿冷水冲了冲手上身上的血腥味。虽然冷得刺骨,但好歹能减少心中的灼烧感。

这是她第一次真正地杀人,也是她第一次真正地看到人近距离被杀。

一瓢水下去,想到大金牙死不瞑目的模样。

又一瓢水下去,想到李白扇在黑暗中一身血腥味回抱她的模样。

再一瓢水下去……

她闭上眼睛,努力控制住不知道是因为后怕还是因为冷水刺激带来的冷颤。

等她重新穿好衣服,披着湿漉漉的头发回到房间里时,童丞早已收拾好了床铺。

他也经历了这一切。但他看起来就淡定多了。秀美的脸庞上看不到任何恐惧,妩媚的眉眼之间依然是一片平静祥和。

她想起来了。童丞不怕手里有枪的强悍官兵,他只怕老百姓,尤其是那些手无寸铁、人畜无害的老百姓。

她走过去,仰着脸对童丞道,"等天晚了,我俩得去把大金牙的尸体偷回来。"

烛光下,她的脸庞苍白柔软,眼眸如黑暗里的银河。

经历了一次次生离死别的童丞,突然就很想抱着她。

岂料刚探出手去,就听到原本应该在隔壁陪孩子的妇人的声音从房门口传来,"还有我男人的……"

两人同时应声看去，只见那妇人哭倒在地，嘤嘤哀求，"天这么冷……我不能……我不能让他……"

她的哭声把童丞拉回了现实世界。理智地重新梳理了一遍现状，他摇摇头，"太危险了。那个院子肯定被听到枪声的清兵彻底搜过了。而且一看那些死人都是被枪杀的，肯定会守株待兔，说不定现在就在搜捕我们。"

影尘想一想，也摇头道，"不行。童丞，尤其是你，你也不能……不能让大金牙……不能让他就那么死掉。"

童丞见她坚持，也没继续说什么，默默点了点头。

汉口血雨腥风，上海相比起来好得多了。

可是菊圃的老师盛宣怀却惨了。

要说聪明，懂得权衡利弊，他远远比不上袁世凯。

最后这几年里，袁世凯知道清廷景况糟糕，选择主动休息。但同样是主动休息，跟唐福德不一样的是，他并没有放弃手中的兵权。

引爆"保路运动"的昏招，便是盛宣怀在这个时候提出来的。他被革职移居大连，永不再用。但讨伐声浪滔天，最后他只能逃亡日本，躲在神户不敢回来。

月池投在通商银行的股份早已赚回，菊圃也在三年前就把工作重心转移到了大清银行，所以盛宣怀出事对他的工作没有什么影响。但菊圃以前最关注的是法律与金融，从没有觉得政治是如此重要。这次恩师出事，才让他深切地理解了什么是"聪明一世，糊涂一时"。

不过他没有沮丧几天，甚至可以说，他来不及沮丧。

武昌起义的消息传到上海，以陈其美为首的同盟会联络了上海商团，响应起义。秋天某个下午，以小南门火警钟楼的钟声为信，先敲九下，后再敲十三下，各路人马应声纷纷出动向清军驻地发起进攻。当天就占领了上海道台衙门、县署。次日又攻下了江南制造局。由此，上海宣告光复。

有多快？菊圃睡个懒觉的工夫，上海便已不属于清政府了。

从菊圃住的公寓楼窗户，可以看到火警钟楼那高高的水泥铁架楼子，天气好的时候，纯铜铸就的警钟也清晰可见。上海老城厢里的房屋都是砖木结构与一些搭建的棚户简屋，一旦发生火警后果不堪设想。两年前这钟楼和旁边的救火联合会办公楼建了起来，钟楼平时在平台上日夜悬挂彩旗，夜间挂灯，无论哪里发生火警，钟声便会响起，这样就大大减少了因火灾发生而带来的损失。

菊圃亲眼看到它平地而起,静静穿越岁月,最后成了上海光复的发源地。

上海光复后,大清银行逐个停业。

菊圃索性休息下来,好好思考该何去何从。

与吕碧城彻底明确了"朋友"这个关系后,菊圃跟杜月生喝了一顿大酒,从此便也放下了。他此刻的女朋友是一个全盘西化的姑娘,但并非他母亲理解的"留过洋",而是从小便住在国外。

姑娘名叫顾婉如,三庭五眼,是标准的美人坯子,皮肤极白极白,白到菊圃怀疑她从小便没有一天户外劳作过。当然,她也不需要。她家很早就去了海外,世代都是商贾,在上海也有好几间洋行的股份。顾婉如几乎不用自己的中文名字,只用英文名"百合花"——Lily 称呼自己。菊圃都无所谓,在上海十多年的他也早就融入了上海的洋派。

两个人也谈到了婚嫁,但姑娘不着急,菊圃更不急。他对顾婉如的感觉——准确地说,他对任何人的感觉,都再也没有他遇到吕碧城时的那种震动感和急迫感。但这不影响他喜欢顾婉如。

这会儿,顾婉如穿着一身簇新的雪青色旗袍,挽着毛茸茸的雪色披肩,怀里抱着一大簇百合花来公寓看菊圃。

菊圃看着她美丽大方的仪态,在她脸颊上轻轻吻一下。

两个人一边喝咖啡,一边站在窗前看街景。顾婉如靠在菊圃肩头,嗲嗲地说道,"哈尼,这边这么乱了,我们索性去香港玩吧。"

菊圃回手搂住她,"还是不了吧。兵荒马乱的,还不知道后续会发生什么。"

见婉如微微噘嘴,他赶紧补充一句,"香港也未见得有多太平。"

婉如侧着头想一想,笑道,"倒也是。"

其实让菊圃最不想此刻离开上海的原因,是王宠惠。

今年上半年,王宠惠终于回国了。他回来本是因为清廷电召他回国参与宪法修订,但聪明如他,早已在孙逸仙的影响下心向新世界,于是回国后直接南下参加了同盟会。后来回到上海,担任了沪军都督陈其美的顾问,助其光复上海和南京。

就在影尘和童丞扶危救困、同盟会代表赶到汉口开会并达成了"假如袁世凯能够反清,就支持袁世凯为中华民国大总统"的一致决议后,南北终于开始议和。王宠惠以南方代表伍廷芳参赞的身份参加了与北方代表唐绍仪的谈判,地点选在上海英租界市政厅。

就是在这里,他和菊圃重逢了。

第七章 埋骨何须桑梓地 | 565

王宠惠几乎还是老样子，一脸斯文的儒生模样。

两人狠狠拥抱了一下，引得市政厅前的路人纷纷侧目。

王宠惠道，"你在这里上班？"

菊圃道，"通商银行大楼确实在这附近，不过我最近没在上班。就溜达溜达，哪里想到碰见你。"

王宠惠上下打量一下他，赞许道，"你虽然没在上班，但看这身行头，完全就是银行家的气质啊。好小子，实现梦想了。"

菊圃朝身后的市政厅努努嘴，"你不是更好？和偶像伍廷芳一起工作的外交家。"

王宠惠既谦虚又不谄媚，"能见证历史，我很荣幸。"

菊圃就是喜欢师兄这个独一无二的劲儿。

他笑道，"中午找个馆子吃饭吧？"

王宠惠道，"不知道会议要开到几点。你住的地方有电话吗？这几天忙完我找你。"

两个人交换了联络方式，便分开了。

菊圃不喜欢政治，但是和师兄一样爱国。他觉得王宠惠也是这样的人。师兄绝对不是因为热爱权力才去做外交家的。他是眼下万万千千中国人的代表——我如此热切地爱着中国，为它做什么我都可以。

他喜欢顾婉如也是如此。虽然生活全盘西化，但到底也举家回国了。在这最兵荒马乱的岁月里。

今天是周五，菊圃还约了月生吃晚饭。

顾婉如不认识月生，对菊圃要撇下她和别人吃晚饭，十分不满。

毕竟她穿得这么美出门，也是要花很多时间的。

菊圃连哄带骗地将她送回家，又答应接下来的周末两天都会陪她玩，才摆平她的大小姐脾气。

转身便去赴约。

月生如今已经认他师父做了干爹，凭着一腔热血和机灵头脑，在青帮里也算混得风生水起。

穿衣服、举手投足反倒更斯文了。

菊圃笑，"你穿长衫的样子，倒是很像个教书先生。"

月生挺开心，"我一天书都没好好读，穷人家的孩子什么都没有。如今有时间了,又读不进去了。"

菊圃道,"我也顶顶不爱读书。做自己喜欢的事,也挺好。"

月生点头。

两个人落座德兴馆。

月生道,"我干爹上次带我来吃过一次,好吃,嗲。你一定要试试他家的'糟钵头'。"

一边说,一边摸出钱袋子,掂一掂,"今朝我请客。"

菊圃道,"为啥?"

月生道,"你都请我吃了好多年了,我偶尔请你吃一顿饭,还不行吗?"

菊圃笑着倒茶喝,"我一个人吃饭也是吃,每周五晚上跟你吃,感觉也很独特,我没有什么负担。"

月生竖起大拇指道,"所以我就说你是模子啊。"

想一想又道,"说起来,如今我们青帮的大人物——陈其美,也是一只鼎。"

菊圃吃惊道,"陈其美也是青帮的?!"

月生看看四座,压低声音道,"我听说他这个人,做事果断,有'四捷'形容他:口齿捷、主意捷、手段捷、行动捷,为人又豪侠仗义,好交朋友,所以一进帮会就跟很多人混熟了。这次火警钟响,咱们青帮的兄弟可没少出力。"

菊圃点头,"我说呢,单是上海各商团,怎么敌得过清兵。了不起啊。"

但让影尘、菊圃,甚至妍华,都万万没有想到的是……

在席卷全国的这一次起义浪潮里,让家人们备感安全的壶瓶山,那众人心中的世外桃源,反而变成了最不安全的地方。

3

变故发生在冬至后的一个寒天。

陆一泛携家带口回来后,便住进了宜红别墅。小女儿薛月梁十岁出头,哪里舍得离开她,覃志宝既不舍得离开月梁,也想跟自己的亲妹妹熊继宝多待一待,所以三个孩子也一起住进了宜红别墅。覃志宝已经十六岁,正好趁此机会跟着爹爹熊炎学做生意。

竹轩的学堂还开着,熊继宝和薛月梁便一同去读书。

可这天放学了,负责接送两个女孩子的车夫火急火燎奔回来,一路叫嚷,"两个姑娘不见哒!"

亭曈一听便慌了,"在哪里不见的?!"

车夫一把鼻涕一把眼泪,"快到屋了,我在泰和合停了一下,拿了月池公吩咐带回家的东西,出来就没见着马车了!守门的我都问过了,说见到人上去驾了车走,以为是我!"

亭曈一屁股坐到沙发上,半天站不起来。钱嫂也吓得不轻,赶紧扶她。

陆一泛、薛友才听到动静,也下得楼来,"孩子们都还在车上?没下来?"

车夫摇头,"没人见他们下车。夫人,这是碰到绑架了吗?怎么办啊!"

薛友才到底冷静些,赶紧问,"报官了吗?"

一转念,现在这乱哄哄的,官兵早已鸟兽散,等于问了句废话,又补充道,"有人追上去吗?"

车夫为难地看看亭曈,又看看大家,嗫嚅道,"有……有人……大小姐骑了马追上去了……"

"什么?!"亭曈三秒后回过神来,"你说什么?!"

车夫道,"我们也不知道是怎么回事,就看到大小姐牵了马、拿了枪追上去了……"

亭曈彻底昏死过去了。

妍华会追上去,纯属意外。

她本来就是打算去练习骑马的,半路遇见吴习斋,想叫上他一起,可是他看起来十分忙碌的样子。她也没多想,换了骑马装,挑了一匹特别高大的栗色马,悠悠然从马房晃出来,正好看到一个陌生男人上了马车,打马扬鞭而去。

她也愣住了,思索了一下,还在想家里什么时候换了马夫?

可眼见着那马车根本不是往宜红别墅的方向去。过了一会儿,马车后帘被挑开,露出熊继宝朝自己号啕大哭的脸,"妍华姐!——"

心下涌起不好的念头,立刻奔进泰和合,从门房拿了一把火枪,打马追去。

马车一路向东,跑到黄虎港不到的地方便停了下来。密林里又冲出来几个人,跟驾车的人一起,把两个女孩扛下了车,直奔密林深处而去。

妍华看不真切,感觉两个孩子都已经软绵绵地趴在匪徒肩头,只怕都已被打晕。

她又气又急,也顾不得那许多,下马继续追。

她不知道的是,此处正是十多年前云岫和熊炎被打劫的地方。从这里往东是渡口,往北到甘溪,翻过山就是湖北,往南是深山,一直是最不安稳的山贼窝。

妍华背着火枪,跟着被压扁的草丛和晃动的树枝,一路前行。

她虽然和竹轩、菊圃一个娘胎里出生的,但是生养都在壶瓶山。她是唱着山歌、看着赶茶、听着湘音长大的。她平素对一切的毫不在意,来自心底的绝对热爱和朝气。她不争不抢,是因为爹娘已经把最好的都给了她。

此时此刻,她脑子里早就没有"危险"二字,只知道一定要把妹妹们救回来。

跟到一个烂泥塘时,失去了匪徒踪迹。

更准确地说,是脚印凌乱到她也不知道该往哪里继续追。

刚一脚下去,烂泥便已灌到脚踝,又湿又黏。

自打进了密林,妍华就已经分不清东南西北。天渐渐黑了,阴风阵阵,越来越看不清。

她压抑着紧张又急迫的心情,瞪大双眼,努力观察四周。

泥塘两边,一边草深三尺,树木稀疏;另一边树木更密实些,枯枝遍地。她想一想,抬脚便往密林那边追去。

贼人应该更喜欢藏得深一些。

等追到一个窝棚处,就听到里头传来说话声。

"……这两个哪个是姓卢的女儿啊?"

"……不晓得啊!"

"不晓得你们还绑起来?!"

"就是不晓得,所以一齐绑来哒!"

窝棚里有昏昏暗暗的火光,妍华看不真切,想找个缝缝瞅清楚到底有几个人、待在哪里,谁知身子刚一动,便碰倒了一个柴堆,哗啦一声响。

"谁?!"

"我就觉得有人跟到我们的!"

妍华心狂跳,反手要拿枪,岂料忙中出错,枪别在了腰带上,一时摘不脱。

那几个贼人早已手持利刃扑了出来。

电光石火之间,她的枪也终于摘下来了,压根不顾上瞄准,上膛便扣动扳机。

砰!——一声巨响。

后坐力也让她直接仰倒在地,火枪脱手,倒下的时候脸还被无数柴堆枯枝划伤,火辣辣地疼。

几个贼人也不知道谁中了枪谁没有,惊愕三秒后,依旧扑过来,手中寒光闪闪。

妍华闭起眼睛。爹爹姆妈再见,吾小命休矣。

忽然又听到三声枪响,砰砰砰!

接着重物坠地声传来,惨叫声、鸟飞声,混在一起响彻山谷。

妍华耳畔一阵嗡鸣,头昏眼花,只见到一个高大的身影仍在逼近自己。

她不知道火枪去了哪里,只能在慌乱中摸到一块石头,在那个身影离自己很近的时候,狠狠砸了过去。

"啊……"那人惨叫一声,捂住额头。

妍华翻身边爬边跑,反倒清醒过来。不行,不能死在这里,妹妹们还在等呢。

谁知那被她砸到头的贼人阴魂不散,趋身将她扑倒在地,压得她生疼。

"别跑了!"贼人低吼道。

妍华一愣。这声音,着实有点耳熟。

那人气喘吁吁,低声道,"别动,别叫!就这么待着。我怕他们还有援兵。"

两个人就这样奇怪地躺了一会儿后,再没听到任何动静,才双双放下心来。

坐起身,在一片黑暗中,仍然看不清对方的脸。妍华问道,"你是谁?"

那人也没理她,起身走开去,点起火石。他背对着妍华,火光映照下只能看见他清晰的下颌线。但见他踢了踢地上的三具死尸,捡了点东西,径直进了窝棚。

妍华又蒙了。这到底是谁?窝里反还是救兵?

不过无论如何看,他对她都没有敌意。

妍华抖抖索索摸到脱手的火枪,举在手里,小心翼翼走到窝棚边。

但见两个妹妹早已醒了,被五花大绑、嘴巴塞着布包,瞪着大眼惊恐地望着外头。

那人伸手要摘她们嘴里的布包,手伸到嘴边又停住,淡淡说道,"不许尖叫。会引来更大危险。可以做到吗?"

两小只看看他,又看看他身后的妍华姐姐,忙不迭点头。

他们多虑了。布包塞嘴里其实很阻碍呼吸,一拿掉,两小只连喘气都来不及,根本顾不上叫。

妍华见那人的确没有恶意,这才一屁股坐到孩子们身边,解开绳索,一手一个搂住。

熊继宝和薛月梁嘤嘤嘤哭起来。

可算安全了。妍华虽然搂着孩子、烤着火,整个人还是不由自主地打起冷战来,不晓得是不是后怕。

那人从怀里掏出一条巾子,扔过来,"擦擦脸上的血。可还有别的地方受伤?"

妍华呆呆地瞅着他,像是没听懂他在讲什么。她抖得嘴都张不开,更别说讲话了。

那人看了她半晌,冷笑道,"猫眼草,雷公藤。我以为你有多狠,原来就从来没开过枪。"

妍华这才醒悟,"是你!"

竟然是那个锅头。

她再次抓起脚边的火枪,一边颤抖着一边瞄准他,"为什么?!你要报复我就算了,绑我妹妹干什么?"

火堆边,锅头的脸忽隐忽现。他没有戴那装腔作势的墨镜,鼻子硬挺,刮了胡子,看起来确实很年轻。不仅年轻,因为一双眼角微微耷拉着,明亮之余,透出几分孩子气。

妍华突然想起爹爹说他"年轻斯文",也许真不是假话。

见她举枪,锅头又是一声冷笑,"吓唬谁呢?但凡你之前打中一个,我也不用这么累。"

妍华想一想,也对。如果锅头也参与绑架,必然不会问出"哪个是姓卢的女儿"这句话——他可是认识她的。举着枪的手缓缓放下,长吁一口气。

"回过神了?"锅头瞪她一眼,"擦擦血,休息一下,天不亮我们就得走。这里还是很不安全。"

继宝和月梁两个手忙脚乱地帮她擦了擦脸,"谢谢姐姐!"

锅头哼一声,"还挺有礼数。怎么不知道谢我呢?"

妍华心里的警戒线还是没卸下,"可是你为什么会在这里?这件事跟你到底有没有关系?"

锅头捡了一根柴火,捣一捣火堆,"你们前后脚这动静有多大,自己不知道吗?我刚好也在官道上走,见你们一前一后火急火燎的,就跟了进来。"

说着横她们一眼,"救了你们三条小命,一个谢字都没有。"

他话音刚落,继宝和月梁两个齐刷刷地用稚嫩的声音道,"谢谢大哥哥!"

锅头闻言一哆嗦,手里的柴火啪嗒掉地上。

妍华扑哧一声笑出来,笑一笑,看到他在拿东西揉自己的头,道歉道,"对不住,把你给砸了。"

锅头哼也没哼一声。

稍微休息了一下,妍华便拉着两个小的起来,跟着锅头离开密林。

说实话她也确实不喜欢待在这个鬼地方。

等回到官道,晨光下,竟赫然见到马和马车都在。不仅在,还好好地拴在道边的大树上。

妍华一激灵,回头问锅头,"是你拴的?"

锅头点点头,"只顾上拴你的,我自己的马倒是跑了。"

他一边说着,一边帮两个小妹妹坐上马车,解下马车缰绳,才回头问妍华,"你还可以自己骑马吗?"

妍华实在不想承认她已经累脱形了。别说骑马,从里头走出来都两腿打颤,几乎费尽了她最后一丝力气。

锅头叹口气,"算了,你也上车吧。"

他把马拴在车后头,驾车缓缓返程。

天色慢慢亮了。两个小的又累又困,早就随着晃晃悠悠的节奏,趴在马车椅凳上睡着。妍华回了一会儿神,这才撩起车帘,偷偷去看锅头的脸。

真是出乎意料地斯文好看。上次受他墨镜和仪态的影响,老觉得他应该长得一脸粗糙。

晨光下,他的下颌线跟火光中一样清晰硬朗。他的目光直视前方,坚定又干净。

忽而他似乎感觉到她在偷看,目光一闪,吓得妍华赶紧放下车帘坐回原位。

走到一半,从泰和合出来找他们的马车也迎面赶来了。

月池、熊炎、覃志宝,还有一群小幺儿都在。

和昨晚的妍华一样,全都误会了眼下这个场景,无数只枪口瞄准了锅头。

妍华赶紧下车阻止,"等一下!是锅头救了我们!"

熊继宝扑进爹爹怀里,号啕大哭,"爹爹!哪门这么迟才来!"

熊炎一边安抚她一边回答,"是爹爹蠢,只以为贼人往西边逃了!后来才想起来这个地方!"

妍华看着从马车上下来、稍显老态的父亲,心里一酸,也扑上去,"爹爹!"

月池抱着她,拍拍她的背,扬声对锅头道,"邓麟锅头,多谢了!"

原来他叫邓麟。妍华靠在父亲肩头,回头看他。

天已经彻底亮了,她看得很清楚了。邓麟最多不过二十四五岁,依然穿着马帮的那一套短装,只是把匪气十足的坎肩换成了短袄,整个人看起来清爽又利落。

但见他微微一点头,"既然你们都来了,我就可以走了。密林里还有三个贼人的尸首,得麻烦月池公派人去收一下。"

妍华见他转身要走,赶紧追上去,"你要去哪里?你就打算用走的吗?"

邓麟斜过眼看看她。

妍华从马车上解下栗色马儿的缰绳,"这个,你骑走吧。改日还回来便成……不,不还也行。"

邓麟冷冷一笑,"怎么?这便是我的谢礼吗?"

妍华仰起脸,莞尔一笑道,"倒是也可以。"

邓麟被她突如其来的一笑搞得愣住了。她衣衫破烂,一脸血污泥垢,可是笑起来依然那么明艳。一瞬间的恍神后,邓麟嘴角掀起一丝坏笑,"那不行。三条人命呢,就用一匹马来换?"

两个人这会子都站在马车后面,众人的视线刚刚好都被马车挡住了。

妍华不知道他到底要什么,正发呆呢,忽然被他长臂一伸揽进怀里,而后一股浓浓的男子气息扑面而来。

下一刻,一双湿润的薄唇盖上了她的粉唇。那手臂力量如此强大,可是这个吻又无比轻柔。她只来得及看到邓麟琥珀色的眸子一闪而过,脑子里便一片空白,眼也瞎了,腿也软了,脑子也傻了,比昨夜开枪的那种麻痹感有过之无不及。

直到他放开她,打马消失在官道那一头,她都没有办法从震动中回过神来。

这是……这……这可是她的第一次……而且还是在经历了生死存亡之后……

淫贼。

妍华狠狠用手背擦一擦嘴巴,心中暗自骂道。

等回到家,月池痛心疾首,"都怪我,早就应该听熊炎的建议,加强安防。"

熊炎此刻倒是犹豫了,"从前我们跟城防搞关系,现如今湖南一宣布独立,清兵彻底不管事了。土司城跟我们又有点距离,一出事连个报官的地方都没有。"

月池道,"现在确实是太混乱了。我看上海和汉口有巡捕房,但那里属于租界。唐福德也提到过警察厅,不晓得今后会不会有个什么新的称谓。总得有人管管事吧。"

熊炎叹气,"所以,真不怪我们老百姓没觉悟。对于我们来说,管你谁坐天下,给我们安生日子过就行。"

月池颔首不语。他也希望平和的一天尽快到来。

吓破了胆的是三个娘亲。

亭瞳、一泛，还有闻讯赶来的覃翠英，抱着各自的女儿失声痛哭。

就连一贯严肃的亭瞳，看到衣衫破烂、满身伤痕的妍华，再没出一声责骂，心疼得整个人都在抖，帮女儿擦脸擦手时都在抖。

妍华笑着抓住她的手，"妈，你别忙了，我全身都是泥，直接洗澡算了。可是我肚子好饿。"

钱嫂忙不迭给三个姑娘递吃的。

妍华最见不得母亲的眼泪，一边吃，一边安慰，"你别担心，这不是都平安回来了吗？"

亭瞳含着泪点点头。

等泡到木桶里，全身被热水一浸，大大小小的刮擦伤全都冒了出来，刺痛感让妍华龇牙咧嘴。一阵痛感过后，接下来便是热水带来的爽感，妍华舒服地闭起眼睛。

这个时候，脑子里倒是走马灯似的回想，万一那会儿没有拿枪会怎样，万一三姐妹都被擒住了会怎样，万一邓麟没有及时出现会怎样……

一想到邓麟，就又想到最后那个吻。

妍华脸一热，烦躁不安地把整张脸也埋进水里。脸上的伤口立刻撕裂般地疼起来，她死死忍住，就像要趁着这股子疼，把被淫贼侵犯的肮脏感洗掉一样。

她是立志要接过父亲担子的人。泰和合才是她的全部。

要真的说嫁给谁，她也只认定吴习斋，虽然他俩还从未谈及过感情。但他毕竟是父亲现在最得意的弟子，做事又专心，对自己也言听计从。

在水里憋了一会儿，透不过气了，她才抬起头来。

就在此时，听到窗外传来一点声响。

她的房间在二楼，侧面靠着宜红别墅高高的围墙。一棵墙外的鹅掌楸的枝丫遥遥伸到窗前，深秋时节鹅掌楸的叶子会自然飘落在她窗外的地面，化身一个一个小马褂。

妍华裹上袍子，稍微拧了拧湿漉漉的头发，走到窗前朝外看。

透着围墙看不真切，但鹅掌楸下很明显拴着一匹马儿。它静静站着，时不时甩甩尾巴。

妍华不敢相信自己的眼睛，使劲眨了眨。不正是早上送给邓麟的那一匹吗？

她推开窗户，一股寒意顺着窗口便飘了进来。她打个冷战。没错，真的就是那一匹栗色马儿。它体态格外高大,妍华不会认错。

就在这一瞬,唰啦啦一响,鹅掌楸的枝丫轻轻震颤,有一股寒风从她面前掠过,直接从窗口奔进了房间。

妍华都还没来得及惊呼,眼前便是一黑。口鼻眼都被一只戴着手套的大手捂住,汗臭味扑鼻而来。

随即便听到邓麟那如假包换的深沉嗓音,"你这也太没有安全意识了。"

妍华的心怦怦跳,下意识捂紧胸口的浴袍。糟糕了,怕是被这淫贼看了个精光。

"不要尖叫,可以做到吗?"他依然是那句话。

妍华点点头。

突然眼前一亮,呼吸顺畅。邓麟松开手了。

我脑壳里有屎我不叫。他一松手,妍华扭身便往房门跑边厉声尖叫,"来——"

跑每一步,湿漉漉的长袍子便阻碍了她的脚步。邓麟从身后一把捞住她,再次抱紧,捂住她的嘴巴,"唉……真的是烦死了。"

邓麟的手臂如铁箍一般锁着她,他的嘴就在她耳畔,他一说话她就觉得又痒又酥又耻辱。

"我连马都不要给你还回来了,你还要把我当成坏人吗?"他低吼道。

妍华愤怒地侧目瞪着他。谁跟你说马的事情啊,淫贼。

这一来二去的扭打,让妍华脖子上戴的项链跑到袍子外头来了。

邓麟的目光很明显停滞了,手上松了,"你是洪门的?"

妍华也不知道什么是洪门。她顺着他的目光瞥见了那个吊坠,心中一喜,点点头,胡乱应下再说。

邓麟笑道,"你点个屁的头。你要是洪门的,能是那枪法?"

可是还是撒了手,放开了她。

妍华倒也没再尖叫了,她只是逃得远一点,裹紧衣服,"你还了马了,可以走了。"

邓麟淡淡一笑,转身走到她床前,大刺刺坐下,"那不行。我怎么想怎么亏。救命之恩啊……总要跟你们换点条件才好。"

原来如此。

妍华让自己尽快平静下来,整理好衣服头发,"既然是救命之恩,那就正大光明地提条件。明天早上,泰和合见。"

邓麟一愣,旋即点头笑道,"难怪我听说你才是月池公未来的接班人。你这杀伐果决的劲儿,倒是更像个男伢儿。"

说着环顾四周,"要是让我自己来找,我一定找不到你的房间。这哪是个姑娘的房,净是书。"

他那自如的模样让妍华心头又是一阵烦躁。你管我房间什么样,凭什么给你指手画脚。

她指一指房门,"你走不走?不走我真叫人了。"

邓麟笑道,"你确定要让我从那儿走?"

妍华为之气结。

邓麟站起身,踱几步,随手拈起书桌上她正在看的书,"我之所以会单独来找你,是因为我要谈的条件,几年前就跟你爹说过了,但说不通。"

"什么条件?"妍华问道。

邓麟笑道,"要抵挡土匪山贼,凭你们泰和合的这个保安队,半点作用都没有。你们买毛茶是春季,卖精茶是秋季,除此之外,你们泰和合也不需要放太多银钱在庄子里。当然为了这一进一出两段时间,让你们养个七八百人的保安队也不合适。"

妍华点头,"这个我知道。"

邓麟道,"但你想啊。我们是保靖的马帮,队里有大几千人马。运茶季呢,我们可以拨给你们一千人马,其他季节呢,我们可以拨至少一百人给你们做安防。简单地说,我们来给你们做外编安防,不用你们养着,给点人马费就行。"

妍华心中一合计,其实已经觉得这是个不错的主意了,但还是不动声色,问道,"我爹爹之前为什么拒绝呢?"

邓麟道,"他觉得没有必要啊。"

一边说,一边指指妍华的脸,"但现在出了这个事……如果你也来帮我敲敲边鼓,他应该就会改变想法了。"

妍华沉吟道,"老实说,你们非旺季自己养着人马,也挺费钱的吧。"

邓麟见她一针见血便戳穿了他心里的小算盘,笑嘻嘻道,"真聪明。"

妍华点点头,"我明白了。你明天上泰和合找我爹吧,我知道该怎么做。"

邓麟把玩着手里的书,"就要轰我走啊?你不想知道昨天那拨山贼是何来头?"

妍华本来决绝的心又给他搅动了。不得不承认,这家伙真的很会谈话。

"是何来头?"她问。

邓麟道,"上个月,一群苗民在同盟会和哥老会的组织下,先后攻下了凤凰、长宜哨、乾州、永绥厅。湘西军政分府宣告成立。大批清兵逃窜,投奔了本来就爱趁火打劫的山贼,到处作乱。"

妍华沉吟道,"哥老会? 这又是什么?"

邓麟哈哈一笑,"一句话就露馅了你。你若是真洪门,怎么会不知道哥老会。哥老会、洪门、青帮、同盟会,如今相互渗透,你中有我我中有你。"

妍华也不想再跟他争辩,"所以……你后来便是去查这个了?"

邓麟道,"那不是必需的吗? 知己知彼,百战不殆。"

说吧,他放下书,拍拍手,"好。那我走了,明天见!"

谁要跟你明天见。妍华内心骂一句。但看他娴熟轻盈地跳上窗台,又忍不住追上去,"哎……"

邓麟回头,"干吗?"

瞬间两个人的脸孔距离近在咫尺,呼吸相闻。妍华情不自禁后退半步。

月光将他的脸照得明亮又朦胧,宛如大狗狗一般孩子气的眼睛透着欢喜。他在马帮里一直装老扮酷,只怕也是因为这张脸、这双眼太过单纯的原因吧。否则根本镇不住那帮糙汉子啊。

妍华心头一热,"那个……那个……"

"那个什么?"

"早上……你为什么要……"妍华感觉自己的脸正在慢慢涨到血红,咬住下唇,说不下去了。

邓麟的目光慢慢游向她的唇,眼神里多了许多让妍华不安的东西。正心如乱麻,只听得邓麟憋着笑道,"不为什么。就是觉得——有便宜不占王八蛋!"

"你!"妍华猛然抬头,愤怒地扬起手要扇他,他已经嘿嘿一笑,纵身离去。

身手也是当真了得,从窗户到树梢,从树梢到围墙,再轻轻一跃,落到栗色马儿的背上,远远朝她挥挥手,"明天还你!"

妍华就这样看着他打马离去。

到这个时候,才有人来敲她房门,"大小姐,你在吗? 刚才那是什么声音?"

妍华哭笑不得。咱这一大家子,都发生这么大的事了,警觉性依然低得出奇。只能怪前些年太平惯了吧。

第二天一早,妍华便把邓麟的建议加工了一下,当作自己的想法跟月池提了。

月池笑着点点头,"好,我认真思考下。"

他还是穿着传统的长衫马褂大氅,长期在一线工作让他精神矍铄。妍华觉得爹爹虽比幼时看着老了些,但依然是妥妥的青松翠柏。

月池伸手轻抚她脸颊,"伤口还疼吧?你在家好好养几天,正好妹妹们都受了惊吓,你也多安抚安抚。"

妍华上前抱住爹爹的腰,头埋进他肩窝里,闻着他身上淡淡的沉香味。

月池笑着抱回她,"干吗呢?大姑娘家家了。"

妍华心里道,我喜欢爹爹,我喜欢的就是爹爹这个样子的,文质彬彬,玉树临风,还很好闻,半点汗臭味都没有。

月池道,"过完年,你就十九岁了。开春正式进入泰和合工作,可好?"

妍华一愣,旋即点头,"好。"

月池说,"从最基础的工作做起,一个一个部门做过来,行吗?"

"行。"

月池笑着推开女儿,赞许道,"看你平时甜腻腻娇滴滴,谁承想一遇事就变成男孩子了。"

妍华笑道,"迷惑性也是一种武器啊。"

月池点头,"没错。让人先轻视你,然后出奇制胜。"

跟女儿告别后,月池沿着溇水慢慢走去泰和合茶庄。回想昨天的惊险,他也觉得之前确实是自己太大意了。他望着朝阳,嗅着青草香气,看着永远葱翠的壶瓶山,深深呼吸。想不承认都难:泰和合的好几次蜕变,都是因为优秀的女人。

云岫,一泛,妍华。

这个世界,不仅仅是男人的,也是女人的。

走着走着,在熟悉的码头,又见到熟悉的场景。

整整消失了十年的璀错,坐在水边的大树杈上,晃悠着双腿。

月池走过去,长身而立,"你可真的很久很久没来见我了。"

"以为我死了吗?"璀错声音含笑。

月池道,"你怎么会死?你是神仙,精灵,不死不老。"

璀错叹口气。无比神奇的是,这么多年了,他的声音也没有变,一如当初见面时那般清脆。

月池抬头望他,"为什么十年都没来?"

"为什么为什么,"璀错笑,"你怎么永远都在问问题?"

月池道,"因为你永远不肯卸下面具。"

璀错没说话,轻轻一跃跳下树来。

月池道,"听说了吗?各省代表迟迟等不到袁世凯的表态,和谈只能暂时停战,不解决根本问题,就在南京投票选举了临时大总统。我妹夫当选了,他真的做到改天换地了。"

璀错倚在树干上,打趣道,"听说了。怎么你要加一句广告在红茶宣传里吗?"

月池失笑,"靠不住英国的皇亲国戚了,就要靠自己的皇亲国戚吗?"

璀错道,"合法、合理、合规。"

月池仔细回味一下,"奇怪。"

"什么奇怪?"

月池笑笑地望着他的面具,今天的面具十分狰狞,但月池一点都不害怕。

"你说话的声音没有变,用的词却跟以前很不一样了。"

璀错道,"只准你们进步,就不准我也进步吗?"

"准。准得很。"

过了一会儿,月池又说道,"这两天我要跟马帮兄弟聊一聊,再去趟土司城。"

璀错想一想道,"是想找他们帮你做安防吗?"

月池笑道,"你怕不是住在我脑子里的?"

璀错道,"跟马帮合作可以。找覃鸿钧还是算了吧。他现在也焦头烂额。"

月池诧异,"怎么了?"

璀错道,"民国政府还没有制定关于土司的新法规出来,土司以后还有什么特权不知道。这两年流年不好,日子一吃苦,老百姓就慌乱,各种造反迭起,有的纯粹就是暴徒。覃鸿钧现在枪支人马都短缺,估计帮不上你什么。"

月池听他说得很是详尽,有点疑惑,"难不成……你真的是土司城里的?"

他走近一步,璀错没想到他会突然靠近自己,身子一僵。

月池伸出手去要揭他面具,璀错一个闪身加格挡,把他的手弹开,自己也转到了树的另一边。

月池没想到自己吓吓他的一个动作搞出这么大反应,笑着揉手臂,"好家伙,真疼啊。"

璀错冷笑道,"看你就知道,你们泰和合上上下下都手无缚鸡之力,确实要加强安防。马帮你好好合作吧,可以免大灾。"

月池点头,"好。世道艰险,你也要当心。无论有什么我能帮你的,你也尽管说。"

璀错还是那句话,"你一直在帮我。自己不知道而已。"

月池笑。

4

次年开春,被刺激到了的袁世凯终于加大了逼宫的力度。立春后的第七天,皇帝溥仪退位诏告天下,一个朝代就此终结。

又三日,临时参议院改选袁世凯为临时大总统。

但民国元年,是如此动荡不安。没有了皇帝,那到底什么是共和?可能有几个人知道。那其余的几百个、几千个、几万万个呢?到底多少人明白什么是共和?

这一年年成还不好,粮食危机爆发,路有饿殍;老百姓饿肚子的同时,居然还要纠结要不要剪辫子这些事情;许多商户因为接不上新形势,又失去了旧靠山,从此一蹶不振……

不过民国伊始,也有新气象。

唐福德守得云开见月明,被湖南省警察厅长邀请,走马上任湖南省警察勤务督察长兼警察队长。

从前奉天、四川,都隔了太远。这一次终于离故乡近了,大家才真切地感受到:陈印雪眼下可是正儿八经的官太太了。

其实两口子在长沙,还是过着之前的低调朴实的旧日子。

毕竟两个人性情十分相投,都不爱读书,为人直爽。印雪不打牌,也不抽烟,也不爱装扮,闲时去听个戏,看看报,便知足了。

春天的一个早上,唐福德出门前正吃着早饭,坐在他对面的印雪突然"咦"了一声。

唐福德看看她。妻子今天应该不打算出门,只是穿了件灰灰旧旧的浅蓝色旗袍,头上简单绾个髻。他们结婚好几年了,但她依然只有二十出头,大眼睛又灵动又热烈。此刻她正读着《申报》,很明显是报纸上的什么内容让她诧异。

"怎么了?"他问。

印雪道,"《申报》已经连续第五天登载泰坦尼克号的事情了。"

唐福德听得一头雾水,"泰坦尼克号是什么?"

陈印雪道,"就是一艘船。号称'不沉之船',首航途经大西洋的时候,撞到冰山了,船沉了,死了一千多人。"

唐福德点点头,"就是这个事啊,我知道。我只是没记住这个船名。"

陈印雪道,"我奇怪的是,船沉了是灾难,挺叫人难过的。可毕竟是西方的事情,值当《申报》这么连续报道?"

唐福德道,"这个我晓得。"

陈印雪笑,"你连船的名字都记不住,又晓得这个了?"

唐福德道,"看,这就是咱们男人女人思路不一样的地方。报纸上长篇大论,你以为没有用意?过几天指不定这个事件都要进入学堂成为教材呢。"

印雪更加诧异。

唐福德道,"西方多发达,可还是出现这么巨大的灾难,为什么?因为人,船长的盲目乐观,是悲剧的最大源头。此其一。第二,在碰到公共灾难的时候,西方的绅士精神、谦让精神,有序撤离,也值得我们学习。我们警察局这几天也频繁讨论这个话题。"

印雪拧拧眉头,像是第一次认识丈夫一样,"这么多学问啊。"

唐福德笑道,"你以为我就是莽夫一个?"

唐福德走后,印雪继续读报,边读边剥红枣吃,再看到一条新闻,扑哧一声笑,抓起电话就打。

估计那个家伙还在睡大觉。

果然,都日上三竿了,电话中传来睡梦中懵里懵懂的声音,"……喂……"

"你相好的做大官了啊!恭喜恭喜!"

菊圃愣了好久,都没回过神来,"我相好的?我相好……你说谁啊……"

印雪哈哈笑,"我怎么知道是哪个。盛樨蕙,吕碧城,最近这个叫什么来着,莉莉——"

菊圃无精打采,"印雪姑奶奶,你快放过我,我要睡觉……"

印雪道,"快醒醒!我今天没事,大把时间闲聊。"

菊圃伸个懒腰,翻个身,半坐起来,"姑奶奶,你到底看到什么了?"

印雪道,"报纸你还没看吧?白纸黑字那么大,'吕碧城,任职总统府机要秘书兼参政'!不得了,可喜可贺,我们女子的骄傲。"

菊圃的鼻音还是很重,脑子清醒许多了,"姑奶奶,《申报》是上海的,你现在长沙。手里的报纸三天前就出了,我会不知道?"

"哦,对了对了,我忘记了,哈哈!"

"我跟你说个别的事儿,你会更觉得她了不起。秋瑾死后,没人敢去收尸,吕碧城冒着杀头的风险,给她安葬了,也差点惹来杀身之祸。"

印雪点头,"有情有义。"

菊圃终于醒了,点起一根香烟,深深吸一口,吐个烟圈,"那会儿清廷声称搜到了她与秋瑾的通信,关键时刻,还是袁世凯出面说,他和吕碧城也有通信呢,是不是也算同党?"

印雪咋舌,"袁世凯跟她关系这么好的啊?"

菊圃道,"还不是因为小儿子袁克文早就拜倒在她石榴裙下。"

印雪道,"这么一看,难怪你没希望。"

"喂!"

印雪咯咯笑,"你除了长得帅一点,有点小钱,还有啥?"

"你这腔调倒是跟影尘那个臭丫头一模一样。"

印雪想到影尘,心中一暖,"我倒是好久没联系她了,不知道最近怎么样。电话真是个好东西,一下子就可以听到你们的声音。可惜常德到现在还没有通电,否则可以随时打电话给爹娘。"

菊圃道,"有电话没电话,各有各的好处。你看我爹我娘,你爹你娘,不也幸福美满?"

"那倒是。我不跟你说了,我打电话给影尘。"

"多谢放过。"

挂断电话后菊圃又抽了一会儿烟,望着床头柜上的报纸发呆。

碧城。碧城。

她是如此惊鸿一瞥,大概就是来教会菊圃一个道理的:总有些美好,轮不到你头上。欣赏就够了。

陈印雪可没心情照顾他的感伤,她一个电话摇到汉口影尘的家里。

四年前,汉口正式开始电话业务招商。别人也没这个能力,最终还是由号称"地皮大王"的刘人祥拉着一帮商人筹资承办。从此汉口的电话由官办转变为商办,迎来了一次高峰,到眼下,市话用户已经从最初的二三十户增加到一百多户。刘人祥自己开发的房子——也就是影尘他们住的房子里,当然也配置了。

可惜印雪打电话过去,不是影尘接的,而是薛月梁。

"印雪姐,"月梁很是乖巧,"姐姐不在家。"

印雪问,"今天礼拜一,你为什么没去上私塾呀?"

薛月梁道,"现在私塾都在整改,说是教材和先生都要换了。娘说太乱了,今年就先不去了。"

印雪点头,"这倒也是。那你乖乖的啊,代我问你父亲母亲好。"

"好的,印雪姐。"

挂断电话的薛月梁,继续看了会儿自己的书,才想起来没跟印雪姐说自己年前被劫的事。

泰和合的人,不管男的女的,个个都很厉害,这就是小小月梁最深的印象。

几个姐姐,也一个比一个彪悍。就连此前看起来斯斯文文的妍华姐姐,扛枪骑马打架那也是不在话下。

她不知道亲姐姐影尘每天都在忙什么。但看每次她出门的时候前呼后拥的架势,月梁都觉得威风凛凛。

也幸亏薛月梁不知道自己的亲姐姐在忙什么,否则要心惊肉跳。

因为此时此刻,影尘正在日租界的一间仓库里,接收新订购的一匹军火,有手枪也有步枪。汉阳兵工厂最近很混乱,指望不上。影尘通过洪门采购到了一批,今天刚刚从广州运抵。

童丞打开其中一个箱子,诧异道,"咦?"

影尘问,"怎么?少了什么吗?"

童丞从箱子里拿出一把手枪,"不是少了,是多了三把勃朗宁。"

影尘心跳突然加快。

……勃朗宁半底缘自动手枪,这是今年新出的样板……

那个人的音容笑貌,明明已经遥不可及,却总是突如其来乱她心绪。

童丞道,"这勃朗宁袖珍1906,是在你手里那一把的基础上改进的,更小,更准。"说着把枪递过来。

影尘将它拿在手中把玩一下。转眼六年过去,连勃朗宁手枪都已经改进到如此袖珍的地步了,甚至可以轻松藏在她的掌心里。

她淡淡道,"这个以后恐怕会成为暗杀专用。"说着又把手枪递回去。

童丞道,"你拿着用吧。"

"不用。"影尘拒绝,"我用惯了老的这一把。"

童丞还是把枪递过来,"有备无患。"

影尘刚想说"别啰唆",一抬头看到他诚恳的眼神,心中微微一软,便接下了。

"既是如此,"她想一想,"剩下几只送去总号吧。"

远在长沙的印雪还不知道妍华的丰功伟绩,但影尘早就听说了。既然壶瓶山也如此不太平,那袖珍手枪妍华一定用得上。

进了民国后,影尘彻底放弃了清装明袄,剪短了头发。每天都是穿黑色衣裤,倒是很贴和她的名字,宛如一个影子隐入尘烟。偶尔在特殊场合,也穿旗袍,但是都是自己改良过的,方便活动拳脚。

首饰一个都不戴,也不化妆,真要化妆,就只涂口红。黑眸,红唇,配上沉沉的刘海和齐耳的短发,一丝笑容都没有,看了既让人想退避三舍,又让人想一探究竟。

她是影子,那童丞就是影子的影子。

年龄上去了,他的青涩妩媚蜕变成了俊朗沉稳。有时路过烟花场所,连见多识广的姑娘们看到他都忍不住回头多看几眼。

那个混乱的夜里,他和影尘一起把大金牙的尸体偷运回清茶馆。洪门兄弟们按照革命烈士的规制,一并给大金牙安葬立碑。打那之后,童丞的心态也发生了很大变化。

既然无论辉煌的、不堪的、精彩的还是痛苦的人生最后都化作一抔土,他也不再舍得只做个影子的影子。他也想站到心上人面前,堂堂正正和她拥抱。

两个人安排好军火,回到刚刚恢复经营的汉庄。

立刻被一泛抓着商量事情。

而且汉庄中高层都在,看着像是很严肃的事情。

影尘和童丞找个角落的位置坐下,当作旁听。

一泛拿出两个茶叶盒,说道,"眼下有个新情况,大家帮我一起分析一下。这两盒茶叶,一个叫九凤堂,一个叫雅僎。以前都是我们鹤峰的供应商,自从前两年就开始供应量锐减,我就感觉要出问题。今年一进民国,他们自己积累了的资金和资源就用上了,立刻脱离了我们,自立门户了。"

她没有说的是:叛徒孙运东、张仁义,就是这两个牌子的幕后老板。

有人问道,"也是销给怡和洋行的吗?"

一泛道,"那倒不是。英国人现在要的量一年比一年少,价格越压越低,光是我们的他们都要不完。但欧洲其他国家,包括土耳其、巴基斯坦什么的,他们总有销路。他们利用我们泰和合开的路、贷的款,甚至是泰和合谈好的马帮,最后自己赚钱。从前大家并在一起,都用'宜红'名号,此刻他们也当仁不让地抢了去,并且宣传所谓宜红,就是湖北宜昌,把壶瓶山宜市完全抛在脑后。"

众人一片嗡嗡声。

一泛道,"所以我想问问大家的意见。是打压呢,还是去谈判呢,还是置之不理呢?"

她说完,坐下喝茶,气定神闲等众人发言。

大家的意见也各不相同。有的建议联合马帮一起抵制叛徒,有的建议贷款提高利息,还有的建议在青石板路上设哨卡收费,直接被陆一泛大白眼瞪了回去,"你是土匪路霸啊?"

众人哄笑。

薛友才忽然问女儿,"影尘,你怎么看?"

影尘淡淡地,"喝口茶吧。"

薛友才一愣,和一泛对视一眼。对啊,光顾着生气质问了,把最要紧的茶叶给忽视了。

影尘道,"把那两家的茶,都泡了来,大家一起喝一下。"

此言一出,自有小幺儿赶紧拿水拿杯子,一阵冲泡后,每个人面前都有三只杯子。

影尘自己先逐个喝一口,然后等着看大家的反应。

一泛也喝了,看看薛友才。

众人七嘴八舌,"居然很不错……要不说我都分不出来哪个是哪个……他们的售价只有咱们的三分之一……"

影尘用玉白手指掂着一只茶杯,轻声道,"人家不管安的什么心,但至少也没少花功夫。只能说咱们前些年,吃尽了月池公挖井的甜水。现在井多了,甜水也多了,要我说,置之不理,做好自己就行。百花齐放,才是最好的状态。"

一泛听她说得轻描淡写,有点不悦,眉头一蹙。

影尘看到,嘴角微微一牵,"不相信?我敢说,月池公跟我意见一致。"

不几日,收到总号来信。

她和薛友才忍不住挤在一起,迅速掠过嘘寒问暖,寻找月池对出现竞争对手的态度。

结果看到:"宜字不论出处,顺其自然便罢;红茶走遍天下,无论宜、祁、川、滇,为民向善便好。"

两口子对视一眼。居然都被那臭丫头说中。

月池其实早就知道这件事情了。

鹤峰分庄的薛家名第一时间就告诉了他。除此之外,邓麟也说了。

他作为马帮的锅头,任何生意都是生意;但因为从父亲开始就和泰和合相处得很好,碰到别人来蹭好处,他也有义务告知泰和合。

月池很赞赏他的坦荡,"谢谢邓麟兄弟。我不介意百花齐放。红茶这两年生意不如之前好做了,并不是竞争对手的关系。妍华今年会拿出来一款新茶,看能不能破局。"

邓麟一愣,"妍华?"

月池道,"她早就在研究比我们更受欢迎的印度大吉岭、阿萨姆、锡兰这些红茶的特点,也弄到了人家改良过的茶树种,几年前就开始嫁接了。我们也都在等着今年的这一批新茶叶,看品质能不能超越。"

邓麟点点头,"这样啊,那是我多虑了。"

月池道,"快别这么说。我也是真心感谢你们,自从你们来了,大家伙工作也安心多了。"

邓麟走出月池办公室,没有立刻离开泰和合。

他很好奇妍华研究的新红茶是什么样子。

他是个粗人,从小就跟着爹爹在马帮长大,要说骡马的种类,他如数家珍,让他认字,那就要了命了。妍华房间里的书,他光看书名都觉得累。他好奇她研究的红茶,他好奇她明明讲的是官话却那么会唱土家山歌,他更好奇她那么小小的一个身体里,怎么住着那么大的胆量……和那么大的拼劲。

此刻是早春,泰和合人满为患,到处都是赶茶人。每个人戴着不同颜色的腰牌,有条不紊地穿梭于工厂、仓库和其他部门。

邓麟缓缓走着,细细找着,反倒是这忙碌景象里最特别的一个人了。

终于,他找到她了。

她在品题部里,大概就是在品尝新出炉的茶叶,手里几杯茶,嗅一嗅,尝一尝,和身边的同事交流一下,忽而抬起头来,莞尔一笑。

如桃花忽然开满山坡。

突然,她也发现邓麟了,两个人的视线被来往人流分割成片段。

邓麟毫不避讳这个对视。准确地说,眼神如果能杀人,妍华身边那个男的已经小命不保。那个就是什么什么吴习斋吧,号称月池公最得意的弟子。

妍华被他看得心慌意乱,赶紧放下茶杯,向旁边走了半步,离吴习斋远了一点。还随手拉拉衣襟,迅速检查一下穿着可有什么不妥。

做完这一系列动作以后,兀自纳闷:我为什么要慌?!

再次抬起头来时,邓麟已经走了。

妍华又气又恼。

过了一会儿,她端着一盘子茶叶茶盏上楼去找月池,准备给爹爹品鉴一下。

在楼梯拐角,看到邓麟抱着手臂,倚在扶手上看着她笑。

妍华心中一慌,"你怎么在这里?"

邓麟今天很特别,他穿了一身很斯文的雪青色长袍,没戴墨镜没拿马鞭,胡子也剃得很干净。看上去居然还有几分大哥的儒雅感。

"我来找你爹商量事,为什么不能在这里?"他似笑非笑,这样一看,又有点像二哥。

妍华也懒得理他,径直上楼,刚想悄悄回头看他走了没,转头发现他就悄无声息紧跟在自己身后,好悬整个脸没有贴在他胸口上。

一慌,手里的托盘就歪了,幸得邓麟一把托住。

妍华瞪他一眼,"你要干吗?"

邓麟道,"保护货物啊。"

妍华想一想,扑哧一声笑,"你反应倒挺快。"

说罢从托盘里端起一杯茶,"尝尝?"

"好啊。"

她没在意此刻是邓麟的手在拿着托盘,不假思索便把茶杯递到他唇边。邓麟也愣了一下,顺口便喝了。砸吧砸吧嘴儿,"多一点。"

妍华又喂一口。他笑笑,"再多一点。"

三口把一杯茶喝了个精光。

妍华一把夺回托盘,"你是牛吗?人家让你品茶,你在这里解渴呢?"

但是也没走,她在等邓麟的答案。

邓麟道,"别的且不论,这里头的桂花香是怎么回事?"

妍华喜不自禁,"你喝出来了?!"

"第一口没感觉,喝多了就品出味道来了。不错,不错。"

妍华笑,"不枉我们辛苦栽培三年。"

"我……们……"邓麟呢喃一句,眼神里的笑意慢慢退去,杀意凛然,"哪个们?"

妍华愣一愣,转身便走,没好气回答,"大门的门。我要忙了。"

是夜,妍华沐浴完,一边擦着头发,一边愉悦地回想今天父亲对新茶的肯定。

既然英国人要的红茶少了,那么开拓其他市场,甚至包括国内市场,就都成了课题。

努力没有白费的感觉真好。

她在梳妆台前坐下,看着镜中自己亮晶晶的眼睛,微微一笑。

忽而烛光闪动,窗子被风吹开。

妍华拿起离手最近的烛台,刚走到窗前想要看个究竟,一股旋风和着熟悉的声音席卷而入,"在想什么?想我吗?"

又是邓麟。

妍华忙不迭后退。

"你怎么又来了?!"她尴尬至极,没拿烛台的那只手,不知道该挽头发还是该掩胸口,"淫贼!"

邓麟眼瞧着她会摔倒,一把搂住她的腰,再接下烛台。

两个人瞬间又是气息相闻。

她刚沐浴过,浑身散发着清香,头发上还有水珠,脸庞粉嫩嫩毛茸茸,烛光晃动下宛如仙女。

"淫贼?"邓麟笑道,作势深呼吸了一下,"既担了这虚名,那我就不客气了。"

妍华恶狠狠推开他,连退数步,"你敢!"

邓麟走到书桌前,放下烛台,"来只是告诉你,但凡我想,我随时可以来你的房间。"

妍华听他没头没脑的这一句,也有点蒙,"然……然后呢?"

邓麟笑一笑,道,"没然后。你记着就行。我走了以后,别朝乱七八糟的人笑。否则,我就半夜潜进来,干点淫贼喜欢干的事。"

妍华的脸腾地便红了起来,"明天我就叫人把这扇窗子封死!"

邓麟脸色一沉,"真的吗?"

他虽年轻,走江湖这么多年,脸色一沉还是很瘆人。妍华一慌,脱口而出说道,"不是……"

不是你个蠢宝啊?!刚说完她又懊恼了,怎么这么容易被他影响?!

邓麟欣然一笑,这一笑,让他又从魔王变成了可爱的大狗。

"我走了,带货去沅陵,半个月后回来。"他说道。

"你走就走,关我什么事。"妍华嘀咕道。

邓麟嘴角一翘,"别逞强,别乱跑,别朝乱七八糟的人笑,别太想我……"

妍华听得火起,恶狠狠瞪着他,随手捡起一本书就扔了过去。

邓麟闪身便沿着窗子跳了出去。

真的是淫贼,进出都不好好走道儿。

接下来的一段时间,妍华和同事们一起忙得不可开交。

她听爹爹的话,一个部门一个部门待过来。

除了把制茶工艺详尽、系统地学习了一遍之外,泰和合有多少制茶、碾茶的机器,有多少货栈、船只,有多少种类、分级,她都如数家珍。每到一处,都是起得最早、走得最晚的那个。她看到过清晨第一缕阳光是何时照进仓库,闻过每一只木箱里散发出的枫木与茶叶的香气,也听到过深夜的马厩里马儿睡觉时的磨牙声。

很累,但是非常愉悦。

拖着疲惫的身子回到房间,洗漱完毕,偶尔还会从窗台收获惊喜。

有时是一盒糕点,有时是一块奇形怪状的石头,有时是挂在树梢上的一只装满草药的香包。

她微微笑,一一收好。

有一天特别特别累,洗完澡,眼皮直打架。

窗台上什么都没有。只有夏初的虫鸣啾啾和青草芳香。

天气如此宜人,不冷不热。妍华在窗前坐下,头枕在窗台上,任晚风吹干自己的长发。

慢慢睡着。梦见自己正在草地上奔跑。身旁有人。是谁呢?她转身去找,却只听到笑声,还有断断续续的⋯⋯

⋯⋯别逞强⋯⋯别乱跑⋯⋯别朝乱七八糟的人笑⋯⋯别太想我⋯⋯

有人在轻轻抚摸自己的头发。是谁,是风吗?

还有什么东西印上了自己的额头,痒痒的,软软的,微微带点潮湿。

忽然,啪嗒一声响,将她惊醒。

原来是手里的梳子落到地上的声音。

抬头看,除了明月树影,空无一人。

妍华捂住脸颊。怎么这么热,怎么会梦见那个人。

刚要起身,一眼便瞥见原本空荡荡的窗台上,多了一支不属于宜红别墅的凌霄花。

她看到了凌霄花,没看到围墙外,两个男人远去的背影。

"邓头儿,我真的服了你⋯⋯你到底去搞莫得⋯⋯老这么折返宜市,不累吗?"

"给老子把嘴巴闭到⋯⋯"

早起她将一朵凌霄花簪在发髻上，一整天笑吟吟。

别人倒也看不出端倪，因为她一贯地让人如沐春风。只有她自己知道。

终于到了六月，送茶去汉口的日子。

善虎带着大批帆船进港，邓麟也带着大批马队抵达，整个宜市都挤满了人和货。大部分是茶叶，还有很多走单帮的东西，茶油、桐油、篾器、山货……

几个月不见，邓麟黑了又壮了，墨镜重新回到脸上。

妍华远远瞥他一眼，便转身走开了。她没空跟他说话，她要和吴习斋师哥一起，从水路押送茶叶去汉口。这还是她第一次为了茶叶出去。

吴习斋笑，"不是我们，是你。你走水路，我走马帮。咱们分头，把路径搞得明明白白。"

妍华一愣。实话实说，她很担心邓麟对吴习斋怀有敌意。

以那淫贼的暴脾气，万一他路上吵架了……她不敢想。

最后找出影尘姐送给她的勃朗宁袖珍手枪，连同子弹一起交给吴习斋。

师哥被她吓一跳，"马帮里不是有枪吗？我自己不用带了吧？"

妍华不管不顾，把东西全部塞给他，"马帮里有，和你自己有，还是不一样。"

吴习斋笑，"可是我也不懂开枪呀！"

妍华道，"明天，明天我教你。"

是夜她在房间收拾行李。临出发了，有点紧张，但又很兴奋。她以前也坐船去过汉口，可那心情不一样。这是她第一次以主人公的身份，护送泰和合的宝贝们。

一边收拾，一边时不时看一下窗口。

终于，看到了某人正坐在高高的鹅掌楸树杈上，望着她。

妍华走过去，"你就不会好好走门来我家吗？"

邓麟耸耸肩，"我也没打算来你家啊。"

妍华见他吊儿郎当不好说话的样子，伸手便将窗子关上。

邓麟在扇页即将合上的最后一刻，又挤了进来。

妍华暗自庆幸这一次没有穿浴袍。

果然邓麟也注意到了，"今天穿了衣服了。"

这——这是什么话！

妍华跳起来刚要发作，邓麟沉下脸，"你跟我走，让傻子去跟船。否则我打死他。"

她要愣足三秒才明白他在说什么,气到发抖,"你是什么土匪恶霸吗?你凭什么打死他?"

"不打死也行。我让兄弟们轮番折磨他,等到汉口,保证他只有出气没有入气。"

"你!你敢!"

他的眼神变得更可怕,像狼一样闪着蓝色的光,"你紧张什么?他是你的什么人吗?"

妍华道,"不管他是谁,你都没有权利。"

"老子有枪,有队伍。"

"平白无故的,你有枪也没道理!"

"谁说没道理?"邓麟走近一步,"让我堂客紧张的人,我就不喜欢。"

我堂客……妍华又愣足几秒,等明白过来时气得脑子都涨了。

邓麟指一指她,"我亲也亲过了,抱也抱过了,还不止一回。"又指一指背后的窗台,"我送你的定礼,你也都收了,也不止一个。"

妍华气急败坏,"那些怎么算?那些……算什么?!"

邓麟靠得更近,"哦……那些都不算……那什么才算……"

说时迟那时快,一把搂住妍华,转身整个儿把她堵在墙边,以额头相抵。

妍华叫苦不迭。真的,真奇怪。和邓麟第一次见面开始就有肢体触碰,完全逾矩。而后回回如此,简直不可思议。这个人身上仿佛有源源不断的热力,吸引着她无视那些规矩和距离。

离得近了,又清晰看到他琥珀色的纯净的眼眸。

妍华喉头都哽住了,声音嘶哑道,"你……有话好好说……"

邓麟摇头,眼神没有离开过她的脸,"我说了你不听……"

妍华道,"你说什么了……你就说了一堆吓唬人的话……"

邓麟道,"我说了,你跟我走,他跟船。"

"不行。爹爹已经分工好了,没办法调整。"

邓麟见她油盐不进,伸手从怀里拿出一物,举到她面前,"真的?"

妍华一见那熟悉的勃朗宁1906,心便凉了半截。他动真格的。他把枪都从吴习斋那儿偷来了。

"真的?"他又问。

也不知怎么鬼使神差,妍华再次脱口而出,"……不是……"

他终于满意了,把枪放回她手里,哈哈大笑。

"别紧张,"他放开她,退远一点,"你们泰和合还有人跟我们一路走。你从没走过完整的茶马道吧?我带你看风景,保证你不虚此行。"

月池对她突然提出来要走茶马道,表示十分吃惊。

"走陆路比走水路辛苦多了。"

妍华微微笑,"爹爹当年,连路都没有,水路陆路都是自己趟出来的。你能走,我为什么不能走?"

月池凝视女儿,"这一路过去,还要不停地接货、换货,行程长,工作繁重。你有信心有决心?"

妍华点点头。

月池道,"那我陪你一起。"

妍华惊讶,"那不用了!爹爹你都很多年没有走陆路了!"

"就是因为很多年没走了,"月池感喟道,"这次就当作回忆了。"

妍华笑,"好!那就这么说定了!"

内心还有个小算盘就是:我爹爹都在,看你个淫贼敢打什么歪脑筋。

吴习斋也找到她,"你送我的枪……不知怎么的……不见了……"

妍华也不晓得该怎么解释,只能含含糊糊,"啊……也没事吧……没事……我还有……"

为什么不说实话,她也不明白。

三天后,启程。

茶马道比妍华想象的还要更弯弯曲曲,蜿蜒入云。

她以为茶马道至少有一半平坦地可以骑着骡马走,实际全部泡汤。不仅因为骡马此刻更大的作用是运输而不是驮人,更因为山路上下起伏,压根不支持骑行,基本全部靠走。

妍华经常以为走错了,连路都被枯枝败叶覆盖殆尽。正在怀疑一切的时候,峰回路转,绕开一丛树木,便可以眺望到千里之外的江山。那种突如其来的豁然开朗的感觉,确实与水路完全不同。

马帮的汉子们也是个个彪悍、热情。

有时会高声大笑,有时会窃窃私语,有时偶尔吼一嗓子山歌。

就跟武陵山脉的草木一样,繁盛,犟头倔脑,天塌了也拦不住我野蛮生长。

不认命,不认厌。

不认这凄惨的世道,咬牙切齿活下去。

妍华放弃了一切裙装,跟男人们穿得一模一样,同吃……不同住。

她更辛苦,因为要在所有人醒来之前先醒来,悄悄收拾衣服,大小便,梳洗;又要在所有人睡着之后,把帐篷支在相对远一点的地方,小心翼翼地入睡。虽然也有月池和小幺儿们打招呼,但姑娘就她一个,每道心理防线都只能靠自己突破。

日头大的时候,帽子也不顶事,只觉得晒到发昏。刮风下雨就更难受,前不着村后不着店,就只能淋着,到地方再生火烤干。渐渐地她憔悴下来了,手脚粗糙,嘴唇干裂。

把这一切都看在眼里的,当然是邓麟。

他早做好了准备,只要她哼一声,他就安排人抬着她走。

可是不,妍华一声不吭,对大家始终微笑。

邓麟内心有一个小小的声音在对自己说:这个女人,我死也要保护好,然后风风光光娶回家。

走过鹤峰,往五峰进发的半路,出状况了。

一匹瘦老骡子因山势陡峭失足翻倒,继而引发了一连串的滑坡,顿时骡马、人、货,翻成一堆,有几只箱子顺着山势滚滚而下,落入万丈深渊。

邓麟清点完人马,发现除了货物之外没其他损失,立刻先去给月池报备,"对不住,月池公,是我们的失误!"

月池拍拍他肩,"没关系。后面当心点。"

邓麟转头朝引发灾难的马夫怒吼,"你!怎么回事?!出发前我就说了这匹骡子不能上路!"说罢举起鞭子就要抽向马夫。

妍华吓得不轻,扑过去把住邓麟手臂,"这是要做什么?"

邓麟横她一眼,"我在管教我的人,走开。"

妍华放开手,冷冷道,"我是管不着。可少了一个人不就更少一份力吗?你这鞭子抽得人心都会寒。"

邓麟道,"我不教训他,以后人人都以为我的马帮好进,做事可以大意。我原谅他,客人原谅我吗?"朝山谷努努嘴,"那几箱子货,是你的损失,也是我的损失,懂吗?!"

妍华还来不及说什么,跪在地上的马夫突然抬起头来,居然是那个少年文常。他一字一顿地说道,"大小姐,我是桑植人。打小没爹没妈,屋里穷得没饭吃。姐姐姐夫砸锅卖铁才换了这匹瘦骡子给我跑马帮,但是我太小了,桑植的马帮都不收我,只有邓锅头不嫌弃,给我活儿干、给我饭吃。大小姐,你莫这么讲他,他是个好人。"

他的模样不会超过十六岁,看起来比覃志宝还要小些。

妍华心中一疼,转头再看邓麟。

邓麟依旧冷着脸,但好歹鞭子没有抽下来。

过了五峰,路程过半,天公又开始不作美,时不时电闪雷鸣,紧跟着暴雨不停。

众人被淋成落汤鸡,连烘烤的时间都没有,第二场暴雨又来了。

折磨了好几天,刚到一个歇脚点,雨才停。可是整队人马都累翻了,生火的,造饭的,扎营的,喂马的,个个垂头丧气。

妍华走到高处,捶打自己酸痛的胳膊和腿脚。

她眺望着雾气腾腾又生机勃勃的山峦,突然心情就舒畅了。

一绣香袋开头绣,绣个狮子滚绣球,绣球滚在花园里,只见狮子不见球。

二绣香袋丝线长,绣棵板栗岩边长,板栗掉在岩脚里,只见板栗不见郎。

三绣香袋绣桃红,桃红包在绿叶中,叶叶儿包着桃花红,哥妹几时才相逢?

四绣香袋绣四角,四角香袋绣梭罗,哥是牛郎妹织女,牛郎织女过天河。

五绣香袋绣过头,怀藏香袋门外溜,手帕装进香袋里,香袋送给我的哥……

山歌儿唱着,回声阵阵,万籁俱寂。

马帮汉子们的一切疲惫、难过、伤痛,都在歌声中释然了。

不过,晚上临睡前,妍华发现不对头了。

貌似还是伤风了,头疼脑热。一遍一遍喝热水,给自己打气,也禁不住晕头转向。

在帐篷里迷迷糊糊睡到一半,忽然觉得外头有亮光。

刚要起身,突然一股寒意从背部升起。

糟糕!那是火把!

果然就在这一刹那,她的帐篷被利刃劈开,几个蒙面山贼凶神恶煞般朝自己挥刀。

幸好没睡着!妍华往旁边一滚,厉声叫道,"来人呀!"

她的帐篷一直跟汉子们有点距离,所以才会成为第一个攻击目标。但也幸好有点距离,一滚旁边便是水沟,她滚进水里,躲过一劫。

马帮兄弟们终于醒了,顿时刀枪剑戟招呼开,营地一片混乱。

贼人似乎还是不愿意放过她，大刀又朝水沟里掠过来。

妍华眼前一黑，倒是没感觉到疼，只感觉有人挡在了自己身前，接了对方那一刀。

是邓麟。关键时候他赶来了。可能是来不及开枪，他身中一刀，鲜血喷涌，溅到妍华脸上，又腥又热。

妍华再也不犹豫，掏出勃朗宁一顿乱射，直打到子弹用光。

也不知过了多久，张牙舞爪的贼人倒下了，身边有人拽一拽她的裤管，"可以了，可以了。"

妍华惊魂未定，低头看半躺在水沟里的邓麟。

邓麟胸口皮肉翻涌，鲜血如注。

她赶紧扶起他的头，"你怎样？"

邓麟道，"没……死……"

幸好这一拨山贼人不多，打斗一阵基本处于下风，过一会儿大概见讨不到好处，一个呼哨便撤了。马帮汉子们清点货物，整理伤员，堪比战场一般惨烈。

月池被小幺儿保护得好，毫发无伤，看到满身是血的妍华，一把抱住，"伤到哪里了？！伤到哪里了？！"

他懊恼得落泪，"不该让你来……"

妍华赶紧安慰他，"我没事，这是邓锅头的血……"

众人一听，又是一顿手忙脚乱，把邓麟抬去救治。

妍华坐到父亲身边的时候，浑身颤抖，牙齿打架，满眼冒金星。

不行了，真的不行了……

她一头栽倒在月池怀里。

……

醒过来的时候，一抹夕阳照在脸上，耀眼又热切。

妍华眨眨眼，望着帐篷的顶，望着透过缝隙的阳光里的浮尘。

她努力坐起来，身上一股酸臭。好在，头不晕了，感冒的劲儿算是过去了。

走出帐篷，守着的两个小幺儿立刻欢呼，"大小姐醒了！"

月池就在不远处，赶紧过来扶她，"你好些了吗？"

妍华点点头，"爹爹费心，我没事了。"

就是很想找个清水池塘，洗洗这一身血污泥垢汗臭。

月池道，"邓锅头已经派人去送信了，我们不用继续走了，会有人来接货。你安心休息。等休息够了,我们骑马、坐马车去汉口。"

妍华想一想,问道,"邓锅头怎么样?"

月池环顾四周,努努嘴,"喏!"

那个中了一刀的人,居然光着膀子,大剌剌地站在不远处的树下,眺望远方。他胸口背后都绕着厚厚的布条,也许就是因为这个,才没有穿衣服。

妍华放下心来,靠在爹爹肩头,"太好了。终于太平了。原来马帮带货这么凶险,我今天才知道。"

月池笑道,"是不是这会儿才理解,他们有时候会坐地起价的心情?"

妍华嗔笑道,"爹!你倒是很理解别人!那谁谁理解咱们!"

月池又朝邓麟的背影努努嘴,"喏!那个人,他理解咱们。货丢了他比咱们还着急。"

此言一出,又让妍华想起他举起鞭子的情景。

她打了个冷战。

过了一会儿,月池去忙,妍华转身打算回帐篷收拾东西。刚弯下腰,光线一暗。

邓麟出现在她面前。

平时看不出来,等脱了衣服,才发现他浑身是伤,大大小小的伤疤,像树根一样,粗粗细细盘根错节,堆叠在他结实健硕的胳膊、肩头、腰间。

妍华一时没挪开眼,直勾勾地看着他的那些伤疤,"你……竟然有这么多伤……"

邓麟垂头看一看,"马帮的汉子,个个都这样。"

妍华伸出手,轻轻抚摸一下他胸口的绷带,"还出血吗?疼吗?你不用休息吗?"

邓麟压根没想到这小妮子会对自己动手动脚,也呆住了。虽然隔着厚厚的绷带,感觉不到她指尖的温度,但那股子痒丝丝热辣辣,就像抚摸到了他心里一样。

妍华抬头看到他涨红的脸,不明所以,"问你呢!"

邓麟一把握住她的手,"别乱碰。"

妍华这才回过神来,自己也红了脸。

"跟我去个地方。"邓麟拉着她便往外走。

妍华心道:走就走,你倒是放开我的手呀。

他就像忘记了一样,一路拉着她,穿过几片小树林,来到一个小池塘边。

夕阳宛如给小池塘镀上了一层金粉,波光粼粼,芳草萋萋。

妍华欢呼雀跃,一把挣脱邓麟,毫不犹豫扑进了池塘里。

从没像现在这样渴望被清澈的水洗涤全身。

再不洗干净,她要被自己嫌弃死了。

当然,她不敢脱衣服,饶是如此,她也把打结成麻花的长发、身上的血渍,好好洗了个遍。

邓麟始终守在林外,背对着池塘,倒是非常君子。

洗完澡,妍华披着湿漉漉的长发,一边绞着衣服上的水,一边回到邓麟身边。天色渐晚,清爽的夏风带走了全部颓丧,她只感觉到神清气爽。

邓麟听到动静,转身看她。

怎么会有这样一个小仙女?一颦一笑,一举手一投足,都在他心坎上。

他将手里编了半天的柳条花环,戴在她头上。从林间信手摘来的野花,居然也能被她戴得宛如珠玉一般璀璨。

妍华先是一惊,随即惊喜地摸一摸花环,"你还会编这个?"

邓麟再也忍不住,一步上前,紧紧拥抱住她。

出发前他没想到会这么凶险,他只是想让她走进自己的世界。此时此刻后悔全部化作歉意。他不想放开她,不想让她离开自己的视线。他再也不舍得让她吃苦,也不舍得让她落泪。当然,他更知道此刻这种马帮生活,他没办法去跟月池提亲。他不知道该怎么办,只能这样抱紧她。

妍华仰着头,下巴放在他肩头,一双手却无处安放。她本能地抗拒他的力量,又担心会压坏他胸口的伤。她的手指偶尔不小心碰到他的身体,又赶紧撤开,试图放在他肩膀上推开他,又使不上力。

心却怦怦怦地跳起来,比春雷还响。

邓麟有魔力,她不得不承认——他总能让她心慌意乱。

渐渐地,他将头转向她,在湿漉漉的长发里,寻觅她的唇。

妍华也不知道自己到底是没躲开,还是没有躲,就那样被他擒住了。任由他用双臂禁锢住她的身体,用唇舌搅动她的灵魂。

她不讨厌这个吻,至少……不像第一个吻那样讨厌。

终于在听到他的呼吸声越来越粗之后,她才狠下心伸手扶住他的肩,用力将他和自己分开。

浅蓝色弥漫的森林里,夏虫开始鸣叫,两个人都喘息着,没有动。

好半晌,邓麟才出声道,"你给我一点时间。"

"什么?"

"给我一点时间。我会去向你父母正式提亲。"

这两个字突然把妍华拉回了现实世界。

提亲?她在心里摇了摇头,不,爹娘不会同意。爹爹倒是有微小可能,娘绝对不会。

见她不语,邓麟道,"对我没有信心?"

妍华道,"不是……"

邓麟长臂一伸,"那没办法,只能生米煮成熟饭了。"

妍华吓得一掌推开他,"你敢?!"

没想到正好推到他胸口。他疼得一龇牙,"逗你呢……"

妍华笑着逃走,"你要庆幸我没带着枪……"

邓麟无可奈何,慢慢跟上,"说起来,你那个枪法,还想着教别人呢……明天开始我教你吧……"

"干吗?"

"一梭子子弹打光了才放倒一个……"

"那是因为天黑看不清……"

"你慢点!现在也看不清了!"

5

这边的陆路凶险万分,那边的水路也遇到了麻烦。

泰和合货贷部的业务慢慢停止,津市倒是出了一个"裕记钱庄"。

创办人叫张思泉,跟孙逸仙同年,小月池九岁,也是一个奇人,经商赚了足够的银钱后,和月池做了相反的选择。他停下了经商,单纯扩大了金融版图,利用其雄资和声誉开设了钱庄,印发面额铜币串文纸币总额贰拾万元,收的利息也不夸张,童叟无欺。

很多原本从月池这里贷钱的人,都转头去了他那里。一时间很多流言蜚语也起来了。有说月池见利忘义的,也有说他过河拆桥的,全然忘记了此前月池给予的那些帮助。

所以茶船一进津市港,不明真相的老百姓们,有的过来骂两句,还有的胆大包天,上船偷东西。

被抓包了,也不怕,大放厥词,"你们泰和合是要不行了吧?"

气得善虎这么好脾气的都想打人了。

吴习斋问善虎,"善虎哥,听说你从前在武昌读书,学了很多新思想。我想问你,这民国,和之前的清廷究竟有什么不同? 我怎么感觉还不如从前呢?"

善虎知道他指的是什么。进入民国了,老百姓除了陆陆续续剪掉辫子,其他的生活、想法、处事方式,毫无变化。

他叹口气,"你问我我也答不上来。我从前就不是很懂,而今隔得远了,更加搞不明白了。"

他叹气,是因为如果那些为了共和为了民国流血牺牲掉的生命,知道民国成立后老百姓的生活依旧一成不变,不知道会不会觉得冤屈。

等到了汉口,终于跟月池他们会合,吴习斋又问了月池同样的问题。

月池回答,"我们常德出了一个宋教仁,他是这样评价大清的:这一群表面和善的皇帝,只要一看到老百姓有开智的倾向,就会变得凶神恶煞。他们通过几百年的愚昧教育、文字狱,把中国传统的士大夫精神和文脉全部打断。清廷最大的恶,不是自己愚昧,而是让全民都愚昧。大前年,清廷学部教育统计,全国粗通文墨者仅三百万,不到总人口四万万的百一。野蛮的统治,让老百姓永远处于半饥饿半愚昧状态,为了生存奔波辛苦,乖乖做一辈子奴才。"

吴习斋听了,频频点头。

月池道,"所以你说,民国成立这才一年不到,想给过去的这几百年愚昧扭转过来,那是不可能的。津市不太平,我们一路过来也不太平。这些都必然会有,但我想着,只要民国能够做出改变,日积月累,国家、老百姓,也必然会改变。"

吴习斋道,"以前小,听你们聊国事、聊政治、聊教育,觉得高深莫测。现在您这样说,我就懂了。"

月池看看他,欣慰一笑。转头又问在旁边听着默不作声的妍华,"对了,才说到宋教仁,有个事儿我想跟你商量。省都督府为了发展全省教育,准备建六所师范学校。宋教仁正好回乡省亲,在他的促成下,省立二女师决定开在桃源县城。听说计划在湘西五府二十九县里,定额招收女生。你想去读书吗? 今年冬月开学。"

妍华最爱读书,闻言雀跃,"真的吗? 我想去啊爹爹! 太好了!"

吴习斋匆匆看她一眼,没有说话。

月池又看他一眼,微笑道,"妍华去读几年书,对你们未来有好处,你不要多虑。"

吴习斋当然知道月池在指什么,心便笃定下来,脸一红,腼腆笑一笑,"那就好。"

妍华这才知道这两个男人一来一回的对话有什么潜台词,脸也红了,心情却跟吴习斋完全不一样。

月池道,"或者,在妍华去读书之前,先把你们的事定下……"

在他把最后一个词说出口之前,妍华一把抓住他的手,"爹!爹!那个……不着急……"

吴习斋见她满脸通红,当她害羞,也赶紧道,"对,不急。不急。妹妹先去读书,我也正好多学一学管理。"

月池颔首,"放心,我知道的。"

妍华心里的小鼓敲得震山响:不,爹爹,你不知道。未来会发生什么,我自己都不放心。

在汉口的几天,妍华和影尘形影不离。如今,她们两个站在一起,宛若两个极端。一个如芙蓉般明艳清新,一个如蜡梅般幽香神秘。

可是还是天生地亲热,同榻而眠。

妍华突然就想到了邓麟,没忍住,将自己和他的私下来往,一五一十全部告诉了这个大自己两岁的姐姐。

影尘躺着听完,从枕头上侧目望着她,"我心里也有这样一个人。无论家世、背景、年龄,都不对。时机也不对。可是我忘不掉他,这辈子恐怕都难。"

妍华立刻支起身子,靠在床头,"那现在呢?你们还见面吗?"

影尘淡淡地道,"他死了。好几年了。还记得那次我突然回乡,住进宜红别墅的时候吗?就是那时候。"

妍华"啊"一声,惋惜又心疼,"对不起,我那时候什么都不知道……"

影尘微微笑道,"你道个什么歉啊,幸亏有你那时候天天拉着我看茶树,否则我都不知道会不会就此一蹶不振。"

妍华道,"那你以后呢?……我是说,再也不嫁人了吗?"

影尘摇摇头道,"难吧。除了他,我好像没办法喜欢上任何男人。"

"童丞哥哥,也不行吗?"妍华这才恍然大悟,"我一直以为你们是一对,还在想为什么一直不成亲。"

影尘道,"所以……如果你真的很喜欢这个邓麟,不妨等等他。也给自己一点时间。"

妍华被她说得愣住,"喜欢……我喜欢吗……我不知道。"

影尘笑道,"傻孩子。喜欢不喜欢,都不知道吗?"

妍华自己又好好审视一下内心,"是真的……不知道。我只能说,不讨厌。可如果爹爹一定坚持让我嫁给习斋哥哥,我好像也不是很愿意……"

影尘一愣,喃喃道,"我不知道我要什么,但我知道,我不要什么……"

妍华惊喜,"对!就是这样!"

影尘叹口气,"那你就踏踏实实先去读书吧。等看清楚自己的内心再说。"

和妍华聊天,倒是让影尘好好思索了一下跟童丞之间的关系。

她当然知道他的心意。

可既然自己选择了孤独,何苦一直不给他了断?

她找到童丞,表明心迹。

岂料平日对她言听计从的童丞,先是回报了她一个诡异又凄凉的微笑,然后说道,"你有你的坚持,我有我的坚持。我们互不干涉。"

从此二人再也不提。

知道妍华要去读书,大哥竹轩和大嫂晏清送了她一套精致的文房四宝。

妍华在牙牙学语的时候便是跟着大嫂读书习字,要说起来,她酷爱读书也是受了大嫂的影响。

跟晏清说,"我以前还没意识到你们开办学校的重要性。现在想来,真是幼稚。你们真是了不起。"

晏清抚摸一下她的头发,"没啥了不起。最了不起的,是咱们爹。"

妍华回想自己走茶马道运茶这一路的艰辛,点头道,"对。我们的安定、自由,都是建立在泰和合的基础上。一想到爹爹吃过的那些苦,就觉得他好了不起。"

晏清道,"所以,你要好好珍惜现在的自由时光,好好读书,多学点知识,未来不管做什么,都会很受益。"

妍华有心事,突然就觉得大嫂话里有话,脸一红,"什么……不管未来做什么……"

晏清愣一愣,诧异道,"怎么了?"

妍华像是给自己打气一样,斩钉截铁道,"我肯定是要做红茶的,泰和合就是我的未来。"

晏清笑道,"谁说不是呢。不过,你有志向是好事,但也别太固执。很多承诺,很多责任,当它们违背你的心的时候,就是枷锁。也不用太在意。"

妍华差点跳起来,"大嫂!你你!你说什么呢!"

晏清笑得更加欢乐了,"我说什么了呀?你这小丫头。"

妍华这才意识到自己多心,脸红到脖子后头。

可是大嫂的话,她还是听进去了。

……很多承诺,很多责任,当它们违背你的心的时候,就是枷锁。

她喃喃自语道,"枷锁……是枷锁吗……"

这边妍华准备去宋教仁创办的省立二女师读书,远在长沙的陈印雪其实更早就动了这个心思。

但那也就仅仅是动了一下。

若是十年前,她也很想跟妍华一样去读书,但如今一切都不可能了。

那个在泰和合大门口把她撞飞、在沅江江畔的渔船上讲三权分立、在武昌街头爱国演讲会上偶遇的青年,那个时髦、明朗、穿着一身诘襟服的宋教仁,如今已经去到她难望项背的高度了。

武昌起义后,他带着厚厚的法制文献前往武昌,参与制定《鄂州临时约法草案》;之后,又马不停蹄地前往南京,参与制定《中华民国临时约法》。他是如今的民国法院院长、农林总长,又组建了中国历史上第一个党派——国民党,并任代理理事长。

陈印雪经常在报纸上看到他的丰功伟绩。每次看到他的名字,便会想起他咧嘴一笑,站在鸬鹚旁边说"我姓宋,字得尊,不过现在改叫宋教仁啦……"

唐福德不明就里,根本不知道印雪和宋教仁的交集,也时常跟印雪闲聊聊起宋教仁。提得越频繁,只能说明宋教仁此刻的地位,如日中天。连一个普通官员家庭的饭桌闲谈话题,也都是他。

有时候是聊政局,"袁世凯兵家出身,最怕手上没有枪。他不怕国民党以暴力夺权,就怕国民党以合法的手段夺权,把他摆在无拳无勇的位置上。我从前觉得读书无用,现如今觉得读书的最高境界,便是宋教仁这样——兵不血刃,治国平天下。"

有时候也聊起为人,"真正耿直。袁世凯这么精于谋算之人,在宋教仁那里简直是撞到南墙。送什么都不要,给什么钱权都无动于衷。不仅无动于衷,给了的也会推辞。宋教仁就想要一个干净纯粹的政党内阁,不让皇权制度借尸还魂。"

印雪听得心惊,"借尸还魂……你是说,袁世凯?"

唐福德道，"袁世凯的野心，路人皆知。如今我们也在观望，看总统制和内阁制，哪一个最终会胜利。"

印雪想到那个意气风发的宋教仁，喃喃道，"理想主义者碰到心机叵测的政治家……"

唐福德笑道，"你这总结倒是可圈可点。"

没多久后，印雪没回常德读书，覃志宝倒是从汉口搬来长沙读书了。

一直跟着陆一泛的覃志宝，一不留神已经十七八岁了。大小伙子遗传了父亲熊炎的洒脱，也遗传了母亲覃翠英的活泼，又在一个充满爱的环境里长大，阳光得不得了。

武昌爆发起义后，一直是暴风眼，陆一泛不放心他在武昌继续读书，便想让他来找陈印雪，好歹也有个大人可以依靠。

熊炎乐得当甩手掌柜，何况他从来便觉得男伢儿要多历练，想都不想便同意了。

覃志宝一个阳光大男孩，当然愿意到处走走看看。但还是很舍不得薛月梁，离开汉口的时候信誓旦旦，"五年，我等你长大。"

陆一泛和薛友才笑得打跌。唯独影尘听得眼眶发红。

就这么的，覃志宝到了长沙，在陈印雪家住了没几天，便寄宿到了五年制的湖南省立第四师范学院里。

民国第二年新年刚过，春寒料峭。

治安并没有很好，唐福德的警察局里事情一贯多，所以两口子外加覃志宝都没有回乡，安安静静过了一个年。

过完年覃志宝再次回学校，好在印雪的女儿唐宜刚刚三岁，正是牙牙学语最好玩的年纪。印雪倒也不寂寞，治家、相夫教子，其乐融融。

他们在长沙的家，有个小院子，不奢华，但足够唐福德舞刀弄枪。这天他出门上班，阳光和煦，印雪穿了家常棉袄，正在整理花园，突然听到老保姆叫她，"太太，上海来的电话！"

她两手是土，从来也不是那讲究人，回到门廊下，便让老保姆帮她举着听筒，接听电话，"喂？"

菊圃的声音如雷贯耳，"印雪！"

印雪笑吟吟，一边搓着手上的土，一边寒碜他，"中气这么足，是和 Lily 吵架了吗?"

菊圃一反常态,没有跟她嬉皮笑脸,焦急万分道,"你看报了吗?!今天的《申报》?!"

印雪道,"你怕是脑壳有包,我在长沙,怎么看得到今天的……"

她话还没落音,便听到菊圃说了一句宛如英文般难懂的话。

"宋教仁被刺杀了!"

印雪脑子有点空,懵懵懂懂地回味这句话好几遍。

菊圃道,"昨晚,上海火车站,宋教仁和几个人在一起,被人开了好几枪,都是冲着他去的!你们不是好朋友吗?你……"

印雪突然之间耳鸣起来,菊圃的声音变成一片噪声,大脑里白茫茫一片。

她慢慢蹲下去,保姆手里还拿着听筒,也赶紧跟着她蹲下。

印雪望向她,"挂了吧,打错了。"

保姆阿姨虽然不知道发生了什么,但看她平静的样子,便听话地挂断电话。

"太太,你肚子疼吗?"看她蹲着不起来,保姆搬来一个小凳子,"我去给你倒杯热水?"

印雪等脑子回过血来,在小板凳上落座,垂着头靠在门柱上,望着双手发呆。

保姆端了水杯过来,印雪没喝,淋着把手洗干净,过了许久,再打回去给菊圃。

菊圃果然还在电话旁边,"丫头,你还好吗?"

印雪死死地攥住听筒,问道,"宋教仁……他死了吗?"

菊圃回答,"没有,但是听说很不乐观。"

听到这一句回答,陈印雪才确定自己此前没有幻听。真的是宋教仁出事了。

"抓住凶手了吗?"

"好像还没有。"菊圃道,"有消息说跟一个叫武士英的,还有一个叫应桂馨的人有关。武士英我不知道,但这个应桂馨,我一个小兄弟认识他,说他是青帮的大佬。我这小兄弟既是青帮的人,也是法租界巡捕房的包探,他的消息应该不会错。"

"青帮?"印雪又蒙了,"怎么还有青帮的……"

菊圃道,"现在一切都不明朗。有什么消息,我第一时间告诉你。"

"好的,多谢。"

挂断电话,陈印雪才发现手没有洗干净,此刻座机、听筒、手上、身上,哪儿哪儿都是泥污,乱七八糟,就像眼下这个世道。

当天偏巧唐福德很晚才回来,印雪憋了一天,度日如年。

可丈夫一身筋疲力尽的样子,又让她不知道该怎么提起话茬。

幸好,吃完几口饭喝完几口茶后,唐福德自己说起来了,"今天……哦,不,其实是昨天,出大事了。"

印雪装作漫不经心给他添茶,"什么事啊?"

唐福德一边解着警服,一边叹气道,"宋教仁被刺杀了。唉……真的是天妒英才……"

印雪心里在打鼓,"不是……是……那他死了吗?"

唐福德摇头道,"眼下还在抢救吧,但是听说子弹上有毒……"

印雪的耳鸣又出现了,手上的东西都要拿不稳。

唐福德边吃东西边说道,"江苏警察厅都炸锅了。上海滩啊,火车站啊,堂堂国民党一号人物,身边还有黄兴、廖仲恺、于右任这一群人围着他送行,子弹都能打中他。最离谱的是,中枪倒下半天,竟然一个巡警都没有赶到,还是同伴们用汽车给他送到铁路医院去抢救的。"

陈印雪第一次听到这么细节的披露,想一想也确实只有同在警察厅工作的丈夫才可能得知,一边强忍难过,一边追问道,"所以,刺客就那么跑了?"

唐福德道,"跑是跑了,也很快就搞清楚了。一直便有口风,说一个叫应桂馨的青帮大佬痛恨宋教仁。十有八九便是此人雇凶杀人。"

陈印雪赶紧提出困扰了自己一天的问题,"可是青帮和宋教仁又有什么关系呢?"

唐福德脱完制服,整个人舒坦很多,笑一笑看着娇妻,"你今天问题还挺多。我平时跟你说这些,你都不要听。"

陈印雪凝一凝神,盛一碗汤,递给丈夫,"太吓人了,不搞明白我心里慌,也不放心你。"

唐福德点头道,"我今天回来这么晚也是这原因。消息一出,大家都有点慌。此前民国成立,帮派是出了大力的。无论是洪门、青帮还是哥老会。如今青帮的人刺杀宋教仁,消息传得沸沸扬扬,搞得每个人都岌岌可危,不知道这里头牵扯到了什么利害关系,也不知道什么时候会有一颗子弹对准自己。"

印雪道,"可不是。"

唐福德忽然压低声音,凑到印雪耳边,"我说了,你可千万别跟人讲,毕竟是没查清楚的事。"

"嗯。"

"据说,这个青帮大佬其实就是袁世凯的人。他和袁世凯的心腹有很多来往。"唐福德想一想,"宋教仁要是就这么死了,孙逸仙与袁世凯就算彻底闹翻了。民国成立才一年,估计马上又要不太平。"

陈印雪后脊背一阵一阵发凉。

政治,真的是太残酷了。

她不知道天下将如何不太平,谁会打谁,谁又会胜出。她只知道宋教仁三十出头,意气风发,家有高堂,下有妻儿。这样一条对家人、朋友来说,如珠如宝的生命,即将被一颗可恶的子弹带走,是多么令人叹息。

次日晨起后,她便半步不敢离开电话,早饭都没怎么吃。

中午不到,便等到了菊圃的电话。

"宋教仁死了。"

印雪抬起头。这五个字,几乎带走了她的整个青春岁月。

菊圃说道,"子弹从他的右肋穿到下腹部,伤及小腹及大肠,但是因为子弹涂了毒,毒入肾脏,血流不止,最终就这么走了。现在上海滩和江苏警察厅完全是一团乱麻,众说纷纭。我昨天跟你说的那两个人,都有嫌疑,可是又不仅仅是他俩。就连宋教仁身边,陪着他走完最后一程路的某人,都有可能。"

印雪喃喃道,"要当慷慨煮黄海,手挽倭头入汉关……"

他终于慷慨西去了,不知道是不是满怀遗憾。

挂断电话后,印雪反倒像放下了心中的一块大石头,平静地过完这一天,跟没事人一样。

直到几天后的一个早上,迟到了的《申报》出现在客厅桌上。印雪端着茶盘,冷不丁看到封面标题《谋杀宋教仁》,哗啦啦,阳光碎了一地,瓷器裂了一地,茶水洒了一地。

她打电话到汉口,还好,是她希望的那个人接了电话。

从前不觉得,今天再听到影尘那淡然、低沉的嗓音,就像是母亲的手抚上她的背一样。

从小便天塌下来当被盖、豁达无比的陈印雪,瞬间失声痛哭。

电话那头,影尘也不追问,也不打断,静静等印雪哭完。

她知道,她都知道。

李家瑜的死,宋教仁的死,她都有感应。

可是痛苦就痛苦在这里。她明明看得到尽头是鲜血和屠杀,却无法制止,甚至连延迟都没有机会。

印雪哭了快十分钟,才慢慢回过气来。

影尘这才说道,"可惜了。可惜了他,可惜了中华民国。"

印雪哽咽道,"怎么?"

影尘道,"姐,你可知道如今世界有多乱?那些老牌的新牌的国家,正在欧洲互掐得头破血流。我们利用这喘息的当口,推翻了帝制,走向了共和。他若不死,袁世凯决不敢妄自尊大,中华民国说不定真的可以一举崛起。"

印雪道,"所以,幕后真凶就是袁世凯没错吧?"

影尘道,"不好说。我们几个洪门兄弟,这两天也在分析。袁世凯为什么要杀他?他巴不得依靠国民党给他捐钱呢。如今国库空虚,没有国会支持,袁世凯就只能借钱。谁最有钱?外国的银行。这个套路我们太熟悉了,接下来,事情一定会走向奇怪的发展方向。中华民国,就要开始面目全非了。"

印雪听得很蒙。袁世凯不是总统吗?总统为什么还要找别人借钱呢?

影尘也猜到了她此刻肯定很混乱,说到这里便没有继续说下去,"你身边有别人陪着吗?需不需要……"

印雪道,"不用,我哭一哭,也就好了。说到底,我没有资格为他哭。我只是很难过,很难过……"

影尘垂下头。她懂。李家瑜走的时候,她也是这样难过。

她说道,"别说什么资格不资格。有很多人,一生为民为国,就值得被所有人铭记。"

挂断电话的影尘,抬头便看到了不知从何时起落座沙发另一头的母亲。

陆一泛却没有心思关注女儿接了什么电话。她正读着一本小说,却很久都没有翻页,眉头蹙起,忧心忡忡。

影尘走过去,手覆上母亲膝头,"天还很凉,娘你穿得太少了。"

陆一泛看看女儿,笑道,"今天这么好,关心起我来了。"

影尘道,"生死面前,都是小事。娘也别太烦恼了,有些事,烦恼了也无用。"

陆一泛点点头,"你也看宋教仁的新闻了是吧。唉……我们研发了那么多新树种,做了那么多红茶的研究,最后呢?结果英国人每年要的量都在减少,今年估计连五万斤都难。挤兑我们的,永远不是竞争对手;干掉你的,永远不是明面上的敌人。"

影尘道,"娘这是一不小心说出了人生的真谛。"

陆一泛很少听到大女儿跟自己撒娇,也十分欣慰,伸手搂住她,"这几日你和童丞都别出去了。我心里头慌。"

影尘点头,"好。"

真的要有事,待在哪里都一样。

可她愿意让母亲安心一些。母亲鬓边,已经肉眼可见白发冒头。

接下来几天,她果真乖乖待在家里,和童丞对账。

一边对,一边感慨。

"袁世凯不是搞经济的料。除了打仗、争权夺利,还真是一无是处。这么些年了,当初从盛宣怀手里抢来的产业,航运招商电报军火,一个都没有起色,连带洪门倚着长江天险,都入不敷出,简直岂有此理。"

童丞道,"眼看这世道又要大乱,难不成,真的要像青帮一样,贩烟走私才能活下去?"

影尘白他一眼,"你这话跟我说说也就罢了,出去不要乱讲,丢洪门的脸。"

童丞点点头,"嗯,我懂的。我们在几个租界的货仓,日租界的这几个还好说,英租界、法租界、德租界,一直出事。你看应该怎么办?"

影尘低着头看账本,边看边思忖,"你道为何一直出事?因为这几个国家都不消停。英国繁盛一百多年了,全都得益于它的第一次工业革命,成就了'日不落帝国'的辉煌。但技术是可以学的,德、法、美一旦超越它,它世界第一强国的地位就岌岌可危。娘一直埋怨英国人要的茶叶少了,英国现在欧洲跟一大堆国家掐架呢,茶叶算得什么,它先要救自己的命。"

童丞听她说得怪趣稚,笑道,"我此前听杨存宁说,新的一批炼钢技术、化学工业、内燃机、汽车、电力、纺织,英国基本上都没跟上节奏,导致现在它反而老是被人挑衅,是不是就是这意思?"

影尘点头,"对。但这不是最可悲的,最可悲的,是我们自己。什么都没跟上节奏,还要内讧,还要被袁世凯这个志大才疏的人拉着开倒车。"

童丞半是赞赏半是诧异地望着她。真神奇,明明同吃同住,明明一样地生活着,她对世界的理解怎么就那般通透呢?

6

过些日子,宋教仁的事情渐渐被淡忘,两个人才开始忙碌。

最南边的英租界已经很熟悉了,现在他们主要打理最北边的日租界。一南一北,扼住长江要道,对洪门生意大有裨益。

十年前,山崎桂对日租界的规划方案没执行,如今日本人倒是执行开来,修建了许多码头,又按日本样式建设市街。眼下住进来的日本人明显增多到几百人,加上中国人,能有上千。

洪门分舵隐藏在租界西南角一栋名叫"兰园"的日式院落里,大门外便是杨存宁和小泉知佳子的"清和脍"。兰园东边是日本领事馆,北边是一片居民区,西边是兴元街,过街就不是租界了,直通一所平民学校的侧门,门口又有餐馆望风,进可攻退可守,四通八达。

洪门跟各国租界的关系,有点微妙。租界依靠洪门跑贸易,洪门靠租界获得额外保护。既互相依存,也互相掣肘。政府当然在两者之上,但无论是清政府还是民国政府,都不得不给这两者一些面子,毕竟政治、经济牵一发动全身。

然而兰园对外的主人还是泰和合,仅有极少人知道它的隐藏属性。

影尘和童丞在宋教仁事件后第一次返回兰园开会,身穿和服的脉脉便迎上来。

从前帮杨存宁挡过子弹的脉脉,后来嫁给了"清和脍"餐厅的伙计。肺部重伤后她干不了重活儿,富态了许多,但好在细心又忠心,兰园的一些日常管理便都落到她的头上。每次见到影尘,都奉为恩人,必然亲自端茶奉水。

"小老板,童先生,你们来啦?"

影尘点一下头,"人呢?"

脉脉心领神会,"在里头,安全。"

影尘和童丞两人也没有走大门,而是从餐馆穿到后门,从后门悄悄进入兰园。兰园的设计师是一个地道的日本人,大门后便是一个以油土矮墙围成的长方形庭院,地面铺着一层细白砂石,表面梳着极整齐的波纹,此外别无一物。再往里走一进院落,才会出现假山、青松、红枫,与雪白石子地面形成强烈反差,美得叫人心惊。

影尘和童丞走进会客室,榻榻米上早已候着一个人,正望着庭院发呆。见到他们两个,立刻起身以示尊重。初春时节其实非常明媚,长廊下的风铃在春风里轻轻飘荡,叮咚作响。但大家的心情却并不轻松。

三人落座,脉脉奉茶。正是妍华最新研发的那一批,因为种植在壶瓶山半山腰,海拔高气温低,茶味浓烈,乍品有股桂花清甜香气,回甘五味杂陈,仿佛在茉莉花、牡丹花、兰花、桃花园中游走了一遍。

影尘最爱用冷水泡这一批茶。冷水泡出来,不浑浊,香味尤其持久。

若静水流深,若君子慎独。

等脉脉退出去,影尘才欠身道,"蒋先生节哀,宋先生之死,我们都很痛心。"

此前候着的人,正是蒋翊武。

武昌起义的发动者、文学社领袖、同盟会中坚力量、常德人蒋翊武,在去年民国成立后没多久,就被袁世凯以高管之位调虎离山,去北京就任临时大总统府高等军事顾问。蒋翊武也知道袁世凯不怀好意,他坚定赞同宋教仁的主张,和宋教仁并肩一起到全国宣传内阁制。宋教仁在上海被刺杀的时候,蒋翊武就在武汉一带游说,争取老百姓对国民党的支持,偶尔便住在兰园里。

他瘦长脸,嘴唇薄薄,眼神坚定,和他的挚友宋教仁一样,既有文人的儒雅风度,也有武将的健壮体魄。

"多谢白扇。感恩你们为革命的付出。"

影尘喝一口茶,听一听风铃声,才缓缓问道,"蒋先生接下来,要做如何打算呢?"

她穿黑色长袖旗袍,戴一串最简单的珍珠项链,眼眸如海,嗓音低沉温婉,叫人心中熨帖。

蒋翊武答道,"宋教仁案一出,孙先生便从日本回到了上海,主张立即兴师讨袁。可惜国民党内部意见有分歧,丧失了最佳战机。"

影尘道,"确实。我们当时也分析过,不管此事是不是袁世凯所为,国民党都应当趁机起事。"

蒋翊武道,"袁世凯一上台,就积极扩编原本就忠心于他的北洋军力,将新军九个师十一万人,扩大为十二个师以及十六个混成旅共二十二万人。再加上旧巡防营军和张作霖那边的,有三十余万了。我从来只知道他要兵权,直到宋教仁被刺,才让我惊醒:很显然,光靠议会和政党内阁,是阻止不了袁世凯独裁的。这不是一个按牌理出牌的人。"

影尘颔首道,"你们的政治主张,我不懂。但我知道袁世凯和黎元洪,单看处事风格,便不是为国为民的那号人物。与孙先生、宋先生、蒋先生,不可同日而语。"

蒋翊武道,"所以……只能再来一次。"

影尘一愣。

蒋翊武道,"我计划以同盟会汉口交通部为据点,联络旧部,再跟南京呼应起来,一起反对袁世凯独裁。当下,我还要在汉口组织一个大型的宋教仁追悼会,号召全国追讨真凶。"

童丞听得心惊,眉头提起来,又放下。这一个两个都是杀头的买卖。

影尘却面无波澜,只是静静喝茶。

许久后才回答,"需要我们如何帮忙,蒋先生只管开口。洪门鼎力相助。"

"暂时没有。只是在筹备阶段,还需要借用贵宝地开一些会议。"

"没问题。"

蒋翊武回去自己房间后,童丞才问影尘,"蒋先生想做的这些事,都能成功吗?"

影尘道,"不是为了成功而做,是必须做。所以,我不劝阻。"

童丞点点头。

过一会儿,脉脉又来了,"隔壁领事馆的水野真弓小姐送来拜帖,想来兰园喝茶,见见小老板。"

影尘看看脉脉,"除了喝茶,可有说别的事?"

脉脉摇头道,"没有。"

影尘低头沉吟。水野真弓,就是眼下汉口的日本领事水野幸吉的女儿。水野幸吉她很早就认识。此君野心勃勃,一直跟日本天皇强调武汉的重要性。张之洞还活着的时候,他就眼热铁路通车,要求清政府把大智门车站外毗连铁路、靠近德日租界的千余亩土地租给日本,作为新的日本租界。被张之洞坚决拒绝后,水野幸吉转而要求向丹水池以下扩界,才有了现在的日租界版图,从最早的两百多亩变成了六百多亩。面积大了三倍,位置更靠近长江交汇口。

水野真弓和影尘差不多年纪,表面上看起来也就是个普通的日本小美女,低眉顺眼,温柔细腻。她和童丞去日本领事馆几次,见过她待人接物的样子,感觉很好相处。但她特地来喝茶,又应该不止是喝茶那么简单。

脉脉道,"老板娘和您一样,也猜她另有目的……估计还是利用咱们跟地皮大王的关系,谈展界的事。"

老板娘,指的当然就是小泉知佳子。知佳子和日本驻华的高管们都颇有往来,知道的事情也多。

影尘皱一皱眉,叹息道,"还要展界,还不知足……"

此时此刻,影尘多么希望那个人还在身边。他一定能够分析出日本人到底想干什么、怎么干、如何应对。

脉脉问,"那……还见她吗?"

影尘道,"是福不是祸,是祸躲不过。请她来吧,我们见招拆招。"

午后两点,阳光和煦。

水野真弓穿了一身特别粉嫩的樱花图案和服,系着红色银丝花纹的腰带,手里拎着同样粉色的风吕敷,小步小步款款前来。

童丞在靠门边的地方等她。她沿着长长的回廊走,身边是雪白的庭院和青葱的绿植,整个人优雅得宛如一树樱花。

看见童丞,她莞尔一笑,微微欠身,"童先生好。"

水野真弓打小便跟着父亲,住在中国的时间非常多,又请了专门的中文教习老师,别说日常中文对话写字了,连诗词歌赋比一般中国孩子更强。

童丞欠一欠身,没说话,示意她里面请。

水野真弓进屋落座,与影尘稍微寒暄后,又看看童丞,"童先生不一起来喝茶吗?我今天亲自做了和果子,想跟你们两位一起分享呢。"

影尘朝童丞点头道,"一起来吧。真弓的和果子做得非常好吃。"

童丞远远坐在茶桌另一端。

影尘给水野真弓斟上冷泡的红茶,"我不耐烦弄你们抹茶那一套,你将就着喝喝吧。"

水野真弓笑道,"哪有什么我们的。日本的抹茶,就是从中国的点茶演化来的,说到底,都是中国的文化。"

嘴巴是真甜,叫人根本无从找茬。

她品一品茶,颔首,"真香,真好喝。就像置身于花海。"

影尘道,"我也有这个感受。"

水野真弓打开风吕敷,一层一层掀开精致的包裹,最后从礼盒里端出几碟子精美的点心。

她拿起一枚和果子,恭恭敬敬地递给影尘,"如今我们在这里安静地喝茶,忘记漫天的流弹,真幸福。"

影尘淡淡一笑,接过和果子,却没有吃。

水野真弓又拿起一枚和果子,递给童丞,"童先生,请。"

童丞伸手接过,"多谢。"

水野真弓抿嘴一笑,道,"童先生上次去领事馆后,领事馆的所有女孩子,都向我打听你是谁。童先生很受欢迎呢。"

童丞微微颔首,"多谢抬爱。"

影尘道,"那以后泰和合去领事馆谈事,我便都派他去了。"

真弓笑,"小老板说笑。你们两位我们都欢迎。"

影尘凝视她,道,"茶也喝了,果子也吃了,真弓还有什么别的想说的吗?"

真弓赶紧摆手,"哪有什么别的? 就是喝茶。我很喜欢中国文化,更想成为二位的朋友——知心的那种。"

影尘道,"难。"

真弓见她坦率,又笑了,"愿闻其详。"

影尘道,"你喜欢中国文化,我固然高兴,可我又不喜欢你们此刻出现在中国的方式。基于这个大的立场不同,我很难对你放下一切芥蒂,掏心掏肺。"

真弓点头,"确实。日俄一战后,日本全民骄傲,自认为这是日本足以统治东亚的信号。我也很不喜欢如此张狂的想法,更不赞同如今趁着欧洲动乱、卖军火发横财的行为。可是怎么办呢? 我没办法改变自己的国籍,我只能活在梦境里,假装自己是一个简单的人。"

她又望一望童丞,"我的愿望也很简单,就是希望我们可以互相多走动,谈天说地,都可以。"

她的表情语气都是如此诚恳,让影尘侧目。

倒是不好意思继续拒绝了。

水野真弓说道,"不过,若说我还有别的话想说,倒也是真的有。"

影尘放下茶杯,侧目望着她。

可是水野真弓说的,却完全不是租界的事。

"很长时间以来,中国茶和日本茶一样,都是小户经营、手工制作,此举虽然显得散漫,但其实充分利用了农村闲散力量。可是如此一来,茶叶生产分散、种类复杂、制作工序和标准都不统一。前几年英国商人为了倾销他们在印度和锡兰的红茶,就是用卑劣的手段特地游说英国王室,攻击中国红茶肮脏、不健康。"

影尘和童丞还是第一次听到此种言论,心中骇然,却也觉得应该不是真弓在胡说。

真弓见他俩没有反驳,便继续说道,"自从日本占领贵国的台湾之后,也将台湾作为一个巨大的茶叶生产基地,并且向英美学习,使用大规模机械化种植、管理、制作,确保所有茶叶口感和香气的一致性。日本政府为了保护本土的绿茶产业,特地将台湾茶叶定位为红茶,并特意从印度引进大叶种茶树,进行培植。就我知道的,日本的茶叶商们,还制作了电影宣传片,用影像展示贵国在制作茶叶时脏乱差的环境,突出日本和台湾地区茶叶的优秀。"

影尘想一想道,"原来如此。多谢你的信息。我们这几年确实一直在为这件事情困扰。"

水野真弓说道,"茶和烟土一样,有一定成瘾性,所以固定一个口感和名称,对茶叶的销售大有好处。比如同样是台湾红茶,我们会根据口感继续细分,比如蜜香红茶、糯香红茶。中国人不大注重这个,就我知道的,小老板家的红茶,只做了级别细分,没有口感细分,更没有单独命名。"

影尘颔首,"有道理。"

水野真弓说道,"我有一个好朋友,就是在台湾做红茶茶叶的,他手上有技术、有机器,可以把茶叶的生产、制作、出品,全部统一成一个标准。小老板若是需要,可以找他合作。"

影尘道,"我考虑一下,再答复你。"

水野真弓又笑了,"不急。我只是做个红娘,成不成看缘分。只希望小老板和童先生,慢慢打消芥蒂,和真弓成为好朋友,那真弓就真的感激不尽啦!"

回到家后,影尘将这些对白,转述给了父亲母亲。

陆一泛叹息道,"跟日本人合作,我总觉得像与虎谋皮。"

影尘道,"我也有这种感觉。我知道水野真弓有心机,而且她也知道我知道她有心机,明明知道却还是忍不住要靠近。"

薛友才道,"这就是政治家的女儿。从小耳濡目染,阴谋阳谋她都懂。"

陆一泛道,"兹事体大。咱们这样,你继续跟她接触,她说的那个茶叶商,你们先去见一见。月池先生再有两个月也就来汉口了,到时候如果真的可行,我再问他意见。"

过些天,影尘回帖,请水野真弓引荐朋友给她认识。

赴约当天,适逢蒋翊武给宋教仁举办的追悼会在汉口召开。一时间满街沸腾,民国政府严阵以待,任何细节都不敢出错。

影尘和童丞穿过人潮汹涌的街头,刚刚抵达日本领事馆,水野真弓便带着一个婢女迎上来。

今天她穿了一套最流行的女式诘襟服,黑色圆顶帽,衬衫领结黑外套,骤眼看,跟穿着一身黑色西装的童丞宛如一对璧人。

她对两人甜甜一笑,"童先生请跟我来,我父亲想和您单独聊一聊。"

童丞一愣。

她吐吐舌头,"怎么了?不合适吗?是不是太冒昧?"

童丞看看影尘。影尘点头道,"无妨。你去吧。"

水野真弓转头对婢女道,"百合子,你先带小老板去后院。"

说罢,朝影尘挤挤眼,"时间很充裕。"

来之前,泰和合跟洪门都知道她的行踪,就算有危险影尘倒也不怕。她虽不明白"时间很充裕"指的是什么,但还是跟着婢女去了后院。

领事馆的后院,其实是一个很大的花园。

一进后院,影尘便听到婢女在身后关门的声音。

她心一沉,手向大腿外侧一拂,旗袍下的小小勃朗宁便握在了手中。

花园静悄悄,修建得宜的草坪宛如一块柔软的绿色地毯,影尘的高跟鞋踩上去,很舒服,又有些粘脚,走不快,一整个气氛慵懒又紧张。

草坪那一头,白色的遮阳伞下,长桌上鲜花蓬勃盛放,银色餐具摆放得整齐优雅。

有一个人,原本坐在长桌边,见她来,便站起身微笑。

远远地看不真切,也走不快。影尘将握着手枪的手背在身后,望着那个人,缓缓走,脚步越来越慢。

心跳却越来越快。

终于,还剩最后十米的时候,那人说,"你不要动了。这一次,换我奔向你。"

影尘站定。不,她其实已经几乎站不定了。

消失了2139天的李家瑜,剪短了头发,身穿浅灰色洋服,依然是那般虎背蜂腰,剑眉星目。

他穿越草地,大步流星跑到影尘面前,在她软倒之前的最后一瞬间,长臂环绕她的纤腰,紧紧握进怀中。

五年多过去,影尘高了很多,可以轻松把下巴放在他肩头了。

她闻着他身上一如既往的书香气,感受他的心跳和自己的慢慢融为一体。是真的,还是镜中幻影,一时间她竟毫无头绪。

对今天的重逢,她更是毫无头绪。李家瑜,既像是她的命中注定,更像是她的意外惊喜。

终于,他放开她一点,将她的脸捧在手心。

她笑中带泪,他泪中含笑。

两个人都有千言万语。你去了哪里?你还好吗?我还是你的唯一吗?你还是我的唯一吗?从前如何?现在如何?未来如何?却万籁俱寂。

他吻她,她回应。千言万语瞬间说完。

影尘终于明白那句"时间很充裕"是什么意思。

等站累了,两个人促膝而坐。

李家瑜从影尘手中拿过勃朗宁,"我一共就搞到三把,全部给你寄来了,用着可还顺手?"

影尘点点头。难怪那天她心跳也很快。

接着,他握住影尘的纤手,细细说起了这五年多来的遭遇。

五年前的萍浏醴一役,他被流弹击中胸膛,子弹离心脏大动脉仅余毫厘。所幸被战友发现,抢救及时,又因为家族的关系,立刻转移到后方治疗。

命是保住了,却也足足躺了大半年才醒。

醒了也只是肉体清醒了。此后数年间,他经历多次手术,始终浑浑噩噩,靠大量镇痛剂才能呼吸和生存。后来辗转到了日本继续治疗,继而又去了美国。

在此期间,便是国内反反复复的起义、镇压、起义、镇压。

他身体羸弱,严重时只能挂着拐杖勉强站立。直到今年才将身体恢复到六七分,足够漂洋过海,重新回到她的身边。

"在我可以站起来之前,我不敢带口信给你。"他深深吻影尘的手心,"我怕我随时会死。我怕让你再伤心一次。"

影尘用另一只手抚上他的心口,"我没有绝望。所以我没有绝望。我总觉得终究会跟你重逢。"

李家瑜道,"我们家和日本的关系一直不错。犬养毅算得上是我们和孙逸仙的共同朋友。这次我从美国出发,先到了台湾,然后一路都乘坐日本人的商船,回到汉口。"

影尘笑,"所以水野真弓说的那个做红茶的朋友,也是你?"

李家瑜摇摇头道,"还真不是。童丞此刻去见的才是。日本人在台湾建立了制茶研究所,培育和改良台湾茶树品种,又将半机械和机械化制茶设备和工艺带了过去,还建立了一套培训茶农的专业体系,规定从事制茶的茶农首先必须具备基本的教育素质,而后还必须在茶习所完成至少九百个课时的学习。这些组合拳打下来,让台湾的茶农无论是采茶工还是制茶工,专业程度更强。日本人还跟印度茶叶学习,采用了拍卖制度,支持茶农直接将成茶卖给茶商,价高者得,公开透明。至于茶席、茶道,日本人本来就精于细节和铺陈,所以迅速就找到了自己的市场。"

影尘道,"大致情况,我也跟母亲他们说了。看我们要怎么调整。"

李家瑜沉默不语,片刻后道,"你呢?"

影尘一愣,"什么?"

李家瑜道,"你……未来怎么打算?"

影尘想一想,答道,"我没有打算。我不爱茶,研究茶只是因为那是家里的事业;我也不爱帮派,留在洪门只是因为这曾经是你的位置;我更加不爱革命,帮助革命家只是因为我是一个有良知的中国人。"

她看看李家瑜,"我这人生性寡淡……"

李家瑜笑,握紧她的手,贴向自己的脸,"太巧了,我也生性寡淡。若说有执念,也就是你了。"

影尘也笑。两个人在阳光下,笑得宛如两个孩子。

李家瑜道,"我们砸碎了旧世界,新世界却并没有如期而至。不过,也不要紧。总有光明的方向。"

影尘看着他那如星云一般耀眼的眸子,许久许久,才一字一顿道,"我听你的。你就是我的方向。"

围墙外,为宋教仁祭奠的人熙熙攘攘,然而许多人,并不真正知道宋教仁陨落的含义,只是随着大众赶赶热闹;围墙内,两个废墟里的游魂终于合体,哪怕未来依然坎坷,也决定再不分离。

两个月后,月池一行抵达汉口的时候,提起影尘,陆一泛又红了眼眶。

薛友才打趣,"女儿奔向自己的幸福了,你不要一直哭。"

月池感慨,"北美这个洪门大哥司徒美堂,我也听妹夫提起过。李家瑜和影尘跟着他,不会有错。他们在海外安定下来,养病的养病,筹款的筹款,继续为了民国发光发热,实乃万全之举。"

陆一泛抱紧小女儿,"我不管,你无论如何不许嫁那么远!"

薛月梁红着脸,嘻嘻笑,"放心吧,娘,我没有姐那么大的胆子。"

月池环顾左右,"童丞呢?"

陆一泛道,"童丞如今继承了洪门白扇席位,忙得不可开交。这孩子我最担心了,影尘在时,他还偶尔有个笑颜。现在整个是一个工作狂,吃住都在兰园里,不苟言笑,独来独往。"

月池喃喃道,"我要去同他好好聊聊。他是……他是童家最后的骨血,我绝对不能让他这样下去。"

陆一泛道,"不过,眼下比他更着急的,是茶叶。"

当下把日本人的野心、英国市场的变化,整个梳理了一遍。

"水野真弓介绍的这个茶商刘顺彪,是台湾本地人,祖籍安徽祁门。祖辈去了台湾,一开头是做乌龙茶,这两年开始做红茶,主销俄国,渐渐也开始跑英国、美国线。童丞和他接触下来,说这人倒是不坏,就看咱们要不要合作。"

的确,相比之下,童丞的烦恼都算不得烦恼了。

月池将自己深深陷在沙发里,凝神屏息,思索良久。

他何尝不想机械化、扩大规模、建立标准。

可是太难了。

茶区分散就是第一个大难题。此前他能把生意做大,所依靠的最大法宝,就是聚沙成塔,自己牺牲了巨大的利润,甚至倒贴了很多银钱,疏通山道、河道,做好保障与福利,像毛细血管一样,把每一个微小的茶农都激活。机械化生产,意味着跟散户说再见。

再说建立标准,谈何容易?二十多年了,他一直在做这件事,包括张之洞此前在汉口开了讲习所,泰和合也全程参与了。但是禁不住炮火连天,朝令夕改。新标准执行不到一年,人死了,人跑了,到处流离失所,除了壶瓶山宜市他能掌控之外,其他地方都很难谈到标准二字。

陆一泛道,"杜百里前几天就给我敲过警钟,说今年他们的价格更低了。他也很无奈,说这是洋行权衡利弊后不得已的决定。怎么办?真的是雪上加霜。"

月池心下一片黯然。

大势已去时,天纵奇才也拦不住。枉费妍华、吴习斋花了那么多心血研究新品种,枉费茶农们冒着生命危险上山打蛇,多收一季夏茶。

也许是年过半百的关系,他第一次感到如此颓丧,力不从心。

就在月池把茶以不到以往一半的价格卖掉后没几天,蒋翊武以同盟会汉口交通部部长的名义,组织了一个叫"改进团"的队伍,在湖北全省发动反袁倒黎的武装暴动,但很快便被镇压。

但蒋翊武没有气馁,他随即被孙逸仙调往湖南,继续革命。唐福德在他的推荐下,还被孙逸仙委任为湘军总司令部参谋官兼北伐军前卫指挥官,拥戴谭延闿,反袁倒黎。可惜,失败继续。蒋翊武在桂林被捕,不日被袁世凯亲自下令枪决。

据说,临刑前他留下一句诗:当年豪气今何在?如此江山怒不平!

感人吗?此时此刻,并不。

全国情势再次紧张起来,两湖两广所有的重要城市,进城出城都要搜身,不明就里的老百姓,骂民国,骂大清,更骂革命党。月池听到那些骂声,比听到蒋翊武被枪决更心痛。

他也不敢在这乱世里贸贸然动身,索性在汉口多留了些时日。也幸好多留了些时日。

袁世凯秋后算账,远在长沙的唐福德被捕入狱。印雪急火攻心,第一时间打电话到汉口求助。月池果断安排人将她和孩子护送回壶瓶山,又立刻安排人营救唐福德。好在唐福德的上司及时相助,保住了唐福德的性命,出狱后调任到浙江任一个无关痛痒的小官职。

如此江山!

月池抽空去到长江边,一个人发呆。

当年他掬水遥祭谭嗣同的码头,依旧江水悠悠、波澜壮阔。

一个个鲜活的生命来了,又走了。大清亡了,民国依旧混乱,该何去何从,每个人都没有答案。

在长江下游入海口的码头,也有一个人在发呆。

父子同心,菊圃想的事情,跟月池想的大致相同。

但却不是因茶叶而起。

今年初夏他已满三十三岁,再不急,婚事也不能再推。他耗得起,顾婉如也耗不起。两个人分头知会了父母,便在没有一个亲人陪伴的情况下,举行了一个非常简约的婚礼。

婉如是基督教徒,婚礼在圣三一教堂举行。两人穿着洁白的礼服婚纱,由神父见证,宣读誓言,交换戒指。菊圃以前没有信仰,从这天开始他突然发现信仰的力量——原本略显无聊的仪式,在信仰的加持下,无端端就变得庄严起来。

婉如婚前娇滴滴,婚后成熟了很多,仿佛找到了生活的主心骨,不再那么贪玩,认认真真做起贤内助来。她自父亲那里继承了花园路的一栋别墅,菊圃略略思索,便决定搬进去住。他跟着盛宣怀学习长大,从小便懂得不跟自己置气。民国成立伊始,大清银行便在当时的临时大总统孙逸仙和财政总长陈锦涛批准下,改为民国政府的金融机关,更名"中国银行",统一纸币和办理国库,将税收作为统一财政的起点。菊圃年纪不大,出道早,因为本身就是大清银行的元老,所以如今在中国银行里也做经理,风生水起。

顾婉如凡事以菊圃为重,毫不骄矜;菊圃则一如既往地宠爱她,四季鲜花珍宝礼物不断。小日子过得琴瑟和谐。

教菊圃烦恼的,反倒是恩师盛宣怀。

盛宣怀在日本流亡一年多,却因中华民国的成立,受孙逸仙邀请,再次出山,回到上海继续主持轮船招商局和汉冶萍公司。

他最近找到了菊圃,希望菊圃能继续跟着他工作。

菊圃十分犯难。与其说他不舍得丢开中国银行的工作,倒不如说……他觉得未来太迷茫了。他不确定恩师会不会再一次犯糊涂,在人生十字路口做出利令智昏的抉择。

不多时,杜月生前来赴约。

"今天怎么想起来在码头见我?"他穿着一身平常褂子,笑嘻嘻,丝毫看不出他巡捕房包探的身份。和他一样,那些出身低微、家道贫寒,但又不学无术的流氓,利用帮会势力,网罗门徒,成为地方一霸。他们权势相加,左右逢源,被老百姓送了个绰号,叫"流氓大亨"。

"我还以为你会有制服。"菊圃也笑。

杜月生横他一眼,"最优秀的密探,就是走到人海里便消失不见。还制服呢!怕别人不晓得我是密探?"

菊圃正色道,"我马上要出差去汉口,今晚的晚饭吃不了了,请你来江边吃吃西北风。"

杜月生笑道,"哈!我还以为你特地带我来第一次偷你皮夹子的地方,是要敲我竹杠呢。"

菊圃环顾四下,"真的吗?我倒没注意。"

杜月生道,"你去汉口做啥?"

菊圃道,"中国银行要开设汉口分行,我去打个前站研究研究。正好很多年没回家了,也顺道回去瞧瞧爹娘。"

杜月生双眼一瞪,"那你不早说?!我要准备点东西给你带去!"

菊圃递过来一根烟,自己也叼上一根,"不用了,心领了。"

杜月生接过烟,先给菊圃点火,再自己点上,冷哼一声,"瞧不起人?我虽然没你有钱,但这点肩胛还是有的。你几点的船?"

"下午五点,怡和号。"

"你等着,我一会儿就安排,保管在你上船前送到。"

菊圃道,"你上次说要帮我问问宋教仁刺杀案的幕后真凶,有什么发现吗?"

杜月生点点头,左右看看,凑近菊圃耳边道,"有发现。我越来越怀疑是陈其美。"

菊圃大大一愣。他知道这个名字。这个人敲响了上海独立的钟声,在青帮、同盟会里都如鱼得水。甚至,他也是最后陪着宋教仁的同伴。如果他是真凶……菊圃不敢想。

杜月生道,"民国是成立了,不过这是那帮子革命党打了胜仗而已。但你看后头!真的是一天世界。守江山比打江山难呀!"

菊圃认可他这个观点。他看到过报章上宋教仁的遗照。虽然看起来很安详,但他第一时间便联想到了十多年前挂在汉阳城门上的唐才常的头颅。中华民国虽然建立了,但和平民主、安定团结却远远没有到来。

菊圃从上海出发去汉口,印雪则从长沙出发回壶瓶山。

离开长沙前,她悄悄找到了覃志宝,问他要不要也跟着回乡避难。

覃志宝平时大大咧咧阳光灿烂,遇事倒是沉稳得很。

反过来安慰陈印雪,"印雪姐,没事的。袁世凯现在头痛得紧,哪里顾得上我们这些细枝末节。你带着唐宜回去吧,等长沙安定了再回来。姐夫做得没有错,今天他被贬了官,并不意味着事情就结束了。你别太悲观。"

印雪苦笑,"谁知道呢……"

覃志宝道,"我们班有个同学叫毛润之,比我大两岁。他说他小时候读过一本书,叫作《盛世危言》,书上开头一句给他印象很深,那句话是——呜呼!中国其将亡矣。他说读了那本书以后,便决定出来读书,哪怕前途危险,都在所不辞。他还写了一首诗,我特别喜欢。"

印雪垂头丧气,可有可无漫不经心地问道,"什么诗?"

"孩儿立志出乡关,学不成名誓不还。埋骨何须桑梓地,人生无处不青山。"

印雪出了半天神,方才点点头,"……埋骨何须桑梓地,人生无处不青山。说得好。那你留下来读书吧,注意安全。我们都保护好自己,留得青山在,不怕没柴烧。"

第八章　来年树下再相逢

1

民国四年的华夏神州,可以用反差巨大来形容。

袁世凯政府蓄谋称帝,野心昭昭,殊不知第一次世界大战的战团,早已商量妥当,无论如何都要将中国屏退在门外,不瓜分不后快。一股怒火正在民间酝酿,青年们纷纷觉醒,他们清晰认识到往年多次革命失败的根源,在于四万万同胞都缺乏民主共和意识。与此同时,二次革命失败、国民党被袁世凯解散后,孙逸仙依然百折不回,再度举起革命大旗,在东京成立了中华革命党,建立了完整的海内外组织。

一边是做着皇帝春秋大梦的袁世凯,一边是年富力强的青年学潮,一边是不成功便成仁的革命党。

这一年也是菊圃人生里很重要的一年。

三个与他紧密相关的女子,都走向了各自的拐点。

春天里,妻子顾婉如生下了个大胖小子。菊圃喜为人父,瞬间责任感爆棚,唯愿将天下最好的都捧到儿子面前。他给孩子取名卢天赐,又请父亲月池给孩子取了个字叫"一得"。

顾婉如升级做母亲后没多久,吕碧城来了。

一直任职袁世凯总统府机要秘书兼参政的她,此前也精神抖擞,努力施展抱负。但几年的官场生涯,让她看透了官僚的黑暗和无耻。跟袁世凯相处越久,越让她觉得此人绝不可能是中国的希望。于是民国四年夏天她毅然辞官,并且离开北京,移居上海。她与外商合办了一个贸易公司,竟然因为她的聪慧头脑和八面玲珑,立刻风生水起,没多久便成为沪上著名人士。

果然是金子到哪里都会闪光。

吕碧城来了,相识于微的盛樨蕙却走了。

是真的……走了。

嫁给贵公子邵恒后,她再也不思学习,一味挥霍,成日消磨在麻将桌上。丈夫邵恒就更加过分了,不务正业且贪婪好色,耗尽了樨蕙的最后一丝活力。结婚十年,种种磨难郁结于心,终使她在这一年撒手人寰,香消玉殒,芳龄三十。

菊圃自从几年前有一次去拜访她,等了足足一个小时都没等到她下牌桌,心里便已给两个人的交情画上了句号。知道她的消息还是因为看到了报纸上的讣告。

他内心剧震。

看看身旁咿咿呀呀的卢天赐小宝贝,再次感受生命奇妙。

一生,一死。两个字就已道尽。

秋天某个下午,菊圃和吕碧城约了喝茶。

地址选在静安寺路。好些年了,这里一直是上海西区的商业中心。各种酒肆、商店、南北货店、中西药房,鳞次栉比地排列在有轨电车轨道两边。

一见面,吕碧城便笑嘻嘻道歉,"你过来很远吧?抱歉抱歉,我正在选地修房子,就在这一带,所以就近考虑啦!"

菊圃眉毛飞到额头上,"你这么有钱?静安寺路?"

吕碧城神秘地挤挤眼,"我经商的头脑可不比你差。"

菊圃见她丝毫没有受此前辞职风波的影响,心情一如既往地好,也由衷高兴。当下拱手道,"佩服佩服,看看,我和大富婆失之交臂。"

吕碧城嗤笑道,"也不见你等我。这上下老二都快有了吧?"

菊圃掏出皮夹子,给她看刚刚拍的全家福照片,"小崽子好看吗?"

吕碧城道,"好看!"

静安寺南边有个小公园,种着很多柏树,四季常青,十分幽静。两人沿着湖慢慢走,想到这些年颠沛流离,居然还能保持联系、一直相互鼓励扶持,默契地相视一笑。

菊圃道,"你从袁世凯政府里出来,是对的。"

吕碧城问,"你也不看好袁世凯?"

菊圃道,"中国银行和交通银行都属于国家银行,是国家的重要财政支柱,跟普通银行不同,还有维持金融、整理国库、发行股票、代理公债等多项特殊职务。袁世凯上台后,一直下令让两个国家银行滥发,还不停地借款,搞得银行信用动摇,我看再这么下去,离大规模停兑就不远了。"

吕碧城叹口气,"挖别人墙角的,我见过;往死里挖自己墙角的,也就一个袁世凯了。偏偏还是一国领袖,危害无穷。"

菊圃道,"我对政治不敏感,光从金融角度讲,袁世凯也是在饮鸩止渴。你说过,你主张世界主义,万事万物各有好坏,所以你无所谓清廷当政还是共和当政,只要在其位谋其政即可。"

吕碧城见他把自己说过的话记得那么清楚,十分高兴。

路过报摊时,她停下脚步,买了一本杂志。

菊圃探头看去,只见《新青年》三个大字有如刀砍斧劈般精神。

吕碧城道,"《大公报》不行了。方守六走了,我也走了,英敛之无心经营,如今正打算卖掉它。对一份杂志来说，创刊人的精气神太重要了。我挺看好这个《新青年》，主编陈独秀，倡导民主和科学，主张推翻孔孟之道，很是新鲜。"

说着将杂志递给菊圃，"你可以读一读。里头很多文章的观点，我也赞同。"

菊圃收下杂志，"嗯，我会好好拜读。最佩服你们这些笔杆子好的人。"

吕碧城笑，"光看到你佩服，也没见你行动。蔡元培先生在法国，搞了一个华法教育会，打算帮助中国青年去欧洲求学。你可还有读书的想法？"

菊圃摇头道，"莫说我现在当爹爹了，就算没当，我也不是读书的料。"

吕碧城笑，"偏偏你还是校董。"

她没忘记菊圃当初给北洋女子公学筹款的事。

菊圃笑，"我就是个俗人。既不爱读书，也不懂革命。我就老老实实赚点小钱，到处做做股东，也算跟着你们为国效力，很知足了。"

吕碧城朝他竖起大拇指，"低调又谦逊。"

"那你呢？你准备去法国读书吗？"

吕碧城摇摇头，"我倒是也想出去，但不想去欧洲。我想去美国走走，读文学或者美术，然后把所见所闻整理成书。"

菊圃道，"那你还准备在静安寺路修房子？"

吕碧城笑道，"又不矛盾。我攒够了钱，修了房子，是给自己肉身一个安定。我出去走走看看，把外面的世界端到国人面前，是给自己心灵一个安定。革命家们只知道打天下、统一天下，却并不知道老百姓期待怎样的生活。在那些被革命家称为列强的国家里，老百姓的生活才是真实的。他们也有生离死别、喜怒哀乐，他们吃什么住什么，喝着什么样的下午茶，收着什么样的庄稼，传诵着什么样的故事……这些事情，我更感兴趣。国人只有了解了这些事情，才会对未来真正充满期待。"

一番话说到了菊圃心坎里。他就觉得这几年的困惑——那些说不清道不明的烦躁感——随着吕碧城的这一番话统统得到了纾解。

真是宝藏一般的女子。

菊圃望着她笑。

她不属于他，她甚至就不应该属于任何人。她是自由的风，来去自由，活色生香。四万万同胞，若终将都能活成吕碧城，该有多好。

回到家，顾婉如正在喂奶。

即使家境富裕，她也坚持自己哺乳。她从小便在国外见女人们亲自哺乳，更相信西医说的"母乳有利于母亲身体健康"。

昔日如珠似宝的华丽小姐,突然变成不施脂粉、松散慵懒的母亲,菊圃看着看着觉得甚是有趣,便站在大门口笑了一会儿。

婉如终于看到他,扔个白眼过来,"傻子。"

"你真美。"菊圃凑上前,一股酸甜的奶腥气扑鼻而来。

婉如懒得理他,"等我喂好奶,收拾收拾,照样是上海滩一支花。"

菊圃哈哈笑,"那必须的。"

婉如道,"你别嬉皮笑脸。我跟你说个正经事。"

"你说。"菊圃一边脱外套一边喝水。

婉如道,"我父亲去年去世你是知道的。他在上海洋行里的各种股份,都分给了两个哥哥,这个我没意见。但今天我才知道,遗嘱之外他还留下来几个百货公司,也都被哥哥们吞了。"

菊圃手中动作一顿,诧异道,"还有这种事情?你的哥哥们也够坏的。"

婉如道,"对啊。要不要是我的事,连知会都不知会我,我心里就很不舒服了。"

"那你怎么想?打算要回来吗?"

婉如道,"我大哥是个眼高于顶的人,特别受用小人拍马屁,身边总有那么几个苍蝇,围着他要好处,几间洋行的股份现在都不知道还在不在他手里;我二哥又不思上进,花天酒地第一名。百货公司到了他俩手里,估计都没好下场。我哪怕不是为了赚钱,也想把爹爹的心血保留下来。"

菊圃道,"需要我帮忙吗?"

婉如喂好孩子,放下衣服,将孩子递给等在一旁的老保姆让带去休息。她简略整理好衣衫,抱住菊圃的手臂,娇声道,"当然需要。"

这一瞬间,那个嗲嗲的 Lily 才回来。

菊圃搂回她,"那你是准备打官司要呢,还是先礼后兵?"

婉如道,"他们既然敢直接侵吞,就没打算要跟我和解吧?我不打算谈判,就准备直接走法律途径。司法界你不是有很多朋友吗?"

菊圃点头,"我晓得了。我来找律师。"

婉如斜着眼瞧他,"百货公司若是要回来了,你居功至伟。将来写在你名下!"

菊圃道,"我才不要呢,你留着吧。我对百货业一窍不通,别弄来弄去还不如你的两个哥哥。"

婉如笑道,"那就写在咱俩名下,你一半我一半。"

"要不留给天赐吧。"

"对!就这么说好了!"婉如在他脸上吧嗒亲一口,甜甜一笑,"你真好。我真幸福。"

菊圃道,"爹爹从小便是这样教我的。男儿顶天立地,第一要紧就是让自己的太太和顺高兴。小家顾好了,才有大家。"

婉如将脸埋在他肩头,"上一次你去汉口,我没顾上一起去。等天赐再大一点了,我一定跟你回乡去看你爹娘。"

"好,今年过年吧,希望过年的时候太平些。"

菊圃不知道的是,父亲月池此刻的心情比谁都糟。

他在汉口待了很久了。二十多年来第一次,他没有卖掉全部茶叶。

装着最好的一批天字号红茶的船,在长江岸边漂了两个多月了。

不是不想卸货,而是怡和洋行给出的交易价格,已经低于毛茶收购价格了。

简单来说:卖一斤,亏一斤。

和杜百里交涉的情景,在月池脑中反复又反复上演。

杜百里也老了,但是和月池一样,身材没有走形,脊背板板正,冷漠的蓝眼珠子变得浑浊了一些,却更加深邃。两个人和陆一泛都没坐着,靠到窗边,望着怡和码头聊天。

这么多年了,即便不亲近,杜百里也会跟月池说几句心里话。

"月池先生,"他直视月池的眼睛,"我很遗憾,可是总行给我的指示,就是这样。我们都是生意人,都不做亏本的事。印度茶叶的收购价格,远远低于中国,这个你是知道的。如今欧洲混战,英国刚刚向德国宣战,整个英国对茶叶的需求量也在骤减。所以……"

他耸耸肩。

听完陆一泛的翻译,月池回答,"我没有要抱怨。如果一定说有问题,那是我的问题。我知道世道不好了,却还是抱有侥幸心理,总觉得明年会比今年更好一些。你不用道歉,杜百里先生,谢谢你这么多年的关照。"

杜百里本来准备好了一肚子的说辞,突然听到月池如此坦白,也愣住了。过一会儿才笑一笑道,"俄国、美国那边,你们有交易吗?如果没有,我可以帮你们引荐……"

月池微微笑,"多谢了,我们有。我们天地玄黄四个字号,天字号都是给你们的,其他几个字号也会分头卖给他们。"

杜百里举一举手里的茶杯,"你们前几年研制出来的这个花香系列,味道非常好,我个人也非常喜欢。但是,月池先生,你看,我也只是一个听号令的人,没有决定权。"

月池点点头。

"不过,"杜百里望向月池,"有个事情,我很想和月池先生探讨一下。"

"请讲。"

"还记得几年前你帮我找到刘先生吗?从那之后我就开始在汉口圈地。实不相瞒,我如今在汉口投资的地产房产,租界内外有一百多栋。我现在还打算在汉口城区以外买一块很大的土地,建立怡和洋行的专属开发区,命名怡和租界。"他微微笑着,蓝眼睛里透着生意人的精明能干。

月池看一眼一泛,笑道,"我听一泛说了一些。"

杜百里问道,"可是月池先生,你看,这么多年了,你都没有积累地产房产,只知道做茶叶。是不是需要做一些资金沉淀呢?让自己保有财富。"

月池侧目看看杜百里。他潜意识里觉得这也许是他俩最后一次见面了。

突然就有不吐不快的滋味涌上心头。

"不仅是你这样跟我说。刘人祥也跟我说过,我的账房先生,甚至还认为我们应该把更多重心转移到金融上,以后只做货贷,不做茶叶。"

杜百里好奇道,"那你怎么想的呢?为什么不做转变?"

"我不知道我说了理由,你能不能理解。"

"你说说看。"

"中国古代有个商人,名曰范蠡。此人能带兵,能打仗,能治国,从丞相之位退下来之后去经商,没多少年又富甲天下。他还承诺那些曾经跟着他打仗的士兵家属,但凡以后生活遇到困难,都可以来找他。"月池缓缓说道,"三次巨富,三次散财。最后的最后,他两手空空隐退山间,却依然被后世奉为财神。他有一句话,我非常非常赞同。"

范蠡的故事似乎触动了杜百里的心弦,他饶有兴致地追问道,"什么话?"

"居家则致千金,居官则至卿相,此布衣之极也。久受尊名,不祥。"月池用中文说完原文,又解释一遍道,"做的时候,做到极致的好,等到功成名就之时,就可以放下功名了。我和他一样,不是为了成为巨富而做生意。你可以不理解这种感觉,觉得我很虚伪。但我真的是这样想的。"

月池将手中的红茶一饮而尽,道,"我做红茶,为几千几万人谋了几十年安宁生活,于愿足矣。如果天不假年,要结束这个愿望,那我也顺应天意。"

这段话深有老庄之道,非常不好翻译,陆一泛一边翻一边皱眉,反倒是杜百里久居中国,对中国文化了解也越来越深,居然全部听懂了,蓝眼睛里多了几分尊敬。

月池离开怡和洋行后,没有返回汉庄。他回到了船上,守着茶叶,三天没有下船。

陆一泛让人做了饭菜送上去,却只见整盘整盘地端回来。

她担心极了,"这可怎么办?"

薛友才反倒是多少理解月池的感受,"别担心了,月池公是一个张弛有度、特别圆融的人。让他安静几天,就好了。"

月池没吃饭,也没动,除了喝水如厕,他就静静躺在甲板上,回忆过去二十多年来的往事。

等那些散发着汗臭、茶香、蝉鸣、风霜雪雨气息的日子,一一在心头滚过几遍,他终于想明白了。

起身,晃了晃,但无碍。

他走出船舱。舱外一直苦等的嘉木、仙芽一见他,欣喜若狂,赶紧上前招呼,又跑去找陆一泛。

陆一泛和薛友才第一时间赶了来,月池却说道,"童丞现在哪里?"

"应该在兰园。"

"带我去见他。"

陆一泛两口子面面相觑,也不明白月池葫芦里卖的是什么药。

但也没多话,马上和他一起去了兰园。

童丞确实是在兰园,他正在和室里接待水野真弓。

两年前,在水野真弓的安排下,影尘和李家瑜终于团聚了,远走高飞。在童丞眼里,从此世界再无色彩,一切皆无关痛痒。水野真弓对于他来说,不仅不可亲,还是一个不祥的信号。

但偏偏小妮子似乎很喜欢童丞,三天两头找事情跑来。

今天她身穿一身白色竹叶纹和服,头发依然簪得一丝不苟,整个人看起来宛如一丛翠竹般清新雅致。

她带来了一个消息：自从去年八月欧洲爆发战争之后，日本利用欧美列强无暇东顾之机，以"对德宣战"为由头，出兵侵占胶州湾及胶东半岛，攻占济南和青岛，夺取了胶济铁路，取代了德国在山东的地位。不仅如此，日本以支持袁世凯称帝为条件，对他提出"二十一条"修正案《中日民四条约》。

其中就包括，如今正在盛宣怀手里的汉冶萍公司必须由中日合办。

水野真弓交代完来龙去脉，放下手里的茶杯，用纤细手指轻轻地在杯碟边上画圈，"去年底，盛宣怀就已经跟我们日本制铁所、横滨正金银行签订了五个合同，以汉冶萍公司全部财产作抵押，借款一千五百万日元。中日合办，意味着他将来还会聘请日本人担任最高工程顾问和最高会计顾问，汉冶萍公司的实际掌控权，就相当于全部归属我们了。"

童丞听完，淡淡道，"所以呢？"

水野真弓嫣然一笑，"所以，泰和合要不要一起吃这块蛋糕？我可以为你们在汉冶萍公司占一席之地。"

童丞道，"以外人名义，占本该属于自家的田地吗？"

水野真弓道，"你要这样想，倒是也没错。"

童丞深吸一口气，"我考虑一下再回复你。多谢水野小姐。"

水野真弓噘起嘴，撒娇道，"我们都是知己了，叫得干吗这么客气。你叫我真弓就可以啦，我说了好多次了。"

童丞抬头凝视她，"知己？"

他死都不会和日本人做知己，更何况还是一个不祥之人。

水野真弓却被他看得有点害羞，顾左右言他，"……今天天气热，兰园倒是很凉爽。"

童丞见她无话找话，起身道，"若无其他事……"

水野真弓也赶紧起身，"耽误童先生这么久了……"

童丞轻轻道，"我送你出去。"

水野真弓见他如铁板一块，也没好意思继续纠缠。

两个人正往外走，脉脉前来知会，"月池公、陆老板、薛老板来了。"

童丞道，"正好，你替我送水野小姐出去吧。"

水野真弓回身看他，"那你记得要尽快给我答复哦！"

童丞点头，"好。"

水野真弓一歪脑袋，伸出小拇指，"拉钩。"

本来属于小女孩的小动作,由俏丽活泼的她做出来,画面其实是很和谐的。但这小动作背后是日本人的阳谋和眼睁睁看着国家资源被玷污的屈辱。童丞半是厌恶、半是纠结地看着那根手指,过一会儿,才伸出小拇指勾了一下。

水野真弓离开的时候和月池擦肩而过。

她本来就穿着素雅的和服,此时往旁边闪开让月池先过,那乖巧伶俐的样子,令月池侧目。

等她走远,陆一泛轻轻道,"这就是前领事水野幸吉的女儿,去年她父亲去世了,但她倒是一直留在了领事馆工作。这姑娘年纪轻轻,城府可深了,从来没见她动容过,大事小事都办得干净利落。"

月池道,"如沐春风,杀机暗藏。"

陆一泛道,"对,日本人的礼节,就给我这种感觉。"

说着,童丞已经迎了出来。

他个子颇长,常年习武让他身材匀称肌肉饱满。天使一般唯美的面孔,却鲜有表情,所以显得格外冷峻。见了月池,他恭敬行礼,"月池公好。"

月池拍拍他的肩,"我有话跟你说。咱们俩说。"

童丞一愣,立刻请他进了刚才和水野真弓聊天的和室。

陆一泛和薛友才识趣地等在外头。

过了片刻,陆一泛才轻轻问丈夫,"你说月池先生会跟童丞说什么?"

薛友才笑,"你是想问,有什么是咱们俩都不能听的吧?"

陆一泛嗔笑道,"没劲,什么都被你猜中。"

薛友才道,"一定和洪门有关,一定多一人知道不如少一人知道,一定对咱们都更好。"

陆一泛点头,"这倒是。行了,咱们去前头安排点好吃的吧。月池先生几天没吃东西了。寿司?烤鳗鱼?还是寿喜锅?"

"大夏天的,还是凉面吧,又好消食……"

和室里,月池问童丞,"如今洪门在汉口的兄弟多吗?"

童丞回答,"核心一百十,清水一千,浑水三千。"

洪门的清水,泛指相对身家干净、讲江湖道义、不偷不抢的人,以富商、工人、扁担小贩、手艺人等为主。而浑水则是那些偶尔坑蒙拐骗、但大体不会太恶劣、以暴力行走江湖的人。

月池道,"若是让你组织,今晚前能组织多少人到码头?"

童丞略一思索,"几百人没问题。"

月池点头,"好。"

"月池公,是想让他们做什么？我看看找哪些人更合适。"

"偷窃,放火。"

童丞一愣,他打死也没想到这两个词会从月池嘴里冒出来。

月池却笑了。

是夜的汉口港,百多人摸上了泰和合的商船。

偏偏几十条船上,一个工人都没有,全部去市里吃喝玩乐了。贼人们把几万斤泰和合的精品红茶洗劫一空,可能是搬运不方便,还很统一地留下了包装箱。着急忙慌中,某个贼人的火把点燃了其中一条船,一时间火光冲天,巡捕房这才看到赶来灭火。

可是他们没抓到任何人,泰和合也没有追究的意思。又因为没人在灾难中丧命,巡捕房勘查了一通现场,登记在案,然后就不了了之了。

没几天,失窃的几万斤精品红茶出现在铁路沿线的各位单帮客手里,然后迅速扩散到全国各地。不少人因为这场灾难发了点小财,而且因为扩散很快,也没有影响汉口的其他红茶生意。

卖掉的和失窃的红茶打平盈余,月池一无所得。奇异的是,他的脸上没有一丝颓丧。

2

陆一泛和薛友才这才知道他和童丞谈了什么。

她问薛友才,"如果……我是说如果,月池先生决定结束泰和合,咱们该何去何从？"

薛友才搂住爱妻,"你说呢？"

陆一泛道,"要不咱们也回壶瓶山吧。"

薛友才"嗯"一声,"行。说也有趣,壶瓶山既不是你的故乡,也不是我的故乡,感情倒是最深。"

"毕竟我们在那里认识。"

"这大概就是苏东坡说的——'此心安处是吾乡'的意思吧。"

陆一泛道,"照这说起来,咱们留在汉口也行。汉口也是好地方。反正这些年攒的钱,也够花了。"

"都行。我听你的。"

那一边,童丞再次见到水野真弓,是在一个俄国领事馆的酒会上。

他为了泰和合生意去走个过场,送送礼。他去了,却意外地发现水野真弓也在,不仅在,还被几个喝多了的俄国人围在偏僻走廊的角落里调笑。她一脸尴尬,又不敢动手,一时很难脱身。

童丞不想惹麻烦,看了一眼后,便走进去和酒会主人耳语几句。

主人自去帮水野真弓解围,他也自去办事。等一圈交际下来准备撤退时,看到水野真弓仍然一个人待在走廊的那个角落里。

她的洋装此前已经被俄国人扯散了架,肩头还裸露着一块肌肤没有遮严。她站得笔直,眼角带泪,却没有动手擦。看到童丞出来,她一反常态,没有笑,也没有出言招呼,只是默默凝望他。

童丞犹豫了几秒,才缓缓走过去,脱下西装外套,为她披上。

水野真弓抬起头,"为什么不帮我?"

童丞懒得回答,转身便走。

她追上来,"童先生!"

童丞没有回头,"我们考虑过了,不会参与你们对汉冶萍公司的计划。"

"我不是在问你这件事情。"

童丞道,"那我想不到我们还有什么交集。"

"你真的很讨厌我吗?"

童丞驻足,想一想道,"我讨厌你的国籍。"

水野真弓缓步上前,"我是在问,你真的讨厌我吗?"

童丞回头看她。

水野真弓的脸本来就很美,此刻梨花带雨,更加楚楚动人。

她哽咽着说道,"我知道你痛恨来中国淘金的外国人。可这不是我能抉择的。生来就是你痛恨的人,我很难过。"

童丞反问,"俄国、日本素来不睦,你今天为什么会出现在这里?"

"因为我们也有许多东西,需要卖到俄国去。"水野真弓拉住童丞的手,"国家跟国家有矛盾,但老百姓和老百姓究竟有什么深仇大恨呢?童先生,我真的很困惑。"

童丞道,"大道理我也不懂。我只知道,有些钱,不赚也罢。有些朋友,不交也罢。如今我们看似安好,等到真的炮火连天、生离死别的时候,你我都不会忘记自己的国籍和身份。为了避免陷入这种绝境,我宁可现在就选择不要。"

水野真弓听他一字一字说完,拉着他的手这才慢慢放开。

等童丞走远,阴暗处,小泉知佳子闪了出来,用日语轻轻感叹道,"果然厉害,美人计、苦肉计统统没用。"

水野真弓擦干眼泪,双手拎住西装的衣领,轻轻摩挲,面无表情,"所以呢?要干掉他吗?"

"一颗留着无用的棋子,还摆在碍事的位置上,不干掉不行啊。"

水野真弓轻轻叹口气,"容我再想一想。"

"你还要想什么?不是真的爱上他了吧?哈哈。"

"你胆大包天了敢这么跟我说话?"

"是。"

"在我给你决定前,不准私下动手,听到没?"

"是。"

就在她想一想的这几天里,童丞离开兰园,不知所踪。

再过几天,兰园改成了一家旅馆,前头的"清和胗"餐厅成了旅馆的活招牌,加上兰园里面环境清幽,日式风味别具一格,顿时客似云来,各国洋人也会特地来住一住。

老板杨存宁可算圆了他的旅馆梦想,成日笑呵呵。

水野真弓震怒不已,怒斥小泉知佳子,"你真的动手了?"

"没有!我完全不知道!"小泉知佳子也是郁闷到不行。按说她和杨存宁朝夕相处,就算不讲感情,从逻辑上来说她也不应该被蒙在鼓里。可杨存宁看起来也真的不知道童丞去了哪里,只说童丞之前将兰园地契全部赠予了他。

水野真弓忽然想到童丞说的最后那句话:

……如今我们看似安好,等到真的炮火连天、生离死别的时候,你我都不会忘记自己的国籍和身份。

小泉知佳子也想到了这一节,脸色苍白。她固然是出卖了杨存宁,可如果杨存宁也是这样心思缜密防着她,她也有点伤心。

水野真弓当然不相信杨存宁的解释,亲自又去探查了几番,再白天黑夜派各种亲信去探查,得到的答案都是一个:童丞不见了。

她陷入沉思。

日本递交给袁世凯政府的"二十一条",核心内容其实就是一个:日本要独自霸占在中国的所有权力利益。铁路、矿产、沿海岛屿是硬霸占,要求中国政府必须聘用日本人当顾问才是软刀子,会一寸一寸割得中国体无完肤。

其实就连日本人自己都没想到,袁世凯竟利欲熏心到会接受这个"二十一条"。

反倒是水野真弓在童丞这里感受到了中国人残存的骨气。

她银牙咬碎,也想不出童丞为什么消失、后又消失去了哪里。

童丞消失了,月池也终于启程,数日后抵达津市港。

所谓好事不出门,坏事传千里。泰和合在汉口遭贼的消息早就传到了津市,本来就一直觊觎泰和合的宵小之徒们更加起劲,"早知拖那么远被偷,还不如便宜咱们!"

月池听了,不言不语。身边的嘉木、仙芽大气都不敢出。

善虎的妻子祁湘瑛一直未孕,两个人看遍中医,有的说是男的问题,有的说是女的。两口子也不纠结,去育婴堂抱养了一个小子,取名肖德全,视若己出。小伙子四岁半了,特别喜欢月池,一见他就要抱,蹭得月池一身脚底灰。

月池抱着这个活力四射的小娃娃,沉郁的心情才稍稍好转。

祁湘瑛生怕孩子惹月池不高兴,"脏,月池公,您放他下来自己玩。"

月池摇摇头,"没事。"

祁湘瑛给他端上红糖鸡蛋茶,"您瘦了好多,要多吃点。"

月池看看她,"你娘家生意还好吗?"

祁湘瑛回答道,"我家一直做桐油、生漆生意,只要还有人开船、修屋,就有生意。我爹说按照咱们津市年购销量十万担算,常德算得上全国数一数二的桐油产地了。就是这两年被洋货洋人压得狠了,价格低到几乎不赚钱。"

月池叹口气。

祁湘瑛道,"我听说了……泰和合的茶叶如今也……"话一出口就后悔了,这不是哪壶不开提哪壶嘛。

月池还没说话,善虎进来看到,"你出去吧,我跟月池公说点事。"

祁湘瑛赶紧抱着儿子离开。

月池端起红糖鸡蛋茶慢慢吃,边吃边白了善虎一眼,"有什么要紧?她说的是实话,这也是我们民族企业现在面临的最大难题。"

善虎道,"我以前愚钝,老觉得政治和做生意没关系。现在越来越发现自己错了。常德和津市以前就有美、英、德、法、俄这些国家的货轮出没,他们控制咱们的机械化生产,又用洋货把咱们自己生产的油、漆、棉花、稻谷、雄黄、药材收购价格压到极低。现在更是有了日本这头饿狼,以后生意只怕更难做。'二十一条'我也听说了,常德市里还爆发了游行呢,一个个学生都走上街头表示抗议。"

月池道,"连我们这里都能感受到滔天的愤怒,暴风眼里的人可就更难了。我也很久没有收到妹夫来信了,不知道他每天会忙成什么样子。"

善虎道,"我现在想一想跟黄兴他们同窗的岁月,就像上辈子一样遥远。我那会儿还天真地以为,所谓革命,就是一帮人推翻另一帮人。殊不知,这中间居然会隔着这么多年,会打这么多仗,反反复复,历经磨难。"

月池道,"天下事无一不是如此。越是改朝换代的大事,自然也是越难。"

两个人像父子一样,越聊越透。

善虎经营津庄,直觉跟陆一泛一样敏锐。

"月池公,你有没有收掉生意的想法?"

月池叹口气道,"中国人不喝红茶,我们之前的生意,基本都是建立在出口洋人的基础上。现在形势确实变了,所以泰和合生意的基础也就变了。所以我确实在思考这个问题,不过还没有做决定。你呢?你有什么想法?你们年轻人的思路,我喜欢听。"

善虎笑道,"年轻什么呀,我今年都要摆三十六岁的酒了。"

月池一愣,"真的……你都三十六了。"

善虎道,"我是在想,如果月池公真的要收掉生意,不妨问问看各位小股东意思。如果有愿意继续做下去的,应该也会拿钱出来盘,这样茶生意继续做,月池公你也不至于太亏。"

月池点点头,"我考虑看看。"

说罢欣慰地拍拍善虎,"果真是成熟了。"

善虎道,"菊圃如今已经是大上海的风云人物,竹轩也是声名赫赫的校长。我们三个一起长大,我若再不成熟,也太丢脸了。"

月池问,"你们这几年都没有回桑植吧?"

善虎摇摇头,"桑植而今乱得很,出了好几个土匪帮。我们有了德全后更不想多事。"

月池道,"注意安全。我瞧着这世道还有乱。"

离开津市,月池没有第一时间回家,他顺着沅江南下,去探望读书的女儿。

一转眼,妍华已经在省立二女师读了三年书。

每一年过年她都会回壶瓶山,眼瞧着越来越知书达理,亭瞳却反而担心起来,"都二十多岁了,要回来成亲啦!"

妍华总是耍赖,"娘,现在都什么年月了,你还催着我那么早成亲!"

"我像你这么大的时候,你大哥都可以去村头摸鱼了!"

妍华笑得打跌。

她才没空成亲呢。

进入二女师就像打开了她新世界的大门。

从前跟着晏清,虽然学习也系统,但主要还是以中国文化为主,经史子集居多。省立二女师作为湖南省乃至全中国最先进的女子学校之一,每期学制五至六年,免收学杂费、食宿费,发放统一服装,为女子走出家庭、走进学校、走向社会开辟了一条阳光大道。

学校在创办人宋教仁的办学宗旨下,反对封建礼教,追求妇女解放,各种新思想、新思潮不断涌入,洗刷着女学生们的世界观和人生观。女学生毕业后,如果愿意,还可以接受政府统一分配,回到各县从事小学教育工作,三年过去,已经培养了好多优秀女教师,为整个湘西北地区的教育提振了相当高的水平。

妍华虽然自知没有当老师的想法,但她如饥似渴地学习着各种文化知识,乐不思蜀。

当然……让她更愿意留在学校读书的,还有另一个原因。

妍华的宿舍是最东面的一栋,每天可以看着太阳升起。沅江江水在这里被一个江心小洲分成两半,水流回旋,江水时常呈现淡淡的蓝,非常秀丽。

妍华的宿舍楼外,也有一棵大槐树。开花的时候,奶香奶香的大花瓣也会时常落到她窗前。

入校后没多久的一天,她和同伴们一起去课堂,忽然发现有一本书忘记带,折返宿舍来拿,无意间看了一眼窗外,就看到亮晶晶的晨光中,有一个人正蹲在大槐树的枝丫上朝她笑。

她看不真切,走近再瞧。

那人一个纵身,轻轻落在她窗台外的台阶上。

妍华一声惊呼,"是你啊,淫贼!"

邓麟假装目露凶光,"我什么时候批准你这么叫我了?"

妍华白他一眼,"幸好同伴们都走了,否则人家要抓你了。"

邓麟道,"我有话跟你讲。要么你出来,要么我进去。"

妍华赶紧道,"我出来。不过,我还有课。"

邓麟指一指围墙外,"不急。你上完课来找我,我在江边等你。"

妍华上完课,一路小跑到了江边。

邓麟正坐在一个树墩子上,赏着江景。见她小跑过来,立刻起身迎接。

九月,天气还热着,妍华头上微微有汗。

等她近前,邓麟伸手轻轻拂去她额头上的汗,"为什么跑过来?不用着急。"

妍华本来不觉得,被他一问,自己也呆住了,忘记被他擦汗这件事,怔怔道,"……啊……"

邓麟最爱看她失神的模样,恍若仙子而不自知,本来有点生气,此刻早就忘到九霄云外。

他柔声问道,"为什么一声不吭就走了?"

妍华沉吟道,"也没有为什么……"

邓麟突然表白,"我喜欢你。"

妍华吓一跳,心突突突直蹦。

邓麟站得笔直,双目直视她眼底,"我喜欢你。我从来没有这样喜欢过一个女伢儿。想到你,我会很想哭。天晓得我是怎么了,但我就是这样。"

妍华双唇微分,心跳越来越快。邓麟的目光毫不回避,让她头晕目眩。

他不是吴习斋。他一点都不含蓄。从第一天见他开始,他就是那样直接。

可是……妍华望着他。

可是她也很喜欢。

"你……你要跟我说的,就……就是这个吗?"她结结巴巴地问道。

邓麟笑道,"怎么了?很意外吗?"

妍华微一摇头,"倒也不是……但我现在……"

邓麟打断她,"你不用做什么。你好好读书,正好我也需要时间准备。"

这是他第二次说这个话了。妍华很想问他要"准备"什么,又怕问出什么自己承受不了的答案。

邓麟像是很明白她的潜台词,接着又说道,"我会来看你,给你带各种好玩的、好吃的。你若空了,陪我说说话,若是没空,也没关系。但是……"

"但是什么?"妍华终究还是没忍住。

邓麟又咧嘴一笑,"不管是吴习斋还是有习斋,凡是男的,你最好都离远一点,我担心我会吃醋。"

妍华扑哧一声笑,"我读的可是女子学校。一个男的都没有,你且放心。"

"好,我放心。"邓麟促狭地挤挤眼。

妍华这才发现自己好像也在承诺什么,羞红了脸,转身便要走。

邓麟一把抓住她的手腕,"等一下。"

妍华回头看他。在波光粼粼的江水映衬下,原本就书卷气十足的她此刻美得不可方物。

邓麟走上前一步,托住她的脸颊,在她唇上印下深深一吻。

此后几年,邓麟的马帮每次经过桃源,都会来看她。

有时候妍华有空,会陪他吃点东西,在江边走走;有时候真的没空,功课一大堆,邓麟也不纠结,放下礼物就离开。转眼三年过去,妍华和邓麟的感情也越来越稳定。

月池到校的这一天,门房通知妍华,她还以为是邓麟来了,欢天喜地奔到校门口。

却看到父亲大人。

更高兴了,飞扑到月池怀里。

嘉木笑道,"小姐不管好大年纪,只要见到月池公,就是个小伢儿。"

等去到月池下榻的客栈房间坐下,月池才问道,"他是谁?"

妍华一愣,"什么谁?"

月池笑道,"你刚才见到我的时候明显吃了一惊。那你原来以为会是谁找你?"

妍华低头想一想,坦白道,"邓麟,邓锅头。"

没想到月池完全没有吃惊,反倒点点头,"……难怪。"

难怪妍华刚离开宜红别墅的那一段时间,他总觉得邓麟有事没事便会来泰和合探查些什么。原来他在探查她的去向。

"你喜欢他吗?"月池问。

妍华脸一红,"嗯。"

月池道,"倒是我糊涂了,一直以为你喜欢的是吴习斋。"

妍华道,"习斋哥哥那里若是需要解释,我可以……"

月池摆摆手,"不用了,这种事情我来说就可以。你好好读书。那你们怎么打算呢?他走马帮,朝不保夕,居无定所。而且……"

月池不忍心说出"他大字不识一斗"这种粗暴的言论。但事实如此,他担心时间久了,激情退去,两个人根本走不到一起。

妍华冰雪聪明,当然知道父亲隐去了什么话,"我知道您的担心。可是,娘也不爱看书啊,不是吗?可是你们能恩爱一辈子。他懂我,也支持我,我也懂他,支持他,我觉得这样就够了。"

月池望着女儿。真的长大了,孩子们都长大了,有自己的想法了。

妍华道,"至于未来如何,他没有跟我细说。他只说他要一点时间准备,等他准备好了,会正式向您和娘求亲。"

月池点点头,"好吧,我等他来。你自己呢?都还好吗?"

妍华回答,"好着呢。"

"缺钱吗?"

妍华笑嘻嘻,"我没有什么花钱的事情。"

在她心里,父亲的事业理当一直顺遂,她都懒得问。

月池自己也懒得提,只是顺着刚才的话题说道,"其实你不用把泰和合背在自己身上。"

妍华一愣,"这话……是什么意思?"

月池道,"没什么意思。我是说,如果你毕业了想接班,我自然高兴;如果你不想接,要去做别的什么,我也支持。"

妍华一笑,抱住月池亲一下他的脸颊,"爹爹最好了!"

月池容她发一会儿嗲,"好了。现在你要帮我做一件事。"

妍华问,"做什么?"

月池笑,"帮我剪辫子。"

妍华叹口气,"我早就想动手了!大清都亡了几年了,爹您这么风雅的人物,居然还肯拖着这个难看的老鼠尾巴。"

月池道,"快别啰唆。动手吧。"

仙芽找客栈老板要了水盆、剪刀、毛巾,妍华像模像样地给父亲脖子上围了一块单子,细细地修剪起头发来。

一边修,一边哼歌。

年年有个三月三,姊妹三人进茶园。三月三,四月八,姊妹三人采细茶。大姐进园采四两,二姐进园采半斤,三姐采茶不用称,四十八两共三斤……

头发一簇簇掉落在地,月池的心也渐渐平静。

探望完妍华,月池这才重新顺着沅江北上。

江上,除了如画一般的山水,还有一片一片木排。木排上的棚屋简陋粗糙,冬冷夏晒,棚屋外晒着同样破破烂烂的渔网和衣衫。虽然破烂,但那是穷苦渔民的家。月池凝望着这些风景,泪盈于睫。

路过夹山寺时,他再次停下了脚步。

两棵巨大的枫树,此刻被秋色染成了红色和黄色的云霞,笼罩着遥远而古老的大雄宝殿。山墙上红色黄色交织的琉璃瓦,又跟枫树交相辉映。

上山门询问,才知道住持宣惠大师,几年前便已圆寂。

新住持正是二十多年前那个叫作云悟的小和尚,他既在寺里见过月池,也在陪同宣惠赴"松竹梅"之宴时见过他,一眼便认出来他,立刻上前施礼,"月池施主万安。"

月池却已不大记得他,有点不好意思,含糊还礼,"大师好。"

云悟不以为忤,微笑道,"宣惠大师曾说,月池施主有帝王之气却无帝王之野心,颇通佛性。在您面前我不敢自称大师,您叫我云悟即可。"

有帝王之气却无帝王之野心?月池笑,"宣惠大师将我评价得这么高啊。"

云悟道,"评价高,肩上的担子也自然更重。"

两个人坐下来慢慢喝茶。喝的依然是牛抵茶,泡的依然是碧岩泉,只是物是人非,月池心酸。

云悟却很能理解他的心情,"二十多年前,宣惠大师给施主讲茶禅一味,施主还记得吗?"

月池点头,"没齿难忘。这一杯是什么。"

云悟道,"对我们来说,人生是什么呢?也是茶禅一味。以肉身行道,以道修肉身。施主既可以认为此刻是在和云悟喝茶,也可以认为依然是在和宣惠大师喝茶,轮回而已,不必伤感。"

月池一笑,"嗯,说得对。不着相,亦无需在意着不着相。"

云悟道,"正是。"

月池道,"山寺时常被人骚扰么?刚才我进来的时候,见墙瓦略显破败。"

云悟道,"对。"

"可有报官?"

云悟也看看庭中的破旧处,摇摇头,"各人有各人的苦。弄坏了,我修便是;偷走了,再做便是。我等只能将此肉身,尽力奉给佛法,方得始终。"

月池轻轻叹息。

云悟却笑道,"缘起缘灭各有时,随缘就好。施主,您也是。"

一句话,说到月池心坎上。

他也不多话,供奉一千银钱香火。

云悟也不客气,手捧银票,连连道谢,着小和尚为他引路。

小和尚带着他和嘉木、仙芽,一路来到一间禅房,"施主请。"

禅房里的两个人,早已起身迎接他的到来。

嘉木、仙芽看到这两个人的脸,惊得好悬没摔一跤。但跟着月池久了,什么也都见怪不怪,两个人乖乖拉上房门,等候在门外。

月池率先向房里两个人中那个僧人打扮的男人行礼,"童奚大哥,好久不见。"

又朝另一个人说道,"童丞在这里有些时日了,可还好?"

童丞上前接应,"一切都好。月池公一路辛苦了。"

童奚明显比以前富态了许多,脸上有一股祥和之气。三人落座后,他一边斟茶,一边说道,"贫僧如今法号药明,月池公还是叫我药明吧。"

月池道,"好。"

童丞说道,"我走之后,一切都还好吧?日本人有没有找什么麻烦?"

月池道,"那水野真弓自然是不死心,三番四次派人去兰园探查。后来再找不到你,也就放弃了。你也真是机敏,什么时候发现不对劲的?"

童丞道,"就是您来找我的那天。"

月池眉毛一拎,"此话怎讲?"

童丞道,"她明明是来找我商量入股汉冶萍公司的事。可是泰和合的正主是您。哪怕她不认识您,也至少认识姨妈姨夫。可是奇怪,也不知道是她演技太好还是太差,看到你们三个的时候,她居然只顾着行礼,丝毫没有要谈事情的意思。"

月池笑道,"你就没想也许人家是找借口跟你搭讪的?"

童丞摇摇头,"这还是第一次不对劲。第二次不对劲,是在俄国领事馆。"

月池道,"怎么?你英雄救美发现问题了?"

童丞"嗯"一声道,"从前见她,她的手都是规规矩矩放在膝盖上,偶尔拿东西的时候也很小心。可是在俄国领事馆她着急牵我手的时候,我明显摸到她手心和虎口都有粗茧。这是经常拿枪的人的特征。"

月池点头,"你很敏锐。"

童丞道,"那几天杨存宁给了我一个消息。台湾总督府专卖局局长,一个叫佐贺太郎的人,正在推销他的《支那鸦片制度意见》。英国人现在无心顾及我们,在佐贺太郎看来就是天赐良机。他希望日本取代英国之前的地位,让中国吸食鸦片的人口保持在两千万人,这样一来,每年日本都能赚到五亿日元的丰厚利润。"

月池道,"没想到杨存宁看着粗线条,内心倒是很细腻。所以……水野真弓是日本间谍,对吧?她早就知道你洪门的身份。她也希望洪门将来能为日本效力。一个不肯跟日本人合作的洪门白扇,对他们来说就是眼中钉。"

童丞点头,"正好影尘也从北美递来消息,她说海外华侨成员稳定,组织严谨,可以给国内很多支持。国内局势太混乱了,所以我们准备把明面上的业务都收缩了,暗线全部保存实力到民间去,未来对革命的支持更多在于筹款。所以我立刻就走了,再不走只怕要被人暗算。"

月池道,"那你以后怎么计划?"

童丞看看童奚,"我想先在夹山寺多待些时日。在风口浪尖待久了,人都变得木讷了。我已经很久没有发现茶竟是这么好喝,枫树竟是这么好看。致公堂如果有需求,会给我递消息,那时候我再出去。"

月池欣慰地叹口气,笑道,"好,好。"

童奚——如今的药明和尚,给他们继续斟茶,淡淡道,"虽知物理无穷际,却恐沧溟有尽年。为报五湖云外客,何妨来此老林泉。"

清茶,清香,云外,天外。

3

月池和嘉木、仙芽慢慢走,等回到家时,已近深秋。

亭曈第一时间扑上来,满脸是泪。

月池诧异,抱着她安慰,"这是怎么了?"

"慕贞妹子……慕贞妹子……"

月池心里一沉,"她怎么了?"

死了?病了?

亭曈道,"她和妹夫和离了!"

月池愣了一下,缓过气来,"你给我吓死了。"

亭曈泪眼婆娑,将手里攥着的一封信抖抖索索伸过来。

这是一封慕贞儿子孙科代笔的来信,大意就是说卢慕贞不愿拖累夫君,忝居"第一夫人"之位,和平分手,各自珍重。妹妹对妹夫说的最后一句话,是"今宵露寒,先生再见"。

月池看完这八个字,嗒然坐下。像是难以置信一般,又看一遍。一路上的所有疲惫都积累到此刻,他困到无以复加,大脑都无法思考了。

亭曈见他呆呆的,赶紧扶他睡下,盖上毛毯。

月池就这样在沙发上好好睡了一觉。

一下子做起梦来,似乎回到了童年时分。大祠堂里,卢姓的孩子们欢声笑语,哥哥长妹妹短,一家吃饭全族孩子去凑热闹,有虾蟹的时候更是十里飘香,孩子们成群结队要吃的。春上了,满山瓜果;盛夏了,知了烤着吃。普通孩子的童年,就在吃吃喝喝中快乐溜走。

月池在酣睡的时候,亭曈问嘉木和仙芽,"路上发生什么了?为什么一走这么久?"

嘉木把自己看到的知道的,都说了一遍。

亭曈听完,又心疼又心酸,回头望望他沙发上酣睡的月池,"可真的累死他了。"

嘉木道,"月池公说到家就请钟先生、肖老板、老陈来开会,还请吗?"

"你请他们明早来吧。"

嘉木老实,"呃……那月池公醒了会不会生气……"

亭曈啐一声,"天塌了也要缓口气,又不是火烧眉毛的事。我定了,去吧,你们也好好休息。"

嘉木、仙芽应声退下。

果然还是她最了解月池。他这一觉直睡到第二天天色大亮,方才醒来。

眼睛没有第一时间睁开,脑子里盘旋的都是妹妹卢慕贞的笑靥。

今宵露寒,先生再见。

那温柔贤惠的慕贞妹子,那对一切都充满憧憬的童年和少年时期,一去不复返了。

睁开眼便见到钟不期、肖郝、老陈正在旁边的沙发上喝茶。月池好容易爬起来,浑身骨头酸疼,"哎哟,真的老了。"

钟不期磕着烟斗笑,"在我面前莫提这个老字。"

月池想一想,"钟大哥快七十了吧。"

老陈道,"少爷,你糊涂了?前年钟先生整酒做七十大寿,我们还去吃席了啊!"

"哦,对。"月池呆住。

"古来稀说的就是我,我已经知足了。"钟不期道。

肖郝道,"我六十五,希望也能无病无灾活到古稀。"

月池感喟道,"真的,怎么突然之间大家就都到了这个岁数。"

钟不期道,"酒酣白日暮,走马入红尘。夕阳西下,咱们几个,也是时候功成身退,'走马入红尘'啦。"

月池望着他笑一会儿,又望望肖郝。

肖郝道,"兄弟同心,你想的是什么,我们都知道,不用废话。"

月池对肖郝道,"你儿子跟我说,如果我想结束泰和合,先问问股东们的想法,看大家有没有盘下去的打算。"

肖郝也笑,"这臭小子,有主意了而今。"

"所以,我先问你们几位的想法。其他孩子,等我们几个统一好意见后,我再一个一个去聊。"

钟不期道,"我没得想法。我跟你干了二十多年,赚的钱够花三辈子了。我没得堂客,也没有子嗣,没什么要传下去的,真的到死那天,若还有多余的银钱,我就捐给乡民。"

肖郝道,"我也没想法。善虎的意见就是我的意见,他想继续就继续,他想结束就结束。不过我的儿子我知道,他不是做一把手的料。如果还有人愿意接盘,他去做个二把手倒是合适。"

月池感动得鼻子发酸,为了掩饰尴尬,他清清嗓子,"常德男人都像你们这般豪侠仗义?"

老陈撇撇嘴,"那倒也不是。你想想罗成。"

四人大笑。

月池张开手臂,左右牵住钟不期和肖郝的手。

牵了好一会儿,钟不期才甩开手,"够了够了,肉麻到棺材里都不得忘记。"

四人再次大笑。

月池道,"其实,我有几个想法,不成熟,很大胆,一直不敢跟你们提。今天你们表态了,我也就敢讲了。"

"快讲。"肖郝道。

月池抿抿嘴,"其实也就是:股份,土地,工艺。"

他们的四个人小会开得差不多的时候,印雪来了。

老陈道,"我跟你娘说了啊,中午在宜红别墅吃,你怎么还来接我?"

印雪笑道,"我就非得来接你吗?我就不兴也来看看月池公?"

回乡后的印雪富态了很多,穿着上越发不讲究,有时候穿件母亲阿衡的常服到处跑。

也有嘴碎的乡民,私下里嘲笑她不是官太太的命,更有人说她已经疯了。这些话传到印雪耳朵里,她也懒得生气。

月池道,"这一次,我真的没捞着半点消息。外头上至达官贵人,下至贩夫走卒,对袁世凯都是一片骂声。可也没办法。湖南督军如今依然是汤芗铭,他是袁世凯的死忠,谁反对就杀谁,被人称为'汤屠户'。就这环境,唐福德复官无望。"

转眼唐福德已经去了浙江两年,除了一两封书信寄到壶瓶山给妻子话家常,别的什么也没说。印雪也不敢多问,唯恐给夫君惹上更多麻烦。

闻言她叹一口气,"我也不指望他还能官复原职。我只希望他能回来,哪怕做个小官,有口饭吃就成。他走的时候唐宜才六岁,如今对爹爹都快没印象了。"

嘴上这样说,倒也不是真烦恼。

在月池看来,陈印雪反倒是真正佛性的人。有就有,没有就放手,不纠结。任人笑骂又如何,她过自己的。

本来马上就要去土司城的,月池正收拾行装,突然之间,传言四起。

袁世凯称帝了。

改中华民国为中华帝国,袁世凯接受皇帝称号。随即,封官晋爵,改总统府为新华宫,并发行袁大头作为唯一通用钱币,并计划于次年元旦正式登基,废民国年号,自登基起为"洪宪"元年。

传言在神州大地飘来飘去,老百姓里敢说的不敢说的,都突然变成了万事通。传言还没有落地,袁世凯便等不及似的发了一连串公报,让老百姓意识到传言并非谣言。

是真的回来了。皇帝又回来了,所有共和都成笑谈。

在袁世凯冗长的公报里,第一份公报,便是将他的死忠——郑汝成,追封一等彰威侯;然后是黎元洪,册封武义亲王;封故人赵尔巽等,无需称臣;封张勋、冯国璋等为一等公;封汤芗铭、唐继尧、阎锡山等为一等侯;封张作霖等为二等子;封李经羲等为上卿。

昔日"小站"练兵,缔结宛如君臣父子之情,牢不可破。

印雪这次真正难过了。

茶饭不思好几天,整个人又迅速瘦脱了形。

月池和亭瞳去看她,她抓着亭瞳的手哭得泪如雨下。

原本就已经低到土里的渺小愿望,如今都成了泡影。

月池道,"有句老话,叫'关关难过关关过'。这几十年,政局颠沛,国运凋零,对于我们每个人来说,都是熬着。"

亭瞳也安慰她,"你看,这些年,一会儿你是总统,一会儿我是皇帝,说不清楚。丫头,为明天熬着,为明年熬着。再忍一忍,你们一家三口终会重逢的。"

印雪哽咽着点头,"好。"

几日后,月池、老陈、钟不期,终于齐齐重游土司城。

上一次一起来,转眼已经是二十多年前的事了。

覃鸿钧老远便带着覃孝冲迎了出来,搂着月池紧紧不放手。

"好兄弟!"

月池感叹,"乱世里,我们认识这么多年还能各自安好,真的有福气。"

覃鸿钧还留着长辫子,岁月给他脸上添了不少横纹,眼珠子也不似从前那般清澈了,有些充血,但热情依旧。他拉着月池的手往里走,"你来了,就能舒心喝顿酒了!"

月池道,"我其实早就想来了,无奈事情琐碎。鸿钧兄不生气就好。"

覃鸿钧摇头,"兄弟之间不说这些。谁还不忙呢?世道乱,每天睁开眼就有无数烦恼。"

月池在花厅里,又闻到那熟悉的香气。既有松香的清冷,也有檀香的沉静,还有点药香的悠远。

他犹豫着问覃孝冲,"大祭师,你这里……真的没有一个祭师,比我小几岁,法力超群吗?"

覃孝冲跟钟不期一样年逾古稀,咳了咳,笑道,"我记得你很久前也问过我。怎么,几十年了,都不知道一直帮你的人是谁?"

月池叹口气,"是啊,几十年了,我都不知道他是谁。"

覃鸿钧在旁边听到,笑,"这年头不都是这样吗?有名的无名的英雄那么多,人们知道的也就那几个。"

月池点点头,"对。"

几个人坐下来,讨论治安问题。

覃鸿钧道,"辛亥年革命后,哥老会在苗民心目中的地位日渐高了。但帮会就是鱼龙混杂,有爱国爱民的,也有那些滥竽充数、趁火打劫的,越来越壮大,也越来越混乱。民国政府一直没有给土司一个位置,爵位是肯定没得世袭了,虽然土地还在我们手上,但枪支、人手明显无法跟此消彼长的哥老会相比。"

月池恍然大悟。难怪。难怪几年前绑架事件发生后,璀错就跟他说找覃鸿钧帮忙没什么用。

覃鸿钧道,"最初土司兴起,就是皇帝对边远山区'以夷制夷''分而治之'的管束手法。这些年每天都在不安定中度过,别说民国政府了,袁世凯现在成了皇帝,我估计一时半会儿他也想不起来要怎么调整土司制度。"

月池朝老陈努一下嘴,道,"他女儿嫁了人,曾经在四川待过。川藏那边的土民,还是在强调'主仆之分,百世不移',土司贪纵淫虐,百姓至死不敢贰心。"

覃鸿钧道,"别说那么远的,就是离我们很近的桑植,也是这样。"

月池拱手,"所以我一直很钦佩咱们添平土司的气魄和胸襟。"

"过一天算一天吧。"覃鸿钧微微摇头,品一口茶,忽然想起来,"对了,口信上说你有个事情要跟我商量,是什么事?"

月池说,"是关于土地的事。"

覃鸿钧诧异地望着他。

从土司城回去后没多久,春节到了。

几年前袁世凯当上大总统后,拟定四时令节,将阴历元旦定为春节,端午为夏节,中秋为秋节,冬至为冬节,凡国民休息一日。从此,过年便有了春节的说法。

菊圃带着妻子、儿子回乡了。

热闹气氛自是没的说。绝大部分人都是第一次见到顾婉如,简直就像看到天外来客一样。

也有少数几个依稀还记得十年前的盛樨蕙,悄悄问月池,"就是那个女伢儿吗?那个什么盛大人的女儿?"

月池摇摇头,示意无须多言。

顾婉如和盛樨蕙同样有大家闺秀的风范,但是举手投足之间更加娇媚。为人母后,她的娇媚化作了柔美,加上从小到大的锦衣玉食让她的吃穿用度,微小处都精致得异于常人。

孩子才刚一岁,加上才出长沙港婉如就着凉了,母子两个一路很是吃苦。

菊圃知道以顾婉如的涵养,必然不会出口抱怨,但还是在他们抵达宜红别墅后,千小心万小心地照顾着。婉如头疼了,他亲手端了汤药喂她喝;婉如肚子饿了,他钻进厨房跟厨师交代怎么做上海菜;婉如闷了,他满山找了新奇花果来给她赏玩。

亭曈看得又好笑又好气,"养儿有什么用?看,菊圃可一天都没有这么对过我。"

钱嫂道,"我觉得就挺好。竹轩和菊圃都像他们的爹,无论怎么爱玩爱闹,只要成了亲,对太太就一心一意。"

亭曈侧目看她,"你是转着弯儿骂我身在福中不知福吧?"

菊圃一回家,竹轩也带着妻儿回宜红别墅住下,亭曈再也不纠结,高兴得团团转。

简直感觉活着一世,就是为了这种团聚。

又过几日,陆一泛、薛友才、薛月梁也回来了,也住进了宜红别墅。次日覃志宝也从长沙回家。

唯独妍华没有回来。二女师开展了一个"天赋人权"的女性解放活动,提倡妇女放脚、剪发、穿裙、不穿耳,反对"三纲五常""三从四德"等封建思想,同时办起了读书会,研究卢梭的《民约论》、柏拉图的《理想国》、达尔文的《进化论》、克鲁泡特金的《互助论》等书籍。妍华是读书会负责人,她计划在春节的时候做些准备工作。

学校里也同样有几个女孩子没有回家过年,但大凡都是不舍得在来回路上浪费银钱的穷孩子。妍华便时常做东请大家吃顿好的。背后有说她收买人心的,有说她韬光养晦的,她听到了也无所谓,反正那些都不是她未来的同路人。

二女师很多女孩子都剪短了头发,唯独妍华没有剪,有同学挖苦她说一套做一套,她也只是笑笑。

她喜欢邓麟把头埋在她长发里深呼吸的感觉。

除夕前一天邓麟来空荡荡的校园看她,见她一个人捧着一大沓书走着,脸上的神情丝毫不寂寞,倒像是非常享受独处时光。

他很难解释这种感觉——越了解她就越喜欢她。

他带她出去吃饭,找了半天结果所有馆子都关门了。

最后只能去到他落脚的旅馆,问掌柜的要了点饭菜来。

两个人在房间里坐着,小火烤着,慢慢吃慢慢聊,吃的什么倒不在意了,只感觉越吃越暖。

他问她,"你不回壶瓶山过年吗?"

妍华一边吃一边回答,"来不及了,要做的事情太多,一来一回费时间。你呢?不回保靖吗?"

邓麟看着她鼓鼓囊囊一动一动的腮帮子,宠爱一笑道,"本来是要回的……可是你在这里,我就不舍得走了。我陪你在这儿过年吧。"

妍华咽下食物,擦擦嘴,"千万别。我可不愿让你做父母眼中不孝顺的孩子。"

邓麟起身简单收拾了一下餐桌,"我有两个哥一个姐,有他们承欢膝下,我不回去也无所谓。"

妍华泡上两杯茶,一边吹着热气一边慢慢喝,"那更不行。一对比,显得你更没良心。"

邓麟突然有点生气,"你好像很不愿意让我陪你。"

妍华瞪他一眼,"你才知道?"

邓麟将她手里的茶杯拿开放好,再握紧她的小手,狠狠亲一下手心,"你再乱说。"

妍华被他的胡茬弄得咯咯直笑,"痒……好了,不说了。"

邓麟道,"我陪你过大年夜和初一,初二再回去,两全其美。"

妍华道,"怎么感觉像是回门的媳妇儿?"

邓麟促狭一笑,"那你愿意吗?"

妍华愣一秒才发现自己说错话,立刻红了脸,想抽回手,又被邓麟紧紧攥住。他再一使劲,她整个人都跌到他怀里。

下一瞬间,又被他深深吻住了。

妍华在心里大叹特叹了一口气,真的被这个男人拿捏得死死的了。明明他的一切都跟她喜欢的类型毫无关联。

两个人在桃源过着孤独又甜蜜的除夕时,壶瓶山的宜红别墅里人头攒动,张灯结彩。

亭曈、一泛、晏清、婉如,当娘的都去忙年夜饭,其他人则簇拥在月池身边,笑语欢颜。

大概是因为从小不在一块儿长大,熊继宝对亲哥哥没啥感觉,反倒是跟月梁重逢让她格外高兴。两个姑娘都是十六七的豆蔻年华,一见面立刻就粘在一起。

覃志宝也很久没见月梁了,一见她就喜欢得挪不开眼,到哪儿也都跟着,被亲妹妹熊继宝嫌弃到不行。

如今的他虽然已经二十岁,在家人面前还是如同孩子一般。

聊起学校里的进步思想时,眉飞色舞。

"我们学校现在有个特别受学生喜欢的老师,叫杨昌济。他教伦理、心理和教育。他以前一直在国外留学,三年前回湖南后,差点就去做了省教育司司长。不过,后来还是选择了教书,幸好有他,否则我们一大帮子同学都要被开除了。"

薛月梁一惊,"开除?为什么啊志宝哥哥?"

竹轩也吃一惊,不过他的点不一样,"杨昌济?他是你们的老师?"

月池看看他,"我好像记得你提过他。"

竹轩道,"对。他是康有为、梁启超、谭嗣同的盟友,现在也是国内首屈一指的教育家。"

转头对覃志宝道,"恭喜啊,有这么好的老师来教你们。"

菊圃笑着拍拍大哥,"你别插嘴了,听志宝说说开除是怎么回事。"

覃志宝道,"是这样的。前年春天咱们四师范不是并入一师范了吗?一并班,我们这些秋季入学的孩子就相当于多读了半年书。然后省议会颁布了一个新规定:要求每个四师范的学生补交十元学杂费。十元对咱们来说是个小数字,可对家境贫寒的孩子来说,就很多了。当时有人透风,说这个补交学费的事情,是校长张干为了讨好当局而向省政府提出的建议。"

月池道,"然后,学生造反了吗?"

覃志宝道,"对,我的同班同学,毛润之,带头驱逐校长张干。"

熊继宝听得心惊肉跳,她没怎么走出过壶瓶山,听到造反就害怕。

她忍不住问道,"哥,这个毛润之家里很穷吗?"

覃志宝笑道,"倒也不是。是他这个人,就是这么仗义执言。用一句话形容他,那就是天生有使命感。"

月池心中一动,"你继续说。"

覃志宝道,"一开始他也没有造反。学生们开头只是罢课,找了张干的所谓劣绩,说他不忠、不孝、不仁、不悌。毛润之一看,说这样搞不对。他说我们不是反对张干,而是反对让张干来当这个校长,重点要放在不会办学校上面。"

月池笑道,"很会抓重点啊。"

覃志宝道,"嗯,大家也一致认为他说得对。于是润之就重新起草了一份传单,批评校长张干如何对上奉迎、对下专横、办学无方、贻误青年。张干当然生气了,立刻就要开除毛润之他们的学籍。最后还是杨昌济带着几个教员出面,要求张干收回成命。杨教员特别欣赏毛润之,形容他是'强避桃源作太古,欲栽大木柱长天'。"

"后来呢,志宝哥哥?"薛月梁问。

覃志宝道,"后来,张干就真的卷铺盖走人了。"

薛月梁和熊继宝双双吁一口长气。

菊圃笑着看看爹爹,又看看竹轩,"还记得我以前跟你们说过的南洋公学'墨水瓶'事件吗?"

竹轩点头,"记得。那次也是全校罢课,最后幸亏蔡元培力挽狂澜。"

菊圃道,"如今爱学生如爱子的,又多了一个杨昌济了。"

薛月梁问道,"菊圃哥,那你以前也造反过吗?"

菊圃笑道,"我没有那个熊心豹子胆。我见过革命党,见过当官的,甚至还有青帮的朋友……但都只是朋友。"

吃完年夜饭,大家照常德除夕的习惯,围着几个围炉,一起守岁。

体力不好的渐渐睡去,剩下几个清醒的歪七扭八聊着天。

竹轩同父亲说起自己的新年计划,"过完年,我们打算回广东老家了。"

月池也并不意外。

宜市再繁华,毕竟在大山里,左不过几百户人家。竹轩的学校办了十余年之久,生源已经完全不够他消化。

"这里我也会留下一些师资力量,"竹轩详细解释,"我和晏清回乡后,先扎根香山,把在这里积累的教学经验发挥出来。我们还打算跟教育局紧密合作,争取创办更符合当代社会的新型学校。"

月池点点头,"你们既然已经商量妥当,就放手做吧。我总是支持你们的。"

竹轩道,"多谢爹爹。您和娘,真的是世上最好的父母。我们都以你们为楷模。"

月池笑道,"大年夜的,马屁拍得不错。"

另一边,熊继宝本来和薛月梁凑在一起聊天,聊着聊着打起盹来。月梁刚给她盖上个毛毯,覃志宝便从后面拍拍她的肩,"走,我们去那边聊天。"

两个人走到客厅的角落坐下。

炉火反光,覃志宝的眼睛熠熠生辉,"你怎么想?"

"什么我怎么想?"

覃志宝轻轻道,"未来。"

薛月梁突然被他问了这么大一个话题,一时也不知道怎么回答。但从小的修养和见识也足够多,沉吟半晌,她组织好了语言,"我和姐姐不同。我胆子不大,也没那么有主见。就希望能够做正确的事,和正确的人在一起。离家最好也不要太远,我舍不得爹娘。"

覃志宝笑着摸一摸她的头,"做正确的事,和正确的人在一起——光是这两项,已经很有主见了。"

"你呢?志宝哥哥,"薛月梁问,"你打算……你想留在长沙吗?和你的同学们一起?"

覃志宝缓缓摇头道,"我其实和你一样。我没有毛润之他们那么远大的志向,也没有那么强的使命感。如果可以的话,我倒是想做一个教书先生,不问政治,就单纯教书。"

薛月梁问,"那岂不就是竹轩大哥如今做的?"

覃志宝道,"还不一样。我不想办学,那些事情太复杂不适合我。我就想教书,做学问,然后守着你,安安静静过一生。"

薛月梁听着,心里既踏实又甜蜜,嫣然一笑道,"真好。"

覃志宝看着她天使一般无暇又美丽的笑容,忍不住轻轻握住她的小手,"再等我一年。我娶你。"

"嗯。"

两个脑袋凑到了一起。

竹轩走后,月池依然没有睡着。他远远看着这两小只,会心微笑。

人的感情真的就像山海一般。没有一朵浪花、没有一片树叶是相同的。

有影尘那样惊心动魄的,也有童丞那样无疾而终的;有菊圃和盛樨蕙那样擦肩而过的,也有志宝和薛月梁这样水到渠成的。

他侧目看看自己的爱妻。

……您和娘,真的是世上最好的父母。我们都以你们为楷模……

虽然偶尔也会有怀疑、口角,但自始至终都忠诚于彼此、依赖彼此,又何尝不是天注定的缘分?

他压根没想到,十多天后的正月十七,自己就直面了一场关于感情的大考。

邓麟来提亲了。

还不是一个人来,是一支部队。

当年因为一头瘦驴失足而挨打的马帮少年文常,在孙逸仙领导的中华革命党成立后,没多久就加入了这个组织。中华革命党把武装讨袁放在首位,自民国三年到如今,已经在湖南、江苏、广东、江西、上海等省市先后发动大小武装起义四十多次。

袁世凯宣布恢复帝制后,护国战争爆发,中华革命党在广东、四川、湖南、湖北、江苏、安徽、山东等省全面展开军事讨袁活动,在全国范围内牵制了袁世凯的军事力量。文常心胸胆魄都是一流,性格豪爽,仗义疏财,很快便在部队里树立了自己的威信。民国流年不利的这几年里,连马帮的日子也很不好过,陆陆续续有许多兄弟便跟着他一起参了军,其中,也包括邓麟。

邓麟并不热爱马帮的生活。他虽然读书少,却一直有一团火在心里。

家境相对富裕的他,从小都没有一丝骄矜。和孙逸仙黄兴谭嗣同他们一样,他看不得生灵涂炭,看不得官逼民反。

当他下定决心要迎娶妍华的时候,他也同时决定了自己的去向。

他不要只做一个蝇营狗苟的商贩,他要带着兄们走正道。

文常比他小,但加入中华革命党的时间早,算起来是他前辈。大家一起同甘共苦,就在上个月,带领护国军,将湘西的北洋军打得抱头鼠窜。

别说妍华了,连月池都没有想到邓麟早已不是锅头。

近两三年来大家以为他在"走马帮"的日子,其实都是在战场上。

身穿灰蓝色制服的兵哥哥们往泰和合门前一站,那整齐划一,那精气神儿,顿时成了风景。

一身戎装的邓麟,比往常的他更加英武潇洒。

却还是老老实实跪在了月池跟前。

月池想扶他起来,"男儿膝下有黄金,何况你还穿着军装。"

邓麟道,"您还是让我跪着吧。我安心些。"

月池问,"妍华知道了吗?"

邓麟道,"没有。我总得先听到二老同意,才敢跟她说。"

月池想一想,缓缓道,"说实在的,我对你们两个在一起没有任何意见。但你真的想好了吗?成亲后你们住哪里?怎么生活?你征战的日子里,妍华怎么办?"

邓麟道,"她住在哪里都行,只要她喜欢。我每个月都争取回家陪她,一定不让她寂寞。"

得到消息的亭瞳赶了来,一见邓麟那诚恳跪着的模样,满肚子的牢骚和懊恼又淡了些。

只是默默落泪。

邓麟道,"我晓得对二老来说,妍华选择我,就是选了一条坎坷的路。但是,世道不好,是不是选择平安就一定会平安?真的讲不清楚。在我心里,唯有做一个护国爱国的军人,才配得起那么好的妍华。"

亭瞳落一会儿泪,终于还是伸出手去,扶起邓麟,"起来吧,孩子。"

邓麟欣喜,"那……您二位这是同意了?"

月池道,"同意了。具体日子,你跟妍华商量吧。现在你们都是有自己主见的人了。"

邓麟起身,拱手道,"多谢二老成全!我邓麟活这么大,今朝是最开心的一天!"

亭瞳扑哧一声笑出来。

月池问,"接下去你们的队伍会去哪里?"

邓麟道,"辛亥革命功臣、黄兴的好朋友程潜,如今被任命为护国军湖南招抚使,负责来湘西组织部队。我们现在就跟着他,准备尽快把湘西二十七个县走一遍,响应独立。"

亭瞳道,"你倒是不慌不忙,要干这么大的事情了,还有心思来提亲。"

邓麟笑道,"因为这件事情更大,更重要。提亲要是成了,我干革命也有劲些。"

亭瞳问,"那要是不成呢?"

邓麟道,"那我就过一段时间再来提一次。"

湘西的汉子,果然就像这个地方的地气一样,朝气蓬勃、生命力旺盛。

邓麟走后,亭瞳叹气,"竹轩、菊圃、妍华……最后没有一个人的婚事,是咱俩定的。"

月池搂住她,"怎么不是?三个孩子无论嫁哪个娶哪个,都没瞒着咱们,都是懂事孩子。咱们要知足。"

亭瞳一想也是,笑道,"还是你最会说,每次都说得我无言以对。"

4

过完春节,好消息频传。

这边,文常、邓麟跟着程潜在湘西搞得轰轰烈烈,从公历三月开始,在不到一个月时间内,将除了常德、桃源、沅陵、辰溪、古丈、麻阳六县外的其余二十一县,全部策反响应独立。

那边,唐福德听说昔日的老上司谭延闿在湘南起事,果断离开浙江直奔湘南。

谭延闿依旧信任他,立刻委任他为武陵道清乡支队长,率师北伐,驱逐汤芗铭。汤芗铭弃长沙北逃,唐福德一驱北督成功。

与此同时,袁世凯称帝遭到全国反对,被迫宣布取消帝制,仍称大总统。

这时,还只是元旦后的几十天而已。

但全国反袁斗争并没有因为他取消帝制而结束。相反,因为他称帝,所有人对他的一切幻想都破灭了。斗争热情继续高涨,各省纷纷宣布独立。

公历五月底,湖南独立。

公历六月六日,袁世凯病故。

一场称帝的荒唐大戏落下帷幕。凑巧的是,早他两个月去世的还有盛宣怀。

李鸿章的左膀右臂、为了皇权还是私权争得头破血流的欢喜冤家,阴谋阳谋狡诈一生的兵痞子和钱袋子,最终也戏剧性地同时离开这世界。

无论他们留给人们的是憎恨、缅怀,还是欢呼,都已跟他们自身无关。

尘归尘,土归土。

这一年的泰和合,收购茶叶的数量锐减。

一方面是月池特地压了量,另一方面也是年成不好。

很多茶农被战火打破了往年平静的生活。他们再次变成流民,衣衫褴褛,沿街乞讨,又或者去做了最苦最累的活儿,苟活于世。

月池默默看着这一切,心中的哀痛不知如何排遣。

这乱世,究竟何时才是个头?

只是他没想到的是:不是何时才是个头,而是才刚刚起头。

程潜和谭延闿,虽然都是倒袁大功臣,但湖南省督军兼省长的职务,最终被心机更深、更想独霸湖南的谭延闿拿到。他立刻遣散了程潜的队伍。

印雪的丈夫唐福德,晋升为陆军上校加少将衔,又兼任省防勤务督察长兼警务教练。这可不是官复原职了,而是官上加官。印雪再次成为官太太。

而妍华的未婚夫邓麟,跟文常一起,被谭延闿缴了枪,撤了编制,前途渺茫。

乱世让亲人们走向完全不同的路,身不由己。

一个湖南尚且如此撕裂,全国看来就更乱了。民国不可避免地陷入万劫不复的深渊。

一天夜里,宜市沉睡在壶瓶山的臂弯中,如往常每一个夜一般。

突然火光冲天,一群土匪冲进泰和合,到处搜刮财物,肆无忌惮,最后还放了一把火。

被惊醒的邻近居民吓得抱成一团,眼瞅着气势汹汹的匪徒,也不敢上前。泰和合本来的护卫就不多,邓麟的马帮解散后,又削弱了一些力量,面对百来号人的匪帮,竟然什么都做不了。

月池他们赶到的时候,大火已经吞噬了泰和合主楼中的"三泰楼"和骡马房,一时间,骡马的嘶叫、人们的惊呼声哭喊声,混在一起。

月池第一时间清点人数,所幸正是深夜,泰和合里没什么人员伤亡。

救完火,天色已亮。人们在废墟一般的泰和合后院,捡点着残余物件,看还有没有什么可用的东西。每个人的表情都很木讷,就像剧痛过后还来不及反应一样。

月池一身疲惫,一脸黑灰,怔怔地站在主楼门口,潸然泪下。

吴习斋轻轻地同他汇报,"红茶……几乎都烧毁了。银钱,因为正好用出去了,所以倒没被抢走多少……"

月池道,"可见土匪是个不懂茶的。要来也该在三月来,那会儿我们备着银钱收茶叶,收获可以更多。"

吴习斋以为老板终于疯了,张口结舌不晓得该怎么接话。

月池擦擦泪。吴习斋不会懂得他眼泪的含义。

宜市保安队查了几天,只知道这帮匪徒是永顺来的,一路打家劫舍,已经祸害了好多家商户。

永顺紧挨着桑植,都在张家界山区。至于是怎么、又是什么时候盯上泰和合的,他们也一筹莫展。

壶瓶山这么人迹罕至的地方都乱,何况在风口浪尖上的汉口。

据说袁世凯在弥留之际,留下了一张字条:"为日本去一大敌,看中国再造共和"。像是悔过,又像是一句警醒。可惜读懂的人太少。

因为就在国内军阀混战、境外欧美强国厮杀无暇东顾之际,日本悄悄把魔爪伸得更长更远了。

这一年,报章公布外国在汉商号的人数和数据:英国三十五家,七百七十人;美国十九家,一百九十七人;法国十五家,一百人;德国三十二家,二百五十四人;而日本有六十四家,两千零四十六人,位居第一。

从前别人都瞧不上的日本,在几十年内完成了蜕变,一举成为汉口最大赢家。

不知道是不是被袁世凯说中。

也许未来几十年里,日本会成为华夏的头号敌人。

水野真弓找不到童丞，却也没有放弃继续渗透日本势力。

她直接找到泰和合，约陆一泛面谈。

去掉了在童丞面前假装乖乖女的伪装，如今的水野真弓，身穿号称"四五式"的军服，头戴尖顶帽，着红色束腰外衣，满脸写着野心勃勃。

"陆老板，"她一坐下来便开门见山，"如今生意不好做了吧？"

陆一泛看着这张年轻漂亮却不怀善意的脸，淡淡地道，"是，很难做了，所以我们也在考虑关门歇业。"

水野真弓不藏着，她也不掖着，两个人明面上开火，等对方接招。

水野真弓一笑，"别呀。泰和合这么多员工，这么好的口碑，即便是茶叶不好做了，做点什么别的不好呢？"

陆一泛喝一口茶，问道，"比如？"

水野真弓道，"不晓得童先生之前有没有转告过您。如今我们日本在台湾的专卖局局长佐贺太郎，准备在中国推行台湾产的土鸦片。如果泰和合能够和我们合作，土药推行后的利润分成，你们尽管提。"

陆一泛笑了笑，道，"泰和合不碰鸦片，对不住。"

水野真弓像是早就知道会被严词拒绝，一点都不意外，嘴角上扬，"陆老板，你自己吸大烟吗？"

陆一泛冷冷地望着她。

水野真弓端起茶杯装模作样半天，缓缓地道，"其实最早的时候，连英国人自己都没想到鸦片会在中国大行其道。但那个时候还是有钱人的专属，吸食洋鸦片，步骤繁多，花费甚巨，普通人没有那个闲心，更没有那个闲钱。可是后来，鸦片突然之间风靡起来，你知道是为什么吗？"

陆一泛问，"为什么？"

她倒是真没想过这个问题。

水野真弓道，"因为土鸦片兴起了呀。虽然质量不能跟洋鸦片抗衡，但对普通人来说，价格便宜更重要。跟有钱人不一样，普通人吸鸦片并不是为了享乐，而是为了逃避现实。中国这些年政局混乱、穷困潦倒，大家都想方设法地麻醉自己，吸上几口鸦片，即使是最卑微的人，也会暂时忘记生活的苦恼。鸦片可不是洪水猛兽，而是带他们远离苦海的良药。"

陆一泛听完这段话，心中又窝火，又气愤，"中国再混乱，也不是你们给我们投毒的理由！"

水野真弓见她恼怒,也不着急,还是淡淡笑着,"陆老板仔细想想我的提议,就算不成,我们也还是朋友。"

她走后陆一泛把茶几上的茶杯都快拍碎了。

薛友才从仓库赶来,"刚收到消息,总号出事了。"

陆一泛大惊,"发生什么了?"

薛友才将小幺儿的传话复述一遍,"说是永顺的一帮子土匪干的。"

陆一泛莫名其妙,"永顺?永顺的土匪为什么会到壶瓶山?"

薛友才摇摇头,"确实古怪。要说抢劫商户,肯定往大城市走更好,往山沟沟里走感觉像是特地的。"

陆一泛叹气,"看来今年没有红茶可以卖了……水野真弓来得可真是时候。"

换薛友才莫名其妙,"跟水野真弓有什么关系?"

陆一泛道,"你来之前,她后脚刚走。直接游说我,说茶叶生意不好做,问我要不要改做土鸦片生意……"

薛友才凝视爱妻的眼眸,若有所思。

陆一泛说话的语速也慢了下来,两个人对视半晌。

薛友才问,"你想到什么了?"

陆一泛道,"就是你想到的。"

明明正值盛夏,寒意斐然。

两口子顺着马路,慢慢溜达回家,都在思索,都没说话。

还没进门,就听到月梁在和谁说话,"你还走吗?你不走了好不好?我好想你呀!"

两人又是一喜,难道覃志宝来汉口了?

等开门,才发现这个喜更大了。

阔别三年的大女儿,薛影尘小姐,正被月梁八爪鱼一般抱得死死的,坐在沙发上笑得很无奈。

陆一泛心中再多憋屈,瞬间化为乌有。

母女三个抱成一团。

"你怎么会回来?"陆一泛高兴得声音都在抖,一边端详影尘一边一迭声地问,"在北美过得不好吗?跟李家瑜吵架了?没出什么事吧?"

女儿还是那么瘦削清秀,只是举手投足之间更多了几分成熟。

影尘笑道,"没事,我们都好。我回来是为了护送一批钱款和枪械。"

陆一泛又好笑又好气,拍一下大女儿的背,"你可以不说你的具体任务……听得我心惊肉跳。"

影尘道,"除了任务,还有一件事,我得回来料理清楚。"

薛友才给母女三个倒上茶,"什么事?"

影尘道,"还记得好多年前,我和童丞偷枪的事吗?"

陆一泛点点头,"记得。"

影尘道,"那批人都是一个叫郑开泰的手下。郑开泰此人,出身于桑植的哥老会,但为人不守规矩,心狠手辣,为了钱无恶不作。早些年他就在甘肃种植贩卖鸦片,这些年积累下来,他的地盘已经扩张到台湾、上海、云南乃至全国。听说他最近着重在几个港口城市开疆拓土,凡是他看中的商户,都难逃他的网罗。从前他就想对咱们泰和合下手,被我打退了,但现在实力更强,爹娘要当心。"

薛友才和陆一泛听完这一大串,齐声惊呼,差点站起来。

影尘看到父母的反应,知道事情不妙,赶紧追问,"他已经来了?"

薛友才缓缓神,"这就是了,这就是整件事情最神秘的地方,现在总算对上号了。"

影尘疑惑地看他一眼。

薛友才说道,"就在半个月前,总号被一群永顺的土匪抢劫了,今年的红茶全部泡汤。同时日本人也开始游说我们,说希望利用我们的茶农、贸易线路,转做鸦片生意。日本人的土鸦片,全都产自台湾。我和你娘想了半天,总觉得这两件事情太过巧合……"

影尘点头,"这就对了,关键人物就是这个郑开泰。他一定跟日本人勾结在一起了。一边毁了咱们泰和合的红茶生意,一边紧锣密鼓地让日本人撺掇咱们做鸦片生意。不仅如此,我们得到消息,他跟上海的青帮关系也不错。"

好久没说话的薛月梁突然插嘴道,"青帮?"

影尘转头望小妹,"怎么?你认识?"

薛月梁摆手,"我怎么会认识?但我听菊圃哥哥提起过,他有青帮的朋友。"

影尘略一沉吟,"我有数了。晚上我打电话给菊圃哥。洪门跟青帮不对付,以我的身份去探查肯定没结果。"

陆一泛还是很紧张,"看起来,日本人和郑开泰都算是盯上咱们了。我今天一口回绝了水野真弓,就是不晓得后头他们还有什么招数。"

影尘抚摸母亲的手背,"兵来将挡,水来土掩,我们好好琢磨。"

也就影尘了解菊圃的作息,她利用白天的时间,调拨了一百条枪发往壶瓶山泰和合,再等到晚上十二点才打电话给菊圃。

春节后到现在,菊圃都忙到喘不上气,今天也是刚刚才到家。

说起来,依然是收拾袁世凯留下的烂摊子。

民国成立后,一直实行银本位下的纸币与银元并行流通制度。简单说来,就是银库里有多少银两,就发行多少金额的纸币。而自打1915年十二月袁世凯宣布改行帝制后,为了推行他的帝制所花费的银钱数量,大约一亿银元。等到全国掀起反袁战争的时候,为了堵住各地的枪炮,袁世凯又继续透支银行,军费一项便再次飙升过亿。

这个时候银库里的银元不够了,只能印制纸币透支银元。

滥发钞票的后果就是物价飞涨,民不聊生。1916年五月间,《申报》报道称湖北"迩来百物昂贵,小民开门七件以食米为最要,穷苦食力之辈一家老幼数口欲求一饱恒不可得;冬湘米最次亦须七千。煤炭竟售至九百文一石,较前数月几增一倍。至油盐菜蔬无一不昂,鲜鱼恒售二百余文一斤,尤为亘古所未有",湖南"因无现可兑,汇水骤增,而洋商只索兑现款",北京"纷纷持中交两银行钞票争取现洋"等,触目尽是"涨价""挤提""贬值"等字样。

简单地说,就是老百姓发现手里的纸币不值钱了,纷纷要求兑现等额的银元。

还是五月清晨,一份命令下发到中国银行上海分行,它就是袁世凯政府悍然禁止中国银行和交通银行以纸币兑换银元的"停兑令"。

只准我透支,不准百姓保护自己的财产。

行长们接到"停兑令"时惊惶万分,一致认为此令将使中国银行信用扫地,永无恢复之望。几个人合计了一下,还是迅速冷静下来,当即决定抵制"停兑令"!

中行上下齐心协力,核算上海分行所存现金准备,计合发出纸币,与活期存款数额,总在六成以上,足敷数日兑现付存之需。

六月,《申报》发表社评,直指"停兑令""害全国人民而置国家大局于不顾,欲一律制其死命耶"。

袁世凯用他的一生力证了一件事:心术不正的人,越往上爬,带来的祸患越大。

中国银行在这场浩劫里,动用了所有力量——包括法律、行业协会等,抵挡住了"停兑令",鼎力保护了老百姓的利益。此后,上海中行发行钞票数量占全国中行的比重节节上升,后期稳定在 60% 以上。

这一折腾,足足让菊圃忙得人都瘦了十斤。

影尘听他电话里筋疲力尽的声音,"还是'停兑令'带来的后遗症?"

菊圃一边解着领带一边发牢骚,"可不是,袁世凯死了都祸害人。"

影尘笑。

菊圃突然回过神来,"咦,等一下,你现在是从美国打来的吗?"

影尘道,"我回汉口了。处理一点事情,顺便向你打听一个人。"

"谁?"

"郑开泰。"影尘道,"这人是哥老会的,原本一直在甘肃、湖南、湖北、四川活动,后来据说去了上海,跟青帮混得不错。现在又跟日本人搅在一起。"

菊圃道,"有数了。我也蛮久没见我青帮的朋友了,等见着了,我问问。要打听他什么?"

影尘道,"也没别的,就是交代一句话:别碰泰和合。"

第二天,菊圃便约了杜月生喝咖啡。

如今的杜月生,再也不是那个生怕吃牛排要买单的毛头小子。

他二十八岁了,虽然人在青帮,却仍然最羡慕读书人,整日身穿斯文的藏青色或灰色长衫,手中拿一把折扇,眼神里虽然藏着杀气,举手投足倒是十分儒雅。

杜月生情商智商双高,屏退了随身小弟让他们远远地望风,转头对待菊圃依旧热忱又熟络,"好久不见你。"

菊圃道,"今年光顾着给袁世凯擦屁股了。"

杜月生道,"叫你约得巧,我也忙了好一阵儿,也是给袁世凯擦屁股。"

"为啥?"

杜月生道,"我们青帮不是有个陈其美吗?袁世凯称帝后,他带着一帮队伍参与倒袁。袁世凯谁都不怕,最怕他。一来知道陈其美有实力,二来知道陈其美铁石心肠。所以就策反了陈其美身边的一个人,把他给刺杀了。"

菊圃摇摇头,"真混乱。"

杜月生道,"这还只是开头呢。陈其美死了之后,拜把兄弟蒋中正去给他收了尸。这蒋中正也是个人物,跟中华革命党的元老张静江也是拜把兄弟。冒着巨大风险给陈其美收尸,一下子弄得青帮、革命党都很佩服他。我最近便一直陪着他,到处看我们青帮的场子。"

菊圃叹息道,"袁世凯好事没办几件,祸害人的事一件没少干。"

杜月生道,"反正从他勾结日本人开始,我就对他全没好感了。"

菊圃一听这话,立刻打蛇随棍上,"你讨厌日本人?"

杜月生道,"倭寇谁见谁讨厌。"

菊圃笑,"那我找你算是找对了。你认识一个叫郑开泰的人么?"

杜月生回味了几遍这个名字,"好像是有这么个人。去年我大哥推荐我认识了老大黄金荣,我跟着老大出了几次场,听到过这个名字。"

菊圃道,"这人现在觊觎我家的产业,想压迫我爹跟他合作鸦片生意。"

杜月生眉头一皱,"这个郑开泰,好像是哥老会的,在长江中游一带颇有些势力,去年因为机缘巧合,给洪门、青帮做了个红娘,现在算是很吃得开的一个人。你要我做什么?让他不碰你们家的产业吗?"

菊圃点点头。

杜月生道,"懂了。只是我现在还不算正式到老大手底下干活,隔了一层关系就怕谈不成。"

菊圃听到他这么说,有点失望。哪知杜月生语气一转,"……但不管用什么法子,我一定把事儿办成。"

菊圃笑道,"先谢了,兄弟。以后要怎么报答你,你且说。"

杜月生挥挥手,"我也没什么别的心愿。只希望几个儿子好生读书,别走我这条路。"

菊圃道,"你倒是一如既往喜欢读书人。"

杜月生笑道,"好人家的孩子谁混帮派?走投无路了才跟我一样。你又读书,又做银行,我最欢喜。以后若真要报答我,你就帮我把儿子们带着做银行吧。"

菊圃拍拍他的肩,"一句话的事。"

总号出事的消息,身在长沙的印雪也很快就知道了。

她勃然大怒,"气死我了!欺负到咱们头上来了!"

唐福德道,"宜市如今的保安团团长是我远房亲戚,我来跟他讲,多调配人手保护泰和合。"

印雪道,"问题是也不知道土匪什么时候来,什么时候不来。"

唐福德道,"确实。壶瓶山山大人稀,尤其是东山峰,贼寇神出鬼没,打我小时候起就知道,那一片是官府最头疼的地方。"

印雪一肚子怨气,"还不是日子不好过。真的国泰民安,哪来那么多贼寇。"

唐福德经历过几年低谷,差点就小命不保,性格如今变得更加沉稳,当下脸色一沉,"这话以后你也就在家里说说算了。"

印雪叹口气,"我懂的。"

唐福德看妻子委屈的样子,又于心不忍,伸手搂住她,"形势太混乱了,我们都谨慎点好。"

印雪问,"你跟着谭延闿不是很稳妥吗?"

唐福德道,"我跟着他,我是稳妥。但谭延闿不稳妥啊,段祺瑞瞧他一直不顺眼,这两个人有矛盾也不是一天两天了。最关键在于,现在几乎没有朋友可言,哪怕今天还是朋友,明天可能就因为利益翻脸。"

印雪道,"那真的只能走一步看一步了。"

八月,影尘返回美国,陆一泛和薛友才把汉口的泰和合暂停歇业,带着薛月梁返回壶瓶山。

竹轩和晏清过了春节便已经搬回了广东香山老家,这座屋子又空了出来,正好够他们一家三口住进去。

如今想来,这座屋子从曾秉炎开始,数十年间几易其主,湖心亭依旧草长莺飞,远山依旧如黛,也算是缔结了几代人的情分。

暑假差不多快结束的时候,妍华终于毕业回家。

看到泰和合的断壁残垣才知道出事了,一下鼻子就酸了。

她扑到月池怀里,"爹爹!你怎么都不告诉我?!"

月池抚摸她的头发,"告诉你干吗?大姑娘家家了,别动不动抱着爹爹,以后要抱相公了。"

妍华擦擦泪,脸红了半边,"相公再好,也没有爹爹好。"

月池道,"胡说八道。等你成了小家,就要知道,万事都以小家为主,最重要。"

妍华读了几年新思想,看了听了很多斗争的故事。转身便细细密密落实保安队的人手、枪支,又亲自去了保安团,跟团长沟通治安办法。

保安团团长唐臣之,确实是唐福德的堂弟,但性情跟唐福德迥然不同。

一身的江湖习气,看人都是斜吊着眼睛。

见妍华是个女娃娃,更加不当回事,双腿往桌子上面一搁,"听说你们泰和合有百十条枪啊,比我保安团还多。怎么,还需要我们保护?"

妍华面不改色,"甭管我们有多少条枪,保护老百姓也是保安团的职责所在吧。"

唐臣之一声嗤笑,"哟,嘴皮子厉害啊!人长得也标致,怎么不去戏班子里唱戏啊?保证能红透十里八乡!"

妍华心下气恼,却也强忍着,微微笑道,"唐团长喜欢听戏,多的是地方听,不多我一个。我们还是聊聊安保的事吧。"

唐臣之道,"我兄弟给我打过招呼了。我会小心的。你们泰和合自己也别太招摇,苍蝇不叮无缝的蛋,懂吗?!"

妍华从他那里出来,嘴唇都快咬出血了。

送她来的仙芽大气都不敢出,等马车驰出去好远才小心翼翼问道,"谈得不愉快?"

妍华摇摇头道,"不愉快。我觉得这个人根本就不会保护咱们。咱们只能靠自己了。"

仙芽问道,"大小姐,邓锅头他们……人都去哪里了呢?"

他一直搞不懂、也不敢问的,就是前些年还保护着泰和合的马帮,怎么忽然之间就不见了。

妍华道,"他和文常都去了长沙,估计也在想办法把人马重新组织起来。"

仙芽道,"若是他们在,我们也能安心些。"

妍华默默看着窗外的青山绿水。

是啊。

可怎么办呢?

这么大的中国,这么多老百姓,一支军队,能保护几个人?

千防万防,糟糕的事情还是发生了。

一个夏季的黄昏,空气里本来充盈着草木熏蒸的香气,但迅速被血腥气替代掉。

几百号匪徒,骑着马背着枪,从西边气势汹汹闯进宜市,一路见男人就杀,见女人就掳走,见房子就抢就烧,天都没黑便已经屠戮了宜市最主要的街坊。

老百姓手无寸铁,哪里是这些明火执仗的匪徒的对手? 一时间两三里长的街市铁蹄滚滚,尘烟沸沸,哭声震天。

唯有泰和合还有点武装力量,跟匪徒对攻了半天。

宜红别墅也没能幸免于难。

铁门都被砸开,家丁全部战死,月池、亭曈、陈萍、钱嫂、悉数被绑。

妍华不在家,她本来在泰和合正跟吴习斋他们商量安保问题,听到动静,抓起枪便冲了出去。

幸好邓麟陪她练过枪法。起初她还有点慌乱,等冷静下来,基本弹无虚发。

匪徒也是第二次来宜市了,大概也没想到这一回泰和合的反击如此猛烈。打了一阵儿,对方老大一声喝,"你们老板全家性命,都不要了吗?"

妍华闻言脸色一沉,举手示意身后的兄弟停战。

火把光亮中,那老大骑在马背上,趾高气昂。他身材干瘦,一脸刀疤,眼睛直勾勾地透着阴鸷,"你居然还是个女伢儿?哈哈哈!"

妍华喘着粗气,努力压抑心中的愤怒和害怕,"你刚才说什么?什么全家性命?"

那老大朝宜红别墅扬一下马鞭,"卢老板全家的性命,可都在我们手上。"

"你们想干什么?!"妍华怒斥道,"杀人放火,总有目的!说,是要钱吗?"

那老大笑道,"女娃娃聪明。"

妍华道,"你若是把他们都杀了,鬼才会给你钱!"

那老大还是皮笑肉不笑,"我知道啊,所以咱们得谈谈。"

妍华道,"怎么谈?"

那老大回答,"我知道你们现在没有现成的银钱。去,开银票,五万两,等我们兑了银钱了,自然放人。"

妍华冷笑道,"我道是什么法子,真的蠢得死。"

那老大一愣,仰头哈哈大笑道,"女伢儿胆子很大啊!敢骂我?"

说着一马鞭凌空抽来,眼瞧着就要打到妍华身上了,被身边的嘉木挡住,他立时皮开肉绽。

妍华反身再护住嘉木,怒目相对,"你但凡敢再动手,我们就拼个鱼死网破吧,你一文钱都别想拿到!"

那老大点点头,"行,谈谈吧。"

妍华道,"自从上次被你们偷袭后,我们已经给银钱局报备过了,要支大面额的银子,非得卢老板本人到场才行。你最好现在就保佑他还活着!"

那老大见她言之凿凿,脸色一沉,扭头叮嘱手下两句。

那手下一溜烟打马便朝宜红别墅奔去。

妍华心下微微庆幸。可是下一个瞬间,那老大脸上阴鸷的笑容更甚,"你就是卢妍华吧?"

她没说话。

"还想跟我装得跟没事人一样。"那老大冷哼一声,"我现在就叫人押着卢老板去津市。在他们拿到钱回来之前,你得跟我待在一起。"

妍华瞪着他,"我要是不呢?"

那老大一歪头,只见无数支火把从贼人们手里抛了出去,全部落进了泰和合的大院里。

那凝结着无数人心血、给壶瓶山带来了几十年安宁的大茶厂,瞬间火光冲天。

妍华还来不及悲伤,就见到越来越多匪徒正从街市的其他方向涌来。

完了。真的完了。

她心一横,"行,我跟你走。但是,你得放了其他人。"

那老大哈哈笑道,"管得还真宽,胆大心细,我喜欢!你们泰和合的人,我可以不杀。至于其他人……"

他手一摊,"我杀也杀了,怎么办?还给你?哈哈哈哈!"

说话间,手下已经押着月池来到近前。

儒雅了一辈子的爹爹,被反剪着双手,扭曲到变形,满身血污,气若游丝。

妍华心中撕裂般地痛,忍不住冲到爹爹面前,又被那老大的人抓住。

她怒目而视,"你们放了我爹爹,给他治伤!我会跟你们走!"

那老大点头,"成交!去吧,你们送卢老板去津市银钱局支银子。"

转头对妍华嘻嘻一笑,"走吧?趁天还没黑透,我们还来得及洞房。"

气若游丝的月池闻言浑身一震,发出野兽般的悲鸣。

嘉木还要往前冲,试图保护妍华,又被一鞭子抽了回去。

那老大长臂一伸,将妍华掳上马背,扬长而去。

一边大笑,一边不停地向无辜的老百姓放枪。

被炮火冲散的吴习斋们和闻讯赶来的其他人这才聚在一起。

陆一泛的宅子因为远远独立在山边,反而躲过一劫。但她看到烈焰中焚烧殆尽的茶厂和遍地鲜血,再听到月池、妍华都被掳走的消息后,直接晕倒在地。

万幸,老陈和阿衡去了阿衡娘家,钟不期早已隐退乡间,躲过了这次灭顶之灾。

但宜红别墅里,为了保护亭曈和陈萍不受凌辱,钱嫂牺牲。

肖郝两口子都已遇难。

其余所有泰和合员工,各有折损,哭声震天。

亭曈在陈萍的搀扶下,颤颤巍巍地坐在断壁残垣里。

脑子里嗡嗡的。

无论如何她都没有想到,最后的最后,竟是由自己最心爱的小女儿直面最残暴的匪徒。

所有人,特别是男人,想到竟然是妍华替大家挡下了所有,也都充满内疚。

整个宜市阴云笼罩。

亭曈不肯回家,也不说话,呆滞地徘徊在泰和合的废墟边,绝望地望着东西两条路。

她不知道要等多久,才能等回丈夫和女儿。

如果他们出事,她不会苟活。

5

妍华岂会不知道家人的心焦。她比谁都渴望能够脱困。

奔袭了一夜,她被那匪徒老大一直带进深山,等回过神来时,赫然发现竟然又是那个她和邓麟救出熊继宝和薛月梁的贼窝。

几百号匪徒颇有规划,早已四面散开,剩了二三十个彪形大汉跟着老大一起过来这里。

妍华又饿又困,却一直强撑着不闭上眼睛。

贼老大瞪着她看一会儿,干笑道,"我以为你有多大胆子,怎么?怕到不敢合眼?"

妍华懒得开口。她要保存体力,等待机会。

贼老大坐到她身前,伸手便捏住她的脸颊,"真年轻啊,貌美如花。"

妍华也不反抗。

贼老大嘴角一提,"说实话,你们泰和合的女伢儿,好像个个都很猛。汉口有一个,想不到宜市也有一个。"

汉口?难道他们还去过汉口?

妍华从没听家人说起过,一头雾水,但也大概明白他指的那个女伢儿,不是一泛姨妈就是影尘姐。

她当即冷笑道,"所以你莫惹我们。你今天辱我杀我,明天自然有人要你的命。"

贼老大一愣,哈哈大笑。他将她丢在柴棚里,便出去不知道忙什么了。也不知道是不是人在危急时脑子特别灵光,妍华突然想到这里也是去津市的必经之路。如果爹爹带着贼人取了钱,然后从这里返回……

不，匪徒没打算让他们父女俩都活下来。他们将聚在这里，分赃，杀人，然后一走了之。

从宜市往返津市一趟，最快也要三四天。横竖是死。妍华攥紧被绑住的拳头。这三四天里，只要有机会，就跟他们拼了。

她的贴身肚兜下，还藏着一把小小的勃朗宁，因为小，没有被他们发现。

多谢影尘姐姐，给她留了个终极武器。

不多时，贼老大回来了，带着几个兄弟，像是都喝了点酒，走路歪歪斜斜，满嘴酒气，淫笑阵阵。瞬间，妍华的外衣和裤子已经被撕了个稀烂。

扭动中，手腕上的绳索终于散开。

无数只手又是捏又是揉，侵犯着妍华全身的娇嫩肌肤。

她已经顾不得所谓尊严。她只希望能腾出手来拿肚兜底下的枪。

可这卑微的愿望也破灭了。肚兜被扯下的时候，枪便掉了出来。

几个贼人一见，怪叫阵阵，更加兴奋了。

贼老大猛地扇了妍华一个耳光，她只觉得耳边嗡的一声巨响，嘴里顿时鲜血淋淋。

"好啊，女伢儿厉害！我让你厉害！"

他一边解着裤子一边扑了上来，臭烘烘的嘴拱向妍华的脖子。她的四肢全都被男人们按住，动弹不得。

完了。

妍华心头眼前俱是一黑。

就在这千钧一发的时候，不知是谁，远远地对着贼老大叫了一声，"大哥，这女伢儿动不得！"

贼老大淫虫上脑，手上动作不停，"滚！"

那人冲上来拉住他，"大哥！刚到的消息！郑哥讲的，这女伢儿动不得！"

郑哥这两个字像是一道雷电。贼老大终于像被劈中一样，停了下来。

"好，好得很，那就放你一马。"他嘴上这样对妍华说着，身子倒是站了起来，一边穿衣一边往外走，"出去说！为什么郑哥突然来消息……"

男人们都退出去后，妍华爬起来，瑟瑟发抖。

她既难过，又恶心，又委屈到了极致。在暴力面前，女性——不，所有弱小的生命，都如野草一般任人践踏。

她想把地上的衣裳穿回赤裸裸的身体，却哪里还穿得回来，都已经成了碎片。

枪已经被他们捡走。妍华找到一片尖锐的石头,紧紧握在手里,抱着碎片衣裳蜷在窝棚角落。

如果他们敢再来,她会用这个石头割破自己的喉咙。

时间也许没过去多久,妍华却感觉至少两三个时辰,在自己抖动的手里溜走。

突然,外面马蹄声阵阵,却是朝着树林外面散去的样子。再过一些时候,外头便变得寂寂无声,唯有夏虫鸣咽,鸟鸣啾啾。

妍华屏住呼吸,鼓起勇气爬到窝棚边伸头望去,果然,树林里一个人都没了。

贼人走了,把她一个人扔在了这里。

发生了什么?她怔怔地回想贼人的话。

……大哥!刚到的消息!郑哥讲的,这女伢儿动不得!……

这帮人绝对不会因为什么心慈手软不侵犯她、不杀她。他们肯定一早就做好了拿到钱就撕票的准备。

就是不晓得谁在关键时刻救了她。

天开始蒙蒙亮,妍华凭着一点模糊的印象,跌跌撞撞地走出树林。她也不敢走大路,只沿着树丛慢慢向黄虎港摸索。

最开心莫过于,她一到港口,便见到了父亲。

月池没有去津市。贼人押着他走到黄虎港,就被一道密令叫停。跟妍华那边的情形一样,贼人们把他独自丢在了港口,便一哄而散。

他腿上受了伤,无法行走,只能在这里稍事歇息,顺便安排渡口的人回宜市报信。

一见衣不蔽体的女儿,月池内心巨恸,也顾不上自己的狼狈,赶紧给她披上衣服,然后抱紧。

两父女劫后余生,双双喜极而泣。

"爹爹,他们最后为什么走了,你知道吗?"

月池点点头,"我大概知道。"

妍华大惊,"为什么?"

月池道,"因为你二哥,菊圃。"

妍华更加莫名其妙。

月池没有立刻解释,独自发了一会儿愣,惨然一笑道,"很多年前,有一个道长曾经跟我说,泰和合未来会有一个大劫难,解决这个大劫难的关窍,在菊圃身上。没想到,真的应验了。"

妍华回味这段话半响,忽然生气,"可是我们的泰和合还是被他们全毁了!索性连来都不要来呢?二哥这是什么狗屁关窍!"

月池道,"这大概就是命数。有的能躲过,有的不能。"

回到宜市,马车都没停稳,妍华便三步并作两步,朝着在废墟里苦苦等待自己的母亲飞奔。

亭曈抱着她,望着月池,眼泪止不住地流,哽咽难抬。

月池这个时候却没有眼泪了。

他知道自己要做的事情很多,再也不能拖了。

安葬肖郝夫妇的时候,善虎一家从津市赶了来,哭天抢地。

月池内疚得无以言表。跟了自己一辈子的好兄弟,用脚板一寸寸丈量茶马道的肖大哥,就这样殁了。

倒是善虎反过来安慰他,"幸好月池公你调我去了津市……否则和爹妈一起遭难,肖家就没了……"

等办完肖郝夫妇、钱嫂他们的丧事,月池也不打算再惊动钟不期,拿出私人小账本,开始处理各种事务。

首先让嘉木、仙芽四处张榜:凡在此次劫难中失去亲人的家属,可以到宜红别墅来支丧葬费。

一时间,人们络绎不绝来取钱,可见匪徒伤害巨大。

接下来几个月里,整个宜市都有人在办丧事。昔日的世外桃源,如今十室九丧。

也不知是不是遭了大难,这一年的暑气也散得特别快。十月的时候,已经寒气森森。

某天,几经辗转的《申报》上刊着头条新闻:黄兴逝世。

月池凝望着那四个大字,只觉寒气更甚了。

袁世凯和盛宣怀、宋教仁和黄兴,四个时代人物至此全剧终。

"月涨秋池。"八月十五的前一天,他拄着拐杖,缓缓走到正在修缮的泰和合门口,跟亭曈说道,"这便是我月池这个名字的由来。"

亭曈道,"一眨眼,你竟然六十岁了。"

月池温柔地望着她道,"你也五十了。我们这一辈子,真的什么都经历过了。"

亭曈点点头,"竹轩来信说,爹娘和大哥的身体都不如从前了。大嫂也说她不要咱们的屋和田地,这些年咱们寄回去的钱和利息够她用几辈子了。他们都盼着我们回去,一块儿住着,叶落归根。"

月池笑,"和他们想什么盼什么无关。但也确实要走了。"

亭曈道,"你舍得下壶瓶山?"

月池道,"缘起缘灭终有时。"

亭曈道,"那,什么时候走呢?"

"随时。听你的。"

"等你过完六十大寿,我们就开始安排吧。"

"好。"

月池的六十岁寿宴,给重新拾起些微生气的宜市带来一丝欢愉。长沙、临澧、石门、鹤峰等县的县长都亲送寿匾祝贺,临澧县的寿匾写的是"望仲湘鄂",长沙县的寿匾写的是"海国流芬"。

月池一一拜谢,不动声色,将匾额收好。

他埋头做事。

泰和合所有的木结构都烧完了,只剩下一堵堵石墙。他也不多言语,划出一笔修缮费用,交给吴习斋他们找匠人恢复主要厂房。

股权,他早已分配完毕,陆一泛、吴习斋、肖善虎,三分其一。

归属他的银钱,以妍华的户头存进了菊圃主理的中国银行。

残余的分散茶庄,他全部低价转让给鹤峰的张佐臣。

最后将所有地契,按照之前的约定,全部无偿转交给覃鸿钧。百足之虫死而不僵,如今在乱世下,土地在土司控制下还是更稳妥些。

他什么都不要。土地、道路、商号、基业,都不要。他希望的,唯有国泰民安。如今既然自己没有能力守护了,那比起被日本人全面接受并利用,把这些都交还给热爱这片土地的人是最好的结局。

月池做这一堆事的时候,腿伤迟迟未愈,最后积劳成疾,终于病倒。亭曈衣不解带地照顾着。

妍华也在这场变故后不再出门,只把自己关在房间里,发疯一样看书。

到次年十月,邓麟才终于带着队伍从长沙回来。他已经听说了泰和合的变故,这一路上心急如焚,风尘仆仆。一入常德境便长驱直入,将那倚着唐福德庇护却半点不为老百姓做事的唐臣之,从保安团里揪出来打了个半死。随即顺手收编了保安团的兄弟,浩浩荡荡开进壶瓶山。

可是妍华拒绝再见他。她早已锯掉了鹅掌楸伸到窗前的枝丫，也封死了那扇窗。

邓麟无计可施，哀求亭曈，"她是不是怨恨出事的时候，我没在她身边？"

亭曈自变故后，一切心思都淡了，摇摇头道，"我不知道。"

邓麟道，"我跟文常后来奉密令刺杀谭延闿，结果被抓了。幸好唐福德警长把我们从监狱里救了出来，我们也是刚刚才脱身。您若不信，可以向唐警长求证！"

亭曈淡淡道，"我信不信不重要。妍华既然不想见你，你就不要强求了。"

"不管她还要不要嫁给我，我都想听她亲口说。"邓麟急得眼眶都红了。

亭曈没有再继续这个话题，"月池公生病了不便见你，但是他叮嘱我，将现如今泰和合的所有枪支弹药，都赠给你和文常兄弟。你一会儿让兄弟们去接收一下。"

邓麟赶紧道谢，"好，多谢！"

他旋即生疑，"可是……你们不留着自保吗？"

亭曈不再解释，转身去给月池炖汤药。

邓麟安排完枪支的事，便在妍华房门口守了一天一夜。她不开门，他就不走。

陈萍给他们两个送茶点，一声叹息。

邓麟隔着房门轻轻道，"妍华，你开门吃点东西，我不吵你……我知道你怨恨我……恼我……对不起……我来迟了……"

也不知过了多久，房门终于缓缓打开。

他日思夜想的人儿，清瘦得仿佛纸片儿一样，平静安详地望着他。

邓麟强忍住要把她拥在怀里的念头，递上茶点。

她没有接，转身走回房里。

邓麟大喜，赶紧端着茶点进去。

房间里散落着铺天盖地的书籍报纸。

妍华也没有吃东西，也没有笑，只是找了个地方坐下。

邓麟再也调皮不起来。他大气都不敢出。

突然，妍华说道，"第一次世界大战，日本一直不愿意让中国加入协约国。他们情愿欧战拖延得越久越好，这样才能确保中国陷于任其宰割的状态。"

邓麟小心翼翼接话道，"嗯，后来日本变了，甚至派西原龟三来见段祺瑞，以同意中国减缓交付庚子赔款、提高关税为条件，鼓动北京政府对德国宣战。"

妍华道，"因为这个饼已经分好了。所有国家，都已经私下达成了各自的协定。中国无论参战不参战，无论打赢还是打输，结果都只会任人宰割。"

邓麟道,"是的。我和文常也聊到过这个。大清的皇帝、袁世凯段祺瑞的总统,还是孙逸仙的共和,究竟谁才是中国的救星?好像无论怎么走,都走不通。"

妍华道,"皮之不存,毛将焉附?国家都一团漆黑,我们无论躲到哪里,躲多久,到头来都免不了一场劫难。"

邓麟凝望着她玉白的面容,心中一边赞同她的观点,一边又感觉极其不妙。

果然,妍华接着说道,"我最近刚收到同学的来信。她叫王剑虹,四川人,爹爹是同盟会会员,后来还曾任孙中山广州国民政府秘书。王剑虹在我毕业前一年入学,虽然比我小几岁,懂的事情却很多,很是谈得来。今年又有一个女伢儿入学了,叫作丁玲。王剑虹告诉我,她们准备读完书一起去上海,也邀请我一块儿出去闯一闯。我同意了。横竖是一死,做一点有意义的事情,更要紧。"

邓麟赶紧追着说道,"你去哪里,我都陪你!"

妍华笑一笑,"即便我立定心思,不再嫁给包括你在内的任何人?"

邓麟心头一滞,"……嗯。"

妍华点点头,"好,那等我准备动身,便告诉你。"

邓麟伸出手,"现在,至少可以让我拥抱你一下吗?"

妍华走到他跟前,两个年轻人发乎情止乎礼,亲人一般拥抱了好一会儿。

不晓得为什么,今天的妍华,让邓麟再也不敢造次。

及至第二天,他再来宜红别墅看她的时候,得知她已经走了。

具体几时走的,亭曈也不清楚。

邓麟像是半点都不意外,转身便追。

亭曈跟在他身后问道,"你知道要去哪里找她?"

邓麟泪流满面,头也不回,"天涯海角,我终究会找到她。"

深冬时分,又有一个故人找了来。

居然是孙运东。

亭曈本不想开门,但见这厮冒着大雪在宜红别墅门口站了足足一时辰,心便软了。

招呼他进来坐,又让陈萍去叫月池。

孙运东自立门户这么多年,也很赚了些钱,身上的行头都高级了。像是刻意模仿一样,湖蓝色的褂子、举手投足、骤眼看,仿佛第二个月池似的。

当大病初愈、步履蹒跚、满头白发的月池出现在他眼前时,反倒是他,几乎没敢认。

月池倒是丝毫不在乎自己的模样,坐下来,淡淡道,"过得还好吗?"

孙运东沉默半晌,才突然叹息道,"来之前,我想着,若是月池公骂我辱我,我定当将自己的丰功伟绩,桩桩件件如数家珍。"

月池微笑道,"你便是现在如数家珍,也是可以的。"

孙运东道,"您当真半点都不记恨我吗?"

月池道,"就像我根本不知道你为何要自立门户一样,你根本也不知道我的心情。"

孙运东问,"什么心情?"

月池道,"唯愿你好的心情。"

孙运东瞠目结舌。

月池道,"三十多年前,如果有人对我说,'月池,有人替你做一切脏活儿累活儿,你只要干你喜欢的那一样事情',我肯定会对那人说,'去你的,我要什么自己会挣'。但是如今,若有人对我说同样的话,我会感激涕零,乐得清闲自在。你当时走,就如同我的三十年前。我懂你的抱负,既然无论如何也拦不住你,那就尊重祝福。"

孙运东突然又叹息,"太累了。我没想到,做老板竟会如此辛苦。"

月池笑道,"可是你做得很好。你们后来做的精茶我喝过,品质、价格,都控制得恰到好处。从那天起我就在想,真的该退位让贤了。"

孙运东道,"所以,你们后来索性连美国、俄国的商路都放弃了,就是为了成全我们?"

月池却摇头道,"那倒不是。如今泰和合是陆一泛、吴习斋、肖善虎三个人共同管着。他们各自想什么,又或者还愿不愿意一道合作重振泰和合,我都不再理会。放弃什么不放弃什么,也都是他们自己的主意。"

孙运东望着眼前这张脸。

真的是数十年如一日的儒雅,静水流深。

他大寒天特地从湖北赶来壶瓶山,只见月池一面,连他自己也说不上为什么。

是来安慰昔日的老师,还是来耀武扬威,还是来落井下石?

不知道。

孙运东只知道,月池身上有些东西,他这辈子怕是拍马都追不上了。

过完这个冬天，泰和合主屋总算恢复了三分旧观，那几块"海国流芳"的匾，终于可以挂起来了。

夜深人静的时候，月池独自一人坐在堂中，望着高高的匾额发呆。

他轻轻哼起幼年时常听到的一首广东儿歌：

"月光光，照地堂，虾仔你乖乖瞓落床。听朝阿妈要赶插秧啰，阿爷睇牛佢上山岗喔……虾仔你快点长大喔，帮手阿爷去睇牛羊喔……"

等他歌声歇，一个熟悉的声音从房梁上传来，"想家了？"

一听到这三个字，月池便仰头笑了，"你来啦？"

璀错宛如梁上燕一般轻身飞落，坐到他身边，"你要结束泰和合吧？"

月池点点头，"是。我亲手建立了泰和合，如今日本人觊觎它，要用它来伤天害理，那我宁可亲手拆散它。"

璀错沉默良久，过了一会儿，才伸手将自己的面具摘了下来。

月池望着这张出奇年轻的脸庞，有点意外。他数十年都没有得到答案的谜题，突然自己揭开。

"你是……"

璀错道，"你认识两个璀错。一个是我母亲，一个是我。"

"不，"月池道，"我是说，你的样子……"

璀错点头，"嗯，覃孝冲是我外公，我很像他。"

月池脑中渐渐空白，又渐渐被往事填满，"……你的，母亲？"

璀错笑，"就像我也是女伢儿一样，你大概没有想到她是女伢儿身吧？你查遍了我外公身边的所有祭师，却独独忘了问他女儿。"

月池道，"可是……是从什么时候开始，她不再是她，而是你了呢？"

璀错道，"十年前吧大概。母亲生了重病，临终前把我叫到跟前，跟我说了你们之间的所有故事。"

月池泪盈于睫，"为什么？"

"什么为什么？"

"为什么这么帮我，这么数十年如一日地守护我？"

璀错沉默半晌，回答道，"因为——你就是我密不透风日子里的清风。你觉得母亲和我在守护你，其实，你也是我们苦闷日子里的与众不同。"

月池记起自己说过的这句话，震撼感迟迟不能退去。他张口结舌地望着璀错。

璀错道，"其实你第一次去土司城，问起我外公关于这个少年祭师的事时，我外公便晓得你说的一定是我母亲。外公很传统,既然母亲早已定亲,便不愿意让她跟你来往太过密切,所以立刻便逼着她过了门。"

月池想起那段日子里,璀错的欲言又止,不由得一阵阵心悸。

"难怪你消失那么久……我一度还以为……"他渐渐哽咽,"我一度还以为,你并不是真实存在的人……一切都是我的幻觉……"

璀错笑。这笑,彻彻底底是一个女孩子的笑,温柔、缱绻、善意闪动。

那些他们之间的过往,那些对视、那些亲近、那些并肩而卧,那风雨雷电,那壶瓶飞瀑,那开到荼蘼花事了,一下子全都涛走云飞。

月池泣不成声,却一直又忍不住地笑。

璀错道,"我母亲嫁人后,还是会抽空便来看你。她算到那个叫作罗成的人与你气场不合,委托他办的事情,他总是会办砸,所以便想办法劝他离开了泰和合。今天我也来把这个事说清楚。你不要再怨恨他啦,他从头到尾,都没有对你安过坏心,只是不适合同路。"

月池擦干眼泪,摇头道,"我不怨恨。我只是很感慨。最近我一直想到一个词,'选择'。"

"愿闻其详。"

"你看,竹轩、菊圃、善虎、影尘、志宝、妍华……这么些个孩子,明明在一桌子吃饭一起长大,但有的选择隐居,有的选择从商,有的毅然决然走向革命。即便出发点一样,中途分道扬镳,实属正常。"

璀错颔首不语。

月池在庭院中踱了几步,将这屡遭劫难又一次次复建的瓦屋看了又看,"我也时常在想:我再难,怎么难得过我妹夫?一度我也因为他和妹妹的和离心生怨怼。可是,还有什么品质,比得过几十年如一日地期盼华夏复兴?那么多努力,那么多波折,那么多失败,始终不改初心。撇开儿女情长不说,他是一等一的好汉;即便算上儿女情长,他与妹妹在一起时,也是心无旁骛。每个人有每个人的立场,也有各自的日子要过。"

璀错点点头,"我娘也是这样说。"

月池道,"她说什么?"

璀错道,"她说,不评价,不打扰,做好自己就成。"

月池心中一颤,回身望着眼前晶莹如玉的脸庞,道,"三十二年,竟然三十二年了……连你,都长成大姑娘了,声音、身段,都一模一样。"

璀错笑了，重新戴好面具，"三十功名尘与土，八千里路云和月。月池公珍重，璀错拜别。"

月池深深鞠躬，"拜别，珍重。"

春节前某个清晨，他和亭瞳、老陈和阿衡，四个人几乎什么行李都没带，在当年下船的张家渡渡口悄然登船。

干瘦精壮的船工一眼便认出月池，"是月池公？"

月池也没太在意，毕竟宜市不认识他的人很少，"你好。"

船工拍拍胸口，"是我啊，国富儿！当年送你来宜市的，也是我！"

月池一愣，"啊，真的是你！"

两个人都已从少年，化身白头老叟。

国富儿道，"我叔叔早就走了，我打了几年散工，也来泰和合赶过茶……现在又做回船生意。"

月池道，"真对不住你们。"

国富儿道，"快别那么说，月池公！我们不知道多感激你！"

月池微笑。一切都是刚刚好。

家家户户清晨开门，才发现门口有一张分发到户的"告别书"。

致宜市父老乡亲：

三十年大梦已醒，幸今生有缘同行。然而生不逢世，先有清王朝日益没落，又逢民国军阀混战，弱国无外交，红茶市场已然天翻地覆。泰和合走向末路之际，仍不免屡遭盗匪抢劫。余一生是硬汉，从未向困难低头，亦不惧盗匪，但整个局势之动荡，红茶市场之萎缩，决非余一人之力所能挽救。余今离开壶瓶山，不带走茶号一砖一瓦，惟愿待时局好转后东山再起。若余此生再无机会重来，各位皆可继承泰和合事业，宜红终将云开月明。

空手来，空手回，余自知缘起缘灭终有时，已于今晨叶落归根。祝各位安好，万事顺遂。壶瓶山地灵人杰，余将终身不忘。

卢次伦　月池　拜谢

茶农们、亲友们、宜市的男男女女、老老少少，读完信，纷纷涌向溇水岸边。

但见江心一叶轻舟，向着东南方向悠然驶去。

所有受过泰和合恩惠的人，都忍不住热泪盈眶。

陆一泛一家也被瞒在了鼓里。薛友才隐约感觉月池他们要走了，却不知道走得这般突然。

他们的住处离江边最远,等赶到的时候,轻舟已经快要消失在弯道尽头。

一泛轻轻哼起那首她最喜欢的土家山歌,"正月里来是新年,姐妹二人佃茶园;佃得茶园十二亩,富家写字交息钱。二月春分茶暴芽,姐妹进园采细茶;左手采得茶四两,右手采得半斤茶……"

慢慢变成了大合唱,渐渐聚拢的茶农,从几个人、几十人,到几百人,一起唱着这首山歌,歌声穿云破雾,响彻壶瓶山。

三月采茶茶叶青,姐在家中绣手巾;两头绣的茶花朵,中间绣的采茶人。

四月采茶两头忙,早晚采茶白栽秧;早晨采茶摸露水,夜晚采茶星星亮。

五月采茶茶叶团,茶树脚下恶龙盘;烧钱点香敬土地,青苗土地保平安。

六月天气实在热,太阳当顶采不得;姐妹想把茶叶采,只有等到天快黑。

七月采茶茶叶稀,姐在房中坐高机;织得绫罗与绸缎,给郎织件采茶衣。

八月采茶月光光,风吹茶花满园香;大姐捡得问二姐,早茶没得晚茶香。

九月采茶过重阳,抢收秋茶个个忙;茶叶一天变个样,再挨几天没来场。

十月采茶打了霜,姐妹挑茶走四方;姐姐卖的鸦雀口,妹妹卖的白毛尖。

冬月采茶又一冬,十个茶园九个空;等到来年春三月,茶叶树下又相逢……

月池本来不打算回头,此刻再也忍不住,回头望了一眼。

望着这一片他耕耘了三十年、热爱了三十年的山山水水,渐行渐远。

再见了,壶瓶山。

等到来年春三月,茶叶树下又相逢。